WILDE JUGEND

SCHWERT UND SCHILD, BAND 2

Roman

Tomos Forrest

neobooks

Impressum

Texte:	© Copyright by Tomos Forrest/ Der Roman-Kiosk. Mit freundlicher Genehmigung der Edition Bärenklau.
Idee:	Thomas Ostwald, Alfred Bekker und Jörg Martin Munsonius.
Lektorat:	Kerstin Peschel.
Umschlag:	© Copyright by Christian Dörge.
Verlag:	Der Romankiosk Winthirstraße 11 80639 München www.der-romankiosk.de webmaster@der-romankiosk.de
Druck:	epubli, ein Service der neopubli GmbH, Berlin

Printed in Germany

Inhaltsverzeichnis

Das Buch

Der junge Morgan of Launceston, der kürzlich zum Ritter geschlagen wurde, zieht im Auftrag seines Vaters, Sir Ronan of Launceston, dem High Sheriff of Cornwall, durch das Land, um sich einerseits die »Hörner der Jugend« abzustoßen und andererseits für Recht und Ordnung zu sorgen oder manchmal auch nur, um hohen Persönlichkeiten ritterlichen Geleitschutz zu geben, wie der jungen und hübschen Victoria of Graystoke, die er zu ihrem Bräutigam Sir Owain nach Blackstone Castle geleiten soll. Eigentlich ein anspruchsloser Auftrag für einen jungen Ritter wie Morgan. Doch meist entpuppen sich gerade diese augenscheinlich harmlosen Aufträge am Ende als äußerst gefährlich und es geht um Leben und Tod – für alle Beteiligten...

Mit dem Roman WILDE JUGEND setzt der Romankiosk die große Ritter-Saga SCHWERT UND SCHILD von Tomos Forrest fort.

Vorwort

Morgan kehrte vom dritten Kreuzzug nach Cornwall in seine Heimat zurück, die er vollkommen verändert vorfand. Die Macht im Land hatte während der Abwesenheit von König Richard Löwenherz dessen Bruder, Prinz John ohne Land, an sich gerissen.

Einer seiner treuen Verbündeten ist Sir Struan of Rosenannon, der Sheriff von Cornwall. Alle, die sich gegen die Regentschaft Johns aussprechen, werden von ihm verhaftet, ihr Eigentum konfisziert.

Sir Morgan beginnt zusammen mit anderen Rebellen, das Unrecht im Land zu bekämpfen. Schon bald ist er im Land als *der Löwenritter* bekannt, der sein Kettenhemd und seinen Helm dunkel brünieren lässt, einen schwarzen Waffenrock mit einem roten, steigenden Löwen als Wappen trägt und auf seinem Rappen Blane im Land unterwegs ist, hatte schon eine sehr aufregende Jugend.

Im Alter von sechs Jahren begann seine Ausbildung zum Knappen unter der strengen Aufsicht seines Vaters. Aber nicht nur das Kriegshandwerk sollte er erlernen, sondern auch in der Literatur und den schönen Künsten unterwiesen werden. So wuchs der junge Morgan auf Launceston Castle auf, zog durch das Land, nahm an Turnieren teil und wurde schließlich von seinem Vater im Alter von knapp achtzehn Jahren zum Ritter geschlagen.

Doch damit schienen auch die unbeschwerten Tage in Cornwall vorüber zu sein. Ständig drohten neue Gefahren, Wegelagerer überfielen harmlose Reisende, Fremde drangen in das Land ein, um zu rauben und zu morden, und viele Ritter waren uneins, weil sie ihre eigenen Ziele verfolgten.

Morgan, dessen ausgeprägter Sinn für Gerechtigkeit ihn immer wieder in schwierige Situationen brachte, musste sich mehrfach bewähren und wurde in dieser harten Schule zu dem Mann, der schließlich an der Spitze des Heeres neben Richard Löwenherz gen Jerusalem zog, um die Heiligen Stätten zu befreien. Doch bis dahin war es ein langer Weg, den wir hier erzählen werden...

1. Überfall im Morgengrauen

1. Kapitel

Gebannt lauschten die Anwesenden im Rittersaal von Launceston Castle. Johel de Vautort, der überall hoch gelobte und berühmte Minnesänger, gab seine neue Ballade zum Besten. Es war eine Mär von Frevel und Mord, von Verrat, Blut und Schrecken, aber auch von Sinnesfreuden.

Sie handelte von einem Hünen mit einem Morgenstern, der keine Gnade kannte. Von einem Räuber, der sich selbst als Ritter bezeichnete. Von einem geheimnisvollen Versteck und von der Edeldame Victoria und dem rätselhaften Verschwinden ihrer Mitgift.

Johels Ballade riss die Zuhörer zwischen Entsetzen und Entzücken hin und her. Selbst den Rittern lief ein Schauer über den Rücken, als Johel berichtete, wie ein junger Ritter, der kaum diese Würde erlangt hatte, gegen die Räuber kämpfte. Es war eine unglaubliche, spannende Mär. Doch wer Johel de Vautort kannte, der wusste, dass der Kern seiner Ballade auf Wahrheit beruhte.

Als er den letzten Akkord anschlug, entlud sich die atemlose Spannung in begeisterten Rufen. Auch Sir Ronan of Launceston, der Sheriff von Cornwall, erhob sich und spendete dem Sänger Beifall. Er war zutiefst bewegt und dankbar. Denn Johel hatte verschwiegen, dass ein riskanter Plan des Sheriffs die Ursache für die schrecklichen Ereignisse war.

Sir Ronan lächelte Johel an.

Der Minnesänger ahnte, was den Sheriff bewegte, und lächelte zurück. Dabei dachte er: *Nun, auch ein Sheriff ist nur ein Mensch und kann mal einen Fehler begehen. Aber man muss ja nicht alles an die große Glocke hängen. Meine Geschichte hat allen gefallen.*

Johels schwarze Augen schienen zu funkeln, als er den Hofdamen zulächelte. Besonders die Zofe Eira schien ihn geradezu anzuhimmeln. Nun, auch sie hatte eine Rolle in diesem turbulenten Abenteuer um den jungen Ritter gespielt. Und Johel dichtete rasch aus dem Stehgreif noch eine Strophe für die schönen Frauen hinzu.

2. Kapitel

Es war ein friedliches Bild.

Die Morgensonne blinzelte hinter Schäfchenwolken hervor und schickte ihre Strahlen auf die grünen Hügel Cornwalls. Auf der Fernstraße bewegte sich ein unbeholfener Kasten auf einen Waldweg zu, bog ein und scheuchte einen Kuckuck auf, der sich lautstark über die Störung empörte. Eines der Gespannpferde antwortete mit einem Wiehern, das fast wie eine Imitation des Kuckucksschreis klang.

Der Kutscher ließ die Peitsche knallen und spuckte aus. Er war in der Stimmung, sich über alles und jedes zu ärgern. Seit Beginn der Reise war er nervös, das Gefühl des Unbehagens hatte ihn nicht mehr verlassen.

Schuld daran war seine Frau! Sie hatte ihm mit ihrem abergläubischen Geschwätz die ganze Fahrt verdorben.

Besorgt blickte er zum Himmel. Er sah das Morgengrauen und überlegte. Nichts, aber auch gar nichts wies auf ein drohendes Unheil hin, das ihm seine Frau prophezeit hatte. Blitz und Donner sollten ihn treffen – aber wann war jemals eine ihrer Prophezeiungen eingetroffen? Blitz und Donner an diesem herrlichen Morgen! *Weibergewäsch!*

Er hätte sie niemals heiraten sollen. Wie eine Elfe war sie gewesen, als sie vor sieben Jahren heirateten. Jetzt war sie ein draller Drachen, der ständig herumnörgelte, behauptete, in die Zukunft sehen zu können und diese, wie immer, in den schwärzesten Farben sah.

Der Kutscher seufzte und tastete unwillkürlich zu dem kleinen Lederbeutel, den er um den Hals trug. Teufelskralle, Pestwurzel und geriebener Höllenstein befanden sich in dem Amulett, das ihm seine Frau gegen die bösen Geister, gegen Blitz und Donner mitgegeben hatte. *So ein Unfug!*

Aber er war doch froh, dass er das Zaubermittel dabei hatte. Er war weiß Gott nicht abergläubisch, aber man konnte ja nie vorsichtig genug sein, oder?

»Ich glaube, es gibt ein Gewitter«, sagte der alte Eriwein, der neben ihm auf dem Kastenaufbau saß. Bei diesen Worten erschrak der Kutscher. Jäh verstärkte sich das Gefühl des Unbehagens, und er glaubte schon, Blitz und Donner würden über ihn hereinbrechen.

»Du machst dir einen Spaß!«, sagte er deshalb mürrisch.

Der alte Eriwein schüttelte den Kopf.

»Ich spüre es in allen Knochen.« Er tastete dabei an seinen Beinen und den Ellbogen entlang.

»Das ist die Gicht, und die kommt daher, weil du immer so viel Bier und Wein säufst!«

Eriwein grinste, und sämtliche Falten und Runzeln in seinem rosigen Gesicht verzogen sich.

»Auf meine Knochen ist Verlass«, erklärte er. »Wir können ja wetten. Einen Krug Bier, dass es bis zum Castle ein Unwetter gibt. He, da im Norden donnert es ja schon!«

Der Kutscher blickte zum Himmel. Er lauschte angestrengt. Außer dem Rasseln der Wagenräder und dem Stampfen der Pferdehufe konnte er nichts vernehmen.

»Ich höre nichts«, brummte er und bedachte Eriwein mit einem missmutigen Blick.

Der neigte den Kopf und hielt eine Hand ans Ohr. Trotz seines Alters besaß er ein scharfes Gehör, und in froher Runde pflegte er bei den Mägden zu scherzen, dass dies nicht das einzig Scharfe an ihm sei.

»Da ist es wieder«, behauptete er. »Hörst du nicht das dumpfe Grollen?«

So sehr sich der Kutscher auch bemühte, er hörte nichts, was vielleicht auch daran lag, dass seine dichten Haare über die Ohren fielen, und auch die Ränder der Kappe noch darüber hingen.

»Du hast wohl einen Furz gelassen«, bemerkte er bissig.

Dann schnüffelte er. Der sanfte Wind trug in der Tat einen äußerst würzigen Duft heran.

»Ich nicht«, antwortete Eriwein und blickte voraus. »Allenfalls der Ritter und die Soldaten.«

Der Kutscher schaute zu dem Hügel, hinter dem die drei Reiter verschwunden waren, die dem Fahrzeug als Begleitschutz vorausritten.

»Ritter furzen nicht«, sagte er tadelnd. »Allenfalls ganz vornehm und leise.«

Eriwein kicherte.

»Ritter sind auf dem Abort Menschen wie du und ich«, bemerkte er weise und spähte zu dem Wäldchen hin, durch den der Weg führte. »Allerdings finde ich es seltsam, dass sie dabei blöken wie...«

»Schafe!«, rief der Kutscher überrascht.

Jetzt sahen sie es. Eine Schafherde brach von irgendeiner Lichtung oder einem Waldweg hervor. Der Kutscher fluchte laut. Die Schafe versperrten den Weg. Immer mehr quollen zwischen den Büschen und Bäumen hervor, und ihr Blöken erfüllte die Luft.

»Weg mit euch, ihr blöden Schafe!«, brüllte der Kutscher und ließ die Peitsche knallen.

Die Schafe hörten nicht auf ihn. Sie bildeten eine blökende Mauer vor dem heranrollenden Gefährt. Der Kutscher spielte mit dem Gedanken, einfach weiterzufahren. Wenn der Schäfer so dumm war und nicht aufpassen konnte, dann brauchte er sich nicht zu wundern, wenn seine Herde etwas unsanft geschoren wurde. Schließlich gab es in Cornwall genug Platz für Tausende von Schafen. Sie mussten ja nicht ausgerechnet auf der Straße zur Burg stehen.

Die Tiere glotzten ihn gleichgültig an. Der Kutscher hatte das Gefühl, von hunderten Augenpaaren angestarrt zu werden. Dann besann er sich auf seine Tierliebe und hielt an.

Das Fuhrwerk stand keine zehn Yards vor der Herde, Sand und Staub wirbelten empor. Für den Kutscher Ben hörte sich das Blöken der Schafe wie eine Danksagung an.

»Weshalb halten wir?«, rief eine helle Frauenstimme aus der Kutsche. Es war die Edeldame Victoria of Graystoke, die mit Sir Owain of Blackstone verheiratet werden sollte.

Sie war eine ausgesprochen schöne Frau, blond, blauäugig, und von sehr anmutiger Gestalt.

»Schafe!«, rief Ben gegen das Blöken der Herde an.

»Schafe«, erklärte in der Kutsche Johel de Vautort den beiden Damen, mit denen er galant geplaudert und zur gefälligen Kurzweil einige seiner Balladen vorgetragen hatte. Damit trug er nicht unerheblich zur Verbesserung der Laune bei den Damen bei, denn der ungemütliche Kasten, der nur schmale Luftschlitze in den hölzernen Seitenwänden aufwies und sie zudem bei jeder Unebenheit hin und her schüttelte, war alles andere als ein bequemes Reisemittel.

»Oh ja, jetzt riecht man es auch!«, sagte die junge Frau, die Victoria gegenübersaß und rümpfte ihre etwas zu große Nase. Sie hieß Eira und war im Gegensatz zu Victoria von etwas herberem Reiz. Man musste schon zweimal hinblicken, um ihre Schönheit zu bemerken. Sie hatte große, dunkelbraune Augen und schwarzes Haar. Vor einiger Zeit war sie noch sehr schlank gewesen, am Oberkörper etwas zu schlank, worunter sie sehr litt und weshalb sie Victoria manchmal beneidete. Doch irgendein Galan musste ihre inneren Werte erkannt haben, denn sie war schwanger. Im achten Monat, hatte sie dem besorgten Ben erklärt, der schon befürchtet hatte, sie könnte während der Fahrt niederkommen.

Johel bedachte sie mit einem charmanten Lächeln.

Dann gellte der Schrei, und das Lächeln des Minnesängers erstarb.

Es war ein markerschütternder Schrei, der ihm und den Frauen einen Schauer des Entsetzens über die Wirbelsäule jagte.

3. Kapitel

Der junge Ritter zügelte das Pferd, als er die Schafherde etwa zweihundert Yards hinter der Wegbiegung erblickte. Die beiden Gefährten hielten neben ihm an.

»Alle Wetter«, sagte der eine und grinste seinen Kameraden an, »hätte nicht gedacht, in dieser Gegend deine Verwandten zu treffen!« Seine Augen funkelten dabei lustig.

Der andere Gewappnete verzog das Gesicht. Ihm behagte der lange Ritt ganz und gar nicht. Viel lieber wäre er in dem Fuhrwerk bei den feinen Damen mitgefahren, anstatt Meile um Meile im Sattel zu hocken, wobei ihm schon die Kehrseite wehtat.

»Jetzt weiß ich auch, woher der Gestank kommt! Ich hatte dich schon nach dem reichlichen Genuss von Bier und Fleisch im Verdacht!«

Morgan parierte das graue Ross. Es hatte wieder mal versucht, die Stute des Sprechers zu beißen. Sein Pferd hatte er sich aus dem väterlichen Stall ausgesucht, weil es ein ausdauernder Traber war und nicht so schnell ermüdete.

»Seht mal nach dem Schäfer, die Herde muss vom Weg!«, ordnete er an, und die beiden Waffenknechte ritten davon.

Morgan blickte zurück. Das Fuhrwerk war nicht fern. Er wollte einen unnötigen Aufenthalt vermeiden. Es war ein heißer Augusttag, und die lange Fahrt war für die schwangere Eira bereits beschwerlich genug. Und Victoria wollte so schnell wie möglich bei ihrem Verlobten eintreffen, den sie noch nie zuvor gesehen hatte.

Die Waffenknechte waren keine fünfzig Yards von ihm entfernt, als es geschah. Die Stute des Ersten wieherte und brach zusammen.

Morgans Kopf fuhr herum.

Er sah noch, wie der Reiter im hohen Bogen, doch wenig elegant vom Pferd stürzte. Der Mann prallte auf dem sandigen Weg auf, rutschte noch ein Stück weiter und blieb liegen. Morgan stockte der Atem. Erleichtert sah er dann, dass sich der Soldat aufsetzte, umblickte und irgendetwas sagte, was er wegen der Entfernung nicht verstehen konnte. Aber er konnte sich denken, was es war. Vermutlich ein saftiger Fluch oder ein Stoßseufzer.

Ein Unfall, dachte Morgan. Das Pferd musste in ein verstecktes Loch getreten sein und sich etwas gebrochen haben, denn das arme Tier versuchte vergebens, sich wieder hochzukämpfen.

Doch schließlich weiteten sich Morgans Augen.

Denn auch das Pferd des zweiten Soldaten brach zusammen. Der Mann riss geistesgegenwärtig die Füße aus den Steigbügeln und schnellte sich seitlich aus dem Sattel, bevor das stürzende Tier aufprallte. Geschickt rollte er sich ab.

In diesem Augenblick tauchten links und rechts des Weges zwei bärtige Gesellen auf. Schwerter blitzten in der Sonne.

Wegelagerer!, durchfuhr es Morgan.

Sofort trieb er den grauen Wallach zum Galopp und zog sein Schwert. Die Waffenknechte brauchten seine Hilfe. Der Erste war bereits wieder auf den Beinen. Er stellte sich einem der beiden Kerle zum Kampf. Grimmig kreuzte er mit ihm die Klinge und trieb den Halunken mit wuchtigen Hieben zurück.

Sein Kamerad war vom Sturz noch benommen.

Morgan preschte in gestrecktem Galopp auf den Kampfplatz zu.

Euch Gesindel werde ich's zeigen!, dachte er wütend und hob die Hand mit dem Schwert.

Der Wallach flog förmlich auf den zweiten Wegelagerer zu, der sich eben auf den am Boden liegenden Mann stürzen wollte.

Aus gestrecktem Galopp hieb Morgan zu. Mit einem Aufschrei ließ der bärtige Angreifer sein Schwert fallen und sank zu Boden.

Morgan parierte bereits den Wallach. In diesem Augenblick hörte er ein Sirren, dann glaubte er, einen Peitschenhieb gegen die Stirn zu bekommen. Er hatte das Gefühl, von einer unsichtbaren Faust aus dem Sattel geschleudert zu werden und glaubte, in einen pechschwarzen Abgrund zu fallen. Er spürte nicht mehr, wie er vom zusammenbrechenden Pferd stürzte und am dem Boden aufschlug.

Der andere Waffenknecht kämpfte derweil mit wilder Entschlossenheit. Die Kampfgeräusche hallten über den Waldweg. Fast hatte er den Gegner bis an die Bäume am Rand des Weges getrieben. Da hörte er eine raue Stimme rufen: »Ergib dich, oder dein Freund stirbt!«

Und aus den Augenwinkeln heraus sah er, dass ein weiterer Wegelagerer seinem Kameraden das Schwert an die Kehle hielt. Einen Lidschlag war er abgelenkt, und sein Gegner nutzte die Chance. Er hieb ihm das Schwert aus der Hand.

Trotzdem hätte er weitergekämpft, mit seinem Messer oder mit bloßen Fäusten, wenn er eine andere Möglichkeit gehabt hätte. Aber das Leben seines Kameraden war in Gefahr. So verharrte er mitten in seiner Bewegung und hob die Hände.

Verdammtes Räuberpack!, dachte er voller Zorn.

Er schaute sich um und erkannte, dass alle Gegenwehr ohnehin nichts genutzt hätte. Fast ein Dutzend finstere Gestalten sprangen zwischen Büschen und Baumstämmen hervor, und ein Mann mit Pfeil und Bogen kletterte von einer Buche, auf der er verborgen vom Blätterdach gelauert hatte. Im Nu waren die Waffenknechte umringt.

Und Morgan lag regungslos auf dem Boden, mit blutüberströmtem Gesicht.

Tot!, dachte der Soldat noch, als ihn ein Keulenhieb traf und er ohnmächtig vornüber fiel.

Der Anführer der Bande gab mit ruhiger Stimme Befehle. Rasch trugen jeweils zwei Mann die bewusstlosen Soldaten zwischen die Büsche am Wegesrand.

Anschließend trat der Mann zu Morgan, drehte ihn mit der Stiefelspitze herum und starrte auf ihn hinab.

»Dem ist nicht mehr zu helfen«, sagte er finster. »Warum wollte er auch den Helden spielen?«

Er winkte zwei seiner Männer heran. »Lasst ihn im Wald verschwinden.« Dann hob er lauschend den Kopf, als er den Kuckucksruf hörte. »Beeilt euch«, rief er. »Das Fuhrwerk ist gleich da!«

4. Kapitel

Inzwischen hielt Kutscher Ben nach dem Schäfer Ausschau. Er sah eine Gestalt im Dunkeln zwischen den Baumstämmen am Wegesrand, nahm eine huschende Bewegung wahr, und er wollte gerade dem Schäfer die Meinung sagen, als ihn der Pfeil traf.

Ben verspürte einen Schlag gegen die Brust und hatte das Gefühl, gegen den Sitz geschleudert zu werden. Dann stachen Schmerzen durch seine Brust, und er glaubte, etwas in seinem Innern sei zerrissen. Rote Schleier wallten vor seinen Augen. Er wollte schreien, doch er brachte kein Wort hervor, nur ein Röcheln. Er konnte sich auf einmal nicht mehr bewegen. Alles um ihn begann sich zu drehen, und die Schmerzen brandeten wie eine Woge über ihn hinweg. Er glaubte zu stürzen, doch er fiel nicht vom Kutschbock. Der Pfeil hatte ihn gegen den Sitz gespießt.

Er sah nicht die finsteren Gestalten, die jetzt links und rechts zwischen Büschen und Bäumen hervorsprangen. Schwerter blitzten in der Sonne, und für Ben war es, als zuckten feurige Blitze auf ihn zu.

Meine Frau hat recht gehabt, dachte er. *Ich habe es geahnt, dass sie irgendwann einmal tatsächlich das Richtige weissagt. Blitz und Donner sind da, wie aus heiterem Himmel! Und weder Ritter Morgan noch das Zaubermittel haben mich davor bewahren können.*

Er tastete zu dem Beutelchen an seinem Hals. Seine Hand war plötzlich nass. Er blickte an sich hinab.

Alles war rot, dunkelrot. Und irgendetwas steckte in seiner Brust.

Wie aus weiter Ferne hörte er einen Schrei. Dann verdunkelte sich der blutrote Schleier vor seinen Augen und von einem Augenblick zum anderen war alles schwarz und totenstill.

Eriwein sah seinen Freund Ben zusammenzucken und hörte ihn röcheln. Voller Entsetzen starrte er auf den Pfeil in Bens Brust, fassungslos, vor Schreck wie betäubt. Dann zuckte sein Blick in die Runde, und er sah die finsteren Gestalten, die auf die Kutsche zustürmten, sah wilde, bärtige Gesichter und funkelnde Schwerter. Es war wie in einem bösen Traum.

Eriwein reckte zitternd die Hände hoch. Er wollte um Gnade flehen, doch er kam nicht mehr dazu. Einer aus der wilden Horde sprang auf das vordere Wagenrad und schwang einen Morgenstern.

Eriwein schrie in seiner Todesangst.

Dann traf ihn der Morgenstern, und der Schrei brach jäh ab.

Eriwein spürte nicht mehr, wie er vom Kutschbock stürzte und auf den Waldweg prallte. Eines der Schafe, das vor den wilden Gesellen fortgelaufen und hinter die Kutsche gelangt war, floh in den Wald.

Indessen war Johel de Vautort aus dem Fahrzeug gesprungen. Er zückte sein Schwert. Er hatte nur Eriweins gellenden Schrei gehört und wusste nicht genau, was geschehen war. Der Minnesänger glaubte nicht so recht an einen Überfall, denn Morgan und seine Männer ritten doch voraus und würden jeden Wegelagerer aufspüren oder den Kutscher vor Räubern warnen.

Johel sah den schwarzbärtigen Gesellen mit dem Morgenstern, der gerade vom Wagenrad herabsprang. Er sah das Blut an den Zacken der mörderischen Schlagwaffe und erfasste die Situation mit einem Blick.

Furchtlos sprang er mit erhobenem Schwert auf den Kerl zu, der schon wieder den Morgenstern schwang. Geistesgegenwärtig ließ der Sänger sich fallen. Der Morgenstern krachte gegen die Kutsche. Holz splitterte.

Die Frauen in der Kutsche schrien auf.

Verzweifelt wollte Johel das Schwert hochreißen.

Doch da war plötzlich ein anderer Räuber neben ihm und fegte ihm mit einem wuchtigen Stiefeltritt das Schwert aus der Hand. Und bevor Johel aufspringen konnte, drückte ihm der Räuber die Schwertspitze gegen die Brust.

»Cray, du Narr!«, fauchte der Mann mit dem Schwert den Kerl an, der bereits wieder mit dem Morgenstern ausholte.

Cray verharrte in der Bewegung. Er wurde vom eigenen Schwung noch etwas nach vorn gerissen und es sah aus, als verlöre er die Balance. Doch er fing sich ab und blieb breitbeinig stehen. Mit funkelnden, grauen Augen starrte er auf Johel.

»Er hat mich angegriffen«, knurrte er mit einer Stimme, die an ein Donnergrollen erinnerte. »Und wenn mich einer angreift...«

»Wenn du ihn erschlagen hättest, würde Brehn dich vierteilen lassen!«, unterbrach ihn der andere.

Cray zuckte zusammen.

»Warum denn das?«, fragte er verständnislos.

»Denk mal nach, du Schwachkopf!«

Cray schien sich zu bemühen. Er war wohl nicht der schnellste im Denken, doch dann hatte seine Anstrengung Erfolg, denn seine Miene nahm einen betrübten Ausdruck an. Er wirkte plötzlich wie ein gescholtener Junge.

Wäre die Situation nicht so todernst gewesen, hätte Johel de Vautort gewiss gelacht. Denn es war schon komisch, diese beiden so ungleichen Kerle gegenüberzusehen.

Cray war ein wahrer Hüne. Der andere hätte gut und gerne zweieinhalbmal in ihn hineingepasst. Dabei war er keineswegs klein und schmächtig. Aber im Vergleich zu dem Koloss wirkte er wie ein kümmerlicher Wicht.

Doch er führte das Kommando, und Cray fügte sich ihm wie ein braver Hund seinem Herrn. Der Koloss starrte betreten auf seine Stiefelspitzen. Seine massigen, behaarten Hände, fast schon Pranken, hielten den Morgenstern wie ein Spielzeug.

Immer noch drückte der Anführer Johel die Schwertspitze gegen die Brust. Weitere wilde Gesellen tauchten bei der Kutsche auf. Sie waren mit Schwertern und Keulen bewaffnet, und einer von ihnen mit Pfeil und Bogen. Sie durchsuchten die Taschen der Toten nach Beute.

»Schafft mir die Schafe aus dem Weg!«, befahl der Anführer dem Kerl mit dem Morgenstern.

»Tu ich, Pasco«, sagte Cray eifrig und stampfte davon.

»Ihr transportiert die beiden anderen Schäflein ab!«, wandte sich Pasco an die anderen Männer. Er nickte grinsend zur Kutsche hin. Dann schaute er auf Johel hinab. »Und den Hammel hier!«

Raues Gelächter ertönte.

Johel de Vautort wusste, dass er keine Chance hatte. Die Übermacht war zu groß. Es konnte fast ein Dutzend wilder Gesellen sein, die sich inzwischen bei der Kutsche eingefunden hatten. Und Pasco hielt ihm immer noch das Schwert auf die Brust.

Was mochte mit Ritter Morgan und den Waffenknechten geschehen sein?

Ein Reiter sprengte heran. Er trug ein leichtes Kettenhemd, das voller Blut war.

»Alles erledigt«, meldete er. »Wir haben zwei geschnappt.« Er musterte Johel. »Ist das der berühmte Ritter?«

Pascos dünne Lippen verzogen sich zu einem Grinsen. »Das werden wir gleich erfahren.« Er stellte einen Fuß auf Johels Brust und hielt ihm das Schwert an die Kehle.

»Du bist Ritter Morgan«, sagte Pasco, und es klang völlig überzeugt.

Verrat!, durchfuhr es Johel. *Sie wissen genau, dass Morgan die Kutsche begleitet.* Er zögerte mit der Antwort. Seine Gedanken jagten sich. *Das waren keine Wegelagerer, die eine Kutsche überfallen hatten, um Beute zu machen. Sie hatten es auf Ritter Morgan abgesehen.* Aber niemand außer Sir Ronan of Launceston und Laird of Graystoke wussten, dass Morgan die Braut Victoria und ihre Zofe Eira nach Blackstone Castle geleiteten!

Einer der Räuber hatte berichtet, dass die Knechte in ihrer Gewalt seien. Sie mussten in eine Falle geritten sein. Aber wo war Morgan? War er entkommen?

»Was wollt ihr von Ritter Morgan?«, fragte Johel.

»Ich will wissen, ob du das bist?«, entgegnete Pasco. Er gab einen herrischen Wink und rief: »Cray!«

Der Mann mit dem Morgenstern, der die Schafe verscheucht hatte, stampfte heran.

»Soll ich ihm doch den Schädel einschlagen?«, fragte er hoffnungsvoll und schaute den Minnesänger an, als wolle er schon Maß nehmen.

»Nicht, wenn er zugibt, dass er Morgan ist«, sagte Pasco. Er nahm den Fuß von Johels Brust, zog das Schwert fort und trat ein paar Schritte zurück, um Cray Platz zu schaffen.

Cray schwang den Morgenstern.

Johel sah das Blut an den Eisenzacken und erschauerte. Er zögerte keinen Augenblick länger. Was blieb ihm anderes übrig, als sich für Morgan auszugeben?

»Ja, ich bin Morgan«, antwortete er schnell.

Cray blinzelte enttäuscht und hielt in der Bewegung inne.

Pasco nickte zufrieden. »Wir wussten, dass Ihr in der Kutsche wart«, sagte er selbstgefällig. Er betonte die Anrede spöttisch und spuckte aus. »Ich wollte nur die Bestätigung.«

»So ist es immer«, erklärte der Reiter mit dem blutigen Kettenhemd und lachte. »Die hohen Ritter sitzen bequem auf dem faulen Arsche und schäkern mit den Weibern, und die Waffenknechte schicken sie in die Gefahr.«

»Lass das nicht Meister Brehn hören«, bemerkte Pasco mit einem tadelnden Blick. »Es könnte dich den Kopf kosten.«

Anschließend wandte er sich grinsend an Johel. »Wo sind die Silberlinge?«

»Welche Silberlinge?«, fragte der Minnesänger, um Zeit zu gewinnen, denn er hoffte, dass Morgan noch auftauchen und das Blatt wenden könnte.

»Stell dich nicht dümmer als du bist«, sagte Pasco, und in seinen blassblauen Augen blitzte es zornig auf. »Ich rede von der Mitgift der Braut!«

Johel war überrascht. Sie wussten von der bevorstehenden Hochzeit auf Blackstone! Vielleicht war dort die undichte Stelle. Sie vermuteten, dass Victoria eine Mitgift bei sich hatte. Aber das war doch gar nicht der Fall!

»Es gibt keine Mitgift«, sagte Johel. »Ihr sollt alle Silberlinge bekommen, die wir bei uns haben, vielleicht zehn und ein paar, wenn ihr uns weiterfahren...«

»Papperlapapp!«, unterbrach Pasco ihn ärgerlich. »Ich spreche nicht von lächerlichen zehn Silberlingen, auch nicht von hundert. Sondern von tausend silbernen Eierchen, die der Laird of Graystoke seiner Tochter mit auf den Weg gab.«

»Es gibt keine tausend Silberlinge. Jemand muss euch einen Bären aufgebunden haben. Ihr könnt alles durchsuchen.«

»Das werden wir auch«, sagte Pasco finster. »Und der Allmächtige sei euch gnädig, wenn wir die Silberlinge nicht finden.«

Er wandte sich ab und gab den Räubern einen Wink. »Fesseln und seine Sachen durchsuchen!«

»Die Damen auch?«, fragte der Kerl mit dem blutigen Kettenhemd und schwang sich vom Pferd. Er kicherte.

Pasco bedachte ihn mit einem eisigen Blick. »Willst du, dass Brehn dich vierteilen lässt?«

Das Kichern verstummte abrupt.

»N... nein«, stotterte er.

»Dann benimm dich, wie es sich für Ritter Brehns Knappen geziemt!«

Johel verstand überhaupt nichts mehr. Hatte der Kerl tatsächlich *Ritter Brehn* gesagt? Und hielten er und seine mordenden Spießgesellen sich wirklich für Knappen?

Das konnte doch nicht wahr sein!

5. Kapitel

Das Blöken der Schafe blieb hinter der Kutsche zurück. Die Räuber hatten die Herde vom Weg getrieben und die Waffenknechte Cynan und Rhodri in die Kutsche geworfen. Sie waren ebenso wie Johel de Vautort gefesselt. Rhodri war noch bewusstlos.

Edeldame Victoria heftete den Blick ihrer himmelblauen Augen auf Rhodri. Sie war blass und verstört. Zofe Eira wirkte im Gegensatz zu ihrer blonden Herrin erstaunlich gefasst.

»Was ist geschehen?«, fragte sie Cynan und legte die Rechte auf die Wölbung ihres Leibes. »Wo ist Ritter Morgan?«

Cynan wischte sich über die Augen. Er sah noch einmal seinen Ritter blutüberströmt auf dem Waldweg liegen und glaubte noch einmal einen der Räuber zu hören: *Der ist hinüber!* Und sein Herz krampfte sich zusammen. Alles in ihm weigerte sich, das Unfassbare zu glauben. Und doch musste es so sein.

Wenn Morgan lebte, hätten sie ihn genauso mitgenommen wie ihn und Rhodri. Zu ihrem Herrn, der angeblich ein Ritter sein sollte! Cynan spürte, wie seine Augen feucht wurden. Er glaubte, einen Kloß in der Kehle zu haben. Wie konnte er es den Damen und Johel schonend beibringen?

»Nun... äh... wir ritten in einen Hinterhalt«, sagte er mit belegter Stimme. »Diese Banditen haben den Schäfer getötet, wie ich vorhin hörte, und die Herde von der Lichtung aus auf den Weg getrieben, um den Weg für die Kutsche zu blockieren. Sie töteten unsere Pferde mit Pfeilen und griffen uns an. Es ging alles so schnell, wir konnten euch nicht mehr warnen.«

»Und Morgan?«, drängte Eira. Ihre sonst so weiche Stimme klang angespannt, fast schrill.

»Nun... äh... wir kämpften natürlich, doch die Übermacht war zu groß. Ich sah noch, wie Ritter Morgan vom Pferd stürzte, und gleich darauf wurde ich hinterrücks niedergeschlagen. Als ich zu mir kam, war ich gefesselt, und dann kam schon die Kutsche... und da bin ich... Morgan – muss den Lumpen entkommen sein.«

Victorias praller Busen hob und senkte sich unter einem schnellen Atemzug. Eira atmete ebenfalls auf, doch bei ihr geriet nicht allzu viel in Bewegung. Sie blickte aus dem Fenster, und es war, als fiele ein Schatten über ihr Gesicht.

»Sie halten mich für Morgan«, sagte Johel de Vautort. »Der Überfall war wohl geplant. Sie rechneten damit, eine Mitgift zu erbeuten. Und da es keine gibt, entführen sie uns, vermutlich, um ein Lösegeld zu erpressen. Gut, dass Morgan entkommen ist. Er wird uns folgen, und wie ich ihn kenne, wird er sich schon etwas einfallen lassen, um uns zu befreien.«

Es klang sehr optimistisch.

Eira musterte Cynan prüfend. »Ich glaube nicht, dass Ritter Morgan uns folgen kann«, sagte sie mit schwerer Stimme.

»Nicht?«, fragten Victoria und Johel wie aus einem Munde.

Der Blick aus Eiras großen, braunen Augen ruhte auf Cynan.

»Ich glaube auch nicht, dass uns Cynan die volle Wahrheit gesagt hat.«

Cynan fühlte sich äußerst unwohl in seiner Haut.

Eira blickte aus dem Fenster und nickte leicht. »Einer dieser schrecklichen Männer trägt Ritter Morgans Kettenhemd. Und es ist voller Blut.«

Cynan schluckte.

Johel starrte ihn überrascht an.

Victoria presste erschrocken die Hand vor den Mund.

»Der Mann trägt auch Ritter Morgans Stiefel«, fuhr Eira mit leiser Stimme fort. Ihr Blick schien bis in die Tiefen von Cynans Seele vorzudringen.

Cynan räusperte sich. »Vielleicht war er bewusstlos, und man hat ihm Hemd und Stiefel abgenommen, bevor ihm die Flucht gelang.«

Eira nickte langsam. Ihre Augen schimmerten feucht. »Beten wir, dass es so ist«, sagte sie und senkte den Blick.

In diesem Augenblick regte sich Rhodri. Er tastete mit den gefesselten Händen an die Beule an seinem Hinterkopf. Blinzelnd sah er sich um.

»Wo – bin ich?«, flüsterte er.

Cynan sagte es ihm. Rhodris verständnisloser Blick wurde klarer. Die Erinnerung setzte ein. Und sein ohnehin bleiches Gesicht schien noch eine Spur blasser zu werden. Seine Miene nahm einen entsetzten Ausdruck an.

»Sie... sie haben Ritter Morgan umgebracht«, stammelte er.

Und seine Augen füllten sich mit Tränen.

6. Kapitel

Sir Owain of Blackstone war frohen Herzens. Vor etwa einer Stunde hatte er die gute Botschaft erhalten. Victoria war auf dem Weg. Allerdings liege die Kutsche mit Achsbruch in einem kleinen Tal am River Taw fest. Aber man besorge eine neue aus dem nächsten Ort und hoffe, am nächsten Morgen in Blackstone zu sein.

Sofort hatte Owain seinen Schimmel satteln lassen und war losgeritten, der Kutsche entgegen, um Victoria zu überraschen. Sein Herz brannte darauf, die Jungfer zu sehen. Er kannte sie nicht. Sein Vater, der alte Arn of Blackstone, hatte sich mit Victorias Vater, Laird of Graystoke, geeinigt und Victoria als seine Braut bestimmt. Sie sollte das tugendhafteste Mädchen in Cornwall sein, von holdem Liebreiz und sanfter Art.

Wie oft hatte Owain sie sich in den letzten Wochen vorgestellt! Wie war sein Blut bei dem Gedanken, sie in die Arme schließen zu können, in Wallung geraten. Und manchmal hatte er sie in kühner Phantasie in das Schlafgemach getragen und entkleidet. Mal war sie blond, mal stellte er sie sich dunkelhaarig vor, doch immer in reizvoller Schönheit.

Auch jetzt erbebte sein Herz bei diesen Gedanken. Als er zum Flusstal des schmalen River Taw galoppierte, glaubte er Victoria in ihrem ganzen Liebreiz vor sich zu sehen.

Deshalb sah er nicht die Gefahr.

Der Schimmel erkannte sie. Als sich plötzlich das Loch vor ihm auftat, sprang er instinktiv, ohne auf ein Kommando seines Reiters zu warten, der gerade in Gedanken seidiges Haar streichelte und verzückt vor sich hin lächelte.

Der Schimmel sprang gut.

Mit einem gewaltigen Satz flog er über den Graben hinweg und setzte auf der anderen Seite auf. Doch er hatte nicht mit der Heimtücke der Zweibeiner gerechnet, die diese Falle errichtet hatten. Seine Vorderläufe brachen durch Zweige, Laub und Gras, die von den Wegelagerern über ein weiteres Loch gelegt worden waren.

Der Schimmel stürzte.

Owain wurde jäh aus seinen süßen und pikanten Träumen gerissen.

Er flog plötzlich wie von einem Katapult hochgeschleudert über sein Pferd hinweg, das sich mit einem schrillen Wiehern überschlug. Die Bäume am Wegesrand schienen vorbeizurasen, und ein Busch wuchs vor ihm ins Riesenhafte. Unbewusst schrie er auf und riss noch schützend die Arme vors Gesicht. Dann krachte er auch schon in einen Brombeer- oder Himbeerstrauch, der etwas in den Weg hineinragte. Dornen stachen ihm in Hände und Gesicht und rissen ihm die Haut auf. Owain blieb die Luft weg. Er hatte das Gefühl, sich sämtliche Knochen gebrochen zu haben. Benommen betastete er sich und stellte verwundert und erfreut fest, dass noch alles an der richtigen Stelle war. Er wollte sich gerade aufrappeln, als ein Schatten auf ihn fiel.

Owain starrte hoch und sah ein grinsendes Gesicht mit grauen Augen und einem zottigen, schwarzen Vollbart über sich.

»Wer... wer seid ihr?«, stammelte Owain.

Das Bartgestrüpp klaffte auf, und der Mann, der wie ein Riese über Owain aufragte, sagte:

»Ich bin Cray, der Meister des Morgensterns.«

Drohend hob er die Rechte. Er hielt den blutbefleckten Morgenstern in der behaarten Pranke.

»Gnade... Gnade!«, schrie Owain, und versuchte, dem Schlag auszuweichen, als der Morgenstern auf ihn herabsauste. Etwas knackte, und ein dumpfer Aufprall folgte.

Owain glaubte sich verloren. Doch dann hörte er ein raues Lachen aus vielen Kehlen. Er war von finsteren Gestalten umringt. Und der Mann mit dem Morgenstern lachte dröhnend.

»War das ein Ulk!«, prustete der bärtige Hüne und zog seinen Morgenstern aus dem Brombeergestrüpp. »Der tapfere Recke hat sich vor Angst in die Hosen gemacht!« Erneut lachte er laut, und die anderen fielen in das Lachen ein.

»Was – wollt ihr von mir? Ich habe nur ein paar Silberlinge bei mir!«

»Silberlinge, hahaha!« Cray schüttelte sich vor Lachen.

Ein anderer Mann schob den Hünen zur Seite. »Vergeudet keine Zeit. Fesselt ihn und bringt ihn weg!«

Owain war kaum fähig, einen klaren Gedanken zu fassen. Er hatte das Gefühl, von einer rosaroten Wolke hinab in einen finsteren Schlund gefallen zu sein.

»Wohin wollt ihr mich bringen?«, fragte er kläglich.

»In die Hölle, mein Guter«, antwortete der Mann mit dem Morgenstern. »In die Hölle!«

7. Kapitel

Elfen tanzten auf einsamer Wiese in der Mondnacht. Wundersame, ätherisch schöne Damen, vom Mondlicht versilbert, nackt und von unbeschreiblicher Grazie. Sie lockten mit betörendem Gesang und verführerischem Tanz. Trolle tummelten sich um sie herum und zupften auf kleinen, goldenen Harfen. Es waren immer die gleichen Töne, und sie hallten seltsam laut, wie in einem großen Gewölbe.

Die Elfen wiegten sich im Takt der Musik. Eine tanzte auf ihn zu. Er erkannte das Gesicht. Es war Victoria.

»Morgan«, lockte sie mit heller Stimme. »Morgan...«

Er wollte ihre Hand ergreifen, doch da verschwammen plötzlich ihre schönen Züge, und vor ihm stand breitbeinig ein hünenhafter Mann, der einen blutroten Morgenstern schwang.

Auch die anderen Elfen verwandelten sich von einem Augenblick zum anderen. Eine hielt jetzt einen Bogen, spannte ihn, und ein Pfeil raste auf ihn zu. Ein leuchtender Pfeil, fast wie eine Sternschnuppe. Aus einer anderen Elfe wurde plötzlich ein dicker Mann mit einer Lanze. Er stürmte heran, stieß mit der Lanze zu!

Morgan stöhnte auf.

Das Harfenspiel wandelte sich in Paukenschläge. Immer lauter wurden sie, und sie schienen in seinem Schädel widerzuhallen.

Aus einer grazilen Elfe von unglaublicher Anmut war ein bärtiger Kerl geworden. Er schwang ein blitzendes Schwert und wuchs vor ihm ins Riesengroße.

Er bohrte ihm das Schwert in die Brust!

Seltsam, dass er nur ein leichtes Prickeln verspürte, gerade so, als sei er mit einer Nadel gepiekt worden.

Es war eine Nadel. Eine Tannennadel.

Die Trolle hatten die Elfen vertrieben und spielten ihren bösen Schabernack mit Morgan.

Sie hatten ihn in einer Mulde unter dem Laub im dunklen Wald entdeckt, wo ihn die Räuber als vermeintlich Toten zurückgelassen hatten. Sein Oberkörper war nackt gewesen. Nur die Bruche mit den Beinlingen hatten ihm die Räuber gelassen.

Ein grinsendes, runzliges Gesicht beugte sich über ihn. Die seltsame Gestalt hielt ein Licht in der Hand. Nein, das Licht wuchs zu einer flackernden Fackel. Morgan hatte das Gefühl, ein glühender Hauch senge seine Stirn an. Er spürte einen stechenden Schmerz an der Schläfe.

Verzweifelt riss er eine Hand hoch, wollte die brennende Fackel wegschlagen.

Was war geschehen?

Morgan schüttelte modrig riechende Blätter und Tannennadeln ab und setzte sich ächzend auf. Das Geheul hallte wie mit tausend Echos durch seinen schmerzenden Kopf. Er tastete zur Stirn. Eine Beule, so groß wie ein Kuckucksei. Getrocknetes Blut. Eine Platzwunde. Er blickte an sich hinab und bemerkte, dass man ihm Waffenrock, Kettenhemd und Stiefel weggenommen hatte.

Sofort begann er zu frösteln.

Wie kam er so in den Wald?

Waren da nicht ein Bogenschütze, ein Mann mit Morgenstern und noch ein paar Burschen gewesen, die mit Schwertern, Keulen und Lanzen auf ihn zugestürmt und ihn niedergeschlagen hatten?

Verrückt. Er musste das alles geträumt haben, oder?

Aber er lag in diesem Wald. Das war kein Traum. Irgendjemand musste ihn niedergeschlagen und ausgeraubt haben. Morgan brauchte einige Zeit, bis seine Erinnerung einsetzte. Und dann fluchte er.

Sein strenger Vater, Sir Ronan of Launceston, Sheriff von Cornwall, hatte ihm den Auftrag gegeben, Edeldame Victoria und ihre Zofe sicher nach Burg Blackstone zu bringen. Er hatte versagt, war wie ein Schaf in eine Falle geritten.

Schaf? Das weckte eine andere Erinnerung. Die Schafherde! Sie musste absichtlich auf den Fahrweg getrieben worden sein, um dem Fuhrwerk und der Vorhut den Weg zu blockieren. Er und die Waffenknechte waren stets wachsam gewesen und hatten nach Hindernissen oder geeigneten Plätzen für einen etwaigen Überfall aus dem Hinterhalt Ausschau gehalten. Nie wäre Morgan auf die Idee gekommen, dass Räuber eine ganze Schafherde zu einem Überfall einsetzten.

Man lernt eben nie aus, dachte er.

Was mochte aus den anderen geworden sein?

Morgan schluckte. Sein Mund war trocken.

Cynan und Rhodri hatten ebenso wenig eine Chance gehabt wie er. Er hatte sie praktisch in die Falle geschickt. Es waren zu viele Angreifer gewesen, und es war alles zu schnell gegangen. Er und die beiden hatten nicht einmal mehr Gelegenheit gehabt, die Passagiere in dem unbeholfenen Fahrzeug zu warnen. Höchstwahrscheinlich waren alle den Räubern in die Hände gefallen.

Schreckliche Visionen stiegen vor Morgan auf. Im Geiste sah er seine Gewappneten niedergemacht am Boden liegen. Sah seinen Freund Johel mit einem Schwert im Herzen und glaubte die Schreie der beiden Frauen zu hören.

Er machte sich bittere Vorwürfe und war sich sicher, dass er das Vertrauen seines Vaters enttäuscht hatte. Und vielleicht hatte er das Leben von Cynan und Rhodri, von Johel und den anderen auf dem Gewissen. Er bekam eine Gänsehaut bei diesem Gedanken.

Es wurde Zeit zum Handeln. Morgan erhob sich und stöhnte auf. Sein ganzer Körper schmerzte. Aber er war noch einmal davongekommen. Weshalb hatten sie ihn für tot gehalten? Nun, vielleicht hatten sie es wegen des nahenden Fuhrwerks zu eilig gehabt, ihn näher zu untersuchen. Er war von einem Pfeil getroffen worden und mit der Stirn auf einem scharfkantigen Stein aufgeschlagen und hatte wohl einen schrecklichen Anblick geboten.

Er lebte. Nur das zählte. Er war entschlossen, alles Menschenmögliche zu tun, um die Räuber aufzuspüren und das Schicksal seiner Gefährten aufzuklären.

Wie konnte er seinem Vater sonst jemals wieder unter die Augen treten? Schließlich hatte er den Auftrag erhalten, weil sein Vater ihm grenzenlos vertraute und in dieser heiklen Mission keinen anderen einsetzen wollte. Morgan hatte sich schon früher bei solchen Ritten bewährt, und die beiden Soldaten Cynan und Rhodri waren dabei so etwas wie seine Vertrauten geworden.

8. Kapitel

Der Schein des Lagerfeuers zuckte über Brehns breites Gesicht. Die Narbe an seiner rechten Wange funkelte rot wie der Wein, den er aus einem Tonkrug in den Becher goss.

Brehn setzte den Becher an die wulstigen Lippen und trank ihn in einem Zug leer. Dann wischte er sich mit dem Handrücken über den Mund und rülpste vernehmlich.

Er gab Linelle einen knappen Wink. Die dralle, blonde Maid, die in Brehns Lager das Mädchen für alles war, eilte herbei und räumte eilig die Zinnteller zusammen. Ein Kanten Brot und ein Rest Braten waren wieder einmal übriggeblieben. Bei jedem Mahl ließ Brehn etwas übrig. Das war eine Marotte von ihm. Selbst wenn er nach vollbrachten Untaten hungrig wie ein Wolf war und im ersten Durchgang auch mit dem letzten Krümel die Soße aufgetunkt hatte, sodass der Teller blitzblank war, ließ er etwas darauf zurück. Er bestellte einfach etwas nach und rührte es nicht an, weil er ja längst so vollgestopft war, dass er nichts mehr hinunterbekommen konnte.

Es gab eine Erklärung für dieses absonderliche Verhalten.

Als Kind hatte er immer den Teller leer essen müssen.

Und wenn er noch so satt gewesen war. Es hatte Hiebe mit dem Stock gesetzt, wenn er nicht alles aufgegessen hatte, was auf den Tisch gekommen war. Da hatten seine Eltern, arme Köhler, keine Gnade gekannt.

Jetzt bereitete es Brehn eine Wonne, ja geradezu Befriedigung, stets etwas auf dem Teller zurückzulassen.

Und er kannte auch in anderen Dingen keine Gnade.

Als Linelle sich bückte, um das Geschirr aufzunehmen, kniff er ihr in den prallen Po. Mit großer Kraft.

Sie quietschte schrill auf.

Das gefiel Brehn. Er lachte zufrieden. Es bereitete ihm Vergnügen, über die Menschen in seinem Lager nach Belieben zu verfügen. Er genoss seine Macht.

Edlen Damen gegenüber gab er sich als vollendeter Kavalier und bezeichnete sich dabei gern als Ritter. Oh, er wusste Bescheid, wie sich die hohen Herren bei Hofe aufführten. Er hatte es einmal erlebt, als junger Bursche. Es war ihm unvergessen geblieben.

Er hatte die feinen Damen in ihren kostbaren Roben angestaunt, und er hatte die Ritter bewundert, die sich so ganz anders gegenüber dem anderen Geschlecht benommen hatten als sein Vater gegenüber seiner Mutter. Die feinen Damen hatten Handküsse bekommen und waren mit wohlgesetzter Rede hofiert worden. Seine Mutter hatte vom oft betrunkenen Vater Prügel bekommen und war als Metze beschimpft worden.

Ja, Brehn wusste sich feinen Damen gegenüber zu benehmen.

Doch Linelle war für ihn weder fein, noch Dame. Sie war von niederem Stand, eine Magd, die früher im Stroh, bei den Schweinen im Stall genächtigt hatte. Irgendeiner von Brehns wilden Gesellen hatte sie nach einem Raubzug mangels anderer Beute angeschleppt, und seither lebte sie in Brehns Lager.

Manchmal sehnte sie sich nach dem Schweinestall zurück.

So wie jetzt.

Doch sie war ein sehr duldsames Mädchen und hatte von klein auf gelernt, dass man sich in sein Schicksal zu fügen habe. Besonders, wenn man es doch nicht ändern konnte. Wenn der Allmächtige es wollte, dass Brehn ihr blaue Flecke zufügte, dann musste er schon seine Gründe dafür haben. Und wenn *Er* nicht wollte, dass sie in diesem Lager lebte, dann würde *Er* ihr eines Tages schon Hilfe schicken.

Trotzdem hatte sie schon oft mit dem Gedanken gespielt, einfach fortzulaufen. Doch wohin sollte sie? Sie war ein Waisenkind, und der Schweinehirt, der sie damals aufgenommen hatte, lebte nicht mehr. Er war von Brehns Gesellen erstochen worden. Hier bekam sie zu essen und zu trinken und hatte sogar eine eigene Hütte. Dafür konnte man schon ein paar Unannehmlichkeiten in Kauf nehmen, oder?

Sie schritt mit dem Geschirr davon.

Brehns wohlgefälliger Blick ruhte auf ihrer Kehrseite. Er nahm sich vor, Linelle später am Abend ein kleines Geschenk zu bringen. Sie konnte sich freuen wie ein kleines Mädchen, wenn ihr Herr mal freundlich zu ihr war.

Brehn puhlte sich mit langen Fingernägeln zwischen den Zähnen. Er fand ein paar Essensreste, betrachtete sie interessiert, schob sie wieder in den Mund und kaute darauf herum. Dann setzte er den Becher erneut an die wulstigen Lippen und trank ihn in einem Zug leer. Zufrieden wischte er sich mit dem Handrücken über den Mund und rülpste.

Erst dann wandte er sich an Pasco, der die ganze Zeit über stumm und ehrfürchtig vor ihm kniete.

Barsch fuhr er ihn an: »Nun berichte schon!«

Darauf warte ich doch nur, dachte Pasco. Doch Brehn hatte ihm den Mund verboten, hatte ihn angebrüllt, er wolle bei seinem Mahl nicht gestört werden und ihm befohlen, auf die Knie zu gehen.

Manchmal stieg in Pasco der Verdacht auf, dass sein Herr ein Tyrann war. Doch er hütete sich, so etwas laut zu denken. Das konnte äußerst ungesund sein. Außerdem war es unklug, Brehns Missfallen zu erregen. Pasco wusste, wer ihm Nahrung und Unterkunft gewährte und dafür sorgte, dass es der Bande gut ging.

Pasco hatte sich alles wohl überlegt, doch jetzt verhaspelte er sich in seinem Übereifer, es Brehn recht zu machen.

»Herr, wir sollten... wir ritten wie befohlen mit den Pferden...«

»Womit sonst, wenn nicht mit den Pferden!«, schnauzte Brehn. »Fasse dich kurz, oder ich lasse dich auspeitschen!«

Nun war Pasco kein Meister der fließenden Rede, wenn auch die anderen ihn dafür hielten, weil er im Gegensatz zu den meisten von ihnen lesen und schreiben konnte. Er war einst Stallbursche gewesen, bis Brehn ihn eines Tages zu seinem *Knappen* ernannt hatte.

Er war bemüht, sich kurz zu fassen, und die Lieblingsanrede seines Herrn zu verwenden.

»*Ritter* Brehn, wir haben den Auftrag wie befohlen...«

»Noch kürzer!«, fuhr Brehn ihn an.

»...ausgeführt.« Pascos Worte kamen jetzt wie Paukenschläge in schneller Folge. »Vier Tote. Fünf Gefangene...«

Brehn grinste, und Pasco wusste nicht, ob über seine prägnante Kurzfassung oder über die Bedeutung der Worte.

Pasco setzte nach. Jede Angabe kam so knapp und präzise über seine Lippen, dass er stolz auf sich war.

»Folgende Gefangene: Dame Victoria nebst schwangerer Zofe! Zwei Kriegsknechte«, eine winzige Pause vor dem letzten Paukenschlag, »und Ritter Morgan!«

Brehns Grinsen vertiefte sich. Sein breites Gesicht mit den buschigen, schwarzen Augenbrauen, den grünen Augen und der mächtigen Nase zeigte pure Zufriedenheit und Genugtuung. So musste ein Kater aussehen, der gerade eine besonders schmackhafte Maus vertilgt hatte, nachdem er sie eine Zeitlang gequält hatte. Der Blick seiner grünen Augen schien plötzlich in weite Ferne zu gehen. Der Flammenschein spiegelte sich darin.

Brehn tastete zur Narbe an seiner rechten Wange. Ein blutroter Streifen von einer Schwertklinge. Oder einem Dolch. Pasco nahm an, dass die Narbe ein Andenken an einen von Brehns heldenhaften Kämpfen war, von denen er so oft erzählte.

Fasziniert beobachtete er, welche Wandlung mit seinem Herrn vorging. Allmählich verlor sich Brehns zufriedenes Grinsen. Sein Gesicht nahm einen härteren Ausdruck an. Ein grausamer Zug war um seine Lippen getreten. Im Feuerschein hatte sein Gesicht fast etwas Dämonisches. Seine breite Brust hob und senkte sich unter einem tiefen Atemzug. Die silberne Kette mit den Bärenzähnen, die Brehn um den Hals trug, schabte leicht über das Kettenhemd.

»Wieder einer...«, brummte er mit leiser und schwerer Stimme, und ein fanatisches Funkeln war in seinem Blick, der über Pasco hinweg in weite Ferne gerichtet schien.

Pasco wusste, was sein Herr meinte. Wieder ein Ritter gefangen. Das war etwas, was Pasco nicht verstehen konnte. Manchmal hatte er den Eindruck, dass Brehn sich gar nicht so sehr für die Beute interessierte.

Wichtiger schien ihm die Gefangennahme eines weiteren Ritters zu sein.

Wie andere Jagdtrophäen oder kostbare Steine begehrten und horteten, so gelüstete es Brehn, sich eine Sammlung von Rittern zuzulegen!

Gegenwärtig waren es sieben, die im Lager *lebten.* Noch lebten. Denn es war nur eine Frage der Zeit, wann ihr Dahinvegetieren ein Ende haben würde. Sie waren bei Wasser und Brot in der Höhle des Berges, den Brehn als sein Burgverlies bezeichnete, angekettet.

Warum?

Das war für alle ein Rätsel.

Brehns Geheimnis.

Jemand hatte mal zu fragen gewagt, ganz zu Anfang, als er sich gewundert hatte, weshalb Brehn kein Lösegeld für die ersten Gefangenen forderte. Der Mann lebte nicht mehr.

Langsam kehrte Brehns Blick aus der Ferne zurück. Die grünen Augen, über denen sich die buschigen, schwarzen Augenbrauen wölbten, blickten Pasco wohlwollend an.

»Eine gute Kunde«, sagte er. »Es stimmte also tatsächlich, dass Ritter Morgan die Edeldame begleitete. Erinnere mich daran, dass unser Freund eine zusätzliche Belohnung erhält.«

Pasco nickte eifrig.

»Berichte weiter«, forderte Brehn ihn auf und schenkte sich erneut Wein ein.

Pasco hielt es für angebracht, jetzt mit dem Unangenehmen herauszurücken, da Brehn so gut gelaunt war.

»Keine Beute«, sagte er und blickte seinem Herrn tapfer ins Auge.

Brehn zuckte mit keiner Wimper. Er blieb so erstaunlich gelassen, dass Pasco verwirrt hinzufügte: »Wir haben alles durchsucht. Keine Mitgift. Nur das, was die Leute in den Taschen hatten. Die Abrechnung...«

Brehn winkte gnädig ab. »Kleinkram. Ihr könnt euch das teilen.«

Pasco frohlockte. Damit hatte er nun wirklich nicht gerechnet.

»Danke, *Ritter* Brehn, danke...« Er dienerte ein paarmal.

Brehn trank Wein und grinste dann Pasco an, der nach wie vor kniete.

»Ich hatte schon in meine Pläne einbezogen, dass die Mitgift auf anderem Wege nach Blackstone gelangt«, sagte Brehn. »Soll sie nur. Ich übernehme sie dann gleich mit der ganzen Burg.«

Das war es also!

Brehn hatte bisher nichts über seine Pläne verlauten lassen. Als Pasco den Auftrag bekommen hatte, die junge Braut zu entführen, hatte er zuerst geargwöhnt, Brehn wolle seine Sammlung auf adlige Damen ausdehnen. Doch dann hatte Brehn von einer großen Mitgift gesprochen. Aber soeben war er völlig gelassen geblieben, als er gehört hatte, dass sie die Mitgift nicht erbeutet hatten. Da war in Pasco wiederum der Verdacht aufgestiegen, dass es Brehn nur um seine absonderliche Sammlung von edlen Gefangenen gehe.

Doch Brehn hatte offenbar große Pläne. Endlich dachte er mehr ans Geschäft als an seine Sammelleidenschaft.

»Raffiniert!«, entfuhr es Pasco.

Brehn lächelte geschmeichelt.

»Nun, ich bin recht zufrieden mit dir«, sagte er gönnerhaft. »Mit Ritter Morgan hast du mir eine besondere Freude bereitet. Du kannst dich erheben.«

Dankbar stand Pasco auf. Seine Knie hatten schon geschmerzt. Ein Stein drückte gegen sein linkes Knie, scharf wie ein Dolch. Gerade eben hatte Pasco das Gefühl gehabt, der Stein wachse zu einem spitzen Felsbrocken. Jetzt war er überrascht zu sehen, dass es nur ein winziges Steinchen war.

»Wann kommt das Fuhrwerk hier an?«, fragte Brehn.

»Sie müssten bald hier sein. Ich bin mit dem besten Pferd vorausgeritten, um Euch so schnell wie möglich die Kunde zu überbringen.«

Brehn nickte. »Eine frohe Kunde.« Er sah Pasco wohlwollend an. »Vielleicht ernenne ich dich eines Tages zum Ritter.«

Pascos Mund klaffte auf.

Heute war anscheinend sein Glückstag. So gut gelaunt hatte er Brehn noch niemals erlebt.

Pasco konnte nicht ahnen, wie schlecht gelaunt er Brehn schon bald erleben würde.

9. Kapitel

Morgan schritt mit Groll im Herzen durch die kalte Nacht. Ein frischer Wind war aufgekommen, und ein Gewitter drohte.

Hunger und Durst plagten ihn. Seine nackten Füße schmerzten, und er fror. Aber schlimmer als alles andere war die Sorge um die treuen Soldaten, die ihn bei allen Aufträgen begleitet hatten. Und um Freund Johel sowie die beiden Frauen. Und die beiden Kutscher. Schlimmer waren die bangen Fragen, die quälende Ungewissheit, das Gefühl der Ohnmacht.

Er wusste, dass die Räuber mit der Kutsche davongefahren waren. Das hatte er aus den Radspuren gesehen. Vermutlich waren die Frauen entführt worden, möglicherweise auch Johel und die Gewappneten. Wenn man sie nicht getötet und irgendwo verscharrt hatte. Er hatte rings um den Ort des Überfalls im dunklen Wald gesucht, doch er hatte nichts entdecken können. Morgan war nahe an den mit Laub bedeckten Leichen der Kutscher vorbeigekommen, und wenn er eine Fackel gehabt hätte, hätte er sie vermutlich entdeckt.

Er überlegte, ob er bis zum Tag warten sollte, um im Hellen gründlicher zu suchen. Doch das entfernte Donnergrollen hatte ihn zur Eile gemahnt. Ein Gewitter zog von Norden heran.

Er musste den Spuren folgen, bevor sie vom Regen ausgelöscht wurden.

Etwa zweihundert Yards nördlich der Schafherde hatte er die alte Weidehütte gefunden. Vergebens suchte er dort nach dem Schäfer und fand nur einen toten Hund.

In diesem Teil Cornwalls kannte er sich nicht aus. Seit Stunden war er unterwegs, und es bestand kaum Aussicht, dass er so bald einer Menschenseele begegnete. Er wusste ja nicht einmal, wo der nächste Ort war.

Ein kalter Wind trieb ihm die ersten Regentropfen ins Gesicht. Ein Rascheln im Dunkeln ließ ihn zusammenzucken. Keine zwanzig Schritte vor ihm brach ein Schatten zwischen den Bäumen hervor. Eine Wildsau!

Morgan entspannte sich.

Er konnte sich nur mit bloßen Fäusten verteidigen, wenn er von irgendeinem Tier angegriffen wurde.

Dunkle Wolken verdeckten den Mond. Das Donnergrollen in der Ferne war schwächer geworden. Er hoffte, dass das Gewitter vorbeizog.

Doch seine Hoffnung erfüllte sich nicht. Bald darauf setzte heftiger Regen ein. Innerhalb kürzester Zeit waren Bruche und Beinlinge durchnässt. Blitze erhellten immer wieder die Umgebung, Donner krachte durch das Rauschen des Regens.

Morgan sank in Moos und Laub unter einen Buchenstamm.

Der Gewitterregen wird alle Spuren auslöschen, dachte er verzweifelt.

10. Kapitel

»Das ist nicht Ritter Morgan!«

Brehns Stimme klang grollender und bedrohlicher als der Gewitterdonner in der Ferne.

Pasco, der neben ihm stand und gerade noch von einer rosigen Zukunft als Ritter geträumt hatte, starrte seinen Herrn entgeistert an.

»Nicht...?«

Dann schaute er offenen Mundes zu den Gefangenen. Sie waren von den Fußfesseln befreit worden und standen im Schein der sechs Fackelträger in einer Reihe vor dem Fuhrwerk. Brehn hatte es sich nicht nehmen lassen, den Damen herauszuhelfen. Er hatte sich mit salbungsvollen Worten bei ihnen entschuldigt und ihnen sein *Ritterwort* gegeben, dass ihnen nichts geschehen werde. Der schwangeren Eira hatte er versichert, dass sie sich keine Sorgen machen müsse. Er habe einen Medicus unter seinen Gefolgsleuten, und er werde auch für eine Amme sorgen. Oh, er war galant und gutgelaunt gewesen. Bis ihm Pasco mit stolzgeschwellter Brust Ritter Morgan präsentiert hatte.

»Aber er hatte gesagt...«, begann Pasco verdattert und verstummte, als er zu Brehn sah und dessen Blick auffing. Er hatte das Gefühl, die grünen Augen seien wie Dolche. Und Brehns verzerrte Miene versetzte ihm einen Schock.

»Das ist Johel vom Dingsbums. Irgend so ein Balladensänger!«, brüllte Brehn, und die Ader an seiner Stirn schwoll an. »Ich sah ihn mal auf einer Feier bei Hofe!«

Johel lächelte leicht. Das erste Mal, seit er vom Tod seines Freundes Morgan durch Rhodri erfahren hatte.

»Nicht irgend so einer«, korrigierte er, »sondern der berühmteste in Cornwall!«

Brehn sah aus, als wolle er sich auf den Minnesänger stürzen und ihn auf der Stelle umbringen.

»Weshalb hast du Hundsfott dich für einen Ritter ausgegeben?«, schrie er, und in seinem Zorn vergaß er völlig, dass sich solch derbe Sprache vor Damen nicht geziemte.

»Weil ich einer bin«, erwiderte Johel beherrscht.

Brehn starrte verblüfft. Sein Zorn schien von einem Augenblick zum anderen verraucht zu sein.

»Tatsächlich?«, fragte er lauernd.

»Tatsächlich!«, erwiderte Johel wahrheitsgemäß.

»Nun gut«, sagte Brehn nach kurzem Zögern. »Das lässt sich ja feststellen. Aber wo ist Ritter Morgan?«

»Ihr Dreckskerle habt ihn ermordet!«, schrie Cynan, und sein feuriges Temperament ging mit ihm durch. Trotz der gefesselten Hände stürmte er auf Brehn zu, um ihn anzugreifen.

Er schaffte es nicht.

Brehn zog sein Schwert, bevor Cynan heran war, und schließlich war der mutige Soldat auch schon von einem halben Dutzend Räubern umringt.

Lynn, der Kerl, der Morgans Kettenhemd trug, wollte Cynan niederschlagen.

Doch Eira schrie auf und legte eine Hand auf die Wölbung ihres Leibes, und Brehn gebot Einhalt.

»Nicht vor den Damen«, herrschte er. »Schon gar nicht vor einer, die guter Hoffnung ist. Fort mit ihm!«

Drei mit Schwertern bewaffnete Männer brachten Cynan fort.

Brehn gab weitere Befehle. »Bringt die Frauen in ihr Quartier!«

Er wartete, bis einige der Fackelträger und zwei seiner Räuber, die er als Knappen bezeichnete, mit den Damen außer Hörweite waren.

Dann wandte er sich an Pasco.

»Berichte!«, sagte er in erstaunlich ruhigem Tonfall.

Pascos Bericht war mehr ein Stammeln. Doch das Bild rundete sich für Brehn ab. Er stellte noch einige Fragen, und am Ende gab es für ihn wie für Johel und Rhodri keinen Zweifel mehr daran, dass Morgan tot im Wald zurückgelassen worden war.

»Was sollten wir tun?«, versuchte sich Pasco zu rechtfertigen. »Die Soldaten hatten wir schon, doch dann griff der Ritter an, und außerdem wähnten wir ihn im Fuhrwerk und...«

»Schweig!«, fuhr Brehn ihn an.

Eine Weile starrte er dumpf brütend vor sich hin. Schließlich sah er wieder auf und sagte mit ruhiger Stimme:

»Ich hätte Morgan lieber lebend gehabt, aber das habt ihr ja verpatzt.« Er bedachte Pasco mit einem wütenden Blick. Pasco sah beschämt zu Boden. »Nun denn, Lynn!«

»Ja, Herr?«, sagte der Mann mit Morgans Kettenhemd eifrig.

»Du reitest zurück und holst mir Morgans Kopf!«

Johel und Rhodri erschauerten.

»Ich bitte Euch...«, begann Johel beschwörend, doch Brehn ließ ihn nicht ausreden.

»Schafft sie weg!«, rief er und gab seinen Männern einen herrischen Wink.

Sie trieben Johel und Rhodri vor sich her.

»Der Ritter kommt zu den anderen!«, rief Brehn ihnen nach.

Dann wandte er sich an Pasco. »Ich wollte dich doch irgendwann zum Ritter schlagen«, sagte er sanft. »Nun denn, so soll es geschehen.«

»Aber...«, begann Pasco verdattert.

Ein Grinsen spielte um Brehns wulstige Lippen.

»Gib mir dein Schwert und knie dich nieder«, sagte er ruhig.

Benommen gehorchte Pasco. Er konnte das alles noch gar nicht fassen. Brehn steckte wirklich voller Überraschungen. Vorhin hatte er noch getobt, und jetzt war er so großherzig und verzieh ihm seinen Fehler.

Er reichte Brehn das Schwert.

Brehn trat ein paar Schritte zurück.

»Cray!«

»Ja, Herr?« Der bärtige Gigant mit dem Morgenstern, der abwartend beim Fahrzeug stand, blickte überrascht auf.

»Komm mal her«, sagte Brehn.

Gehorsam stapfte Cray näher. Der Morgenstern wirkte seltsam klein in seinen prankenartigen Händen.

Überrascht blickte Pasco zu Cray. Ein Gefühl leichten Unbehagens erfasste ihn. Er hatte noch nicht erlebt, wie ein Knappe zum Ritter geschlagen wurde. Man hatte ihm erzählt, es sei irgendeine Zeremonie. Aber was hatte der Dümmste und Primitivste aus ihren Reihen mit dieser Zeremonie zu tun? Der konnte doch nichts anderes, als mit dem Morgenstern...

»Er wollte gern Ritter sein«, rief Brehn, bevor Pasco den Gedanken zu Ende führen konnte. »Nun, ich bin ein großzügiger Mann, der besondere Verdienste zu würdigen weiß.«

Pascos Wangen begannen zu glühen. Stolz erfüllte seine Brust. Brehn war anscheinend auch mit Ritter Morgans Kopf zufrieden.

»Danke, Herr, dass Ihr mir den kleinen Fehler verzeiht«, rief er bewegt. »Danke.« Und er verneigte sich tief.

Brehn grinste breit. Dann verzerrte sich sein Gesicht, und er schrie, dass es durch das Tal hallte:

»Cray, schlag ihn zum Ritter!«

11. Kapitel

Der Schrei gellte durch das Flusstal.

Schaurig hallte er von der kahlen Felswand und gegenüber vom bewaldeten, steilen Berg.

»Was... was war das?«, fragte Rhodri entsetzt.

»Da ist einer zum Ritter geschlagen worden«, erwiderte Brehns Geselle, der gerade die Tür hinter dem Gefangenen schließen wollte. »Mit dem Morgenstern!«

Er blickte hinaus und zurück zum Feuer. »Wir werden wohl einen neuen Anführer bekommen«, sagte er mit einem Schulterzucken zu seinem Kumpan, der neben ihm stand und die Fackel hielt.

»Der arme Pasco«, murmelte der krummbeinige Mann und bekreuzigte sich. Er sah aus, als müsste er sich übergeben.

»Er war immer ein Angeber«, erwiderte der andere. »hielt sich für besser als unsereins. Ich weine ihm keine Träne nach.«

Er warf die Tür der Hütte zu und schob den Riegel vor.

Cynan und Rhodri waren allein in der Dunkelheit. Die Schritte der beiden Kerle, von denen sie eingesperrt wurden, entfernten sich. Die Hütte besaß nur ein kleines, vergittertes Fenster, mehr ein Luftschacht.

»Diese Barbaren!«, knirschte Cynan. »Der Teufel soll sie alle holen!«

»Ach, wäre ich doch niemals auf den Gedanken gekommen, Morgan zu begleiten«, seufzte Rhodri.

»Sei nicht so weinerlich«, entgegnete Cynan. »Außerdem konnten wir ihn ja wohl schlecht allein losziehen lassen.«

Eine Weile herrschte Stille zwischen ihnen. Dann sagte Rhodri aus dem Dunkel: »Ich kann es noch nicht fassen, dass Morgan...« Rhodris Stimme klang wie erstickt. Er konnte nicht weitersprechen.

»Ich auch nicht«, murmelte Cynan. »Er wollte uns zu Hilfe kommen. Er hat sein Leben für uns gegeben.«

Cynans Augen wurden feucht. Doch das sah Rhodri in der Dunkelheit nicht.

»Was haben sie nur mit uns vor?«, wisperte Rhodri nach einer Weile.

»Keine Ahnung«, brummte Cynan. Er zerrte an den Stricken. Sie gaben nicht nach. Er fluchte.

»Eines steht fest«, sprach er dann ruhiger. »Sollte ich hier rauskommen, drehe ich diesem Verbrecher, der sich auch noch als Ritter ausgibt, den Hals um.«

»Aber wie sollen wir hier herauskommen?«, murmelte Rhodri. »Selbst wenn wir die Fesseln loswerden, dann ist immer noch die Tür verriegelt. Und selbst wenn wir die Tür aufbekommen, dann sind da immer noch die Wachen. Es gibt kein Entkommen.«

»Eines nach dem anderen«, sagte Cynan. »Fangen wir mit den Fesseln an. Wo bist du? Komm mal näher.«

Cynan tastete nach Rhodris Handgelenken. Die Fesseln waren fest verknotet. Cynan versuchte, die Knoten zu lösen. Mit den aneinandergebundenen Händen gelang es ihm nicht. Bald darauf gab er es auf.

»Halte die Hände hoch an mein Gesicht, Rhodri.«

Rhodri tat es, und Cynan rückte näher zu ihm, bis er die Zähne an den Stricken hatte. Cynan hatte ein kräftiges Gebiss.

Bald darauf war Rhodri die Handfessel los.

»Geschafft«, raunte er Cynan zu. »Jetzt noch deine...«

In diesem Moment klang Hufschlag auf. Schritte näherten sich der Hütte.

Rhodri und Cynan lauschten mit angehaltenem Atem.

Der Reiter hielt nahe bei der Hütte.

»Wo willst du denn noch hin?«, hörten sie eine raue Stimme fragen.

»Was geht dich das an?«

»Freundchen, sei nicht so frech. Wenn Brehn mich zum neuen Unterführer ernennt, werde ich dich...«

»Da brauchst du dir keine Hoffnung zu machen. Lynn tritt an Pascos Stelle. Brehn hat es soeben verkündet. Wenn Lynn den Kopf des Ritters bringt, müssen wir fortan auf sein Kommando hören. Du bleibst also genau so ein kleines Licht wie ich.«

Die Wache fluchte.

Der andere lachte. »Aber wenn es dich so sehr interessiert, wohin ich reite, will ich's dir verraten. Ich reite mit einer Botschaft zum Sheriff.«

»Nach Launceston Castle?«

»So ist es.«

»Und was ist das für eine Botschaft?«

»Streng geheim. An den Sheriff von Cornwall, Sir Ronan of Launceston. Aber wenn du mich fragst, so wette ich, dass wir bald sämtliche Ritter der Burg hier gefangen halten. Und Sir Ronan of Launceston noch dazu.«

»Ist Brehn denn völlig übergesch...«

»Sag es lieber nicht. Oder willst du auch Bekanntschaft mit dem Morgenstern von Cray machen?«

»Nein«, antwortete Lambert hastig.

»Ich auch nicht«, erwiderte der andere. »Ich muss jetzt los. Pass gut auf die Gefangenen auf.«

»Freilich.«

»Wo warst du denn gerade? Solltest du nicht vor der Tür auf Wache stehen?«

»Man wird doch nochmal kurz in die Büsche dürfen«, maulte der Wachtposten. »Verstehe sowieso nicht, weshalb wir die beiden nicht einfach in die Höhle zu den Rittern bringen. Dann könnte ich mir die Wache hier sparen.«

»Sie passen nicht in seine Sammlung«, sagte der andere und lachte. Dann galoppierte er davon.

Schritte näherten sich der Hütte.

Rhodri und Cynan lauschten angespannt.

Die Schritte verstummten. Die Wache war wieder auf ihrem Posten.

»Schnell«, flüsterte Cynan.

Rhodri befreite ihn von den Fesseln.

»Hast du das gehört?«, raunte Cynan.

»Ich glaubte meinen Ohren nicht zu trauen«, wisperte Rhodri.

»Ich auch nicht. Sie wollen Sir Ronan of Launceston und seine Ritter gefangen nehmen! Ungeheuerlich!«

Die Stricke fielen. Cynan rieb sich die Handgelenke.

»Wir werden es verhindern!«, antwortete er zuversichtlich. »Und wir werden Morgan rächen!«

In diesem Augenblick wurde der Riegel der Tür zurückgeschoben.

Cynan und Rhodri stockte der Atem.

12. Kapitel

Das Gewitter war vorüber. Regentropfen schimmerten wie Perlen auf Gras, Farn und Blättern. Ein Eichhörnchen huschte über den Stamm einer Blutbuche und verschwand unter ihrem Blätterkleid.

Morgan fror in der Morgendämmerung.

Der Himmel erhellte sich. Dunst lag wie zarte Seidengespinste über dem Weg und zwischen dunklen Tannen. Vögel begrüßten zwitschernd den neuen Tag.

Morgan schleppte sich über den Waldweg. Seine wunden Füße brannten. Er hatte sie an einem Bach gekühlt und sich das Blut abgewaschen, so gut es möglich gewesen war. Er hatte auch seinen Durst gestillt. Der Hunger war stärker geworden.

Von den Wagenspuren war nicht mehr viel zu erkennen. Der Gewitterregen hatte den Weg ausgewaschen. Morgan vermochte nicht mit Gewissheit zu sagen, ob es alte oder neue Furchen waren, denen er folgte. Zweimal hatte sich der Weg gegabelt, und er war auf gut Glück in der Dunkelheit weitergegangen. Vielleicht lief er längst in die falsche Richtung.

Wenn der verblichene Wegweiser stimmte, den er vor etwa zwei Meilen gesehen hatte, musste er bald einen Weiler erreichen. Er schritt schneller aus. Je früher er dort eintraf, desto besser. Hoffentlich lagen die Leute noch alle in den Federn, wenn er in diesem jämmerlichen Zustand dort eintraf.

Er erreichte den Waldrand und blieb stehen.

Keine zweihundert Yards entfernt, stand an einem bewaldeten Hang eine Hütte. Ein kleines Holz- und Lehmhaus und ein windschiefes Gebäude seitlich davon, das wohl der Stall war. Holzscheite waren an der Mauer der Hütte aufgestapelt. Morgan sah zwei kleine Felder daneben. Ein bescheidener Landmann lebte wohl dort, abseits des Weilers, den Morgan jenseits des Hügels vermutete.

Genau das richtige.

Dort musste er sich zumindest trockene Kleidung beschaffen. Dieser Gedanke gab ihm neue Energie. Er lief los.

Ein Hahn krähte, als er sich dem Anwesen näherte. Für Morgan klang es wie eine freudige Begrüßung. Er sah Rauch aus dem Kamin der Hütte aufsteigen und erinnerte sich daran, dass er vollkommen durchnässt war. Niemand kam aus der Hütte, als er auf bloßen Füßen über die vom Regen getränkte Erde näherschritt.

Er verharrte bei dem kleinen Fenster und warf einen Blick in die Hütte. Eine Küche. Niemand hielt sich darin auf. Er huschte zum vorderen Fenster. Eine einfache Stube. Ein Mann saß mit dem Rücken zu ihm und aß anscheinend etwas.

Morgan ging zur Tür und wollte gerade anklopfen, als ihn der schrille Schrei zusammenzucken ließ.

Es war zweifelsohne eine Frau, die da schrie.

Morgan ruckte herum.

In der halb geöffneten Stalltür stand eine junge Frau, hatte pechschwarzes, lockiges Haar, das unter ihrer einfachen Wollhaube hervorquoll. Sie starrte Morgan aus großen Kulleraugen an, und ihr Mund bildete immer noch ein »O«, obwohl der Schrei verklungen war.

Dann ließ sie den Korb fallen, den sie in einer Hand gehalten hatte, und Morgan sah, wie einige Eier zerplatzten.

»Ein Mann!«, hörte er sie kreischen. Dann klappte eine Tür, als sie im Haus verschwand, und die Stimme klang gedämpfter.

Der Mann in der Hütte antwortete.

Morgan klopfte an die Tür.

Er hatte die Hand noch nicht weggezogen, als sie schon aufflog.

Ein großer, rotbärtiger Mann mit graugrünen, funkelnden Augen stand vor Morgan.

Und er hielt ein Schwert in der vorgereckten Hand.

Seine Miene nahm einen verblüfften Ausdruck an. Doch seine Überraschung währte nur kurz. Dann drückte er Morgan das Schwert gegen die Brust.

»Ha, hab' ich dich erwischt!«, sagte er mit grimmiger Zufriedenheit. »Was schleichst du hier herum? Dazu noch dreckig und durchnässt wie ein Strauchdieb!«

»Lasst euch erklären...«, begann Morgan etwas unbeholfen.

»Darum will ich gebeten haben!«, fuhr ihn der Rotbart an. »Herein mit dir, oder dein letztes Stündlein hat geschlagen!«

Er trat zur Seite und winkte auffordernd mit dem Schwert.

Morgan betrat die Hütte.

Der Raum war einfach eingerichtet und sauber. Auf dem Eichentisch stand ein Teller mit Speck und Brot. Morgans Magen knurrte. Seit dem Frühstück am Vortag hatte er nichts mehr gegessen.

Der Rotbart musterte ihn von oben bis unten fast wie ein Bauer einen Bullen mustern mochte, den er zur Zucht erwerben wollte.

»Lass dir erklären«, sagte Morgan.

»Nur zu«, antwortete der Rotbart. Er spießte mit der Schwertspitze einen Speckwürfel vom Teller auf, schob sich den Speck in den Mund und kaute schmatzend.

Morgan lief das Wasser im Munde zusammen.

»Ich bin Ritter Morgan«, sagte er.

Der Rotbart verschluckte sich. Es sah aus, als bekäme er einen Hustenanfall, doch allmählich entwickelte sich daraus ein Lachanfall, der so heftig war, dass die obere Gesichtspartie genauso rot wurde wie der flammende Bart.

Als er sich wieder einigermaßen beruhigt hatte, prustete er:

»Ritter Morgan! Dass ich nicht lache! Ausgerechnet Morgan willst du sein, der tollkühne Held, von dessen Taten man sich bereits in ganz Cornwall erzählt! Der Sohn unseres Sheriffs!«

Morgan verbiss seinen Ärger und erzählte von dem Überfall und schloss, als er die skeptische Miene des Mannes sah: »Ich werde dich reich belohnen, wenn du mir hilfst.«

»Und ob ich dir helfe!«, sagte der Rotbart grimmig.

Er hielt Morgan das Schwert erneut vor die Brust. »Eine schöne Geschichte, die du da zum Besten gibst. Und belohnen willst du mich auch! So, wie du aussiehst, hast du in deinem Leben noch nie mehr besessen als ein paar Kupferstücke! Ein Lügner bist du! Ein hundsgemeiner Lügner! Eine andere Geschichte hätte ich dir vielleicht abgenommen, aber dass du dich ausgerechnet als Ritter Morgan ausgibst, als den berühmten Morgan!«

»Ich bin es aber tatsächlich, wie soll ich das beweisen? Mein Vater ist Sir Ronan, der Sheriff von Cornwall, wir leben auf Launceston Castle, und ich wollte eine Dame zu ihrem Bräutigam begleiten, weil ihre Familie mit uns entfernt verwandt ist. Dabei lauerte uns eine Räuberbande auf, die wohl alle entführt hat!«

Die junge Frau, die sich aus dem Raum geflüchtet hatte, trat jetzt wieder ein.

»Er könnte es sein, Vater!«

Ihr Vater stieß wieder sein uriges Lachen aus. »Wie kannst du das so schnell erkennen, Mädchen? Lässt sich ein Held wie der junge Morgan, von dessen Turniersiegen überall erzählt wird, von einer Räuberbande bis auf die Bruche ausziehen?«

Wieder drückte er Morgan die Schwertspitze gegen die Brust.

»Du bist mein Gefangener. Ich reite gleich hinüber nach Blackstone Castle und benachrichtige den Vogt, auf dass man dich abholt und in den Kerker wirft!«

Morgan kochte inzwischen vor Zorn. Er hatte es im Guten versucht, aber mit diesem Kerl war nicht zu reden. Welche Schmach, wenn man ihn von dieser Kate abholen ließ!

Ganz abgesehen davon, dass dabei zu viel Zeit vergehen würde! Es kam jetzt auf jede Stunde an, wenn er noch Spuren finden wollte, die ihn zu den Räubern führten. Die Aussicht war gering, aber er musste es versuchen.

Noch einmal sagte er eindringlich: »Ich habe die Wahrheit gesagt. Ich bin Ritter Morgan. Wenn du mir mit Kleidung, dem Schwert und einem Pferd hilfst, wirst du reich belohnt werden. Denk an das Schicksal der Frauen und Männer, die höchstwahrscheinlich entführt wurden.«

Der Mann winkte ab. »Papperlapapp.« Er spießte wieder einen Speckwürfel auf. Als er ihn in den Mund schieben wollte, handelte Morgan.

Er sprang auf ihn zu und wollte ihm das Schwert entreißen. Er umklammerte den Arm, doch der Mann wehrte sich heftig und stieß Morgan ein Knie in den Leib. Dieser taumelte zurück. Der Bauer war kräftig und erstaunlich behände. Morgan erkannte, dass er ihn unterschätzt hatte. Mit einem Ruck riss sein Gegner das Schwert frei. Morgan schnellte sich verzweifelt auf den Mann zu, wollte ihn zu Boden reißen – und stürzte ins Leere. Sein Gegner war blitzschnell ausgewichen.

Morgan prallte unsanft auf. Im nächsten Augenblick bohrte sich schon die Schwertklinge an seinen Hals.

»Auf die Nase gefallen, Ritter Morgan«, sagte der alte Mann spöttisch.

Morgan kam sich erbärmlich vor. Welche Demütigung! Von einem Bauern besiegt zu werden!

Auf Geheiß ihres Vaters band jetzt die Tochter dem Besiegten die Hände auf den Rücken. Morgan musste es mit ohnmächtigem Zorn hinnehmen, denn noch immer wurde er mit dem Schwert bedroht. Der Mann fesselte ihm noch die Füße und band ihn zusätzlich an ein Bein des schweren Eichenschrankes.

Kurz darauf hörte Morgan den Mann davonreiten.

Doch gleich darauf war die junge Frau neben ihm.

Er drehte den Kopf und sah sie an.

13. Kapitel

Die Tür schwang knarrend auf. Es ging so schnell, dass Cynan und Rhodri, die sich gerade befreit hatten, nichts mehr unternehmen konnten.

Die Wache stand in der Tür und hielt eine Laterne in der Hand.

»He, ihr seid doch Waffenknechte«, sagte er. »Ich habe mal eine Frage, Kollegen. Was verdient ihr denn so bei eurem Herrn...«

Er verstummte jäh, als er im Schein der Laterne sah, dass die Gefangenen nicht mehr gefesselt waren.

Cynan reagierte als Erster.

Er hechtete auf den überraschten Wachtposten zu, der vor Schreck die Laterne fallen ließ.

Cynan fegte ihn von den Beinen.

Da begann der Posten, gellend zu schreien.

Er schlug blindlings um sich und traf Cynan mit dem Ellenbogen an der Wange. Cynan sah augenblicklich Sterne.

Immer noch brüllte der Mann wie am Spieß.

Cynan umklammerte ihn und hieb mit der Faust zu.

Die Wache riss das Messer aus der Scheide am breiten Ledergürtel. Die Klinge funkelte unheilvoll im Schein der Lampe, als er damit ausholte.

Doch da war Rhodri heran. Bevor das Messer Cynan verletzen konnte, trat Rhodri zu. Sein Gegner schrie auf. Das Messer flog aus seiner Hand und klatschte gegen die offene Tür.

Cynan hatte den Mann jetzt im Griff. Er hielt ihn mit der Linken so fest umklammert, das seine Rufe in ein Röcheln übergingen. Dann schlug er mit der geballten Rechten zu.

Die Wache sackte zusammen. Doch im Lager wurde es laut und betriebsam.

Aufgeregte Stimmen erschallten. Türen klappten, Schritte waren zu hören.

»Schnell«, raunte Cynan Rhodri zu. »Das Messer und nichts wie weg!«

Noch etwas atemlos nach dem kurzen, aber heftigen Kampf, sprang er auf. Rhodri hetzte bereits zur Tür.

Vier Männer stürmten heran.

Rhodri hob das Messer auf. Cynan rannte los, fort von den vier Kerlen, die ihm den Weg versperrten und hoffte, dass es einen zweiten Weg aus dem Lager gab. Nur kurz spielte er mit dem Gedanken, sich den vier Burschen zu stellen, um vielleicht eine Waffe zu erbeuten und sich den Fluchtweg freizukämpfen. Doch weitere Gestalten tauchten auf, und Cynan erkannte, dass bei der Übermacht ein Kampf zum Scheitern verurteilt sein musste. Er hetzte an

Hütten vorbei und erreichte die tiefen Schatten. Doch sie hatten ihn natürlich gesehen.

»Ihm nach!«, brüllte einer der Verfolger.

Cynan warf einen schnellen Blick zurück. Sie hatten Rhodri in die Zange genommen. Rhodri versuchte, einen Haken zu schlagen. Einer der Räuber warf eine Keule. Sie traf Rhodri in die Hacken. Er stolperte und stürzte. Im Nu waren die Kerle bei ihm. Rhodri hatte keine Chance. Er ließ das Messer fallen und reckte die Arme hoch, als er Schwerter und Lanzen auf sich gerichtet sah.

Cynan fluchte lautlos.

»Los, schnappt den anderen!«, schrie jemand.

»Gemach, gemach!«, meinte ein anderer. »Der entkommt uns nicht. Es sei denn, er könnte schneller laufen als ein Wiesel!«

Es gab offenbar keinen Weg aus dem Lager, auf dem man unerkannt bleibt. Überall standen Posten auf Wache, wie Cynan gesehen hatte, als sie in das Lager einritten.

Gehetzt sah er sich um. Rechts ragte eine Felswand auf. Da hinauf konnte er nicht. Links über den bewaldeten Berg? Unmöglich. Es war viel zu weit bis dorthin. Unweigerlich würden sie ihn entdecken, wenn er über die freie Fläche lief. Ein Bogenschütze konnte ihn leicht erwischen, bevor er ins Dunkel der Bäume gelangte. Und sie hatten zumindest einen treffsicheren Bogenschützen in der Bande.

Er hörte, wie einer der Kerle Kommandos gab. Die Männer schwärmten aus. Hufschlag klang auf.

Es gab kein Entkommen.

Blieb nur eines: Er musste sich verstecken.

Er huschte im Schatten an der Hüttenwand entlang und spähte durch das Fenster, in der Hütte alles dunkel. Wenn er Glück hatte, war niemand darin. Und wenn jemand darin war, konnte er ihn vielleicht im Schlaf überraschen. Dann hatte er ein Faustpfand.

Die Verfolger waren kaum noch dreißig Schritte entfernt. Er glaubte bereits ihr Hecheln zu hören. Es war zu spät, um zur Tür der Hütte zu gelangen. Er drückte gegen das Fenster. Es schwang nach innen auf!

Cynan zögerte keinen Moment und stieg durch das Fenster in die Hütte. Nichts rührte sich. Doch – da war ein Geräusch gewesen. Ein Mensch hatte scharf eingeatmet. Oder war es nur ein keuchender Atemzug von ihm selbst gewesen? Er lauschte mit angehaltenem Atem. Stille. Draußen näherten sich die Verfolger.

»Er muss bei den Quartieren sein! Durchsucht die Hütten!«

Cynan zog schnell das Fenster zu.

Diese verdammte Dunkelheit!

Er tastete sich mit vorgehaltener Hand weiter. Offenbar war niemand in der Hütte. Aber sie würden sie durchsuchen. Der Schein einer Fackel fiel plötzlich durch das Fenster in die Hütte.

Cynans Blick zuckte in die Runde. Da sah er die Frau. Sie lag im Bett und schlief offensichtlich tief und fest. Drei Schritte bis zum Bett, vier bis zum Schrank.

Aus!, durchfuhr es ihn. Jetzt musste der Mann mit der Fackel durchs Fenster blicken und ihn entdecken! Oder die Frau wurde von dem Lärm wach und schrie!

Gehetzt blickte er zum Fenster. Der Mann mit der Fackel stürmte vorbei! Jemand gab draußen lautstark Kommandos, und offenbar war dem Mann eine andere Hütte zugeteilt worden.

Cynan atmete auf. Auf Zehenspitzen schlich er zum Bett. Wieder umgab ihn Finsternis. Nach drei Schritten ließ er sich auf die Knie nieder. Ein Blick zum Fenster. Erneut näherte sich Lichtschein. Cynan kroch unter das Bett. Die Bettdecke reichte bis zum Boden und verbarg ihn.

Er lauschte. Die Frau schien immer noch zu schlafen.

Jemand pochte gegen die Tür.

»He, Linelle!«, rief eine raue Stimme.

»Dummbeutel!«, ertönte eine andere Stimme vom Fenster her. »Damit warnst du ihn doch nur, wenn er da drinnen ist!«

Das Bett quietschte und drückte auf Cynans Kreuz, dass er kaum noch Luft bekam. Linelle setzte sich offenbar auf.

»Was ist los?«, rief sie. »Bei dem Krach, den ihr macht, kann man gar nicht schlafen!«

»Kannst du was sehen?«, ertönte die raue Stimme an der Tür.

»Und ob!« Der Mann lachte.

»Er ist da drin!«, brüllte der Mann mit der rauen Stimme. »Er kann ihn sehen!«

Cynan hielt den Atem an. Staub kitzelte die winzigen Härchen in seiner Nase und reizte ihn zum Niesen. Aber das war jetzt ohnehin gleichgültig. Sie hatten ihn entdeckt!

»Quatsch!«, rief da der andere. »Ich sehe nicht ihn, sondern eine halbnackte Linelle!«

Stoff raschelte, und Linelle rief: »Du Ferkel, du! Glotz mich nicht so an!«

Der Mann lachte. »Man wird doch noch mal gucken dürfen!«

»Scher dich davon, du lüsterner Kerl, oder ich beschwere mich bei Brehn!«

»Gemach, gemach, ich tue nur meine Pflicht«, erwiderte er verdrossen. »Einer der Gefangenen ist abgehauen und muss in einer der Hütten stecken. Wir müssen alles durchsuchen!«

»Hier ist keiner«, rief Linelle, und Cynan hätte sie dafür küssen mögen.

»Bist du sicher?«, kam die lauernde Rückfrage.

»Ganz sicher. Ich hätte doch gemerkt, wenn jemand bei mir eingetreten wäre!«

»He, ich werde trotzdem nachsehen, ob nicht jemand bei dir ist!«

»Ich weiß genau, was du willst, du Ferkel!«, erwiderte sie. »Verschwinde, oder ich rufe Brehn!«

Stille.

Cynan kitzelte es in der Nase. Er presste zwei Finger auf die Nasenflügel, um ein Niesen zu unterdrücken. Sollte das unglaubliche Glück, das er schon nicht mehr erhofft hatte, durch ein verdammtes Niesen zunichte gemacht werden? Das fehlte gerade noch.

»Schon gut, schon gut«, ertönte eine verdrossene Stimme. »Schlaf weiter, Jungfer Rührmichnichtan. Aber lass die Tür verschlossen und gib sofort Alarm, wenn du jemand hörst.«

Er hob die Stimme. »Weiter, Männer! Hier ist er nicht.«

Schritte entfernten sich.

Das Bett ächzte leise, und der Druck auf Cynans Kreuz ließ nach. Linelle legte sich wieder hin.

Cynan frohlockte.

Wenn die Räuber weit genug entfernt waren, vielleicht am Nordende des Lagers suchten, und wenn Linelle wieder eingeschlafen war, dann konnte er...

Die Stimme riss ihn jäh aus seinen Gedanken.

»Du kannst rauskommen! Sie sind weg!«

So ähnlich hatte Cynan sich einmal gefühlt, als er einem Schmied bei der Arbeit geholfen und statt des glühenden Eisens seinen Daumen getroffen hatte.

»Es hat dir wohl die Sprache verschlagen«, stellte Linelle treffend fest. Sie lachte leise. »Ich hab' dich schon gesehen, als du durchs Fenster gestiegen bist. Was ist nun, willst du ewig unter dem Bett liegen, oder bei mir im Bett?«

Welche Frage! Cynan vergaß ganz, dass er eigentlich hätte niesen müssen. Unbewusst lächelte er und kroch flugs unter dem Bett hervor.

Linelle lachte leise, als er sich über sie hinwegtastete und schließlich einen äußerst behaglichen Platz gefunden hatte.

Sie schmiegte sich an ihn.

Es wurde ihm heiß.

14. Kapitel

Der Bauer grinste. Sein Plan schien aufzugehen.

Er war nicht weit geritten, hatte sein Pferd im Wald gelassen, war zu Fuß zurück geschlichen und beobachtete jetzt durch das Fenster der Kate seine Tochter und Ritter Morgan.

Vergnügt rieb er sich die Hände.

Bald würde er die Kate gegen ein besseres Leben eintauschen können.

Eben war seine Tochter dabei, die Fesseln des Ritters zu lösen. Sie musste sich über ihn beugen, und der Bauer war sich sicher, dass Morgan dabei auch von den Reizen der jungen Frau einen Eindruck bekam. Sicher brauchte er nur noch ein Weilchen zu warten, dann konnte er Ritter Morgan in flagranti ertappen. Und dafür musste er bezahlen, denn wenn sein Vater erfuhr, dass er sich an einer einfachen Frau vergriffen hatte, ging das nicht ohne Entschädigung ab. Dabei hatte er keinen Augenblick an Morgans Geschichte gezweifelt, zumal er auch bei der Feldarbeit ein seltsames Fuhrwerk bemerkt hatte, von einigen Männern begleitet.

Das waren die Räuber gewesen!

Ein Scharren riss ihn aus seinen Gedanken. Er ruckte herum und wurde jäh aus seinen Träumen von einer goldenen Zukunft gerissen.

Eine Keule sauste auf ihn herab.

Er wollte noch die Hand mit dem Schwert hochreißen und setzte zu einem Schrei an, doch es war alles zu spät.

Der Keulenhieb löschte sein Bewusstsein aus.

Der Mann, der zugeschlagen hatte, fing ihn auf und ließ ihn zu Boden gleiten Das Schwert, das aus seiner kraftlosen Hand glitt, konnte er nicht auffangen. Es fiel auf einen Stein.

Der Mann erschrak bei dem hellen Klang, und sein Blick zuckte zum Fenster der Kate.

Drinnen blieb alles still. Er atmete auf. Das Geräusch war offenbar nicht gehört worden.

Der Mann war Lynn, Pascos Nachfolger.

Er hatte vergebens nach Morgans Leiche gesucht. Dabei erinnerte er sich genau an die Stelle, an der sie den Ritter zurückgelassen hatten. Doch Morgan war spurlos verschwunden! Es war wie verhext!

Entmutigt hatte er aufgeben wollen. Auf dem Rückweg hatte er sich schon ein Märchen ausgedacht, das er Brehn erzählen konnte, damit er nicht in Ungnade fiel, wenn er ohne den Ritterkopf zurückkehrte. Eine schöne Geschichte. Doch dann hatte er vom Waldrand aus einen Mann in der Kate verschwinden sehen. Er selbst hatte Morgan Kettenhemd und Stiefel geraubt. Der Mann musste Ritter Morgan sein! Und er lebte!

Lynn neigte ein wenig zum Aberglauben, und im ersten Augenblick dachte er an Magie, Zauber, Hexerei. Doch dann sagte ihm ein Rest von Verstand, dass es ganz egal war, ob Morgan nun unsterblich oder von einer Hexe oder Fee wieder zum Leben erweckt worden war. Das Wichtigste war, dass es ihn noch gab.

Jetzt konnte er Brehn nicht nur den Kopf bringen, sondern den ganzen Mann. Brehn würde vor Freude aus dem Häuschen sein.

Lynn legte den Knüppel ab und zückte sein Schwert. Auf Zehenspitzen huschte er neben das Fenster und spähte vorsichtig in die Hütte. Dann packte er das Schwert fester und wandte sich zur Tür.

15. Kapitel

Gerade wurde Morgan die etwas peinliche Situation bewusst, als ihn die junge Frau von seinen Fesseln befreite und ihm dabei näher kam, als ihm lieb sein mochte. Dann vernahm er das helle, klingende Geräusch.

Da war etwas. Etwas oder jemand. Vor der Kate.

Morgan hatte einen Blick zum Fenster geworfen und dabei den Mann bemerkt, der sich rasch zurückzog. Gleich darauf flog die Tür auf.

Und die Ereignisse überschlugen sich.

Morgan sah einen Mann mit gezücktem Schwert. Und er sah das Kettenhemd. Sein eigenes. Aus hunderten hätte er es wiedererkannt, denn es war von einem Schmied besonders sorgfältig für ihn gefertigt worden.

Morgan wusste, dass es um sein Leben ging. Deshalb verschwendete er keine Zeit mit einem zweiten Blick auf den Mann, schnellte sich auf das Messer zu, mit dem gerade seine Stricke durchtrennt wurden. Es war ein Küchenmesser. Kaum geeignet, um damit gegen ein Schwert bestehen zu können, aber besser als gar nichts.

»Hab ich dich!«, schrie Lynn siegesgewiss und stürmte mit erhobenem Schwert heran. Dann bemerkte er das Messer in Morgans Hand und blieb abrupt stehen.

Die junge Frau flüchtete in den Nebenraum. Morgan war froh, dass sie sich in Sicherheit brachte.

Lynn lächelte beinahe mitleidig.

»Ergib dich, oder ich schneide dich in Scheiben!«, erklärte er großspurig.

Morgan wusste, dass er nur einen Wurf mit dem Messer hatte. Wenn er den Mann nicht traf, würde er kein zweites Mal zum Zuge kommen.

Alles kam auf den richtigen Zeitpunkt an.

Morgan hob die Hand und tat, als hole er zum Wurf aus.

»Ha, vor diesem Zahnstocher hab' ich keine Angst«, rief Lynn.

Morgan wich geduckt zur Seite aus. Er wollte zur Tür oder zum Fenster gelangen.

Der Eindringling erkannte Morgans Absicht. »Willst wohl feige davonlaufen, wie? Feiner Ritter, ha! Gib dir keine Mühe. Du entkommst mir nicht!«

»Der Feigling bist du«, erwiderte Morgan. Er war jetzt am Tisch. »Wirf dein Schwert weg und wir kämpfen wie Männer. Du kannst wählen zwischen Ring- oder Faustkampf.«

»Ein Scherz! Wirf das Messer weg!«

Drohend hob er das Schwert und trat geduckt näher. Er hatte nicht die Absicht, Morgan zu töten. Er wollte ihn lebend. Doch das konnte Morgan nicht ahnen.

Statt das Messer wegzuwerfen, riss Morgan mit der Linken einen Stuhl hoch und schleuderte ihn gegen Lynn.

Der duckte sich noch geistesgegenwärtig, doch das war ein Fehler, denn so hoch flog der Stuhl gar nicht. Er wäre besser zur Seite gesprungen. Der Stuhl knallte gegen seinen Schädel. Lynn schwankte, blieb aber auf den Beinen. Und in diesem Augenblick sah er in seinem Zorn rot. Jetzt wollte er Morgan mit dem Schwert töten. Wutschnaubend sprang er auf ihn zu.

Morgan warf den schweren Eichentisch um. Der Tisch fiel dem Angreifer vor die Füße. Ein Tonteller zersprang, und Speckwürfel flogen durch den Raum. Lynn prallte erschrocken zurück, und sein Schwerthieb zischte ins Leere.

Morgan schnellte sich bereits auf die Tür zu. Das Messer reichte nicht zur Verteidigung. Draußen gab es Holzscheite, und er glaubte, an der Seitenwand der Hütte unter einem Vordach Werkzeuge gesehen zu haben. Wenn ihn nicht alles täuschte, hing da sogar eine Sense. Das war schon eher ein Verteidigungsinstrument als dieses lächerliche Küchenmesser.

Morgan hatte jetzt große Hoffnung, das Blatt wenden zu können. Er war entschlossen, sich zum Kampfe zu stellen. Doch nur mit einer annähernd brauchbaren Waffe. Er wollte nicht fliehen, aber für Lynn sah es so aus.

»Du feiger...«, begann er. Dann jaulte er auf.

Morgan hatte das Küchenmesser geschleudert. Es traf ihn am linken Arm. Es blieb sogar stecken, doch die Verletzung war äußerst geringfügig. Morgan hatte das Messer nur geworfen, weil es ihm im Moment nutzlos vorkam. Er wollte freie Hand haben.

Jetzt gewann er zusätzlich wertvolle Augenblicke.

Lynn starrte auf seinen Arm. Er war im Grunde seines Wesens ein wehleidiger Bursche. Er schüttelte den Arm, und das Messer fiel zu Boden. Mit einem Wutschrei stürmte er hinter Morgan her. Dabei rutschte er auf einem Speckwürfel aus, strauchelte, fing sich jedoch wieder.

Morgan war schon durch die Tür. Eigentlich auf dem Weg zur Sense. Doch da fiel sein Blick auf die reglose Gestalt vor der Tür, auf die Keule und – auf das Schwert!

Morgan sprang hin, ergriff das Schwert und wirbelte herum. Gerade, als Lynn aus der Kate stürmte, grimmig entschlossen, ihm den Garaus zu machen.

Der Räuber sah das Schwert in der Morgensonne funkeln, und er blieb stehen, als sei er gegen eine unsichtbare Mauer geprallt. Ihm fiel ein, was er über Ritter Morgans Kampfkunst gehört hatte, und es dämmerte ihm, dass es nicht so leicht für ihn werden würde.

Morgan frohlockte. »Wie war das noch mit dem Scheibenschneiden?«, rief er.

Natürlich dachte Morgan nicht daran, den Räuber zu töten. Wenn es etwas Wertvolles an diesem verkommenen Kerl gab, dann war es sein Leben – und sein Wissen. Aber der Bursche sollte ruhig glauben, es sei blutiger Ernst. So verlor er seine Sicherheit und ließ sich vielleicht zu unbedachtem Angriff verleiten.

Lynn wurde eine Spur blasser. Doch trotzig reckte er Kinn und Schwert vor und griff ungestüm an.

Morgan parierte den Hieb. Und schon klirrten die Schwerter in wildem Kampf.

Lynn war im Schwertkampf nicht ungeübt. Doch bald erkannte Morgan, dass der Mann kein ebenbürtiger Gegner war. Er schlug nicht mit Verstand, sondern mit Wucht, und er handhabte das Schwert nicht mit kunstvollem Schwung, sondern mit plumper Kraft, was ihn zwangsläufig schneller ermüden ließ.

Morgan hielt sich bewusst etwas zurück, um den Gegner dazu zu verleiten, kühner zu werden und einen Fehler zu begehen.

Hell klangen die Schwerter. Morgan wich etwas zurück, um den Räuber von dem bewusstlosen Bauern fortzulocken. Als er ihn weit genug hatte, konterte Morgan und trieb den Gegner ein Stück auf die Hüttenwand zu, fort von der Tür, damit der Kerl nicht auf die Idee kam, durch das Haus zu fliehen und womöglich noch die junge Frau als Schutzschild zu nehmen.

Mit einem kraftvollen Hieb schmetterte Morgan seinem Gegner das Schwert aus der Hand und hielt ihm die Klinge direkt an den Hals.

»Gnade«, stammelte Lynn kaum hörbar.

»Die hast du vermutlich nicht verdient«, sagte Morgan. »Aber du hast Glück, dass ich ein Ritter bin und es für unlauter und feige halte, einem bereits geschlagenen Feind, der kein ebenbürtiger Gegner war, den Todesstoß zu versetzen. Wenn ich dich aber am Leben lasse, wirst du mir alles erzählen, was ich hören will, verstanden?«

Lynn wollte nicken, doch er schielte nach dem Schwert an seiner Kehle und besann sich eines Besseren.

»Ja, ja«, stammelte er. »Ich – sage alles, wenn Ihr mich am Leben lasst, Ritter Morgan!«

Inzwischen war auch der Bauer wieder erwacht, tastete stöhnend an seinem Kopf und fluchte. »Umbringen tu ich den Hundsfott!«, ächzte er.

»Hol ein paar Stricke für meinen Gefangenen«, antwortete Morgan dem Mann. Gleich darauf wurde Lynn gefesselt. Der Bauer sah seine Gelegenheit kommen, trat an Morgans Seite und warf ihm einen listigen Blick zu.

»So, dann seid Ihr also tatsächlich ein Ritter, und noch dazu der Sohn des Sheriffs. Wunderbar, da wird es Euch ja nur recht sein, wenn ich mich mit zehn Silberlingen zufrieden gebe.«

Morgan starrte den Bauern an, als würde er sich verhört haben.

»Was willst du von mir?«, schnauzte er ihn schließlich gereizt an.

»Nun – es geht um meine Tochter. Du hast sie entehrt, als ich unterwegs war!«

Morgan blickte verdutzt.

»Du beliebst zu scherzen«, murmelte er.

Da sah er, wie der Blick des Bauern zu dem Schwert des Räubers glitt, das nur ein paar Schritte entfernt im Sand lag. Er selbst hatte sein Schwert in den Boden gestoßen, nachdem der Räuber gefesselt war.

»Ich werde Euch zeigen, wer hier scherzt!«, brüllte der dabei. Und schon stürzte er auf das Schwert zu.

Er erreichte es nicht.

Morgan flog förmlich auf ihn zu und stieß ihn zu Boden. Der Bauer schlug nach ihm. Nun hatte er weder Zeit noch Lust, um sich erneut mit dem kräftigen Mann zu prügeln. Ein schneller Hieb mit der Linken und ein Volltreffer mit der geballten Rechten genügte dieses Mal.

Morgan seufzte und erhob sich.

Er nahm das zweite Schwert an sich und ging zu dem Gefangenen, und begann mit seiner Befragung.

16. Kapitel

»...Sir Blackstone zur Kurzweil der Damen!«, sagte der Wachtposten mit höhnischem Grinsen und verneigte sich übertrieben tief.

Owain blieb an der Tür stehen und schaute zu Victoria und Eira. Sein Herz pochte schneller. Er sah seine Braut, wenn auch unter widrigen Umständen. Und sie war noch schöner, als er sie sich in seinen Träumen vorgestellt hatte.

»Nun geht, Sir!«, sagte der Wachtposten spöttisch. »Du hast nur einen kurzen Moment für die Hochzeitsnacht. Da musst du dich schon sputen!«

Owain errötete vor Zorn und Scham. Er wollte zu einer empörten Erwiderung ansetzen. Doch da gab ihm der Räuber einen wuchtigen Tritt. Owain stolperte und fiel vornüber. Auf allen vieren lag er da, den Damen praktisch vor den Füßen, und er fühlte sich gedemütigt wie nie.

Der Wachtposten knallte die Tür zu und schob den Riegel vor.

Owain war mit Victoria und Eira allein.

Er erhob sich und schaute Victoria an. Sie musterte ihn ebenso wie Eira. Er lächelte zaghaft, und Victoria senkte den Blick.

Welch wunderschöne blaue Augen, dachte Owain bewegt, *welch anmutige Figur!*

»Verzeiht mir...«, begann er unbeholfen, und er fühlte sich verlegen, weil Victoria und auch Eira ihn immer noch musterten, abschätzend und prüfend, wie ihm schien.

»Ihr braucht Euch nicht zu entschuldigen«, sagte Victoria.

»Hätte ich ein Schwert gehabt, hätte ich mein Leben eingesetzt, um solch üble Rede zu unterbinden.« Owain blickte zu Eira, deren Hand auf der Wölbung ihres Leibes ruhte. »Noch dazu im Beisein Eurer Zofe, die guter Hoffnung ist«, fügte er hinzu und verneigte sich galant.

»Es sind rüde Kerle«, sagte Eira und errötete leicht. »Sagt, wie kommt Ihr hierher?«

Owain gab die Antwort Victoria. »Man lockte mich zum Flussufer...« Er erzählte kurz von dem angeblichen Achsenbruch der Kutsche. »...und so bin ich diesen Räubern in die Hände gefallen. Aber sorgt Euch nicht. Ich hörte, dieser Brehn hat einen Boten nach Blackstone geschickt. Er verlangt tausend Silberlinge Lösegeld. Vater soll es persönlich überbringen. Er wird kommen und uns freikaufen.«

Victoria nickte leicht.

»Hat er denn so viele Silberlinge zur Verfügung?« Es war Eira, die diese Frage leise stellte.

Owain bemühte sich, seine Verlegenheit zu verbergen. Ob Victoria wusste, wie es um Blackstone Castle bestellt war, nämlich rabenschwarz? Dass nur die Mitgift die Ehre seines Vaters retten konnte? Es musste so sein, denn sonst hätte ihre Zofe wohl kaum die vorwitzige Frage gestellt.

»Bestimmt«, versicherte er hastig. »Und wenn nicht sofort verfügbar, dann spätestens in zwei Tagen. Wir von Blackstone...«

Victoria unterbrach ihn mit einer knappen Geste. »Ich bin sicher, dass Euer Vater uns freikaufen wird«, sagte sie mit einem Lächeln.

Owain nickte ein paarmal bekräftigend.

Dann wusste er nichts mehr zu sagen. Es entstand eine Stille, die etwas Peinliches hatte.

Die Zofe blickte ihn an, und Victoria blickte ihn an, und er hatte nur so wenig Zeit, und es drängte ihn so vieles zu sagen, doch er fand einfach keine Worte.

Verlegen schaute er von Victoria zu Eira und wieder zurück. *Verdammt*, dachte er, *wäre ich doch mit Victoria allein!* Die Zofe machte ihn irgendwie verlegen.

»Geht es Euch gut«, fragte er, »ich meine unter den gegebenen Umständen?«

Eira lächelte sanft, was ihr Gesicht ungemein verschönte, und Owain hatte das Gefühl, sie hatte die *Umstände* auf sich bezogen.

Victoria nickte. »Sorgt Euch nicht. Man lässt uns unbehelligt und verpflegt uns ausreichend.«

»Das ist gut«, murmelte Owain, weil ihm nichts anders einfiel.

Eine Faust pochte gegen die Tür. »He, Eure Lordschaft, beeilt Euch«, rief der Posten. »Die Hochzeitsnacht ist gleich um!«

Owain blickte ärgerlich zur Tür. Seine Wangen röteten sich von Neuem.

»Nun denn«, sagte er und blickte wieder Victoria an. Er lächelte verlegen. »Dann muss ich wohl gehen.« Er schaute Victoria in die Augen. »Es... es hat mich gefreut, Eure Bekanntschaft zu machen.«

Victoria lächelte huldvoll und nickte leicht. Sie erhob sich und trat zu ihm. Sie bot ihm ihre Hand. Er küsste sie galant. Und plötzlich verschwand seine Verlegenheit, und er sagte kühn: »Ihr seid noch schöner, als ich dachte. Ich sehne die Stunde herbei, in der wir... in Freiheit sind.«

»Ich auch«, sagte Victoria und zog ihre Hand fort. Und mit einem schnellen Blick zu Eira fügte sie hinzu: »Und vor allem Eira.«

Eira erhob sich. Schwerfällig. Sie trat zu ihm, und obwohl sie zwei Schritte vor ihm stand, berührte sie ihn fast mit ihrem Bauch. Sie lächelte und streckte die Hand aus. Owain glaubte schon, sie wolle sie ihm ebenfalls zum Handkuss reichen. Doch sie berührte seine Stirn. Sanft, fast mütterlich-liebevoll.

»Ihr Ärmster seid verletzt«, sagte sie und streichelte ganz leicht über die Schramme, die er sich beim Sturz vom Pferd zugezogen hatte.

Die Berührung weckte ein seltsames Gefühl in ihm. Und ihr Blick! Seltsam, solch Prickeln hatte er nicht bei Victoria verspürt. Es war ihm äußerst peinlich, dass die Zofe ihn in Victorias Gegenwart praktisch streichelte.

»Es... es tut nicht weh«, sagte er und wich unbewusst etwas zurück.

Der Riegel knarrte. Die Tür schwang auf. Der grinsende Wachtposten stand in der Öffnung, in der einen Hand hielt er eine Laterne, in der anderen ein Schwert.

»Ah, der Laird hat die Hosen wieder an«, sagte er spöttisch. »Darf ich bitten?«

Owain presste die Lippen aufeinander. Seine Haltung straffte sich. Er verneigte sich vor Victoria, dann knapper vor Eira.

»Dann auf bald!«

Victoria nickte. Eira lächelte ihn an, was ihn verwirrte. Er bedachte die Edeldame noch mit einem langen, glühenden Blick, dann wandte er sich ruckartig um und verließ die Hütte.

Der Räuber verriegelte die Tür. Er brachte Owain zu den anderen Gefangenen zurück. Nach ein paar Schritten blieb er plötzlich stehen.

»Halt!«, sagte er zu Owain und drückte ihm das Schwert in den Rücken. Owain verharrte.

Der Räuber blickte in das Dunkel zwischen zwei Hütten. Er hatte ein Geräusch gehört. Das Kollern eines Steines.

Er lauschte.

Jetzt war alles still.

»Da war doch was?«, murmelte er. Er überlegte, ob er nachschauen sollte. Dann fiel ihm ein, dass er Owain nicht allein lassen konnte, und zuckte mit den Schultern.

»War wohl 'ne Ratte«, murmelte er. »Weiter!«

Es war keine Ratte.

Es war Cynan.

Der Soldat atmete auf, als die Schritte der beiden Männer verklangen. Er war auf dem Weg zu der Höhle, in der die Männer gefangen gehalten wurden. Auch Rhodri hatten sie inzwischen dorthin gebracht. Cynan hatte sich an den Hütten vorbeigeschlichen und war in Deckung gegangen, als der Wachtposten mit Owain gekommen war. Er hatte das ganze Gespräch am vergitterten Fenster der Hütte, das nur mit einem Fell verhängt war, belauscht und darauf gewartet, dass der Räuber wieder verschwand. Als der Kerl mit Owain auf dem Rückweg gewesen war, hatte Cynan um die Hütte schleichen wollen und war im Dunkel gegen einen Stein gestoßen.

Er wollte gerade weiterschleichen, als er eine Frau in der Hütte sagen hörte: »Seid doch nicht so eifersüchtig. Was kann ich dafür, dass er mich schön findet!«

Cynan lächelte. Frauenplauderei. Dann stutzte er. Das war Victorias Stimme gewesen. Weshalb entschuldigte sich die Edelfrau bei der Zofe?

»Du hättest ihn nicht so anzustarren brauchen. Und wie er dir die Hand geküsst hat!«

»Wie ein vollendeter Kavalier.«

»Er gefällt dir also?« Eiras Frage klang gespannt.

Cynan zog das Fell am Fenster ein wenig zur Seite und spähte in die Hütte. Die beiden Frauen standen sich gegenüber. *Fast wie Rivalinnen*, dachte Cynan amüsiert.

»Er sieht nicht übel aus«, sagte Victoria.

»Er sieht gut aus«, erwiderte die schwangere Eira heftig, als gelte es, Owain zu verteidigen.

»Mir gefallen Schwarzhaarige besser«, bekannte Victoria. »Und groß und verwegen müssen sie sein. So wie dieser Cynan.«

Cynan grinste geschmeichelt.

»Schade, dass er einen Bart hat«, fuhr Victoria mit verträumtem Tonfall fort. »Wenn er keinen hätte, würde ich mich vielleicht in ihn verlieben.«

Cynan kratzte sich am Bart und überlegte, ob er ihn nicht gelegentlich abrasieren sollte.

Victoria seufzte. »Aber ohne Bart sähe Cynan bestimmt nicht mehr so wild und kühn aus.«

Cynan nickte zustimmend vor sich hin.

»Man kann eben nicht alles haben«, sagte Eira. »Ich zum Beispiel mag blonde Männer. Und Bärtige. Wenn Morgan – er sei selig – einen blonden Bart gehabt hätte, hätte ich mich unsterblich in ihn verliebt. Nun, ich werde dafür sorgen, dass Owain sich einen Bart wachsen lässt, wenn wir erst verheiratet sind.«

Cynan hatte sich die ganze Zeit über verwundert gefragt, was da gespielt wurde. Jetzt war es heraus. Die beiden Frauen hatten die Rollen vertauscht! Victoria, die sich als Edeldame ausgegeben hatte, war in Wirklichkeit die Zofe. Und Eira war die Edeldame. Die schwangere Eira!

Und der Laird wusste noch nichts von seinem Glück! Er ahnte nichts von der besonderen Mitgift. Er war praktisch schon Vater, ohne einen Finger gerührt zu haben!

Diese Weiber! dachte Cynan kopfschüttelnd. *Aber irgendwann muss der Schwindel doch auffliegen, müssen sie Farbe bekennen!*

Eira strich über die Wölbung ihres Leibes. »Hoffen wir, dass alles gut geht.«

Victoria lachte leise. »In diesem Fall bin ich guter Hoffnung. Denn die Zeit arbeitet für uns.«

Was hat das zu bedeuten? überlegte Cynan. *Was wird da gespielt?*

17. Kapitel

Sir Ronan of Launceston wischte sich müde über die Augen. Der Morgen graute bereits, doch der Sheriff saß immer noch im Rittersaal.

Die Kerzen waren fast heruntergebrannt. Ein Diener betrat auf Zehenspitzen den Raum und ersetzte die Kerzen durch neue.

Sir Ronan of Launceston schien es gar nicht zu bemerken.

Leise entfernte sich der Diener. Er wusste, in welcher Verfassung sich der Herr befand. Er war dabei gewesen, als Sir Ronan of Launceston die Botschaft erhalten hatte. Der Sheriff starrte vor sich hin. Seine sonst so listig funkelnden Augen blickten stumpf und waren rotgerändert.

In dieser Nacht hatte er keinen Schlaf gefunden. Er hatte das Gefühl, er würde nie mehr ruhig schlafen können. Es war ihm, als sei etwas in ihm abgestorben.

Wie in Trance starrte er auf die Botschaft, die vor ihm lag, und die er inzwischen schon auswendig kannte. Jedes Wort hatte sich förmlich in ihm eingebrannt.

Wir haben Eure Nichte, Edeldame Victoria of Graystoke! Wenn Ihr sie lebend wiedersehen wollt, so schickt den Laird of Graystoke Sonntagnacht in das Tal am River Taw. Dort trifft er einen Boten, der ihm weitere Anweisungen gibt. Der Laird soll allein kommen!

Der Laird of Graystoke, war bereits informiert und musste bald auf Launceston Castle eintreffen.

Die Nachricht von der Entführung der Dame hatte Sir Ronan of Launceston nicht sonderlich beeindruckt. Damit hatte er gerechnet. Es gehörte zu seinem Plan. Es galt, einen Verräter zu entlarven und die Spur zu den verschollenen Rittern zu finden, die irgendwo in Cornwall gefangen gehalten wurden.

Im Großen und Ganzen hatte der riskante Plan geklappt, trotz einiger Fehler. Aber die Fehler waren seinem Sohn zum Verhängnis geworden.

Sir Ronan of Launceston schluckte und blickte auf die Botschaft der Räuber. Die Schrift verschwamm vor seinen Augen.

Nachsatz: Mit Morgan könnt Ihr nicht mehr rechnen. Aber wenn Ihr interessiert seid, könnt Ihr seinen Kopf von uns kaufen.

Sir Ronan of Launceston wischte sich mit einer fahrigen Bewegung über die Augen.

Sein Sohn – ermordet!

Er glaubte ihn vor sich zu sehen, lächelnd nach einer Ruhmestat. Es war unfassbar. Nie würde er damit fertig werden können. Warum nur hatte er Morgan nicht in seinen Plan eingeweiht? Warum nur hatte er ihn in dem Glauben gelassen, es gelte nur die Braut zu begleiten? Hätte er ihm doch von der Mitgift erzählt, von dem ganzen Ausmaß des Planes! Aber die Zeit hatte gedrängt. Der Herr von Blackstone brauchte Hilfe. Und zwar schnell. Und Sir Ronan of Launceston, Sheriff von Cornwall, hatte gleich mehrere Fliegen mit einer Klappe schlagen wollen.

Er hatte einen Geheimkurier mit schriftlichen Instruktionen zu Morgan geschickt, der sich bei seinen Verwandten an der Küste aufhielt. Doch der Kurier hatte versagt. Die Botschaft war ihm ins Feuer gefallen. Ein lächerlicher und doch so verhängnisvoller Zufall! Der Kurier hatte noch ein Stück des Papiers gerettet. Den Anfang der Botschaft. Daraus war nur hervorgegangen, dass Morgan Edeldame Victoria of Graystoke nebst Zofe so schnell wie möglich nach Blackstone Castle bringen sollte. Das hatte der Kurier mündlich ausgerichtet und in seiner Angst vor Strafe verschwiegen, dass die Botschaft wesentlich länger gewesen war.

Zurzeit hockte der Unglückselige im Kerker. Bei seiner Rückkehr nach Launceston Castle hatte er doch noch den Mut gefunden, sein Missgeschick einzugestehen. Sir Ronan of Launceston hatte sofort einen Boten losgeschickt, um seinen Sohn doch noch in Kenntnis zu setzen.

Zu spät!

Morgan hatte nichts von der Mitgift gewusst, nichts von dem Verräter, den es zu entlarven galt, nichts von dem Plan.

Er war ahnungslos ins Verderben geritten, denn Victoria und Eira, die eingeweiht waren, hatten sich zu strengstem Stillschweigen verpflichtet.

Hätte Morgan die Botschaft erhalten, hätte er sich widerstandslos gefangen nehmen lassen. So musste er heldenhaft bis zum letzten Atemzug gekämpft haben!

Das Versagen des Kuriers war nicht die einzige Panne gewesen. Auch der Späher, der unbemerkt dem Fahrzeug bis zum Versteck der Räuberbande hatte folgen sollen, hatte versagt. Sein Pferd hatte ein Eisen verloren und lahmte, schließlich hatte der Mann den Anschluss an die Kutsche verloren. Später hatte ein Unwetter alle Spuren ausgelöscht, und er war unverrichteter Dinge nach Launceston Castle zurückgekehrt.

Zwei unglückliche Zufälle!

Aber das war keine Entschuldigung. Sir Ronan of Launceston schüttelte unbewusst den Kopf. Er hätte andere Männer beauftragen müssen, nicht seinen eigenen Sohn. Er hätte auch solche Unwägbarkeiten in Betracht ziehen müssen. Sein Herz krampfte sich zusammen, wenn er daran dachte, wie er diese schreckliche Nachricht seiner Frau beibringen musste. Sie weilte ebenfalls derzeit bei Verwandten, allerdings in Exeter. Der Sheriff wanderte unruhig im Saal auf und ab, hieb immer wieder mit seiner rechten Faust in die linke Hand, unfähig, einen Entschluss zu fassen.

18. Kapitel

Morgan hatte von Lynn alle Informationen bekommen, die er brauchte, und er hatte alle Vorbereitungen getroffen, um die Gefangenen zu befreien. Nachdem er nun auch dem Bauern den Kopf zurechtgesetzt hatte und ihm klar machte, dass ein Edler sich niemals auf einen solchen Handel eingelassen hätte, schien der Mann das langsam einzusehen.

Aus Dankbarkeit überließ er der unglücklichen Tochter einen Silberling, denn sie hatte ihn immerhin rechtzeitig losgebunden, bevor er noch gefesselt in die Hände von Lynn fallen konnte.

Jetzt saß Morgan in einer Schenke beim Essen.

Da traf ein Bote von Sir Ronan of Launceston ein. Er war bis nach Blackstone geritten und hatte dort erfahren, dass die Braut nebst ihrer Begleitung nicht eingetroffen und dass Sir Owain of Blackstone verschwunden war. Er war auf dem Weg zurückgeritten, hatte nach dem Verbleib des Fuhrwerks geforscht und überall nach Ritter Morgan gefragt. Sein Weg hatte ihn auch zu der Kate geführt, und der Bauer hatte ihn schließlich zu der Schenke im benachbarten Dorf geschickt.

Morgan fiel aus allen Wolken, als er die nun vollständige Botschaft erhielt. Sie hatten ein Vermögen nach Blackstone bringen sollen! Und mit dem Überfall war von Anfang an zu rechnen gewesen, ja er war den Räubern geradezu angetragen worden!

Er hatte die Damen ganz allein nach Blackstone begleiten sollen, ohne Gewappnete. Und ohne Johel de Vautort, den er mehr oder weniger durch Zufall mitgenommen hatte. Nicht einmal Kutscher hatten dabei sein sollen! Denn es galt, den Köder für einen Mann zu spielen, von dem niemand etwas wusste, außer, dass er Ritter entführte. Sieben Ritter waren bereits in seiner Gewalt, wie Sir Ronan of Launceston wusste. Morgan hatte der achte werden sollen.

Für ihn hätte keine Lebensgefahr bestanden. Denn der unheimliche Räuber ließ von seiner Horde die Ritter lebend fangen und hielt sie aus irgendeinem Grund fest. Auch die Frauen waren nicht gefährdet, denn der Räuber gab sich als Ritter aus und behandelte Damen wie ein Kavalier. Mit Eiras und Victorias Hilfe sollte Morgan befreit werden. In einem günstigen Augenblick sollte er, dann die gefangenen Ritter befreien. Zugleich wollte Sir Ronan of Launceston einen starken Reitertrupp zur Unterstützung schicken, der sie alle aus dem Versteck befreien sollte.

Es war ein Plan, der auf einer Reihe von Informationen fußte, die ein ehemaliges Bandenmitglied auf dem Sterbebett einem Verwandten anvertraut und der daraufhin den Sheriff informiert hatte.

An einer Stelle musste Morgan trotz seiner Anspannung sogar schmunzeln. Als die Rolle der beiden Frauen erwähnt wurde. Da hatte Sir Ronan of Launceston gleich mehrere Fliegen mit einer Klappe schlagen wollen. Ein raffinierter Plan. Und alles wäre gutgegangen, wenn nicht ein dummer Kurier und ein Späher versagt hätten, wie Morgan von dem zweiten Kurier erfuhr. Morgan bedankte sich bei dem Mann und gab ihm eine Botschaft für seinen Vater mit.

Dann traf er die restlichen Vorbereitungen für den Aufbruch.

Er wollte so schnell wie möglich zum River Taw.

19. Kapitel

Etwas raschelte in der Dunkelheit. Cynan erschrak. Er verharrte und lauschte. Es musste irgendein Tier gewesen sein. Jetzt war wieder alles still.

Cynan tastete sich in der stockdunklen Höhle weiter. Es roch modrig. Staub rieselte auf den Kriegsknecht herab, als seine Hand über die rissige Felswand tastete. Er wischte sich Spinnweben vom Gesicht. Irgendwo tröpfelte Wasser.

Der Gang schien kein Ende zu nehmen. Nach ein paar weiteren Schritten gabelte er sich. Rechts war Lichtschein zu sehen.

Cynan huschte in diese Richtung weiter.

Eine Fackel steckte in einem Eisenring, der in die Felswand getrieben war. Das einzige Licht für die Gefangenen. Sie waren angekettet und schliefen. Erbärmliche, abgemagerte Gestalten.

Einstmals stolze Ritter.

Cynan schluckte bei dem Anblick. Er suchte nach Johel. Der Minnesänger war nicht angekettet. Sie hatten wohl keine Eisen mehr gehabt. Johel lag an Händen und Füßen mit Lederriemen gefesselt abseits von den anderen. Rechts schnarchte einer der Gefangenen, und Cynan erkannte Rhodris Gestalt. Daneben lag Owain.

Johel schreckte auf, als Cynan ihn an der Schulter rüttelte.

»Bist du das wirklich oder träume ich?«, fragte er und blinzelte Cynan an.

Cynan lachte leise. »Ich bin es«, erwiderte er im Flüsterton.

»Wie kommst du hier rein?«

»Der Zugang zur Höhle wird nur von einem Mann bewacht. Ich hab gewartet, bis er sich seitwärts in die Büsche schlug, und da bin ich. Den Kerl werden wir nachher lautlos überwältigen.«

Er zog ein Messer hinter dem Hosenbund hervor. Linelle hatte es ihm besorgt.

Johels Augen wurden groß, als er das Messer sah. »Wie hast du dich befreien können?«

Cynan erzählte es leise, während er die Fesseln durchschnitt.

»Und dann hat mir eine gute Fee geholfen«, erklärte er.

Er lächelte bei dem Gedanken an Linelle. Ein prächtiges Mädchen. Den ganzen Tag über hatte sie ihn in ihrem Bett versteckt. Cynan hatte auf die nächste Nacht warten müssen, um im Schutz der Dunkelheit etwas unternehmen zu können. Linelle hatte natürlich Brehn bedienen müssen, doch immer wieder konnte sie zu Cynan zurückkehren und ihn mit Essen und Trinken versorgen.

Sie hatte Cynan alles gesagt, was er wissen musste. Als Gegenleistung hatte sie verlangt, dass er sie mitnehme und ihr eine Arbeit auf Blackstone Castle verschaffe. Cynan hatte versprochen, sich für sie zu verwenden.

Sie wartete jetzt auf ihn.

In dieser Nacht wollten sie fliehen.

Es war schon alles vorbereitet.

Johel rieb sich die schmerzenden Gelenke. »Ich kann es noch gar nicht fassen«, flüsterte er. »Dieser Brehn ist wahnsinnig. Er hält die Ritter gefangen, um sie zu demütigen.«

»Er ist ein Teufel«, krächzte einer der gefangenen Ritter, der erwacht war und Johels Worte gehört hatte. »Wir haben hier die Hölle erlebt!«

»Wir nehmen den Verbrecher mit«, sagte Cynan. »Ich habe folgenden Plan...«

Er verstummte.

Schritte näherten sich.

Gehetzt blickte er sich nach einem Versteck um. Es gab keines.

Er sprang auf.

»Bleibt alle liegen«, wisperte er Johel zu. »Ich verstecke mich in dem zweiten Gang und komme wieder, wenn die Luft rein ist.«

Er schlich los. Vorsichtig spähte er um die Biegung.

Es war zu spät. Er konnte nicht mehr unbemerkt in den anderen Gang gelangen. Verzweifelt suchte er nach einem Ausweg.

Es gab nur eine Möglichkeit.

Er huschte zurück. Johel sah ihn entsetzt an. Die Schritte mehrerer Männer hallten jetzt dumpf in der Höhle.

Cynan legte sich hinter Johel, dicht an die Felswand. Er konnte nur hoffen, dass die Räuber ihn im schwachen Licht der flackernden Fackel nicht entdeckten.

Er lauschte. Die Männer waren heran. Der Schein mehrerer Fackeln erhellte plötzlich die Höhle.

»Vorwärts, Kerl!«, sagte einer der Räuber. Cynan sah unter halb gesenkten Lidern den neuen Gefangenen. Er erkannte den Ritter. Es war Laird Graystoke. Man hatte ihn ebenso gefangen genommen wie Owain, den Bräutigam dessen Tochter.

Einer der Räuber gab Auley einen Stoß, sodass er stolperte und stürzte. Die Räuber lachten. Es waren drei. Einer trat jetzt zum Laird und fesselte ihm noch die Füße.

»Ih, stinkt das hier«, sagte er dabei. »Ich möchte wahrlich kein Ritter sein.«

Die anderen lachten.

»Wenn das so weitergeht, bekommen wir Lagerprobleme«, meinte einer. »Jetzt sind's mit den beiden anderen Rittern, die kürzlich dazu gekommen sind, schon zehn, und heute Nacht soll noch einer eintreffen.«

Cynan sah, wie der Mann seinen Blick über die Gefangenen gleiten ließ.

Es kann nicht gutgehen!, durchfuhr es ihn. *Sie entdecken mich!*

Da kam es auch schon. Der Mann starrte überrascht in seine Richtung und begann laut die Gefangenen zu zählen, von denen jetzt weitere aufgewacht waren und apathisch vor sich hinstarrten.

Zum Schluss wies er auf den Laird und sagte verdutzt: »Elf!«

»Du kannst nicht zählen«, brummte einer der Kumpane und wandte sich schon zum Gehen.

Cynan und auch Johel schickten ein Stoßgebet zum Himmel, dass man es dabei belassen würde. Es wurde nicht erhört. Der Räuber, der gezählt hatte, war ein hartnäckiger Bursche.

Von Neuem zählte er bis elf. Und treffend fügte er hinzu: »Einer zu viel.«

Die beiden anderen hielten ihre Fackeln höher und schauten sich ebenfalls um.

»Du hast recht«, sagte einer. »Und ich dachte immer, du könntest nicht mal bis zehn zählen.« Er lachte.

Cynan sah, wie sich die drei in Bewegung setzten, und er wusste, dass er keine Chance mehr hatte, unentdeckt zu bleiben.

So setzte er alles auf eine Karte. Er sprang auf und griff die überraschten Kerle an. Den Ersten fegte er mit einem wuchtigen Hieb zur Seite. Der Mann taumelte gegen die Höhlenwand, und sein Schrei hallte schaurig durch die ganze Höhle. Auch Johel war aufgesprungen. Er griff den zweiten Kerl an. Es gelang ihm, ihn mit einem Fausthieb niederzustrecken.

Doch gegen den dritten hatten Cynan und Johel keine Chance.

Er blockierte mit vorgehaltenem Schwert den Weg. Cynan verharrte abrupt. Fast wäre er in seinem Schwung gegen die Klinge gelaufen.

»Bleib stehen, oder du hast ein Loch zu viel!«, zischte der Räuber.

Cynan gehorchte und ballte die Hände in ohnmächtigem Zorn.

Mussten die Kerle ausgerechnet zu diesem Zeitpunkt einen neuen Gefangenen anschleppen! Die beiden anderen Räuber rappelten sich auf und bedrohten Cynan und Johel mit Messer und Dolch.

»Haben wir dich Hundsfott doch noch erwischt«, sagte einer von ihnen grimmig. »Den ganzen Tag lang mussten wir die Gegend ringsum nach dir absuchen!« Er versetzte Cynan einen Tritt. Dieser taumelte gegen die Schwertspitze. Sie ritzte ihn, aber gottlob nicht tief. Cynan sah rot. Er wirbelte herum. Aus der Drehung heraus schlug er mit der geballten Rechten zu und fegte den Kerl, der ihn getreten hatte, von den Beinen.

Der Bursche flog auf einen der angeketteten Gefangenen, der erschrocken aufschrie.

Cynan hätte weitergekämpft. Trotz der Waffen der beiden anderen. Doch da drückte der Mann mit dem Schwert Johel de Vautort die Klinge auf die Brust. Und er hörte im Höhlengang aufgeregte Rufe und eilig nahende Schritte. Verstärkung für die Räuber rückte an. Es gab kein Entrinnen.

20. Kapitel

Linelle presste eine Hand vor den Mund, als sie sah, wie Cynan gefesselt zum Lagerfeuer gebracht wurde. Bangen Herzens hatte sie auf seine Rückkehr gewartet. Voller Entsetzen beobachtete sie, was da beim Lagerfeuer geschah, das eilig wieder entfacht worden war, nachdem die Männer ihren Hauptmann informiert hatten.

Zwei der Räuber stießen Cynan zu Boden. Vor die Füße von Brehn, der breitbeinig und drohend dastand und finster auf den Gefangenen hinabstarrte.

Grollend erhob Brehn die Stimme, und seine Worte hallten durch das Lager und trieben Linelle einen Schauer über den Rücken.

»Du Lump bist dir wohl im Klaren darüber, dass du dein Leben verwirkt hast!«

Cynan sagte nichts.

»Es nützt dir auch nichts mehr, wenn du um Gnade bettelst!«

Cynan bettelte nicht.

Brehn hatte es wohl erwartet. Er starrte Cynan an und kratzte sich an der Narbe, die blutrot im Feuerschein schimmerte.

Cynan wollte sich erheben, doch einer der Räuber drückte ihm eine Lanze in den Rücken. Er blickte scheinbar furchtlos zu Brehn auf. Er verspürte Angst, doch er ließ sie sich nicht anmerken.

»Nun, willst du nicht um Gnade flehen?«, fragte Brehn.

Cynan flehte nicht. Er sah den tückischen Ausdruck von Brehns Augen und die spöttisch verzogenen Lippen, und er wusste, dass es ohnehin sinnlos gewesen wäre.

»Es hätte auch keinen Zweck«, sagte Brehn grinsend. »Wer *Ritter Brehns* Kreise stört, der ist des Todes. Nun, ich will großzügig sein. Hast du noch einen letzten Wunsch?«

»Ja«, antwortete Cynan.

Brehns wulstige Lippen verzogen sich zu einem noch breiteren Grinsen. »Nun, er hat in seiner Todesangst doch noch nicht die Sprache verloren. Lass deinen Wunsch hören, auf dass *Ritter Brehn* überlegt, ob er ihn gewähren wird.«

Alle warteten gespannt auf Cynans Antwort.

Und dann sagte er klar und vernehmlich:

»Mein letzter Wunsch ist folgender: Fahr zur Hölle, du wahnsinniger Verbrecher!«

Brehn zuckte wie unter einem Peitschenhieb zusammen. Sein Gesicht verzerrte sich. Einen Augenblick lang schien es, als wolle er sich auf den gefesselten Gefangenen stürzen. Doch dann hatte er sich wieder in der Gewalt. Er lachte böse.

»Genau dorthin wirst du jetzt gehen!« Er gab einen herrischen Wink. »Cray!«

Der Hüne mit dem Morgenstern löste sich aus der Gruppe der zuschauenden Räuber und trat schwerfällig näher.

»Ja, Herr?«

»Es gibt Arbeit für dich.«

Cray, im Denken so schwerfällig wie in seinen Bewegungen, blickte zu Cynan und dann wieder zu Brehn. Die Eisenzacken des Morgensterns, den er in den Pranken drehte, schimmerte rötlich im Feuerschein.

»Herr, soll ich ihn...?«, fragte er, und es klang, als freue er sich über ein Geschenk, das ihm unerwartet zuteilwurde.

»Was denn sonst, du Dummkopf!«, fuhr Brehn ihn barsch an.

»Wie bei Pasco?«, vergewisserte sich Cray.

»Diesmal darfst du dreimal zuschlagen!«, antwortete Brehn und trat ein paar Schritte zurück.

»Sehr gut!« Cray packte den Morgenstern fester. Dann blickte er auf Cynan, und es sah aus, als nehme er Maß.

Cynan hatte mit seinem Leben abgeschlossen. Er schloss die Augen und betete, dass es schnell gehen möge. Cray hob den Morgenstern mit beiden Händen. Das Geraune der Räuber war verstummt. Nur das Knacken brennender Äste im Feuer war zu hören. Alle starrten gebannt auf Cray und sein Opfer.

Da geschah das Wunder!

Das Wunder hieß Linelle.

»Neiiiiin!«

Der Aufschrei hallte durch das ganze Lager, bis über den nächsten Hügel.

Cray blinzelte und verharrte. Er hatte gerade zuschlagen wollen. Der neue Befehl irritierte ihn. Er blickte fragend zu Brehn. Der wiederum wandte überrascht den Kopf und sah zu Linelle. Sie hatte ihr Kleid gerafft und rannte herbei.

Brehns Miene verfinsterte sich.

Linelle warf sich vor Brehn auf die Knie und rief schluchzend: »Verschont ihn, Herr, Gnade! Gnade!«

Das war der Tonfall, der einem Mann wie Brehn gefiel. »Du flehst für ihn?«, fragte er nur leicht grollend.

»Ja, ich ertrage so etwas nicht.«

Linelle konnte nicht lesen und nicht schreiben, doch sie war nicht dumm. Sie wusste, welche schwachen Seiten Brehn hatte, und sie nutzte ihr Wissen mit weiblicher Intuition. »Ich... ich kann nicht mit ansehen, wie er stirbt«, fügte sie schnell hinzu.

»Nun denn, so guck doch weg!«, erwiderte Brehn spöttisch. Einige der Räuber lachten.

Linelle, die vor Brehn kniete, verneigte sich. Gerade weit genug, damit er einen tiefen Einblick in den Ausschnitt ihres Kleides hatte. Es hatte bisher noch immer bei Männern gewirkt. Sie vergewisserte sich, dass Brehns Blick auf ihren Brüsten ruhte und ein begehrliches Funkeln in seine Augen trat. Dann sagte sie:

»Ihr verspracht mir neulich, dass ich einen Wunsch frei hätte.« Sie blickte demütig zu ihm auf. »Wisst Ihr noch, in der Nacht, als ich Euch einen besonderen Gefallen erwies. Nun – ich verspreche Euch, wieder...«

Brehn gebot ihr mit einem herrischen Wink Schweigen. »Daran erinnere ich mich wohl. Aber warum bittest du nicht um Silberlinge oder Geschmeide? Warum bittest du für diesen Kerl?«

»Er tut mir leid«, sagte Linelle. »Zeigt Eure Großherzigkeit, *Ritter Brehn.*« Sie blickte zu ihm auf und fügte mit einem berechnenden Lächeln leise hinzu: »Denkt an meinen besonderen Gefallen!«

Brehn nagte an der Unterlippe. Er blickte unschlüssig von Linelle zu Cynan und wieder zurück.

Alle waren gespannt auf seine Entscheidung.

Cray hielt immer noch den Morgenstern zum Schlag erhoben. Brehn genoss das Gefühl der Macht. Er fühlte sich als Herr über Leben und Tod.

»Nun denn«, sprach er schließlich in die atemlose Stille. »Diese Nacht soll dieser Lump noch leben.« Er bedachte Linelle mit einem glühenden Blick. »Und morgen entscheide ich endgültig, was mit ihm geschieht.« Er gab seinen Männern einen Wink. »Schafft ihn mir aus den Augen!«

Cynan atmete auf. Cray ließ enttäuscht den Morgenstern sinken. Er ärgerte sich über Linelle. *Zum Teufel mit den Weibern*, dachte er.

Vier der Räuber brachten den Gefangenen fort.

Brehn wandte den Kopf, als er den Hufschlag vernahm.

Ein Reiter galoppierte heran. Vermutlich Lynn mit Morgans Kopfe. Er hätte längst zurück sein müssen.

Doch es war nicht Lynn. Brehns Miene verdüsterte sich. Aber dann erkannte er den Reiter und er sah ihm an, dass er gute Nachrichten brachte. Der Reiter zügelte seinen braunen Hengst.

»Guten Abend, Herr«, sagte er atemlos vom scharfen Ritt oder vor Aufregung. »Ich ritt rasch voraus, um Euch...«

Brehn unterbrach ihn ungeduldig. »Fasse dich sich kurz! Habt ihr ihn?«

»Ja, wir haben Sir Arn of Blackstone.«

In Brehns grünen Augen flammte es auf, und die Narbe an seiner Wange schien zu erglühen.

21. Kapitel

Brehn war bester Stimmung. Er trank den vierten Becher Wein in einem Zug leer. Dann rülpste er leise und schickte einen kollernden Furz hinterher. Er hatte zu viel von dem Brot und dem köstlichen, kalten Braten gegessen. Vielleicht war auch der Ochsenbraten, den er zu Mittag gespeist hatte, schuld an den Darmwinden. Zu anderer Stunde wäre Brehn missgelaunt gewesen und hätte seinen Unmut an seinen Leuten und Linelle sowie den anderen Mägden ausgelassen. Doch heute überraschte er alle mit seiner guten Laune.

Jetzt winkte er Cray herbei. Der Hüne stampfte mit geschultertem Morgenstern an das Feuer.

»Ja, Herr?«

»Ich habe einen besonderen Auftrag für dich. Du kennst den Hohlweg rund dreihundert Yards südlich von hier?«

Cray kratzte sich mit der Linken an der Kniekehle. Das konnte er mühelos, ohne sich zu bücken, denn sein Arm baumelte bis zum Knie hinab. Er überlegte, wo Süden sein mochte und blickte schließlich nach Westen.

»Da hinten, du Depp!«, sagte Brehn und wies in die richtige Richtung.

Cray blickte in die angegebene Richtung. »Ja, Herr.«

»Gut. Dann wirst du dort Wache halten, bis ich dir eine Ablösung schicke.«

»Aber da vorne wachen doch schon vier…«

»Besondere Ereignisse erfordern besondere Vorsichtsmaßnahmen«, unterbrach Brehn ihn mit einer Spur von Unmut. »Du gehst jetzt zu den Wachen und bleibst da, bis unser hoher Besuch eintrifft. Anschließend gehst du zu dem Hohlweg. Und du meldest den Wachen jeden, der sich nähert, mit einem Eulenschrei.«

»Ich kann nur Käuzchen«, sagte Cray verlegen.

»Dann eben Käuzchen, verdammt! Sprich das mit den anderen ab. Hauptsache ist, dass niemand unangemeldet an die Wachen herankommt. Es könnte nämlich sein, dass jemand unserem hohen Besuch folgt.«

»Bei mir kommt niemand vorbei!«, prahlte Cray und nahm den Morgenstern von der Schulter.

Brehn seufzte. »Du sollst nicht kämpfen, sondern nur die Wachen warnen. Ist das klar?«

»Klar.«

»Gut. Dann troll dich.«

Cray schritt schwerfällig davon.

Er hatte gerade seinen Posten erreicht, als die Reiter eintrafen. Cray warf einen Blick auf den Gefangenen, der gefesselt quer über dem Pferd lag und festgebunden war. *Hoher Besuch* hatte Brehn gesagt. Man konnte beinahe glauben, dieser Arn of Blackstone sei etwas Besonderes. So viel Aufheben hatte er wegen der anderen Ritter nicht gemacht.

Cray zuckte mit den Schultern und setzte seinen Weg fort.

Derweil erreichten die Reiter das Feuer und zügelten ihre Pferde.

Brehn erhob sich und gab Anweisungen. Fackeln wurden angezündet. Jemand band Sir Arn vom Pferd und warf ihn hinab, sodass er im Dreck landete, fast vor Brehns Stiefelspitzen.

»Willkommen, Sir Arn of Blackstone«, sagte Brehn spöttisch. »Es ist mir, *Ritter Brehn*, ein besonderes Vergnügen, dich auf meiner *Burg* begrüßen zu können!«

»Du bist kein Ritter, sondern ein erbärmlicher Verbrecher«, erwiderte Arn. Trotz seines Alters bot er die Erscheinung eines agilen, blonden und schlanken Mannes mit einem schmalen Gesicht, das etwas Hochmütiges hatte. In Brehns grünen Augen flammte es auf.

»Und dies hier ist keine Burg, sondern ein Schweinestall!«, fügte er hinzu.

Brehn blieb jetzt erstaunlich gelassen. »Nun, hier ist es sicherlich nicht so schön wie auf Eurem Anwesen, aber ich residiere hier auch nur vorübergehend. Bald werde ich dieses Lager gegen Eure Burg tauschen.«

Sir Arn verschlug es die Sprache. Er war von Sir Ronan of Launceston eingeweiht worden. Er hatte mit dem Boten der Räuber verhandeln und zum Schein auf alle Forderungen eingehen sollen. Dann sollte der Bote ein paar Schatten bekommen, wenn er in das Versteck zurückkehrte. Doch statt des Boten hatten ihn die Räuber in Empfang genommen. Er hatte damit gerechnet, einen Verbrecher kennenzulernen. Doch er hatte nicht gedacht, dass es noch dazu ein Wahnsinniger sein würde, der sich erdreistete, seine Burg in seinen Besitz bringen zu wollen.

»Bald wirst du für deine Schandtaten dem Henker übergeben werden«, sagte Sir Arn.

Brehn lachte leise. »Daran zweifle ich sehr. Der Sheriff persönlich wird mir deinen Besitz schenken. Es wird ihm gar nichts anderes übrig bleiben, wenn er nicht will, dass sämtliche Ritter sterben, die ich gefangen genommen habe und noch gefangen nehmen werde.«

Seine Miene hatte einen fanatischen Ausdruck angenommen, und sein Blick war wie in weite Ferne gerichtet. Jetzt starrte er wieder auf den furchtlosen Arn of Blackstone hinab.

»Auf diesen Tag habe ich lange gewartet«, tat er mit bewegter Stimme kund. »Erinnerst du dich nicht mehr an mich? Weißt du nicht mehr, wer ich bin?«

»Ein Schweinehund!«, keuchte der Gefangene.

Brehns Miene verzerrte sich. Er zog sein Schwert und streifte dessen rechte Wange. Fast an der Stelle, an der Brehn seine Narbe hatte. Blut quoll aus dem tiefen Schnitt.

»Auch darauf habe ich lange gewartet«, sagte Brehn mit schwerer Stimme. »Du wirst gezeichnet sein, wie ich es bin!« Er wies mit der Linken auf seine Narbe. »Weißt du immer noch nicht, wer ich bin?« Seine Stimme überschlug sich.

Sir Arn schwieg.

»Antworte!«, schrie Brehn und hob drohend das blutige Schwert.

»Ich weiß es nicht!«

Brehn atmete tief ein und aus. Er ließ das Schwert sinken. Sein Blick ging über den Gefangenen hinweg.

»Dann werde ich dir auf die Sprünge helfen, du Wurm. Du wirst dich schnell erinnern. Ich habe deinen Sohn Owain aus dem Tümpel gezogen. Er war schon fast ertrunken. Ich rettete deinem Kind damals das Leben, ich, ein armer Stallbursche. Als ich ihn zu dir brachte, versprachst du mir, mich für meine Tat reich zu belohnen. Ich sollte tausend Silberlinge bekommen. Voller Stolz und Freude war mein Herz, als ich mich eine Woche später wieder auf der Burg meldete, wie du mir aufgetragen hattest.

Du hattest das Land mit deinem Sohn verlassen, und plötzlich wollte niemand etwas von der Belohnung wissen. Niemand glaubte mir, dass ich deinen Sohn gerettet hatte. Statt Silberlinge erhielt ich nur Spott und Demütigungen!«

Er starrte wieder auf Sir Arn of Blackstone, bevor er mit dumpfer Stimme fortfuhr.

»Die feinen Damen auf der Burg haben mich ausgelacht, als ich meine Geschichte erzählte. Und als ich aufbegehrte, jagte man mich wie einen räudigen Köter von der Burg.«

Er rammte das Schwert in den Boden, dicht neben den Kopf seines Gefangenen, auf dessen Stirn der Schweiß glänzte. Längst wusste er, weshalb Brehn ihn so glühend hasste.

»Damals brach eine Welt für mich zusammen. Eine Woche lang hatte ich wie im siebenten Himmel gelebt. Ich hatte um die Hand der Frau angehalten, die ich liebte, die aber nicht unter ihrem Stande heiraten durfte. Sie war die Tochter eines berühmten Kunstschmiedes, und ich war nur ein armer Stallbursche. Sie lachte mich aus, als ich ihr bekannte, dass man mich um die Belohnung betrogen hatte. Wieder musste ich Spott und Schmähungen hinnehmen.

Damals schwor ich Rache. Ich hasste dich so sehr, dass ich dich ersäufen wollte, wie es mit deinem Sohn geschehen wäre. Doch ich kam nicht an dich heran. Ich sparte mir über lange Zeit hinweg fünf Silberlinge vom Munde ab, um einen von eurem Gesinde zu bestechen. Er versprach mir Informationen über dich. Doch wiederum betrog man mich. Er sagte mir, du seist zu Besuch auf einer anderen Burg. Dort sagte man mir, du seist längst wieder zurück. So schickte man mich ein paarmal hin und her. Bis ich durchschaute, dass alles ein abgekartetes Spiel war.

Als es mir schließlich gelang, mich verkleidet in eure Burg zu stehlen, fand ich heraus, dass du mit deiner Familie nach Wales gegangen warst. Ich schloss mich einer Bande von Wegelagerern an, um genug Silberlinge zu haben, um deine Spur verfolgen zu können. Doch ich gab die Silberlinge umsonst aus. Ich verlor deine Spur. Du hast dich gut versteckt, du Feigling!«

»Ich habe mich nicht versteckt«, widersprach Sir Arn. Wir lebten fünfzehn Jahre in Wales, bevor wir in die Heimat zurückkehrten.«

»Ja«, sagte Brehn, »Ich fand dich schließlich. Ich wollte dich zur Rechenschaft ziehen. Doch du griffst zum Schwert, nanntest mich einen Dreckskerl, der in die Burg eingedrungen sei und zogst mir die Klinge übers Gesicht. Anschließend ließest du mich von den Wachen hinauswerfen. Seither habe ich diese Narbe. Und seither wartete ich auf diesen Tag.«

Voller Hass starrte er den Ritter an.

»Jetzt kommt bald meine ganz große Stunde. Denn dann werde ich deine Burg besitzen. Und mit all den Rittern, die ich gefangen habe, wird mir nie wieder jemand etwas antun können!«

Er ist wahnsinnig, dachte Sir Arn.

Triumphierend fuhr Brehn fort: »Ich habe alles lange geplant. Ich habe dafür gesorgt, dass dein Sohn eine Ehrenschuld zu begleichen hat. Ich wusste, dass er sich an dich oder den Sheriff um Hilfe wenden würde. Und ich wusste, dass du mit der Edeldame Victoria of Graystoke als Schwiegertochter liebäugelst. Ein Freund hat mir alles genau berichtet. So weiß ich auch von den tausend Silberlingen Mitgift, die dein Sohn jetzt in seiner Geldnot so dringend brauchte. Nun, das Geld war nicht in der Kutsche, aber das ist nicht tragisch. Ich finde es entweder, wenn ich Blackstone Castle übernehme, oder ihr gebt es mir freiwillig heraus.

So ändert sich die Lage, *du Wurm*«, fuhr er fort. »Früher lag ich im Dreck und ihr Ritter ward die Herren, und heute liegt ihr im Dreck und ich bin der Herr!«

»Wahnsinn!«, entfuhr es Sir Arn.

Brehns Gesicht verzerrte sich. Seine Hand mit dem Schwert ruckte hoch. Doch dann verharrte er in der Bewegung.

»Ein schneller Tod wäre zu gnädig für dich«, sagte er. »Du wirst tausend Tode sterben. Und jetzt wirst du dich für das entschuldigen, was du mir angetan hast. Du wirst um Gnade winseln. Los, fang an!«

Sir Arn schluckte.

»Ich bitte *Ritter Brehn* um Vergebung, weil ich ihn um seinen gerechten Lohn geprellt habe!«, schrie Brehn. »Wiederhole!«

»Das geschah nicht absichtlich!«, antwortete Arn. »Es gab große Probleme mit unseren Verwandten und dem Besitz in Wales, deshalb musste ich rasch abreisen und habe natürlich meine Familie mitgenommen. Wenn du mit dem Burgvogt gesprochen hast, so wusste er überhaupt nichts von der Rettung meines Sohnes!«

»Und später?«, schrie Brehn. »Als ich dich zur Rede stellte!«

»Ich hielt dich für einen Einbrecher!«

Brehn hob das Schwert.

»Es ist die Wahrheit! So verhielt es sich damals!«

Plötzlich ließ Brehn das Schwert sinken. »Du wirst dich jeden Tag von neuem an alles erinnern. Und du wirst den Tag verfluchen, an dem du und deine Familie mir das alles angetan habt.« Er gab seinen Räubern einen Wink. »Schafft ihn weg!«

22. Kapitel

Cray staunte. Ein lustiges Gefährt, das sich da im Mondschein näherte. Es war ein blauer Kastenwagen, der mit goldenen Sternen beklebt war. Auf dem Kutschbock saß ein Mann in einem purpurnen Gewand mit einem wallenden weißen Vollbart, der lustig im Fahrtwind wehte.

Cray grinste. Den Wagen und den Mann hatte er schon einmal gesehen. Das musste der Zauberer sein, dessen Kunststücke er vor einem Jahr auf dem Markt bewundert hatte. Wie hatte er gelacht, als der Mann ein Kaninchen aus einer vorher leeren Kiste gezaubert hatte!

Cray erhob sich hinter den Büschen und trat auf den Weg.

Der Zauberer zügelte das Gespann. Mit einem Ruck hielt der Wagen. Träge senkte sich Staub, wie ein silberner Schleier im Mondschein.

»Hallo, Gevatter«, rief der Zauberer. »Geht's hier nach Blackstone Castle?«

Cray schüttelte den Kopf.

»Aber ich muss nach Blackstone. Man erwartet mich dort auf einer Hochzeitsfeier, wo ich zum Wohlgefallen der Braut zaubern soll.«

»Sagt, seid Ihr der berühmte Zauberer Mart?«, vergewisserte sich Cray.

»So ist es«, antwortete Morgan, und sein Blick streifte den Morgenstern in Crays behaarten Händen.

»Zaubert Ihr mir ein Kaninchen?«, fragte Cray hoffnungsvoll.

Morgan hatte sich den Trick von Mart zeigen lassen. Er hatte hin und her überlegt, wie er in das Lager hineingelangen konnte. Da war der Zauberer wie jedes Jahr hier vorübergekommen. Als Morgan ihm erklärt hatte, was auf dem Spiel stand, hatte er ihm bereitwillig seine Ausrüstung zur Verfügung gestellt. Zusätzlich befand sich im Wagen alles Nötige für die Befreiung der Gefangenen. Morgan hatte einen *Zaubertrank* dabei, mit dem die Räuber ausgeschaltet werden konnten. Schwerter und anderes waren unter den Requisiten im Wagen versteckt.

Morgan, der ja alles von Lynn erfahren hatte, hatte überlegt, ob er unbemerkt über den bewaldeten Berg im Westen in das Lager der Banditen eindringen konnte. Das Risiko entdeckt zu werden war groß, hatte er doch vorher eine weite Ebene ohne jeglichen Sichtschutz zu überqueren.

Aber eine Flucht mit den Frauen und den sicherlich entkräfteten Gefangenen, von denen einige seit Monaten bei Wasser und Brot in einer Höhle angekettet waren, war auf diesem Weg kaum möglich. Der River in einiger Entfernung, den sie überqueren müssten, führte zurzeit zu viel Wasser, um ihn im ausgezehrten Zustand schadlos durchschwimmen zu können. Blieb nur die Flucht nach Süden. Und dieser Weg wurde noch stärker bewacht. Um die Wachen auszuschalten, war Morgan auf diese List verfallen.

Morgan hatte nicht damit gerechnet, schon vor den Wachen von einem Räuber aufgehalten zu werden. Jetzt blockierte ihm der Hüne mit dem Morgenstern den Weg. Der Kerl musste als Erster ausgeschaltet werden. Wenn er den offenbar einfältigen Mann mit ein paar Tricks ablenkte, dann sollte es nicht allzu schwierig sein, ihn zu überraschen. So musste er also zweimal seine Schau darbieten.

Morgan zierte sich noch etwas.

»Ich bin in Eile, aber...«

»Bitte, zaubert mir ein Kaninchen!« Cray blickte wie ein Kind, das es kaum erwarten konnte.

»Nun denn«, seufzte Morgan. Er band die Zügel fest und kletterte vom Wagen. Ein bisschen umständlich, denn er trug unter dem weiten Umhang das Kettenhemd, das Schwert und anderes, unter anderem auch ein zweites Kaninchen für den Trick.

Er nahm den Kasten heraus und murmelte ein paar Zauberformeln, von denen Cray sichtlich beeindruckt war.

Mit ein paar feierlichen Gesten, über die sich der richtige Zauberer sicherlich amüsiert hätte, zauberte Morgan das Kaninchen aus der wohlpräparierten Kiste.

Cray lachte und war entzückt.

Der Einfältige kann sich noch freuen, dachte Morgan.

Mit ein paar weiteren Sprüchen ließ er das Kaninchen wieder in der Kiste verschwinden und zeigte Cray die vermeintlich leere Kiste.

»Bravo, bravo«, rief Cray begeistert.

»Nicht so laut«, mahnte Morgan, »sonst erschreckst du den Flaschengeist.«

»Flaschengeist?« Cray blinzelte verwundert.

»Ja, der ist hier drin.« Morgan griff in eine Tasche des Umhangs und zog ein Fläschchen hervor. Er hielt es ihm hin und Cray nahm es.

Morgan murmelte ein paar weitere Sprüche.

»Jetzt kannst du es öffnen«, sagte er dann.

Zögernd und auch etwas misstrauisch zog Cray den Stöpsel heraus. Er hatte sich den Morgenstern zwischen die Knie geklemmt, um die Hände freizuhaben.

Er blickte auf das Fläschchen, als befürchtete er, der Flaschengeist würde daraus hervorspringen.

»Ich sehe nichts«, murmelte er.

»Das kommt daher, weil ich ihn weggezaubert habe«, antwortete Morgan. »Jetzt ist nur noch sein Geist darin.«

»Sein Geist?« Cray blickte verständnislos.

»Ja, und seine Kraft. Wer einen Schluck davon trinkt, kann auch Kaninchen zaubern.«

»Wirklich?«

»Wirklich.«

Cray blickte wieder auf das Fläschchen. »Das glaube ich nicht.«

»Sieh, ich werde es dir zeigen. Du nimmst jetzt einen Schluck aus dem Fläschchen und sprichst mir die Zauberformel nach. Und dann sehen wir weiter.«

Cray schnupperte an dem Fläschchen. Der Zaubertrunk roch nach Holunderwein. Zögernd trank er einen kleinen Schluck. *Zu wenig für einen Kerl dieser Statur*, dachte Morgan.

»Schmeckt gut«, murmelte Cray und leckte sich über die Lippen.

»Und es wirkt gut«, versicherte Morgan. »Sprich mir jetzt nach, was ich dir vorsage!«

Cray gehorchte.

»Gut«, lobte Morgan. »Und jetzt noch einen kräftigen Schluck aus dem Fläschchen und schwupps...«

In diesem Augenblick geschah es. Morgan hatte nicht viel Zeit zum Üben gehabt. Irgendetwas machte er falsch. Das Kaninchen kam zu früh aus der Kiste. Es war wohl selbst überrascht, sprang Morgan an den falschen Bart und riss ihn ab, bevor er es verhindern konnte.

Cray starrte verdutzt auf das bartlose Gesicht, das er im Mondschein deutlich sehen konnte und das er schon einmal irgendwo gesehen hatte.

Morgan schüttelte das Kaninchen ab. Die Zusammenarbeit klappte einfach nicht. Das zweite Tier in einer Falte unter dem Umhang, das jetzt eigentlich mit dem »Kollegen« hätte getauscht werden sollen, rebellierte plötzlich und wollte sich befreien. Statt auf die Hand des Meisters zu warten, schlüpfte es Morgan am Kragen heraus und riss den Stoff etwas auf.

Cray starrte auf das Kettenhemd unter dem Gewand, und da fiel bei ihm der Groschen.

Er riss den Morgenstern hoch.

»Du bist nicht Mart!«, knurrte er und schwang den Morgenstern.

Alles war blitzschnell gegangen, und erst jetzt konnte Morgan zum Schwert greifen.

Cray hieb mit dem Morgenstern zu. Eingetrocknetes Blut bedeckte noch immer die Metallzacken. Morgan sah die mörderische Schlagwaffe auf sich zurasen und schnellte sich zur Seite. Der Morgenstern zischte so dicht an seinem Kopf vorbei, dass er den Luftzug spürte.

Wieder schwang Cray den Morgenstern in einer kreisförmigen Bewegung. Mit großem Geschick. Es war das Einzige, was er richtig konnte. Er war in seinem Element. Er dachte nicht, er handelte, wie er es immer getan hatte. Da war ein Feind, den es zu vernichten galt. Alles andere interessierte ihn nicht. In dieser Situation dachte er auch nicht daran, dass er die Wachen alarmieren sollte.

Morgan hatte das Schwert in der Hand. Doch wieder sauste der Morgenstern heran, die gezackte Kugel des Todes.

Instinktiv ließ Morgan sich fallen.

Der Morgenstern zischte über ihn hinweg.

Cray stieß einen knurrenden Laut aus, während er den Morgenstern schwang.

Morgan riss das Schwert hoch.

Da knallte Cray den Morgenstern aus der Drehung heraus nach unten.

Morgan rollte sich geistesgegenwärtig zur Seite.

Das rettete ihm das Leben.

Der Morgenstern krachte auf die Erde. Er schlug einen winzigen Krater an der Stelle, an der Morgan einen Augenblick zuvor noch gelegen hatte. Sand spritzte auf.

Morgan wirbelte über den Boden und sprang hoch. Cray zerrte den Morgenstern aus dem Dreck und schwankte, weil ihn bei dem wuchtigen Hieb der Schwung nach vorne gerissen hatte. Dann holte er wie ein Hammerwerfer mit dem Morgenstern aus, diesmal wollte er ihn schleudern.

Morgan blieb keine Wahl. Er warf das Schwert wie eine Lanze. Es traf den hünenhaften Räuber in die Brust.

Cray taumelte zurück.

Er ließ den Morgenstern noch los, doch er flog fast einen Yard über Morgan hinweg und klatschte gegen einen Baumstamm am Rand des Hohlweges. Der Baum erbebte, und Rinde splitterte ab.

Cray schlug zu Boden und blieb auf dem Rücken liegen. Das Schwert ragte aus seiner Brust.

Morgan sprang auf und war mit drei Sätzen bei ihm.

Cray bäumte sich auf, umklammerte mit zitternden Händen das Schwert und sank dann zurück.

Cray, der Meister des Morgensterns, der viele Menschen erschlagen hatte, lebte nicht mehr.

Und die Kaninchen waren entkommen.

Morgan musste sich etwas anders einfallen lassen.

Er blickte zu Crays Leiche. Da kam ihm eine Idee.

23. Kapitel

In Brehns Lager herrschte große Aufregung. Der Zauberer Mart hatte Crays Leiche gebracht. Brehn hatte Morgan die Geschichte geglaubt, dass er auf dem Weg nach Blackstone eine falsche Abzweigung genommen und durch Zufall auf den toten Cray gestoßen sei.

Brehn hatte sofort Männer ausgeschickt, die am Flussufer entlang nach Crays vermeintlichem Mörder suchen sollten. Für Brehn stand fest, dass Sir Ronan of Launceston jemand hinter dem Laird of Graystoke hergeschickt hatte, der Cray im Dunkeln überrascht hatte.

Morgan mimte den Ängstlichen und bat um Brehns Schutz. Er könne doch nicht in dieser Nacht weiterfahren, wenn Mörder dort draußen herumschlichen. Brehn hatte ihn als Gast willkommen geheißen.

Jetzt saß Morgan ihm am Feuer gegenüber. Mit Bart. Das Kettenhemd und das Schwert hatte er vor der Fahrt in das Lager der Banditen im Sternenwagen versteckt. Niemand hatte den Wagen genauer untersucht. Die Wachtposten hatten nur einen flüchtigen Blick hineingeworfen. Man hielt ihn für Mart.

Mart, alias Morgan, erfreute Brehn jetzt mit Zaubersprüchen. Er sagte ihm die Zukunft aus einer silbernen Kugel voraus. Er hatte genug Informationen, um genau das zu prophezeien, was Brehn hören wollte. Über kurz oder lang würde ihn ein berühmter Ritter besuchen. Ein verblüffter Blick auf die Silberkugel. Nein, nur ein Teil von ihm. Seltsam.

Brehn dachte an Ritter Morgan und dessen Kopf und freute sich.

Über einen langen Weg stünde eine große Erbschaft bevor.

Brehn dachte an seine Pläne und lobte die Weisheit des Zauberers.

In dieser Nacht vergehe eine Frau vor Sehnsucht nach ihm.

Das sagte Morgan ins Blaue hinein, denn er hatte sofort erkannt, wie eitel der Mann war. Von Linelle hatte Lynn nichts erzählt, aber Morgan hatte bei seinem Eintreffen eine Frau in Brehns Nähe gesehen, und er hoffte, dass dieser sich bald zu Bett begab, damit die Gefangenen befreit werden konnten.

Brehn dachte an Linelle und grinste erfreut.

Morgan schob noch ein paar gute Zukunftsaussichten für den Verbrecher nach. Er sprach von Reichtum, Ehre, Ruhm und einer großen Liebe.

Das alles ging Brehn wie Honig herunter.

Dann zog Morgan eine besorgte Miene. »Ein Verräter!«, beteuerte er und fixierte die Silberkugel.

»Ein Verräter?« Brehns Miene verfinsterte sich.

»Nun ja, ich sehe einen Mann, der Euch bisher zu Diensten war. Er gab Euch wertvolle Nachrichten. Doch das nächste Mal wird er Euch betrügen.«

»Froyn?«

»Ihr wisst den Namen?«, tat Morgan überrascht. »Ich hätte ihn nicht zu sagen vermocht. Ihr seid ja besser als ich! Ich sehe nur eine Burg. Burg...«

Brehn war so geschmeichelt, dass er Morgan die erhoffte Auskunft gab.

»Blackstone«, sagte Brehn mit einem leisen Lachen.

Morgan schaute ihn mit gespielter Bewunderung an. »Ihr solltet auf seine Dienste verzichten.«

»Das werde ich, das werde ich«, sprach Brehn grinsend. »Ich brauche ihn nämlich nicht mehr. Er hat seinen Zweck erfüllt.«

Sie plauderten noch eine Weile. Dann gähnte Morgan ein paarmal. Er hielt eine Hand vor den falschen Bart und entschuldigte sich für seine Müdigkeit.

»Verzeiht mir, Herr, es war eine lange Fahrt und...«

Brehn winkte gnädig ab. »Auch ich werde mich jetzt zur Ruhe begeben. Ich zeige dir dein Quartier, Mart.«

»Wenn Ihr erlaubt, schlafe ich lieber in meinem Wagen«, antwortete Morgan. »Daran habe ich mich so gewöhnt.«

Brehn hatte nichts dagegen.

Morgan sah ihm nach, als er davonschritt. Es hatte besser geklappt, als er erhofft hatte. Jetzt brauchte er nur noch ein bisschen zu warten. Dann konnte der nächste Teil des Plans in Angriff genommen werden.

24. Kapitel

Einer der Wachtposten war im Dunkel vor der Höhle nur als Silhouette auszumachen. Er hockte auf einem Stein und döste vor sich hin. Er nahm seine Aufgabe nicht sonderlich ernst, denn er hielt es für unsinnig, dass der Zugang zur Höhle bewacht wurde. Wie sollten die angeketteten oder gefesselten Gefangenen aus der Höhle entkommen? Und wer konnte unbemerkt in ihr Lager gelangen? Brehn hatte die Wachen verstärken lassen. Keiner konnte sich heimlich ihrem Versteck nähern. Es sei denn, jemand kam über den Berg im Westen. Doch dazu musste er vorher die weite, baumlose Ebene überqueren. Außerdem hatte Brehn Doppelposten losgeschickt, die an verschiedenen Stellen des Berges Wache halten sollte.

Nein, keine Maus kam unbemerkt in das Lager hinein.

Seitlich von ihm raschelte es zwischen den dunklen Büschen.

Ein Steinchen kollerte.

Der Posten nahm das Schwert, das er neben sich an den Stein gelehnt hatte.

Seine Haltung spannte sich. Er lauschte und versuchte das Dunkel mit den Augen zu durchdringen. Nichts zu sehen, nichts zu hören.

Doch, wieder ein Kollern.

Er erhob sich von dem Stein und blickte unschlüssig zu den Büschen hin.

Dort lauerte Morgan. Er hatte die Steinchen geworfen, um den Mann in die Büsche zu locken. Die Deckung hatte nur bis dorthin gereicht. Er wollte nicht das Risiko eingehen, dass der Posten noch Alarm schlagen konnte.

Komm schon, komm!, dachte Morgan und packte den Dolch fester.

Der Wachtposten setzte sich in Bewegung. Dann verharrte er, als sei er gegen ein Hindernis geprallt. Er hielt noch einen Fuß über dem Boden, wollte ihn gerade aufsetzen. Im nächsten Augenblick taumelte er mit einem gurgelnden Laut zurück, und Morgan sah den Pfeil in der Brust des Mannes.

Morgan war überrascht. Sein Blick zuckte zu den Bäumen am Fuß des westlichen Berges. Dort musste der Schütze stecken.

Aber wer konnte das sein? War es einem der Gefangenen gelungen, sich zu befreien?

Morgan wollte kein unnötiges Risiko eingehen. Er blieb in Deckung.

Er brauchte nicht lange zu warten.

Ein Schatten tauchte am Fuße des Berges auf. Er huschte näher. Im Lager war alles dunkel und still. Die Räuber, die nicht auf Wache waren oder in Brehns Auftrag durch die Gegend streiften, schliefen in ihren Quartieren. Mitternacht war längst vorüber. Es blieben Morgan fast zwei Stunden bis zur Wachablösung. Wenn Lynn nicht gelogen hatte. Doch Morgan bezweifelte, dass der ihm etwas Falsches gesagt hatte. Bisher hatte alles gestimmt, was der Kerl ihm in seiner Angst verraten hatte.

Der Schatten schlich heran. Den Bogen hatte er sich umgehängt. Aus einem Köcher ragten Pfeile. Der Mann verharrte bei der reglosen Gestalt und blickte auf sie hinab. Dann schaute er sich sichernd um und gab ein Handzeichen zum Berg hin. Dort musste also noch jemand stecken.

Der Bogenschütze bückte sich. Er packte den Wachtposten unter den Achseln und schleifte ihn in das Gebüsch. So machte er Morgan die Sache einfach. Er stand mit dem Rücken zu Morgan und wollte gerade die reglose Gestalt sinken lassen, als er zu Tode erschrak.

Morgan tat das, was er bei dem Wachtposten vorgehabt hatte.

Er umschlang den Mann von hinten, presste ihm mit der Linken eine Hand auf den Mund und drückte ihm mit der Rechten den Dolch an die Kehle.

»Kein Laut, oder es ist dein Letzter«, raunte er.

Der Mann mit dem Bogen wurde stocksteif.

»Wer bist du?«, fragte Morgan. »Wenn du es nicht ganz leise sagst, stoße ich zu.«

Den Wachtposten hätte er niedergeschlagen, doch dieser Mann war offenbar kein Feind. Dennoch wollte Morgan ganz sicher gehen. Er nahm die Hand nur soweit vom Mund des Mannes, dass er sofort jeden Schrei im Ansatz ersticken konnte.

»Knappe Trun«, kam es wie ein Hauch.

Morgan zog den Mann etwas herum und schaute sich das Gesicht genauer an. »Trun von Launceston Castle?«

Die Augen des Mannes weiteten sich vor Überraschung. »Woher weißt...«

»Ich bin Morgan und kenne dich natürlich.«

»Aber man sagt, Ihr seid tot«, wisperte Trun und starrte Morgan an, als sehe er ein Gespenst. Der Knappe war also von Launceston aufgebrochen, bevor der Kurier mit Morgans Botschaft an seinen Vater dort eingetroffen war.

Morgan lächelte. »Ich fühle mich recht lebendig. Wie kommt ihr hierher? Wie viele seid ihr?«

Trun berichtete von Laird of Graystokes Entführung, die er als Späher ebenso beobachtet hatte wie wenig später den Transport von Sir Arn of Blackstone. Er war den Räubern unauffällig bis in die Nähe ihres Versteckes gefolgt und hatte dann den Reitertrupp informiert, der sich inzwischen in der Nähe zur Verfügung hielt. Der Sheriff hatte also Vorsorge getroffen.

Morgan überlegte. Ein Reitertrupp von dreißig Mann. Sie wollten die Gefangenen aus dem Lager herausholen. Aber sie wussten nicht so gut Bescheid wie er selbst. Ihr Plan wäre zum Scheitern verurteilt gewesen. Sie wussten nichts von der Wachablösung, nichts von Brehns verstärkten Sicherheitsvorkehrungen. Sie hatten keine Ahnung, in welcher der Hütten die Frauen gefangen gehalten wurden.

»Ihr wolltet die Gefangenen über den Berg in Sicherheit bringen«, stellte Morgan fest.

Der Knappe nickte. »Ja. Wir haben zwei der Räuber auf der anderen Seite geschnappt und sie ausgefragt. Dort müsste jetzt der Weg frei sein, sodass wir ohne größere Schwierigkeiten...«

»Dieser Weg führt über weites, offenes Land. Außerdem müssen wir an den Zustand der Gefangenen denken. Die werden kaum in der nötigen Geschwindigkeit fliehen können. Und die Wachen werden bald abgelöst. Nein, auf diesem Weg ist es kaum zu schaffen. Ich habe einen anderen Plan. Du schleichst dich zurück. Und dann tut ihr folgendes...«

25. Kapitel

Der dreifache Eulenschrei im Westen klang etwas verstimmt, gerade so, als sei die Eule heiser. Morgan atmete auf. Es war das vereinbarte Signal von Knappe Trun. Die Männer waren bereit. Sie warteten auf sein Signal. Zu diesem Zeitpunkt waren sämtliche Gefangenen bereits befreit. Sie warteten in der Kutsche und im Wagen des Zauberers auf die Abfahrt.

Es war für Morgan und seine Helfer ein Leichtes gewesen, die beiden Wachtposten vor der Hütte, in der die Frauen gefangen gehalten wurden, lautlos zu überwältigen. Der eine hatte geschlafen, und der andere hatte gerade einen Schluck Wein trinken wollen, als Cynans Keulenhieb ihn niedergestreckt hatte.

Jetzt galt es nur noch, Brehn im Schlaf zu überraschen. Dann konnte die letzte Aktion steigen.

Cynan huschte neben Morgan her, der durch das Fenster in die dunkle Hütte spähte. Es war die größte und solideste Hütte im Lager. Sie bestand aus mehreren Räumen und war Brehns Hauptquartier.

»Linelle ist nicht in ihrer Hütte«, flüsterte Cynan.

»Dann müssen wir ohne sie verschwinden«, sagte Morgan ebenso leise.

»Aber ich habe ihr mein Wort gegeben.«

»Zu viel steht auf dem Spiel«, entgegnete Morgan. »Sie hat bisher hier gelebt, und von den Räubern droht ihr keine Gefahr. Sie kommt frei, wenn wir die Kerle in der Falle haben und sie sich ergeben.«

Cynan hatte Morgan kurz über Linelle informiert. Er hatte erzählt, dass sie ihm das Leben gerettet hatte.

»Sie könnten sie als Geisel nehmen und uns damit erpressen«, flüsterte Cynan besorgt.

»Ich denke, sie ist ihresgleichen«, gab Morgan verwundert zurück.

»Sie ist eine prächtige Frau«, schwärmte Cynan, und Morgan ahnte etwas. »Sie hat nichts mit diesem Lumpenpack zu schaffen. Ich habe versprochen, ihr eine Stelle auf Blackstone Castle zu besorgen.«

In diesem Augenblick tauchte Rhodri an der Ecke der Hütte auf. »Zwei Fenster hinten«, flüsterte er. »Eines ist nur angelehnt.«

»Gut.« Morgan gab Anweisungen. Rhodri blieb an der Tür und behielt das vordere Fenster im Auge, Cynan folgte Morgan nach hinten.

Alle drei waren mit Schwertern und Messern bewaffnet, den Waffen, die Morgan im Wagen des Zauberers versteckt hatte. Morgan hatte den falschen Bart und Marts Gewand abgelegt und trug wieder sein Kettenhemd.

Cynan blieb hinten an der Hütte mit gezogenem Schwert stehen und behielt die Fenster im Auge. Es durfte kein Entkommen für Brehn geben.

Morgan öffnete vorsichtig das Fenster. Es gab nur ein leichtes, schabendes Geräusch, und Morgan zog sich hinein.

26. Kapitel

Brehn schnarchte im Schlaf. Er träumte von seinem neuen Leben auf einer Burg. Als er etwas an seinem Hals spürte, schlug er die Augen auf und blinzelte. Der Schein einer Fackel blendete ihn. Seine Augen weiteten sich vor Entsetzen. Cynan hatte wissen wollen, warum Morgan den Kerl nicht einfach niederschlug. Dieser hatte ihm erklärt, dass sie Brehn hellwach brauchten. Er sollte den Wachen befehlen, die Wagen passieren zu lassen.

»Was... was soll das?«, stammelte er. »Wer seid Ihr?«

»Ritter Morgan. Du wolltest meinen Kopf. Du siehst, ich habe ihn noch. Aber du wirst deinen nicht mehr lange haben. Aus dem Bett mit dir. Und keinen Lärm, oder du bist des Todes!«

Er zog das Schwert etwas zurück. Fassungslos starrte Brehn ihn an. Er war unfähig, einen klaren Gedanken zu fassen. Gerade noch hatte er sich im siebenten Himmel gewähnt, und jetzt glaubte er einen Albtraum zu haben.

Brehn gehorchte benommen. Nackt stieg er aus dem Bett.

»Umdrehen und die Hände hoch!«, befahl Morgan. Er wollte den Verbrecher für den Abtransport fesseln.

In diesem Moment schreckte Linelle aus dem Schlaf. Sie fuhr im Bett auf, und starrte schlaftrunken Morgan an. Ihr Mund öffnete sich wie zu einem Schrei.

»Still!«, mahnte Morgan. »Du brauchst keine Angst...«

Da handelte Brehn.

Trotz des Schwertes in Morgans Hand sprang er vorwärts.

Morgan hätte ihn noch mit dem Schwert treffen können. Doch er zögerte. Er mochte keinen waffenlosen Mann hinterrücks mit dem Schwert erschlagen, auch wenn das ein Verbrecher war. Zudem passten Cynan und Rhodri draußen auf und brauchten Brehn nur in Empfang zu nehmen.

Brehn hielt nicht auf das Fenster zu und auch nicht auf die Tür, wie Morgan erwartet hatte.

Er rannte gegen die Wand!

Mit voller Wucht warf er sich dagegen. Und es grenzte an Zauberei. Die Wand zum Nebenraum schwang herum, einen Spalt nur, doch Brehn schlüpfte hindurch, war von einem Augenblick zum anderen verschwunden, und die Wand schwang wieder mit einem dumpfen Laut zurück.

Jetzt kam es auf jeden Augenblick an. Wenn Brehn seine Räuber alarmierte, war alles aus. Denn die Wagen waren ja noch im Lager! Jede Menge Geiseln!

Morgan hetzte ans Fenster und riss es auf.

»Rhodri!«

»Ja?«

»Gib das Signal. Und passt auf, dass er nicht aus der Hütte entkommt!«

Rhodri stieß den Eulenschrei aus. Dreimal. Das Zeichen für die Männer des Sheriffs, die Wachen anzugreifen.

Morgan hetzte schon zurück. Er nahm Anlauf und warf sich gegen die Wand, hinter der Brehn verschwunden war.

Sie gab nicht nach. Entweder hatte der Kerl den Mechanismus verriegelt, oder man musste eine bestimmte Stelle treffen.

Morgan nahm erneut Anlauf.

Und diesmal schaffte er es.

Er fand sich in einer stockdunklen Kammer wieder. Er hielt das Schwert zur Abwehr bereit, denn er rechnete damit, von Brehn angegriffen zu werden. Doch nichts geschah. Er lauschte mit angehaltenem Atem. Da, rechts von ihm war ein dumpfes Pochen, das sich schnell entfernte. Er trat einen Schritt vor und trat ins Leere. Der Boden tat sich unter ihm auf, und er stürzte in einen dunklen Abgrund.

27. Kapitel

Im Lager herrschte Chaos.

Einer der Wachtposten schrie sich die Kehle heiser und forderte Verstärkung. Männer eilten aus den Hütten. Schatten liefen zu den Pferden. Einige rannten mit Schwert oder Lanze bewaffnet los, um den Kumpanen zu Hilfe zu eilen.

»Feuer! Feuer!«, schrie jemand gellend.

In der Tat brannten plötzlich einige Hütten. Flammenschein erhellte die Nacht.

»Rettet die Pferde!«, brüllte ein Mann. Es war keiner der Räuber, doch das fiel im allgemeinen Durcheinander keinem auf. Niemand wusste so recht, was los war. Es fehlte die ordnende Hand. Ein Mann rannte zum Stall und führte ein paar Pferde heraus, die seltsamerweise schon aneinander geleint waren.

Ein paar Räuber rannten mit Gefäßen zu dem kleinen Seitenarm des Flusses, um Löschwasser zu holen.

Es waren nur noch wenige Räuber im Lager. Die meisten waren jetzt damit beschäftigt, den Angriff der überraschend aufgetauchten Reiter zurückzuschlagen.

Zuerst hatte alles so einfach ausgesehen. Ein paar Schatten zu Fuß hatten sich durch Geräusche verraten. Die Wachtposten stellten sich ihnen entgegen. Nur zwei waren auf ihrem Posten geblieben. Die anderen sechs hatten sich weglocken lassen und waren plötzlich von Reitern umzingelt gewesen.

Die beiden hatten das Schwerterklirren, den Hufschlag und die Schreie gehört und Alarm gegeben. Jetzt war ein weiteres Dutzend Männer in den Kampf dort draußen verwickelt. Ein paar löschten. Doch es half nicht viel. Immer höher schlugen die Flammen.

Niemand wusste, wer wo genau war, und alle waren beschäftigt. So fiel es nicht auf, dass die Männer, die die Pferde vor den Kastenwagen und den Wagen des Zauberers spannten, gar nicht zur Bande zählten.

»Das hätten wir«, murmelte Johel. »Wo mag nur Morgan bleiben?«

»Er war plötzlich weg«, antwortete Cynan. »Als sich nichts tat, sah ich mit Rhodri nach. Wir fanden nur Linelle. Und sie sagte, er sei hinter Brehn her. Durch die Wand! Es muss da einen Geheimgang oder so was geben. Wir konnten nicht mehr danach suchen, denn da ging schon der Zauber hier los, und wir mussten zusehen, dass wir wegkamen.«

Ein Mann mit einem Wassereimer rannte vorbei. Er stutzte, als er Cynan und Johel sah. Er änderte die Richtung und lief auf die beiden zu. »Was macht ihr denn bei der Kutsche? Helft lieber löschen.«

»In Ordnung«, brummte Cynan. »Gib mir den Eimer!«

Das tat der Bursche, der Cynan im Dunkeln nicht erkannte. Cynan nahm den mit Wasser gefüllten Eimer und stülpte ihn dem Räuber über den Kopf. Nicht sehr sanft. Mit einem gurgelnden Laut sank der Mann zu Boden und blieb reglos liegen. Cynan zog ihm den Eimer vom Kopf, packte ihn unter den Achseln und schleifte ihn von dem Fuhrwerk fort in den Schatten eines Busches.

»Wir müssen weg!«, raunte er Johel zu.

»Wir können Morgan nicht einfach im Stich lassen!«

»Gut, wartet noch einen Moment. Ich versuche, ihn zu finden. Wenn wir bis dahin nicht zurück sind...«

Er erschrak, als eine Gestalt aus der Dunkelheit auftauchte.

»Ich bin's«, raunte Morgan und huschte auf ihn zu.

Cynan atmete auf und ließ die Hand sinken, die zum Schwert gezuckt war. »Kommst du aus dem Berg oder woher?«

»So ist es. Er ist mir durch einen Geheimgang entkommen. Durch einen Tunnel, der hier vorn in einer Höhle endet, von Gestrüpp verdeckt.«

»Dann ist er auf und davon.«

»Oder er versteckt sich irgendwo«, entgegnete Morgan.

»Wir müssen weg!«, mahnte Johel.

Morgan nickte. »Brehn schnappen wir noch. Erst müssen wir hier raus!«

28. Kapitel

Morgan sah nur vier Männer am Zugang zum Lager. Er fuhr vor der Kutsche auf dem Wagen des Zauberers, und er trug wieder dessen Gewand und den Bart. Cynan lenkte den anderen Wagen.

Die Wachtposten hoben Lanzen und Schwerter. »He, Mann, wohin?«, rief einer ihm misstrauisch entgegen.

»*Ritter Brehn* hat befohlen, die Wagen in Sicherheit zu bringen!«, rief Morgan. »Und ihr sollt helfen, das Feuer zu löschen!«

Ohne das Tempo zu verringern, fuhr er auf die vier zu. Sie wichen zur Seite. Dann rollte der Wagen auch schon an ihnen vorbei. Der Kastenwagen folgte. Staub hüllte die Räuber ein.

»He, wo fahren die denn hin?«, rief einer. »Die halten ja gar nicht an!«

Das hatten Morgan und Cynan in der Tat nicht vor.

Sie mussten es jedoch. Notgedrungen.

Sie mochten wenige Yards vom Ausgang entfernt sein, und sie hatten mit einem Blick zurück gesehen, das die Soldaten des Sheriffs die Räuber genau nach Plan zum Lager zurücktrieben, nachdem sie sie erst weggelockt hatten, damit die Wagen entkommen konnten. Die Ersten von Brehns wilden Gesellen ergriffen bereits die Flucht. Sie waren es gewohnt, aus dem Hinterhalt zu kämpfen, und sie legten sich nicht gerne mit starken Gegnern an. Sie wähnten sich in ihrem Lager sicherer. Der Kampf Mann gegen Mann behagte ihnen gar nicht. Sie hatten schon einige Verluste hinnehmen müssen. Im Lager, wo sie sich bestens auskannten, glaubten sie sich mit Hilfe ihrer Kumpane besser verteidigen zu können. Brehn würde schon alles organisieren. Sie hatten ja Geiseln genug.

Sie ahnten nicht, dass sie in der Falle saßen.

»Es hat geklappt!«, jubelte Cynan.

Auch Morgan atmete auf.

»Irrtum!«, hörte er da eine triumphierende Stimme hinter sich sagen. Er zuckte zusammen, und im nächsten Augenblick schob sich ein Schwert durch den Luftschacht im Wagen hinter dem Kutschbock, und Morgan spürte die kalte Klinge im Nacken.

»Halt an oder du stirbst!«

Morgans Nackenhaare schienen sich aufzurichten, und es war ihm, als striche eine eisige Knochenhand über seine Wirbelsäule.

Er erkannte die Stimme.

Es war Brehn.

29. Kapitel

Morgans Gedanken jagten sich. Er brauchte sich nur vornüber zu stürzen, und für ihn war die Gefahr vorbei. Doch damit war nichts gewonnen. Im Wagen befanden sich Victoria mit ihrem Vater, dem Laird of Graystoke, Eira, Owain sowie Sir Arn of Blackstone und Rhodri.

»Ich halte der Braut ein Messer an die Kehle!«, rief Brehn. »Wenn du nicht anhältst, stirbt sie als Erste!«

Morgan zügelte das Gespann.

»Was ist los?«, rief Cynan.

Morgan sagte es ihm.

Cynan fluchte erbittert und hielt ebenfalls an.

Morgan gab ihm ein Zeichen, wies zum Dach des Kastenwagens hinauf und hoffte, dass Cynan ihn verstand.

Cynan verstand. Er schwang sich vom Kutschbock hinüber auf das Wagendach.

Morgan sprach schnell mit Brehn, um ihn abzulenken und etwaige Geräusche zu übertönen.

»Wie kommst du in den Wagen?«

»Das war ganz einfach«, sagte Brehn triumphierend. »Ich kann nämlich besser zaubern als du falscher Zauberer. Ich versorgte mich im Geheimgang mit Waffen, kam aus der Felsspalte heraus und wollte mir in dem gerade unbewachten Wagen etwas Kleidung suchen. Schließlich laufe ich nicht gerne nackt herum. Doch statt eines Gewandes fand ich Damen und Herren. Jetzt sind sie in meiner Gewalt, und sie werden sterben, wenn ihr da draußen nicht genau das tut, was ich befehle.«

Ein heller Schrei klang gedämpft aus dem Wagen. Brehn lachte.

Morgan presste die Lippen aufeinander und blickte zu Cynan. Dieser lag jetzt flach auf dem Wagendach, mit dem Kopf zum Heck.

»Erbärmlicher Feigling!«, rief Morgan. Er überlegte verzweifelt, wie er Brehn aus dem Wagen locken konnte.

»Dafür werde ich dich gleich töten!«, schrie Brehn. »Aber alles der Reihe nach. Zieh dein Gewand aus und schiebe es hier durch den Schlitz.«

Morgan tat es. Er hoffte, dass es Rhodri oder einem der anderen im Wagen gelang, Brehn zu überwältigen, wenn er sich das Gewand überstreifte. Doch seine Hoffnung erfüllte sich nicht.

»So«, rief Brehn. »Und jetzt runter mit dir vom Bock! Schirr die Pferde aus. Auch die von der Kutsche.«

»Warum?«, fragte Morgan, um Zeit zum Überlegen zu gewinnen.

»Ich werde einen kleinen Ausritt machen«, erwiderte Brehn höhnisch. »Hier ist es mir im Augenblick ein bisschen zu gefährlich. Ich werde mich auf Blackstone Castle einquartieren. Mit meinen Geiseln wird man mir freudig das Tor öffnen, mir die Burg übergeben und sich meinen Befehlen fügen. Und jetzt spute dich. Ich weiß, dass du Zeit schinden willst, bis vielleicht Verstärkung anrückt. Aber meine Männer werden eure Leute lange genug hinhalten, bis ich mit meinen Gefangenen einen genügend großen Vorsprung habe.«

Brehn wollte mit seinen Gefangenen zu Pferde fliehen, um schneller zu entkommen. Das war die Chance für Cynan.

Dieser grinste zuversichtlich, als Morgan ihm einen Blick zuwarf.

Morgan spannte die Pferde aus und führte sie auf Brehns Geheiß hin ein Dutzend Schritte hinter den Wagen. Er warf seine Waffen ebenfalls hinter den Wagen, wie es Brehn befahl.

Dann war es soweit.

Die Heckklappe ging auf. Sie wurde heruntergeklappt und bildete eine Rampe. Es war Rhodri, der mit zorngerötetem Kopf Brehns Befehl ausgeführt hatte. Morgan gab Rhodri mit einem schnellen Wink zu verstehen, dass er nichts unternehmen sollte.

Als Erste tauchten Eira und Owain auf.

Eira stieg etwas schwerfällig über das Wagenbrett hinab. Owain stützte sie, und Morgan entging nicht, dass Eira sich dabei an ihn schmiegte.

Rhodri folgte mit im Nacken verschränkten Händen. Dann kam der alte Laird. Und schließlich stiegen Victoria und Brehn vom Wagen. Brehn presste das leichenblasse Mädchen mit der Linken an sich und hielt ihr mit der Rechten einen Dolch an die Kehle.

Verzweiflung stieg in Morgan auf. Cynan konnte nichts tun, solange der Verbrecher das Mädchen bedrohte. Und jeden Augenblick musste Brehn den Mann auf dem Wagendach entdecken.

»Lass Eira, die guter Hoffnung ist, hier«, sagte Morgan, um Brehn abzulenken. »Nimm mich an ihrer Stelle mit.«

»Das könnte dir so passen!«, rief Brehn. »Ich werde doch nicht auf die Mitgift verzichten!«

Er zerrte Victoria ein Stück weiter und rief Eira zu: »Komm her!«

Zögernd trat Eira zu ihm.

Und dann stockte allen der Atem.

Brehn nahm den Dolch von Victorias Kehle, und bevor irgendjemand es verhindern konnte, schlitzte er Eiras Kleid vorne, am stark gewölbten Bauch, auf.

Eira blieb erstaunlich gelassen.

Owain schrie auf.

Aus dem Kleid quollen Silberlinge! Es war, als purzelten sie aus Eiras Bauch! Einige fielen zu Boden und klimperten hell.

»Schönes Versteck!«, rief Brehn. »Ich gebe zu, dass ihr mich damit narrtet. Aber nichts ist so fein gesponnen, dass es Brehn nicht durchschauen könnte! Als ich in den dunklen Wagen sprang und auf die Frau prallte, spürte ich gleich, was sie da am Leibe trägt. Freute mich schon auf die Entbindung, ha!«

Er vergrößerte den Schlitz im Stoff noch etwas, und weitere Silberstücke fielen aus Eiras *Bauch*.

Eira wich zurück.

»Kitzelt es, Jungfer?«, fragte Brehn spöttisch.

Er zog den Dolch zurück, und in diesem Moment handelten Morgan und Cynan gleichzeitig.

Obwohl die Aktion so gut wie nicht abgesprochen war, wirkte sie wie eingeübt.

Cynan flog wie eine Raubkatze vom Wagen herab.

Morgan schnellte sich gleichzeitig auf Eira zu, um sie zu schützen. Er fegte das Mädchen, das bis vor Kurzem noch von allen für hochschwanger gehalten worden war, von den Beinen und riss es von Brehn fort.

Brehn stieß mit verzerrtem Gesicht die Hand mit dem Dolch hoch. Victoria schrie auf und riss sich los. Dann flog Cynan auf Brehn zu.

Er begrub den Verbrecher unter sich, rammte ihn förmlich in den Boden. Der Aufprall war so gewaltig, dass Brehn im wahrsten Sinne des Wortes Luft abließ. Es gab ein Geräusch, als hätte jemand einen Blasebalg betätigt. Und etwas knackte auch ein bisschen, eine Rippe und ein Fingerknöchel, wie sich später herausstellte.

Cynan schlug zu. Brehns Kopf flog zurück, und der Dolch entglitt ihm. Cynan holte erneut aus, doch es war nicht mehr nötig. Er spürte, wie Brehn unter ihm erschlaffte. Cynan bremste seinen wuchtig angesetzten Hieb, und es wurde nur ein kleinerer Stoß auf Brehns Nase.

Morgan sah mit einem schnellen Blick, dass alles vorbei war. Erst jetzt wurde ihm bewusst, dass er mit Eira durch den Staub gerollt war und auf ihr lag. Er blickte in ihre schönen Augen und stammelte: »Verzeiht, edle Victoria.«

»Ihr wisst...?«, begann sie, als er ihr galant auf die Beine half.

»Ja«, sagte Morgan. »Weiß Ihr Bräutigam es auch schon?« Er blickte zu Owain, der die vermeintliche Eira und Morgan verständnislos anstarrte.

Eira errötete. »Ich wollte es ihm erst nach der *Entbindung* sagen.«

Owain trat näher. »Ihr seid Victoria?«, fragte er verblüfft. »Ich dachte...« Sein Blick ging zu der blonden Jungfer, die er für Victoria gehalten hatte. Nie wäre er auf die Idee gekommen, dass die Schwangere seine Braut sein könnte. Nun, sie war ja gar nicht schwanger.

»Ja«, antwortete Victoria und senkte den Blick. »Die Jungfer, die Euch so gut gefiel und der Ihr Komplimente ob ihrer Schönheit machtet, ist Eira, meine Zofe.«

»Aber ich konnte doch nicht ahnen... ich meine...« Owain war zu verdattert, um weitersprechen zu können.

»Und ich dachte bis vor Kurzem, die Mitgift bestünde aus Drillingen«, fügte Cynan lachend hinzu. Er fesselte den bewusstlosen Brehn und warf ihn in den Kastenwagen.

Es war alles erledigt. Sie konnten nach Blackstone fahren.

»Gefalle ich Euch auch ein wenig?«, fragte die richtige Victoria und blickte den verlegenen Owain mit ihren schönen Augen prüfend an.

»Natürlich, aber...«

»Nun, lieber Owain, ich werde Euch die Frage noch einmal stellen, wenn ich auf Blackstone bin.« Victoria hielt das aufgeschlitzte Kleid vor dem Bauch zusammen, damit nicht noch weitere Silberlinge herausfielen. Die Mitgift bestand übrigens nicht nur aus Silberlingen, sondern ein Teil der Summe waren Schuldscheine.

Rhodri sammelte das Silber auf, während Morgan und Cynan die Pferde einspannte.

Owain überwand seine Verlegenheit und bedachte Victoria mit glühendem Blick. »Sagt, Victoria, weshalb habt Ihr mit Eurer Zofe die Rollen getauscht?«

Victoria zögerte mit der Antwort. »Nun, das gehörte alles zu einem geheimen Plan, über den ich schweigen möchte. Nur so viel: Alles war mit Eurem Vater, dem Vogt, so abgesprochen.«

Sie wollte ihm nicht sagen, dass sie unter anderem auch hatte herausfinden wollen, ob Owain sie nur der Mitgift wegen nehme.

Bald darauf fuhren die Fahrzeuge gen Blackstone Castle.

Vögel begrüßten mit hellem Zwitschern die aufgehende Morgensonne. Ein neuer Tag brach an. Ein friedlicher, sonniger Tag.

Denn Brehns Schrecken war vorüber. Der Henker würde sich seiner annehmen.

Und in der Kutsche sagte Johel de Vautort: »Welch prächtiger Stoff für eine ergötzliche Ballade!«

2. Maddox, der Tyrann von Cornwall

1. Kapitel

Ein Blitz zuckte über den Himmel, an dem sich dunkle Wolken ballten, und tauchte den Hohlweg in gespenstisches Licht. Brynn, der Kutscher, fluchte lästerlich über das Gewitter.

Ein Donnerschlag ließ ihn verstummen. Hastig bekreuzigte er sich und blickte zum Himmel, von dem ihm der Regen ins Gesicht peitschte.

»Verzeiht, Herr«, murmelte er, »Ihr werdet schon wissen, weshalb Ihr dieses Sauwetter auf die Erde schickt. Bestimmt zürnt Ihr dort oben mit den Bösewichtern hier unten, zum Beispiel mit Maddox, der hier in Cornwall sein Unwesen treiben soll. Mag er vom Blitz getroffen werden, dieser verdammte...«

Wieder zerriss ein Blitz die dunklen Wolken, und Brynn zuckte zusammen.

»Schon gut, Herrgott, ich fluche nicht mehr.«

Er versuchte, die Dunkelheit mit den Augen zu durchdringen, trieb die Gespannpferde zu schnellerem Tempo an und dachte an einen Krug Bier, den er am Ziel in der Schenke trinken wollte. Bei dem Gedanken – lächelte Brynn.

Dann traf ihn der Pfeil.

Er glaubte, der Schmerz müsse ihm die Brust zerreißen. Mit einem ächzenden Laut sank er auf dem Kutschbock zusammen, die Zügel entglitten seiner kraftlosen Hand, und unbewusst krallte sich seine Rechte um den Pfeilschaft, der aus seiner Brust ragte. Er stürzte nicht vom Bock, sondern lehnte sich gegen die Rückwand.

Das unförmige Fahrzeug raste weiter über den schlammigen Hohlweg. Als es eine mächtige Buche passierte, deren weit ausladende Zweige hoch über den Fahrweg ragten, sprang eine schwarze Gestalt von einem Ast herunter wie eine Raubkatze. Sie landete neben Brynn auf dem Kutschbock, fing sich geschickt ab und ergriff die Zügel.

Brynn erfasste erst richtig, was geschehen war, als sie anhielten und durch das Rauschen des Regens und das Donnergrollen Stimmen erklangen. Plötzlich waren ringsum Gestalten, drohende Schemen in der Finsternis.

Der Kutscher nahm alles wie durch einen Vorhang aus blutrotem Regen wahr. Und dann erschauerte er. Denn er glaubte einen Schrei aus tausend rauen Kehlen zu hören:

»Maddox!«

Nur der Mann neben ihm hatte es gesagt, nicht einmal laut, doch es hallte in Brynn nach wie Paukenschläge.

Es gibt ihn also doch, dachte er voller Entsetzen und Todesfurcht. *Herr, hilf mir!*

Dann wurde es völlig still und dunkel um Brynn. Er spürte nicht mehr, wie er vom Kutschbock hinabgeworfen wurde. Er hörte nicht mehr, wie sein Passagier in der Kutsche um Gnade flehte, als ihm einer der Räuber ein Schwert an die Kehle setzte.

Der Passagier war Einax of Exeter, ein berühmter Dichter, der auf Crown Castle erwartet wurde. Offenen Mundes starrte er auf das Schwert.

»Gnade!«, keuchte er. »Habt Erbarmen. Ich gebe Euch alles, was ich besitze. Es ist nicht viel, denn ich bin nur ein Dichter, aber...«

Der Mann mit dem Schwert unterbrach ihn mit wildem Lachen. »Wir wissen, dass du ein Verseschmied bist. Deshalb sind wir hier. Du wirst dein Hirn für unseren Herrn anstrengen müssen, wenn du am Leben hängst.«

Er nahm das Schwert zurück, stieg in die Kutsche und zog den Schlag zu.

»Fahr los!«, rief eine raue Stimme aus dem Dunkel am Wegesrand. Der Mann auf dem Kutschbock zog die Peitsche aus der Halterung und trieb das Gespann an.

In der Kutsche erkundigte sich Einax bange: »Was... – was hat das zu bedeuten? Wer – ist Euer Herr, und wohin fahren wir?«

Der Mann neben ihm lachte spöttisch. »Wir fahren geradewegs in die Hölle. Zu Maddox! Zu Maddox, dem Schrecken Cornwalls!«

2. Kapitel

»Das soll eine Soße sein?«

Maddox' finstere Miene nahm einen noch grimmigeren Ausdruck an. Angewidert blickte er auf die Schale mit der Bratensoße, in die er einen Kanten Brot getunkt hatte. Dann heftete er den Blick seiner schwarzen, zornfunkelnden Augen auf den Koch.

Croin, sein Koch und Vorkoster, schien unter diesem Blick zu schrumpfen. *Allmächtiger, stimme ihn gnädig!*, dachte er.

»Ich warte auf eine Erklärung«, sagte Maddox mit unheilschwangerer Stimme. Sie erinnerte an nicht mehr allzu fernes Donnergrollen.

Croin wurde es heiß, und das lag weder an der Mittagssonne, die über dem Tal stand, noch an dem Lagerfeuer, über dem ein halber Ochse am Spieß briet.

Croin suchte verzweifelt nach einer Rechtfertigung. Doch es wollte ihm einfach keine glückliche Ausrede einfallen. So stammelte er nur:

»Herr, wenn ich Euren Geschmack nicht getroffen habe, so bin ich untröstlich.«

»Ich auch!«, brüllte Maddox und warf seinem Koch die Schale mit der Soße ins Gesicht.

»Wagst du es noch einmal, mir einen solchen Fraß anzubieten, so lasse ich dich teeren und federn!« Maddox' Donnerstimme hallte durch die Gegend. »Verschwinde!«

Croin, noch benommen, mit tränenden Augen und brennendem Gesicht, vermochte sein Glück kaum fassen. Hurtig lief er davon. Er war froh, so glimpflich davongekommen zu sein. Er hatte schon damit gerechnet, dreißig Peitschenhiebe zu bekommen wie vor vier Wochen und zwei Tagen, als er die Soße versalzen hatte.

Als er sich wieder sicherer fühlte, wagte er, sich übers Gesicht zu wischen. Er leckte sich über die Lippen. *So schlecht ist die Soße gar nicht*, dachte er, *mache es einer diesem Tyrannen recht!* Und Trotz regte sich in ihm.

Im Zelt ließ er seinen Unmut an der Magd Wyanna aus. Das dumme Ding kicherte, als sie den Bratensaft auf dem roten Gesicht ihres Meisters sah. Croin versetzte ihr eine schallende Ohrfeige und knurrte sie an:

»Alberne Gans! Steh nicht und halte Maulaffen feil. Richte schnell eine neue Soße an. Maddox ist verstimmt!«

Da wurden Wyannas große Kulleraugen noch größer, sie beeilte sich, den Befehl zu befolgen.

Indessen prasste Maddox am Feuer. Mit beiden, prankenartigen Händen hielt er eine Bratenkeule, riss mit seinen kräftigen, weißen Zähnen große Stücke des saftigen, zarten Fleisches heraus und kaute schmatzend. Fett tropfte auf seinen Waffenrock, doch Maddox kümmerte es nicht. Er trank aus einem Becher Wein, rülpste vernehmlich und wischte sich mit fettiger Hand über die wulstigen Lippen. Sein breites, vom wuchernden schwarzen Vollbart und wahrer Löwenmähne umkränztes Gesicht, nahm einen zufriedeneren Ausdruck an.

Seine beiden Vertrauten, Padrick der Bogenschütze, und Moris, der sich selbst der Tapfere nannte, bemerkten es zufrieden. Als ihr Herr gar herzhaft furzte, entspannten sie sich etwas. Maddox' Grimm war verraucht, so schien es.

Doch da klang Hufschlag am Zugang zum Lager auf. Unwillig blickte Maddox auf. Auch Padrick und Moris drehten die Köpfe.

Zwei Reiter trieben ihre Pferde zu Maddox' Zelt. Und sie hatten einen dritten Mann dabei. Doch der verfügte über kein Pferd, und nur ein Dummkopf hätte gedacht, dass der reiterlose Mann freiwillig auf dem Weg zu Maddox war. Denn der Unglückselige hing an einem Strick, den einer der beiden Reiter um seinen Arm geschlungen hielt, und wurde über den rissigen und staubigen Boden geschleift, sodass Hemd und Hose in Fetzen gingen.

Der Mann am Strick bot wirklich einen bedauernswerten Anblick. Er holperte über den Grund, versuchte sich aufzurappeln, doch es wollte ihm nicht gelingen. Auf dem ganzen Weg – es mochten hundert Yards bis zu Maddox' Feuer sein. Dabei stieß der Gepeinigte schrille Schreie aus, die in ein Schluchzen und Wimmern übergingen, als die Reiter ihre Pferde zügelten und die wilde Jagd zu Ende war.

Maddox wandte sich an Padrick. »War diese Vorführung im Programm zu meinem Wohlgefallen geplant?«

»Nein«, beeilte sich Padrick zu sagen, »Ihr hattet befohlen, dass der Dichter nur Euch preisen sollte.« Und er fügte schnell ein *Herr!* hinzu, denn Maddox konnte im Jähzorn einen Mann töten, der ihm nicht genügend Respekt zollte.

Einer der Reiter stieg vom Pferd, löste den Strick von seinem Handgelenk und schritt steifbeinig zu dem Gepeinigten, dessen Schreie und Schluchzer verstummt waren.

»Es ist der Dichter, Herr!«, rief der zweite Mann. »Er stahl sich durch das Birkenwäldchen und versuchte zu fliehen.«

Der andere packte den Dichter und zerrte ihn auf die Beine.

Maddox legte die Bratenkeule ins Gras neben dem Feuer und erhob sich.

Er war ein Hüne, breit, schwergewichtig und furchteinflößend. Seine schwarzen Augen musterten den kleinen, schmächtigen Mann im Griff des Reiters. Der grinsende Bursche ließ den Kleinen los, und er stürzte zu Boden, weil er seinen geschundenen Körper nicht aus eigener Kraft aufrecht halten konnte.

Die Männer lachten rau. Maddox' wulstige Lippen verzogen sich zu einem amüsierten Grinsen. Padrick feixte und Moris kicherte.

Nur dem Dichter stand nicht der Sinn nach Lachen. Aus brennenden Augen starrte er mit bangem Herzen zu Maddox.

»Gnade!«, rief er, »Gnade... Gnade...«

»Er wiederholt sich«, beschwerte Maddox mit dröhnender Stimme, aber in heiterem Tonfall, sodass der Dichter wieder ein wenig Hoffnung schöpfte. »Wie heißt du?«

»Einax...«

»Was?«

»Einax of Exeter«, stammelte der Dichter. »So lautet mein Name.«

Das drohende Funkeln aus Maddox' Augen verschwand.

Der Wachtposten versetzte Einax einen rüden Tritt. »Sag Herr zu unserem Herrn, oder es setzt was!« Drohend hielt er dem Gefangenen die geballte Rechte vor die Nase.

»Herr!«, stotterte Einax.

Maddox gebot mit gebieterischer Geste Einhalt. Finster starrte er auf den schmächtigen Dichter hinab.

»Für seinen Namen kann er nichts«, sagte er wie im Selbstgespräch. »Er kann auch nichts dafür, dass er reimt und denkt, statt sich wie ein rechter Mann im Kampfe zu schlagen. Aber er kann etwas dafür, dass er sich meinen Befehlen widersetzt und aus dem Wald fliehen wollte!«

»Ein Narr, der das Unmögliche versucht«, erklärte einer der Wachtposten mit grimmiger Genugtuung.

»Ja, ein Narr«, pflichtete Maddox bei. »Und gleich ein toter Narr!«

Einax erschauerte bis ins Mark.

Moris zog sofort sein Schwert. Solch günstige Gelegenheit wollte er sich nicht entgehen lassen. Ein wehrloses Opfer hielt er für genau das Richtige, um die Zahl der Toten, derer er sich rühmte, zu vergrößern.

»Erbarmen, Erbarmen!«, flehte Einax und fügte ein hastiges »Herr«, hinzu, denn er war nicht dumm und hatte erkannt, dass die anderen ihren Herrn so anredeten. Er richtete sich eilig auf und warf sich auf die Knie. Er hätte genauso gut liegenbleiben können, doch in seiner Aufregung fiel ihm das nicht ein. Außerdem war er ein gelehrter Mann, der wusste, wie ein Kniefall zu wirken hatte.

Moris blickte seinen Herrn begierig an. Die Klinge des Schwertes blitzte im Sonnenlicht. Doch Maddox gab noch nicht die Erlaubnis.

»Ich denke, du bist ein Dichter?« Maddox warf Padrick einen fragenden Blick zu.

Padrick nickte.

»Ich denke, er sollte eine Hymne vortragen!«, grollte Maddox zu Padrick.

»Das sollte er, Herr«, antwortete Padrick.

Die Ader an Maddox' Stirn schwoll an. »Und warum tut er's nicht?«, brüllte er jähzornig.

Alle starrten jetzt Einax an.

Angst hielt ihn im Griff. Sein Herz pochte wild. Er glaubte ohnmächtig zu werden.

Er schluckte und brachte kaum ein Wort hervor. Erst beim dritten Versuch gelang es ihm.

»Ich... – mir... – mir... – ist nichts eingefallen!«

Es war, als sei der Knoten in seiner Kehle geplatzt. Immer schneller sprudelte er jetzt die Worte hervor. »Ich hatte doch nur eine Stunde Zeit, Herr. Ich war noch wie betäubt von meiner Gefangennahme. Ich konnte nicht klar denken. Ich flehe Euch um Gnade an!«

»Das höre ich«, spottete Maddox. »Aber es nützt dir nichts. Einen Dichter, der nicht klar denken kann, den kann ich nicht gebrauchen.« Er blickte zu Moris. »Und außerdem hat er mich bei meinem Mahl gestört. Also – schlagt ihm den Kopf ab!«

3. Kapitel

Trompetengeschmetter hallte von den Türmen der Burg. Evan of Syrmores Sohn war geboren. Siana hatte Evan das langersehnte Kind geschenkt, den Erben, nach sieben langen Jahren.

Am glücklichsten war Evan. Oh, er hatte nur zu gut gewusst, dass man im Lande hinter vorgehaltener Hand schon über ihn getuschelt hatte. Sieben Jahre lang waren alle Anstrengungen vergebens gewesen – Siana hatte kein Kind bekommen. Evan hatte einen Medicus gefragt, den Burggeistlichen und die Wahrsagerin.

Die Wahrsagerin hatte ihm immer wieder prophezeit, dass ihm ein gesunder Erbe geboren werde. Der Geistliche hatte von Gottes Willen und Geduld gesprochen. Und der Medicus, dieser eingebildete Kerl, hatte sich erdreistet, Evans Manneskraft anzuzweifeln – natürlich nur in Andeutungen, dieser Feigling, – und er hatte ihm geraten, mehr Schalotten und kräftig gewürzte Speisen zu essen, auf dass er feurig wie ein Stier sein werde.

Nun, die Wahrsagerin hatte recht gehabt, dachte Evan zufrieden. *Und auch der Pfaffe hat das Richtige gesagt, indem er mir zu Geduld riet.* Doch dann musste er an den Medicus – denken, und seine Miene verdüsterte sich. Dieser verdammte Quacksalber mit seinem Gerede! Er, Evan, hatte tatsächlich manches Mal an sich selbst gezweifelt. Haufenweise hatte er Schalotten verzehrt und seine Speisen so kräftig würzen lassen, dass ihm förmlich Feuer aus dem Mund gelodert war, als er Siana in ihrem Schlafgemach besucht hatte.

Ob die Schalotten doch geholfen hatten?

Unsinn, dachte Evan. Genau das Gegenteil war der Fall. Als er mit klopfendem Herzen und brennend vor Gewürzen und von Verlangen zu Siana geeilt war, hatte sie nur die Nase gerümpft und gesagt: »Mich dünkt, Ihr riecht nach Zwiebeln.« Und die ganze Stimmung war im Eimer gewesen.

Nein, an den Schalotten konnte es nicht liegen. Da waren ganz andere Kräfte im Spiel, dachte Evan selbstzufrieden.

Stolz blickte er in die Wiege auf das kleine Wesen mit dem roten, kahlen Kopf hinab.

»Mein Sohn!«, sagte er gerührt. »Evan II., mein Erbe!« Nach diesen Worten herrschte eine Weile Stille in dem Gemach, bis Evan II. zu weinen begann.

Sofort eilten alle Umstehenden an die Wiege. Pyrias, die Amme, waltete ihres Amtes. Evan of Syrmore blickte zu Siana. Sie lag noch etwas blass auf dem Bett, aber ihre blauen Augen strahlten vor Mutterglück, ihr goldenes Haar schimmerte, und sie erschien Evan so schön wie nie zuvor.

»Ich danke Euch«, sagte er ein wenig unbeholfen. Siana lächelte liebreizend und senkte dann fast verschämt den Blick.

»Sagt, Omer«, rief Evan seinem Vertrauten zu, »mich dünkt, Ihr seid so ernst wie bei einer Beerdigung. Doch nicht Trauer ist an diesem Tage geboten, sondern Jubel. Freut Ihr Euch denn gar nicht?«

Omer, ein großer, schlanker Mann mit männlich hartem Gesicht, in dem die grauen Augen Kühnheit und Energie verrieten, zeigte nur die Andeutung eines Lächelns. »Natürlich freue ich mich.« Er zuckte leicht mit den Schultern. »Auch wenn es nicht mein Sohn ist, so...«

»Das will ich hoffen!«, unterbrach ihn Evan gutgelaunt, trat zu Omer und klopfte ihm auf die Schulter. »Das will ich hoffen!« Er lachte wie über einen Spaß und blickte strahlend in die Runde.

Omer fiel herzlich in das Lachen ein und bewies, dass er doch nicht so ernst und kühl war, wie er meistens wirkte. Der Geistliche unterbrach sein leise gemurmeltes Gebet und blickte den Burgherrn tadelnd an. Der Scherz missfiel ihm. Auch Siana war augenscheinlich nicht sehr angetan von der Bemerkung ihres Gemahls. Ihre Wangen röteten sich leicht, und sie senkte die Lider.

»Verzeiht mir meine Worte, die im Überschwang des Glücks geboren«, entschuldigte sich Evan hastig. Und dann hielt er es für angezeigt, schnell das Thema zu wechseln. Er wandte sich an Omer.

»Habt Ihr alles für die Feier vorbereitet? Ich wünsche das schönste Fest, das es in Cornwall je gegeben hat. Sieben Tage und Nächte wollen wir feiern. Mit erlesenen Speisen und köstlichen Weinen. Mit Ritterspielen, Komödianten und Musikanten. Gebt Kunde im ganzen Land, dass Evan II. geboren ist!«

»Ich werde für alles sorgen«, versicherte Omer. Er verneigte sich leicht vor seinem Herrn, blickte dann kurz zu Siana und verbeugte sich noch etwas tiefer. Dann verließ er das Gemach.

Draußen erklang seine Stimme. Er sprach mit den Wachen vor der Tür. Waffen klirrten, Schritte stampften davon.

Versonnen blickte Evan of Syrmore auf seinen Spross nieder.

»Ein schönes Kind«, stellte er stolz fest. »Mich dünkt, er kommt auf mich.«

»Ich finde eher, er ähnelt mir«, entgegnete Siana mit sanfter Stimme.

»Nun ja, von Euch, Gemahlin, hat er sicherlich die Schönheit«, antwortete Evan, bemüht, galant zu sein. »Aber von mir hat er sicherlich...« *Den Verstand und die Kühnheit,* hatte er sagen wollen, aber er rettete schnell die Situation, indem er fortsetzte: »...auch einiges mitbekommen, sodass ein ruhmreicher Ritter aus ihm wird.«

Das habe ich elegant hingekriegt, dachte er selbstgefällig, als er Sianas Lächeln sah.

In diesem Moment ging die Tür auf, und Omer eilte in das Gemach.

Er hielt eine Botschaft in der Hand.

»Ein Kurier hat eine Botschaft am Tor abgegeben«, sagte er und reichte sie Evan. »Er wollte nicht auf Antwort warten.«

»Schon die ersten Glückwünsche?«, murmelte Evan, als er lächelnd das Siegel brach. Dann las er, und sein Lächeln erstarb. All seine Glücksgefühle waren schlagartig dahin. Es war, als sei aus heiterem Himmel ein Blitzschlag auf ihn herabgezuckt. Er erbleichte. Denn die Nachricht lautete: »*Evan II. ist nicht Euer Sohn. Wenn Ihr wissen wollt, mit wem Euch Eure Gemahlin betrog, so kommt zur Mühle am Reet River. Allein. Und bringt hundert Silberlinge mit. Ein Freund.*«

4. Kapitel

Moris hob die Hand mit dem Schwert.

Einax der Dichter zitterte am ganzen Leib. Todesangst schnürte seine Brust ein wie ein Eisenpanzer. Er brachte nicht mal mehr einen Schrei hervor. Sie hatten ihm die Hände auf den Rücken gebunden, und er kniete vor Moris. Atemlose Stille herrschte in Maddox' Lager. Rund zwei Dutzend der wachfreien Männer, die Maddox als seine Waffenknechte bezeichnete, die aber nichts anderes als Mörder, Räuber und Plünderer waren, hatten sich eingefunden, um das grausige Schauspiel zu verfolgen.

Maddox hatte sich wieder am Feuer niedergelassen und aß schmatzend Ochsenbraten, während er beinahe gelangweilt zu Moris und dem Dichter blickte, der hilflos dem Tod ins Angesicht sah.

Die Sonnenstrahlen brachen sich gleißend auf Moris' Schwert, das er mit beiden Händen hoch über den Kopf hielt. Er war klein, nicht größer als Einax, – wohl aber von etwas kräftigerer Statur. Böse Zungen behaupteten, das einzig Große an Moris sei sein Mund.

Dieselben Leute machten sich auch hinter vorgehaltener Hand über seinen Kämpfernamen *der Tapfere* lustig. Denn manches Mal hatte Moris in gefährlicher Situation eher den Eindruck erweckt, ein Feigling zu sein. Niemand hatte ihn je im offenen Kampf Mann gegen Mann gesehen. Wenn es auf Raubzüge ging, war er stets im Lager geblieben, um Maddox zu beraten und ihm Ärger vom Leibe zu halten, wie er selbst sagte. Aber niemand wagte es, ihm zu widersprechen oder ihn aufzufordern, eine Probe seiner Kampfkraft abzulegen. Zum einen, weil man nicht genau wusste, wie es nun wirklich mit seiner Tapferkeit und seinem Können stand, zum anderen, weil Moris die Hinterlist in Person war.

Man musste damit rechnen, dass er bei Maddox, der offenbar einen Narren an ihm gefressen hatte, intrigierte, und es bestand die Gefahr, dass man im Dunkel hinterrücks erdolcht oder vergiftet oder auf andere Weise umgebracht wurde. Deshalb hörte man Moris' Prahlereien schweigend an und hütete seine Zunge.

Ein Zweig knackte im Feuer. Dann war wieder nur Maddox' Schmatzen zu hören.

Einax sah durch einen Schleier von Tränen Moris, das triumphierende Leuchten in dessen kleinen grünen Augen und den grausamen Zug um den schmallippigen Mund. Das Schwert blitzte. Einax schickte ein stummes Gebet gen Himmel und hob den Blick, als könnte er dort oben den Herrn sehen. Stattdessen sah er einen Adler, der im Blau kreiste und dann jenseits der östlich aufragenden Felsen hinabstieß.

Moris holte zum Schlag aus.

Einax schloss die Augen. Eine Träne rann über seine Wange. *Aus*, durchfuhr es ihn. *Herr, vergib mir meine Sünden...*

Er wusste nicht, dass er die Worte murmelte.

»Haltet ein!«

Die Stimme klang wie aus weiter Ferne durch den Trommelwirbel, der durch Einax' Ohren zu dröhnen schien.

Einax hörte zu beten auf, und Moris verharrte.

Maddox, der gerade genüsslich den Wein geleert hatte, wischte sich über die Lippen und blickte unwillig zum Zelt. Alle Köpfe fuhren herum, auch der von Einax. Moris verharrte mit erhobenem Schwert, und seine Miene nahm einen missmutigen Zug an.

Aus dem Zelt war Riana getreten, Maddox' Geliebte, die er bald zu seiner Frau machen wollte. Sie raffte den langen Rock, als sie über den Steg schritt. Ein Graben führte um das große Zelt. Unzählige Giftschlangen befanden sich in diesem Graben, der mit einem Netz bedeckt war, sodass die Schlangen nicht heraus konnten.

Maddox hatte vergebens versucht, mit seinen verkommenen Mannen eine kleine Burg einzunehmen. Er war auf der Suche nach einem würdigen Hauptquartier, von dem aus er seine Raubzüge starten und sein Reich immer mehr vergrößern konnte. Die Sache war schiefgegangen. Maddox hatte mehr als die Hälfte seiner wilden Schar verloren und fliehen müssen. Er hatte sich in diese Ecke des Landes zurückgezogen, seine Männer Versager geheißen und voller Groll auf Rache gesonnen.

Und da er sich zunächst nur mit einem Zeltlager bescheiden musste, hatte er überlegt, wie er es zur Festung machen könnte, die so sicher war wie eine Burg. Padrick hatte einen Geistesblitz gehabt, der ihm Maddox' Gunst und zehn Silberlinge eingebracht hatte. Er hatte den Graben anlegen und ihn voller Giftschlangen füllen lassen, die von Maddox' Reitern gesucht und ins Lager gebracht worden waren, wobei zwei der Schlangenfänger ihr Leben gelassen hatten.

Dann wurde der Steg gebaut. Der Steg konnte nicht hochgezogen werden wie eine Zugbrücke, sondern er konnte zur Seite abgekippt werden, blitzschnell wie eine Falltür, sodass jeder Eindringling in die Schlangengrube fiel. Innen im Zelt brauchte dafür nur ein Hebel betätigt zu werden. Maddox hatte die Konstruktion schon einmal an einem Verräter ausprobiert, und sie hatte vorzüglich funktioniert.

Riana schritt mit wiegenden Hüften anmutig über den Steg zu Maddox. Sie war groß und von betörender Schönheit. Eng spannte sich ihr Gewand um ihren wogenden Busen. Ihr rotes Haar flammte wie flüssiges Gold. Es wurde von einem goldenen Reifen auf der Stirn gehalten. Der Reifen war bei einem von Maddox' Raubzügen erbeutet worden und hatte mal einer reichen Kaufmannstochter gehört.

»Weshalb wollt Ihr diesen Mann töten lassen?«, fragte Riana mit dunkeltönender Stimme.

Maddox erwiderte: »Er ist ein Dichter, der mich rühmen sollte. Aber es ist ihm nichts eingefallen.«

Rianas sinnlich schwellende Lippen verzogen sich zu einem Lächeln. In ihren olivgrünen Augen funkelte es amüsiert.

»Und Ihr glaubt, dass er ohne Kopf denken kann?«, fragte sie.

Einer der Zuschauer lachte, doch er verstummte sofort, als Maddox in seine Richtung blickte. In dessen schwarzen Augen blitzte es auf. Einen Augenblick lang sah es so aus, als wolle er Riana zornig zurechtweisen. Doch dann verzogen sich seine wulstigen Lippen zu einem Grinsen. Damit wollte er verbergen, dass er sich ärgerte.

»Er braucht nicht mehr zu denken«, sagte er. »Er hat sein Leben verwirkt.«

Moris packte das Schwert fester.

»Nein!«, rief Riana heftig.

Die Ader an Maddox' Stirn schwoll weiter an.

»Ihr wollt mir Einhalt gebieten?«, grollte er.

»Ihr dürft ihn nicht töten lassen!«, beharrte Riana. »Er ist ein Dichter. Poeten und Barden sind besondere Menschen. Künstler des Geistes und der Zunge.«

Maddox' Miene verlor den zornigen Ausdruck. »So was habt Ihr natürlich gern.«

Sie erwiderte seinen Blick, und ihre Zungenspitze glitt über die schwellenden roten Lippen. »Ihr etwa nicht?«

Sekundenlang tauchten ihre Blicke ineinander, und es war, als fochten sie mit diesen Blicken eine unsichtbare Schlacht.

Potztausend!, dachte Maddox. *Dieses Weib macht mich verrückt! Mit ihrem Reiz und ihrer List bezwingt sie mich, – mich, Maddox, vor dem alle zittern! Aber wie soll ich nachgeben*, überlegte er, *ohne das Gesicht zu verlieren?*

»Verschont ihn«, sagte Riana, und ihr Blick schien tief in sein Innerstes zu dringen und seine Gedanken und geheimen Wünsche zu erraten. »Erweist mir diese Gunst.«

Es wird dein Schaden nicht sein, signalisierte ihr lockendes, sinnliches Lächeln, das ein prickelndes Gefühl der Erregung in Maddox weckte und seinen Unmut vertrieb.

Er suchte nach einer Lösung und glaubte, sie gefunden zu haben.

»Ihr wisst, dass ich Euch gern jede Gunst erweise.« Er lächelte lüstern. »Aber seid Ihr sicher, dass dieser Kümmerling dort«, er wies auf Einax, der gebannt den Wortwechsel verfolgt hatte und zwischen Bangen und Hoffen hin- und hergerissen wurde, »Eure Fürsprache verdient? Ich kenne Eure Vorlieben für Künstler und habe Verständnis dafür, wenn ich sie auch nicht ganz teile. Aber dieser Wicht scheint mir kein Dichter zu sein. Nicht einen einzigen Reim hat er zu meinem Ruhme verfasst! Deshalb bezweifle ich, dass er Gnade verdient.«

Die schwarzen Augen blickten listig. »Aber ich erfülle Euch gern Euren Wunsch, die Kultur am Leben zu erhalten. Legt er jetzt sofort eine Probe seiner Kunst ab, so soll er leben. Fällt ihm immer noch nichts ein...« Er ließ den Rest unausgesprochen, doch seine Handbewegung sagte mehr als alle Worte.

Einax schien unter den Blicken noch kleiner zu werden. Am liebsten wäre er im Erdboden verschwunden. Auch Riana schaute ihn an. Sie lächelte leicht, mitleidig und aufmunternd.

»Nun sagt etwas«, forderte sie ihn auf. »Versöhnt Maddox mit einem Reim über seine Tapferkeit.«

Einax' Gedanken jagten sich. Doch so viele stürmten auf ihn ein, dass sich alles in seinem Kopfe zu drehen schien und ihm der rettende Einfall nicht kommen wollte.

Verwirrt sprach er, und seine Worte waren aus Verzweiflung geboren.

»Wer... – wer fürchtet weder Teufel – noch Tod...«

Maddox' finstere Miene schien sich etwas aufzuhellen, und hastig fuhr Einax fort:

»Wer – stellt sich dem feuerspeienden Drachen im Abendrot...«

Der Blick von Maddox' schwarzen Augen schien Einax zu durchdringen wie glühende Dolche.

»Du wagst es, mich mit diesem verdammten Morgan zu vergleichen, der Glück gehabt haben und einen Drachen besiegt haben soll, wie man erzählt? Unsinn! Vermutlich nur eine Erfindung! Ich habe noch nie einen Drachen hier im Wald gesehen, aber wenn ich einen sehe, erlege ich ihn mit einer Hand! Ein jämmerlicher Drache – dass ich nicht lache. Ha! – Ich bin Maddox, der Schrecken von Cornwall!«

Seine Stimme überschlug sich, und seine Worte hallten durch die Gegend.

»Er hat Euch bestimmt nicht mit Ritter Morgan vergleichen wollen«, sagte Riana besänftigend. »Mir hat es gefallen. Horcht doch, wie es weitergeht!« Auffordernd blickte sie Einax an.

»Wer erlegt einen Bären mit bloßer Hand...
Wer ist der Tapferste im ganzen Land...
Vor dem selbst die Pferde zittern...
Wenn sie ihn nur wittern...
Ihr erfahret es sobald...
Es ist Maddox, der Schrecken in Cornwalls Wald!«

Bei den letzten Worten hatte er verzweifelt die Stimme erhoben. Jetzt schloss er die Augen. Das konnte nicht gutgehen. Das war der dümmste Reim, den er je verfasst hatte.

Die Hochrufe ringsum erschienen ihm wie Hohngelächter.

Doch dann glaubte er seinen Ohren nicht trauen zu können. Maddox beugte sich leicht vor: »Schon besser. Noch etwas ungeschliffen und zu untertrieben, aber für den ersten Versuch will ich zufrieden sein.«

Er blickte von Riana zu Padrick und Moris. »Er wird Gelegenheit haben, es auszuarbeiten und heute Abend zu deklamieren. Bringt ihn in sein Quartier und gebt ihm Papier, Feder und Tinte!«

Moris ließ enttäuscht das Schwert sinken.

Einax glaubte vor Glück ohnmächtig zu werden.

Riana trat zu Maddox. »Ich danke Euch«, gurrte sie leise. »Ihr seid wahrlich ein großherziger Mann.«

5. Kapitel

»Ein feines Pferd hat dein Herr.«

Der Schmied wischte die schmutzigen Hände an der noch schmutzigeren Lederschürze ab. Er streckte die schwielige Rechte aus. »Na los, wo ist der Silberling fürs Beschlagen?«, fragte er barsch.

Morgan war erstaunt. In welchem Tonfall redete der Schmied mit ihm? »*Dein Herr*«, hatte er gesagt. Offenbar verwechselte er ihn mit einem Knecht.

»Na, was ist los, was glotzt du so?« Das rote, schweißglänzende Gesicht des Schmiedes verzog sich ärgerlich.

»Ich wundere mich über den hohen Preis«, bemerkte Morgan lächelnd. »Und ich wundere mich über deine Dreistigkeit.«

Der Schmied starrte ihn mit offenem Mund an. Dann ballte er die Hände, und seine schwergewichtige Gestalt straffte sich.

»Dreistigkeit?« Er trat einen Schritt näher auf Morgan zu. »Werde nur nicht frech, mein Junge. Einen Silberling hat mir dieser andere Nichtsnutz versprochen, und den bekomme ich.«

Mit »*dieser andere Nichtsnutz*« konnte nur Cynan gemeint sein. Er hatte Morgans Pferd in die Schmiede gebracht. *Der Schmied hält mich also für einen Knappen*, dachte Morgan amüsiert. *Und Knappen hält er offenbar für Nichtsnutze.*

»Du hast keine gute Meinung von unsereinem?«, stellte Morgan lächelnd fest, ohne sich zu erkennen zu geben.

»Gute Meinung?« Der Schmied entblößte ein kräftig-gelbliches Gebiss. Er neigte sich etwas vor, sodass sein Gesicht mit dem kantigen Kinn, der breiten Nase und den kleinen blauen Augen dicht vor Morgan war. »Pack seid ihr, lumpiges!«

Morgan blickte an sich hinab. Seine Ausrüstung war in der Herberge. Er trug Hemd, Bruche, Beinlinge und die halbhohen Stiefel.

»So lumpig fühle ich mich aber gar nicht«, sagte er, bemüht, seinen Unmut zu unterdrücken

»Ihr seid alle gleich. Haltet euch für etwas Besseres, nur weil ihr irgendeinem Ritter dient! Knechte seid ihr! Was könnt ihr denn schon außer saufen und huren und euch herumschlagen? Ich dagegen bin ein Handwerksmann. Ohne meine Künste könnte euer feiner Herr nicht durch die Lande reiten, weil sein Pferd keine Hufeisen hätte. Und er könnte nicht in den Kampf ziehen und Ruhm erwerben, wenn wir Schmiede nicht seine Waffen schmieden würden!« Er hatte sich immer mehr in Erregung geredet. »Ja, ich habe etwas Richtiges gelernt! Und meine Söhne werden ebenfalls meine Künste erlernen, obwohl sie Flausen im Kopfe haben und von Heldentaten, Ruhm und ausschweifendem Leben träumen, um es Ritter Morgan gleichzutun!«

»Mich dünkt, du hast keine hohe Meinung von Ritter Morgan«, entgegnet Morgan.

»Doch, – aber nicht von euch Knappen.«

»Dann lass deine Meinung nicht meine Gewappneten hören«, antwortete Morgan. »Sie könnten es dir übelnehmen.«

»Deine Gewappneten?« Der Schmied blinzelte.

Morgan nickte. »Ich bin Ritter Morgan, von dem du sprachst.«

Der Schmied blinzelte noch mehr. »Soso, du bist Ritter Morgan. Haha! Morgan, der Ritter, Sohn des Sheriffs von Cornwall!« Er schüttelte den Kopf. »Der Mann, den meine Söhne vergöttern! Und das willst du sein! Was für ein Spaß!« Er lachte, bis ihm Tränen in die Augen traten, und er schnaufte wie ein Blasebalg.

Draußen war Hufschlag erklungen. Dann stürmte Cynan in die Schmiede.

Der schwarzbärtige Waffenknecht mit dem verwegenen Gesicht eilte auf Morgan zu.

Er ignorierte den immer noch prustenden Schmied und sagte hastig: »Sir Morgan, ich habe Euch Wichtiges zu berichten.«

Der Schmied blickte verwundert. Morgan lächelte.

»Was soll das heißen?«, fragte der Schmied. »Wollt ihr mich auf den Arm nehmen, ihr zwei?«

Cynan bedachte ihn mit einem missmutigen Blick. »Du hältst die Klappe, wenn ich Wichtiges mit meinem Ritter bespreche!«

»Ich verlange...«

Cynan ging das heißblütige Temperament durch. Bevor der Schmied wusste, wie ihm geschah, packte Cynan ihn am Kragen und zog ihn zu sich heran. »Ich wiederhole mich nicht, Eisenbieger!«

Jetzt hatte sich der Schmied von seiner Überraschung erholt. Als Cynan ihn freigab, wollte er ihm wütend einen Hieb verpassen. Doch da war er an den Falschen geraten. Der Gewappnete blockte den Hieb mit dem Unterarm ab und gab dem Schmied eine Ohrfeige, dass es nur so schallte. Dann ging er in die Hocke, packte den verdutzten Mann und warf ihn sich über die Schulter. Der Schmied war nicht leicht, doch Cynan verfügte über große Kräfte.

Bevor der Schmied wusste, wie ihm geschah, setzte Cynan ihn auf der Esse ab.

Der Schmied brüllte. Er trat nach Cynan.

Cynan wich gedankenschnell aus und hob die geballte Rechte.

Morgan gebot Einhalt.

Cynan ließ sofort die Faust sinken.

Der Schmied sprang von der Esse herunter, rieb sich den angesengten und rußgeschwärzten Hosenboden und vollführte einen wahren Veitstanz, wobei er aus Leibeskräften brüllte und sämtliche Soldaten der Welt in die Hölle wünschte.

Cynan schüttelte den Kopf und verdrehte die Augen. »Hier kann man nicht in Ruhe reden, Sir Morgan. Folgt mir bitte nach draußen, es ist dringend.«

Morgan entging nicht, dass Cynans Stimme aufgeregt klang. Er verließ mit ihm die Schmiede.

»Ich war, wie Ihr wisst, bei der Mühle, während Ihr hier auf Euren Freund Johel wartet.«

»Ja, du wolltest deinen Cousin Bran besuchen.«

Cynan rieb sich über den schwarzen Bart und wirkte etwas verlegen. »Das auch. Aber als ich in seiner Kammer war, hörte ich etwas Sonderbares. Da waren einige wilde Gesellen in der Mühle. Sie wollen jemand in eine Falle locken. Mehr konnte ich nicht belauschen. Sie bedrohten den Müller. Ich wäre trotz der Übermacht dazwischen gegangen, doch ich war... ich hatte mich zu einem Schlummer hingelegt.«

Morgan ahnte etwas. Doch er ließ sich nichts anmerken.

»Da passiert heute Abend etwas«, fuhr Cynan fort, »und ich bin in großer Sorge wegen Bra... Bran.«

»Warum stotterst du?«, fragte Morgan.

»Das ist die Aufregung. Himmel, ich bin flugs hierher geritten. Ich dachte, Ihr wollt in der Mühle nach dem Rechten sehen? Ich hätte alleine gekämpft, aber noch ist ja nichts geschehen, und außerdem...«

»...warst du nackt«, ergänzte Morgan nachdenklich. »Wie viele wilde Gesellen waren es denn?«

»Ein Dutzend.«

»Besonnen von dir, nichts allein zu unternehmen«, bemerkte Morgan. »Gut, sag Rhodri Bescheid. Wir reiten gleich los.«

Cynan freute sich über Morgans Lob. Denn Morgan hatte ihn schon manches Mal getadelt, wenn er sich in wildem Zorn zu unbesonnenem Handeln hatte hinreißen lassen.

»Mir fällt ein Stein vom Herzen, Morgan. Ich wusste, dass Ihr nicht tatenlos bleiben werdet, wenn Ihr erfahrt, dass Menschen Hilfe brauchen. Und ehrlich gesagt, ein Dutzend war mir doch ein bisschen viel auf einmal.« Er lachte.

Morgan nickte. »Nur ein Narr überschätzt seine Möglichkeiten. Zu dritt werden wir den Überfall vereiteln. Beeil dich, und hole Rhodri. Übrigens freue ich mich darauf, deinen Cousin kennenzulernen. Du stellst ihn mir doch vor?«

Er tat, als bemerkte er Cynans entgeisterte Miene nicht, wandte sich um und ging in die Schmiede, um den Schmied zu entlohnen und sein Pferd zu holen.

6. Kapitel

Sir Evan of Syrmore spornte seinen Hengst an. Der Falbe flog förmlich über den Waldweg, der zum schmalen Reet River führte. Doch Sir Evan ging es nicht schnell genug. Unruhe nagte in ihm. Er hatte mit dem Gedanken gespielt, Siana zur Rede zu stellen. Doch er hatte es nicht über sich bringen konnen. Was hätte er auch damit erreicht? Sie hätte natürlich geleugnet, und er wäre der Trottel gewesen, der auf einen Schabernack hereingefallen war.

Schabernack?

Evan wünschte nichts sehnlicher, als dass sich alles als dummer und gemeiner Scherz herausstellen würde. Der Coup eines Gauners, der hundert Silberlinge erpressen wollte. Sollte sich das herausstellen, konnte der Mann nicht mit Beweisen aufwarten, so würde Evan ihn bestrafen.

Doch dann fraßen wieder Zweifel in ihm. Wenn es doch stimmte? Wenn Siana tatsächlich... Unbewusst schüttelte er den Kopf. Der Gedanke war zu ungeheuerlich. Nein, es musste ein dreister Erpresser sein.

Er hatte die Silberlinge mitgenommen. Für alle Fälle. Die letzten Strahlen der untergehenden Sonne färbten die Hügel und Bäume im Westen mit rötlichem Schimmer. Schnell dämmerte es. Ein Hirsch wechselte ein paar hundert Yards vor dem Reiter über den Waldweg und verschwand im schon dunklen Wald. Vögel stiegen kreischend auf, als fürchteten sie den Reiter.

Evan erreichte das Ende des Waldwegs und preschte den Hügel hinauf, hinter dem er den Reet River wusste.

Es ging die Sage, dass da einmal eine Hexe gehaust und jeden in einen Drachen verwandelt hatte, der dort verweilte. Evan glaubte nicht daran. Das war sicher eine Erfindung der abergläubischen Mägde und Knechte. Neuerdings erzählten sie sich hinter vorgehaltener Hand von einem Ungeheuer namens Maddox, das sein Unwesen im Wald treiben sollte. *Ammenmärchen*, dachte Evan. Er glaubte nur, was er sah. Und er hatte bisher keinen Drachen und keinen Maddox gesehen.

Er gelangte auf den Hügelkamm und sah die Mühle im Flusstal. Er parierte das Pferd und ließ seinen Blick wandern.

Das Flusstal war von mächtigen, dunklen Tannen umgeben. Kein Licht brannte in der alten Mühle am kleinen Bach, im angrenzenden Wohnhaus und dem Schuppen, der als Stall und Lagerraum diente.

Es war ein düsterer Anblick.

Ein unbehagliches Gefühl erfasste Evan.

Doch dann schalt er sich einen Narren. Seit über vierzig Jahren lebte der Müller mit seiner Familie dort, und in all der Zeit war niemals irgendjemand von einer Hexe in einen Drachen verwandelt worden. Hatte ihn die ungeheure Botschaft so sehr aus der Fassung gebracht, dass er schon phantasierte?

Langsam näherte er sich der Mühle.

Schwacher Lichtschein fiel plötzlich aus einem Fenster des Wohnhauses. Dann schwang knarrend die Tür auf, und ein Mann trat heraus. Er hielt eine Laterne in der Rechten und blickte dem Reiter entgegen. Evan erkannte den Müller. Es war ein wohlbeleibter, älterer Mann, mit einer runden Kappe auf dem haarlosen Haupte.

»Oh, welch hoher Besuch«, rief der Müller und verneigte sich untertänig.

Evan zügelte seinen Braunen und saß ab. Er rückte das Schwert zurecht.

»Wollt Ihr hier rasten, Sir Evan?«, fragte der Müller. »Meine Tochter wird Euch sogleich Speis und Trank auftragen.«

»Danke«, antwortete Evan. Er überlegte, wie er sein Problem zur Sprache bringen konnte, ohne die Neugierde des Müllers zu wecken. Er musste unter vier Augen mit dem Informanten reden, und niemand durfte ihn dabei belauschen, wie auch immer die Sache ausgehen mochte.

»Ich kam zufällig des Weges«, sagte er, weil ihm nichts Besseres einfiel, »und wollte hier mein Pferd versorgen.«

»Ihr werdet erwartet«, erklärte der Müller.

Täuschte sich Evan, oder grinste der Müller? Genau war das nicht zu erkennen, weil er die Hand mit der Laterne gesenkt hatte und sein Gesicht im Dunkel lag.

»So?« Sir Evan tat überrascht.

»Von einem gewissen Wyan«, sagte der Müller mit gesenkter Stimme. Dabei blickte er sich unruhig um.

»Wyan? Ich kenne keinen Wyan«, erwiderte Evan.

»Er sagte, er sei hier mit Euch verabredet.« Die Stimme des Müllers nahm einen verschwörerischen Klang an.

»So?« Evan fiel ein, dass er behauptet hatte, zufällig bei der Mühle zu sein. Er ärgerte sich über diese unvorsichtige Bemerkung.

»Ich bin mit niemandem verabredet«, behauptete er barsch. »Offensichtlich handelt es sich um eine Verwechslung. Aber es interessiert mich doch ein bisschen, wer dieser Wyan sein mag. Wo ist er?«

»Er wartet in der Mühle«, antwortet der Müller jetzt fast flüsternd. »Nehmt die Laterne, damit Ihr Euch im Dunkel zurechtfindet.« Er hielt Evan die Laterne hin.

Dieser nahm sie und sprach: »Nun, dann werde ich mir diesen Wyan mal ansehen und das Missverständnis aufklären.«

Der Müller wandte sich um und eilte ins Haus. Es sah fast wie eine Flucht aus.

Sir Evan war es nur recht, dass der Müller ihn allein ließ.

Er verharrte vor dem Eichentor der Mühle, das einen Spalt offen stand. Omer hatte ihm abgeraten, die Burg allein zu verlassen. *Nun, der Gute kann nicht wissen, weshalb dieser Ritt nötig ist*, dachte Evan. Er hatte seinen Vertrauten nicht eingeweiht.

Wieder war dieses unbehagliche Gefühl in ihm.

»Ich bin hier«, sprach eine Stimme aus der Dunkelheit. Dann schwang der schwere Torflügel quietschend weiter auf.

Die Silhouette eines Mannes schälte sich aus der Finsternis.

»Ich bin Wyan«, sagte er im Flüsterton. »Habt Ihr die Silberlinge mitgebracht?«

Evan hob die Lampe mit der Linken höher. Er sah in ihrem gelben Schein einen mageren, bärtigen Mann in zerlumpter Kleidung und waffenlos. Evan entspannte sich. *Ein Bettler oder ein kleiner Strauchdieb*, kam ihm in den Sinn.

Er gab keine Antwort auf die Frage. Stattdessen zückte er das Schwert.

Erschrocken wich Wyan zurück und hob die Hände.

»Du wirst mir jetzt erzählen, was der Unfug soll«, forderte Evan mit knirschender Stimme und drückte Wyan das Schwert vor die Brust. »Und bete schon mal für den Fall, dass du keine vernünftige Erklärung hast, du Schmutzfink!«

»Ihr werdet mir nichts tun«, sagte Wyan, und plötzlich wirkte er gar nicht mehr verängstigt. Seine Augen funkelten verschlagen. Er kicherte sogar. »Denn tot kann ich Euch nichts nützen. Dann werdet Ihr nie erfahren...«

»Schweig!«, fuhr Evan ihn an, denn Wyan hatte die letzten Worte immer lauter gesprochen.

Evan stieß ihn leicht mit der Schwertspitze an. »Hinein mit dir!«

Wyan gehorchte sofort.

Er betrat vor Evan die Mühle. Nach ein paar Schritten blieb er stehen und wandte sich langsam um.

Er wirkte jetzt gelockert und selbstsicher, und das irritierte Evan.

»Rede!«, verlangte dieser und stellte mit der Linken die Laterne auf die Dielen.

»Erst die Silberlinge«, drängte Wyan, »oder Ihr erfahrt keinen Ton.«

Evan presste die Zähne aufeinander. Er zögerte, dann holte er einen Lederbeutel hervor, entnahm ihm einige Silberlinge und warf sie Wyan angewidert vor die Füße. Dieser ließ sich auf die Knie fallen und klaubte gierig die Münzen auf. Eine war bis zu einem Stapel von Mehlsäcken gerollt. Er kroch auf allen vieren dorthin, um die Münze ebenfalls an sich zu reißen.

»Rede!«, forderte Sir Evan erneut und hob drohend das Schwert.

»Zahlt Ihr dann den Rest?«, fragte Wyan lauernd. »Wer sagt mir, dass Ihr Wort haltet, wenn Ihr alles wisst?«

Das Unbehagen in Evan war stärker denn je. Dieser Kerl schien tatsächlich einen Trumpf zu haben, der ihm Sicherheit verlieh.

»Ich gebe dir mein Ehrenwort«, antwortete Evan gepresst.

»Dafür kann ich mir zwar nichts kaufen«, brummte Wyan dreist und zuckte mit den Schultern, »aber gut. Ihr wollt also wissen, wer der Vater des Kindes ist, das wie ein Kuckucksei in Eurer Wiege liegt?«

Zornesröte schoss Evan ins Gesicht. Die Hand mit dem Schwert bebte. Für einen Augenblick war er versucht, auf Wyan zuzuspringen und ihm das Schwert ins Herz zu stoßen. Doch er bezwang sich.

Wyan kicherte. »Nun, ich will es Euch sagen, und Euch wird ein Licht aufgehen. Wieder kicherte er. »Der Vater des Kindes ist...«, er legte bewusst eine Pause ein, um Evans Spannung auf den Höhepunkt zu treiben, und sagte dann mit lauter Stimme:

»Ritter Morgan!«

Es war Evan, als hätte ihn ein Keulenhieb getroffen.

»Morgan?«, wiederholte er benommen, während seine Gedanken durcheinanderwirbelten wie Blätter im Herbstwind.

So ungeheuerlich die Behauptung auch war, sie stach Evan ins Herz. Es konnte nicht sein, durfte nicht sein, und doch...

»Hast du Beweise?«, fragte er mit belegter Stimme.

»Die Spatzen pfeifen es von den Türmen Eurer Burg«, antwortete Wyan spöttisch. »Aber natürlich erfährt es der Gehörnte als Letzter – wenn überhaupt. Ihr wollt Beweise? Erinnert Ihr Euch nicht mehr daran, dass Morgan zu Gast auf Eurer Burg war? Vor neun Monaten?«

Es stimmte. Evan musste schlucken.

»Habt Ihr nicht bemerkt, wie Ritter Morgan Eure Frau umwarb, wie er Siana mit schmachtenden Blicken begehrte?« Wyan grinste hämisch. »Nun, beim Werben und den Blicken ist es nicht geblieben.«

Alles in Sir Evan weigerte sich, das Unfassbare zu glauben.

»Woher – weißt du, dass Morgan mein Gast war?«, hörte er sich benommen fragen.

»Von Mad... aaah!«

Er taumelte zurück, und sein Aufschrei ging in ein Röcheln über und erstarb ganz, als er zu Boden stürzte. Entsetzt starrte Evan auf den Pfeil, der aus Wyans Brust ragte.

Dann überstürzten sich die Ereignisse.

Eine Gestalt sprang aus der Dunkelheit auf Evan zu. Eine Keule fegte ihm das Schwert aus der Hand. Es klirrte gegen die Wand.

Männer tauchten aus den finsteren Ecken und Winkeln der Mühle auf, sprangen hinter Mehlsäcken und Kisten hervor und warfen sich von der Verkleidung des Mühlrades auf Evan.

Ein wuchtiger Hieb mit der Keule traf ihn an der rechten Schulter. Heftige Schmerzen zuckten durch seinen Arm bis in die Fingerspitzen und betäubten ihn. Verzweifelt warf sich Evan herum und kämpfte. Er schleuderte einen Angreifer mit dem linken Ellenbogen zur Seite. Der Kerl schwankte mit einem ächzenden Laut zurück und presste beide Hände auf den Bauch.

Evan fegte einen zweiten Angreifer mit einem Fausthieb zur Seite und schnellte sich auf sein Schwert zu. Er ergriff es mit der Linken. Ein Stiefel trat ihm aufs Handgelenk. Dann traf ihn wieder ein Schlag mit der Keule. Die Schatten ringsum verschwammen vor seinen Augen. Er stürzte vornüber und stieß mit der Stirn gegen die Laterne. Grelle Sterne schienen vor ihm zu zerplatzen und dann zu tiefer Schwärze zu erlöschen.

Wie aus weiter Ferne hörte er ein Keuchen und eine zornige Stimme: »Wenn du ihn erschlagen hast, zieht Maddox dir die Haut vom Leibe!«

»Warum hast du Wyan getötet?«, fragte jemand.

»Er hat sich nicht an meinen Befehl gehalten und wollte frühzeitig den Namen ›Maddox‹ nennen!«

»Aber Evan erfährt doch ohnehin, dass Maddox...«

»Befehl ist Befehl. Und außerdem – warum sollten wir die Silberlinge mit ihm teilen?«

Raues Lachen war das Letzte, was Sir Evan hörte, bevor er in Ohnmacht fiel.

Ein Mann beugte sich über ihn. Es war Ondur, der Anführer der gemeinen Horde, die von Maddox ausgeschickt worden war.

»Der schläft nur«, stellte er fest. »Dein Glück. So, und jetzt will ich...«

Keiner sollte mehr erfahren, was Ondur wollte.

Denn Morgan fuhr wie der Leibhaftige zwischen die Burschen. Er flog förmlich durch die dunkle Mühle. Er hing an dem Seil, mit dem der Müller Lasten zum Lagerboden hochhievte. Drei von der wilden Horde riss er von den Beinen, bevor er das Seil losließ, federnd aufsetzte und das Schwert zog.

Gleichzeitig tauchte Rhodri in der Tür auf, und Cynan sprang vom Mühlrad herab.

Schwerter klangen. Schatten zuckten gespenstisch im Schein der Laterne durch die Mühle.

Bevor Maddox' Horde sich von der Überraschung erholt hatte, lagen drei Männer am Boden. Dann stellten sich die anderen zum Kampf.

Morgan focht mit einem bärtigen Hünen, der sein Schwert geschickt handhabte. Es war Ondur, der Anführer. Morgan trieb den Kerl bis an die aufgestapelten Mehlsäcke. Geschickt parierte er eine Attacke und konterte.

Ondur prallte gegen die gefüllten Säcke.

Morgan bemerkte seitlich von sich eine Bewegung und schlug aus der Drehung heraus mit dem Schwert zu.

Ein Schrei gellte. Eine Gestalt wirbelte durch die Luft und plumpste auf die Mehlsäcke. Morgan wich gedankenschnell Ondurs Hieb aus und stieß mit dem Schwert zu. Der bärtige Hüne vermochte im letzten Moment auszuweichen. Das Schwert streifte ihn nur an der Schulter und bohrte sich in den Mehlsack. Mehl stob auf und hüllte alles wie in gespenstischen Nebel.

Morgan schlug dem Hünen das Schwert aus der Hand und wirbelte zum nächsten Gegner herum. Der Mann schwang eine Keule mit beiden Händen. Brüllend ließ er die Keule los, als Morgan ihm mit dem Schwert auf die Finger schlug.

Jemand stieß gegen Morgans Rücken. Dieser zuckte herum, bereit, den Angreifer mit dem Schwert niederzumachen. Doch im letzten Augenblick hielt er erschrocken inne. Es war Cynan, der gegen ihn geprallt war. Er war vor einem Gegner zurückgewichen und stieß diesem gerade das Schwert in die Brust.

Die Klinge war dunkel vom Blut, als er sie herausriss und ausholte, um den vermeintlichen Gegner – Morgan – einen Kopf kürzer zu machen. Morgan vertraute nicht darauf, dass sein Gefährte ihn im Halbdunkel noch rechtzeitig erkannte. Geistesgegenwärtig sprang er zurück, und das war sein Glück.

Zu spät erkannte Cynan seinen Irrtum, wollte noch erschrocken innehalten, doch er war zu sehr in Schwung gewesen. Die Klinge wischte nur eine Handbreit an Morgan vorbei.

Der Schreck fuhr Cynan so sehr in die Glieder, dass er für Augenblicke nicht merkte, was um ihn herum geschah.

Morgan jedoch behielt die Übersicht.

Er sah den Schatten seitlich von Cynan aus der Dunkelheit springen, sah eine Klinge funkeln und handelte sofort. Es blieb keine Zeit mehr, seinen Freund zu warnen oder dem Angreifer selbst entgegenzutreten. Also schleuderte Morgan sein Schwert. Es zischte dicht an Cynan vorbei und drang dem Angreifer in die Brust. Der Mann ließ sein Schwert fallen, stolperte zurück und stürzte schreiend auf einen bereits gefallenen Kumpan.

Cynan zuckte herum, erfasste die Situation und hieb mit seinem Schwert zu. Dann riss er Morgans Schwert aus der Brust des Toten und warf es Morgan zu, der es geschickt auffing.

Gerade noch rechtzeitig, denn Ondur hatte derweil sein Schwert von Neuem gepackt und griff ungestüm an. Morgan trieb seinen Gegner wiederum gegen die Mehlsäcke.

»Achtung, Morgan!«

Durch das Klingen der Schwerter erkannte Morgan Rhodris Stimme und sprang zur Seite.

Der Kerl, der vom Gebälk neben dem Mühlrad auf ihn herabsprang, verfehlte ihn, bevor er dicht neben Morgan krachend aufschlug. Dieser wirbelte bereits zu Ondur herum. Der bärtige Hüne attackierte verbissen. Er war ein Mörder, Räuber, Brandstifter und Vergewaltiger, aber ein Feigling war er nicht. Obwohl er erkannt hatte, dass er gegen Morgan nicht bestehen konnte, griff er wild an. Dieser parierte und konterte, doch dann stolperte er gegen eine reglose Gestalt und stürzte.

Sogleich war Ondur bei ihm und schwang das Schwert zum alles entscheidenden Hieb.

Morgan riss die Rechte mit dem Schwert hoch.

In Ondurs Augen blitzte es triumphierend auf, als seine Klinge auf den am Boden liegenden Morgan niederfuhr.

Da traf ihn ein Pfeil in den Rücken. Der Schütze hatte den Pfeil Morgan zugedacht, doch durch dessen Straucheln und Ondurs Bewegung erwischte er den eigenen Kumpan.

Der bärtige Hüne wäre auf Morgan gefallen, wenn der Ritter sich nicht gewandt zur Seite gerollt hätte.

Verzweifelt schnellte sich Morgan weiter, wollte aus dem Lichtkreis der Laterne gelangen. Denn der heimtückische Bogenschütze, der irgendwo beim Mühlrad in der Finsternis sein musste, konnte jeden Augenblick einen zweiten Pfeil abschießen. Er hatte kaum an die tödliche Gefahr gedacht, als auch schon ein weiterer Pfeil in den Boden schlug.

Ein eisiger Schauer überlief ihn. Der Pfeilschaft zitterte kaum eine Handbreit neben seinem Kopf in den Dielen.

Morgan hechtete in die Deckung der Mehlsäcke. Mehlstaub drang ihm in die Augen und ließ sie tränen. Sein Herz pochte wild, und er rang keuchend um Atem. Er hörte das Klirren von Schwertern und einen gellenden Schrei. Vorsichtig riskierte er einen Blick an den Säcken vorbei. Ein dritter Pfeil bohrte sich in einen der Säcke. Morgan zuckte zurück. Weiß wallte es vor ihm auf. Gleich darauf wagte er sich erneut hinter seiner Deckung hervor. Dann stockte ihm der Atem.

Die Laterne war zerschellt und Flammen züngelten über den trockenen Holzboden und die reglose Gestalt, die neben der Laterne lag. Ein Mann brach unter einem Keulenhieb zusammen, der ihn hinterrücks traf. Es war Rhodri!

Bevor Morgan etwas unternehmen konnte, warf sich der Kerl, der Rhodri niedergeschlagen hatte, herum und ergriff die Flucht durch die halb offenstehende Tür.

Morgans Blick zuckte in die Runde.

Cynan streckte gerade einen Gegner nieder.

Morgan glaubte, eine Bewegung im Dunkel oben auf dem Gebälk beim Mühlrad auszumachen. Der hinterlistige Bogenschütze!

»In Deckung, Cynan!«, schrie Morgan entsetzt.

Cynan, der sich soeben über seinem besiegten Gegner aufrichten wollte, warf sich zur Seite.

Morgans Warnruf hatte ihm wohl das Leben gerettet. Der Pfeil verfehlte ihn um Haaresbreite.

Morgan hatte bereits sein Messer aus der Scheide gezogen. Bevor der Bogenschütze einen zweiten Pfeil auf Cynan abschießen konnte, traf ihn Morgans Messer. Kopfüber stürzte er ab und verschwand mit gellendem Schrei hinter dem Mühlrad.

Cynan wischte sich über die Stirn und atmete auf. Sein Blick ging in die Runde. Er sah keinen Gegner mehr. Nur reglose Gestalten im Schein der züngelnden Flammen. Morgan sprang auf. Er wies mit dem Schwert zur Tür. »Ihnen nach, Cynan!«

Cynan hetzte schon los.

Morgan war sogleich beim Feuer und der reglosen Gestalt, die schon dort gelegen hatte, als die drei Maddox' Horde überrascht hatten. Ohne Zweifel war es das Opfer der Kerle, das sie in die Falle gelockt hatten.

Trotz scharfen Rittes waren Morgan und seine Gefährten zu spät bei der Mühle eingetroffen. Morgan zerrte den Mann vom Feuer fort und erstickte die Flammen an dessen Kleidung. Anschließend drehte er die reglose Gestalt auf den Rücken, und seine Augen weiteten sich in jähem Erschrecken.

Sir Evan of Syrmore!

Das Gesicht des Ritters war blutüberströmt, und er sah leblos aus. Der Anblick stach Morgan ins Herz. Doch dann stellte er erleichtert fest, dass das Blut nur von einer Platzwunde an der Stirn stammte und Evan atmete.

Morgan fuhr herum, als er ein Geräusch hinter sich hörte. Er hatte nicht mehr mit einem Gegner gerechnet. Er schalt sich schon einen Narren, so unvorsichtig gewesen zu sein, doch gleich darauf nahm er den Narren zurück, denn es war Rhodri, der sich stöhnend aufgesetzt hatte.

Aufatmend ließ Morgan sein Schwert sinken.

Rhodri blickte, noch etwas benommen, in die Runde, nahm Morgan wahr und sagte: »Denen haben wir's aber gezeigt. Wo ist denn Cynan?«

»Hinter Flüchtenden her. Hol den Müller und Wasser. Schnell, bevor die ganze Mühle brennt.«

Rhodri rappelte sich auf, ergriff das Schwert, das ihm entfallen war und eilte aus der Mühle.

Morgan begann die Flammen auszutreten, damit sich der Brand nicht ausweitete. Die mit Mehlstaub bedeckten Dielen waren zundertrocken. Flammen krochen auf die Mehlsäcke zu. Rhodri und der Müller kamen herbei.

»Ich konnte nichts dafür«, jammerte der Mann. »Sie haben mich gezwungen. Beim Leben meiner Frau und Tochter. Ich konnte Sir Evan nicht helfen!«

»Hilf uns beim Löschen!«, knurrte Rhodri und schüttete aus einem Ledereimer Wasser auf die Flammen. Der Müller folgte seinem Beispiel. Schnell war der Brand gelöscht.

»Jetzt ist es stockdunkel«, stellte der Müller äußerst scharfsinnig fest.

»Hol schon eine Laterne«, forderte Morgan. Es drängte ihn, sich um Sir Evan zu kümmern. Ein solches Wiedersehen hätte er nie erwartet. Wann war er Gast bei dem noblen und herzlichen Ritter auf dessen Burg gewesen? Im Vorjahr, vor vielleicht neun oder zehn Monaten. Wie ein Freund hatte ihn Sir Evan beherbergt. Es freute Morgan, dass es ausgerechnet Evan war, dem er hatte helfen können. Er hatte die Absicht gehabt, ihn in der nächsten Zeit wieder aufzusuchen. Jetzt hatte der Zufall sie schon früher zusammengeführt. Der Müller kam mit der Laterne, die er rasch aus dem Wohnhaus geholt hatte. Morgan kniete sich neben Evan und legte sein Schwert ab.

In diesem Moment ertönte hinter dem Müller eine helle, aufgeregte Mädchenstimme: »Cynan, wo bist du? Cynan?«

Der Müller verharrte auf der Türschwelle und wandte sich um. »Warum bleibst du nicht im Haus? Kennst du etwa einen von den Kerlen?«

Die Frage klang äußerst misstrauisch.

»Nein, aber...«

»Geh in deine Kammer, Tochter! Dies hier ist kein Anblick für dich!«

»Lass mich, Vater... wenn Cynan etwas geschehen ist...«

Es klang wie ein Schluchzen.

Dann zwängte sich die junge Frau auch schon an ihrem Vater vorbei in die Muhle.

Ihre Augen weiteten sich vor Entsetzen, als sie am Rande des Lichtkreises eine reglose Gestalt in einer Blutlache sah. Sie schlug eine Hand vor den Mund.

Bevor sie noch mehr sehen konnte, trat Morgan ihr entgegen und verdeckte ihr die Sicht.

»Dein Vater hat recht«, sagte Morgan und lächelte das Mädchen an. »Sei unbesorgt, Cynan ist wohlauf.«

»Aber wo ist er?«

Morgan ergriff das Mädchen am Arm und zog es sanft mit sich hinaus. »Ich will es dir erzählen.« Er bemerkte den verwunderten Blick des Müllers und sagte zu ihm: »Geh hinein und kümmere dich um Sir Evan.«

Der Müller gehorchte. Er fragte sich verdutzt, wer dieser Cynan sein mochte.

Der Mond stand jetzt über den Spitzen der Bäume, und sein silberner Schein fiel auf das Gesicht des Mädchens. Sie war zierlich, hatte ein hübsches Gesicht und blonde Haare, deren Pracht sie nur mühsam unter ihrer Haube bändigen konnte.

»Cynan hat keinen schlechten Geschmack«, sagte Morgan galant. »Du bist ein schöner Cousin.«

»Wie – meint Ihr das?«, fragte das Mädchen verwundert.

Morgan nannte seinen Namen.

»Ihr seid der berühmte Morgan? Der Ritter, von dem mir Cynan erzählte, als er mich...« Sie verstummte errötend und senkte den Blick.

»Ich weiß, dass Cynan dich besuchte«, erwiderte Morgan lächelnd. »Wie heißt du?«

»Branwen. Aber sagt, was spracht Ihr von einem Cousin?«

»Ach, das war ein Irrtum.«

Plötzlich war Hufschlag zu vernehmen. Ein Reiter kam zwischen den Bäumen hervor.

»Da kommt Cynan«, sagte Morgan. Er wandte sich um, als er Evans Stimme in der Mühle hörte. Der Ritter war zu sich gekommen und wollte wissen, wer seine Retter waren. Rhodri sagte es ihm.

»Morgan?«

Evan stieß es völlig entgeistert hervor.

Morgan trat lächelnd über die Schwelle, um Evan herzlich zu begrüßen.

Plötzlich stockte sein Schritt, als sei er gegen eine unsichtbare Mauer geprallt, und sein Lächeln verlor sich. Denn Sir Evan riss das Schwert hoch, das er gerade aufgehoben hatte und schrie mit wutverzerrtem Gesicht:

»Stirb, du Hundsfott!«

Dann stürmte er auch schon mit erhobenem Schwert und wie von Sinnen auf Morgan zu.

7. Kapitel

»Vorzüglich«, sagte Maddox zufrieden, nahm die Schale mit Bratensaft und schlürfte sie aus.

Croin, der Koch, strahlte übers ganze Gesicht.

»Ich preise mich glücklich, wenn ich Euren Geschmack getroffen habe, Herr«, dienerte er.

Maddox wischte sich mit dem Handrücken über den Mund. Croin gab Wyanna ein Zeichen, und sie reichte Maddox die flache Schale mit dem Brot.

Maddox biss herzhaft in einen Kanten und kaute schmatzend. An diesem Abend war er prächtiger Laune. Seine Mittagsruhe hatte bis zum Sonnenuntergang gewährt.

Croin schenkte Wein aus einer Karaffe in den goldenen Becher seines Herrn. Blutrot schimmerte der Rebensaft, als er in den Becher floss. Maddox nahm ihn und leerte ihn in einem Zug. Anschließend hielt er den Becher, der im Schein des Feuers funkelte, Croin hin, und dieser füllte ihn erneut.

»Holt den Dichterling!«, befahl er wohlgelaunt.

Sofort eilte einer seiner Burschen davon.

Einax wirkte äußerst verwirrt, als er kurz darauf vor Maddox trat.

»Nun«, sagte Maddox mit milder Stimme. »Trag vor, was du zu meinem Ruhme gedichtet hast.«

Einax schluckte. So sehr er auch gegrübelt hatte, es war ihm nicht viel mehr eingefallen. Er hatte nur verlängert und ausgeschmückt, was er bereits am Mittag in Verzweiflung erfunden hatte.

Unsicher deklamierte er.

Als er geendet hatte, blickte er furchtsam zu Maddox, dessen Miene sich immer mehr verfinstert hatte.

»Mich dünkt, das alles schon gehört zu haben«, grollte er und maß den Dichter mit angewidertem Blick. »Weiter!«

Einax spürte, wie ihm der Schweiß ausbrach.

»Mehr hat mir die Muse nicht eingegeben, Herr«, bekannte er kläglich und verneigte sich.

»Seid geduldig mit mir. Ich werde...«

»Geköpft wirst du!«, brüllte Maddox, sodass seine Worte durch den Wald hallten. Er gab Moris einen herrischen Wink, der erfreut sein Schwert zückte.

»Erbarmen, Herr!«, jammerte Einax und warf sich vor Maddox auf die Knie. »Gnade!«

In diesem Augenblick tauchte Riana wie auf ein Stichwort auf.

Moris seufzte, denn er ahnte, dass er wiederum nicht zum Zuge kommen würde. *Verdammte Hexe*, dachte er, doch er hütete sich, auch nur eine verdrossene Miene zu zeigen.

Riana schritt anmutig zum Feuer. Sie trug ein atemberaubendes Gewand. Maddox betrachtete sie mit Wohlgefallen und unverhohlener Lüsternheit. *Meine Königin!* dachte er stolz und erregt. *Bald werden wir auf einer richtigen Burg Hochzeit halten!*

Riana blieb neben dem knienden Einax stehen und legte ihm eine Hand auf die Schulter.

Mit betörendem Lächeln schaute sie Maddox an. »Gewährt ihm noch etwas Zeit, Maddox!«, sagte sie. »Den Geist kann man nicht zwingen!«

»Ich will ihn nicht zwingen, sondern köpfen!«, raunte Maddox missgelaunt. Es war ihm klar, wie die Sache ausgehen würde. Riana würde neuerlich ihren Willen bekommen. *Dieser Dichter ist ein Geschenk des Himmels*, dachte Maddox. *Möge ihm nie etwas einfallen, sodass ich Riana in Spannung halten kann.*

Er setzte seine finsterste Miene auf und sagte: »Ihr wollt Euch wiederum für ihn verwenden, Riana?«

Sie nickte leicht. »Seid barmherzig mit ihm, Maddox. Er wird es Euch mit einer brillanten Hymne danken.«

Maddox schlug in gespieltem Zorn eine Fliege tot, die es gewagt hatte, sich auf seinem Knie niederzulassen. »Ihr strapaziert meine Nerven sehr!«, polterte er. »Treibt es nicht auf die Spitze«, fügte Maddox hinzu, aber sein Tonfall verriet, dass er genau das Gegenteil meinte.

Riana richtete sich auf und atmete tief und wie erleichtert auf, sodass sich ihre Brüste sichtbar hoben und senkten.

Ihre Blicke tauchten ineinander.

Sie sah das Funkeln der Begierde in seinen schwarzen Augen und war sehr zufrieden. Er würde wiederum voller leidenschaftlicher Glut sein, um ihr zu beweisen, dass er der Stärkere war. Sie schürte das Feuer, indem sie sich dem Dichter zuwandte, ihn huldvoll anlächelte und ihm die Hand hinhielt.

»Ihr steht unter meinem Schutz, Poet«, sagte sie. »Folgt mir und deklamiert mir Eure Verse.«

Wie betäubt, ohne einen klaren Gedanken fassen zu können, ergriff Einax die zarte Hand mit den langen schlanken Fingern und hauchte einen Kuss darauf.

In diesem Augenblick dachte er nicht daran, wie tollkühn dies in Maddox' Gegenwart sein mochte.

»Ich danke Euch, ich danke Euch«, sagte er bewegt. »Ich werde Eure Schönheit und Güte preisen, in den besten Reimen.«

Sie drückte seine Hand und gab ihm mit einem leichten Ruck zu verstehen, dass er aufstehen möge.

Sie blickte zu Maddox, dessen Miene grimmig war. »Ich bin sicher, die Muse wird ihn noch küssen.«

Maddox' wuchernder Bart klaffte auf, als wollte er etwas sagen, doch dann pressten sich die wulstigen Lippen wieder aufeinander, er nahm den Weinbecher und leerte ihn in einem Zuge.

Riana aber schritt mit Einax, der wie hypnotisiert wirkte, zum Zelt davon.

Stumm starrte Maddox dem ungleichen Paar nach, bis es im Zelt verschwunden war.

Dann hieb er zornig mit der geballten Rechten ins Gras.

Der Koch und die Magd Wyanna bekamen als Erste seine Wut zu spüren.

»Was steht ihr hier herum und haltet Maulaffen feil?«, fuhr er sie an.

Croin und Wyanna verneigten sich hastig und eilten davon.

Schließlich wandte er sich zu Padrick, der neben ihm stand.

»Du bist doch mein schlauer Ratgeber«, sagte er in milderem Tonfall.

Padrick nickte eifrig.

»Du kannst vortrefflich mit dem Bogen schießen«, fuhr Maddox fort.

»Neun Pfeile in einer Minute«, prahlte Padrick.

»Davon habe ich nicht viel gemerkt, als wir gegen die Burg zogen«, bemerkte Maddox bissig.

»Die Übermacht war zu groß«, versuchte sich Padrick zu verteidigen. »Und sie hatten außerdem die neuen Armbrüste und...«

»Lassen wir das«, schnitt Maddox ihm barsch das Wort ab. Die Niederlage fraß immer noch an seinem Stolz. »Du bist also ein schlauer Ratgeber...«

Padrick nickte.

»...und ein leidlicher Bogenschütze.«

Padricks Mundwinkel verzogen sich beleidigt. In der Tat war er ein exzellenter Bogenschütze, denn er brachte sechs Pfeile in einer Minute von der Sehne, wovon die meisten auch ins Ziel trafen. Aber er wagte nicht zu widersprechen. Das konnte bei Maddox' augenblicklicher Laune gefährlich sein.

In lauerndem Tonfall fuhr Maddox fort: »Nun hast du Gelegenheit zu beweisen, dass du auch ein weiser Mann bist. Du hörtest, dass dieser Verseschmied von einer gewissen Muse sprach und Riana gar vom Küssen derselben. Nun glaubte ich deiner Miene entnehmen zu können, dass du nicht genau weißt, was mit dieser Muse gemeint war. Oder sollte der Eindruck getrogen haben?«

»Ich widerspreche Euch nicht gern«, antwortete Padrick eifrig, in einem Tonfall, der eher auf das Gegenteil schließen ließ. »Aber da muss ich eine falsche Miene aufgesetzt haben, sodass ich Euch täuschte, Herr. Ich weiß sehr wohl, wovon die Rede war. Die Muse ist eine Göttin der Künste.«

»Ah so«, entfuhr es Maddox überrascht.

»Es gab deren neun«, prahlte Moris, der gerade zurückgekehrt war, mit seinem Wissen. »Im alten Griechen...«

»Das weiß ich, du Narr!«, unterbrach ihn Maddox gereizt. »Ich brauche keine Belehrungen!«

»Ich meinte nur...«, begann Moris, doch Maddox' Donnerstimme ließ ihn verstummen.

»Schweig!«, brüllte Maddox so zornig, dass Moris zusammenzuckte.

Maddox' Stimmung wechselte schnell. Er grinste Padrick an und sagte in ruhigerem Tonfall: »Gut, gut, du bist nicht nur ein hervorragender Bogenschütze, sondern auch ein schlauer Ratgeber mit großem Wissen.«

Padrick lächelte geschmeichelt.

»Nun berichte mir über die Lage, bevor ich mich zur Ruhe begebe.«

»Die Burg wird in spätestens drei Tagen die Eure sein, Herr. Nach meinem... – äh... – Eurem genialen Plan, wird Sir Evan Euch die Burg... – schenken, und wir übernehmen sie ohne Kampf mit Mann und Maus.«

»Auf die Mäuse kann ich verzichten«, antwortete Maddox grinsend. »Die Waffen, Rüstungen, das Gold, die Silberlinge und sämtliche Mannen sind interessanter.«

Auch Padrick und Moris grinsten jetzt.

»Ein wirklich genialer Plan von Euch, Herr«, schmeichelte Moris, um wieder in Maddox' Gunst zu steigen.

Dieser nickte selbstzufrieden. Er sah sich schon als Herr der stolzen Burg. Es war ihm nicht gelungen, eine kleine Burg zu erobern. Es hatte ihm an Waffen, Rüstung und Kriegern gefehlt. Doch all dies würde er bald haben. Und von seinem neuen Sitz aus würde er sich das ganze Land untertan machen...

»Wir brauchen nur noch alles zu übernehmen«, sprach Padrick weiter, »den Verräter zu töten...«

Maddox winkte ab. »Warum sollte ich ihm das Leben nehmen? Er hat mir doch einen großen Dienst erwiesen.«

Padrick blickte erstaunt. »Wenn er Evan verraten hat, wird er später womöglich auch Euch verraten.«

Maddox kratzte sich am Bart. »Gar nicht so dumm gedacht. Nun, ich werde mir noch überlegen, was mit ihm geschieht. Vielleicht lasse ich ihn auf der Hochzeitsfeier zur Belustigung vierteilen. Ist für die Feier alles vorbereitet?«

»Noch nicht ganz«, bekannte Padrick. »Ihr wolltet noch Eure diesbezüglichen Befehle geben.«

»Dann wird es Zeit. Ich will ein Fest, wie es das Land noch nie erlebt hat. Ein Fest, das eines Königs würdig ist. Mit allen leiblichen und geistigen Genüssen, die man sich nur denken kann. Ich will Spiele aller Art. Gaukler, Sänger, Musikanten – und, verdammt noch mal, einen besseren Dichter. Also kümmert euch darum!«

Padrick und Moris nickten eifrig.

»Es soll ein würdiger Rahmen für meine Hochzeit mit Riana sein. Habt ihr schon einen Pfaffen für die Zeremonie besorgt?«

»Auf der Burg ist einer, wie ich hörte«, antwortete Padrick.

»Ach was.« Maddox winkte missmutig ab. »Ein einfacher Betbruder, den Evan sich hält. Ich will einen Bischof, der die Trauung vollzieht. Also schleppt mir einen an!«

Einen Bischof!, dachte Padrick. – *Das wird nicht einfach sein und seine Zeit brauchen.* Aber er sagte nichts.

Mit funkelndem Blick fuhr Maddox fort: »Es wird also das Fest aller Feste. Und da ich gerade guter Laune bin, will ich euch auch schon verraten, was der Höhepunkt der Feierlichkeiten sein wird.«

»Eine Hexenverbrennung?«, riet Moris.

»Eine Vierteilung?«, mutmaßte Padrick.

Maddox schüttelte das massige Haupt. »Das sind nur kleine Vorspiele, sozusagen die Einleitung. Der Höhepunkt wird ein ganz anderer sein.« Er legte bewusst eine Pause ein, um die Spannung zu steigern und sagte dann: »Der Höhepunkt wird Ritter Morgan sein.«

»Morgan?«, fragten Padrick und Moris wie aus einem Munde.

»So ist es. Der ruhmreiche Morgan. Ich werde ihn Riana zum Hochzeitsgeschenk machen.« Ein fanatisches Feuer loderte jetzt in seinen Augen. »Sie hat von seinen Heldentaten gehört und erregt sich, wenn sie seinen Namen vernimmt. Ja, ich werde ihn ihr schenken. Aber sie wird nicht die Freuden haben, die sie sich in wilden Träumen vorstellt, wenn sie mich im Geiste mit ihm betrügt. Denn Morgan wird ihr nicht als heißblütiger Galan gegenübertreten, der die Herzen der Damen erzittern lässt. Er wird ganz kalt und stumm und tatenlos vor ihr im Dreck liegen. Und ein bisschen tot.«

8. Kapitel

Morgan war einen Lidschlag lang wie erstarrt, als er Sir Evan wie von Sinnen mit dem Schwert in der Hand auf sich zustürmen sah.

Er selbst war waffenlos. Sein Schwert lag in der Mühle.

Morgan handelte gedankenschnell.

Er schnellte zurück und warf die schwere Tür zu. Gerade noch rechtzeitig. Evans Schwert bohrte sich ins Holz.

Dieser schrie auf.

»Stell dich, du ehrloser Lump!«

»Dein Schwert!«, rief Morgan Cynan zu, der gerade abgesessen hatte. Cynan zog es und warf es Morgan zu, der es schnell auffing.

Die Tür flog auf, und Evan sprang heraus.

Dann klirrten auch schon die Schwerter in wildem Kampf.

Morgan wusste Evans seltsames Verhalten nicht zu deuten. Was mochte nur in den Ritter gefahren sein? Evan war voller Hass und wollte ihn, seinen Retter, töten! Hatte er den Verstand verloren?

Hin und her ging der Kampf. Mal hatte Morgan Vorteile, mal drängte Evan ihn zurück. Dieser wusste die Klinge gut zu schlagen, und seine Raserei trieb ihn zur Tollkühnheit.

Gebannt verfolgten die Gewappneten, der Müller und seine Tochter den erbitterten Kampf.

Evan fintierte, wich etwas zurück und sprang dann plötzlich vor, um mit dem Schwert zuzustoßen.

»Stirb!«, schrie er triumphierend. Dann weiteten sich seine Augen in jähem Entsetzen. Morgan hatte sich im allerletzten Augenblick zur Seite geschnellt, sodass die Schwertspitze an seiner Schulter vorbei ins Leere stieß. Evan war zu siegessicher gewesen. Er hatte geglaubt, Morgan den vernichtenden Hieb zu versetzen und alle Vorsicht außer Acht gelassen. Er konnte seinen Schwung nicht mehr bremsen und Morgans Schlag nicht mehr parieren.

Mit einem wuchtigen Hieb schmetterte Morgan dem Gegner das Schwert aus der Hand. Evan strauchelte und verlor die Balance. Bevor er sein Schwert ergreifen und aufspringen konnte, war Morgan über ihm und setzte ihm die Klinge an die Kehle.

Evans Augen traten aus den Höhlen. Für einen Augenblick flackerte Todesangst in seinem Blick. Doch dann strafften sich seine Schultern, und furchtlos blickte er Morgan in die Augen: »Du hast mich besiegt«, sagte er mannhaft. »Stoß schon zu und bring es zu Ende!«

Morgan schüttelte den Kopf und zog das Schwert zurück.

»Ich will nicht dein Leben, Evan. Du bist verletzt, und deine Sinne waren verwirrt. So warst du kein gleichwertiger Gegner, und ich will dir deine Beleidigung verzeihen. Sag, was trieb dich, mich zu beschimpfen und hasserfüllt anzugreifen?«

»Das fragst du noch?«

Morgan unterdrückte ein Seufzen. »Ja, du hörst richtig, das fragte ich.«

»Töte mich oder gib mir mein Schwert, damit ich den Kampf fortsetzen kann!«

»Ich will dich nicht töten, Evan. Es ist unlauter und feige, einem bereits geschlagenen Feind den Todesstoß zu versetzen. Außerdem betrachtete ich dich bis jetzt nicht als Feind. Wenn du mir triftige Gründe für eine Feindschaft nennen kannst, so werde ich dir ein richtiges Duell gewähren, wenn du dich von deinen Blessuren erholt hast.«

Evan blickte prüfend zu ihm auf. »Dein Wort darauf?«

Morgan reichte ihm die Hand. »Mein Wort darauf.«

Da ergriff Evan die Hand und richtete sich hoch. Wortlos hob er sein Schwert auf.

Morgan blickte zu Cynan.

»Du bist ohne einen Gefangenen zurückgekommen«, stellte er fest.

Cynan zuckte mit den Schultern. »Ihre Pferde standen näher im TannWald als meines. Ihr Vorsprung war zu groß, und in der Dunkelheit war eine Verfolgung sinnlos.«

Morgan nickte. »Vielleicht erfahren wir von Sir Evan, wer dieses Gesindel war, das ihm nach dem Leben trachtete.«

Evan blickte wie erwachend auf. Ein schmerzlicher Ausdruck war in seinen Augen.

»Ja«, sprach er mit schwerer Stimme. »Ich werde dir die Gründe nennen, weshalb du jetzt mein Todfeind bist, damit du mir im Duell Genugtuung gibst.« Er warf einen Blick zu Rhodri und den Müller. »Lass uns unter vier Augen sprechen«, fuhr er fort und entfernte sich von der Mühle. Morgan nickte und folgte ihm.

Schließlich blieb Sir Evan stehen und wandte sich Morgan zu. Er berichtete mit zornbebender Stimme, weshalb er zur Mühle geritten war.

Morgan verschlug es die Sprache.

»Und deshalb hasse ich dich und werde dich töten, um die Schmach zu tilgen, die du mir angetan hast«, schloss Evan mit vor Bewegung zitternder Stimme.

Morgan schüttelte den Kopf. Ungeheuerlich, was Evan ihm da unterstellte. Eine Intrige, auf die er hereingefallen sein musste!

»Es betrübt mich, dass du, den ich für einen Freund gehalten habe, mir so etwas zutraust«, sagte Morgan. »Nie wäre mir in den Sinn gekommen, deine Frau auch nur unziemlich anzublicken, als ich dein Gast war.«

»Lüge!«, zischte Evan. »Glaubst du, ich hätte nicht bemerkt, wie du sie angehimmelt hast?«

»Ich bewunderte ihre Schönheit, die Reinheit ihres Wesens. Ich huldigte ihr, wie es die Höflichkeit und Schicklichkeit gebot. Nie hätte ich gewagt, dein Vertrauen zu missbrauchen und auch nur in Gedanken...«

»Lüge!«, unterbrach Evan. »Ich selbst sah dich beim Rosenstock im Burghof lachen und turteln und um Sianas Gunst buhlen.«

»Wir plauderten in allen Ehren.«

»Und dann hast du ihr das Kind gemacht!«, brüllte Evan, sodass es bis zur Mühle schallte. Erschrocken senkte er die Stimme und fuhr wütend und mit flammendem Blick fort: »In allen Ehren, wie?«

Die Blicke der Männer krallten sich förmlich ineinander. Zorn wallte jetzt auch in Morgan. Doch er bezwang sich.

»Ich gebe dir mein Ehrenwort, dass nichts zwischen Siana und mir war«, antwortete er ruhig. »Es verletzt mich, dass du so etwas von mir denkst. Dass du einem verkommenen Strolch mehr Glauben schenkst als mir! Und es ist beschämend, dass du an der Treue deines lieben Weibes zweifelst. Was sagt sie zu deiner lächerlichen Anschuldigung?«

»Ich habe noch nicht mit ihr darüber gesprochen«, antwortete Evan zerknirscht. »Ich wollte mir erst Gewissheit verschaffen.«

»Und – hast du die etwa jetzt?«, fragte Morgan mit bitterem Lachen. »Du hast nichts als das Wort eines Strolches, der dich um hundert Silberlinge erleichtern wollte. Und du hast mein Wort. Nun wähle.«

In diesem Augenblick trat Rhodri aus der Mühle. »Morgan, ich kann Euch sagen, wer Sir Evan in die Falle lockte«, rief er aufgeregt und lief zu Morgan und Evan.

»Einer der Burschen war noch nicht tot. Bevor er starb, konnte er noch etwas sagen.

Maddoxl«

»Maddox?«, fragte Evan verblüfft.

»Maddox!«, wiederholte Rhodri mit ernster Miene.

Morgan zuckte mit den Schultern, weil er nichts mit dem Namen anzufangen wusste. »Na und?«

»Der Müller ist vor Schreck fast umgefallen«, fügte Rhodri hinzu. »Er hat mir erzählt, wer dieser Maddox sein soll. Ein Ungeheuer, das sein Unwesen in der Umgebung treibt.«

Morgan blickte zu Evan. »Hast du ihn schon mal gesehen?«

Evan schüttelte den Kopf. »Aber von ihm gehört. Das Gesindel und die Weiber erzählen furchtbare Geschichten über ihn. Ich hielt es für abergläubisches Geschwätz, aber nun...«

Er blickte sich unsicher um, als erwartete er, jeden Augenblick ein feuerspeiendes, alles vernichtendes Ungetüm aus dem dunklen Wald auftauchen zu sehen.

Auch Morgan verspürte ein unbehagliches Gefühl. Doch es währte nur kurz. Der Gedanke, wiederum eine Herausforderung anzunehmen und gegen einen mächtigen Gegner in den Kampf zu ziehen, faszinierte ihn. Und Sir Ronan of Launceston, sein Vater und Sheriff von Cornwall, wäre mit Sicherheit stolz auf seinen besten Ritter, der für Ordnung im Land sorgte.

»Allerdings waren die Kerle aus Fleisch und Blut und von menschlicher Gestalt«, murmelte Sir Evan nachdenklich vor sich hin.

Rhodri blickte Morgan an. »Glaubt Ihr, dass sich Maddox Menschen untertan macht und sich ihrer bedient, um Tod und Verderben in die Welt zu bringen?«

Morgan zuckte mit den Schultern. »Ich werde es herausfinden.«

»Vergiss darüber nicht das Duell«, entgegnete Evan, von Neuem mit zorniger Stimme. »Ich erwarte dich in sieben Tagen auf meiner Burg!«

Dann wandte er sich abrupt ab und ging davon, ohne Morgan noch eines Blickes zu würdigen.

»Ihr wollt Euch duellieren?«, fragte Rhodri.

Morgan zuckte die Schultern.

9. Kapitel

Die Männer waren begeistert. Ihr Herr wollte den ruhmreichen Ritter Morgan töten! Die Kunde davon würde sich wie ein Lauffeuer im ganzen Land ausbreiten. Alle würden fortan vor Maddox zittern! »Es wird einige Zeit dauern, bis wir Morgan gefunden haben«, gab Padrick zu bedenken. »Ich hörte, er soll sich in den Wäldern von Launceston Castle auf der Jagd herumtreiben.«

»Kein Problem«, sagte Maddox. »Wir werden ihn schnell finden. Sir Evan wird uns zu ihm führen.«

Padrick und Moris tauschten erstaunte Blicke.

»Evan?«, erkundigte sich Padrick.

»Überleg doch mal, schlauer Ratgeber«, meinte er spöttisch. »Weshalb habe ich Evan weismachen lassen, Morgan wäre der Vater des Kindes?«

»Um ihn von der Burg zu locken, damit er von uns gefangengenommen wird.«

»Das auch. Aber das hätte auch geklappt, wenn wir Evan irgendeinen anderen Namen genannt hätten, – zum Beispiel den des richtigen Vaters.«

»Dann hätte Evan nicht allein die Burg verlassen«, wandte Crain ein, »sondern hätte den Mann an Ort und Stelle niedergemacht.«

»Ich werfe dich gleich in die Schlangengrube, du Schwachkopf!«, tobte Maddox. »Ich lasse dich vierteilen, aufhängen und auspeitschen, wenn du weiterhin so dummes Zeug redest!«

Der Mann zog den Kopf ein.

Etwas ruhiger fuhr Maddox fort: »Nach meinem Plan ist Evan schon in der Mühle, wenn er den Namen erfährt.

Also wäre es völlig egal, welchen Namen er hört. Aber er hört den Namen Morgan, der zudem in Frage kommen könnte, denn Morgan war, wie wir ja wissen, damals auf der Burg und galant zu Siana. Er hat dort genächtigt, und nach allem, was Evan erzählt wird, muss er annehmen, dass Morgan tatsächlich Siana geschwängert hat. Und was tut ein gehörnter, vor Eifersucht und verletztem Stolz rasender Ritter, um die Schmach zu tilgen?« Er gab selbst die Antwort: »Er reitet los, um den Verhassten vor sein Schwert zu holen. Und da er Morgan kennt, wird er wissen, wo er ihn finden kann.«

»Logisch«, erwiderte Padrick.

Moris schwieg, um sich nicht den Mund zu verbrennen, nickte aber anerkennend und schaute Maddox in gespielter Bewunderung an.

»Wenn Evan mein Gefangener ist«, setzte Maddox fort, »wird er mir unter Folter die Burg übergeben und ich werde ihm das Leben schenken und seinen Hass auf Morgan schüren, auf dass er losreitet, um ihn zu vernichten. Wir brauchen Evan nur noch zu folgen, lassen ihn auf Morgan losgehen, und während die zwei sich streiten, werde ich der lachende Dritte sein und Morgan töten. Dann steigt die Hochzeit, und ich lege Morgans Leiche Riana vor die Füße. So einfach ist das.«

Er lachte zufrieden, als er sich Rianas Miene vorstellte. Nie wieder würde sie ihn auf dem Liebeslager mit Andeutungen über Morgans Heldentaten bis zur Weißglut treiben!

Hufschlag erklang am Rande des Lagers. Maddox blickte auf. Ein Reiter parierte bei den Wachen sein Pferd und sprach mit ihnen. Dann durfte er passieren.

»Er wird von Ondur vorausgeschickt worden sein, um mir die frohe Kunde zu bringen«, sprach Maddox. »Gut so.«

Als der Reiter herangaloppierte, erkannte Maddox, dass es Jess war. Er erhob sich und rief: »Alles erledigt?«

Jess zügelte sein erschöpftes Pferd und saß ab. Betrübt schüttelte er den Kopf. Als er näher ans Feuer und vor Maddox trat, sah Maddox eine blutige Schramme an Jess' linker Wange. Dort hatte ihn eine Schwertklinge gestreift.

»Was ist passiert?«, fragte Padrick.

Jess schluckte und suchte offenbar nach Worten.

»Rede!«, grollte Maddox.

Stockend berichtete Jess, was sich bei der Mühle zugetragen hatte.

»Wie viele Gegner waren es?«, fragte Maddox erstaunlich ruhig.

»Drei... dreizehn«, stammelte Jess. »Und sie kamen wie ein Unwetter über uns.«

»Dreizehn?«, fragte Maddox nach. »Und damit seid ihr nicht fertig geworden?« Seine Stimme verkündete drohendes Unheil.

Nicht mal mit dreien, dachte Jess. *Wie die Teufel kämpften die!* Ein unbehagliches Gefühl stieg in ihm auf. Jetzt bereute er plötzlich, zu Maddox zurückgeritten zu sein. Zwei seiner Kumpane hatten sich für immer davongemacht, was er aber nicht wusste. Er war der Meinung, als Einziger entkommen zu sein.

Er hatte gedacht, Maddox würde milde gestimmt sein, wenn er ihn so schnell wie möglich über die Ereignisse in Kenntnis setzte. Die genaue Zahl der Gegner würde Maddox wohl kaum jemals erfahren, und wenn alle Stricke rissen, konnte er die Schlappe immer noch den toten Kumpanen anlasten und behaupten, dass Ondur ihn zur Bewachung der Pferde eingeteilt hätte, sodass er gar keine Chance zum Eingreifen hatte. Irgendeine Ausrede würde ihm dann schon einfallen.

So dachte Jess, denn er war ein einfältiger Mann.

Maddox stampfte auf ihn zu. Breitbeinig blieb er vor ihm stehen. Der Riese überragte Jess um fast zwei Haupteslängen.

»Du wagst es, mir noch unter die Augen zu treten, du feiger Versager?«

»Ich... ich habe gekämpft wie ein Löwe!«, stammelte Jess. »Aber es waren zu viele, und ich hatte nur eine Keule, und sie hatten alle Schwerter und...«, dann glaubte er, den rettenden Einfall zu haben, »...– außerdem war Ritter Morgan dabei!«

In Maddox' schwarzen Augen blitzte es auf.

»Morgan?«

»Ja«, beteuerte Jess. »Sein Name wurde genannt. Und nach allem, was ich über ihn gehört habe, kann nur er es gewesen sein. Er ist mit dem Teufel im Bunde! Selbst Pfeile konnten ihm nichts anhaben.«

Maddox' Augen wurden schmal. »Soweit ich weiß, reitet dieser Hundsfott von Morgan nur mit zwei Gewappneten, die für ihn die Klinge wetzen müssen. Sollte er inzwischen gar zwölf Helfer haben?« Fast ansatzlos schlug er mit dem Handrücken zu. »Antworte!«

Jess taumelte zurück. Blut schoss aus seiner Nase und lief über seine aufgeplatzte Oberlippe.

»Ja, ja, – es waren – dreizehn«, stotterte er.

»Oder solltest du dich erdreistet haben, mir etwas vorzuflunkern?« Wieder schlug Maddox zu. Diesmal mit der geballten Rechten. Jess wurde von der Wucht des Hiebes durch die Luft geschleudert, überschlug sich und fiel vier Schritte von Maddox entfernt ins Gras.

»Gnade!«, wimmerte er, vor Schmerzen und Angst fast ohnmächtig.

»Für feige Lügner gibt es keine Gnade«, herrscht Maddox ihn an. »Egal, ob es drei oder dreizehn waren – du hast dein Leben so oder so verwirkt. Moris, das Schwert!«

Moris zückte das Schwert und reichte es Maddox.

Dieser ergriff es und schritt langsam auf Jess zu. Der wollte wegkriechen, doch er war vor Grauen wie gelähmt.

»Gnade!«

Doch Maddox gewährte ihm keine Gnade. Er tötete den Unglückseligen und wandte sich zu Padrick und Moris um.

»Genauso wird es Morgan ergehen. Hört zu, welchen neuen Plan ich habe!«

10. Kapitel

»Das Bier schmeckt vortrefflich«, sagte Johel de Vautort. Der berühmte Minnesänger nippte an dem Becher und leckte sich genießerisch über die Lippen. »Schenk allen ein, Wirt, auf dass ich mit meinen Freunden auf das Wiedersehen anstoßen kann.«

Der wohlgenährte Wirt der Schenke, dessen fetter Wanst verriet, dass er sich gern an Speis und Trank labte, rollte verzweifelt die Augen und rang die Hände.

»Das Bier ist alle. Damit kann ich Euch nicht mehr dienen. Ihr bekamt den letzten Tropfen!«

Das feiste Gesicht schwitzte, und die kleinen Augen blickten unstet hin und her, zu Morgan und seinen Gefährten, zu den vier anderen Gästen am Tisch in der Ecke, zu Johel, zur Tür und wieder zurück. Er war nervös und benahm sich nahezu, als sei es ein Verbrechen, kein Bier mehr anbieten zu können, und als fürchtete er eine Bestrafung von seinen Gästen.

Johel lächelte mit blitzenden Zähnen. »Dann bringt Wein.«

Der Wirt nickte ein paarmal und zog sich hastig zurück.

Johel wandte sich wieder Morgan zu. Der Minnesänger war soeben eingetroffen und Morgan hatte ihn schon leise über die Ereignisse der letzten Tage informiert.

In den vergangenen zwei Tagen waren Morgan und seine Männer nicht untätig gewesen. In weitem Umkreis hatten sie sich nach Maddox erkundigt. Viel war bei den Nachforschungen nicht herausgekommen. Niemand hatte Maddox je gesehen, niemand wusste, wo er zu finden war. Aber jeder wusste um den Schrecken, den er verbreitete, wenn auch nur vom Hörensagen.

Bei vielen Leuten waren Morgan und seine Gefährten auf verstocktes Schweigen gestoßen, bei fast allen auf Angst. Man fürchtete sich und wagte kaum, den Namen Maddox' laut auszusprechen. Man glaubte an Übersinnliches, an eine grausame Bestie, an eine Ausgeburt der Hölle, die alles sah und hörte und die sich rächen könnte, wenn man offen etwas über seine Gräueltaten erzählte.

Menschen waren verschwunden. Man munkelte, dass Maddox sie zu sich geholt hatte. Erst kürzlich war eine

Kutsche in der Nähe überfallen und der Kutscher ermordet worden. Ein Dichter war spurlos verschwunden. Spuren führten von der Kutsche fort in den Wald und endeten wie ein Spuk.

Auch Johel de Vautort hatte auf dem Weg zu seiner Verabredung mit Morgan in einem kleinen Dorf von Maddox gehört. In der Nacht waren dort wilde Reiter eingefallen, hatten getötet, geraubt, geschändet und gebrandschatzt. Und ihr Schlachtruf war *Maddox!* gewesen.

»Ein Ungeheuer, das sich menschlicher Verbrecher bedient«, griff Johel das Thema wieder auf, das sie in der Zeit seit seiner Ankunft beschäftigt hatte. Er kratzte sich am dunklen Lockenkopf und lächelte mit glänzenden Augen und blitzenden Zähnen. »Ein guter Stoff für eine Ballade.«

Morgan nickte. »So kann es sein, nach allem, was wir erfahren haben.« Nachdenklich drehte er seinen leeren Becher. »Aber so muss es nicht sein.«

»Ihr meint, es könnte doch nur abergläubisches Gewäsch sein und sich um eine einfache Räuberbande handeln?«, fragte Rhodri.

»Ja, möglich wäre es. Ich frage mich, was fängt ein Ungeheuer mit weltlichen Dingen an? Weshalb lässt es rauben, schänden und brandschatzen? Weshalb lässt es Evan in eine Falle locken, weshalb einen Dichter entführen?«

»Vielleicht will es sich was reimen lassen«, bemerkte Cynan verschmitzt.

Johel lachte. »Da muss ich aufpassen, dass es mich nicht auch holt, auf dass ich ihm etwas singe.« Der Gedanke erheiterte ihn. »Wäre keine schlechte Idee. Ich verfasse eine Ballade über diesen Unhold und...«

Er ließ den Rest unausgesprochen, denn der Wirt trat mit einem Krug Wein an den Tisch. Immer noch wirkte er beunruhigt, ja fast verzweifelt. Er stellte den Krug auf den Tisch, blickte schwitzend hin und her und entfernte sich eilig.

Rhodri ergriff den Krug und schenkte Wein in den Becher, aus dem er zuvor Bier getrunken hatte. Er nippte daran und verzog das Gesicht. »Kein Bier mehr und saurer Wein! Diesem Wirt sollte man die Ohren langziehen.«

Johel de Vautort hielt Morgan den mit Bier gefüllten Becher hin. »Wenn der Wein nichts taugt, so will ich mit dir das letzte Bier teilen.«

Morgan ergriff den Becher und trank einen kräftigen Schluck. Er sah Cynans gierigen Blick. Auch Cynan und Rhodri hätten wohl lieber Bier getrunken als sauren Wein. Morgan gab dem Minnesänger den Becher zurück und sagte: »Ich danke dir, mein Freund.«

Rhodri probierte noch einmal den Wein. »Das ist ja wirklich...«

Weiter kam er nicht mehr. Von einem Augenblick zum anderen verdrehte er die Augen und sank vornüber. Wie haltsuchend wischte seine Hand über die blank gescheuerte Tischplatte. Dabei fegte er den Weinkrug um, der auf dem Boden zerbrach.

Cynan sprang auf, als ihn der Wein bespritzte.

»Pass doch auf...«, rief er ärgerlich, doch dann erfasste er die Situation.

Und schon überstürzten sich die Ereignisse. Einer der vier Gäste am Tisch in der Ecke war aufgesprungen. Er warf sich kopfüber aus dem Fenster, das offenstand, denn es war ein schwüler Tag.

Morgan und Johel waren bereits auf den Beinen. Ein Stuhl fiel polternd um. Cynan ergriff sein Schwert, das er neben seinem Stuhl abgelegt hatte, um es am Tische gemütlicher zu haben.

»Gift!«, schrie er. »Verrat!«

Draußen gellte ein Ruf. »Nicht, sie haben nicht...«

Doch die Worte, offenbar als Warnung gedacht, kamen zu spät. Die Tür flog schon auf, und drei Männer, zwei mit Keulen bewaffnet, einer mit einem Schwert, stürmten in die Schenke.

Wilde Gestalten, die bestimmt nicht gekommen waren, um friedlich zu zechen.

Zwei weitere Kerle tauchten in der Tür auf, die zur Küche führte, in die sich der verängstigte Wirt zurückgezogen hatte. Einer der beiden, in Helm und Kettenhemd, war mit einem Schwert bewaffnet. Brandrotes Haar fiel ihm bis auf die Schultern. Das narbige Gesicht verzerrte sich, als er sah, dass nur einer aus Morgans Kreis kampfunfähig war.

Die drei noch verbliebenen fremden Gäste versuchten es dem Mann gleichzutun, der sich durch das Fenster in Sicherheit gebracht hatte, nachdem er am schnellsten begriffen hatte, dass der gemeine Plan nicht gelingen konnte. Sie ergriffen die Flucht. Jeder wollte als Erster aus dem Fenster, und so behinderten sie sich gegenseitig.

»Feiglinge!«, brüllte der Rothaarige mit dem Schwert. »Kämpft! Kämpft für Maddox!«

Nur zwei der Feiglinge besannen sich und vergaßen die Fluchtgedanken. Einer packte einen Stuhl, der andere bewaffnete sich mit einem Weinkrug.

Derweil stürzten die Kumpane schon auf Morgan, Johel und Cynan zu.

»Maddox!«, schallte es aus rauen Kehlen, und es war nicht ganz klar, ob sie mit diesem Schlachtruf Angst einjagen oder sich selbst ermutigen wollten. In Wahrheit war Letzteres der Fall. Denn sie hatten sich alles so einfach gedacht und waren von der Entwicklung der Dinge überrascht worden.

Sie hatten Morgan und seine Knappen aufgespürt. Den Wirt gezwungen, den Wein mit einem Betäubungspulver zu servieren, den sie vorsorglich aus dem Lager mitgenommen hatten. Dann hätten sie die drei Zecher nur noch einzusammeln brauchen. Doch dann war dieser verdammte Minnesänger aufgetaucht und hatte den Plan zunichtegemacht, indem er sein Bier mit Morgan geteilt hatte. Ein offener Kampf war nicht eingeplant gewesen.

Jetzt mussten sie kämpfen. Und wie!

Morgan schleuderte mit der angewinkelten Linken einen keulenschwingenden Angreifer zur Seite, wirbelte herum und stellte sich dem Rothaarigen, den er für den Anführer und den gefährlichsten hielt. Ungestüm ging Morgan in die Offensive. Wuchtige Hiebe trieben Maddox' Gesellen zurück.

Indessen focht Cynan mit dem zweiten Schwertträger. Johel schmetterte einem Angreifer einen Stuhl an den Kopf. Brüllend ging der Mann zu Boden.

Ein weiterer Gegner tauchte seitlich von Johel auf und holte mit der Keule zum Schlag aus. Johel sprang zur Seite, und die Keule streifte ihn nur an der linken Schulter. Gott sei Dank, denn der Hieb hätte ihm vermutlich den Schädel gespalten, wenn er getroffen hätte.

Johel prallte gegen den Tisch, verschob ihn, und Rhodri kippte mitsamt dem Stuhl um. Er merkte nichts von dem Kampfgetümmel ringsum.

Morgan drängte mit schwingendem und klirrendem Schwertschlag seinen Gegner zurück, bis dieser mit dem Rücken gegen die offenstehende Küchentür prallte. Sie knallte zu.

Seine Schwertspitze streifte das Kettenhemd des Gegners und bohrte sich in die Tür.

In den Augen des Gegners blitzte es triumphierend auf.

»Ich werde dich töten!«, brüllte er siegessicher. Er holte zum alles entscheidenden Stoß aus und sah sich schon als Bezwinger des berühmten Morgan. Maddox hatte zwar befohlen, Morgan und seine Knappen lebend zu bringen, doch in diesem Augenblick dachte der Anführer nicht daran. Er wollte den berühmten Ritter Morgan besiegen.

Doch er hatte nicht mit dessen Schnelligkeit gerechnet. Noch während Morgan sein Schwert aus der Tür riss, ließ er sich geistesgegenwärtig nach hinten fallen. Das Schwert seines Gegners stach über Morgans Kopf hinweg ins Leere. Dieser riss beide Beine hoch und rammte sie dem Angreifer gegen die Schienenbeine. Der Mann taumelte zurück und krachte gegen das Regal neben der Tür. Becher zerbrachen. Gluckernd lief Wein aus.

Morgan war bereits aufgesprungen. Doch einer aus Maddox' Horde griff ihn von hinten an. Es war der Kerl, der von Johel mit dem Stuhl niedergeschlagen worden war und seine Keule verloren hatte.

Ein Arm legte sich von hinten um Morgans Hals und schnürte ihm die Luft ab. Er hieb mit dem Schwert hinter sich und traf den Angreifer am Bein. Der Kerl sprang brüllend zur Seite, lockerte aber den Würgegriff nicht. Blitzschnell wechselte Morgan das Schwert in die Linke und hieb wiederum hinter sich. Doch diesmal war der Angreifer auf der Hut und schon zuvor nach rechts ausgewichen, wobei er sich mit Morgan gedreht hatte, sodass das Schwert nur die Luft zerschnitt. Geschickt drehte er sich jetzt mit Morgan, und sein Arm presste sich noch stärker um dessen Kehle.

Nun wollte Morgan sich weder im Griff eines Gegners im Kreise drehen, noch sich erwürgen lassen. Zudem rappelte sich gerade der Hüne auf und hob das Schwert, um von Neuem anzugreifen. Und Morgan bekam kaum noch Luft. Schleier wallten bereits vor seinen Augen.

So verzichtete er darauf, weiter mit dem Schwert hinter sich herumzustochern, und entschloss sich, den Angreifer auf andere Weise loszuwerden.

Urplötzlich ging er in die Hocke und schleuderte den überraschten Gegner über seinen Kopf hinweg. Der Griff des Kerls löste sich. Er stürzte zu Boden und wollte sich just in dem Moment aufrichten, als sein Anführer mit zum Stoß vorgerecktem Schwert über ihn hinweg auf Morgan zustürzen wollte. So starb der Unglückselige an dessen Klinge.

Aus den Augenwinkeln sah Morgan, wie Johel seinen Gegner mit dem Schwert besiegte, und wie Cynan einem Angreifer die Keule aus der Hand schmetterte und dem Kerl einen Tritt versetzte, sodass er gegen die Wand krachte, daran herabrutschte und sitzenblieb, als sei er von einem Augenblick zum anderen eingeschlafen.

Doch das nahm Morgan nur am Rande wahr. Er musste um sein Leben kämpfen, denn erneut – griff sein Gegner an. Morgan kreuzte mit ihm die Klinge. Der Große strauchelte, gerade als der Ritter zum Stoß ausholte, und so traf ihn Morgans Schwert tödlich. Mit einem Röcheln stürzte er rücklings zu Boden, das Schwert entglitt seiner kraftlosen Hand, und er blieb reglos liegen.

Heftig atmend ruckte Morgan herum. Ein Mann floh gerade durch das Fenster. Cynan, der gestürzt war, rappelte sich auf und nahm die Verfolgung auf.

Johel richtete sich über einem besiegten Gegner auf. Auch sein Schwert war blutig.

Morgan hörte draußen Hufschlag, der sich nach Norden entfernte. Gleich darauf fluchte Cynan. Offenbar war ihm der Fliehende entkommen.

Die Schenke bot einen schlimmen Anblick. Zwischen umgestürzten und zerschlagenen Stühlen, zwischen Bechern, Scherben und Weinlachen lagen reglose Gestalten.

Morgan eilte zu Rhodri. Der Knappe atmete, wurde aber nicht wach, als Morgan ihn rüttelte.

Johel schaute sich Maddox' Gesellen an. Einer der vier Männer regte sich gerade. Es war der Mann, dem Cynan die Keule aus der Hand geschlagen und gegen die Wand geschleudert hatte.

Blinzelnd öffnete er die Augen, tastete ächzend an seinen Kopf und schien nicht zu wissen, was geschehen war.

Johel tippte ihm mit dem Schwert gegen die Brust.

Die Augen des Kerls weiteten sich, und es sah aus, als wollte er durch die Wand kriechen.

Schließlich setzte wohl seine Erinnerung ein. Er begann zu zittern. Morgan schritt zu ihm. »Wie heißt du?«

»Harris.«

»Ich nehme an, Harris, du willst uns etwas erzählen«, sagte Morgan.

»Was hattet ihr vor?«, fuhr Johel den verschüchterten Mann an.

»Gnade, ich sage alles!« Abwehrend hielt Harris die Hände vors Gesicht. Und dann bekannte er alles.

Sie hatten den Befehl von Maddox, Morgan und seine Gefährten zu betäuben, gefangen zu nehmen und zum Lager zu bringen, genauer gesagt, in das Wäldchen vor dem Lager. Dort wären die Gefangenen von Maddox persönlich getötet worden. Er wollte das nicht im Lager besorgen, weil Riana es nicht sehen sollte. Maddox wollte sie ja bei der Hochzeitsfeier mit Morgans Leiche überraschen.

Immer wieder tauschten Morgan und Johel Blicke, während Harris alles preisgab, was er wusste. Morgan ließ Harris eine Weile plaudern, ohne ihn zu unterbrechen. Als der Redefluss versiegte, stellte er gezielte Fragen, und das Bild rundete sich ab. Harris war gut informiert. So erfuhren Morgan und Johel alles über Maddox, auch über seinen teuflischen Plan mit Evan. Und Harris beschrieb den Weg zu Maddox' Lager tief im Wald und gab weitere Einzelheiten preis.

Der Wirt tauchte auf. Er warf sich auf die Knie und beteuerte: »Sie haben mich gezwungen, glaubt mir! Sie haben gesagt, Maddox würde mich und mein Weib zu sich holen und wir müssten Höllenqualen erleiden.« Er bekreuzigte sich. »Er würde uns verzaubern und...«

»Maddox kann nicht zaubern«, unterbrach Morgan.

Ungläubig starrte der Wirt ihn an.

»Nicht?«

Der Ritter schüttelte den Kopf. »Er ist ein ganz gewöhnlicher Sterblicher. Ein Unhold aus Fleisch und Blut.«

»Aber...«

Um es dem einfachen Manne verständlicher zu machen, sagte Johel lächelnd: »Er furzt genauso wie du.«

»Wirklich?« Schlagartig verschwand der Ausdruck der Furcht aus den Augen des feisten Wirtes. Sein Blick glitt zu Harris. Er sprang auf und wollte sich auf den Mann stürzen.

»Und ihr Lumpenpack habt gesagt...«

Morgan packte das Handgelenk des Wirtes, der auf den angeschlagenen und vor Morgan und Johel zitternden Harris eindreschen wollte, und schob den zornbebenden Mann zurück.

»Hol lieber Wein!«, forderte er. »Und zwar richtigen.«

»Er hat bestimmt auch noch Bier«, warf Johel ein.

Jetzt fiel dem Wirt wieder ein, welch übles Spiel er getrieben hatte, wenn auch unter Zwang.

Er warf sich von Neuem auf die Knie. »Sie haben mich gezwungen und gesagt...«

»Das hast du schon erzählt«, unterbrach Morgan das Lamento. »Hol Bier!«

»Und zwar hurtig!«, fügte Johel mit gespielt finsterer Miene hinzu.

»Sofort, sofort.« Der Wirt rappelte sich schwerfällig auf und eilte in die Küche.

Morgan zog Johel zur Seite und beriet sich leise mit ihm, sodass Harris nicht zuhören konnte. Sie überlegten, wie es weitergehen sollte.

Evan musste so schnell wie möglich in Kenntnis gesetzt werden. Maddox würde erneut versuchen, ihn in seine

Gewalt zu bekommen. Den Namen des Verräters auf dessen Burg kannte Harris nicht, hatte nur gehört, dass der Unwürdige hohe Spielschulden und eine verbotene Liebschaft hatte, was Maddox sich zunutze gemacht hatte.

Das Lager besaß nur einen Zugang und war praktisch uneinnehmbar wie eine Festung, denn überall waren Wachen aufgestellt, auch auf den Anhöhen in der Umgebung.

»Ich könnte hin reiten«, schlug Johel vor, »mich als Sänger vorstellen und...«

»Zu gewagt«, sagte Morgan mit einem Kopfschütteln. »Maddox weiß über mich Bescheid und wird wissen, dass wir Freunde sind. Allein hättest du auch keine Chance gegen ein paar Dutzend Gegner. Wir müssen uns eine andere List einfallen lassen.«

Er hob lauschend den Kopf.

Hufschlag näherte sich von Norden.

Es war Cynan, der zurückkehrte. Kurz darauf eilte er in die Schenke.

»Morgan, ich...«, begann er, dann bemerkte er Harris und verstummte. Morgan ging Cynan entgegen und nahm ihn zur Seite. Johel gesellte sich zu ihnen.

»Du kommst schon wieder mit leeren Händen?«, fragte Morgan leise.

Cynan grinste verwegen. »Nicht ganz. Ich hätte den Kerl nur zu gerne lebend gefasst, aber das ging nicht. Ich verfolgte ihn, als er mir ein Schnippchen schlagen wollte und eine Abkürzung ritt. Er übersah dabei, dass die Abkürzung an einem steilen Abhang endete. Das Pferd war schlauer und bremste noch. Doch der Reiter flog kopfüber hinab. Doch bevor er starb, konnte er mir noch Interessantes erzählen.«

Er berichtete, was er gehört hatte und war enttäuscht, dass Morgan es im Großen und Ganzen schon von Harris erfahren hatte.

Harris glaubte sich unbeobachtet, denn Morgan, Cynan und Johel standen ein paar Schritte von ihm entfernt. So fasste er sich ein Herz, sprang auf, hetzte auf das Fenster zu und hechtete hinaus.

Cynan wollte sofort die Verfolgung aufnehmen. Morgan hielt ihn jedoch zurück. »Lass ihn.«

»Aber er wird Maddox informieren«, wandte Cynan ein.

»Es sind auch noch andere entkommen. Maddox wird also so oder so erfahren, dass sein Plan misslungen ist.«

»Wenn die Kerle sich zu ihm zurücktrauen«, warf Johel ein.

Morgan lächelte. »Wenn sie ein bisschen Verstand haben, werden sie sich nicht mehr bei ihm blicken lassen.«

Der Wirt brachte Bier und wollte in seiner Schenke aufräumen, doch Morgan schickte ihn los um den Schmied zu holen, der gleichzeitig Dienst als Totengräber versah, wenn es erforderlich wurde.

So konnte sich Morgan mit Johel und Cynan noch eine Weile ungestört beraten.

Als Johel noch einmal auf seinen Vorschlag zurückgriff, sich als Sänger, verkleidet und mit anderem Namen, in Maddox' Lager einzuschleichen, schlug sich Cynan mit der flachen Hand vor die Stirn.

»Das hatte ich ganz vergessen zu berichten«, sagte er und schaute Morgan entschuldigend an. »Maddox' Mann wollte vor dem Tod sein Gewissen erleichtern. So beichtete er mir alle seine Sünden, sogar zukünftige, zu denen er keine Gelegenheit mehr hat. Er sagte, Maddox hätte ihm und den anderen befohlen, als nächstes Gaukler und Musikanten zu entführen. Sie sollen zu seiner Hochzeitsfeier aufspielen. Aber zuvor sollen sie in sein Lager gebracht werden und eine Probe ihres Könnens ablegen.

Ein Trupp von fünf Reitern ist bereits auf dem Weg, um eine Gauklergruppe zu schnappen, die in Tresseny, dem nächsten Ort, erwartet wird. Die anderen wollten dort zu ihren Kumpanen stoßen.«

Morgan lächelte. »Das ist die Idee«, sagte er nachdenklich.

»Ihr wollt den Überfall verhindern?«, fragte Cynan.

Morgan nickte. »Und dann werden wir in die Rolle der Gaukler schlüpfen, Maddox' Wachen werden uns ins Lager lassen, und wir greifen uns Maddox.«

»Eine prächtige Idee«, meinte Cynan begeistert.

»Aber jemand muss auch Sir Evan warnen«, murmelte Johel, »und den Verräter entlarven.«

»Was hältst du davon, dieser Jemand zu sein?«, fragte Morgan.

»Ich möchte lieber Maddox die Flötentöne beibringen«, erwiderte Johel.

Doch Morgan bat den Freund, zur Burg zu reiten. »Evan wird mir kaum Glauben schenken, ja, vielleicht denken, das sei alles eine Erfindung von mir. Möglicherweise geht er in seinem Zorn gleich auf mich los, ohne mich überhaupt anzuhören.«

»Gut, ich reite.« Und scherzhaft fügte er hinzu: »Ich will mich vergewissern, ob Evan II. dir nicht doch ähnelt.«

Lachend schenkte Morgan Bier ein.

Rhodri schnarchte immer noch.

11. Kapitel

Die Dämmerung senkte sich bereits über Syrmore Castle, als Johel de Vautort am nächsten Tage dort eintraf.

Der listenreiche Johel gab sich bei den misstrauischen Wachtposten als Einur, einen Boten von Ritter Morgan aus, der eine Nachricht persönlich übermitteln wollte.

Niemand wusste, was der Burgherr inzwischen über Morgan dachte, und so wurde Johel freundlich eingelassen.

Evan empfing ihn jedoch mit grimmiger Miene. Schon als er nur den Namen Morgans gehört hatte, waren wieder all die Zweifel in ihm aufgestiegen, die ihn seit den Ereignissen in der Mühle geplagt hatten. Manch schlaflose Nacht hatte er seither verbracht, und er sah blass und unglücklich aus. In den letzten Tagen war Evan ein einsamer Mann gewesen. Er hatte sich keinem offenbart, hatte weder mit Siana gesprochen, noch Omer, seinem Vertrauten erzählt, was geschehen war.

Immer wieder hatte er an die Worte des schmierigen Wyan denken müssen und an die Bemerkungen der Räuber, die er noch vernommen hatte, bevor er ohnmächtig geworden war. Ritter Morgan hatte ihm sein Wort gegeben, und nur zu gern hätte Evan daran geglaubt. Doch sein Misstrauen war geblieben. Die Wahrsagerin, die er befragt hatte, hatte ihm prophezeit, dass über kurz oder lang eine wichtige Entscheidung in seinem Leben bevorstünde, durch die alle Zweifel beseitigt werden würden. Für Evan war klar, dass damit nur das Duell mit Morgan gemeint sein konnte.

Evan hielt das bevorstehende Duell für eine Art Gottesurteil. Entweder würde er, Evan, durch Morgans Schwert sterben, oder er würde Morgan besiegen.

Alles ist besser als diese quälende Ungewissheit, dachte Evan.

Er musterte Johel. »Man meldete mir, du hast eine Nachricht?«, fragte er.

Johel nickte leicht. Er blickte zu Omer, der mit ernster Miene bei der Tür stand, dann zu den beiden Wachtposten, die links und rechts neben der Tür Aufstellung genommen hatten.

»Ich soll sie Euch persönlich vortragen«, sagte Johel und zwinkerte Evan kaum merklich zu. »Unter vier Augen.«

Evan verstand. Er gab Omer einen Wink.

Der Berater verneigte sich und gab den Wink an die Wachtposten weiter. Alle drei verließen den Raum. Als die Tür geschlossen war, fragte Johel im Flüsterton: »Sind wir hier vor Lauschern sicher?«

Evan nickte. »Komm schon zur Sache«, sagte er ungeduldig.

Und Johel kam zur Sache. Es war eine lange Botschaft, – mehr ein Bericht über alles, was Morgan inzwischen herausgefunden hatte. Evans Mienenspiel wechselte von Überraschung zu Ungläubigkeit. Mal blickte er hoffnungsvoll, mal zweifelnd.

»Eine abenteuerliche Geschichte«, sagte er schließlich mit schwerer Stimme, als Johel geendet hatte. »Sollte ich Morgan bitter Unrecht getan haben? Sollte ich auf ein verruchtes Spiel hereingefallen sein?«

Johel nickte lächelnd. »Irgendjemand auf Burg Syrmore arbeitet mit Maddox Hand in Hand und hat ihn mit allen Informationen versorgt, die er brauchte, um seinen gemeinen Plan in Angriff zu nehmen und Morgan und Euch gegeneinander auszuspielen.«

Johel spürte, dass Sir Evan einen Kampf mit sich ausfocht. Der Ritter wollte nur zu gern glauben, dass alles stimmte, was er da erfahren hatte. Er wollte an die Treue seiner Frau glauben und die letzten Zweifel niederkämpfen.

»Und wenn Morgan die Geschichte nur erfunden hat, um mich zu täuschen?«, murmelte Evan.

»Traut Ihr ihm das zu?«, fragte Johel.

Evan blickte ihn lange nachdenklich an. Dann schüttelte er langsam den Kopf. »Nein. Aber ich hätte ihm auch nicht zugetraut, dass er...« Er ließ den Rest unausgesprochen und wich Johels Blick aus. »Ach, es ist alles so kompliziert.«

»Erlaubt mir, dass ich widerspreche«, sagte Johel. »Wenn es noch eines Beweises bedarf, so werde ich ihn erbringen.«

»Und wie?«, fragte Evan mit zweifelnder Miene, aber in hoffnungsvollem Tonfall.

»Der Verräter«, erklärte Johel. »Ist es Euch Beweis genug, wenn er entlarvt wird?«

Evan nickte.

»Ich habe einen Plan«, sagte Johel. »Doch es bedarf Eurer Mithilfe.«

»Ich werde alles tun...«, begann Evan.

»Gut«, fiel ihm Johel keck ins Wort. »Dann hört, wie ich mir die Sache vorstelle.«

12. Kapitel

Brian, der Minnesänger, der davon träumte, eines Tages so berühmt zu werden wie Johel de Vautort, griff einen letzten, schwingenden Akkord auf der Laute. Dann blickte der große, schlanke Mann Beifall heischend in die Runde der am Lagerfeuer versammelten. Shawn, der Gnom und Narr, der bei Hofe die Ritter und Damen mit Purzelbäumen und drolliger Akrobatik erfreute, war fast eingeschlafen, sehr zu Brians Missfallen.

Eys, der Mime und der Lyraspieler hatten dagegen Brians langer und schwermütiger Ballade vom Heldentod eines unglücklich verliebten Ritters zugehört.

»Nun, wie findet Ihr mein neuestes Werk?«, fragte Brian. »Werde ich damit Ehre einlegen?«

Der Narr kicherte jetzt. »Es ist die beste Ballade, die du je verfasst hast«, sagte er mit seiner schrillen Stimme und rückte seine Narrenkappe zurecht.

Brian lächelte geschmeichelt. Er war sehr eitel und begierig auf jedes Lob.

»Du müsstest nur den Text ändern und eine andere Melodie erfinden«, fuhr der Narr fort, und sein Gesicht mit den vielen Falten und Runzeln verzog sich zu schelmischem Grinsen.

Brian funkelte ihn zornig an. »Du bist ein Dummkopf, Shawn, der meine Kunst nicht zu würdigen weiß.«

»Ich bin kein Dummkopf, sondern Narr«, korrigierte Shawn kichernd. »Das ist ein großer Unterschied. Narr sein ist in den heutigen Zeiten schon eine Kunst für sich. Ich halte den Leuten mit meinen Possen einen Spiegel vor, und sie lachen, weil sie so dumm sind, sich nicht wiederzuerkennen.«

Der Mime gähnte. »Soll ich jetzt meine Rolle als Drachentöter vorspielen? Oder legen wir uns schlafen?«

Der Lyraspieler verzog das Gesicht. »Nichts gegen deine Pantomime. Aber es ist wirklich schon spät. Ich schlage vor, wir wickeln uns in unsere Decken. Wir können morgen noch einmal proben, bevor wir in diesem Städtchen auftreten.«

Brian schlug die Laute an. »Mir kommt da gerade eine Idee...«

»Er hat eine Idee!«, kicherte der Narr. »Oh Gott, da müssen wir noch weiter leiden.«

Beleidigt ließ Brian die Laute sinken. »Ich kann über dich nicht lachen, Shawn. Ich weiß gar nicht, weshalb ich dich nicht längst zum Teufel geschickt habe, statt mit dir Stänkerer durchs Land zu ziehen.«

»Ich bin eine Bereicherung deines Programms«, erwiderte Shawn schmunzelnd. »Und du kannst nicht über mich lachen, weil du ein ehrlicher und kluger Mann bist, der erkennt, dass ich die Wahrheit hinter Narretei verstecke.«

»Streitet euch nicht«, bat der Mime. »Gewiss hat Brian eine schöne Musik zur Untermalung meiner Pantomime.« Auffordernd blickte er den Sänger an.

»Ich habe eine hervorragende Melodie«, antwortete Brian. »Aber jetzt hat Shawn mir alle Lust verdorben, sie vorzutragen. Ich bin es leid, mir sein Gemecker anzuhören.«

»Prächtig«, sagte Shawn kichernd. »Dann stört ja nichts mehr unsere Nachtruhe.« Er erhob sich vom fast niedergebrannten Feuer und ging zu dem Ochsenkarren, der mit einer buntbemalten Plane bedeckt war.

Er kletterte auf den Wagen und legte sich zwischen die Requisiten und Kostüme. Jedes Mal, wenn sie statt in einer Herberge oder bei Hofe in freier Natur übernachten mussten, würfelten sie aus, wer auf dem Wagen nächtigen durfte, der so vollbepackt war, dass er nur einem Schläfer bequem Platz bot. An diesem Abend hatte Shawn mit einem Sechserpasch gewonnen. Die anderen legten sich ebenfalls hin und wickelten sich in die Decken, auf denen sie beim Feuer gesessen hatten.

Es war eine milde Sommernacht. Unzählige Sterne blinkten am wolkenlosen Himmel. Mücken tanzten unter den Buchen am Rande des Lagers.

Shawn streckte sich behaglich aus und lauschte noch eine Weile den Geräuschen der Natur.

Ein Eulenschrei klang vom nahen Wäldchen im Osten herüber.

Vogelgezwitscher antwortete im Westen.

Die Blätter der Bäume und Büsche ringsum raschelten leise unter dem Streicheln des Windes. Irgendwo knackten Zweige.

Wild, das durch den Wald streicht, dachte Shawn, bevor er einschlummerte.

Doch es war kein Wild.

Schatten huschten zwischen Büschen hervor und schlichen fast lautlos auf das Lager zu. Im Nu waren der Wagen sowie die Schläfer am nur noch schwach glimmenden Lagerfeuer umzingelt.

Und dann gab es ein schlimmes Erwachen für sie.

Denn schaurig schallte es aus rauen Kehlen: »Maddox! Maddox! Maddox!«

13. Kapitel

Johel riss die Tür auf.

»Haltet ihn!«, gellte hinter ihm Sir Evans Stimme. Dann ging der Ruf in ein schreckliches Röcheln über.

Johel hetzte über den Gang. Sein Schatten geisterte an den Wänden entlang, an denen Fackeln in eisernen Haltern flackerten. Dumpf pochten seine Schritte über die steinernen Fliesen und hallten von den Wänden wider.

Eine Tür flog auf.

Omer stürmte aus einer Kammer. Am Ende des Gangs ertönten aufgeregte Rufe. Gleich darauf tauchten die beiden Wachtposten auf. Seit der Geburt von Evans Sohn hielten immer zwei Männer vor dem Kinderzimmer Wache. Sie hatten den Schrei ihres Herrn gehört und eilten herbei.

Da war Johel schon heran. Er rannte sie förmlich über den Haufen, stieß sie mit angewinkelten Ellenbogen um und jagte weiter. Bevor sich die beiden Überraschten aufrappeln konnten, war Johel um die Biegung verschwunden. Sie hörten ihn davonlaufen.

Einer fluchte. »Hinterher!«, rief der andere und rannte los.

Doch als er um die Ecke bog, waren die Schritte verstummt und nichts und niemand war zu sehen.

Der Wachtposten verharrte und blinzelte.

Dann hörte er wiederum Evans Schreie, und er erkannte, dass er nicht geträumt hatte.

Aber was war geschehen?

Omer stellte derweil Sir Evan besorgt die gleiche Frage.

Evan hielt sich den Kopf und atmete schwer.

»Verrat!«, keuchte er.

Omer wurde blass.

»Es war kein Bote von Morgan«, sagte Evan mit knirschender Stimme. »Es war ein Schurke, den Maddox geschickt hat.«

»Maddox?«, Omer erschrak.

»Ja. Sagt dir der Name etwas?«

»Nichts Genaues.« Omer schüttelte heftig den Kopf. »Aber man hört so einiges.«

»Ich durchschaute ihn jedoch«, fuhr Evan fort. »Doch bevor ich ihn zu packen bekam, ergriff er die Flucht. Schnell, schnell! Trommelt alle zusammen! Er muss gefasst werden! Und zwar lebend. Damit er mir alles über Maddox' teuflischen Plan gesteht.«

»Ja, ja.« Omer wirkte in diesem Augenblick ziemlich verwirrt. Der Ratgeber schien ratlos zu sein. Er lief aus dem Raum. Seine Stimme hallte über den Gang. Schritte und aufgeregte Rufe waren zu vernehmen. Waffen klirrten. Omer gab herbeigeeilten Männern Anweisung, jeden Winkel der Burg zu durchsuchen und die Wachen am Tor und auf den Türmen zu verstärken.

Bald darauf schleppten sie Johel als Gefangenen zu Evan. Er hatte es ihnen leicht gemacht. Er war just in dem Augenblick aus der Kammer getreten, in der er zuvor Zuflucht gesucht hatte, als draußen auf dem Gang vier Männer vorbeigeeilt waren. Kampflos hatte er sich überwältigen lassen.

»Auf die Knie mit dir!«, befahl Evan und hob drohend das Schwert.

Johel gehorchte.

Evan starrte mit seiner finstersten Miene auf ihn hinab.

»Du wirst sterben!«, sagte Evan mit bebender Stimme. »Doch zuvor wirst du mir alles erzählen, was du über Maddox weißt.«

Die Umstehenden blickten erschrocken. Auch Siana, die aus ihrer Kammer geeilt war.

»Maddox?«, murmelte einer und bekreuzigte sich.

»Ich weiß nichts!«, rief Johel.

»Dir wird schon was einfallen, wenn Hunger und Durst in deinen Eingeweiden wüten. Für einen Schluck Wasser und einen Krümel Brot wirst du alles ausplaudern, was ich wissen will. Ich kann warten.« Er trat einen Schritt zurück. »Durchsucht seine Taschen. Vielleicht hat er ein Messer versteckt.«

Sie fanden natürlich kein Messer. Stattdessen entdeckten sie ein Papier.

Mit lauter Stimme las Evan vor: »Töte Ritter Evan. Noch in dieser Nacht. Oder dein Spiel ist aus!«

Siana, in einem langen schwarzen Gewand, presste eine Hand vor den Mund.

»Ich sollte es nicht tun!«, stammelte Johel. »Ich sollte nur die Botschaft...«

»Es ist dir nicht gelungen, du Lump!«, unterbrach Evan ihn zornig. »Versuche nicht, zu leugnen. Werft ihn in den Kerker!«

»Wir könnten ihn auch gleich foltern«, murmelte einer der Umstehenden. »Auf der Streckbank wird er schon...«

»Hast du nicht gehört, was dir befohlen wurde?«, wies Omer den Mann mit harter Stimme zurecht.

Sie brachten Johel in das dunkle Verlies. Die eiserne Tür fiel hinter ihm zu, ein Schlüssel drehte sich knirschend im Schloss.

»Viel Vergnügen mit den Ratten!«, rief einer der Männer, die Johel eingesperrt hatten. Raues Lachen verhallte. Schritte entfernten sich. Johel war allein in der tiefen Finsternis. Etwas huschte raschelnd über den feuchten, rissigen Felsboden. Es roch nach Moder und Fäulnis. Johel seufzte. Hoffentlich brauchte er nicht so lange zu warten, bis der Verräter in die Falle tappte...

14. Kapitel

Brian und die Gaukler schreckten aus dem Schlaf.

Fünf drohende Schatten näherten sich im Kreis.

Eine Schwertklinge schimmerte im Mondschein.

»Wer seid Ihr?«, rief Brian und hob die Hände. »Wir sind fahrendes Volk, das für Speis, Trank und ein paar Silberlinge den Herren Kurzweil bietet. Wir besitzen nichts, was euch....«

»Halt's Maul«, unterbrach ihn der Anführer der fünf Kerle. Er war mit einem Schwert bewaffnet, während die anderen Keulen trugen. »Wir wissen, dass ihr arme Schlucker seid, bei denen nicht viel zu holen ist. Und wir wissen auch, dass ihr feige Memmen seid und wir nicht zu kämpfen brauchen. Ihr werdet jetzt auf den Karren klettern, und dann begleiten wir euch zu unserem Herrn. Hoffentlich wisst Ihr die Ehre zu schätzen, vor Maddox euren Blödsinn darzubieten.«

Er lachte, und die anderen fielen ein.

Brian, der sich als Meister der kleinen Truppe fühlte, ergab sich als Erster in das Unvermeidliche, schritt zum Wagen und kletterte hinauf.

»Ich habe ein Messer!«, flüsterte Shawn, der Narr, ihm aus dem Schatten unter der Wagenplane zu.

»Sei nicht dumm«, wisperte Brian. »Wir können nichts unternehmen. Es sind wilde Kerle, und wir hätten keine Chance.«

»Hast du bisher an das Gerede über diesen Maddox geglaubt?«, fragte Shawn leise.

»Nein«, erwiderte Brian ebenso leise. »Aber es muss ihn geben. Und er scheint mir ein Kunstliebhaber zu sein.«

Shawn kicherte.

»Euch wird das Lachen noch vergehen«, rief einer von Maddox' Gesellen. »Ihr werdet nämlich um euer Leben spielen müssen. Los, los!« Er trieb den Gnom mit seiner Keule vor sich her.

»Ihr seid wohl närrisch!«, rief der Zwerg. »Wir werden für euren verdammten Oberschurken überhaupt nichts darbieten, wenn ihr uns nicht anständig behandelt!«

»Hört, hört!«, erwiderte der Anführer spöttisch. »Der Winzling hat fast so 'ne große Klappe wie Moris.« Lachend packte er den Gnom am Kragen und hob ihn mühelos hoch, um ihn dann von sich zu schleudern.

Der Zwerg überschlug sich in der Luft, rollte sich mit akrobatischem Geschick ab und verlängerte die Rolle mit Purzelbäumen bis zum Wagen.

»Eh, der Kleine gefällt mir«, rief einer lachend. »So eine Nummer hab' ich noch nie gesehen.«

Brian streckte dem Gnom die Hand hin und zog ihn auf den Wagen hinauf.

»Los, schirrt die Ochsen ein«, befahl der Anführer. »Und holt unsere Pferde. Wir wollen so schnell wie...«

Er verstummte abrupt, und sein Blick irrte in die Runde. Denn urplötzlich preschten Reiter heran. Niemand hatte zuvor Hufschlag gehört, und die Reiter schienen wie aus dem Nichts zu kommen.

Es waren Morgan und seine Begleiter.

Sie hatten vom Wäldchen aus das Lager der Gaukler beobachtet, als Maddox' Gesellen sich angeschlichen hatten. Eilig hatten Morgan und die Gewappneten die Hufe ihrer Pferde mit Lappen umwickelt, und die Tiere bis zwischen die Büsche am Rande des Lagers geführt, um sich nicht durch Hufschlag zu verraten. Jetzt fuhren sie wie Geisterreiter zwischen Maddox' überraschte Gesellen.

Der Mann, der auf dem Weg zu den Ochsen war, die am Ufer des kleinen Baches angebunden waren, riss seine Keule hoch. Doch schon rammte ihn Morgans Pferd und warf ihn zu Boden.

Morgan schwang sein Schwert und galoppierte auf den Anführer zu, während Cynan und Rhodri von zwei anderen Seiten heranjagten.

Der Anführer stieß einen wilden Schrei aus und hielt sein Schwert zum Stoß vorgereckt, dem heranfliegenden Reiter entgegen, um das Pferd zu treffen und sich zur Seite zu schnellen.

Doch Morgan erkannte die Absicht des Gegners rechtzeitig genug und parierte scharf sein Pferd, sodass der Stoß ins Leere ging.

Im nächsten Augenblick warf er sich schon aus dem Sattel. Gewandt rollte er sich ab und war auf den Beinen, als der Anführer mit erhobenem Schwert heranstürmte.

Morgan fing den Hieb mit dem Schwert ab. Hell klangen die Klingen. Morgan konterte. Er trieb Maddox' Gesellen quer durch das erloschene Lagerfeuer. Asche wirbelte auf. Ein wuchtig geführter Schlag ließ den Anführer straucheln. Morgan sprang auf ihn zu und duckte sich geistesgegenwärtig. Das Schwert des Gegners wischte über ihn hinweg. Bevor der Feind von Neuem ausholen konnte, traf ihn Morgans Schwert. Röchelnd sank der Anführer ins Gras.

Morgan wirbelte herum, als er eine Bewegung hinter sich wahrnahm. Doch es war Rhodri, der gerade einen Keulenschwinger bezwang.

Da ertönte vom Wagen her ein wilder Schrei: »Hört auf, oder die Gaukler sterben! Werft die Waffen weg und ergebt euch!«

Morgan erschrak.

Einer von Maddox' Gesellen war zum Wagen gehetzt. Drohend hielt er einen Dolch in der vorgereckten Faust.

Cynan fluchte. Rhodri zügelte sein Pferd.

Zwei von Maddox' Männern ergriffen die Flucht.

»Bleibt hier, wir haben sie doch...«, rief der Mann mit dem Dolch.

Dann stieß er einen gurgelnden Laut aus und sank hintenüber.

Shawn hatte ihm aus dem Dunkel des Wagens heraus sein Messer ins Herz gestoßen.

Morgans Erstarrung löste sich. »Ihnen nach!«, rief er Cynan und Rhodri zu, die bereits ihre Pferde antrieben. »Sie dürfen nicht entkommen, denn sie könnten Maddox warnen.«

Er lief zum Wagen. Brian sprang gerade herunter. Die anderen folgten ihm.

»Wie kommt Ihr hierher?«, fragte Brian.

»Mit dem Pferd«, erwiderte Morgan trocken.

Der Narr kicherte. »Euch hat uns der Himmel geschickt. Die Kerle wollten uns entführen.«

Morgan nickte. »Ich weiß. Wir kamen zu spät, um euch zu warnen und euch zu raten, nur ja keinen Widerstand zu leisten. Gut, dass ihr vernünftig ward. Weniger vernünftig dünkt mir, dass ihr keine Wache hieltet. Man hätte euch im Schlaf bestehlen können. Reist ihr immer so sorglos durch die Lande?«

»Bei uns ist nicht viel zu holen«, sagte Brian mit einem Schulterzucken. »Was nützen schon Wachen, wenn wir doch nicht die Absicht haben zu kämpfen? Wir sind mal von Wegelagerern überfallen worden. Sie haben uns nichts abgenommen, als wir ihnen etwas vorspielten. Wir sind eben nicht zum Kampf geboren, sondern für die Kunst. Doch sagt, wer seid Ihr?«

Morgan sagte es ihnen.

»Der berühmte Ritter Morgan, über den ich eine Ballade verfasste?«, rief Brian erfreut. »Soll ich sie Euch vortragen?«

Morgan schüttelte den Kopf. »Jetzt nicht. Wir warten nur, bis meine Begleiter zurückkehren. Dann unternehmen wir gemeinsam eine kleine Reise – das heißt, wenn ihr uns diesen Wunsch erfüllt.«

»Ihr habt uns gerettet«, sagte Brian. »Wir sind nicht undankbar. Natürlich erfüllen wir Euren Wunsch. Wir werden zwar morgen in Tresseny erwartet, aber dort kann man ruhig noch etwas länger warten. Umso gespannter ist dann das Publikum und umso größer der Applaus.«

»Wohin soll's denn gehen?«, fragte der Narr und kratzte sich an der Kappe.

»Zu Maddox«, antwortete Morgan.

Die Augen der Gaukler wurden groß. Der Gnom starrte mit offenem Mund zu Morgan hoch.

Er erklärte seinen Plan, ohne zu sehr ins Detail zu gehen.

»Heißa, das wird ein Spaß«, freute sich der Narr.

Der Zwerg schlug einen Purzelbaum. Auch Brian und die anderen waren begeistert. An die Gefahr dachte offenbar niemand.

Morgan erklärte ihnen, auf welches Wagnis sie sich da einlassen wollten und schlug vor, dass die Gaukler ihm und den Gefährten nur den Wagen, Kostüme und Instrumente ausliehen, selbst aber nicht an dem Unternehmen teilnahmen.

»Das geht nicht«, sagte Brian. »Wir sind zu bekannt. Und jeder weiß, dass Shawn«, er wies auf den Zwerg hinab, »immer bei mir ist. Und als den könnt Ihr Euch nicht verkleiden.«

»Ich bin eben einmalig«, rief der Kleine und legte einen Salto hin, dass Morgan staunen musste.

»Außerdem sind wir nicht feige«, fügte er hinzu. »Und solch eine Posse würde mich königlich amüsieren.«

»Ja, nehmt unsere Hilfe an«, drängte Brian. »Wir werden Maddox aufspielen, und er wird von unserem Können begeistert sein, uns mit Freude aufnehmen und uns kein Härchen krümmen. Dann könnt Ihr in Ruhe alles auskundschaften. Hei, welch amüsantes Spiel, wenn ich Maddox die Ballade vom Ritter Morgan vorspiele, während Ihr verkleidet dabei seid und ihn Euch anschließend schnappt.«

Morgan lächelte. Brian und die anderen kannten ja nicht alle Zusammenhänge.

»Besser singt ihr nichts von mir«, entgegnete er. »Es würde ihn nur unnötig reizen. Er kann mich nämlich genau so wenig leiden wie ich ihn.«

15. Kapitel

Es mochte gegen Mitternacht sein, als Johel das Klopfen an der Kerkertür hörte. Er war eingenickt und schreckte auf. Eilig erhob er sich und schlich zur Tür.

Wer mochte der Besucher sein? Die schwere Tür wurde nur einen kleinen Spalt geöffnet.

»Du bist von Maddox geschickt?«, fragte eine Männerstimme gedämpft.

»Waren meine Worte nicht deutlich genug?«, antwortete Johel.

»Ich wollte nur ganz sicher gehen«, klang es leise aus der Dunkelheit. »Denn bisher hat Maddox dich noch nie geschickt. Du hast dich zu spät zu erkennen gegeben. Wie kamst du nur auf die Idee, dich als Bote Morgans auszugeben? Du hättest doch am Tor nach mir verlangen können, anstatt dieses gewagte Spiel zu treiben! Und dann hast du auch noch irgendeinen Fehler begangen, sodass Evan dich durchschaute!«

Der Tonfall war ärgerlich und verriet zugleich Misstrauen. Deshalb war der Verräter also gekommen! Er fand das Verhalten von *Maddox' Mann* sonderbar. Maddox kannte ja den Verräter. Folglich musste der sich über die Umständlichkeit des Boten wundern.

Aber es war Johel nichts anderes übriggeblieben.

»Es war Maddox' Befehl«, sagte Johel in ruhigem, selbstsicherem Tonfall. »Ich sollte mich als Bote Morgans ausgeben, um mir erst einmal Zutritt in die Burg zu verschaffen. Dann sollte ich dir in günstiger Situation die Botschaft zustecken.«

»Seltsam«, murmelte der Verräter. »Weiß Maddox denn nicht, dass zwischen Evan und Morgan Todfeindschaft herrscht, nachdem Evan in der Mühle laut Plan erfahren hat, dass angeblich Morgan der Vater seines Sohnes ist?«

Johels Gedanken jagten sich. Der Verräter war gerissener als Evan und er angenommen hatten.

»Nein, Maddox weiß nichts davon«, sagte Johel gespielt überrascht. »Ich hatte auch keine Ahnung. Keiner ist von der Mühle zurückgekehrt, um Maddox zu berichten, was wirklich dort vorgefallen ist. Sag, woher weißt du es?«

»Ich habe mich beim Müller erkundigt«, erwiderte der Verräter. »Ganz harmlos, versteht sich, sodass er keinen Verdacht schöpfte. Der Müller war recht gesprächig. Er hat gehört, dass Evan und Morgan in Feindschaft schieden und sich duellieren wollen...«

»Deshalb hat mich Evan gleich durchschaut, als ich ihm Grüße und ein paar Belanglosigkeiten von Morgan ausrichtete«, murmelte Johel und schlug sich gegen die Stirn.

»Ja«, bestätigte der Verräter, »jetzt verstehe ich das auch.« Sein Misstrauen war anscheinend verschwunden. Er legte eine Pause ein und fragte dann: »Wie lautet Maddox' Befehl genau?«

»Evan muss sterben. Noch heute Nacht. Maddox hat entschieden, dass Evan den Giftbecher bekommen soll.«

»Aber...« Er klang betroffen.

»Kein Aber«, beharrte Johel in verschwörerischem Tonfall. »Du weißt, dass dir keine Wahl bleibt. Also spute dich, sonst könnte Evan auf die Idee kommen, auf deine Dienste zu verzichten. Oder er gibt ihm den Tipp, dass du der wahre Vater bist.«

»Ja, er hat mich in der Hand«, murmelte der Verräter. »Manchmal verfluche ich den Tag, an dem Maddox' Spitzel alles über meine Spielschulden und die Affäre mit Siana herausfanden. Nun, er zahlt nicht schlecht für meine Informationen, also will ich mich nicht beklagen. Aber ich verstehe nicht, weshalb ich Evan jetzt töten soll. Das hätte ich doch schon längst erledigen können. Maddox hatte jedoch andere Pläne. Weshalb dieser plötzliche Gesinnungswandel?«

Johel spürte, dass der Verräter erneut misstrauisch geworden war. Jetzt durfte er kein falsches Wort sagen! Jede Einzelheit hatte er mit Morgan besprochen, sich Punkt für Punkt eingeprägt, was Maddox' Räuber gestanden und was Morgan noch zusätzlich erzählt hatte. Doch jetzt musste er improvisieren.

»Maddox hat eine andere List ersonnen, nachdem Evans Entführung nicht klappte«, sagte er, während er sich flugs eine Geschichte ausdachte. »Er will nach Evans Tod mit seinen Männern hierherkommen. In kleinen Gruppen und einzeln werden sie sich einschleichen und sich als trauernde Bekannte und Verwandte ausgeben. Dann will Maddox die Burg von innen heraus einnehmen. Das hält er für besser als einen weiteren Entführungsversuch. Evan ist gewarnt und wird nicht mehr allein in eine Falle reiten. Und für einen offenen Angriff fehlt es Maddox an Ausrüstung und Leuten. Deshalb die neue List.«

»Nicht schlecht«, murmelte der Verräter. »Ja, das lässt sich arrangieren. Ich selbst werde Maddox zu gegebener Zeit das Tor öffnen lassen, denn Siana wird mir nach Evans Tod alle Verantwortung übertragen, sodass ich schalten und walten kann, wie ich will.«

»Weiß sie eigentlich, dass du für Maddox...?« Johel bereute seine Worte, schon bevor er sie ganz ausgesprochen hatte. Wenn Maddox und seine Horde über diesen Punkt im Bilde sein mussten, dann konnte die Frage das Misstrauen des Verräters wecken.

Doch das Gegenteil war der Fall. Der Mann lachte leise.

»Sie hat keine Ahnung, dass ich für Maddox arbeite. Wenn sie es erfährt, ist es wohl mit ihrer Liebe aus. Damit ist es ohnehin vorbei. Sie bereut es, dass sie damals schwach wurde und sich meinem Werben ergab, weil Evan sie wochenlang vernachlässigte. Ja, sie wird mich verabscheuen und hassen, wenn sie die Wahrheit erfährt. Aber das ist mir dann egal. Wenn wir die Burg übernommen haben, kann ich mir andere, gefälligere Frauen halten.«

Verkommener Lump, dachte Johel, aber er lachte wie zustimmend. Einen Augenblick lang war er versucht, dem Kerl die Tür an den Schädel zu rammen und ihn zu überwältigen. Doch zweierlei sprach dagegen: Er war waffenlos, und der andere mochte bewaffnet sein. Auf den Schutz, den Evan ihm zugesagt hatte, mochte sich Johel nicht verlassen. Und selbst, wenn es ihm gelang, den Verräter zu überrumpeln, konnte der immer noch alles ableugnen und als Hirngespinst des Gefangenen abtun. Nein, es war besser, den mit Evan besprochenen Plan einzuhalten.

Evan war kein dummer Junge. Er würde auf der Hut sein. Auch der Giftbecher war einkalkuliert worden, genauso wie ein Meuchelmord. Evan würde die ganze Nacht über wachen, sich in seiner Schlafkammer aufhalten und auf den Verräter warten.

»Also, dann sei es«, sprach der Verräter leise.

»Willst du mich nicht rauslassen?«, fragte Johel erstaunt. »Hier ist es nicht gerade bequem.«

»Ein, zwei Stunden wirst du es noch aushalten«, antwortete der Verräter. »Ich habe zwar dafür gesorgt, dass es hier keine Wachen gibt, aber man könnte mich doch durch Zufall auf dem Weg hierher gesehen haben. In der allgemeinen Aufregung nach Evans Tod werde ich dich freilassen, und du kannst verschwinden und Maddox melden, dass alles erledigt ist.«

Er stieß die Tür zu und drehte den Schlüssel herum.

Seine Schritte entfernten sich.

Johel setzte sich wieder. Er ließ sich noch einmal alles durch den Kopf gehen. Doch es waren noch keine zwei Minuten vergangen, als sich der Schlüssel wiederum im Schloss drehte, die Tür aufgezogen wurde und eine Stimme flüsterte:

»Ihr könnt herauskommen. Er ist weg.«

Johel erhob sich ohne Hast. Es musste der Mann sein, den Evan ihm zum Schutz geschickt hatte, denn es war immerhin möglich, dass der Verräter auf die Idee kam, den Gefangenen für immer zum Schweigen zu bringen, aus Furcht, er könnte sein Wissen ausplaudern.

Es war ein junger Pferdeknecht. Evan hatte ihn als Findelkind aufgenommen und hielt ihn für absolut treu und vertrauenswürdig. Er hatte ihn in groben Zügen eingeweiht und ihm den Auftrag gegeben, den Kerker aus einer dunklen Nische heraus zu beobachten und einzugreifen, sollte dem Gefangenen Gefahr drohen.

»Ich habe fast alles belauscht und kann es bezeugen«, sagte der Bursche und schob seinen Dolch unter sein Gewand. »Im Dunkeln konnte ich nicht sehen, wer es war, aber ich glaube die Stimme wiedererkannt zu haben. Ganz sicher bin ich mir allerdings nicht.«

»Wir werden es bald genau wissen«, sagte Johel.

16. Kapitel

Cynan zügelte sein Pferd und saß ab.

»Wo ist Ritter Morgan?«

»Hier«, erwiderte dieser.

Cynan blickte verblüfft. »Im Dunkeln hätte ich Euch glatt für einen Gaukler gehalten.«

Morgan lachte. »Die Verkleidung erfüllt also ihren Zweck. Habt ihr die beiden erwischt?«

»Einer ist entkommen. Der andere ist tot.«

»Er ließ mir keine Wahl«, rief Rhodri, der sich ebenfalls von seinem Pferd schwang. »Der hinterlistige Kerl ergab sich nur zum Schein und griff mich dann mit einem Messer an. Aber ich war schneller.«

»Wir haben ihre Pferde mitgebracht«, informierte Cynan die anderen. »Der Entkommene wird Maddox nicht rechtzeitig informieren können. Zu Fuß braucht er mehr als zwei Tage bis zum Lager, wenn er überhaupt Lust zu einem so langen Spaziergang hat. Sind die Gaukler mit Eurem Plan einverstanden?«

Morgan nickte. Dann stellte er die beiden Brian und seiner Truppe vor, und sie besprachen noch einmal ihren Plan.

Sie ahnten nicht, dass sie belauscht wurden.

Der Entkommene hatte sich zwischen Büschen versteckt. Die Dunkelheit war dabei sein Verbündeter gewesen. Cynan war nahe an ihm vorbeigeritten, hatte ihn jedoch nicht entdeckt.

Maddox' Geselle war bis an den Rand des Lagers gekrochen, weil er angenommen hatte, man würde in weitem Umkreis nach ihm suchen und nicht so nahe beim Wagen.

Jetzt lauschte er gebannt. Welch raffinierter Plan von Ritter Morgan! Ohne Zweifel würde er in der Rolle des Gauklers in den Wald mit dem Lager Zugang erhalten. Niemand würde Verdacht schöpfen, denn Brian und seine Gaukler wurden ja erwartet. Maddox wusste nicht mal, wie viele Begleiter Brian hatte.

»Wir werden erzählen, dass Maddox' Leute uns den Weg erklärt hätten«, gab Morgan gerade zu verstehen.

»Aber wie erklären wir das Fehlen der fünf Kerle?«, fragte einer der anderen.

»Wir sagen, sie seien hinter einem gewissen Morgan her«, entgegnete der Ritter. »Irgendeine glaubwürdige Geschichte wird uns auf dem Weg schon einfallen.«

Maddox' Gefolgsmann wischte sich die schweißnassen Hände an den Beinlingen ab.

Teufel, dachte er, *das wird Maddox' Ende sein. Dann muss ich mir einen neuen Herrn suchen. Oder? Man müsste Maddox warnen. Er kann manchmal sehr großzügig sein. Ja, er würde mir viele Silberlinge schenken, wenn ich ihm von Ritter Morgans Plan erzählte.*

Oh, er würde zufrieden mit mir sein. Vielleicht würde er mich sogar wie Padrick und Moris zu seinem Berater ernennen...

Einen Augenblick lang sah er die Zukunft in rosigen Farben. Er dachte nicht daran, dass er und seine Kumpane versagt hatten, was ihn unter Umständen das Leben kosten könnte wie Jess. Er malte sich aus, wie dankbar Maddox sein würde, dachte an einen Aufstieg in dessen Horde und an viele, viele Silberlinge.

Ja, er musste Maddox warnen. Aber wie konnte das gelingen?

Sein Blick glitt zu den Pferden, die beim Bach standen und grasten.

Er überlegte nicht lange, sondern zog sich lautlos zurück. Erst im tiefen Schatten der Bäume wagte er es, sich aufzurichten. Auf Zehenspitzen, sorgsam jede Deckung nutzend, schlich er zum Bach.

Eines der Tiere schnaubte und witterte mit gespitzten Ohren zu ihm hin. Er verharrte und blickte besorgt zum Lager. Niemand schaute herüber.

Er schlich weiter.

Nur noch ein Dutzend Schritte.

Ich schaffe es, dachte er und warf noch einen sichernden Blick zu den Gestalten beim Lagerplatz, die im Mondlicht nur als Silhouetten zu erkennen waren. Dann erschrak er. Ein Mann löste sich von der Gruppe und schritt heran. Was tun?

Im ersten Moment war er versucht, alles auf eine Karte zu setzen und zu den Pferden zu hetzen. Doch dann zögerte er. Der Mann, der sich näherte, den Blick zu den Tieren gerichtet, konnte ihn gar nicht übersehen. Er würde sofort Alarm schlagen und dann war alles vorbei. Und mit jedem Atemzug des Zögerns wuchs die Gefahr. Denn jetzt war der Mann, der Kleidung nach einer der Gaukler, schon bis auf zwei Dutzend Schritte heran.

Der Mann begann zu schwitzen. *Ruhig Blut bewahren*, dachte er. *Abwarten, bis er wieder verschwindet.*

Doch wenn er die Pferde holen will?

Dieser Gedanke gefiel ihm gar nicht. Unbehagen erfasste ihn. Fast unbewusst tastete seine Rechte zum Messer, das er in einer Lederscheide am Gürtel trug. Und ohne lange Überlegung zog er das Messer. Sofort fühlte er sich sicherer.

Der Gaukler hielt direkt auf ihn zu. Er musste an dem Busch vorbei, hinter dem er kauerte.

Noch vier Schritte.

Wenn es ihm gelang, den Gaukler lautlos auszuschalten...

Seine Muskeln spannten sich. Er verlagerte sein Gewicht. Ein trockener Ast knackte unter seinem Stiefel.

Der Gaukler, es war Brian, hatte das leise Knacken gar nicht vernommen. Er war in Gedanken und wollte zum Bach, um mit klarem, kühlem Wasser seinen Durst zu stillen.

Doch für den Verbrecher klang das leise Knacken wie ein Donnerschlag. Er verlor die Nerven, glaubte sich schon entdeckt.

So sprang er mit erhobenem Messer auf und stach zu.

Brian wurde starr vor Schreck, als ein Schatten vor ihm auftauchte, wie aus dem Boden gewachsen. Dann traf ihn schon das Messer.

Er taumelte zurück und schrie gellend seinen Schmerz hinaus.

Alles drehte sich vor seinen Augen, doch er blieb auf den Beinen. Unbewusst krallte sich seine Rechte um den Messergriff, als könnte er so die Ursache des Schmerzes beseitigen.

Verschwommen nahm er einen Schatten vor sich wahr. Der Angreifer war auf der Flucht, wollte zu den Pferden, doch das erkannte Brian nicht. Er glaubte an einen erneuten Angriff, und in seiner panischen Angst handelte er, ohne zu denken. Er riss sich das Messer aus der Brust und schleuderte es gegen den Schatten.

Er glaubte noch, den Schatten fallen zu sehen, dann stürzte er selbst vornüber, und es wurde stockdunkel um ihn.

Als er wieder zu sich kam und sein Blick klarer wurde, erkannte er Morgan, der sich gerade über ihn beugte.

»Was – ist geschehen?«, fragte er mit krächzender Stimme.

Morgan sagte es ihm. »Der andere ist tot. Aber du hast Glück gehabt. Wir bringen dich nachher zu einem Medicus. Aus deinem Auftritt bei Maddox wird wohl nichts werden.«

»Schade«, murmelte Brian. Dann wurde es wieder dunkel und still um ihn.

17. Kapitel

»Ich habe die Amme gefragt. Euer Sohn schläft. Habt Ihr sonst noch irgendeinen Wunsch?«

Omer blickte Sir Evan fragend an.

»Nein, danke«, versicherte dieser. Er wirkte müde und gedankenverloren.

Omer, wie fast immer mit ernster Miene, verneigte sich, wandte sich um und schritt zur Tür.

»Das heißt – doch«, rief Evan.

Omer verharrte und blickte über die Schulter. Evan hatte seinen gefüllten Weinbecher erhoben. Er setzte ihn jetzt wieder ab und sagte: »Ich kann keinen Schlaf finden, und Probleme drücken auf mein Gemüt. Leiste mir noch ein wenig Gesellschaft. Vielleicht weißt du einen Rat.«

»Mit Vergnügen«, sagte Omer. Er kehrte zurück und setzte sich an den langen Tisch auf einen der schweren Eichenstühle.

»Trink mit mir einen Schluck Wein.« Evan schenkte aus dem Krug ein. Der rubinrote Rebensaft gluckerte in den Becher.

»Gern«, beteuerte Omer.

Evan schob seinem Vertrauten den Becher hin. Dann hob er seinen eigenen Becher, der bereits gefüllt vor ihm stand.

»Trinken wir auf die Zukunft«, prostete er Omer zu.

Dieser zeigte die Andeutung eines Lächelns. »Auf die Zukunft.«

Evan setzte den Becher an die Lippen und trank in langen Zügen.

Anschließend verzog er das Gesicht. »Hast du selbst den Wein aus dem Fass abgefüllt?«, fragte er.

»Natürlich«, erwiderte Omer. »Das sagte ich doch schon. Der Küchenmeister schlief bereits. Stimmt etwas mit dem Wein nicht? Ich habe doch selbst vorgekostet.«

»Das hast du in der Tat«, sagte Evan. »Aber mich dünkt, der Wein ist anders im Geschmack als sonst.«

Omer setzte seinen Becher an und trank. »Ich kann keinen Unterschied feststellen«, murmelte er, schüttelte mit erstaunter Miene den Kopf und trank von Neuem.

»Nun, dann werde ich mich geirrt haben.« Evan trank seinen Becher leer.

In diesem Augenblick verdrehte Omer die Augen und stieß einen gepressten Laut aus. Er wurde kreidebleich, und Entsetzen flackerte in seinem Blick. Der Becher entfiel seiner Hand.

Evan sprang auf und ergriff sein Schwert.

»Also doch!«, schrie er. »Ich wollte es nicht glauben. Du hast es schlau angestellt, indem du kein Gift in den Krug getan hast! Als du dir und mir aus der Karaffe einschenktest und als Erster trankst. Doch das Gift war schon in dem Becher, den du mir zugedacht und flugs mit unvergiftetem Wein gefüllt hast. Ich habe die Becher vertauscht, als ich dich kurz wegschickte, um die Amme zu fragen, ob mein Sohn schläft. Es ist dir nicht aufgefallen, dass ich den Giftbecher nur etwas auffüllte.«

»Nein«, brüllte Omer in panischem Entsetzen, presste die Hände auf den Leib und sank vom Stuhl. Seine Brust hob und senkte sich unter keuchenden Atemzügen. Er versuchte, sich aufzurichten, doch er besaß nicht mehr die Kraft dazu.

»Bis zuletzt hatte ich gehofft, es sei kein Gift in dem Becher, du treuloser Verräter!«, schrie Evan.

Sein Kopf ruckte herum, als die Tür aufflog und Johel in ihrem Rahmen auftauchte.

Johel blieb stehen, als er die Situation erfasste.

Evan starrte wieder auf Omer nieder.

»Jetzt stirbst du den Tod, den du mir zugedacht hattest!«, rief er zornig.

»Nein... Nein!!!« Schaurig verhallten die Schreie. Eine Tür klappte. Schritte näherten sich auf dem Gang. Johel wandte den Kopf. Siana eilte aus ihrer Kammer. Ihr langes, goldenes Haar flog. Sie war blass und verstört.

Johel drehte sich zu ihr um und verstellte ihr den Weg, damit sie nicht den Sterbenden sehen konnte.

»Was – hat das zu bedeuten?«, fragte sie mit bebender Stimme. »Hörte ich Omer schreien?«

Johel wollte zu einer Erklärung ansetzen, doch dann lauschte er auf Evans Worte und blickte ins Gemach.

»Willst du noch dein Gewissen erleichtern, deine Missetaten eingestehen und um Vergebung bitten?«, fragte Evan mit erregter Stimme.

Omer bäumte sich auf. Seine Lippen waren blau. Schweiß perlte auf seiner Stirn, die Augen quollen noch weiter hervor. Dennoch war ein verzerrtes, böses Grinsen um seinen Mund.

»Dein... Sohn...«, stieß er hervor.

»Mein Sohn? Was ist mit meinem Sohn?« Ein schlimmer Verdacht stieg jäh in Evan auf. Weshalb redete der Sterbende von seinem Sohn? In Windeseile rasten Bilder und Szenen an ihm vorbei. Er glaubte, Wyans Worte erneut zu hören, und der winzige Funke des Zweifels, den er schon erloschen glaubte, loderte zu einer Flamme auf.

Johel sah es am Ausdruck von Evans Augen, hörte es aus dem Tonfall heraus und überlegte, was er tun könnte.

»Mein Gott!«, hörte er Siana entsetzt flüstern. Er blickte sich zu ihr um. Sie war noch blasser geworden. Sie presste eine Hand vor die Lippen und sah aus, als würde sie jeden Augenblick ohnmächtig werden.

Du musst verhindern, dass Evan die Wahrheit erfährt, durchfuhr es Johel.

Er ruckte herum. »Evan...«

Doch der Ritter nahm ihn gar nicht wahr.

»Sprich!«, schrie er mit hochrotem Kopf und setzte Omer das Schwert an die Kehle. »Was ist mit meinem Sohn? Sollte Ritter Morgan doch...?«

»Morgan?«, Es klang nur noch wie ein Hauch. Mit letzter Kraft schüttelte der Sterbende den Kopf. »Nein...«

Er wollte noch mehr sagen, seine Lippen zitterten, doch er brachte keinen Laut mehr hervor. Sein Kopf sank zur Seite, und Omer blieb stumm und starr liegen.

Evan atmete tief ein und aus. Wie erwachend blickte er auf. Erst jetzt schien er Johel richtig wahrzunehmen.

Dieser hörte hinter sich einen Laut, der wie ein Seufzen klang. Er wandte sich zu Siana um und fing sie gerade noch rechtzeitig auf, als sie gegen ihn fiel. Es war zu viel für die junge Mutter. Sie war ohnmächtig geworden.

»Oh Gott«, rief Evan aufgeregt und eilte herbei. »Schnell, bringt sie in ihre Kammer. Ich hole den Medicus.« Er blieb plötzlich stehen, als sei er gegen eine Wand geprallt. »Hat sie... – hat sie alles gehört?«

Johel nickte. »Ihr werdet bei ihr um Verzeihung bitten müssen.«

»Ja!« Evan schluckte, dann lief er auf den Gang hinaus.

Johel nahm Siana auf die Arme und trug sie in ihr Gemach. Aufgeregt hörte er Evan nach dem Medicus schreien.

Johel legte Siana sanft auf das Bett. Ihre Lider flatterten, und gleich darauf schlug sie die Augen auf. Sie brauchte einen Augenblick, bis ihr bewusst wurde, was geschehen war. Johel befürchtete, sie würde von Neuem ohnmächtig werden, als er den Schock in ihren Augen sah. Er fühlte sich hilflos.

»Es ist ja noch mal gut gegangen«, murmelte er mehr zu sich selbst.

Siana schluckte, und von einem Augenblick zum anderen kehrte etwas Farbe in ihr Gesicht zurück.

»Wie – meint Ihr das?«, fragte sie fast flüsternd. Sie schaute ihm forschend in die Augen.

Johel erwiderte den Blick. »Nun, Euer Gemahl lebt, und Omer hat nicht mehr...«

Er verstummte, als Evan in der Tür auftauchte.

Sianas Blick sagte Johel mehr als tausend Worte. Sie hatte erkannt, dass er die Wahrheit kannte. Der Ausdruck ihrer blauen Augen war eine Mischung aus Scham und Verzweiflung. Und noch mehr las er darin: Eine stumme Bitte, ja fast ein Flehen.

Evan kniete sich neben das Bett und strich zärtlich über Sianas Haar. »Es ist alles gut. Es ist alles gut.«

»Ich – habe alles mit angehört«, sagte Siana mit schwacher Stimme. Sie holte tief Luft, und ihre Miene nahm einen stolzen und entschlossenen Ausdruck an. Ihre Augen schimmerten plötzlich feucht, und ihre Stimme zitterte, als sie fortfuhr: »Ich muss gestehen, Evan...«

Sie hat doch nicht vor, ihrem Evan den Seitensprung einzugestehen?, durchfuhr es Johel.

Hastig unterbrach er: »Eure Gemahlin hat gehört, dass Omer im Sterben bezeugt hat, dass nicht Morgan der Vater Eures Sohnes ist, wie es ihm mit einer bösen Intrige unterstellt wurde, sondern...«, er blickte in Sianas Augen, sah den schmerzlichen, beschämten Ausdruck darin und schaute schnell zu Evan, »...sondern Ihr, Sir Evan.«

Er zwinkerte Evan leicht zu, und sein Blick signalisierte dem Ritter: *Nun entschuldige dich schon!*

Evan verstand.

»Wie konnte ich nur so verblendet sein und an Morgan zweifeln! Wie schäme ich mich, für einen Augenblick lang mein geliebtes Weib der Untreue verdächtigt zu haben, nur weil ich so durcheinander war!« Er ergriff Sianas Hand. »Verzeih mir, verzeih mir!« In tiefer Demut senkte er das Haupt.

Siana blickte über Evans Kopf hinweg zu Johel. Es war ein stummer Dank, den sie ihm übermittelte. Sie hatte tatsächlich geglaubt, es bliebe ihr nichts anderes übrig, als den Seitensprung einzugestehen, bevor er die Wahrheit von Johel erfahren würde. Sie hatte gedacht, wenn sie es von sich aus sagte, würde er ihr eher glauben, dass ihr Verhältnis zu Omer eher platonisch gewesen sei. Diese Lüge hatte Johel ihr erspart.

Sie streichelte sanft über Evans Haar.

»Ja, ich verzeihe dir.« Ein schneller Blick zu Johel. »Jeder begeht mal einen Fehler. Wir... wir sollten alles vergessen.«

»Nie wieder werde ich auf eine Verleumdung hereinfallen und an dir zweifeln«, versprach Evan mit bewegter Stimme. »Das gelobe ich.«

»Und ich gelobe, dir immer eine gute Frau und Evan II. eine gute Mutter zu sein.«

Gerührt schloss Evan sie in die Arme.

Johel wollte nicht bei der Versöhnung stören und das Gemach verlassen, doch Evan bemerkte es und löste sich von Siana. Er erhob sich und schritt zu Johel.

»Bittet in meinem Namen auch Morgan um Verzeihung.«

Johel nickte lächelnd. »Das Duell findet also nicht statt?«

»Natürlich nicht. Wie dumm war ich, in blindem Zorn Freund Morgan zum Duell zu fordern! Wie verletzt muss sein Stolz sein, dass ich ihm misstraute! Wenn er darauf besteht, Genugtuung zu fordern, stehe ich ihm beschämt zur Verfügung.«

Johel schüttelte lächelnd den Kopf. »Ritter Morgan weiß, dass Ihr nicht ernsthaft an ihm zweifeltet, dass Eure Worte nur im Zorn gesprochen waren. Deshalb hat er mich geschickt. Er mag sich nicht mit Euch duellieren, und er wird Euch nichts nachtragen.«

»Sagt ihm, er ist jederzeit willkommen. Und er kann immer auf mich zählen, wenn er eine Heimstatt oder Hilfe braucht. Und dankt ihm.«

Johel verneigte sich. »Ich werde es gern ausrichten.«

»Und Euch danke ich nochmals«, sagte Evan. »Ohne Eure Hilfe wäre ich jetzt wohl tot.«

»Vergesst nicht, dass ich den Verräter erst auf die Idee mit dem Giftbecher gebracht habe«, erwiderte Johel mit schelmischem Lächeln. »Allein hätte er wohl nichts unternommen.«

»Aber durch Eure List ist er in die Falle getappt«, widersprach Evan. »Irgendwann hätte ihm Maddox doch den Befehl gegeben, mich zu töten.«

»Ihr werdet auch weiterhin auf der Hut sein müssen, bis Morgan Maddox das Handwerk gelegt hat. Es könnte sein, dass schon jemand unterwegs ist, um wiederum zu versuchen, Euch zu entführen oder gar zu töten.«

»Kein Fremder wird die Burg betreten. Lasst mich wissen, wenn Morgan Maddox' Schrecken ein Ende gemacht hat und ich mich wieder sicherer fühlen kann.« Er kratzte sich am Kinn, und seine Miene nahm einen nachdenklichen Ausdruck an. »Halt! Sollte ich nicht Reiter losschicken, um Morgan zu unterstützen?«

»Dazu ist es zu spät«, sagte Johel. »Wenn alles nach Plan abgelaufen ist, müsste Morgan bereits bei Maddox sein. Ich bin überzeugt davon, dass ich bald eine neue Ballade verfassen kann. Die Ballade von Maddox, der einst der Schrecken von Cornwall war.«

Evan nickte. »Ich wünsche es. Habt nochmals vielen Dank für alles.«

Johel verneigte sich galant vor Siana, dann etwas weniger tief vor Evan. »Lebt wohl.«

Als Johel schon an der Tür war, sagte Siana leise: »Auch ich danke Euch von ganzem Herzen.«

Und nur Johel und Siana wussten, wie die Worte wirklich gemeint waren.

18. Kapitel

Maddox kaute schmatzend Ochsenbraten. Er aß überwiegend Ochsenbraten, seltener Fleisch von der Wildsau oder Rehbraten. Er glaubte, Ochsenbraten verleihe ihm mehr Kraft. Der bärtige Hüne wischte sich die fettigen Pranken im Gras ab, warf die abgenagte Bratenkeule hinter sich und rief nach Wein. Wyanna, die Magd, brachte einen Krug.

Maddox kniff ihr lachend ins stramme Hinterteil, und diesmal kicherte Wyanna etwas gezwungen, denn Maddox hatte fester zugelangt als sonst.

Er lachte dröhnend. An diesem Abend war er prächtiger Laune.

Padrick und Moris bemerkten es mit Zufriedenheit.

Maddox leerte den Weinbecher und ließ sich nachschenken.

»Eine vortreffliche Darbietung«, sagte er und fuhr sich mit dem behaarten Handrücken über die wulstigen Lippen. »Dieser Brian und seine Gaukler haben mir richtigen Spaß bereitet.«

»Ja, es war eine gute Idee, sie zu verpflichten«, erwiderte Padrick grinsend, denn er war es gewesen, der die Idee gehabt hatte, diese Gaukler zu entführen.

Moris ärgerte sich ein wenig, denn er hatte einen anderen Minnesänger vorgeschlagen.

»Ich fand es doch ein wenig ungewöhnlich, dass er die Balladen nur vorlas«, meinte er. »Und dann dieser komische Chor! Wie die Wölfe haben die geheult.«

Mit diesem Vergleich hatte er nicht einmal so sehr Unrecht.

Morgan war in Brians Rolle geschlüpft. Und weil er damit rechnen musste, dass irgendjemand aus Maddox' Horde Brian schon mal irgendwo gehört hatte, war er auf eine besondere Art des Vortrages verfallen. Damit hatte er gleich mehrere Fliegen mit einer Klappe geschlagen. Er selbst hatte Brians lange Balladen, die er so schnell nicht auswendig lernen konnte, einfach abgelesen. Der Lyraspieler hatte ihn begleitet, und Rhodri und Cynan hatten in regelmäßigen Abständen mehr oder weniger melodiös dazwischen gegrölt, während der Gnom nach jeder Strophe wie wild Purzelbäume und lustige Hopser vollführt hatte.

Der Pantomime war bei dem verletzten Brian geblieben. Maddox hatte sich köstlich amüsiert. Besonders eine Ballade hatte es ihm angetan: Eine schreckliche Mär von einem Teufel, dessen sämtliche Schandtaten aufgezählt wurden. Brians miesestes Werk, wie Morgan fand, aber bestens geeignet, um Maddox zu beeindrucken. Morgan hatte nur den Namen des Bösewichts in Maddox umgetauft und noch dazu mit ein paar Lobesworten Maddox' Eitelkeit geschmeichelt. Dazu das schaurige Gebrüll der Knappen und die Hopserei des Gnoms – Maddox war überwältigt gewesen.

»Ach was«, sagte Maddox zu Moris, »das ist eine neue Vortragsart. Du hast eben keine Ahnung von der Muse. Brian und seine Gaukler werden mich bei meiner Hochzeit vortrefflich amüsieren.«

»Was gedenkt Ihr weiter in puncto Burg zu unternehmen?«, fragte Padrick.

»Das fragst du mich, schlauer Berater?« Die schwarzen Augen blickten Padrick spöttisch über das Feuer hinweg an. »Nun, da ich gut gelaunt bin, will ich es dir verraten: Da mein erster Plan geändert werden musste, und da meine Reiter immer noch hinter Morgan her sind, wie wir ja von Brian erfahren haben, werde ich derweil zu einer anderen List greifen. Ich werde unserem Freund Omer eine Botschaft schicken. Er wird Evan in der Burg töten.«

Padrick und Moris blickten überrascht.

Maddox trank seinen Weinbecher leer. »Wenn das geschehen ist, wird Omer das Kommando in der Burg führen. Wir alle besuchen ein kleines Kloster, nehmen den Betbrüdern ihre Gewänder ab und kleiden uns damit ein. Unter unseren Mönchskutten werden wir die Kettenhemden und unsere Waffen tragen. Omer wird uns einlassen. In der Burg machen wir alles nieder, was sich uns in den Weg stellt. Nach diesem listigen Handstreich bin ich der Herr auf der Burg. So einfach ist das.«

»Phantastisch«, schmeichelte Moris.

»Eine hervorragende Idee«, fügte Padrick hinzu.

Maddox nickte selbstzufrieden und zerquetschte einen Käfer im Gras zwischen Daumen und Zeigefinger.

»Und von dort aus werde ich das ganze Land erobern. Denn dann werde ich nicht nur eine schöne, sichere Festung haben, sondern auch viele Waffen, Pferde und genug Silberlinge, um ein ganzes Heer aufzustellen. Alle werden vor Maddox zittern – vor Maddox, dem Schrecken aus Cornwall!«

Seine Stimme hallte durch den ganzen Wald.

19. Kapitel

Morgan und seine Gewappneten blickten zum Lagerfeuer, als Maddox' Stimme bis zu dem Zelt herüberschallte, das man ihnen als Quartier zugewiesen hatte.

»Entweder ist er besoffen oder er hat Magendrücken«, mutmaßte Cynan. »Kein Wunder bei seiner Völlerei!«

»Wenn er platzt, sind wir alle Sorgen los«, sagte Rhodri. »Aber ich glaube eher, dass er im Kopf nicht ganz richtig ist.« Er blickte Morgan an. »Meint Ihr, wir sollten ihn in dieser Nacht...?«

Morgan winkte ab. »Nachdem ihm unsere Schau so gut gefallen hat, können wir noch abwarten, uns genauer umsehen und alles besser vorbereiten.«

»Ich würde am liebsten alles auf der Stelle erledigen«, murmelte Cynan wie im Selbstgespräch. »Der Gedanke, dass wir noch einmal diesen Blödsinn veranstalten müssen, womöglich noch bei Tageslicht, gefällt mir gar nicht. Ich hatte schon Mühe genug, ernst zu bleiben.«

Rhodri blickte Morgan fragend an.

»Geht es nicht eher, Morgan? Wir wissen doch schon, wann die Wachen abgelöst werden, wo alle Pferde sind, wo Maddox schläft.«

»Wir wissen auch, dass Maddox zumindest einen Gefangenen hält«, erwiderte Morgan. »Er sprach von einem Dichter. Ich möchte erst noch Erkundigungen anstellen. Wenn es Gefangene gibt, werden wir sie befreien.«

Cynan kraulte sich am Bart. »Ob diese schöne Riana, die unsere Schau gesehen hat, auch eine Gefangene war?« Seine Augen funkelten unternehmungslustig.

Morgan lachte. »Ich glaube nicht. Sie schien sich äußerst wohl zu fühlen, und Maddox ging mit ihr um, als sei sie seine Braut.«

Cynan grinste.

Ernster fuhr Morgan fort: »Wir werden auch das herausfinden. Wir haben jedenfalls Zeit. Niemand hat Verdacht geschöpft, nicht mal der Wagen wurde nach Waffen durchsucht. Und Maddox wartet auf die Rückkehr seiner Reiter, die angeblich hinter Morgan und seinen Soldaten her sind. Wir können also zumindest bis zur nächsten Nacht warten.«

Er erhob sich.

»Wo wollt Ihr hin?«, fragte Rhodri.

»Ich sehe mich mal ein bisschen um«, erwiderte Morgan. »Mit Maddox' Erlaubnis sammele ich Stoff für eine neue Ballade.«

Cynan und Rhodri lachten leise, als Morgan davonschritt.

Er ging gemessen, die Hände hinter dem Rücken verschränkt, den Kopf gesenkt, wie in tiefem Grübeln versunken.

Plötzlich trat eine Gestalt aus dem Dunkel eines Zeltes.

»Brian«, flüsterte eine Stimme.

Morgan blickte auf.

Es war Riana. Sie winkte und huschte in den Schatten der Zeltwand zurück.

Was hat das zu bedeuten?, dachte Morgan. Er verharrte und blickte zum Lagerfeuer. Maddox schaute nicht herüber. Er plauderte mit den beiden Männern, die er als seine Berater bezeichnet hatte.

Morgan folgte dem Wink der schönen Frau.

Vielleicht ist sie doch eine Gefangene, überlegte er.

»Endlich«, wisperte sie. Und dann lag sie auch schon an seiner Brust und presste heiße Lippen auf seinen Mund.

»Komm«, flüsterte sie dann leise, ergriff seine Hand und zog ihn mit sich.

Benommen folgte er ihr.

»Hier sind wir ungestört«, wisperte Riana.

»Und Maddox?«, fragte Morgan ebenfalls im Flüsterton.

»Ach, der glaubt, ich sei bei dem Dichter, um mir seine neuen Verse anzuhören. Er kommt erst in einer Stunde zu mir, wenn er sich genug gestärkt hat.« Sie lachte dunkel.

»Bist du seine Gefangene?«, fragte Morgan.

»Gefangene?« Das klang verwundert. »Nein, ich bin die Herrin hier.« Sie sagte es voller Stolz.

Stoff raschelte, und im nächsten Augenblick drängte sich Riana an ihn.

»Weißt du noch, wie schön es bei unserem letzten Treffen war?«

Sie küsste ihn leidenschaftlich und löste sich schwer atmend schließlich von ihm.

»Ihr küsst so anders als sonst«, stellte sie flüsternd fest.

»Wie meint Ihr das?«, murmelte er. *Ich muss die Rolle als Brian weiterspielen*, dachte Morgan. *Sie darf keinen Verdacht schöpfen!*

Da schlug plötzlich die Eingangsplane des Zeltes zur Seite.

Morgan fuhr herum.

Maddox stand vor ihm. Er hielt einen knüppeldicken, brennenden Ast in der Faust. Die Flamme loderte im Luftzug. Der Schein geisterte über sein wildes, verzerrtes Gesicht und spiegelte sich in seinen weit aufgerissenen schwarzen Augen.

Und bevor Morgan sich von der Überraschung erholt hatte, schrie hinter ihm Riana mit gellender Stimme: »Er ist nicht Brian! Töte ihn!«

20. Kapitel

Cynan und Rhodri sprangen auf. Sie hatten den Schrei drei Zelte weiter vernommen. Sie wussten nicht, was geschehen war, sie wussten nur, dass Morgan Gefahr drohte.

Sie hetzten aus dem Zelt zum Wagen, der daneben stand und auf dem sie ihre Schwerter wussten. Sie hatten sie erst in der Nacht ins Zelt holen wollen, denn bisher waren sie noch kaum unbeobachtet gewesen.

Unterdessen stand Morgan Maddox gegenüber.

Irgendwas muss Brian anders gemacht haben!, durchzuckte es Morgan. *Oder Riana hat von Anfang an Verdacht geschöpft und wollte nur Gewissheit haben. Oder sie hat mich bewusst in diese Falle gelockt.*

In Wahrheit war es anders gewesen. Riana hatte Brian nur im Dunkeln kennengelernt. Auch dessen Stimme hatte sie kaum in Erinnerung, denn außer ein paar zärtlich geflüsterten Worten hatte Brian in jener Nacht nicht viel geredet. Am Morgen, als sie erwacht war, war er bereits verschwunden gewesen. Doch sie wusste vom Wirt der Herberge, dass es Brian, der Minnesänger, gewesen war, der sich nach ihrer Kammer erkundigt hatte, und der neugierige Wirt hatte auch beobachtet, wie Brian die Kammer wieder verlassen hatte. Nun, Riana war eine sehr erfahrene

Frau mit sensiblem Gespür. Ihr weiblicher Instinkt hatte ihr gesagt, dass Morgan anders war als Brian und ihm eine Falle gestellt.

Maddox' Auftauchen war also nicht geplant gewesen. Riana, die sich jetzt Gewissheit verschafft hatte, hatte ihn unter einem Vorwand einen Augenblick warten lassen und inzwischen Maddox alarmieren wollen. Doch Maddox – gekräftigt mit Ochsenbraten, dazu in beschwingter Laune – hatte an diesem Abend eher das Bedürfnis nach Entspannung verspürt als sonst an jedem Abend. Er hatte Riana gesucht und schließlich gefunden.

Morgan ahnte, dass sein Spiel aus war.

Waffenlos stand er Maddox gegenüber.

Und Morgan handelte tollkühn.

Er sprang vor und stieß Maddox beiseite. Im nächsten Augenblick war er aus dem Zelt.

Maddox schleuderte wütend den brennenden Ast hinter ihm her. Der Ritter rollte sich ab und sprang auf. Er gewann wertvolle Sekunden, denn Maddox und Riana stritten noch miteinander.

»Ich habe Verdacht geschöpft, weil seine Stimme so anders klang«, beteuerte Riana.

»Stimme!«, brüllte Maddox. »Ich bringe ihn um!«

Er stürmte aus dem Zelt, und seine Stimme hallte durch die Gegend. »Verrat! Ein Verräter hat sich eingeschlichen!«

Padrick und Moris sprangen beim Feuer auf.

In diesem Augenblick warf Cynan Morgan sein Schwert zu.

»Schnell!«, sagte Morgan atemlos. »Unser Plan, wie für den Notfall besprochen.«

Dann rannte er weiter. Noch sollte Maddox glauben, es handele sich nur um einen Feind im Lager.

»Ich will ihn selber vor dem Schwert haben!«, rief Maddox Padrick und Moris zu, als sie zu den Waffen griffen. Morgan hörte den Ruf und frohlockte. Maddox wollte einen Zweikampf.

Männer stürzten aus verschiedenen Zelten. Aufgeregte Rufe wurden laut.

Morgan wollte von den anderen ablenken und ihnen Zeit verschaffen. So hetzte er nach Norden durch das Lager, zum Feuer hin. Schließlich entdeckten sie ihn zwischen den Zelten. Sofort begann die Jagd auf ihn.

»Hab ich dich, du feiger Lump!«, brüllte Maddox und stampfte los.

Jenseits des Feuers stellte sich Morgan zum Kampf.

Er parierte Maddox' wütende Attacke. Dieser schlug wild drauflos, und er war für seine Statur und trotz des üppigen Mahles erstaunlich schnell und beweglich.

Er trieb Morgan fast bis ins Feuer hinein.

Morgan erkannte, dass Maddox ein starker Gegner war. Vehement und geschickt griff dieser an. Trotz seines Zorns behielt er die Übersicht und gab sich keine Blöße.

Seine Gesellen verfolgten den erbitterten Kampf. Und keiner von ihnen bezweifelte, dass ihr Herr den Gegner, der sich als Brian eingeschlichen hatte, vernichtend schlagen würde.

Sie ahnten nicht, dass Maddox' Gegner Morgan war, ein kampferprobter Ritter.

Doch in diesem Augenblick hatte Morgan alle Mühe, Maddox' kraftvolle Hiebe zu parieren. Immer weiter trieb Maddox ihn zurück, und dabei stieß er zornige Schreie aus, beschimpfte Morgan mit unflätigen Worten und malte ihm aus, was er alles mit ihm anstellen werde.

Morgan sparte seinen Atem und wartete konzentriert darauf, dass sich der siegessichere Maddox eine Blöße gab.

»Lauft weg, Riana!«, rief Padrick, als er sah, dass Riana gefährlich nahe bei Morgan das Geschehen beobachtete. »Der Feigling könnte Euch als Schild nehmen!«

Riana erschrak, raffte ihr Gewand und lief über den Steg ins Zelt.

Morgan konterte, doch dann fiel er auf eine Finte herein. Er konnte gerade noch Maddox' zustoßendem Schwert ausweichen und prallte gegen den Pfosten des Steges. Maddox setzte nach.

»Seht alle her, was ich mit diesem Wurm mache!«, brüllte er siegessicher. Und diesmal setzte er seine Prahlerei sogar in die Tat um. Urplötzlich riss er die mit Morgan gekreuzte Klinge zurück und hieb aus der Drehung heraus zu. Ein glühend-heißer Schmerz stach durch Morgans Hand bis zur Schulter hinauf. Das Schwert entglitt ihm.

Er hörte die Zuschauer aufschreien. Es war Beifall, Bewunderung für Maddox, und so verstand Maddox es auch.

Es war auch an der Zeit, dachte er, *dass ich allen mal wieder meine Kampfkraft vor Augen führe.* Der Beifall schmeichelte ihm. Ja, er genoss das Gefühl der Macht, der Überlegenheit. Auch Riana sollte mal wieder erleben, wie unbesiegbar er mit dem Schwerte war. Gerade sie, bei der er immer wie Wachs wurde. Ihm fiel ein, dass er den falschen Brian noch verhören wollte, bevor er ihn tötete. Aber jetzt, vor all den Zuschauern? Der Hundsfott konnte etwas ausplaudern, was unter Umständen blamabel für ihn war.

Dann hörte Maddox den Hufschlag und wilde Schreie hinter sich. Es war, als donnerten sämtliche Pferde von seiner Herde durch das Lager nach Norden auf das große Zelt zu.

Und so war es beinahe auch. Cynan und Rhodri hatten die Mehrzahl der Pferde in Panik versetzt. Während der Gnom und der Lyraspieler bei den restlichen Pferden warteten, hing Rhodri zwischen zwei Tieren und galoppierte im Pulk der Herde mit.

Und gleichzeitig brüllten Rhodri und die beiden anderen aus Leibeskräften, als sei eine ganze Horde Angreifer in das Lager eingefallen.

Maddox wandte nicht einmal den Kopf. Schlagartig wurde ihm klar, dass der falsche Brian nicht allein sein konnte. Und sofort erkannte er, dass keine Zeit für Tändeleien blieb. Er musste den Gegner töten. Jetzt!

Es waren kaum zwei Atemzüge vergangen, seit Morgan das Schwert entglitten war, seit der Aufschrei der Zuschauer vom Donnern der heranjagenden Pferde und dem Geschrei von Rhodri und den anderen abgelöst worden war.

Immer noch verspürte Morgan die Schmerzen in der Hand, wo ihn Maddox' Schwertklinge gestreift hatte, und immer noch kämpfte er um sein Gleichgewicht.

Morgan sah das Schwert auf sich zurasen und schnellte sich zur Seite.

Die Schwertspitze ratschte noch an seiner Schulter vorbei, doch Maddox stürmte ins Leere. Der Hüne war zu sehr in Schwung, um noch anhalten zu können. Er stieß mit der Stiefelspitze gegen die hölzerne Umgrenzung des Grabens und stürzte vornüber.

Morgan landete halb auf dem Steg, als er Maddox' markerschütternden Schrei hörte.

Kopfüber stürzte dieser in den Graben. Er hielt sein Schwert noch in der Rechten. Entweder zerschnitt die Klinge das Netz, das den Graben überspannte, oder die Maschen hielten Maddox' schwerem Gewicht nicht stand. Das Netz zerriss und Maddox' Schreie gellten durch die Nacht.

Morgan sah die herandonnernden Pferde und wusste, dass ihm nur noch Augenblicke blieben. Wie eine lebende, unglaublich schnelle Lawine raste die Herde heran, und die erschreckten Tiere trampelten nieder, was ihnen unter die Hufe kam. Ein Pferd galoppierte in ein Zelt hinein, stürzte und wälzte sich, um freizukommen. Ein anderes Tier war anscheinend durch einen Zelteingang galoppiert und hinten wieder hinaus, denn es trug noch eine Plane auf dem Rücken. Ein Zelt brannte. Es war das Zelt, in dem Riana herausgefunden hatte, dass Morgan nicht Brian war. Diese hatte den brennenden Ast zu flüchtig ausgetreten, bevor sie hinausgerannt war.

Schreie gellten durch das Donnern der Hufe.

Maddox' Schreie waren verstummt. Und er war auch nicht mehr aus dem Graben aufgetaucht. Doch all das nahm Morgan in Windeseile nur wie durch einen Wirbel aus Farben und Geräuschen wahr.

Er sprang auf sein Schwert zu.

Das rettete ihm wohl das Leben.

Denn in diesem Augenblick klappte der Steg zur Seite.

Riana, die das Geschehen durch eine Klappe im Zelt mit heftig klopfendem Herzen beobachtet hatte und wusste, was Maddox' schreckliche Schreie zu bedeuten hatten, war zum Hebel geeilt und hatte ihn betätigt. Der Mann, der Maddox getötet hatte, sollte ebenfalls in der Schlangengrube sterben.

Morgan ergriff das Schwert, und beinahe hätte er es vor Schreck wieder fallen gelassen. Denn er sah die Schlangen in dem Graben und glaubte zwischen ihnen Maddox' Gestalt auszumachen. Er war wie betäubt vor Entsetzen, denn von der Schlangengrube hatte er nichts gewusst. Davon hatte Maddox' Geselle, von dem Morgan nach dem Kampf in der Schenke so viel erfahren hatte, nichts erwähnt.

Schon hörte er das Rasseln und Zischen, und die ersten Schlangen krochen aus dem Graben, wanden sich über den hochgeklappten Steg und glitten zum großen Zelt.

Morgan warf sich weiter vom Steg fort, rollte sich über die Schulter ab und sprang auf.

Die Pferde donnerten heran.

Padrick, Moris und andere von Maddox' Gesellen waren noch zu benommen von der unerwarteten Wende und hatten nur den einen Gedanken, sich in Sicherheit zu bringen. Denn die ersten Pferde waren nur noch ein paar Längen vom Feuer entfernt.

Morgan erkannte, wie der Pulk, seinem Instinkt folgend, zur Seite abschwenkte.

Kein Pferd der Welt mag Feuer. Pferde mögen auch keine Giftschlangen, doch die hatten sie noch nicht gewittert. Noch schreckte sie der Flammenschein mehr.

Morgan hetzte bereits zur Seite, auf das Feuer zu, floh vor den alles vernichtenden Hufen des Pferdepulks.

Er schaffte es rechtzeitig genug. Dann war die lebende Lawine heran. Die Tiere preschten in vollem Galopp auf das große Zelt zu. Einige brachen zur Seite aus, andere jagten in ihrer Panik einfach geradeaus weiter. Ein Tier prallte gegen einen Stegpfosten und stürzte mit schrillem Wiehern. Wild keilten die Hufe aus. Eine Schlange kroch über das graue Fell. Ein zweites Tier stürzte mit den Vorderhufen in den Graben und verendete. Ein Falbe nahm den Graben im Sprung und krachte in das Zelt, bevor es zurück in den Graben fiel. Es starb ebenso am Schlangenbiss wie Riana im Zelt, deren Eingang aufgerissen war, sodass die Giftschlangen, die sich bereits über die Plane schlängelten, hineingleiten konnten.

Ihr gellender Schrei ging im allgemeinen Chaos unter.

Morgan sah, wie die Mehrzahl der Pferde links und rechts vom großen Zelt abdrehte und bis zu den Bäumen lief, um nach Süden von Neuem durch das Lager zu donnern.

Er rannte hinter einem versprengten Pferd her, doch er hatte es zu spät bemerkt und konnte es nicht mehr aufhalten.

Plötzlich war Cynan auf dem Rücken eines Rappen. Ein zweites Pferd hielt er am Zügel. Cynan parierte sein Tier hart, als er an Morgans Seite war, konnte aber trotzdem erst ein paar Längen weiter anhalten. Morgan rannte bereits los. Er warf sich auf den Rücken des ungesattelten Tieres, und beide preschten davon.

Erst jetzt kam irgendeiner von Maddox' Gesellen auf die Idee, etwas zu unternehmen. Es war Padrick, der sich schon immer als der zweite Mann nach Maddox gefühlt hatte. Während er einen Pfeil auf die Fliehenden abschoss, in der Hast aber nicht Morgan, sondern ein reiterloses Pferd seitlich von Morgan traf, schrie er: »Haltet sie auf!«

Sein Ruf war wohl für die Wachen am Zugang zum Lager gedacht. Die meisten der Männer waren längst in die Wälder gerannt, die das Lager umstanden. Sie hatten ein brennendes Zelt gesehen, die Panik der Pferde, und sie wussten nicht genau, was los war. Jetzt mussten sie sich schon wieder vor den zurückpreschenden Pferden in Sicherheit bringen. Nur schwach vernahmen sie Padricks Ruf. Und dann hörten sie im allgemeinen Durcheinander andere Schreie.

»Die Schlangen! Rette sich, wer kann!«

Jetzt waren nicht nur die Pferde in Panik, sondern auch die meisten von Maddox' Räubern. Denn sie wussten, wie viele Giftschlangen im Graben waren, und so tapfer sie auch zu sein glaubten, im Dunkeln wollte niemand mit Schlangen kämpfen.

So dachten fast alle an ihre eigene Haut, und kaum jemand hörte auf Padricks Schreie: »Haltet sie auf! Sie dürfen nicht entkommen!«

Hätte Maddox mit seiner Stentorstimme den Befehl gegeben, wäre er vielleicht trotz allem Durcheinander befolgt worden. Denn Maddox' Befehle hatten sie immer blindlings befolgt.

Doch Maddox konnte keine Befehle mehr geben.

21. Kapitel

Die Flucht war gelungen. Selbst Einax, der Dichter, der das Chaos nutze und zu Fuß hatte flüchten wollen, war entkommen. Er hatte sich eines der erschöpften Pferde genommen, das nach der wilden Jagd am Zugang zum Lager einfach stehengeblieben war, und war hinter den anderen Flüchtenden her geritten.

Das erschöpfte Tier war erneut in Panik verfallen, vielleicht, weil Einax wie ein Sack auf seinem Rücken lag, sich an der Mähne festkrallte und es mit schrillen Schreien anspornte.

Der kleine Dichter mit dem großen Geist war über sich selbst hinausgewachsen. Erst als das Lager weit hinter ihm lag, fiel ihm ein, dass er überhaupt nicht reiten konnte, und beim verzweifelten Versuch, das Pferd anzuhalten, stürzte er ab. Er hatte das Glück des Anfängers und verstauchte sich nur einen Knöchel und trug einige Hautabschürfungen davon, aber er brach sich nichts, und man konnte seine erste Reitlektion deshalb als vollen Erfolg werten.

»Halt!«, rief Morgan und zügelte sein Pferd. Alle hielten an. Schon die ganze Zeit über wusste er, dass sich ihm, den Gefährten und dem mit akrobatischem Geschick reitenden Gauklern drei fremde Reiter auf der Flucht angeschlossen hatten. Jetzt hielt er es für an der Zeit, sich der Burschen zu entledigen.

Er zückte sein Schwert, und das war auch das Signal für Cynan und Rhodri, auf das sie nur gewartet hatten.

Beide setzten Maddox' Gesellen die Schwerter an die Brust.

Es waren Männer, die auf Wache gewesen waren und nicht wussten, was sich im Lager tatsächlich abgespielt hatte. Sie waren ins Lager geeilt, und waren mit den vermeintlichen Gauklern der Gefahr entronnen.

Jetzt waren sie sehr überrascht.

Ebenso überrascht war der vom Sturz noch benommene Einax, als er Morgans Schwert auf sich gerichtet sah.

»Seid Ihr nicht der Sänger?«, stammelte er.

»Nein«, erwiderte Morgan. Diesen kleinen schmächtigen Mann, der die ganze Zeit über wie ein Klammeraffe auf dem Pferd gehangen hatte, konnte er sich kaum als einen von Maddox' wilden Reitern vorstellen. »Wer bist du?«

»Einax, der Dichter.«

Morgan ließ das Schwert sinken.

Einax atmete auf. Er fasste sich ein Herz und fragte: »Und wer seid Ihr?«

Morgan sagte es ihm.

»Morgan, Ritter des Sheriffs!«, stießen Maddox' Gesellen wie aus einem Munde und voller Furcht hervor.

»So ist es«, erwiderte Cynan. »Und wir beide«, er nickte zu Rhodri hin, »sind seine besten Freunde.«

Morgan lächelte.

Er blickte zu den beiden Räubern hin, die vor Angst kaum zu atmen wagten.

»Ihr verschwindet! Es gibt keinen Maddox mehr. Lasst euch nie wieder hier sehen. Und sollte ich euch irgendwann noch einmal unter Räubern finden, dann Gnade euch Gott. Das könnt ihr auch euren Kumpanen sagen. In den nächsten Tagen werden wir die Umgebung absuchen, und jeder von euch, der noch erwischt wird, muss damit rechnen, an den Galgen zu kommen!«

Die beiden schworen in ihrem Überschwang alles Mögliche. Sie waren froh, so glimpflich davongekommen zu sein.

Morgan und die anderen setzten ihren Ritt fort.

Einax, der Dichter, durfte mit Cynan auf dem Pferd reiten.

»Hätte nicht gedacht, dass ich mal Amme spielen müsste«, murmelte Cynan, als sich der kleine Dichter an ihm festklammerte.

Weit abgeschlagen folgte ihnen Shawn auf einem lahmenden, völlig erschöpften Wallach.

22. Kapitel

»Ritter Morgan?«, fragte der Wirt. »Ja, der ist hier. Er und seine Männer besuchen Brian, den berühmten Minnesänger, der verletzt darnieder liegt.«

Johel de Vautort lächelte. »Dann will auch ich meinen Kollegen begrüßen«, sagte er. »Wo finde ich ihn?«

»In der Herberge.« Der Wirt wies mit dem Daumen die Richtung.

Johel bedankte sich und ging.

Der Wirt blinzelte verwirrt. »Sagte er – Kollege?«, murmelte er. »Zwei Minnesänger bei uns?« Dann zuckte er mit den Schultern und tunkte einen Becher ins Spülwasser.

Der siebente Becher war gespült, und der Wirt tauchte gerade den achten in die schmutzige Brühe, als ein Reiter vor der Schenke hielt.

Es war ein Knappe.

Auch er fragte nach Ritter Morgan.

Der Wirt gab ihm Auskunft. »Sag nur, du bist auch ein Kollege von Brian?«, fragte er.

Der Knappe lachte. »Wieso?«

»Na, eben hat schon einer gefragt, wo er Ritter Morgan finden könnte, und als ich's ihm sagte, meinte er, er wollte seinen Kollegen begrüßen.«

»Wie sah er denn aus?«

Der Wirt beschrieb ihn, und der Knappe lachte. »Das muss Johel de Vautort gewesen sein. Fein, dass ich auch ihn hier treffe.«

Er ließ den Wirt stehen, der ihm nachstarrte, denn er hatte schon viel über Johel de Vautort gehört, ihn aber noch nie gesehen.

Der Knappe begab sich derweil auf den Weg zur Herberge. Er ließ sein Pferd stehen und ging das kurze Stück zu Fuß.

Plötzlich stockte sein Schritt.

Morgan war aus der kleinen Herberge getreten, gefolgt von seinen Gewappneten und Johel. Sie plauderten, und Morgan lachte über etwas, das Johel gesagt hatte.

Doch das war es nicht, was dem Knappen den Atem nahm.

Vier Männer tauchten hinter einem Holzstapel, einer Regentonne und einem Busch neben der Herberge auf. Sie waren mit Schwertern und Lanzen bewaffnet.

»Achtung!«, schrie der Knappe.

Doch Morgan und seine Begleiter reagierten bereits. Es ging alles so schnell, dass der Knappe kaum seinen Augen traute.

Kaum war der Warnruf verklungen, als Morgan und seine Begleiter bereits den Angriff abfingen.

Schwerter blitzten im Sonnenschein. Kampflärm erfüllte die Luft.

Morgan schmetterte einem der Gegner das Schwert aus der Faust. Cynan besiegte einen Gegner, und Rhodri focht mit einem dritten Mann. Johel hechtete auf einen Angreifer zu, riss ihn um und schlug ihn mit der Faust nieder.

Der Knappe war losgerannt und hatte sein Messer aus der Lederscheide gezogen, um Morgan und den anderen zu helfen. Doch dann sah er, dass es nichts mehr zu helfen gab. Der hinterlistige Anschlag war fehlgeschlagen.

Der Knappe atmete auf. Doch dann weiteten sich seine Augen in jähem Entsetzen.

Auf dem Dach der Herberge richtete sich, unbemerkt von Morgan und den anderen, ein Mann mit einem Bogen auf. Ein Pfeil lag bereits auf der Sehne.

Der Mann war Padrick. Er hatte nur noch wenige Anhänger gefunden. Einer der beiden Kumpane, die in die Wälder zurückgekehrt waren, hatte von Morgan und seinen Worten berichtet. Da waren die meisten von Maddox' Gesellen schlau genug gewesen, sich aus dem Staub zu machen. Maddox war tot, und er war ihr Herr, ihr Kopf gewesen. Padrick hatte versucht, sie zusammenzuhalten, Maddox' Nachfolger zu werden, doch es war ihm nicht gelungen. Niemand hatte auf ihn gehört.

Er hatte getobt und sie alle erbärmliche Feiglinge genannt, mit gespanntem Bogen, denn die anderen waren in der Überzahl gewesen.

»Du bist selbst ein Feigling«, hatten die anderen ihm vorgehalten. »Oder wagst du es, gegen Morgan zu kämpfen?«

Und da hatte Padrick sich dazu hinreißen lassen, ihnen den Beweis zu erbringen, dass er ein würdiger Nachfolger Maddox' sein würde.

»Ich werde Morgan töten!«

Mit Moris und drei weiteren Männern, denen er versprochen hatte, Unterführer zu werden, war er losgezogen und Morgans Spur gefolgt.

Jetzt glaubte er sich am Ziel. Die Kumpane, auch Moris, hatte er im Grunde nur opfern wollen, um Morgan und seine Gefährten abzulenken. Er hatte von Anfang an bezweifelt, dass sie etwas gegen Morgan auszurichten vermochten. Unterführer, ha! Er würde der alleinige Herr sein, ein Herrscher wie Maddox!

In wenigen Agenblicken würde alles vorbei sein. Sechs Pfeile in einer Minute – da konnte er sich sogar zwei Fehlschüsse leisten. Und gegen die Pfeile hatten die vier keine Chance.

So dachte Padrick, als er den Bogen spannte und auf Morgan zielte.

Doch dann flirrte etwas wie ein gleißender Lichtstrahl auf ihn zu, jemand schrie: »Morgan!« Und im nächsten Augenblick verspürte Padrick einen Schlag gegen die Brust.

Der Knappe hatte sein Messer geworfen.

Der Pfeil schnellte noch von der Bogensehne, doch er zischte über Morgan hinweg, der sich in diesem Augenblick zu Boden warf.

Der Bogen entglitt dem Schützen, er wankte, glaubte rückwärts zu stürzen und ruckte nach vorn. Dabei verlor er vollends die Balance. Kopfüber stürzte er vom Dach, schlug zu Boden und blieb starr liegen.

Morgan richtete sich auf.

Dann sah er den Knappen, der nähertrat.

»Du hast mir das Leben gerettet!«, sagte Morgan mit belegter Stimme und klopfte sich Staub von der Kleidung. »Ich danke dir!«

Der Knappe strahlte.

Morgan blickte auf die reglosen Gestalten. Er erkannte Padrick. Maddox' Berater war tot.

Morgan reichte dem Knappen die Hand.

»Ich stehe tief in deiner Schuld. Du kennst meinen Namen? Wer bist du?«

»Knappe Sirius, Herr«, lautete die Antwort. »Ich kam, um Euch eine Botschaft von Eurem Vater zu überbringen.« Er holte das Pergament hervor. Morgan nahm es überrascht und las.

Gespannt blickten ihn die anderen an. Es verwunderte sie, dass Morgan in Gegenwart anderer die Botschaft vorzulesen begann:

»In Cornwalls Wäldern soll ein schreckliches Ungeheuer namens Maddox sein Unwesen treiben. Euer Auftrag, Ritter Morgan, lautet: Macht dem Schrecken ein Ende und besiegt Maddox.«

»Den Auftrag will ich gern übernehmen«, sagte Morgan lächelnd. »Was meint ihr?« Er blickte in die Runde. Dann stimmte er in Rhodris, Cynans und Johels Lachen ein.

3. Die spanische Braut

1. Kapitel

»Mir kommt das alles spanisch vor«, seufzte Kynn. Der Kutscher war mit spanischen Passagieren auf dem Weg nach Castle Corlstone. Er schwitzte, und das lag nicht am Wetter. Es war ein milder Spätsommertag, und die Sonne blinzelte nur gelegentlich hinter Schäfchenwolken hervor, als wollte sie sich vergewissern, dass auf Mutter Erde noch alles in Ordnung war. Kynn schwitzte wegen der Tracht, die für einen Kutscher recht ungewöhnlich war. Er trug Waffenrock, Kettenhemd und einen Helm, der wie ein umgestülpter Blechtopf mit Rand aussah.

Eryn, der Mann neben ihm auf dem Kutschbock, war ebenso gewandet und hielt es gleichfalls für unsinnig. Doch er murrte nicht. Er war glücklich, dass er von den Spaniern Arbeit bekommen hatte. Seine Frau lag im Wochenbett, und nach seiner Rückkehr von dieser ungewöhnlichen Fahrt würde Lyarn ihm einen weiteren Beweis ihrer Liebe schenken – den siebenten.

Seit sieben Jahren waren sie verheiratet, der Kutscher und die mit Fruchtbarkeit gesegnete ehemalige Magd. Alle ihre Kinder waren im September geboren worden, neun Monate nach der Silvesternacht, die Eryn und Lyarn stets mit Wein und Gesang zu feiern pflegten. Wenn alles gutging, war nach dem Mädchen im letzten Jahr diesmal wieder ein strammer Knabe an der Reihe, denn Lyarn hatte bisher immer abwechselnd Mädchen und Jungen zur Welt gebracht. In dieser Beziehung war sie zuverlässig und pünktlich.

Eryn lächelte vor sich hin. Dann dachte er daran, dass der Segen zugleich einen Esser mehr bedeutete, und sein Lächeln wurde ein wenig gequält. Nun, sie würden halt die Suppe mit ein wenig mehr Quellwasser verlängern und statt des teuren Salzes etwas mehr Kräuter hineingeben, die Lyarn auf den Wiesen sammelte, wo der Herrgott sie für seine noch wesentlich größere Familie kostenlos sprießen ließ. Oder sie mussten sich etwas anderes einfallen lassen. Kurz überlegte Eryn, ob sie vielleicht den Wein zu Silvester etwas einschränken sollten, doch rasch verdrängte er den Gedanken und erinnerte sich an den Lohn, den ihm die Spanier für diese Fahrt zahlten.

Kynn riss ihn aus seinen Gedanken. Er jammerte und klagte mal wieder. Kynn war ein Nörgler. Seit fünfzehn Jahren fuhren sie zusammen für den reichen Herrn, der die Kutschen vermietete, und es war noch keine Fahrt vergangen, ohne dass Kynn über irgendetwas gemeckert hätte.

Kynn trank weder Wein noch Starkbier. Er hatte auch kein Weib, mit dem er Silvester feiern konnte, und folglich keine Kinder. Einmal hatten sie den eingefleischten Hagestolz zu ihrer Feier eingeladen, doch Kynn hatte wohl gespürt, dass er ein wenig fehl am Platze war und sich noch vor Mitternacht zurückgezogen. Mit einem schelmischen Grinsen hatte er versprochen, im nächsten September wieder Taufpate zu werden. Manchmal konnte dieser Griesgram doch ein richtiger Scherzbold sein.

»Diese verdammte Rüstung«, maulte Kynn. »Ich komme mir vor wie in einem spanischen Schwitzbad.«

Eryn lachte. »Und wie ist ein spanisches Schwitzbad?«

Kynn wandte ihm sein runzliges Gesicht zu, und Eryn fragte sich wie so oft, weshalb Kynns Knollennase so rot war, wenn er doch höchstens ein verdünntes Bier, wie für die Kinder üblich, den berauschenden Getränken vorzog.

»Na spanisch«, erklärte Kynn mit einem genießerischen, nahezu frivolen Grinsen. »Natürlich ohne Kleidung. Nackig wie es sich beim Baden gehört. Aber es ist kein normales Bad, wie unsereiner es kennt. Es ist eine gar pikante Zeremonie mit einer eifrigen Señorita, die dir zu sanftem Gitarrenklang ganz zart den Rücken schrubbt und außerdem...«

Eryn sollte nie erfahren, wie sich denn nun ein spanisches Schwitzbad genau abspielte. Es blieb bei der Andeutung jener Wonnen, die Kynn mit verklärter Miene zum Besten gegeben hatte.

Kynn verstummte schlagartig, zuckte zusammen, und mitten aus seinem lächelnden Gesicht ragte von einem Augenblick zum anderen ein Pfeil.

Es war ein Anblick, der Eryn bis ins Mark erschütterte. Fassungslos und vor Entsetzen wie gelähmt starrte er seinen alten Freund Kynn an. In diesem schrecklichen Augenblick nahm er gar nicht wahr, was ringsum geschah. Er sah nicht, wie einer der Eskortenreiter, von einer Lanze getroffen, im Sattel schwankte, und wie finstere Gesellen zwischen den Bäumen und Büschen am Rande des Hohlweges auftauchten, als hätte die Hölle sie ausgespuckt.

Eryn sah nur diesen schaurigen Anblick, das verzerrte Lächeln seines Freundes, aus dessen Gesicht der Pfeilschaft ragte, und alles in ihm weigerte sich, das Schreckliche zu begreifen. Dann kippte Kynn, unendlich langsam, wie es Eryn schien, vom Kutschbock und verschwand im Staub, der von scheuenden Pferden und kämpfenden Männern aufgewirbelt wurde.

Erst in diesem Moment erkannte Eryn, dass alles kein Albtraum, sondern grauenvolle Wirklichkeit war, und er schrie gellend sein Entsetzen hinaus. Den bärtigen Gesellen, der sich vom Ast einer mächtigen Blutbuche fast neben dem Kutschbock herabschwang und mit einem Morgenstern ausholte, sah er nicht...

2. Kapitel

»Ich hätte nie gedacht, dass ich mal Amme für eine spanische Kuh nebst Anhang spielen müsste«, sagte Cynan und zügelte sein Pferd neben Ritter Morgan, der auf der Kuppe eines sanft gewölbten Hügels angehalten hatte.

Der etwas füllige Rhodri strich sich eine dunkelblonde Haarsträhne aus der Stirn und bedachte Cynan mit einem etwas säuerlichen Grinsen.

»Welche Kuh meinst du, Cynan? Die langhaarige Pralle mit den Glutaugen oder...?«

Cynan lachte, und seine kräftigen Zähne blitzten im schwarzen Bart. »Wie kannst du die schöne Señorita als Kuh bezeichnen? Rhodri, Rhodri! Ich sprach natürlich von dem Viech, das die Spanier in diesem komischen Wagen da mitnehmen.«

Er nickte zu der Reisegesellschaft jenseits einer Birkengruppe.

Vier – gewappnete Reiter ritten einer schwarzen Kutsche voraus, die von prächtigen Schimmeln gezogen wurde. Danach folgten zwei Wagen, der Verpflegungswagen und ein schwerer Kastenwagen, der keinerlei Fenster sondern nur Belüftungsschlitze hatte.

Seit sie der Gesellschaft folgten, wussten sie, dass sich in dem letzten Wagen eine oder mehrere Kühe befanden, was das gelegentliche Brüllen und Stampfen verriet. Den Schluss der Kolonne bildeten wiederum zwei Männer der Eskorte. Einer trug eine Standarte wie der rechte Reiter an der Spitze, damit jeder sah, welch noble Herrschaft er eskortierte. Der andere hielt eine Lanze. Ihre breiten Helme schimmerten im rötlichen Schein der Abendsonne, die im Begriff war, sich hinter den majestätischen Fichten auf den Hügeln im Westen zurückzuziehen.

Cynan warf einen Blick zu Ritter Morgan, der die Augen mit einer Hand vor der tiefstehenden Sonne beschattete und zu der Reisekolonne hin spähte.

»Was meinst du, weshalb die Spanier die Kühe mit auf die Reise genommen haben?«, erkundigte er sich.

»Vermutlich ein Gastgeschenk für Sir Arn of Corlstone«, antwortete Morgan in Gedanken.

Cynan kraulte seinen schwarzen Bart. »Aber Kühe hat Sir Arn auf seinem großen Land ringsum die Burg doch genug«, brummte er.

»Vielleicht melken sie ihre spanischen Kühe unterwegs, weil sie unsere Milch nicht mögen«, warf Rhodri ein. Er bewegte sich unbehaglich im Sattel. Sie waren seit Tagen unterwegs, und trotz der ausgedehnten Pausen, welche die Spanier einlegten, hatte Rhodri sich wundgeritten. Zuerst eine kleine Pustel, dann eine Schwiele, und wenn ihn nicht alles täuschte, dann zierte jetzt ein pflaumengroßes Furunkel seinen Hintern. Aber Auftrag war Auftrag, und der lautete nun einmal, die spanische Gesellschaft unauffällig zu begleiten und Schutzengel zu spielen, wenn es nötig sein sollte. Sir Ronan of Launceston, dem Sheriff von Cornwall, war es gewiss recht gleichgültig, wie es um den Hintern eines Soldaten bestellt war. Rhodri seufzte bei diesem Gedanken.

»Papperlapapp«, sagte Cynan. »Als ob spanische Kühe andere Milch geben als unsere!« Er lachte dröhnend.

»Ich hörte, sie füttern ihr Vieh mit Pfefferbohnen und geben ihnen anschließend ein paar Eimer Rotwein zum Durstlöschen«, sagte Rhodri und verscheuchte eine Fliege, die sich auf seiner Nase niedergelassen hatte.

Morgan lächelte, als seine Begleiter zu einer heftigen Diskussion über spanische Sitten und Gebräuche ansetzten.

»Ich sage dir...«, begann Cynan, doch er hielt sein Versprechen nicht.

Der leichte Wind trieb den Schrei heran. Ein langgezogener, gellender Schrei voller Entsetzen. Die Köpfe der Männer flogen herum.

Von der Reisegesellschaft waren nur noch der letzte Wagen und die beiden Schlussreiter der Eskorte zu sehen. Ein mit Büschen und Bäumen bewachsener Hang verdeckte die Sicht auf den Rest der Kolonne. Nur hier und da schimmerte etwas durch eine Lücke im Blattwerk.

Morgans Augen verengten sich, als er Gestalten auf dem Hang und auch auf dem gegenüberliegenden Hügel auftauchen sah, zwischen denen der Fahrweg hindurch führte.

»Ein Überfall«, rief er. »Vorwärts!«

3. Kapitel

Eine Gestalt sprang von einem der Bäume herab. Eryns Blick zuckte nach rechts, und erst jetzt nahm er den bärtigen Kerl wahr, der den Morgenstern schwang. Die todbringenden Stahlzacken funkelten rötlich im Schein der Sonne.

Eryn schickte ein Stoßgebet zum Himmel und duckte sich in seiner Verzweiflung zur Seite. Das half vermutlich beides. Der Morgenstern streifte ihn nur mit einem knirschenden Geräusch am Kettenhemd auf der Brust und fegte ihn vom Kutschbock. Eryn stürzte in den Sand des Fahrwegs hinab und blieb benommen liegen. Er schmeckte Staub und sah alles wie durch einen wallenden, rötlichen Schleier. Männer schrien. Schwerter klirrten. Ein Pferd brach, von einem Pfeil getroffen, zusammen und wieherte gepeinigt.

Ein anderes Pferd ging in Panik durch. Sein Reiter war von einer Lanze aus dem Sattel gestoßen worden. Jetzt versuchte er sich schwerfällig aufzurappeln und zückte das Schwert. Ein Keulenhieb schmetterte ihm das Schwert aus der Hand. Der Mann mit dem Morgenstern sprang auf ihn zu und schwang seine furchtbare Waffe. Da preschte zwischen den Büschen ein Reiter hervor.

Mit einem gewaltigen Satz sprang sein prächtiges Pferd in den Hohlweg hinein, und sein Reiter holte mit dem Schwert aus. Der Mann mit dem Morgenstern sah ihn aus dem Augenwinkel heranfliegen, und sein Kopf zuckte herum. Das rettete den Mann der Eskorte. Der Morgenstern knallte keine Handbreit neben seinem Kopf in den Sand und hieb einen kleinen Krater.

Der Räuber riss die Waffe hoch, wollte sie gegen den Reiter schleudern.

Unbewusst schrie Eryn auf. Doch da stieß der Reiter, ein großer, kühn aussehender Mann mit einem Kettenhemd, dem wilden Gesellen das Schwert in die Brust. Der Morgenstern verfehlte Pferd und Reiter und klatschte gegen den Stamm einer Buche am Rande des Wegs. Röchelnd sank der Räuber in den Staub.

Der Reiter – es war Morgan, der mit seinen Soldaten zur Stelle war – zog sein Schwert aus der Brust des Räubers und parierte sein Pferd. Er jagte auf zwei der wilden Gesellen zu, die gegen einen der Spanier kämpften. Der Mann der Eskorte führte eine vortreffliche Klinge. Er trieb einen der Angreifer mit wuchtigen Schlägen zurück und fuhr zu dem zweiten herum, dessen Schwert ihn an der Schulter traf. Der Spanier wankte unter der Wucht des Hiebes, stolperte über eine Furche des Wagenwegs und stürzte.

Mit einem triumphierenden Schrei sprang der Räuber auf ihn zu und holte mit dem Schwert aus.

Da war Ritter Morgan heran.

Er schmetterte dem Räuber das Schwert aus der Hand. Entsetzt starrte der Mann zu dem Reiter auf, und Todesfurcht flackerte in seinem Blick. Er wusste nicht, dass Morgan ein Ritter war, der niemals einen Wehrlosen schlug. Er starrte auf das blutige Schwert und rechnete mit dem tödlichen Stoß.

»Gnade!«, stöhnte der Mann und hob wie abwehrend die Hände hoch, obwohl ihm das nicht viel genutzt hätte.

Morgan hatte ihn schon gar nicht mehr beachtet.

»Dreh dich um!«, schrie er einem der Schurken zu, der ihm halb den Rücken zuwandte und auf einen Mann der

Eskorte lossprang, der sein Schwert verloren hatte und hilflos am Boden lag.

Der Bursche zuckte herum, riss das Schwert hoch, doch er kam nicht mehr dazu, es einzusetzen. Morgan trieb sein Pferd gegen ihn und warf ihn zu Boden.

Der Mann stieß einen markerschütternden Schrei aus, der dann wie abgeschnitten verstummte. Morgan glaubte schon, das Tier hätte den Räuber zu Tode getrampelt, doch dann sah er, dass ein Pfeil aus der Brust des Mannes ragte. Er hatte beide Hände um den Pfeilschaft gekrallt, als wollte er noch im Sterben den Pfeil aus seinem Körper reißen.

Der Räuber war von einem seiner Kumpane getroffen worden!

Morgan fuhr im Sattel herum. Irgendwo zur Rechten auf einem der Bäume musste der heimtückische Schütze stecken, und er hatte sicherlich nicht seinen Kumpan töten, sondern den Reiter treffen wollen.

Morgan warf sich vom Pferd. Im letzten Augenblick. Ein Pfeil zischte über den leeren Sattel hinweg. Dann rollte er sich ab und sprang auf. Staub hüllte ihn ein.

In der Kutsche gellte ein Schrei. Der Schrei einer Frau!

Morgan hetzte los. Mit einem schnellen Blick sah er, dass auch die beiden Gefährten von den Pferden gesprungen waren. Beide kämpften mit dem Schwert, und der Kampflärm hallte über den Hohlweg.

Der Schrei war verstummt, und Morgan befürchtete Schlimmes. Er erreichte die Kutsche.

Dort waren jetzt Kampfgeräusche zu hören. Ein Aufprall. Ein unterdrücktes Stöhnen und ein seltsam gedämpfter Schrei. Auf der anderen Seite der Kutsche.

Morgan lief um das Heck der Kutsche herum.

Mit einem Blick erfasste er die Situation. Am Boden lag die reglose Gestalt eines Mannes. Alfons von Cordoba, wie Morgan wusste. Und dessen Tochter Isabella bäumte sich im Griff eines bärtigen Gesellen auf. Mit einer Hand hielt er ihre Taille umklammert, die andere presste er auf ihren Mund. Der Kerl war offenbar nur mit einer Keule bewaffnet gewesen, die jetzt neben dem bewusstlosen spanischen Grande am Boden lag.

Isabella wehrte sich nach Leibeskräften. Sie versuchte den Räuber zu treten und zu beißen.

Morgan war mit zwei langen Sätzen heran. Er packte den Kerl an der Schulter, riss ihn herum und schlug ihm die geballte Linke ans Kinn. Der Kopf des Räubers ruckte zurück, und sein Griff lockerte sich. Isabella riss sich los. Sie rief etwas auf Spanisch, lief zu ihrem Vater und fiel neben ihm auf die Knie.

Morgan hielt das Schwert, das er fallen gelassen hatte, weil der Räuber unbewaffnet war, schon wieder in der Hand. Er wollte den zurücktaumelnden Räuber mit der Linken am Kragen packen und ihm mit der Rechten die Klinge an die Kehle setzen, um ihn gefangen zu nehmen. Doch in einem Reflex riss der Kerl noch im Fallen einen Fuß hoch, seine Stiefelspitze traf Morgan am Handgelenk und prellte ihm dadurch das Schwert aus der Hand.

Der Räuber sprang auf und trat ein weiteres Mal zu. Er traf Morgan wuchtig an der Hüfte. Der Ritter strauchelte und stürzte. Doch anstatt seinen Vorteil zu nutzen und nachzusetzen, warf sich der Räuber herum und hetzte davon.

Morgan riss sein Schwert aus dem Staub und war mit einem Satz auf den Beinen.

Dann ließ er das Schwert sinken und wischte sich mit der Linken Staub aus dem Gesicht. Der Flüchtende wandte ihm den Rücken zu, und es verstieß gegen die Ritterehre, einen Wehrlosen zu töten, selbst wenn es ein verruchter Mordgesell war.

Morgan blickte zu Isabella. Sie hatte sich aufgerichtet und wandte ihm ihr Gesicht zu. Ein rassiges Gesicht, mit großen, glutvollen schwarzen Augen und schwellenden roten Lippen.

»Weshalb lasst Ihr ihn entkommen?«, fragte sie und nickte zu dem Räuber hin, der gerade zwischen den Bäumen verschwand.

»Er war waffenlos und meines Schwertes nicht würdig«, sagte Morgan, der trotz seiner Anspannung die Schönheit der Spanierin bewunderte.

Sie las wohl die Bewunderung in seinem Blick. Das Funkeln ihrer Augen schien sich noch zu verstärken, und die Andeutung eines Lächelns spielte um ihre Lippen.

»Ihr sprecht fast wie ein Hidalgo. Ritter sagt man wohl in Eurem Lande.«

Morgan nickte und erwiderte ihr Lächeln, das sein Herz schneller pochen ließ. Es war das erste Mal, dass er Isabella aus der Nähe sah und mit ihr redete. Er war überrascht, dass sie so gut Englisch sprach, mit einem süßen Akzent. Gern hätte er ihr deswegen ein Kompliment gemacht, doch dazu war im Augenblick keine Zeit. Immer noch wurde gekämpft.

»Geht in die Kutsche«, mahnte er besorgt, während er nähertrat, um sie mit seinem Körper zu schützen, und zu den Büschen und Bäumen am Wegesrand spähte. Irgendwo dort musste noch der Bogenschütze stecken.

»Vater ist ohnmächtig«, sagte Isabella. »Helft mir, ihn in die Kutsche zu tragen.«

»Erst müsst Ihr aus der Gefahr«, sagte Morgan hastig. Er zog die Tür auf. Drei Gestalten kauerten in der Kutsche Die ältere Frau musste Isabellas Mutter sein. Die Ähnlichkeit war unverkennbar. Die junge Señorita war die Dienerin. Beide starrten ihn schreckensbleich an.

Der Mann, der zwischen den Sitzen auf dem Boden lag und offenbar betete, war der Diener. Es sah aus, als wollte er durch den Wagenboden kriechen. Er hob den Kopf. Sein Gesicht hätte zu einem kühnen Edelmann gepasst, was die stolzen, markanten Züge anbetraf. Doch der Bursche zitterte vor Angst, und Morgan hätte geschworen, dass die spanischen Worte, die er jetzt hervorstammelte, ein Flehen um Gnade waren.

Morgan nickte ihm aufmunternd zu und wandte sich an Isabella. »Sagt ihm, dass ich kein Feind bin und dass er Platz für seinen Herrn schaffen soll.«

»Ja, der gute Pedro ist kein Held«, sagte Isabella mit einem wissenden Lächeln, und sie fügte einen spanischen Wortschwall hinzu. So süß ihr Akzent auch war, in ihrer Muttersprache kam ihre melodische Stimme noch besser zur Geltung.

Pedro fiel offensichtlich ein ganzer Berg von Steinen vom Herzen ob Isabellas tröstlichen Worten. Er schielte noch einmal zu Morgans blutigem Schwert und erhob sich dann unbeholfen.

Morgan war voller Ungeduld und Anspannung. Von dem Bogenschützen war nichts zu sehen, und von dem

Baum aus, der gut zwei Dutzend Schritte entfernt war, konnte er kaum jemand auf dieser Seite der Kutsche treffen. Doch es war möglich, dass es weitere Bogenschützen gab oder dass der Kerl inzwischen die Position gewechselt hatte.

»Schnell«, drängte er und legte einen Arm um Isabellas Hüfte, um sie in die Kutsche zu schieben.

Doch die Eile war nicht mehr nötig. Hufschlag entfernte sich jenseits der beiden Hügel, und dann tauchte auch schon Cynan auf.

Isabellas Augen weiteten sich, als sie den schwarzbärtigen Hünen mit dem blutigen Schwert erblickte, und sie klammerte sich schutzsuchend an Morgan. Sie kannte ja die Soldaten des Sheriffs nicht, und sie hielt Cynan anscheinend für einen der Räuber. Nun, Cynan bot schon einen schauerlichen Anblick, und Morgan konnte Isabellas Erschauern in dieser Situation nur zu gut verstehen.

Cynans Stiefel, Beinlinge und Kettenhemd waren staubig und wiesen Blutflecke auf, und das blutige Schwert in seiner Hand wirkte nach allem, was über die Reisenden hereingebrochen war, auch alles andere als vertrauenerweckend.

Cynan lachte mit blitzenden Zähnen.

»Alles erledigt«, sagte er mit dröhnender Stimme. »Diese Bande ist besiegt, und die Überlebenden haben ihre dreckigen Ärsche auf ihre Pferde geschwungen und sind abgehauen, diese verdammten Schufte und...«

Er verstummte verwundert ob Morgans mahnenden Blickes, den er nicht zu deuten wusste. Er ahnte nur, dass er offenbar zu viel gesagt hatte.

»Sie sind abgehauen!«, seufzte Isabella erleichtert, und sie sank gegen Morgan. Der Ritter nahm ihren betörenden Duft wahr, die Berührung der schönen Frau verwirrte ihn und ließ sein Herz schneller schlagen.

»Sie spricht Englisch?«, fragte Cynan entgeistert.

Isabella hatte sich schnell wieder unter Kontrolle. Sehr zu Morgans Bedauern löste sie sich von ihm, strich eine Strähne ihres pechschwarzen, langen Haares aus der Stirn und lächelte Cynan an. Äußerst amüsiert, wie Morgan fand.

»Mein Vater ist ein halber Engländer, und ich hatte einen englischen Lehrer.«

Rhodri tauchte auf, bevor Cynan sich von seiner Verblüffung erholt hatte. Sein rundes Gesicht war gerötet und mit Schweiß bedeckt. Seine Beinlinge waren seitlich aufgerissen, und er musste unsanft aufs Gesäß gefallen sein, denn er hielt sich eine Hand darauf. Es sah ganz so aus, als wollte der Soldat eine Reihe deftiger Flüche von sich geben, und damit Rhodri nicht das gleiche Missgeschick wie Cynan wiederfuhr, sagte Morgan schnell: »Kein Gerede! Wie viele sind entkommen?«

»Drei, vier«, sagte Rhodri mit einem Schulterzucken.

»Ihnen nach!«, antwortete Morgan. »Schnappt sie euch!«

Rhodri nahm die Hand vom Hintern und verneigte sich galant vor Isabella. *Nun, Manieren hat er gelernt,* dachte Morgan.

Die beiden Gewappneten eilten davon, um ihre Pferde zu suchen, die von der Kampfstätte fortgelaufen waren. In diesem Augenblick tauchte ein Mann der Eskorte bei der Kutsche auf. Es war der Spanier, der im Kampf gegen zwei der Räuber bewiesen hatte, dass er zu kämpfen verstand.

Er war klein, schlank und schwarzäugig, und er redete mit Händen und Füßen, wobei er immer wieder mal ein *Caramba!* einflocht und sich von Zeit zu Zeit bekreuzigte.

»Carlo meint, dass wir zwei Kutscher und drei Pferde verloren haben«, sagte Isabella, als sie Morgans fragenden Blick auffing. Dann sah er Rhodri, der sein Pferd ein Stück weiter im Hohlweg gefunden hatte und zurückkehrte. »Besorgt auf dem Weg drei Pferde«, rief er ihm zu.

Rhodri nickte. »In Ordnung. Wo finden wir Euch?«

Du kennst doch die Reiseroute! hatte Morgan auf der Zunge, doch er besann sich noch rechtzeitig. Die Spanier sollten nicht wissen, dass er und seine Männer über alles Bescheid wussten.

»Wir warten bei der Quelle des Saylerriver!«, rief Morgan und wies nach Norden.

»In Ordnung«, rief Rhodri zurück und trieb seinen Hengst an. Cynan preschte kurz darauf hinter ihm her, auf den Spuren der Räuber.

Der Spanier Carlo redete immer noch temperamentvoll und gestenreich. Isabella übersetzte unaufgefordert.

»Carlo ist untröstlich. Er sagt, der Überfall kam zu plötzlich.«

Das haben Überfälle meistens so an sich, dachte Morgan, doch er schwieg aus Höflichkeit.

Carlo redete jetzt mit heftigen Gebärden auf Morgan ein, und obwohl Morgan des Spanischen nicht mächtig war, sah er an der Mimik und den Gesten, dass Carlo sämtliche Räuber zum Mond oder in den tiefsten Winkel der Hölle wünschte.

»Er flucht genauso wie Euer Freund«, sagte Isabella lächelnd. »Er sagt, dass er die Situation fest im Griff hatte, aber er dankt Euch trotzdem für Eure tapfere Hilfe.« Ihre Lippen wölbten sich leicht spöttisch.

»Ich glaube nicht, dass es so glimpflich ohne Euer beherztes Eingreifen ausgegangen wäre. Aber Carlo ist sehr eitel und stolz, und er würde jeden zum Duell fordern, der es wagte, seine Fähigkeiten als Meister der Schutztruppe infrage zu stellen. Er hat sogar angedroht, sich einen Dolch ins Herz zu stoßen, wenn wir den Schutz annehmen würden, den uns Sir Arn of Corlstone, auf dessen Einladung hin wir unterwegs sind, angeboten hat.«

Morgan fasste den Spanier ins Auge. Carlo war zu den anderen geeilt, die sich um Alfons von Cordoba scharten, der aus seiner Ohnmacht erwacht war und sich aufgesetzt hatte. Gestenreich redete Carlo auf den Grande ein.

Dieser Carlo hatte sich also gegen Unterstützung auf der Reise verwahrt. Ihm hatten sie diesen Auftrag von Sir Ronan zu verdanken, die Spanier unauffällig zu begleiten und ihnen gegebenenfalls gegen Wegelagerer zu helfen, damit sie sicher nach Castle Corlstone gelangten. Sir Arn of Corlstone war um drei Ecken mit Alfons von Cordoba verwandt, und er wollte, dass Isabella seinen Sohn Ayan heiratete. Die Spanier erwiderten jetzt den Besuch derer von Corlstone. Sir Arn hatte ihnen so viele Männer zum Schutz zur Verfügung gestellt, wie sie nur wollten, doch die Spanier hatten strikt abgelehnt. Vermutlich wollten sie nicht, dass sich ihr Carlo aus gekränktem Stolz tatsächlich das Leben nahm.

Isabella sah Morgan immer noch mit diesen großen, seelenvollen Augen an, und es wurde Morgan heiß unter dem glutvollen Blick.

»Nein, ohne Euch und Eure ebenfalls tapferen Freunde wären wir wohl verloren gewesen«, sagte sie. »Ich danke Euch aus tiefstem Herzen. Dabei weiß ich nicht mal Euren Namen!«

Morgan stellte sich galant vor, und sie war nicht sehr überrascht, dass er ein Ritter war. Sie sagte ihm dann, was Morgan schon wusste: Ihren Namen und den Zweck der Reise.

»Ihr zukünftiger Gemahl kann sich glücklich preisen«, entgegnete Morgan und blickte ihr bewundernd tief in die Augen.

Die langen Wimpern flatterten leicht. Es war, als fiele ein Schatten auf ihr Gesicht.

»Nun, so weit wird es vielleicht gar nicht kommen. Doch die Höflichkeit gebietet es uns, den Besuch zu erwidern«, sagte sie plötzlich kühler. Danach lächelte sie ihn wieder an, und Morgan fragte sich verwirrt, ob er ihre Worte richtig verstanden hatte. Das klang ja so, als hätte sich Isabella noch gar nicht zur Heirat entschlossen! Er überlegte, wie er eine diesbezügliche Frage stellen konnte, ohne unschicklich zu sein, doch es war, als hätte Isabella seine Gedanken erraten.

»Mein Herz hat sich noch nicht entschieden«, sagte sie leise, und ihr Blick tauchte tief in seinen. Dann nahmen ihre sanft gebräunten Wangen einen leicht rötlichen Schimmer an, und sie senkte den Kopf. Sie wandte sich ab und schritt zu ihrem Vater. Sie war recht groß und schlank, und ihr Gang war anmutig, beschwingt und doch irgendwie hoheitsvoll, und ihre Hüften schwangen leicht unter der Surcotte aus dunkelroter Seide.

Sie sprach mit ihrem Vater.

Morgan kam sich im Augenblick überflüssig vor. Er lauschte dem melodischen Klang von Isabellas Stimme, und er glaubte noch einen Hauch ihres Duftes wahrzunehmen. Er hörte ein paarmal das Wort *Hidalgo* und einmal auch seinen Namen, und er sah, wie die anderen jedes Mal die Köpfe wandten und ihn anstarrten, als sei er aus einer anderen Welt.

Schließlich erhob sich Alfons von Cordoba. Er war ein kleiner, schlanker Mann Anfang fünfzig. Er trug einen schwarzen Waffenrock mit kostbarer Bortenweberei. Sein markantes Gesicht war gebräunt, doch jetzt wirkte es leicht fahl. Seine Züge hatten etwas Hochmütiges, doch dieser Eindruck verlor sich, als er herzlich lächelte und Morgan die Hand hinstreckte.

»Danke«, sagte er schlicht und sah Morgan fest in die Augen. Nur dieses eine Wort, doch Morgan wusste, dass es aus vollem Herzen kam.

»Ich bitte Euch, mein Gast zu sein«, sagte Alfons von Cordoba mit festem Händedruck.

Diese Einladung nahm Morgan nur zu gerne an.

4. Kapitel

»Ich werd' verrückt«, sagte Cynan und zügelte sein Pferd. »Hui, diese Spanier werden mir immer sympathischer.«

Auch Rhodri blickte fasziniert zu der Lichtung hin. Er vergaß sogar sein schmerzendes Hinterteil und seinen Groll darüber, dass ihnen die Räuber entkommen waren.

Sie waren ihnen nahe auf den Fersen gewesen, doch die hereinbrechende Dunkelheit war zum Verbündeten dieser Lumpen geworden. Cynan hatte ganz recht: Die Mächte der Finsternis halten eben immer zusammen. *Und dieser Hundsfott von Bogenschütze!,* dachte Rhodri. Er und Cynan hatten gerade überlegt, ob sie die Verfolgung fortsetzen oder aufgeben sollten, denn die Räuber waren in einen Wald geritten, und wo hätten sie da im Dunkeln suchen sollen? Da war ein Pfeil vom Waldrand herangezischt und hatte Rhodri nur ganz knapp verfehlt.

»Ist das aufregend!«, sagte Rhodri beinahe andächtig und blickte zu dem Mädchen hin, das zum Klang einer Gitarre und irgendeinem rhythmischen Klappern im Schein des Lagerfeuers tanzte.

»Ist die aufregend«, korrigierte Cynan grinsend und beobachtete den feurigen Tanz der Spanierin.

»Das muss die Dienerin sein«, murmelte Rhodri. »Die ist ja fast noch schöner als ihre Herrin.«

»Lass das nicht den Ritter hören«, brummte Cynan. »Das könnte ihn ärgern.«

»Was?« Rhodri löste kurz den Blick von der Spanierin, die in ihrer grünen Surcotte tanzte, voller Anmut und stolzer Grazie. »Sag nur, Morgan hätte was mit Isabella im Sinn?«

Cynan zuckte mit den breiten Schultern. »Natürlich nicht. Sie ist schließlich einem anderen versprochen. Immerhin sah ich, wie er sie im Arme hielt, und wenn du mich fragst, so weiß ich nicht, wer wen mehr angeschmachtet hat – er sie oder sie ihn.«

»Deshalb war er so schroff zu mir!«, murmelte Rhodri. »Ich wunderte mich schon, weshalb er mich so anfuhr und sofort wegscheuchte, bevor ich mir die Spanier mal richtig aus der Nähe ansehen konnte! Er wollte nicht gestört werden!«

Cynan grinste. Er kannte den wahren Grund, verriet Rhodri aber nichts davon.

»Wenn du mich fragst«, sagte er, »so hätte der mickrige Ayan gegen Morgan bei Isabella keine Chance. Aber so ist das nun mal, wo die Liebe hinfällt.«

»Die von deren Stande heiraten doch meistens nur wegen des Geldes«, murmelte Rhodri. »Ich würde die Dienerin da ohne einen einzigen Silberling nehmen.« Gebannt schaute er wieder zu der Tänzerin.

»Sag nur, du willst heiraten?«, brummte Cynan überrascht.

»Das nicht gerade«, schwächte Rhodri versonnen ab.

»Mann, hat die ein Feuer«, murmelte Rhodri begeistert.

»Möchte wissen, wie sie dieses Klappern zustande bringt, wenn sie so graziös mit den Händen wirbelt«, antwortete Cynan.

»Das sind Kastagnetten«, sagte Rhodri.

»Was – Kastanien?«, fragte Cynan verblüfft. Er wusste nicht viel über Spanien, genauer gesagt, diese Spanier waren die Ersten, die er leibhaftig gesehen hatte.

»Kastagnetten«, wiederholte Rhodri. »Das sind zwei hölzerne Klappern, die beim Tanz gegeneinander geschlagen werden. Die soll es auch in Italien geben.«

»Du kennst dich aber aus«, sagte sein Kamerad mit einer Spur von Anerkennung. »Lass uns diesen Anblick noch etwas genießen!«

»Manchmal hast du gute Ideen«, stimmte Rhodri zu und stieg vom Pferd. »Oh, tut mir der Hintern weh«, stöhnte er dabei.

Auch Cynan saß ab. Sie banden die Zügel an Baumstämme.

Doch die beiden hatten nicht auf ihre unmittelbare Umgebung geachtet.

Das erkannte Rhodri einen Augenblick später, als sich etwas in seinen Rücken bohrte, was unzweifelhaft eine Schwert- oder Messerklinge war, und eine scharfe Stimme etwas in seinen Nacken zischte, was Rhodri nicht verstand, was aber äußerst drohend klang.

Rhodri erstarrte.

Im nächsten Augenblick zuckte er zusammen, denn etwas ratschte über sein Kettenhemd hinauf und streifte ihn am Hals und am Ohr. *Eine Schwertklinge!* Rhodri erschrak bis ins Mark. *Der Kerl will mir die Kehle durchschneiden!* durchfuhr es ihn.

Gleich darauf hörte er einen dumpfen Aufprall und einen überraschten Schrei und Rhodri erkannte, dass sein Kopf noch auf den Schultern war und dass auch die Kehle nicht fehlte.

Er wirbelte herum und sah den Umriss einer Gestalt im Dunkel. Die Gestalt schwankte, und im nächsten Augenblick zischte etwas dicht an Rhodri vorbei und knallte gegen die Gestalt. Der Schrei verstummte, und die Gestalt fiel auf den Waldboden und blieb steif liegen.

Rhodri atmete auf. Cynan hatte den Burschen mit einem Fausthieb niedergestreckt.

Jetzt rieb sich Cynan die Handknöchel. »Alles klar, Rhodri? Hab' den Kerl gerade noch rechtzeitig gesehen, als er sich mit gezücktem Schwert an dich heranschlich. Er konnte mich nicht sehen, weil mich mein Gaul und der Baumstamm verdeckten. Musste nur noch mal nachfassen, um ihn richtig zu erwischen.«

Rhodri wischte sich über den Hals und spürte etwas Feuchtes, Klebriges. Die Schwertklinge musste seine Haut aufgerissen haben, als der Kerl, von Cynans erstem Hieb getroffen, zur Seite getaumelt war und dabei das Schwert unfreiwillig hochgerissen hatte. Rhodri tastete mit bösen Ahnungen zu seinem Ohr. Es war noch da.

»Danke«, sagte Rhodri. »Alle Wetter, hat mich der Kerl überrascht! Und ich wusste gar nicht, was er mir da auf Spanisch zu zischte.«

»Spanisch?«, fragte Cynan verblüfft.

»Ja.«

»Oh Gott, da schwant mir Unheil«, murmelte Cynan und warf einen Blick zum Feuer auf der Lichtung.

Erst jetzt fiel ihm auf, dass die Musik verstummt war. Die Spanierin hatte mit ihrem Tanz abrupt aufgehört. Wie eine schöne Statue stand sie dort, hatte eine Hand noch erhoben, und der Schein der Flammen zuckte über ihre Gestalt.

Alle anderen am Feuer hatten die Köpfe gewandt und blickten zum Waldrand. Sie hatten den Schrei vernommen.

»Wieso?«, fragte Rhodri. Dann kapierte er. »Du meinst, es könnte einer von den Spaniern sein?«

Cynan nickte grimmig. Er sah, wie zwei Männer beim Feuer aufsprangen und ihre Schwerter zückten.

»Morgan, wir sind's!«, brüllte Cynan.

Er sah, wie Morgan sich zu Isabella neigte, die neben ihm saß, und kurz mit ihr sprach. Isabella rief etwas auf

Spanisch, und die Männer der Eskorte kehrten zum Feuer zurück. Sie hatten alle die unbequemen Kettenhemden abgelegt, was die Soldaten für dumm hielten, denn gerade des Nachts war die Gefahr, von Räubern überfallen zu werden, am größten. Vielleicht waren die Spanier so naiv, anzunehmen, in Cornwall gebe es nur diese eine Bande.

Cynan schritt zu dem Bewusstlosen und warf ihn sich über die Schulter. Dann ging er mit Rhodri zum Lager.

Betroffen schauten ihnen die Spanier entgegen.

»Sag du dem Ritter, was passiert ist«, flüsterte Cynan seinem Freund zu. »Und denk daran, Angriff ist die beste Verteidigung. Du brauchst kein Blatt vor den Mund zu nehmen, denn die Spanier verstehen deine Flüche nicht.« Er hoffte, Rhodri genügend angestachelt zu haben und verbarg ein Grinsen.

Ritter Morgan erhob sich am Feuer und trat ihnen entgegen.

»Was ist passiert?«, fragte er.

Rhodri sagte es ihm. Und er beherzigte Cynans schlitzohrigen Rat und zog vom Leder, dass mancher Schweinehirt errötet wäre. Nach einigen saftigen Flüchen sagte er: »Dieses dreimal verdammte Warzenschwein«, er nickte zu dem Spanier hin, den Cynan ablegte, »hat mich hinterrücks mit dem Schwerte bedroht, und deshalb hatte Cynan keine andere Wahl, als ihm auszuschalten.« Er fügte hinzu, das müsse der Ritter doch verstehen und Cynan verzeihen.

Morgan verstand und verzieh. Er konnte sich ein Lächeln nicht ganz verkneifen.

»Wir konnten wirklich nicht wissen, dass der Kacker zu unseren Leuten gehört«, fügte Rhodri hinzu, ohne Cynans breites Grinsen zu bemerken.

Isabella erhob sich geschmeidig am Feuer. »Nein, das konntet Ihr nicht wissen«, sagte sie mit leichtem Dialekt, »dass dieses dreimal verdammte Warzenschwein unser Hofmeister und Chef des Schutztrupps Carlo Hernandez ist, der auf Wache um das Lager streifte.«

Sie lächelte amüsiert, als Rhodri den Mund aufsperrte und sie entgeistert anstarrte.

»Verzeiht dem Armen«, fügte sie mit einem Blick zu Carlo Hernandez hinzu, der sich gerade regte und sein Kinn betastete. »Der Kacker hätte Euch wirklich nicht mit dem Schwerte bedrohen sollen.«

»Verzeihung – ich wusste nicht...«, stammelte Rhodri und blickte wütend zu Cynan hin und dann hilfesuchend zu Morgan. Morgan lächelte, und Cynan grinste breit. Er streckte dem Spanier hilfreich die Hand hin und zog ihn auf die Füße.

»Komm schon, mein Junge. Wenn ich gewusst hätte, dass du zu ihnen gehörst, hätte ich bestimmt nicht so fest zugeschlagen.«

Der Spanier verstand nicht. Er stieß eine Serie spanischer Worte aus, die verdächtig nach Flüchen klangen, und dabei rollte er wild mit den Augen, und seine Gesten deuteten an, was er mit dem *Hombre* anstellen würde, der ihn im Wald niedergeschlagen hatte.

Isabella unterbrach ihn. Sie klärte ihn kurz auf. Da wurde Carlo stumm. Er fasste den Soldaten des Sheriffs ins Auge und starrte ihn finster an. Cynan lächelte versöhnlich, doch das wirkte nicht so sehr. Wenn Blicke töten könnten, wäre er auf der Stelle tot umgefallen. Wahre Giftflammen loderten ihm aus den schwarzen Augen des Spaniers entgegen.

Isabella versuchte, die Wogen zu glätten. Sie sprach offenbar besänftigend auf den Spanier ein. Daraufhin schickte Carlo zwei seiner Männer auf Wache aus und ging zum Feuer, um einen Schluck Rotwein aus dem bauchigen Krug einzuschenken, der dort im Gras stand.

Morgan zog seine Begleiter zur Seite. Kein Wort des Tadels kam über seine Lippen, wie der beschämte Rhodri erwartet hatte. Cynan berichtete, dass ihnen die Räuber entkommen waren.

Isabella hatte derweil ihrem Diener einige Anweisungen gegeben. Doch es war die Dienerin, die dann den beiden Soldaten Wein brachte.

Morgan stellte die beiden Waffenknechte vor, und Isabella übersetzte.

Aus der Nähe betrachtet, wurde für Cynan und Rhodri der Unterschied zwischen den beiden Frauen deutlicher; Morgan hatte sie ja schon genau ansehen können. Die Dienerin war jünger, vielleicht zwanzig, während Isabella um vier, fünf Jahre reifer war. Beide Frauen waren schön, doch von unterschiedlichem Reiz. Die Dienerin hatte etwas graziös Puppenhaftes, dabei wirkte sie scheu und sanft. Isabella dagegen war von stolzer Anmut und Selbstsicherheit.

Die Dienerin hieß Calvina, wie Morgan und die Knappen erfuhren. Calvina war einen Kopf kleiner als Isabella.

Dann gab es plötzlich einen Zwischenfall. Es ging alles ziemlich schnell, sodass hinterher niemand genau zu sagen wusste, wie es eigentlich geschehen war. Vermutlich lag es an Sprachschwierigkeiten. Jedenfalls tauchte vor dem auf Wein wartenden Cynan der zornige kleine Spanier auf. Er überschwappte den Soldat förmlich mit einer Woge von gefährlich klingenden Worten, stieß ihm vor die Brust, tippte sich genauso hektisch, doch etwas leichter selbst gegen die Brust und zückte sein Schwert. Cynan fühlte sich bedroht und machte sich ebenfalls kampfbereit.

Isabella erklärte jetzt Morgan und den Soldaten das Missverständnis. Carlo hatte Cynan keineswegs angreifen, sondern ihn – wenn auch vor Zorn kochend – in aller Form zum Duell auffordern wollen. Sein Stolz war nach der Niederlage im Wald verletzt, und er wollte Genugtuung, als plötzlich aus dem geschlossenen Kastenwagen ein langgezogenes Brüllen erklang.

»Was ist das?«, wandte Rhodri sich in der allgemeinen Aufregung an Calvina und wies zum Wagen. Die Dienerin stand auf und machte ihm ein Zeichen, mit zu dem Wagen zu kommen.

Diese Ablenkung nutzte Isabella, um die Wogen etwas zu glätten. Als alles geklärt war, verlangte sie, dass Carlo und Cynan sich die Hände reichen und einen Versöhnungsschluck trinken sollten. Carlo reichte ihm zwar die Hand, und er trank mit Cynan. Doch er bestand auf einem Duell.

Morgan und Isabella vermittelten, doch sie erreichten nur einen Aufschub. Beide waren finster entschlossen, das Duell auszutragen. Alle Verhandlungen und auch die vielen Becher Wein, die dabei geleert wurden, nutzten nichts.

So ging es nur noch um die Frage des Termins. Indessen stand Rhodri mit Calvina im Schatten bei der unförmigen Kastenkutsche, und sie erklärte ihm sehr lebhaft das Geschehen, und schloss schließlich:

»Du verstanden?«

Er schüttelte den Kopf. Dann fiel ihm auf, dass sie die Frage, wenn auch nicht im gepflegtesten, so doch auf Englisch gestellt hatte.

»Du sprichst Englisch?«

Jetzt schüttelte Calvina den Kopf. Sie wies auf den Wagen und stieß ein leises, süßes »Muh« aus. Anschließend hielt sie beide Hände mit ausgestrecktem Zeigefinger an die Schläfen und sagte: »Toro.«

Dann reckte sie einen Daumen hoch und fügte hinzu: »Du verstanden?«

Die Gesten waren eindeutig gewesen, und Rhodri war kein Dummkopf. Es war ihm wie Schuppen von den Augen gefallen. In der Kutsche waren keine Kühe, sondern ein Stier. Und das musste nach dem vorherigen Ausbruch ein äußerst wilder Geselle sein. Vielleicht ein Zuchtstier, den die Spanier Sir Arn of Corlstone schenken wollten

5. Kapitel

Brehn tobte.

»Neun Männer schicke ich los, um eine kleine Reisegesellschaft niederzumachen!«, brüllte er. »Und was passiert?« Er wartete nicht auf eine Antwort, sondern fuhr mit noch lauterer Stimme fort: »Vier gerupfte Idioten kehren zurück! Mit eingezogenem Schwanz und ohne Beute und Erfolg!«

Der Hüne blickte unheilvoll in die Runde seiner Männer, und im Schein der Kerzen auf dem Tisch schien die wulstige Narbe an seiner rechten Wange noch roter zu werden.

Er schickte noch eine Reihe von Flüchen hinterher, sodass die Adern an seiner breiten Stirn und seinem dicken Hals anschwollen, und seine gerupften Männer blickten noch betretener drein.

Der Grimm aus Brehns grünen Augen schwand etwas, und als er gar weiter an seiner Wildschweinhaxe nagte, atmeten sie schon ein wenig auf.

»Unfähige Läuse!«, schimpfte Brehn schmatzend. »Ich sollte euch auspeitschen, teeren und federn, dann aufhängen und vierteilen lassen!«

Einer der nervenstärkeren Räuber fasste sich ein Herz und versuchte Brehn zu besänftigen.

»Herr, wir...«

Weiter kam er nicht, denn der hünenhafte Anführer warf ihm wutentbrannt die nur halb abgenagte Wildschweinhaxe ins Gesicht. Sie traf dessen Nase, die bei dem gescheiterten Überfall ohnehin schon in Mitleidenschaft gezogen worden war, und landete dann in seinem Schoß.

»Du wagst es auch noch, mir mit faulen Ausreden zu kommen!«, brüllte Brehn. »Es gibt keine Entschuldigung für euer Versagen!«

Er erhob sich, trat auf die Männer zu, und sein Schatten geisterte über die Hüttenwand wie ein drohendes Gespenst.

Breitbeinig blieb er vor seinen Räubern stehen.

Mitleidlos starrte er den Mann an, der seine schmerzende Nase hielt.

»Oder kann mir einer von euch Dummbeuteln einen triftigen Grund für euer Versagen nennen?«

Er blickte von einem zum anderen. Sie schwiegen vorsichtig. »Redet!«, brüllte ihr Anführer.

Da beeilten sich alle, etwas zu sagen, und Brehn konnte dem allgemeinen Gestammel nichts entnehmen.

Er winkte herrisch ab. »Einer von euch Schwätzern soll reden. Und bei Gott, wenn ihm nichts Vernünftiges einfällt, stopfe ich ihm für immer das Maul!«

Die Männer tauschten Blicke. Schließlich hefteten sich alle Blicke auf Ulgur, der tief Luft holte, und dann berichtete.

»Wir konnten nicht ahnen, dass sie so stark gewappnet waren – ich meine, das sahen wir erst im letzten Moment. Und außerdem tauchten völlig überraschend drei Reiter auf, die den Spaniern halfen. Er dort«, er nickte zu einem bärtigen Kumpan hin, »wollte das Blatt noch wenden. Er versuchte, sich eine Spanierin als Geisel zu schnappen. Damit wäre der Kampf beendet gewesen, denn wir hätten drohen können...«

Brehn winkte schroff ab.

»Einer von den drei Soldaten des Sheriffs kam dazwischen«, fuhr Ulgur fort. »Wir hatten schon Verluste, und da blieb uns nichts anderes übrig, als zu verschwinden. Zwei der Kerle verfolgten uns!«

Er sah das Erschrecken in Brehns grünen Augen. Vermutlich dachte der Herr, sie hätten jemand den Weg zu ihrem Versteck gewiesen. »Doch die haben wir abgemurkst«, log er schnell.

Was sie nicht wussten, Brehn hatte plötzlich das Gefühl, als hole ihn seine Vergangenheit ein. Vor einiger Zeit hatte er, damals Anführer einer anschaulichen Gruppe von Banditen, schon einmal durch Anschläge auf Kutschen mit hochrangigen Insassen und allein reisenden Rittern versucht, sich eine Stellung in der Gesellschaft zu verschaffen, die es ihm endlich ermöglichte in einem Stand zu leben, den er sich schon immer erträumte. – Und er stand zu jener Zeit kurz vor Erreichen dieses Zieles.

Doch auch damals wurde dieser Traum durch eine kleine, fast unbedeutend erscheinende Gruppe zerschlagen. Ihm war es zwar gelungen zu entkommen, doch seine Gefolgsleute wurden entweder getötet oder in alle Winde zerstreut, sodass er ganz von vorn anfangen musste *(vgl. Schwert und Schild – Sir Morgan, der Löwenritter # Band 4: Überfall im Morgengrauen).*

Brehn grinste zerknirscht, um sich seine innere Gefühlsregung nicht anmerken zu lassen. »Endlich mal etwas Erfreuliches«, brummte er besänftigter. »Mit wie vielen haben wir es jetzt noch zu tun?«

»Ein paar von der Eskorte haben wir auch besiegt«, log Ulgur weiter.

»Gut«, lobte Brehn und heftete seinen Blick wieder auf Ulgur. »Also, wie viele sind es noch?«

Ulgur hatte Zeit zum Überlegen gehabt. »Es waren an die fünfzehn Mann plus Kutscher«, log er. »Doch als wir fliehen mussten, mögen es gerade noch sechs, allenfalls sieben gewesen sein.«

Brehn starrte dumpf brütend vor sich hin und schritt auf und ab. Dann blieb er abrupt stehen. »Weckt die anderen! Ich habe einen Plan.«

Sofort eilte einer der Männer zu der zweiten Hütte, die versteckt zwischen Bäumen am Hang des kleinen Tales stand.

Brehn schritt an den Tisch, schob sich eine dicke Brotkante in den Mund und kaute schmatzend. »Dass ihr keine Beute gemacht habt, ist nicht einmal das Schlimmste«, sagte Brehn kauend. »Viel ärgerlicher ist, dass die Spanier noch leben. Mir gehen viele Goldstücke durch die Lappen, wenn sie Castle Corlstone erreichen. Sie dürfen auf keinen Fall dort eintreffen, verstanden?«

Die Räuber nickten eifrig. Das hatte Brehn schon einmal gesagt. Sie hätten gern gewusst, weshalb die Spanier die Burg nicht erreichen durften, doch sie wagten es nicht, Fragen zu stellen. Ihr Anführer konnte fuchsteufelswild werden, wenn man zu neugierig war.

Die Tür schwang quietschend auf. Die anderen Banditen betraten die Hütte. Es waren finstere Gesellen, bei dessen Anblick eine furchtsame Seele das große Zittern bekommen konnte. Brehn musterte sie kurz. »Sperrt die Ohren auf! Ich habe einen vortrefflichen, neuen Plan.«

Die Männer horchten. Danach breitete sich ein Grinsen auf ihren wüsten Gesichtern aus.

Denn Brehns Plan war so teuflisch, dass selbst der Satan ihn kaum besser ersonnen haben konnte.

Es war ein Plan genau nach ihrem Geschmack.

6. Kapitel

Morgan zügelte sein Pferd und blickte zwischen den Tannen hervor in das Tal zu der spanischen Kolonne. Die Helme der Reiter schimmerten in der Morgensonne. Wiederum ritten vier Männer der Kutsche und den beiden anderen Wagen voraus, und zwei Reiter bildeten die Nachhut.

Im Geschirr der Kutsche waren zwei Braune bei den Schimmeln zu sehen, der Ersatz für die prächtigen Rösser, die bei dem Überfall getötet worden waren. Auf dem Kutschbock saß jetzt nur ein Kutscher, Eryn, und Morgan und die Soldaten wussten, dass er um seinen toten Freund Kynn trauerte, den sie begraben hatten, bevor sie zur Quelle weitergefahren waren, um dort zur Nacht zu lagern.

»Dieser verdammte Carlo«, murmelte Rhodri, und sein Blick war sehnsüchtig auf die Kutsche gerichtet, als wolle er einen Blick auf Calvina erhaschen.

»Was hast du denn für Sorgen?«, knurrte Cynan.

Rhodri bedachte ihn mit einem ärgerlichen Blick, antwortete aber nicht.

Morgan hatte es zutiefst bedauert, die Spanier verlassen zu müssen. Isabella sagte beim Abschied, sie freue sich, wenn er nach Castle Corlstone kommen würde.

»Jedenfalls wäre ich gerne bei den Spaniern geblieben«, seufzte Rhodri.

Cynan warf einen Blick zu Ritter Morgan, der ein paar Längen vor ihnen angehalten hatte.

Die spanischen Reiter und die Wagenkolonne hielten jetzt auf die Brücke zu, die sich hoch über den reißenden Wildbach spannte, der von Felsbrocken und Gebüsch gesäumt auf dem Grund der kleinen Schlucht glitzerte. Vor der Brücke gabelte sich der Weg. Während ein Waldweg den östlichen Hügel hinaufführte, wies der andere nach Osten. Von hier aus waren es nur noch zwei Tagesreisen bis Castle Corlstone.

Die kleine Schlucht, an deren Hängen zwischen kahlem, grauem Fels auch majestätische Eichen emporragten, bot einen Anblick wilder, nahezu unberührter Schönheit. Vögel kreisten am Himmel, der mit weißen, zarten Wölkchen getupft war. Ein Vogelschwarm flatterte zwischen den

Fichten auf, als hätte jemand sie beim Frühstück aufgescheucht.

Morgans Blick folgte dem Vogelschwarm, der hinab in die Schlucht flog, eine Runde drehte, als wollte er die Kolonne begrüßen und dann über den östlichen Berg hinwegflatterte.

Plötzlich stutzte Morgan. Auf einem der Bäume bei der Weggabelung leuchtete etwas rotbraun. Morgan kniff die Augen zusammen und spähte genauer hin. Das Rotbraune im Blätterwerk war verschwunden. Dann erschrak er. Das Rotbraune tauchte wieder auf, etwas Metallenes reflektierte kurz das Sonnenlicht. Da war ein Mann im Baum.

Morgan ritt in versammeltem Galopp weiter. »Cynan, Rhodri!«, rief er, ohne den Kopf zu wenden.

Sofort ritten die beiden Gewappneten an seine Seite.

»Ich hab' das starke Gefühl, dass da was nicht stimmt«, sagte Morgan. »In der Eiche bei der Weggabelung sitzt ein Mann.«

»Ein weiterer Überfall?«, fragte Cynan überrascht. Er und Rhodri spähten zu der Eiche hin.

»Tatsächlich!«, stieß Rhodri hervor. »Da ist einer.«

»Wir müssen die Spanier warnen«, sagte Cynan alarmiert.

»Dazu dürfte es zu spät sein«, erwiderte Morgan. »Außerdem wird uns der Kerl in der Eiche längst gesehen und seine Kumpane informiert haben. Wir trennen uns und nehmen sie in die Zange. Cynan, durch den Bach und ans andere Ende der Brücke! Rhodri, mir nach!«

Sie trieben ihre Pferde zum Galopp.

Morgan rechnete damit, dass der Kerl auf der Eiche und seine vermutlich versteckten Kumpane die Reiter und

Wagen passieren lassen würden. Wenn dann die Kolonne mitten auf der Brücke war, würden sie ihr in den Rücken fallen, und vom anderen Ufer her würden vermutlich ebenfalls Angreifer auftauchen.

Dann war die Kolonne in der Falle.

Morgans Vermutung sollte sich bewahrheiten, doch es geschah noch etwas, womit er nicht gerechnet hatte.

Die Banditen ließen die Kolonne passieren. Unbehelligt erreichten die ersten vier Männer der Eskorte die Brücke. Die Hufe der Pferde pochten dumpf auf den Holzplanken. Das Gespann der Kutsche folgte. Eines der Führpferde wieherte.

Und dann ächzte und knirschte und krachte es. Die Brücke stürzte ein, und über die spanische Gesellschaft brach die Hölle herein.

7. Kapitel

Eryn, der Kutscher mit dem Kindersegen, dankte gerade dem Allmächtigen dafür, dass er den Überfall im Hohlweg überlebt hatte. In tiefer Trauer gedachte er seines toten Freundes Kynn, der Taufpate seines nächsten Kindes hatte werden sollen.

Da geschah es.

Durch das dumpfe Klappern der Hufe und das Rumpeln der Wagenräder auf der Holzbrücke war ein Bersten und Krachen zu hören. Dann schrie einer der Männer der Eskorte auf. Pferde wieherten und scheuten. Im nächsten Augenblick verschwanden sie vor Eryns Augen wie durch Zauberei in der Tiefe. Eryn war zu entgeistert und erschrocken, um lange zu überlegen. Instinktiv tat er das Richtige. Er zügelte das Gespann hart. Die beiden Führpferde schlitterten noch ein Stück weiter, weil sich plötzlich die Planken vor ihnen senkten, doch Eryn brachte sie gerade noch vor dem eingestürzten Teil der Brücke zum Halten. Dann überschlugen sich die Ereignisse in rasender Folge.

Gellende Schreie hallten durch den Wald. Die vier Eskortenreiter waren mitsamt ihren Pferden in den reißenden Bach hinabgestürzt. Einer der Männer wurde unter seinem Pferd begraben, das schrill wiehernd auskeilte und sich mühte, auf die Beine zu kommen. Ein anderes Tier, dessen Reiter kopfüber aus dem Sattel gefallen war, brach sich einen Vorderlauf und peitschte hilflos mit den Hinterhufen das gischtende Wasser, das sich rot färbte.

Voraus am anderen Ufer tauchten zwischen Büschen und Felsbrocken wilde Gestalten auf und schwangen Schwerter und Lanzen. Sie stürzten mit schaurigem Gebrüll zu den Männern, die in den Bach gefallen waren. Ein Reiter jagte am jenseitigen Ufer auf sie zu.

Das rechte Führpferd des Kutschengespanns brach von einem Pfeil getroffen zusammen. Entsetzt warf Eryn einen Blick zurück. Auch hinter der Kutsche, bei der Weggabelung, tauchten Banditen auf. Sie sprangen von Bäumen herab oder zwischen Büschen und Felsbrocken am Fuß des Hanges hervor und griffen die zwei restlichen Männer der Eskorte an.

Aus dem Augenwinkel heraus sah Eryn zwei Reiter auf sie zupreschen, und er erkannte sie wieder. Das waren der Ritter und einer der Knappen, die ihnen schon einmal geholfen hatten.

Ein Pfeil knallte gegen Eryns Helm, und er erschrak bis ins Mark. Jäh fiel ihm ein, wie Kynn ums Leben gekommen war, und ein Schauer lief ihm über den Rücken. Gottlob trug er Kettenhemd und Helm, und der Bogenschütze war hinter ihm. Dennoch musste er vom Kutschbock herunter und in Deckung. In panischer Hast kletterte Eryn hinunter. Dann fiel ihm ein, dass er vergessen hatte, die Bremse festzudrehen.

Das getroffene Führpferd, das im Geschirr im Sterben lag, bremste zwar mit seiner Last das Gespann, doch es bestand die Gefahr, dass die Tiere in ihrer Panik die Kutsche in den Bach rissen.

Einen Augenblick lang war Eryn versucht, nur an seine eigene Sicherheit zu denken und sich einfach davonzuschleichen. Er musste schließlich an sein Weib und die Kinder denken, die einen Ernährer brauchten. Doch sein Pflichtgefühl als Kutscher überwog. Schnell kletterte er wieder hinauf und drehte die Bremse fest.

Ein Inferno von Geräuschen erfüllte die Gegend, Schreie, Hufschlag, Wiehern, das Brüllen des Stiers und das helle Klirren von Schwertern.

Eryn sprang von der Kutsche hinab und bekam den zweiten Schock an diesem Vormittag. Eine Gestalt war neben der Kutsche aufgetaucht. Ein bärtiger Hüne, der einen Morgenstern schwang. Wie schon einmal sah Eryn die schreckliche Kugel mit den Metallzacken auf sich zuschwingen. Alles ging so schnell, dass er nicht mal mehr schreien konnte.

Der Morgenstern traf ihn irgendwo an der Brust. Eryn spürte einen harten Schlag, der ihm den Atem nahm, und er hatte plötzlich keinen Boden mehr unter den Füßen. Im

Reflex ruderte er mit den Armen, versuchte irgendwo Halt zu finden, doch es gab keinen. Er flog über das eingeknickte Brückengeländer hinweg. Alles drehte sich vor seinen Augen und verschwamm plötzlich, als er aufprallte und ihm rötliches Wasser ins Gesicht peitschte.

Allmächtiger!, durchfuhr es ihn. *Meine Kinder...*

Dann wurde das Wasser schwarz, schlug über seinem Kopf zusammen und löschte alles aus.

8. Kapitel

Die beiden Männer der Nachhut, die nicht in den Wildbach gestürzt waren, kämpften wacker. Einer war mit einer Lanze vom Pferd gestoßen worden, der andere war noch im Sattel. Er stieß gerade einem der verruchten Gesellen sein Schwert in die Brust.

Noch im Fallen umklammerte der Räuber die Hand des Spaniers, die das Schwert hielt, und zog ihn aus dem Sattel. Der Mann prallte auf den Sterbenden. Dann war ein weiterer Bandit zur Stelle und schlug dem Spanier eine Keule gegen den Kopf. Der Helm schützte zwar, doch der Schlag war so wuchtig, dass der Spanier bewusstlos zur Seite sank.

Der Angreifer brüllte triumphierend. Doch nicht lange. Seine Augen weiteten sich in jähem Erschrecken, als er die beiden Reiter sah, die förmlich auf ihn zuflogen. Morgan und Rhodri. Ein Schwerthieb streckte den Räuber zu Boden. Morgan parierte bereits sein Pferd, zog es herum und warf einen schnellen Blick zur Eiche hin. Er sah den Bogenschützen und warf sich über den Pferdehals. Der Pfeil zischte nur eine Handbreit über den Ritter hinweg.

»Runter vom Pferd!«, schrie Morgan Rhodri zu und warf sich aus dem Sattel. Er rollte sich ab und riss sein Schwert hoch. Bevor er sich aufrappeln konnte, war einer der Banditen heran. Der Kerl hielt sein Schwert mit beiden Händen und holte aus, als wollte er Morgan den Schädel spalten.

Morgan schnellte sich zur Seite, als die Klinge herabsauste. Das Schwert hackte in den Boden. Bevor der Angreifer es aus dem Lehm ziehen konnte, war Morgan auf den Beinen. Er schlug dem Kerl auf die Finger. Der Bandit heulte auf, doch er ließ das Schwert nicht los. Er griff Morgan wütend an.

Morgan parierte den Hieb, und dann wetzte er seine Klinge an dem Schwert des Schurken. Mit wuchtigen Schlägen trieb er den Kerl zurück.

Der Räuber war niemand anders als Ulgur, der zwar weder lesen noch schreiben konnte, doch eine gewisse Bauernschläue besaß. Er wusste nicht, dass sein Gegner Ritter Morgan war, aber er erkannte, dass er diesem Schwertkämpfer nicht gewachsen war. Und deshalb gab er Fersengeld. Er hetzte davon, als sei der Leibhaftige hinter ihm her. Er lief im Zickzack, weil er damit rechnete, sein Gegner könnte ihm das Schwert nachschleudern. Doch Ritter Morgan ließ den Feigling laufen und wirbelte zu dem nächsten Räuber herum.

Plötzlich erstarrte er mitten in der Bewegung.

Zweierlei erfasste er gleichzeitig, und beides jagte ihm einen eisigen Schauer über die Wirbelsäule.

Rhodri kreuzte die Klinge mit einem der Angreifer. Der Soldat stand mit dem Rücken zur Eiche gewandt. Und dort zielte der Bogenschütze sorgfältig auf ihn, um ihm einen Pfeil in den Rücken zu jagen.

Doch aus der Drehung heraus hatte Morgan noch etwas gesehen, das ihn erschütterte. Einer der Banditen warf Isabella auf eines der Pferde, das zwischen den Kämpfenden herumgeirrt war. Er musste Isabella aus der Kutsche gezerrt haben. Sie war offenbar bewusstlos. Schlaff lag sie über dem Pferd, und der Räuber schwang sich hinter ihr in den Sattel.

All das sah Morgan in diesem schrecklichen Augenblick, und er handelte, ohne zu denken. Noch hätte er Isabellas Entführer aufhalten können. Der Kerl musste keine zwanzig Schritte entfernt an ihm vorbeireiten, um auf den Waldweg zu gelangen, der nach Osten aus dem Tal führte; der andere Weg war durch die Wagen blockiert.

Doch Rhodris Leben war in Gefahr, und Morgans Herz entschied sich in diesem Bruchteil des Augenblickes für den treuen Gefährten. Er holte fast ansatzlos mit dem Schwert aus und schleuderte es wie eine Wurflanze zur Eiche hinauf.

Ob dieser Fähigkeit, die ihm schon manchmal das Leben gerettet hatte, beneideten ihn andere Ritter, die als Meister des Schwertes galten, doch diese Technik nicht so schnell und treffsicher beherrschten. Die Schwertspitze bohrte sich in dem Moment in die Brust des heimtückischen Bogenschützens, als der Pfeil von der Sehne schnellte. Die Arme des Bogenschützens ruckten hoch, und der Pfeil zischte über Rhodri hinweg und klatschte in den letzten Wagen vor der Brücke, in dem der Stier stampfte und brüllte.

Rhodri hatte gerade zu einer Finte angesetzt und erschrak. Er hatte wohl noch den Luftzug des Pfeils gespürt. Sein Gegner hätte Rhodris Ablenkung nutzen können, wenn er kaltblütig gewesen wäre. Doch auch er erschrak. Er hörte einen grässlichen Schrei von der Eiche her, wo er seinen Kumpan wusste. Er starrte über Rhodri hinweg und sah, wie der Bogenschütze von der Eiche stürzte. Es gab einen dumpfen Aufprall, und der schaurige Schrei verstummte abrupt.

In verrenkter Haltung blieb der Bandit liegen, der schon so viele Menschen aus dem Hinterhalt getötet hatte. Als der Räuber jetzt mit dem Schwert nach Rhodri stieß, war es zu spät. Rhodri wich gedankenschnell aus und traf seinen Angteifer tödlich.

Morgan sah den Räuber mit Isabella davonpreschen. Hätte der Ritter doch noch sein Schwert in der Hand gehabt! Verzweifelt riss er sein Messer aus der Lederscheide und warf es. Er traf das Pferd, doch das Messer besaß nicht genug Durchschlagskraft. Der Gaul streckte sich nur noch mehr. Und dann verschwand der Räuber mit Isabella schon um die Wegbiegung.

Morgans Blick überflog die Runde. Auf dieser Seite des Wildbaches gab es keine Gegner mehr. Morgan sah die reglosen Gestalten der Banditen und eines Spaniers, um den sich sein Landsmann kümmerte. Im Bach und am anderen Ufer wurde noch gekämpft. Doch es sah aus, als hätten Cynan und die Männer der Eskorte die Situation im Griff. – Zwei Räuber ergriffen gerade die Flucht.

»Hilf Cynan!«, rief Morgan Rhodri zu, der sein blutiges Schwert abwischte. »Und bleibt beide zum Schutz bei den

Spaniern. Fahrt um die Schlucht herum und setzt den Weg nach Corlstone fort. Ich hole euch wieder ein.«

Damit eilte er zu seinem Pferd, das nahe bei der Weggabelung stehen geblieben war. Er warf sich in den Sattel und galoppierte hinter dem Entführer her.

Rhodri lief zum Bach. Er rannte an den Wagen vorbei, und sein Herz war voller Sorge. Er erreichte die Kutsche und warf einen Blick hinein. Die Dienerin und die ältere Frau kümmerten sich um den Diener und um Alfons von Cordoba. Beide Männer waren offensichtlich niedergeschlagen worden.

Rhodri lief weiter, rutschte über das eingestürzte Brückenstück hinab, glitt auf den nassen Planken aus und fiel ins Wasser. Fluchend rappelte er sich auf. Er sah ein totes Pferd und eine reglose Gestalt im schäumenden Wasser. Mit einem schnellen Blick zu Cynan erkannte er, dass seine Hilfe nicht benötigt wurde. So eilte er zu dem Mann, der im Wasser lag, und zerrte ihn ans Ufer.

Es war Eryn, der Kutscher.

Er sah leichenblass aus, und Rhodri glaubte schon, er sei tot. Doch dann zuckten die Lider des Kutschers, und blinzelnd öffnete er schließlich die Augen. Sein Blick war verständnislos. Er war noch nicht ganz bei Besinnung. Dann würgte er und übergab sich. Rhodri kümmerte sich um ihn und befreite ihn von dem Kettenhemd, das ihn geschützt hatte.

Eryn hatte zwar eine Rippe angeknackst und schlimme Prellungen davongetragen, doch das heilte bald. Sicherlich wäre er im Bach ertrunken, hätte Rhodri nicht so schnell und umsichtig gehandelt. Der Kutscher dankte es später seinem Retter. Er ließ sein siebentes Kind – wie erwartet ein strammer Junge – auf den Namen Rhodri taufen.

Eryn verlor erneut das Bewusstsein, aber er war jetzt außer Gefahr. Alles Wasser, das er geschluckt hatte, war aus seinem Magen, und Rhodri hatte dafür gesorgt, dass Eryn wieder Luft bekam. Mit einem schnellen Blick sah er, dass der Kampf beendet war.

Er ging zu Cynan, der mit zwei Spaniern bei zwei reglosen Gestalten stand. Es waren ebenfalls Männer der Eskorte, die dort am Boden lagen, denn sie trugen die typischen, flachen Helme. Rhodris Blick glitt zu den Leichen der Banditen.

Cynan richtete sich auf und fing Rhodris fragenden Blick auf. Die Spanier schauten ebenso betroffen drein. Sonst waren sie von lebhafter, gesprächiger Art, wie sie während des Nachtlagers bemerkt hatten, doch jetzt verharrten sie bedrückt und stumm.

»Einer ist tot«, sagte Cynan mit schwerer Stimme und wischte sich müde übers Gesicht, dem noch die Anstrengung nach dem wilden Kampf anzusehen war. »Sein Gaul begrub ihn unter sich, als er in den Bach stürzte. Ich konnte ihn zwar rausziehen wie den anderen, doch da war nichts mehr zu machen.« Cynan sah sich um. »Wo ist Morgan?«

Sorge war in seinen Augen.

Rhodri berichtete. Cynan fluchte erbittert. Die Spanier blickten stumm und fragend. Sie verstanden nicht.

Cynans dröhnende Flüche zeigten indessen Wirkung. Der bewusstlose Spanier erwachte aus seiner Ohnmacht. Benommen versuchte er sich aufzusetzen. Seine Landsleute halfen ihm. Sie redeten hastig auf ihn ein.

Der Mann schüttelte ein paarmal den Kopf und sagte etwas. Jetzt erkannte Rhodri, dass es der Chef der Eskorte war, nämlich Carlo Hernandez. Als er Cynan entdeckte, kam Farbe in sein trotz der natürlichen Bräune fahles Gesicht. Carlo spuckte einen Schwall von Worten aus, von denen die beiden Soldaten nur *Duell* verstanden.

Es sah aus, als wolle Carlo aufspringen und das Duell auf der Stelle austragen. Doch seine Landsleute hinderten ihn daran. Die Spanier drückten ihn zurück und redeten auf ihn ein.

Cynan schüttelte den Kopf. »Undankbarer Patron. Das nächste Mal überlege ich mir vielleicht, ob ich ihn nochmal aus dem Wasser ziehe. Komm, Rhodri, sehen wir mal nach den anderen.«

9. Kapitel

Sir Arn of Corlstone trommelte nervös mit seinen kräftigen Fingern auf der Tischplatte.

»Immer noch keine Meldung von diesem Brehn?«

Werych, der schlanke Mann mit dem gezwirbelten Schnurrbart, schüttelte den Kopf.

»Nein, er hat nichts von sich hören lassen. Willst du...?«

Sir Arn of Corlstone schlug mit der Faust auf den Tisch.

»Rede mich mit Herr an!«, brüllte er, und seine grollende Stimme hallte durch das offene Fenster in den Burghof, sodass selbst der Wachtposten auf dem Turm sie hören konnte. »Ich bin Sir Arn of Corlstone, verdammt«

Der Wachtposten grinste. Er wusste, dass Werych sich mal wieder verplappert hatte, und er fragte sich, wie lange der Herr das noch hinnehmen würde, ohne ernsthafte Konsequenzen zu ziehen. Geschah Werych nur recht, wenn ein Donnerwetter über ihn hereinbrach. Dieser eitle Affe spielte sich ja schon auf, als sei er der zweite Herr auf Castle Corlstone.

Er lauschte in hämischer Vorfreude, doch zu seinem Bedauern blieb alles still. Enttäuscht zuckte er mit den Schultern und spuckte in den Burggraben hinab.

Sir Arn of Corlstone hatte sich indessen erhoben. Er war ein großer, schwergewichtiger Mann in einer eleganten Cotte aus rotem Samt, die mit Stickereien verziert war. Er verharrte kurz vor dem mannshohen, goldgerahmten Gemälde an der Wand zwischen den beiden Fenstern und schaute sein lebensgroßes Ebenbild an.

Er sah buschige, dunkelbraune Brauen. Braune, kühn blickende Augen. Eine große, spitze Nase, schmale Lippen und ein wuchtig vorstehendes Kinn. Das ernste Gesicht des fünfzigjährigen Burgherrn.

Unbewusst tastete Sir Arn of Corlstone zu dem Leberfleck am rechten Mundwinkel, aus dem ein Haar spross. Leberfleck und Haar hatte der Maler auf dem Bild weggelassen, aber sonst fand Sir Arn of Corlstone, dass alle Züge recht gut getroffen waren. Ja, die Ähnlichkeit war verblüffend.

Er schloss das Fenster und wandte sich zu Werych um.

»Schick noch einen Boten los. Nein, du reitest besser selbst.«

»Ja, Herr.«

Sir Arn of Corlstone verschränkte die Hände auf dem Rücken und ging unruhig auf und ab.

Werych wartete. Bei den Launen des Herrn wusste man nie, woran man war. Manchmal änderte er innerhalb einer Minute dreimal den Auftrag und schnauzte einen an, man könne nicht mitdenken.

Sir Arn of Corlstone blieb stehen.

»Sag ihm, ich erhöhe die Summe um ein Drittel, wenn er mir Erfolg meldet.«

»Aber – mit Verlaub, Herr, er hat doch ein Viertel mehr gefordert! Wenn wir ihn bei Laune halten wollen, sollten wir ihm das gewähren, anstatt ihn mit einem Drittel abzuspeisen. Vielleicht sollte man sogar erwägen, ihm ein Fünftel anzubieten, damit er den Auftrag auch zuverlässig und zu Eurem Wohlgefallen ausführt.«

Werych war mit sich zufrieden. Er fühlte sich als weiser Berater.

Sir Arn of Corlstone blinzelte indessen. Die Ader an seiner Stirn schwoll an.

»Dummsack!«, blaffte er angewidert.

Werych nickte verwirrt.

»Dass du nicht lesen und schreiben kannst, ist schon traurig genug«, fuhr Sir Arn fort. »Dass du aber nicht mal rechnen kannst, setzt allem die Krone auf!« Seine Stimme schwoll unheilvoll an. »Ich frage mich, ob meine Entscheidung, dich zu meiner dritten Hand zu machen, nicht eine Torheit war.«

Werych wusste nichts zu sagen. Er senkte demütig den Kopf, obwohl er sich immer noch keiner Schuld bewusst war.

»Du bietest Brehn ein Drittel mehr an«, fuhr Sir Arn of Corlstone grollend fort. »Und wenn der Kerl genauso ein Depp ist wie du, dann richte ihm von mir aus, dass ein

Drittel mehr ist als ein Viertel. Und wenn er das nicht glaubt, kannst du ihm glatt ein Tausendstel anbieten.«

Werych blickte überrascht. »Ja, Herr«, beeilte er sich zu sagen.

Sir Arn of Corlstone bedachte ihn noch mit einem finsteren Blick und schritt weiter auf und ab. *Nichts als Schwachsinnige und abergläubische Dummköpfe unter meinen Männern*, dachte er grimmig. *Wird Zeit, dass ich sie mir nach und nach vom Hals schaffe. Dieses Pack!* Dann schwand sein Unmut etwas, und er dachte: *Na ja, für Hilfsdienste sind diese armen Teufel ja zu gebrauchen. Woher sollen sie es besser wissen, wenn sie schon als Kinder Hühnerdiebe waren und nie einen Lehrer hatten.* Er überlegte, ob er nicht einen gelehrten Mann anstellen sollte, der den Leuten ein wenig Unterricht gab. Die würden es zwar als Strafe empfinden, wenn sie etwas lernen sollten, und es nicht zu würdigen wissen. Blut und Wasser würden sie schwitzen!

Der Gedanke amüsierte ihn. *Hei, das war eine gute Idee! Statt Peitschenhiebe oder Kerker eine Lehrstunde in Schreiben, Rechnen und Lesen! Das würde die Jungs mehr schrecken als alle anderen Strafen.* Er konnte sich gut in sie hineinversetzen.

Schließlich war er nicht immer Burgherr gewesen.

Er lächelte vor sich hin, und der wartende Werych wurde eine Spur blasser, denn dieses Lächeln war recht boshaft.

Das letzte Mal hatte der Herr so gelächelt, als er einen Wachtposten hatte auspeitschen lassen, der statt Wache zu halten einfach schlief.

Sir Arn of Corlstone blickte auf.

»Was stehst du noch da und hältst Maulaffen feil?«, fuhr er Werych an. »Reite zu Brehn! Bis spätestens morgen Mittag will ich eine Erfolgsmeldung hören.«

»Ja, Herr.«

Werych dienerte und zog sich eilig zurück. Draußen begegnete ihm Ryen, der Diener.

»Wie ist seine Laune?«, fragte Ryen näselnd.

»Mies«, flüsterte Werych und sah sich besorgt um, als befürchte er, belauscht zu werden.

Diese Sorge war nicht unbegründet. Es gab Spitzel auf der Burg, die alles dem Herrn meldeten. Im Grunde konnte man keinem trauen, abgesehen von einigen alten Freunden, wie Ryen zum Beispiel.

Manchmal hatte Werych das Gefühl, wie ein Gefangener auf der Burg zu leben. Daran änderte auch nicht die Tatsache, dass er als Einziger der wenigen die Burg verlassen durfte, wenn der Herr ihn mit einem Auftrag losschickte. Aber man konnte nie wissen, ob der Herr einem nicht einen Spitzel nachschickte, der dafür sorgte, dass man auch zurückkehrte – oder – eben nicht.

»Mies?« Ryens Spitzmausgesicht zeigte ein Grinsen. »Also wie immer.«

Er klopfte und trat ein, während Werych eilig davon schritt.

Ryen konnte Werychs Urteil nicht teilen. Er hatte den Eindruck, dass der Herr recht gut gelaunt war. Er pfiff sogar vor sich hin, als er die Dokumente und Briefe las, die Ryen ihm vorlegte.

»Gut, gut«, sagte Sir Arn of Corlstone zufrieden, als er die Absage auf einen Brief gelesen hatte, in dem eine Tante ihren Besuch angekündigt hatte. »Die Tante sind wir los.

Die möchte sich bestimmt nicht anstecken.« Er blickte Ryen an. »Aber musste man mir denn unbedingt die Pocken andichten?«

»Die alte Dame soll nicht leicht zu schrecken sein.«

Sir Arn of Corlstone grinste. »Na, dann ist es vielleicht gut, schweres Geschütz aufzufahren. Und weil ich gerade gut gelaunt bin, darfst du den Gefangenen einen Krug Wasser und einen Kanten Brot geben.«

»Jedem?«, fragte Ryen.

»Natürlich nicht«, erwiderte Sir Arn of Corlstone unwirsch. »Allen zusammen einen Krug Wasser und einen Kanten Brot.«

Ryen nickte eifrig. Er verspürte ein wenig Mitleid mit den Gefangenen, die im Kerker dahinsiechten, aber er hütete sich, es zu zeigen. Er war einmal mit dreißig Stockhieben bestraft worden, weil er aus Mitleid den gefangenen Frauen ein Stück Käse zugesteckt hatte.

Sir Arn of Corlstone klappte zufrieden die Mappe mit den Briefen und Schriftstücken zu.

»Das sollte uns für eine Weile unerwünschten Besuch vom Halse halten und gute Geschäfte einleiten«, murmelte er.

Ryen nahm die Mappe, dienerte und ging.

Als Sir Arn of Corlstone allein war, schenkte er Bier in einen Becher. Er setzte den Becher an die Lippen, bemerkte eine Fliege und fischte sie heraus. Er schnippte sie fort und trank genussvoll den Becher in einem Zuge leer.

Danach rülpste er leicht, lehnte sich zurück und faltete die Hände vor dem Bauch.

Diese verdammten Spanier!

Sie durften auf keinen Fall die Burg erreichen. Wenn sie bis hierher kamen, konnte alles ans Tageslicht kommen. Deshalb mussten die Spanier irgendwo auf dem Weg beseitigt werden. Das Werk ruchloser Banditen. Nicht die Spur eines Verdachtes würde auf ihn fallen. Schließlich hatte Sir Arn of Corlstone den Spaniern jeden erdenklichen Schutz angeboten.

Er schenkte sich von Neuem ein.

Brehn und seine Männer würden es schon schaffen. Er kannte doch den Anführer. Ein primitiver Rohling, aber für solche Dinge gut zu gebrauchen. Vielleicht war längst alles erledigt, und dieser geldgierige Hund wartete nur mit der Erfolgsmeldung, um einen noch höheren Preis herauszuschinden! Der würde sich ohnehin wundern, wenn er statt der versprochenen Silberlinge einen Dolch ins Herz bekommen würde, damit er niemals das Geheimnis ausplaudern konnte.

Bei diesem Gedanken grinste er vor sich hin.

10. Kapitel

Ulgur, der Bandit, grinste ebenfalls. Er war recht zufrieden mit sich und der Welt. Gewiss, es war wiederum nicht alles nach Plan verlaufen. Wie hatte Brehn gesagt, als er ihnen alles erläutert hatte: »Einfacher geht's nicht, ihr Schwachköpfe. Ich fasse zusammen: Die Brücke ansägen. In Deckung gehen. Wenn alle im Bach liegen – drauf!« Und er hatte die Geste des Halsabschneidens gemacht.

Nun, es war nicht gut verlaufen. Vielleicht waren sie zu eifrig gewesen und hatten zu viel gesägt. Jedenfalls war die verdammte Brücke zu früh eingestürzt, bevor alle darauf gewesen waren. Und dann waren wieder diese drei Kerle aufgetaucht, die ihnen schon beim ersten Überfall alles vermasselt hatten. Neun Mann waren sie diesmal gewesen. Jetzt waren sie noch zu viert. Der ganze Rest der Bande, abgesehen von der Wache im Versteck. Brehn würde sich neue Männer suchen müssen. Na, der würde ganz schön sauer sein.

Gut, dass er, Ulgur, einen Mann vorausgeschickt hatte, um Brehn die Kunde zu bringen. Bei ihm würde der Anführer erst einmal Dampf ablassen und bei ihrer Ankunft dann schon etwas ruhiger sein.

Nicht auszudenken, was geschehen würde, wenn sie auch noch mit leeren Händen zurückgekehrt wären!

Sein Blick glitt zu der Spanierin, die gefesselt beim Lagerfeuer saß. Sie brachten Brehn ein Geschenk mit. Und was für eines! Das würde ihn versöhnen. Außerdem war damit der Auftrag, den Brehn ausführen sollte, so gut wie erledigt. Genaues wusste keiner von der Bande, doch Brehn hatte ihnen die Hälfte der Beute versprochen und anklingen lassen, dass ihm der Tod der Spanier ein kleines Vermögen einbringen würde.

Nun, sie hatten außer der Spanierin keine Beute machen können, aber das ließ sich sicherlich noch nachholen. Sie brauchten den Spaniern nur eine Botschaft mit einer Lösegeldforderung zu schicken, und sie zur Übergabe in eine Falle locken. Ulgur war also frohgemut, und sein Blick ruhte wohlgefällig auf der schönen Spanierin.

Brass, der Rotbart an seiner Seite, betrachtete Isabella mit anderen Blicken. Er war es gewesen, der sie entführt hatte, und er betrachtete sie als seine Beute. Doch Ulgur sprach sich dagegen aus.

Brass ergriff seine schmutzstarrende Feldflasche, die mit Wein gefüllt war, und erhob sich. Breitbeinig schritt er zu der Gefangenen. Sie blickte auf, als sein Schatten auf sie fiel.

Dann setzte er die Feldflasche an die wulstigen Lippen und trank gluckernd. Er wischte sich mit dem Handrücken über Bart und Mund und starrte Isabella herausfordernd an.

Es sah aus, als wollte Isabella den Kopf schütteln. Doch dann ergriff sie die Feldflasche. Sie warf nur einen kurzen Blick auf die schmutzstarrende Umhüllung. Dann warf sie die Flasche dem Rotbart mitten ins Gesicht. Das geschah so schnell, das sich Brass nicht mal mehr ducken konnte. Und trotz der Eile hatte Isabella gut gezielt. Die Flasche mit dem Rotwein schlug eine leichte Delle in die breite Nase des Kerls, und Rotwein spritzte ihm in die Augen, bevor die Flasche ins Gras fiel.

Nach dem Aufschrei des Rotbarts folgten Augenblicke der Stille. Nur das Gluckern des Weins war zu hören, der aus der Flasche lief.

Brass' Bart wies jetzt noch dunklere rote Flecke auf. Der Bandit wischte sich über Augen und Wange und starrte auf die Frau hinab. Furchtlos und stolz erhobenen Hauptes sah Isabella ihn an, und ihre Miene zeigte unverhüllte Verachtung. Jäh verzerrte sich sein Gesicht, und er holte mit der Hand zum Schlag aus.

»Halt ein!«, rief Ulgur.

Brass verharrte mit erhobener Hand. »Das hat die nicht umsonst getan!«, keuchte er.

Ulgur war zwar auch ein übler Bursche, doch er mochte nicht, dass Frauen geschlagen wurden.

»Brehn wird sauer sein, wenn du sie beschädigst«, mahnte Ulgur. »Der wird schon toben, wenn er erfährt, dass wir der Rest der Bande sind. Da kann es nicht schaden, wenn wir ihn mit einem reizvollen Geschenk besänftigen.«

Brass ließ die Hand sinken. Ulgur war so etwas wie ein Unterführer, und nach dem Tod der beiden anderen konnte es gut möglich sein, dass er aufrückte. Es war besser, man hörte auf ihn.

Isabella hatte sich schon eine Närrin gescholten, weil sie dem Kerl die Feldflasche ins Gesicht geworfen hatte. Es war klüger, nichts zu tun, was diese Schurken reizen konnte. Sie war schon froh, dass die Kerle nicht über sie hergefallen waren, sondern sie zu ihrem Anführer bringen wollten, wie sie ihrer Unterhaltung entnommen hatte. Ihr war klar, dass es nur ein Aufschub war, doch solange sie noch nicht im Lager war, gab es noch Hoffnung. Jetzt ging wiederum das Temperament mit ihr durch, und erst im Nachhinein stellte sich heraus, dass es eine Fügung des Schicksals gewesen war.

Brass musterte die Spanierin noch immer bitterböse. So sah er nicht den Schatten, der sich gerade hinter einem Busch am Rande der Mulde aufgerichtet hatte, in der sie eine längere Rast machen wollten, weil die Pferde nach dem langen Ritt erschöpft waren.

Der Schatten war Ritter Morgan.

Die Banditen glaubten, ihn nahe bei der Talmulde abgeschüttelt zu haben. Sie waren durch Wälder geritten, hatten mehrmals die Richtung geändert und alles getan, um ihre Spuren zu verwischen.

Verbissen hatte Morgan weitergesucht. Immer wieder hatte er die Fährte gefunden, doch in der Dunkelheit hatte er verzweifelt aufgeben müssen.

Dann war ihm der Zufall zu Hilfe gekommen. Ein Mann, der mit seinem Fuhrwerk auf dem Weg zum nahen Dorf war, hatte vier Reiter und eine Frau gesehen. Einer der Reiter hatte die Frau vor sich im Sattel umarmt gehalten. Der Bauer hatte den kleinen Trupp nur von Weitem gesehen und sich nicht allzu viel dabei gedacht.

Morgan hatte sein Pferd am Waldrand zurückgelassen und sich zu Fuß durch den dunklen Wald gepirscht. Er rechnete damit, dass die Räuber eine Rast einlegten. Bereits nach kurzer Zeit zeigte ihm dann Feuerschein den Weg zum Lager, das sie in einer Mulde zwischen zwei Waldstücken aufgeschlagen hatten.

Er schlich sich an und beobachtete. Dabei war er erleichtert gewesen, dass sie Isabella nichts angetan hatten. So hatte er noch nichts unternommen und auf den günstigsten Zeitpunkt gelauert.

Drei Kerle waren ganz nahe bei der jungen Frau, und alle konnte er nicht gleichzeitig ausschalten. Einer brauchte nur die Spanierin als Schutzschild an sich zu reißen, ihr sein Messer an die Kehle zu setzen – und alles war aus. Dann hätten sie ihn als zusätzlichen Gefangenen.

Er hatte abwarten wollen, bis die Schurken schliefen oder zumindest einer zu den Pferden ging oder sich vom Lager entfernte, um Wasser zu lassen – irgendeine Gelegenheit.

Sorge machte ihm auch, dass nur drei Räuber bei Isabella waren. Nach der Fährte zu schließen, mussten vier Reiter mit ihr unterwegs sein, und auch der Bauer hatte von vier gesprochen. Doch Morgan konnte nur drei Pferde und drei Männer sehen. Er konnte ja nicht ahnen, dass Ulgur einen Mann zu Brehn vorausgeschickt hatte.

So rechnete Morgan damit, dass der vierte Kerl vielleicht als Wache durch den Wald streifte und war entsprechend vorsichtig.

Als es zu dem Zwischenfall mit der Feldflasche gekommen war und der Rotbart zum Schlag ausgeholt hatte, wäre Morgan fast schon aufgesprungen, um einzugreifen. Doch dann war ihm einer der Banditen zuvorgekommen und hatte Einhalt geboten.

Jetzt aber hatte sich die Situation zugespitzt. Isabella, deren Tapferkeit er ebenso bewundert hatte wie ihre Schönheit, hatte den Rotbart bis zur Weißglut gereizt. Morgan erkannte, dass auch Ulgur seinen Kumpan diesmal nicht zurückhalten konnte, und so handelte er.

Wie der Teufel sprang er zwischen die überraschten Entführer, und seine Schwertklinge funkelte rötlich im Schein des Feuers.

»Keine Bewegung, ihr seid umzingelt!«, schrie Morgan. Mit zwei langen Sätzen war er bei dem Rotbart, der die Gestalt, die auf ihn zustürmte, mit offenem Mund anstarrte.

Morgan hieb mit der flachen Seite der Klinge gegen die Beine des Mannes. Schreiend fiel der Kerl in den Sand. Morgan wirbelte bereits zu den beiden anderen herum. Ulgur hatte sich als Erster von dem Schock erholt. Er griff zum Schwert, das er neben sich auf einem Streifen Gras abgelegt hatte. Morgan schlug ihm auf die Finger, und brüllend ließ Ulgur das Schwert fallen. Der dritte Halunke hatte inzwischen sein Schwert ebenfalls hochgerissen. Er sprang auf und holte zum Schlag aus.

Doch Ritter Morgan war schneller. Er parierte die Attacke, sprang vor, um dem Banditen die Klinge in die Brust zu stoßen. Röchelnd sank der Schurke zurück. Ulgur sah, dass sein Kumpan starb und geriet in Panik. Er warf sich herum und lief davon.

»Halt!«, schrie Morgan. »Du kommst ohnehin nicht weit. Ihr seid umstellt!«

Er hoffte, dass sein Bluff wirkte, doch Ulgur hörte nicht auf ihn. Er rannte davon und war dabei flink wie ein Wiesel.

Morgan überlegte, ob er ihm nachsetzen sollte. Da hörte er Isabella aufschreien und fuhr alarmiert herum. Der Rotbart!

Den Kerl hatte er im Eifer des Gefechtes ganz vergessen. Er hatte ihn nur niedergeschlagen, weil er am dichtesten bei Isabella gestanden hatte und eine Gefahr für sie gewesen war. Er hätte ihn töten können, doch der Halunke hatte keine Waffe in der Hand gehabt.

Jetzt hatte sich der Bandit aufgerappelt und sein Messer aus der Scheide am Gürtel gerissen. Er wollte genau das tun, was Morgan befürchtet hatte – sich die Gefangene schnappen.

»Halt, oder es ist dein Tod!«, warnte Morgan und holte mit dem Schwert zum Wurf aus.

Zwei Schritte trennten ihn noch von der gefesselten Spanierin, die ihn voller Todesangst anstarrte und dann schützend die Hände vors Gesicht riss, weil sie wohl befürchtete, der Kerl wolle sie erstechen. Es war gut, dass sie die Hände hochriss. So blieb ihr der schreckliche Anblick erspart, als Brass, von Morgans Schwert getroffen, stürzte und neben sie fiel. Sie nahm den Aufprall wahr, zog die Hände herunter und drehte sich von der Gestalt fort.

Morgan hörte Hufschlag und fluchte. Der flüchtende Bandit nahm alle drei Pferde mit. Mit einer fahrigen Bewegung wischte sich Morgan über die Stirn. Sein Atem ging nach der durchstandenen Anstrengung heftig. Er atmete tief ein und aus. Sein Blick glitt zu den beiden reglosen Gestalten. Er hätte sie lieber lebend gehabt, um von ihnen zu erfahren, wer ihr Auftraggeber war. Doch sie hatten ihm keine Wahl gelassen. Dennoch verspürte Ritter Morgan einen bitteren Geschmack, weil er zum Töten gezwungen worden war. Er hätte sie verschont, wenn sie sich ergeben hätten, so verrucht sie auch gewesen sein mochten.

Er schritt zu Isabella und nahm das Messer, das der tote Räuber noch umklammert hielt, schnitt damit ihre Fesseln durch. Der Schein des Feuers zuckte über ihre samtene Haut, als sie ihm die an den Handgelenken locker gebundenen Hände entgegenstreckte, damit er die Stricke durchschneiden konnte. Als die Fesseln fielen, rieb sie sich die Handgelenke und atmete tief ein und aus. Ihre Blicke tauchten ineinander, und was Morgan in ihren Augen las, ließ sein Herz schneller schlagen.

»Danke«, sagte sie leise. »Wenn Ihr nicht gekommen wärt...«

Er half ihr galant auf. Sie sank gegen ihn, und er hielt sie fest. Sie war nur ein wenig kleiner als er, und als sie ihren Kopf an ihn schmiegte, kitzelte ihn ihr seidiges Haar an der Wange.

Sie zitterte, und er glaubte das Pochen ihres Herzens an seiner Brust zu spüren.

Dann bog sie den Kopf zurück. Ihr Mund war dicht vor seinem, und ihr Blick aus den großen, schwarzen Augen betörten seine Sinne. Er wusste später nicht mehr zu sagen, wie es gekommen war. Ihre Lippen fanden sich ganz von selbst, und nach einer süßen Ewigkeit war es ihm, als erwache er aus einem wunderschönen Traum.

Sie war einem anderen versprochen! Niemals konnte sie diese spanischen Liebesworte gesagt haben! Verwirrt löste er sich von ihr.

»Verzeiht...«, begann er verlegen und suchte nach den richtigen Worten.

Schließlich sah er ihr glückliches Lächeln, das Strahlen ihrer Augen, das tief aus ihrem Herzen zu kommen schien, und im nächsten Augenblick spürte er von Neuem ihre Lippen auf seinem Mund, und er glaubte, sein Herz würde vor Glück zerspringen. Jetzt war er völlig sicher, dass er es nicht träumte.

Diesmal währte der Kuss nur kurz, viel zu kurz. Es war mehr ein flüchtiger, süßer Hauch, als liebkoste ein Schmetterling seine Lippen.

Schlagartig fiel ihm ein, dass einer der Räuber entkommen war. Und dann war da noch der vierte Mann. Er fragte Isabella danach, und sie erklärte ihm, dass der Anführer des Quartetts ihn vorausgeschickt hatte.

Dennoch mussten sie verschwinden. Das Versteck der Bande konnte in der Nähe sein, und möglicherweise kehrte der Bandit mit Verstärkung zurück. Morgan löste sich von Isabella. Er trat das Feuer aus und warf einen Blick zu den Toten. Es blieb keine Zeit, sie zu begraben, wie es Christenpflicht war. Er musste zuerst Isabella in Sicherheit bringen. Das nächste Dorf war nicht weit, und er würde von dort jemand in den Wald schicken, der die Toten unter die Erde brachte.

Er führte Isabella zu seinem Pferd.

Lange Zeit ritten sie schweigend unter dem silbernen Licht der Sterne und des Mondes. Es bedurfte keiner Worte zwischen ihnen. Erst als sie die Lichter der kleinen Ansiedlung sahen, brach Isabella das Schweigen.

»Ob es dort eine Herberge gibt mit einem richtig weichen Bett?«

»Ich hoffe es«, antwortete Morgan.

»Ich bin nämlich sehr müde«, sagte Isabella lächelnd.

»Ich auch«, log er mit belegter Stimme und schickte ein gekünsteltes Gähnen hinterher.

Es gab eine Herberge in dem Ort. Der Wirt, ein kleiner, pausbäckiger Dicker, erklärte, dass er nur noch eine freie Kammer habe. Es traf sich, dass an diesem Abend eine kleine Reisegesellschaft eingekehrt war und dem Wirt das beste Geschäft seit drei Monaten beschert hatte.

»Es ist meine beste und größte Kammer«, flüsterte der Dicke Morgan zu.

»Nun denn«, sagte Morgan und drückte lächelnd die Hand des Mannes, der uberrascht blinzelte. Isabellas Wangen waren leicht gerötet, und damit sie sich nicht genierte, sagte Morgan zu dem Wirt: »Du brauchst nicht so zu grinsen, mein Freund, diese Dame ist meine Schwester.«

»Natürlich, natürlich, nie hätte ich etwas anderes gedacht«, beteuerte Pausbäckchen und dachte bei sich: *Das sagen alle. Ich will verdammt sein, wenn das kein frisch verliebtes Paar ist.*

Er dienerte und wollte das Gepäck holen. Morgan bat ihn, dafür Sorge zu tragen, dass sein Pferd versorgt werde.

»Ich bin zu müde, um noch etwas zu essen«, sagte Isabella.

11. Kapitel

Der Wirt hatte indessen seinen ebenfalls pausbäckigen Sohn angewiesen, sich um das Pferd zu kümmern, nahm eine Lampe auf und führte seine neuen Gäste eine Stiege hinauf, wo er ihnen die Zimmertür öffnete. Es war eine einfache, aber saubere Kammer zum Hof hinaus. Würzige Landluft und ein Schwarm von Fliegen drangen durch das halb geöffnete Fenster herein.

Während Isabella sich auf das Bett legte und Morgan ihr versicherte, dass er vor ihrer Tür schlafen würde, war sie offenbar beruhigt. Er wartete ab, bis sie innen den kleinen Riegel vorgeschoben hatte, ging wieder hinunter in die Schankstube und bestellte sich etwas zu Essen, dazu noch ein Bier. Es schmeckte ihm, und er trank noch einen weiteren Krug Bier aus.

Fast wäre Morgan nach all den Aufregungen der letzten Nacht und dieses langen Tages in der Schenke eingenickt. Doch der Gedanke an Isabella trieb ihn wieder hoch. Im oberen Geschoss war bereits alles dunkel, und Morgan rollte sich wie ein Wachhund vor Isabellas Tür zusammen und war sofort eingeschlafen. Irgendwann piekte ihn etwas am Hals, und im Halbschlaf wollte er das Insekt beiseite wischen.

Jäh erstarrte er. Denn er wusste plötzlich, dass ihn kein Insekt gestochen hatte. Das war eine Schwertspitze!

Zwei Männer standen vor ihm, ihre Schwerter in der Hand. Einer von ihnen hatte ein kleines Öllämpchen in der freien Hand.

Sie waren gekommen, um zu töten.

Die beiden Männer waren zwei Banditen, die überlebt und sich gefunden hatten. Gemeinsam waren sie zu der Herberge gegangen und hatten bei einem Blick in den Schankraum Morgan entdeckt.

Der Rest war einfach gewesen. Sie hatten noch eine Weile gewartet, damit sie Morgan im tiefen Schlaf überraschen konnten.

Jetzt drückte Ulgur Morgan die Schwertspitze erneut an den Hals.

»Los, los!«, zischte Ulgur, und die Schwertspitze ritzte Morgans Haut.

Verzweiflung stieg in dem Ritter auf. Er war wie in Trance. Zu groß war der Schock.

»Oder soll ich dich töten?«, fragte Ulgur drohend.

Morgan wusste, dass der Mann es ernst meinte. Sein Schwert lag dicht neben ihm.

Was tun? Verzweifelt suchte er nach einer Chance, wie er die Kerle überrumpeln konnte. Er fand keine.

Morgan wusste, dass er den Mann mit dem Schwert nicht mehr länger hinhalten konnte. Er erhob sich langsam, und der Druck der Schwertspitze ließ nach.

»Los, Ulgur, bring es hinter dich, damit wir mit der Frau verschwinden können«, drängte der andere.

In diesem Augenblick öffnete sich die Kammertür, weil Isabella die Stimmen vernommen hatte. Morgan nutzte sofort diesen Augenblick der Ablenkung. Trotz des Schwertes vor seiner Brust handelte er. Zu schnell und überraschend für die beiden Schufte.

Mit einem Sprung war Morgan an Ulgurs Seite und prellte ihm das Schwert aus der Hand. Bevor dieser wusste, wie ihm geschah, packte Morgan ihn am Kragen, holte aus und schleuderte ihn gegen seinen Kumpan, der gerade zum Messer greifen wollte.

Der sah Ulgur auf sich zufliegen, vergaß sofort sein Messer und duckte sich. So kam es, dass Ulgur gegen die Wand unter dem Fenster krachte. Die Wand erbebte, und Räuber sank daran herab und blieb mit glasigen Augen auf dem Boden sitzen.

Er hatte sich gerade einigermaßen erholt und Kräfte gesammelt, um aufzuspringen, doch da musste er erkennen, dass inzwischen die Zeit nicht stillgestanden hatte.

Sein Gefährte hatte zum Messer gegriffen, doch da war Morgan schon heran. Er schmetterte den Kerl mit einem Fausthieb zu Boden, umklammerte das Handgelenk und drehte es, bis der Lump schreiend das Messer losließ. Morgan trat es außer Reichweite.

Aus dem Augenwinkel heraus sah er, wie der andere Kerl zum Flurfenster sprang, und er wiederholte die Prozedur. Er packte den benommenen Mann am Hemd, riss ihn hoch über seinen Kopf und warf ihn gegen seinen Kumpan.

Ulgur zog den Kopf ein, und der andere knallte gegen den Fensterrahmen, fiel gleich darauf wie ein Stein auf Ulgur hinab und begrub ihn unter sich.

Ulgur fluchte, doch das half ihm nichts. Denn Morgan war jetzt richtig in Fahrt, und es wurde schlimm für die beiden Banditen. Ulgur war froh, als ihn eine gnädige Ohnmacht umfing. Der andere erdreistete sich tatsächlich, noch einmal anzugreifen, weil er Morgan noch mit Ulgur beschäftigt glaubte. Doch sein Angriff war mehr aus Verzweiflung geboren und blindlings im Zorn vorgetragen, und so lief er praktisch in Morgans Fäuste hinein. Zwei Treffer und der Mann war ausgeschaltet.

Morgan atmete heftig und sah zu Isabella. Der Radau, die Schreie, das Poltern, Klirren und Krachen waren natürlich gehört worden, und der pausbäckige Wirt eilte mit seiner ganzen Familie im Gefolge herbei.

»Um Himmels willen, was ist hier geschehen?«, begann er mit zornrotem Gesicht und schwang eine Keule. Dann sah er den lädierten Ulgur und blieb wie angewurzelt stehen.

Gleich darauf war auch der Rest der Familie zur Stelle und starrte auf den Ritter. Schließlich stieß die Frau des Wirtes einen schrillen Schrei aus und fiel in Ohnmacht. Prompt gingen weitere Kammertüren auf und neugierige Köpfe streckten sich heraus, um im Dämmerlicht des Flures etwas zu erkennen.

»Es ist nichts weiter geschehen, ihr Leute, geht wieder in eure Kammern und schlaft euch aus! Ich bin Ritter Morgan of Launceston, Sohn des Sheriffs von Cornwall, und habe eben zwei Banditen unschädlich gemacht.«

Nur langsam kehrten die Menschen in ihre Kammern zurück, einige konnten sich nur sehr schwer vom Geschehen trennen, denn Morgan fesselte jetzt den bewusstlosen Ulgur und kümmerte sich danach auch um den anderen.

Nur der Wirt stand noch neben ihm, die Arme in die Hüfte gestemmt, und wollte eine Erklärung.

»Die wirst du bekommen«, sagte Morgan. »Aber nicht jetzt, sondern morgen früh. Gute Nacht.« Damit schob er den Wirt zur Seite, schob die beiden Verbrecher in die Kammer, trat selbst ein, schloss die Türe und schob den Riegel davor.

»Es geht leider nicht anders«, bemerkte er dazu etwas verlegen. »Ich muss die Kerle hier im Auge behalten und will morgen von ihnen erfahren, wer sie losgeschickt hat. Aber keine Sorge, ich liege hier auf dem Fußboden zwischen ihnen und Euch. Niemand wird Euch heute Nacht belästigen!«

»Ihr seid ein Held und ein echter Ritter!«, seufzte Isabella, als sie sich erneut auf ihr Lager begab.

Morgan seufzte ebenfalls und richtete sich auf dem Fußboden ein, so gut es ging. Schon im ersten Morgengrauen war er erwacht und verhörte Ulgur. Der erzählte alles, denn er war nicht der Tapferste, und er hatte Angst, Morgan könnte ihm das Leben nehmen, obwohl der Ritter ganz freundlich zu ihm sprach.

Morgan brachte nacheinander beide in den benachbarten Stall. Er informierte den Wirt, und der war für drei Silberlinge bereit, die Banditen gefangen zuhalten und seinen Sohn zum Sheriff nach Launceston Castle zu schicken. Und er versprach, sogleich den Totengräber in den Wald zu schicken, um die beiden Toten abholen zu lassen.

12. Kapitel

»Trink einen Schluck«, sagte Brehn gönnerhaft zu Werych, der ihm die frohe Kunde gebracht hatte, dass Arn of Corlstone ein Drittel mehr bezahlen wolle.

Werych nickte erfreut und nahm den Krug, den ihm der hünenhafte Mann reichte. Er setzte ihn an, trank einen herzhaften Schluck und hatte das Gefühl, sich übergeben zu müssen. Er wollte das Teufelszeug ausspucken, doch er hatte durstig geschluckt, und es lief bereits die Kehle hinab. So hustete und würgte er, und sein Gesicht lief rot an.

»Schmeckt es dir nicht?«, fragte Brehn mit verschlagenem Blick.

»Doch«, stammelte Werych, denn er hatte ein wenig Angst vor diesem finsteren Riesen. »Allerdings nicht so sehr«, fügte er vorsichtig hinzu.

Brehn zeigte grinsend sein kräftiges Gebiss. »Ein wahres Wundermittel«, erklärte er. »Ich kann Euch das Rezept verraten, wenn Ihr wollt. Im Großen und Ganzen besteht dieser Zaubertrank aus Johanniskraut, Angelika, Baldrian, Enzian und Kamille – alles gut gegen Blähungen.«

Nun, Werych hatte keine Blähungen, und er schob hastig den Krug von sich.

»Hinzu kommen Tausendgüldenkraut für die Potenz und Teufelskralle, Salz und Fliegendreck, das vertreibt die hartnäckigsten Winde nach Völlerei und Saufgelagen.«

Wie zur Bekräftigung fügte er einen kurzen, prägnanten Furz hinzu und sagte: »Hört ihr?«

Ja, Werych hatte es gehört, und es hielt ihn nun nichts mehr in der Hütte bei diesem Kerl, den sein Herr zu Recht als Primitivling bezeichnet hatte.

Er erhob sich. Auch Brehn stand auf. Er überragte Werych um zwei Haupteslängen.

»Was soll ich also meinem Herrn melden?«, fragte Werych.

Brehns Miene verfinsterte sich. Eine Unmutsfalte kerbte seine Stirn zwischen den buschigen Augenbrauen. Die Frage bereitete ihm Unbehagen, wartete er doch selbst auf ein Wort von seinen Gefolgsleuten. Deshalb flüchtete er sich in einen Angriff, den er immer für die beste Verteidigung hielt.

»Verdammt, er soll sich nicht in die Hosen machen! Die Sache wird schon zu seiner vollsten Zufriedenheit erledigt werden. Er soll sich gedulden! Ich erwarte jeden Augenblick die Vollzugsmeldung meiner Männer.«

Werych nickte. Ganz wohl war ihm nicht zumute, und das lag nicht nur an dem Schluck von dem teuflischen Gebräu. Sein Herr würde fuchsteufelswild werden, wenn er erneut vertröstet wurde. Aber da war nichts zu machen, er musste ihm die Wahrheit berichten.

Bedrückt verabschiedete er sich und wandte sich zur Tür. Als er sie öffnen wollte, flog sie ihm entgegen, knallte ihm gegen die Stirn, und er fiel rückwärts wieder in die Hütte.

Nur verschwommen nahm er den Mann wahr, der wie der Leibhaftige in die Hütte sprang und jetzt ein Schwert in der vorgereckten Rechten hielt.

Werych war noch zu benommen, um einen klaren Gedanken fassen zu können. Auf seiner Stirn wuchs eine gigantische Beule.

Brehn war ebenso überrascht. Während er zum Dolch griff, verfluchte er grimmig den Wachtposten, der geschlafen haben musste, denn sonst hätte er ihm jeden Besucher gemeldet oder unerwünschten Besuch vom Hals gehalten.

Der Bursche schlief tatsächlich, doch er war in diesem Punkt völlig unschuldig. Er hatte heldenhaft kämpfen wollen, doch es war bei der Absicht geblieben. Denn der Besucher war so schnell und schlagkräftig gewesen, dass der Kampf schon zu Ende gewesen war, bevor der Wachtposten ihn richtig hatte anfangen können.

Der Besucher war Morgan.

Und dass er mit der Tür ins Haus fiel, hatte seinen Grund. Er wusste von den Gefangenen, wie gefährlich der Anführer der Banditen war.

Was er bis jetzt noch nicht wusste, dass es sich um den berüchtigten Brehn handelte, dem er vor einiger Zeit schon einmal begegnet war, als Morgan von seinem Vater, Sir Ronan of Launceston, dem Sheriff von Cornwall, den Auftrag hatte, dem plötzlichen Verschwinden zahlreicher Ritter auf den Grund zu gehen.

Um den Bandenführer überraschen zu können, hatte Morgan den Wachtposten überwältigt. Er hatte sich angeschlichen und gerade in die Hütte spähen wollen, als er die Schritte gehört und jemand die Tür aufgezogen hatte. So hatte Morgan schnell handeln müssen.

Die Überraschung war zwar gelungen, doch Morgan hatte nicht mit einem zweiten Gegner gerechnet. Nach Aussagen der beiden Banditen hätte Brehn mit dem Wachtposten allein im Versteck sein müssen.

Nun, der Kümmerling mit dem gescheitelten, fettigen Haar schien im Augenblick kein Gegner zu sein. Er hockte benommen auf dem Hosenboden und betastete seine Stirn.

Doch Brehn war schnell. Es war nicht das erste Mal, dass er sich in einer solchen Situation sah, denn er wurde seit Jahren gesucht. Dass er immer davongekommen war, hatte er seiner Kampfeskraft, seiner Kaltblütigkeit und seiner Heimtücke zu verdanken. Als er in das Gesicht des Hereinstürzenden blickte, erkannte er ihn sofort und ahnte, was ihm nun bevorstand.

Sein Schwert lag auf dem Stuhl beim Tisch, drei Schritte entfernt – zu weit im Augenblick. So riss Brehn seinen Dolch aus dem Gürtel und schleuderte ihn aus der Drehung heraus auf den Mann, der mit erhobenem Schwert auf ihn zusprang.

Er hörte einen Aufschrei und wirbelte bereits herum, um zu seinem Schwert zu gelangen.

Nicht Morgan hatte geschrien. Der unglückliche Werych hatte sich gerade aufrappeln wollen. Jetzt steckte der Dolch in seiner Schulter, und Werychs Schrei erstarb. Dunkel wurde es um ihn.

Morgan hatte sich geistesgegenwärtig zur Seite geschnellt und war so dem Dolch um Haaresbreite entgangen. Jetzt sprang er auf Brehn zu.

Als der Anführer, der offenbar glaubte, den richtigen Mann getroffen zu haben, sich umdrehte, hätte Morgan ihm das Schwert in den Rücken stoßen können. Doch seine Ritterehre verbot ihm das. So ließ er zu, dass Brehn das Schwert vom Tisch riss und sich zum Kampfe stellte.

In Brehns grünen Augen blitzte es hasserfüllt auf.

»Dich schneide ich in Scheiben!«, brüllte er und griff vehement an.

Morgan parierte und trieb den Gegner mit wuchtigen Schlägen zurück, bis er gegen den Schrank prallte.

Brehns grimmige Miene nahm einen leicht verdutzten Ausdruck an, und die Narbe an seiner Wange schien eine Spur blasser zu werden. Er erkannte, dass er seinen Gegner unterschätzt hatte, und dass es nicht einfach werden würde. Wütend griff er wieder an. Er schlug wild zu und es steckte Kraft hinter den Hieben, doch Brehn beherrschte keine Technik und ermüdete rasch.

Hin und her wogte der Kampf.

Morgan wartete auf eine Blöße des Gegners. Er spürte, wie der Mann ermattete, denn seine Schläge kamen nicht mehr so schnell und hart. Doch Morgan wollte kein unnötiges Risiko eingehen. Die Zeit arbeitete für ihn. Er ließ sich von Brehn sogar in die Defensive drängen. Und prompt fiel der Kerl darauf herein. Morgan tat, als strauchelte er, als er gegen den Tisch zurückwich.

Mit einem triumphierenden Schrei warf sich Brehn auf ihn zu, das Schwert vorgereckt, um ihm den Todesstoß zu versetzen. Doch daraus wurde nichts. Morgan drehte sich blitzschnell zur Seite, und Brehn konnte seinen Schwung nicht mehr abbremsen. Er krachte gegen den Tisch und fand sich im nächsten Augenblick zwischen Scherben am Boden wieder. Das Schwert war ihm beim Sturz aus der Hand geglitten, und Morgan hatte es mit einem schnellen Tritt aus der Gefahrenzone befördert.

Brehn wollte aufspringen, doch da setzte ihm Morgan schon das Schwert an die Kehle.

Der Räuberhauptmann erstarrte. Er schielte zu der Klinge, und Furcht flackerte in seinen grünen Augen. Doch er flehte nicht um Gnade.

»Töte mich und sei verdammt!«, sagte er mit krächzender Stimme, doch erstaunlich ruhig.

Morgan schüttelte den Kopf. »Nicht durch meine Hand sollst du dein nichtswürdiges Leben verlieren«, sagt er.

Brehn blinzelte überrascht. Das verstand er nicht. Es wollte ihm einfach nicht in den Sinn, dass der Stärkere seinen Triumph nicht auskostete. Er selbst hatte noch nie einen Gegner verschont.

»Was – du willst mich am Leben lassen?«, fragte er überrascht und misstrauisch.

»Warum sollte ich dem Henker die Arbeit abnehmen?«, erwiderte Morgan.

»Wer bist du?«

»Morgan, Sohn des Sheriffs von Cornwall.«

Brehns grüne Augen nahmen einen verschlagenen Ausdruck an.

»Ein Ritter!«, sagte er. »Hätte nie gedacht, dass das stimmt, was man über Euch erzählt. Ich war immer der Meinung, dass das meiste davon erstunken und erlogen ist.«

Er schob die Schwertspitze zur Seite, als sei sie eine lästige Fliege, die es zu verscheuchen galt, und erhob sich. Der Kerl, der zuvor noch Todesangst gehabt hatte, wurde jetzt regelrecht übermütig. Er lachte sogar!

»Na, ich wette, wir werden uns einigen, Ritter. Man hört, Ihr verplempert 'ne Menge Geld bei Hof mit Weibern und Prunk. Ich zahle dir...«

Morgan schüttelte den Kopf. Er hatte den Mann scharf im Auge behalten und sich nicht von dem betont entspannten Gerede ablenken lassen. Das war sein Glück. Denn mitten im Satz verstummte Brehn, wirbelte herum und schlug aus der Drehung heraus zu. Doch er traf Morgan nicht. Stattdessen traf Morgan ihn mit dem Schwert, und Brehn sank bewusstlos zu Boden.

Morgan fesselte die beiden Männer. Werych erwachte als Erster. Seine Verletzung war nicht gefährlich, doch der Bursche war äußerst wehleidig und glaubte, im Sterben zu liegen. Ritter Morgan bemühte sich nicht, ihm das auszureden, sondern ermunterte ihn, noch sein Gewissen zu erleichtern.

Das tat Werych auch. Und so erfuhr Morgan das Geheimnis von Castle Corlstone, und ein Schauer des Entsetzens erfasste ihn.

Denn es war ein grauenvolles Geheimnis, und wenn es ihm nicht gelang, die Soldaten und die Spanier noch vor Castle Corlstone einzuholen, fuhren sie vermutlich in den Tod.

13. Kapitel

Sir Arn of Corlstone fluchte. Die Ankunft der Spanier war ihm gemeldet worden. Brehn musste versagt haben, und auch Werych hatte sich nicht mehr blicken lassen.

Jetzt war guter Rat teuer. Er blickte in den Burghof hinab, wo die Reiter und die Wagen hielten.

Sie mussten verschwinden, doch wie? Wenn er sie auf der Burg beseitigen ließ, würde das einen Rattenschwanz von Nachforschungen zur Folge haben. Vermutlich würde sogar der König Nachforschungen anstellen lassen, damit es keinen Ärger mit Spanien gab, und dann würde das ganze Spiel auffliegen.

Er fuhr herum, als es an der Tür klopfte. Seine Nerven waren ein wenig angegriffen, und er zuckte zusammen. Fahrig wischte er sich über die Stirn. Ryen, der Diener, trat ein.

»Wir haben die Spanier in die Burg gelassen, wie befohlen«, sagte er.

»Das sehe ich, du Trottel«, grollte Sir Arn of Corlstone gereizt.

Ryen zog unbewusst den Kopf ein. Dicke Luft, dachte er, und er wusste warum. Er gehörte schließlich zum Kreis der Eingeweihten.

Unruhig schritt Sir Arn of Corlstone auf und ab. Schließlich blieb er vor dem Gemälde stehen und starrte sein Ebenbild an. Ein Plan nahm Gestalt an, ein kühner Plan, doch mit ein wenig Glück konnte er gelingen.

»Ich werde sie als liebe Gäste begrüßen«, sagte er dann zu Ryen.

Ryen starrte ihn offenen Mundes an. »Aber...«

»Kein Aber. Geleite sie zu mir und gib allen Anweisung, dass sie wie Ehrengäste zu behandeln sind. Sag den Spitzeln Bescheid, sie sollen aufpassen, dass niemand vom Gesinde plaudert. Droht jedem an, dass er gevierteilt wird, wenn auch nur ein Wort verlautet. Richtet die besten Kammern für die Gäste her und lasst die köstlichsten Speisen und Getränke auftragen. Schließlich sind die Spanier von hohem Stande.«

Ryen nickte.

Sir Arn of Corlstone verschränkte die Hände hinter dem Rücken und ging wiederum unruhig auf und ab. Schließlich verharrte er. »Sorg dafür, dass unsere Gäste keinerlei Kontakt mit den falschen Leuten bekommen! Nun, Spanisch versteht hier ohnehin keiner.«

»Aber Alfons und Isabella sprechen Englisch«, wandte Ryen ein. »Außerdem haben sie englische Kutscher dabei.«

»Behaltet sie ebenfalls im Auge. Ich werde schon einen Vorwand finden, wie ich die ganze Bagage in ein, zwei Tagen wieder loswerden kann. Na los, worauf wartest du noch? Sag den Spaniern, ich lasse bitten!«

»Sehr wohl.« Ryen eilte davon.

Sir Arn of Corlstone betrachtete noch einmal das Porträt. Dann setzte er eine leidende Miene auf und wickelte sich ein weißes Tuch um den Hals. Als dann die Besucher eintraten, lächelte er gequält und erhob sich wie ein schwerkranker Mann aus seinem Lehnstuhl.

»Verzeiht mir, dass ich mich nicht selbst zum Tor bemühen konnte«, sagte er mit heiserer Stimme. »Mein Medicus bestand sogar darauf, dass ich das Bett hüten solle, doch bei solch lang erwartetem, lieben Besuch hält mich nichts auf dem Krankenlager.«

Galant begrüßte er als Erste Maria von Cordoba, die Mutter der vermeintlichen Braut. Sie reichte ihm etwas zögernd die Hand, vermutlich weil sie befürchtete, sich anzustecken. Dann begrüßte der Burgherr Alfons und die Dienerin. Pedro, der Diener, streckte ihm strahlend die Hand hin, doch Sir Arn of Corlstone nickte ihm und den anderen Männern nur knapp zu.

»Wo ist denn Isabella?«, fragte er verwundert.

Alfons von Cordoba berichtete auf Spanisch, was sich ereignet hatte. Sir Arn of Corlstone nagte an der Unterlippe, setzte eine betrübte, aber auch etwas ratlose Miene auf.

Der Diener Ryen kam und brachte auf einem silbernen Tablett Wein und Becher. Als alle gefüllte Weinpokale in den Händen hielten, hob Sir Arn of Corlstone sein Pokal und prostete den Gästen zu.

»Auf die Gesundheit«, krächzte er und hüstelte ein paarmal. »Und auf das Wiedersehen. Salute.«

Cynan und Rhodri sahen, dass die Spanier etwas verwirrt blickten.

»Das müsst ihr mir ein wenig genauer erzählen«, sagte Sir Arn of Corlstone, als sie getrunken hatten. »Am besten auf Englisch, damit ich es meinem Ryen nicht zu übersetzen brauche und er es sogleich auf der ganzen Burg verkünden kann.«

Er streifte Cynan, Rhodri und die anderen Begleiter mit einem kurzen Blick und sagte: »Ihr alle werdet nach der langen Reise erschöpft und hungrig sein. Ryen hat schon alles vorbereitet. Man wird Euch gleich die Quartiere zuweisen.« Er wies auffordernd zur Tür hin. Alfons verstand.

Er sprach kurz auf Spanisch mit Carlo Hernandez und alle Spanier bis auf Maria und Alfons von Cordoba und die Dienerin Calvina verließen das Zimmer. Cynan und Rhodri schlossen sich an. Rhodri warf noch einen sehnsüchtigen Blick zu Calvina, die mit einem vielversprechenden Lächeln antwortete.

Draußen sprach Pedro zornig vor sich hin. Die anderen verstanden nichts, und es fehlte ein Übersetzer.

Pedro ärgerte sich, weil Sir Arn of Corlstone ihm nicht einmal die Hand gereicht hatte. Bei dem Besuch der Engländer in Spanien war bei einem Ausflug das Boot gekentert, und Sir Arn war in den Teich gefallen. Sir Arn konnte nicht schwimmen, und Pedro hatte ihn aufgefischt. Sir Arn hatte gesagt, das würde er ihm nie vergessen. Und jetzt war er so kühl und behandelte ihn wie Luft!

Aber das war nicht das Einzige, was die sichtlich verwirrten Spanier befremdete.

Sir Arn of Corlstone hatte sich sehr verändert. Nicht im Aussehen, wenn man einmal von dem kleinen Leberfleck absah, sondern in der Art und in seinem Verhalten.

Dass seine Stimme anders klang und dass er beleibter geworden war, mochte auf seine Krankheit zurückzuführen sein, beziehungsweise auf die Jahre. Schließlich hatten sie sich vor zwei Jahren das letzte Mal gesehen.

Dass er bei seinem Leberleiden neuerdings Wein trank, war auch seltsam. Mehr aber noch der Umstand, dass er alles Spanisch verlernt hatte, obwohl er die Sprache doch fließend beherrscht hatte und stolz darauf gewesen war, sie anzuwenden. Allein deshalb hatte Alfons ihm alles zuerst auf Spanisch berichtet. Doch nicht einmal ein richtiges spanisches *salud* hatte er gesagt, sondern ein italienisches *salute*. Zudem hatte er sich kaum über den Kampfstier gefreut, den sie ihm als Geschenk mitgebracht hatten. Er hatte nur säuerlich gelächelt und sich höflich bedankt. Dabei war er vernarrt in die prächtigen spanischen Stiere, hatte damals sogar einen für seine Zucht kaufen wollen.

Außerdem war es befremdend, dass Ayan mit seiner Mutter bei einem Vetter weilte und erst in einem Monat zurückerwartet wurde. Noch im letzten Brief an Isabella hatte er geschrieben, dass er vor Sehnsucht vergehe und den Tag ihrer Ankunft kaum erwarten könne.

Rhodri und Cynan tauschten besorgte Blicke. Cynan fragte Alfons von Cordoba, ob sie sich vielleicht im Termin geirrt hätten.

Alfons schüttelte ernst den Kopf, und dann fasste er in Worte, was alle dachten.

»Mich dünkt bei alledem, dass da etwas nicht stimmt. Was wird hier nur gespielt?«

14. Kapitel

Die Freunde erboten sich, eine Antwort auf diese Frage einzuholen. Sie wollten sich unauffällig umhören und des Rätsels Lösung finden.

Sie sprachen mit dem Stallburschen, hörten sich unauffällig beim Gesinde um, doch so unverfänglich die Fragen auch gestellt wurden, überall stießen sie auf eine Mauer des Schweigens. Beide glaubten, Angst in den Blicken der Leute zu sehen, wenn die Sprache auf Sir Arn of Corlstone, auf dessen Krankheit oder gar auf sein verändertes Verhalten die beiden Gefolgsmänner Morgans nahmen sich vor, vorsichtig zu sein.

Auf dem Weg zum Stall verharrte Cynan plötzlich und tastete an seinen Kopf. Er vermutete schon, ein Vogel hätte da etwas auf sein Haupt fallen lassen, doch dann sah er ein Papierkügelchen über den Boden kullern. Er blickte nach oben. Nein, kein Vogel hatte da mit Papier geworfen, sondern eine Magd, die sich aus einem Fenster des Gesindehauses beugte und dabei seltsam benahm. Sie schaute sichernd nach links und rechts über den Burghof, legte mahnend eine Hand auf die Lippen und gestikulierte, er solle näherkommen.

Er trat bis an den Rosenstrauch unter dem Fenster. Die Frau, auf den ersten Blick ein recht hübsches Ding, verschwand plötzlich am Fenster. Cynan wartete ein wenig ratlos. Doch die Magd tauchte wieder am Fenster auf und warf ein zusammengeknülltes Papier hinaus.

Die Wachen am Tor wurden gerade abgelöst, und sie zuckte am Fenster zurück, schloss es hastig und verschwand. Sie hatte erschrocken gewirkt.

Cynan stellte den Stiefel auf das Papier und schaute sich unauffällig um. Niemand schien ihm Beachtung zu schenken. So zog er eine Münze aus der Tasche und ließ sie fallen, um sie zusammen mit dem Papier aufzuklauben.

Er schlenderte weiter, und erst in der Passage zwischen den Stallgebäuden und dem Gesindehaus entfaltete er den Zettel und las:

Großer bärtiger Unbekannter. Kommt sobald es dunkel ist, unauffällig zum Stall. Ich muss Euch treffen! Passt auf, dass Euch niemand sieht!

Cynan steckte den Zettel in die Tasche und nutzte die Zeit, um andere Dienstboten anzusprechen. Doch so sehr er sich auch bemühte, er bekam keine Antwort auf seine geschickten Fragen. Er stieß auf Angst und Misstrauen.

Dann senkte sich die Dunkelheit über Castle Corlstone, und Cynan wollte die junge Frau nicht warten lassen. Sie wartete auf ihn im Stall, und im Schein der kleinen Lampe, die kaum die nähere Umgebung erhellte, erzählte sie ihm das Geheimnis von Castle Corlstone.

Gebannt lauschte Cynan dem geflüsterten Bericht.

Sir Arn of Corlstone und seine Familie siechten seit Monaten bei Wasser und Brot im Kerker dahin. Ebenso alle seine Vertrauten, die Schlüsselpositionen innegehabt hatten. An seine Stelle war Roger getreten, ein Räuber wie Brehn.

Roger hatte sich die verblüffende Ähnlichkeit mit dem Burgherrn zunutze gemacht, war durch eine Täuschung der Wachen in die Burg gelangt und hatte Sir Arn of Corlstone niedergeschlagen. Dann hatte er den Wachen den Befehl gegeben, die Männer in die Burg zu lassen, die vor der Zugbrücke Einlass begehrten. Das waren Rogers Männer gewesen, und sie hatten die Burg im Handstreich genommen.

Seither saß dort Roger mit seinen Gesellen, und er fühlte sich sehr wohl. Der Räuber hatte Sir Arn und seine Familie nur am Leben gelassen, weil er gelegentlich Unterschriften für Dokumente brauchte, mit denen Roger seine Position festigen und seinen ergaunerten Reichtum mehren wollte.

Briefe schrieben Sir Arn und seine Familie unter Zwang im Kerker. Sie mussten sich von Verwandten Geld borgen und schriftlich Leute abwimmeln, die ihren Besuch ankündigten. Nur bei den Spaniern war das nicht gelungen. Sie hatten Sir Arns Brief zu spät erhalten.

Cynans Gedanken jagten sich. Klar, dass der falsche Sir Arn für die Überfälle verantwortlich war. Entweder waren es seine Männer gewesen oder er hatte sich einer anderen Bande bedient.

Doch warum hatte der Schurke sie nicht gleich nach ihrer Ankunft gefangen nehmen oder umbringen lassen? Weshalb spielte er den Spaniern die Rolle des richtigen Sir Arn vor?

Vermutlich befürchtete er, der Verdacht würde auf ihn fallen, wenn die Spanier auf der Burg verschwanden, und er wollte vermeiden, dass auf Corlstone Nachforschungen angestellt wurden. Schließlich lebte auch das Gesinde wie Gefangene auf der Burg und konnte plaudern.

Die junge Magd hatte gehört, wie Cynan sich umgehorcht hatte. Sie war ihrem Herrn treu ergeben und sah in Cynan den Retter, der das teuflische Spiel beenden konnte.

Cynan überlegte. Solange sich der falsche Sir Arn nicht durchschaut sah, bestand keine Gefahr. Sie mussten so tun, als hielten sie diesen Roger für Sir Arn.

Cynan dachte an Ritter Morgan. Roger hatte offenbar nicht gewusst, was aus Isabella geworden war. Ob es Morgan gelungen war, sie aus den Händen der Entführer zu befreien? Nun, sie mussten abwarten, wie sich die Dinge entwickelten und sollten sich etwas einfallen lassen, wie man Hilfe holen konnte, ohne Rogers Argwohn zu wecken. Das Beste wäre, sie reisten so bald wie möglich ab und sorgten dafür, dass die Gefangenen befreit wurden.

Cynan wurde aus seinen Gedanken gerissen.

»Da kommt jemand«, wisperte die junge Frau ängstlich. »Oh Gott.«

Cynan hörte die Schritte, die sich auf dem Stallgang näherten.

»Ganz ruhig«, flüsterte er ihr ins Ohr und legte einen Arm um ihre Taille. Sie lauschten.

Die Schritte verklangen ganz in ihrer Nähe. Etwas klirrte, dann entfernten sich Schritte. Cynan riskierte einen Blick und sah einen der Stallknechte mit der Stalllaterne in der Hand davon schlendern. Schließlich klappte eine Tür, und die beiden waren in völliger Dunkelheit wieder allein.

»Oh Gott, ich dachte, mir bliebe das Herz stehen«, wisperte sie und atmete auf.

»Noch einmal Glück gehabt!«, antwortete Cynan und eilte mit ihr ins Freie.

15. Kapitel

Cynan war noch in Gedanken bei dem Gehörten, als er die Tür zu seiner Kammer öffnete.

Deshalb hörte er nicht, wie ein Schatten von der Seite her auf ihn zuhuschte. Er verspürte nur einen Schlag auf den Kopf, und in der dunklen Kammer schien es noch dunkler zu werden. Er spürte nicht mehr, wie er vornüber stürzte und mit der Stirn aufschlug.

Als er zu sich kam, dröhnte sein Schädel, und er hörte ein Stöhnen. Er brauchte einen Augenblick, bis ihm klar wurde, dass er selbst es war, der da stöhnte, und dass er halb auf Rhodri lag. Dass es Rhodri war, erfuhr er erst, als er um sich tastete und Rhodri ärgerlich zischte: »Nimm die Pfoten von mir!«

Cynan zog die Hand zurück. Er wollte sich in der Dunkelheit in eine bequemere Position drehen und berührte etwas Weiches.

»Vorsicht!«, sagte eine ärgerliche weibliche Stimme.

»Ich bin's – Cynan«, sagte er. »Was ist passiert? Wo sind wir hier?«

»Im Kerker.«

Cynan fluchte wild, und Rhodri machte ihn darauf aufmerksam, dass sie nicht allein waren. Rund drei Dutzend Personen hielten sich in dem kalten, engen Verlies auf, das allenfalls einem Dutzend bequemen Platz geboten hätte. Deshalb die Platznot, deshalb lagen die Gefangenen fast übereinander. Besonders schlimm war es in der Nähe der Tür, wo Cynan lag.

Rogers Räuber hatten die Gefangenen, von denen die meisten bewusstlos gebracht worden waren, einfach hinter der Tür abgelegt, und erst nach und nach hatten sie sich etwas weiter in den Kerker hinein verteilt.

»Man hat uns schon belauscht, als Señor Alfons seinen Verdacht äußerte«, sagte Rhodri. »Da wusste dieser falsche Hund von Roger, dass sein Spiel durchschaut war, und er handelte schnell, das heißt, er ließ handeln. Einen nach dem anderen überwältigten sie und schleppten ihn hier runter.«

»Du weißt über alles Bescheid?«, fragte Cynan. »Haben die Räuber dir gesagt, was los ist?«

»Die haben mich niedergeschlagen, ohne etwas zu sagen.« Rhodri seufzte. »Nicht mal die Damen haben sie verschont, diese Kanaillen. Ich weiß alles von dem richtigen Sir Arn of Corlstone, der mit seiner Familie und allen Getreuen hier unter uns weilt.«

Cynan tippte sich an den dröhnenden Schädel. »Das hätte ich mir auch denken können.«

In diesem Augenblick ertönte ein schauriges Lachen. Dann rief eine spöttische Stimme:

»Ihr werdet dort verrotten und verfaulen, ihr alle!«

Wieder war das schaurige Lachen zu hören. Dann entfernten sich schwere Schritte, und das Lachen verhallte.

»Glaubst du an Wunder?«, fragte Rhodri leise.

»Nein«, gab Cynan zurück, »aber ich hoffe auf Sir Morgan!«

16. Kapitel

Morgan hatte Brehn und Werych ebenfalls zum Gasthof gebracht. Der pausbäckige Wirt hatte versprochen, auf die gefesselten Gefangenen aufzupassen und sie abzuliefern, wenn Sir Ronan of Launceston, sein Vater, die Männer schickte. Zudem hatte Morgan eine Botschaft hinterlassen, in der er alles schilderte, was er von Brehns Getreuen und vor allem von Werych erfahren hatte, der ja das Bindeglied zwischen Roger und dem Räuberhauptmann gewesen war.

Morgan kannte also jede Einzelheit und wusste, welches Schicksal auf seine Gefährten und die Spanier warten würde, wenn sie auf Castle Corlstone eintrafen. Werych hatte gesagt, sie würden entweder getötet oder in den Kerker geworfen, doch der sei schon ziemlich überfüllt.

Morgans Hoffnung, seine Männer und die Spanier noch vor der Burg einzuholen, hatte sich nicht erfüllt. Sie hatten die Kolonne noch von einem Hügel aus gesehen, als sie in der Burg verschwand und sich das Tor hinter ihnen geschlossen hatte.

Morgan und Isabella waren in ein Wäldchen nahe der Burg geritten, um die Dunkelheit abzuwarten. Allein konnte Morgan die Gefangenen nicht befreien. Er musste auf die Männer warten, die sein Vater schicken würde. Doch er war entschlossen, die Lage bis zum Eintreffen der Männer bereits zu sondieren und einen Plan zur Befreiung auszuarbeiten.

Zumindest Sir Arn of Corlstone und seine Familie mussten noch am Leben sein, nach dem, was Werych erzählt hatte. Morgan wollte sich in der Nacht in die Burg einschleichen und alles ausspionieren. Er hoffte, Kontakt mit Cynan und Rhodri aufnehmen zu können und den Spaniern die Sorge um Isabella zu nehmen.

»Und Ayan...?«

Morgan wusste gar nicht, dass er diesen Gedanken aussprach.

Isabella antwortete mit kühler Stimme: »Ich liebe ihn nicht. Er hat sich unberechtigte Hoffnungen gemacht. Das wollte ich ihm klarmachen. Bei diesem Besuch wollte ich ihm Lebewohl sagen.«

Eine Weile schwiegen sie, als Isabella den Schatten wahrnahm und einen warnenden Ruf ausstieß. Doch Morgan war nicht aufmerksam.

»Te quiero, te quiero.«

Der Hieb mit der Keule riss ihn aus seinen Träumen. Morgan sank mit einem ächzenden Laut vornüber, hörte noch Isabellas Schrei des Entsetzens, und dann wurde es dunkel und still um ihn.

Plötzlich glaubte er, das schöne Gesicht der Spanierin vor sich zu sehen.

Doch anstelle von Isabella tauchte ein anderes Gesicht vor ihm auf. Morgan wollte sich abdrehen, prallte gegen etwas Hartes und stieß sich den Kopf. Blinzelnd öffnete er die Augen. Sonnenschein blendete ihn. Er nahm verschwommen Gestalten wahr, die ihn überragten. Und wie aus weiter Ferne hörte er ein Stampfen, Klirren und Brüllen. Der Stier?

Ja, das war in der Tat das Brüllen eines Stiers. Die Gesichter über ihm wurden deutlicher. Eine der Gestalten neigte sich etwas vor und starrte auf ihn hinab.

Morgan erschrak. Das war ein bekanntes Gesicht.

Brehn, der Räuberhauptmann.

17. Kapitel

»Er kommt zu sich«, sagte Brehn.

Morgan tastete stöhnend an seinen schmerzenden Kopf. Etwas Klebriges in den Haaren und eine Beule. Er schloss die Augen und kämpfte gegen das Gefühl der Übelkeit an. Etwas krachte gegen seine Hüfte. Schmerzen zuckten bis in seine Zehen hinab.

Vielleicht waren es der Tritt und die Schmerzen, die Morgan vollends zur Besinnung brachten. Schlagartig setzte die Erinnerung ein, und er riss die Augen auf, drehte sich und packte zu.

Er hörte einen überraschten Aufschrei, als er an dem Stiefel zog. Dann einen Aufprall, und als sich die wogenden Nebel vor seinen Augen lichteten, sah er, dass Brehn neben ihm auf dem Boden saß. Morgan hatte ihn zu Fall gebracht. Brehns wüstes Gesicht war vor Wut verzerrt. Er sprang auf und zückte sein Schwert. Er wollte Morgan töten.

Morgan erkannte, dass er keine Chance mehr hatte. Er war noch zu sehr geschwächt und waffenlos. Hilflos lag er am Boden und sah, wie das Schwert des Räubers in der Sonne aufblitzte, wie die Klinge auf ihn zustieß.

Er hörte Isabella aufschreien. Sie war also ebenfalls gefangen genommen worden. Da gebot eine scharfe Stimme Einhalt, und die Schwertspitze verharrte an Morgans Kehle.

Morgan wandte den Kopf. Er sah Isabella. Sie bäumte sich im Griff zweier stämmiger Männer auf.

»Diesem Kerl haben wir das alles zu verdanken!«, sagte Brehn schwer atmend, und seine grollende Stimme hallte über den Burghof.

»Dafür wird er auch büßen«, antwortete eine andere Stimme.

Morgan fasste den Mann ins Auge. Ein großer, untersetzter Mann in eleganter Samtcotte, deren Ränder mit Stickereien verziert war. Braune Augen, eine große, spitze Nase und ein kantig vorgerecktes Kinn. Das musste Roger sein, der falsche Sir Arn of Corlstone.

»Aber er wird keinen schnellen Tod durch das Schwert haben«, fuhr der Kerl fort. »Er wird langsam sterben, ganz langsam. Ich denke da an Daumenschrauben, an die Streckbank und an all die anderen hübschen Dinge aus der Folterkammer.«

Brehn zog grinsend sein Schwert zurück. »Du hast recht, alter Freund. Das wird ein Fest. Und fast hätte ich uns den Spaß verdorben!« Er schüttelte den Kopf, als wollte er sich selbst tadeln.

»Wie hast du dich befreit?«, fragte Morgan.

Brehn grinste breit, und die Narbe an seiner Wange schimmerte tiefrot. »Das war nicht schwer. Ich konnte den Burschen überwältigen, der mir einen Napf mit Schweinefraß in den Stall brachte. Ich hätte auch noch die anderen befreit, doch ich musste türmen, denn der Bengel schrie Zeter und Mordio, und das ganze Dorf lief zusammen. Da schnappte ich mir ein Pferd und haute ab. Ihr beide hattet gerade wenige Meilen Vorsprung. Ich brauchte nur eurer Fährte zu folgen. Und später fand ich euch dann im Wald.«

Roger lachte leise. »Nachdem ich nun meine Pläne ändern musste, trage ich mich mit dem Gedanken, mir eine

Burgherrin zu suchen. Warum nicht aus Spanien? Sie wird nach Hause schreiben, dass sie mich heiratet und mitsamt ihren Verwandten auf Castle Corlstone bleibt. So erspare ich mir einen Haufen Probleme.«

»Niemals!«, schrie Isabella auf.

Roger lachte ungerührt. »Es bleibt dir keine andere Wahl, schönes Kind, willst du nicht das Leben deiner Eltern und Landsleute aufs Spiel setzen. Wirst du meine Gemahlin, darfst du sie gelegentlich im Kerker besuchen. Wirst du es nicht, bleibt dir nur der Besuch ihrer Gräber.«

Morgan sah die Verzweiflung in Isabellas schönen Augen, und der Anblick schnitt ihm ins Herz. In ohnmächtigem Zorn ballte er die Hände.

»Außerdem«, fuhr Roger fort, »wirst du dir dein Erbe auszahlen lassen und das gesamte Vermögen derer von Cordoba nach hier schicken lassen. All euer Besitz in Spanien wird verkauft, und so werden wir reich und glücklich auf Castle Corlstone leben.«

Sein Blick tastete wohlgefällig über ihre Formen. »Du bist schön, mein Täubchen, und ich wette, du bist auch nicht dumm und wirst mein großzügiges Angebot annehmen.«

Finster starrte Brehn Morgan an. Der Kerl musste verschwinden, und zwar schnell, bevor er eine Gelegenheit zur Flucht fand. Deshalb gab Brehn seine ersten Befehle als zweiter Mann auf Castle Corlstone.

»Lasst Rogers Gemahlin los, ihr Dummbeutel!«, fuhr er die beiden Männer der Wache an. »Und schafft mir den verdammten Ritter des Sheriffs aus den Augen.«

Die Männer schauten fragend zu ihrem bisherigen Herrn. Sie hatten zwar alles gehört, doch sie wussten noch nichts mit der neuen Machtverteilung anzufangen.

»Ritter des Sheriffs?«, fragte Roger entgeistert. »Davon hast du mir ja gar nichts gesagt! Ist das tatsächlich einer der Ritter von Sir Ronan of Launceston?«

»Ja, behauptet er jedenfalls, und in dem Gasthof sagte man es auch. Außerdem war er so dumm, mich zu verschonen, als er mich wehrlos vor dem Schwert hatte. Und man sagt doch, dass die Ritter sich so verhalten. Aber was macht das schon für einen Unterschied, ob er nun ein Ritter oder ein Bauer ist?«

»Da hast du auch wieder recht«, sagte Roger grinsend. Er gab seinen Männern einen Wink. »Fort mit ihm in die Folterkammer.«

Die Männer ließen Isabella los und wollten Morgan packen.

»Nein!«, schrie Isabella und warf sich schluchzend vor Roger auf die Knie. »Foltert ihn nicht! Lasst ihn am Leben! Bitte...«

Roger starrte auf sie hinab. Widerstreitende Gefühle waren in ihm. Einerseits schmeichelte es ihm ungemein, dass diese schöne Frau dort vor seinen Füßen lag, und er genoss das Gefühl der Macht. Andererseits nagten Zweifel in ihm. Sie bettelte für ihn, schluchzend, verzweifelt – wie eine Liebende.

Unschlüssig nagte er an seiner Unterlippe. Was sollte er tun? Wenn er ihr den Wunsch abschlug, würde sie ihn hassen und sich ihm nicht freiwillig hingeben. Und wenn er ihr den Wunsch gewährte und den Kerl am Leben ließ, würde dessen Schatten möglicherweise ständig zwischen ihnen sein. In seiner Eitelkeit vergaß der Bandit ganz, dass Isabella so oder so allen Grund hatte, ihn zu hassen. Er dachte nur daran, dass er Morgan als Druckmittel nutzen konnte.

»Bitte, lasst ihn leben!«, flehte Isabella und blickte zu ihm auf.

»Nun denn, schöne Frau«, sagte Roger. »Ich werde es mir überlegen, und es ist möglich, dass ich dir den Wunsch erfülle, wenn du dich ebenso entgegenkommend zeigst.«

Isabella senkte den Kopf, und das Blut schoss in ihre Wangen.

Heißer Zorn wallte in Morgan auf, und als die Wachen ihn packen und hochzerren wollten, war es mit seiner mühsamen Beherrschung vorbei. Eher wollte er im Kampfe sterben, als dass Isabella ihren Stolz opferte und vor diesem Satan auf den Knien kroch.

Er kämpfte tollkühn. Er packte den nächsten Wächter und wuchtete ihn gegen dessen Kumpan. Bevor die beiden überraschten Männer wussten, wie ihnen geschah, sanken sie zu Boden. Morgan wirbelte bereits zu Roger herum, der ebenso überrascht war wie alle anderen und über Isabella hinweg mit offenem Mund zu ihm starrte.

Im nächsten Augenblick traf ihn schon Morgans Faust mitten auf die große, spitze Nase. Schreiend taumelte er zurück und fiel auf den Rücken. Mit einem mächtigen Satz war Morgan bei ihm und schlug ihm links und rechts ins Gesicht. Dann fuhr er zu Brehn herum und verharrte mitten in der Bewegung.

Brehn hielt sein Schwert in der Hand, und er brauchte nur noch zuzustoßen. Und ein halbes Dutzend Männer eilten heran, mit Lanzen, Schwertern und Keulen bewaffnet.

Brehns Gesicht verzerrte sich. Er war entschlossen, Morgan den Todesstoß zu versetzen. Doch Isabella war aufgesprungen, und sie schob sich zwischen Morgan und die Schwertspitze.

Indessen rappelten sich die Wachen und Roger auf. Rogers Nase blutete, und er raste vor Zorn.

Er war einen Moment lang benommen gewesen und hatte nicht mitbekommen, dass Brehn Morgan vor dem Schwerte hatte. Er sah, dass Morgan mit dem Rücken zu ihm stand und einen Arm um Isabella legte.

»Feiger Hund!«, brüllte er. »Versteckt sich hinter einem Weiberrock!«

Morgan schob Isabella sanft zur Seite. Furchtlos blickte er Brehn an und drehte ihm dann verächtlich den Rücken zu, um sich Roger zuzuwenden.

»Der feige Hund bist du!«, sagte er ruhig. »Ohne all deine Männer würdest du jetzt zu meinen Füßen liegen und um Gnade winseln, du Wurm.«

Einen Augenblick lang sah es so aus, als wollte sich Roger auf ihn stürzen. Doch dann hatte er sich wieder unter Kontrolle. Er fuhr sich mit dem Ärmel über die Nase und wischte sich das Blut ab.

»Schafft ihn mir aus den Augen«, herrschte er. »Werft ihn in die Folterkammer. Spannt ihn auf die Streckbank.«

»Nein!«, schluchzte Isabella.

»Doch«, beharrte Roger, als seine Männer zögerten.

»Bitte!«, flehte Isabella. »Ich tue alles, was Ihr wollt, wenn Ihr ihn verschont.«

Roger war unschlüssig. »Du hast dich schon entschieden?«

Isabella schwieg. Sie sah nur Morgan an.

»Nun«, setzte Roger nach, »wenn du dich jetzt auf der Stelle entscheidest, mein Weib zu werden, so will ich dir deinen Wunsch gewähren und dem Kerl eine faire Chance geben.«

»Ihr lasst ihn leben?«

Roger zögerte. »Ich sprach von einer fairen Chance. Nun, er darf gegen den Stier kämpfen, und wenn er ihn tötet, ist er frei. Na, was hältst du von dieser Idee? Wie lautet deine Antwort?«

»Ja«, sagte Isabella kaum hörbar. Sie war bereit, sich für Morgan zu opfern. Aber sie hatte auch Hoffnung, denn der Ritter hatte schon mehrfach seinen Mut und seine Kampfkraft bewiesen.

Roger grinste zufrieden. »Ihr habt es alle gehört«, rief er mit lauter Stimme. »Heute Nacht wird Hochzeit gefeiert. Ich will ein großes Fest. Und als Höhepunkt gibt es einen Stierkampf! Brehn, du sorgst mir dafür, dass hier im Burghof eine Arena errichtet wird. Und alle Gefangenen dürfen zuschauen, wie der Kerl da vom Stier zerfetzt wird!«

Er starrte Morgan an. »Du solltest meiner Gemahlin dankbar sein, dass sie mich beschwatzt hat, dir diese Gnade zu bewähren.«

Morgans Gedanken jagten sich. Er war noch angeschlagen, doch bis zum Abend würde er sich etwas erholt haben. Dieser Roger war ein eitler Mann. Er wollte seine Schau haben, um vor seinen Männern und Isabella zu protzen. Die Frage, ob er tatsächlich sein Wort hielt und ihn freiließ, wenn er den Stier besiegte, war zweitrangig. Daran glaubte Morgan ohnehin nicht.

Aber er konnte Zeit gewinnen, wenn er sich zum Kampf bereit erklärte, wertvolle Zeit, in der Sir Ronans Männer etwas unternehmen konnten. Und wenn er erst einmal mit einem Schwert in der »Arena« stand, gelang es ihm vielleicht, Roger zu überrumpeln, ihm das Schwert an die Kehle zu setzen und die Freilassung aller Gefangenen zu fordern.

»Ich danke dir, Isabella«, sagte Morgan aus seinen Gedanken heraus. »Aber ich werde nicht kämpfen.«

Isabella blickte überrascht.

»Was – du bist zu feige?«, brüllte Roger.

Morgan schüttelte den Kopf. »Ich habe keine Lust, für dich den Gaukler zu spielen. Ich werde nur gegen den Stier kämpfen, wenn du Isabella und alle Gefangenen freilässt.«

»Und dich wohl ebenfalls, du Witzbold«, höhnte Brehn.

Morgan blickte ihn kühl an. »Von meinem Leben sprach ich nicht. Ihr könnt mich töten, wenn ich den Stier bezwungen habe. Aber bevor ich kämpfe, will ich, dass die Gefangenen freigelassen werden.«

Morgan war überzeugt davon, dass Roger niemals auf diese wahnwitzige Forderung eingehen würde. Doch er hoffte, dass der Kerl bei diesem Gerede irgendein kleines Zugeständnis machte, das von Nutzen sein konnte. Wenn er nur erlaubte, dass die Gefangenen nicht gefesselt dem Kampf zusahen, war schon einiges gewonnen.

Sicherlich würde Brehn die Gefangenen nach dem Kampf wieder in den Kerker werfen lassen. Doch wenn sie erst einmal zur angeblichen Freilassung ohne Fesseln im Burghof waren, gab es vielleicht eine Möglichkeit zum

Kampf. Schließlich waren Cynan und Rhodri unter den Gefangenen, und wenn dann die Männer seines Vaters auftauchten...

»In Ordnung«, sagte Roger in Morgans Gedanken hinein. »Ich bin einverstanden.«

Morgan glaubte seinen Ohren nicht trauen zu können. Das konnte doch nicht wahr sein!

Roger weidete sich offensichtlich an Morgans Verblüffung.

»Du hast richtig gehört«, sagte er grinsend. »Ihr seid alle frei, wenn du den Stier besiegst. Mein Wort darauf.«

Morgan wusste, dass dieses Wort nichts galt. Doch er tat erfreut.

Roger genoss den Anblick der verdutzten Gesichter. Er gab seinen Männern einen herrischen Wink.

»Bringt ihn in den Kerker. Er soll noch ein wenig ruhen, damit er bei Kräften ist und der Stier ihn nicht gleich im ersten Ansturm auf die Hörner nimmt.« Er winkte zwei Männern. »Ihr geleitet die zukünftige Herrin zu ihrem Gemach.«

Isabella warf Morgan noch einen Blick zu, bevor sie ihn fortführten. Hoffnung leuchtete in ihren schwarzen Augen. Sie klammerte sich wohl an den Gedanken, dass Roger sein Wort halten würde.

Roger und Brehn blieben allein auf dem Burghof zurück.

»Du willst ihn und die anderen doch nicht wirklich freilassen, falls er nicht auf die Hörner genommen wird?«, vergewisserte sich Brehn und zwinkerte ihm wissend zu.

»Doch«, sagte Roger.

Brehns Augen wurden groß und rund und sein Mund klaffte auf.

Roger lachte. »Aber er wird den Stier nicht besiegen, mein Lieber. Oder hast du schon mal jemand gesehen, der einem bis aufs äußersten gereizten Kampfstier mit bloßen Händen gegenüber tritt?«

18. Kapitel

Morgan hatte mit einer Teufelei gerechnet, doch auf den Gedanken, dass er waffenlos gegen den Stier antreten musste, war er nicht gekommen.

Da stand er nun, in der aus dicken Eichenbalken errichteten Arena, die von vielen Fackeln erhellt war. Alle Gefangenen standen in einer Ecke des Burghofes jenseits der dicken Eichenbohlen. Sie waren nicht gefesselt, doch was nutzte das schon? Sechs Wachen mit Lanzen standen bei ihnen, und ein Entkommen aus der Burg war ohnehin unmöglich, denn Brehn hatte zusätzlich zu den beiden Wachtposten auf den Türmen noch zwei Männer innen vor dem verrammelten Burgtor postiert, und überall im Burghof waren Rogers Männer verteilt.

Morgan blickte zu dem Wagen, in dem der Stier brüllte und stampfte. Der Kampfstier war hungrig, doch das würde seine Kräfte nicht mindern. Soeben hatten zwei von Rogers Getreuen durch die Belüftungsschlitze des Wagens mit Lanzen gestochen, und der Stier brüllte noch wilder als zuvor. Der ganze Wagen erzitterte unter seinem Stampfen. Die schweren Eisenketten, an die er gebunden war, ließen sich von außen lösen. Die beiden Männer waren gerade damit beschäftigt. Schließlich brauchten sie nur noch den massiven Eisenriegel wegzuschieben, und der Stier würde in die behelfsmäßige Arena donnern und dort nur Morgan finden.

Morgans Blick wanderte zu den Gefangenen. Isabella sah ihn ebenso stumm an wie die Soldaten und die anderen.

Sie hatten im Kerker überlegt, welche Teufelei Roger vorhaben könnte, hatten Pläne geschmiedet und Hoffnungen gehegt, Roger irgendwie überlisten zu können. Doch alle Pläne basierten darauf, dass Morgan zum Kampf ein Schwert oder eine Lanze erhielt.

Eine Version ihrer Pläne sah vor, dass die Gefangenen in diesem Augenblick einen Fluchtversuch unternehmen sollten, der natürlich erfolglos bleiben musste, der aber die Wachen ablenken würde. Morgan hatte gehofft, sich im allgemeinen Durcheinander Roger schnappen zu können.

Sein Blick wanderte weiter. Roger hatte sich einen Ehrenplatz herrichten lassen. Er thronte auf einem Podium hinter den Eichenbalken. Zwei Männer mit Lanzen standen links und rechts vom Podium. Brehn saß bei Roger. Außerdem ein Abt, ein schlanker Mann in schwarzem Gewand und wallendem, grauen Bart. Sie tranken spanischen Rotwein, den die Spanier als Gastgeschenk im Verpflegungswagen gehabt hatten. Der Geistliche prostete gerade Roger zu und sagte etwas, woraufhin Roger dröhnend lachte.

Dieser Satan!

Dann erhob sich Roger und hielt mit lauter Stimme eine spöttische Ansprache. Wie großmütig er doch sei, dass er einem verfluchten Hundsfott diese Chance gewähre. Alle seine Männer lachten. Der Abt werde für Morgan beten, wenn man ihn in kleinen Stücken einsammeln würde. Und anschließend würde der Vertreter des Papstes ihn und Isabella trauen.

Dann klatschte er in die Hände und rief zu den Männern beim Wagen. »Nun lasst die sanfte Kuh heraus, auf dass wir ein bisschen lachen können.«

»Ich weiß nicht, ob das ein rechtes Duell ist«, sagte der Abt und nippte an seinem Rotwein.

Roger lachte. »Unser Kämpfer ist ein Ritter und man erzählt wahre Heldentaten von ihm, wie mein abergläubisches Gesinde behauptet. Sogar einen Drachen soll er mit bloßen Händen bezwungen haben.« Er tippte sich vielsagend an die Stirn. »Nun, da kann er jetzt mal zeigen, welch tapferer Kämpfer er ist.«

»Aber...«, begann der Geistliche.

»Keine Widerrede! Ihr seid hier, um zu sehen, wie ein Mann mit bloßen Händen gegen die Urkraft eines Stieres antritt!« Roger trank seinen Becher aus und bedachte den Mann neben ihm mit einem missmutigen Blick.

»Schon gut, schon gut«, sagte der Abt und hob beschwichtigend eine Hand. »Ich werde für den Mann beten.«

»Amen«, sagte Brehn spöttisch und wischte sich mit dem Handrücken Wein von den Lippen.

Der Kirchenvertreter tastete an seinem Gewand herum. »Verzeiht mir, ich habe mein Gebetbuch in der Kirche vergessen.«

»So holt es doch, wenn Ihr die Gebete nicht auswendig kennt«, brummte Roger leicht spöttisch. »Aber beeilt Euch, sonst kommt Ihr zu spät zu diesem ergötzlichen Schauspiel.«

Der Abt nickte eifrig. Er erhob sich und eilte davon.

»Dummkopf«, murmelte Roger. »Er weiß noch nicht, dass er auch im Kerker landen wird.«

Brehn nickte und schenkte Wein nach.

Der Kirchenmann hatte am späten Nachmittag Einlass begehrt und bei den Torwachen behauptet, er sei auf Castle Corlstone immer von Sir Arn of Corlstone bewirtet worden, wenn ihn sein Weg vorbeigeführt. hatte. *Dieser Schnorrer!*

Brehn hatte schon Anweisung geben wollen, ihn abzuweisen. Doch Roger hatte Bedenken gehabt. Der Geistliche konnte argwöhnisch werden und sich fragen, weshalb Sir Arn of Corlstone auf einmal nicht mehr gastfreundlich war. Gerede konnte entstehen, das vermieden werden musste. Außerdem kam der Abt gerade zur rechten Zeit.

Es machte sich gut, wenn ein richtiger Kirchenvertreter ihn, Roger, und Isabella vermählte. Da konnte später niemand sagen, dass die Ehe nicht rechtens sei. So hatte sich Roger entschlossen, Sir Arn of Corlstones Rolle zu spielen.

Das war nicht schwierig gewesen, denn der Abt kannte Sir Arn gar nicht persönlich. Er war stets in der Gesindeküche bewirtet worden und hatte zu Speis und Trank vom Diener ein paar Münzen als milde Gabe erhalten. Es ließ sich allerdings nicht vermeiden, dass er die Gefangenen sah und sich zusammenreimen konnte, was hier gespielt wurde. Deshalb wollte Roger ihn fortan auf der Burg gefangen halten.

Roger wandte sein Augenmerk zu dem Wagen. Die Männer hatten den Riegel fortgeschoben und sprangen hinter die Eichenbalken in Deckung.

Im Wagen brüllte und stampfte der Stier. Doch mehr tat sich nicht.

Alle starrten ebenso gebannt wie Ritter Morgan zum Wagen.

»Macht schon die Tür auf, ihr Hasenfüße!«, brüllte Roger.

Die Männer zögerten. Dann fasste sich einer ein Herz und befolgte den Befehl. Das hätte er besser nicht getan. Denn als hätte der Stier nur darauf gewartet, raste er heraus, und die Tür knallte dem Unglücklichen gegen den Schädel und schmetterte ihn zu Boden. Der Stier sprang aus dem Wagen, eine gewaltige Masse Muskeln, Sehnen, Fleisch und Kraft, und der Boden erzitterte, als er mit gesenkten Hörnern auf Morgan zuraste.

Ein Aufschrei hallte über den Burghof.

Noch zehn Yards.

Morgan stand sprungbereit.

Noch fünf Yards.

Konnte er es schaffen, dem Stier auszuweichen, der mit Urgewalt auf ihn zuraste?

Morgan schnellte sich im letzten Augenblick zur Seite. Doch eines der Hörner erfasste ihn!

Das Horn streifte ihn nur an der Schulter, doch die Wucht war so groß, dass Morgan zur Seite geschleudert wurde und stürzte. Der Stier raste bis an die Bande aus Eichenbalken, und ein Stück der kurzen Kette knallte gegen das Holz. Trotz seiner Massen drehte sich der Stier gewandt und schnell und erfasste den Menschen, der dort am Boden lag. Er schnaubte wütend, senkte die Hörner und raste los.

Und Ritter Morgan lag, noch benommen von dem Sturz und waffenlos, am Boden!

Allen stockte der Atem. Den Gefangenen vor Entsetzen, den Räubern vor Spannung.

Das musste das Ende des Kampfes sein! Nichts konnte den Stier aufhalten, und Morgan konnte nicht mehr rechtzeitig auf die Beine kommen.

Der Stier schien ins Riesengroße zu wachsen. Der Boden unter Morgan zitterte.

Er ahnte, dass er nicht mehr schnell genug aufspringen konnte.

Er sah dem Tod ins Auge.

19. Kapitel

»Der ist hin«, murmelte der Posten auf dem Turm. Gebannt wie alle anderen verfolgte er den Angriff des Stiers, der in zwei, drei Augenblicken den am Boden liegenden Ritter rammen oder mit den Hörnern zerfetzen würde.

Da knallte dem Posten etwas gegen den Kopf. Ohne einen Laut sank er vornüber. Der Abt fing ihn auf und zog ihn hinter die Brüstung. Er warf einen schnellen Blick in die Arena hinab und erstarrte in jähem Entsetzen.

Der Stier flog auf Ritter Morgan zu. *Aus!,* dachte der schlagkräftige Geistliche, der nicht daran gedacht hatte, sein Gebetbuch zu holen. Er schloss die Augen, und alles in ihm schien sich zu verkrampfen.

Plötzlich hörte er einen vielstimmigen Aufschrei. Er riss die Augen wieder auf, und unsagbare Erleichterung erfüllte ihn.

Morgan rollte über den Boden und drehte sich wie von einem unsichtbaren Katapult geschnellt. Der Stier raste an ihm vorbei. Doch schon drehte er ab, senkte von Neuem die Hörner und donnerte los.

Es war nur ein Aufschub. Keine Frage, dass Morgans Kräfte eher erlahmen würden als die des Stiers. Früher oder später war er nicht mehr schnell genug. Der mutige Abt nahm schnell das Schwert des Wachtpostens und hastete davon. Es kam auf jeden Moment an. Er hörte wiederum einen Aufschrei der Zuschauer, doch es klang fast jubelnd, nicht entsetzt, und er hoffte, dass Morgan auch den nächsten Angriff überstanden hatte.

So war es auch. Morgan war rechtzeitig auf den Beinen gewesen und hatte sich mit einem Hechtsprung in Sicherheit gebracht.

Doch jetzt reizten die Männer den Stier noch mehr. Sie warfen mit Steinen nach ihm. Der Stier drehte sich, schüttelte den massigen Schädel, und es sah aus, als hielte er nach neuen Gegnern Ausschau. Schaum troff von seinem Maul, und auf dem Horn, das Morgan gestreift und eine tiefe Furche gerissen hatte, schimmerte Morgans Blut im Schein der Fackeln.

Die Banditen johlten.

»Gute Idee!«, rief Roger gegen den Lärm an. »Macht ihm noch ein bisschen Pfeffer, diesem lahmen Rindvieh!«

Der Stier röhrte, konnte außer Morgan keinen anderen Gegner innerhalb der Absperrung entdecken und setzte sich wieder in Bewegung. In diesem Augenblick geschah etwas Unerwartetes.

Morgan sah plötzlich etwas in die Arena fliegen. Stoff. Der Stier änderte schnell die Richtung und donnerte an ihm vorbei, während Morgan sich zur Seite geschnellt hatte.

»He, was soll das?«, brüllte Roger wütend und wandte den Kopf. Dann weiteten sich seine Augen. Isabella hatte das Tuch geworfen, das den Stier ablenkte. Doch das Tier wurde noch rasender. Er war so in Fahrt, dass er fast gegen die Bande geknallt wäre. Er konnte gerade noch schnaubend abdrehen, und noch schneller und wütender griff er von Neuem an.

Morgan spürte bereits, wie seine Kräfte erlahmten, und er wusste, dass er auf Dauer nicht gegen diesen Stier bestehen konnte. Das Tuch war für ihn so etwas wie der Strohhalm, an den sich ein Ertrinkender klammert. Er schnellte sich darauf zu, riss es hoch und sprang auf. Der Stier korrigierte ein wenig die Richtung, als Morgan das Tuch schwenkte. Doch er donnerte unaufhaltsam weiter. Morgan wollte kein Risiko eingehen und sprang zur Seite, denn er befürchtete, der Stier könnte ihm den Arm abreißen. Die Hörner zerfetzten den Stoff, und wenn Morgan ihn nicht geistesgegenwärtig losgelassen hätte, wäre er mitgerissen worden.

Jetzt trug der Stier die Fetzen auf den Hörnern. Er schüttelte brüllend den massigen Schädel, und die Tuchreste flatterten zu Boden. Wild rollte der Stier die Augen, wendete und griff erneut an.

Roger lachte begeistert.

»Na, hab ich's nicht gesagt?«, frohlockte Brehn an seiner Seite. »Jetzt geht's erst richtig los!«

In diesem Augenblick flog ein zweites Etwas in die Arena. Wieder ein Stück Tuch. Diesmal war Isabella aufgesprungen, hatte etwas von dem Stoff abgerissen, der ihren Stuhl bedeckte, und es über die Absperrung geworfen.

Morgan handelte schnell. Er sprang zu dem Stoff. Jetzt hatte er ein größeres Tuch. Und diesmal wollte er es sich nicht aus den Händen reißen lassen. Er hielt es mit beiden Händen weit von sich und starrte dem heranrasenden Stier in die blutunterlaufenen Augen. Ja, der Stier änderte ein wenig die Richtung. Im allerletzten Moment riss Morgan das Tuch hoch, und der Stier donnerte an ihm vorbei.

Rogers Lachen erstarb.

»Bravo!«, schrie Isabella, und die Spanier brüllten alle durcheinander, was recht begeistert klang.

Niemand sah, wie der Abt wiederum seine Schlagkraft bewies, indem er den zweiten Posten auf dem Turm mit einem einzigen Hieb niederstreckte. Auch diesen Mann fing er auf und legte ihn ab. Dann winkte er zum Burggraben hinab und stieß einen Vogelschrei aus, bevor er davonhuschte. Im Dunkel außerhalb des Fackelscheins war er in dem schwarzen Gewand kaum zu erkennen.

Morgan schöpfte neue Hoffnung. Er hatte erkannt, dass er den Stier auf diese Art mit dem Tuch ablenken konnte. Doch wie lange würde das gutgehen? Wie lange dauerte es, bis solch ein Koloss ermüdete? Er selbst war in Schweiß gebadet, sein Schädel dröhnte, und Blut lief über seine Schulter. Seine Hände zitterten, und seine Knie waren weich, als er wiederum das Tuch schwenkte. Der Stier lief ins Leere.

»Macht dem Mistvieh Feuer!«, brüllte Roger ärgerlich, und seine Getreuen warfen wieder mit Steinen.

»Lange hält der Kerl das nicht mehr durch. Der kippt ja schon fast von alleine um«, sagte Brehn zuversichtlich. »Da!«

Entsetzt schrien die Gefangenen auf. Denn diesmal hatte der Stier noch im letzten Augenblick den Schädel zur Seite gerissen und mit einem Horn das Tuch aufgespießt, und Morgan war zu überrascht, um schnell genug loszulassen. Der Stier verfehlte ihn zwar, doch Morgan wurde von dem Ruck zur Seite gerissen, strauchelte und stürzte. Und er hatte das Gefühl, dass er zu mitgenommen war, um noch einmal auf die Beine zu kommen. Sein Herz hämmerte, und vor Schwäche wurde ihm fast übel.

Der Stier drehte sich brüllend im Kreis und schüttelte wild den Kopf, um das Tuch loszuwerden. Das gelang ihm. Er stampfte es in Fetzen. Und dann erfasste er die Gestalt und setzte sich in Bewegung.

»Jetzt ist er reif!«, frohlockte Roger und starrte gebannt in die Arena. Unwillig wandte er den Kopf, als ihm jemand auf die Schulter tippte.

Es war der Abt.

»Was ist...?«, begann Roger barsch. Dann verstummte er jäh. Denn der Geistliche in dem langen schwarzen Gewand hielt kein Gebetbuch in der Hand, sondern einen Dolch. Im nächsten Moment packte er auch schon Roger mit der Linken, umklammerte ihn mit hartem Griff und setzte ihm mit der Rechten den Dolch an die Kehle. Roger wurde stocksteif.

Dann geschah Vieles gleichzeitig. Auf dem Wehrgang und den Türmen tauchten Männer auf, nur vage in der

Dunkelheit zu erkennen, weil im Burghof der Fackelschein blendete. Es waren Bogenschützen und Schwertkämpfer in Kettenhemden.

Aus den Fenstern über den Köpfen der Gefangenen und ihrer Bewacher sprangen Männer hinab und rissen die überraschten Wachen zu Boden.

»Ergebt euch, ihr habt keine Chance!«, hallte eine Stimme über den Burghof.

Nur zwei hörten nicht darauf.

Brehn und der Stier.

Brehn zückte sein Schwert und wollte den Mann angreifen, den er für einen Abt gehalten hatte.

Da traf ihn ein Pfeil, und er stürzte röchelnd zu Boden.

Der Stier flog förmlich auf Morgan zu, doch Morgan war nicht mehr waffenlos.

Einer der Männer auf dem Wehrgang hatte ihm ein Schwert zugeworfen. Zugleich schossen zwei Bogenschützen auf den rasenden Stier, um Morgan vor dem Tod zu bewahren, denn sie sahen, dass er sich kaum noch auf den Beinen halten konnte. Doch in der Hast trafen sie nicht gut. Ein Pfeil prallte von einem Horn ab, und der Zweite blieb schräg im Fell stecken und baumelte auf dem gewaltigen Körper herum.

Morgan glaubte den heißen Hauch des Todes zu spüren, als der Stier schnaubend nahte. Im letzten Augenblick sprang er zur Seite, drehte sich, so schnell er konnte, und stieß dem Stier das Schwert in den Nacken.

Der Stier brüllte, doch sonst geschah nichts. Mit dem Schwert im Nacken raste der Stier an Morgan vorbei und wankte nicht einmal.

»Ein Schwert!«, schrie Morgan. Sein Herz hämmerte, und er rang um Atem.

Einer der Männer warf ihm ein Schwert zu, ein anderer eine Lanze. Doch sie landete zu weit von ihm entfernt. Mit einem schnellen Blick erfasste Morgan, wie der Mann mit dem schwarzen Gewand und dem starken Bart Roger einen Dolch an die Kehle hielt und wie Männer in Kettenhemden die Wachen überwältigten.

Dann richtete er sein Augenmerk wieder auf den Stier, der brüllend an den Eichenbalken wendete und mit rollenden Augen von Neuem den Kopf senkte und losraste.

Tief steckte das Schwert im Nacken des Stiers. Warum fiel das Ungetüm nicht um? Er musste eine falsche Stelle erwischt haben.

Morgan wartete angespannt mit dem Schwert in der Hand. Er schwankte leicht und sah vor Schwäche den Stier ein wenig verschwommen im Schein der Fackeln.

Ein paar Yards vor ihm brach der Stier plötzlich zusammen, als sei er vom Blitz getroffen worden. Er stieß ein urgewaltiges Röhren aus, schüttelte den Kopf mit wild rollenden Augen, und Blut schoss aus seinem Nacken. Doch er kämpfte sich wieder auf. Er schaffte drei stolpernde Schritte und stürzte erneut. Blut tropfte zu Boden. Wiederum schüttelte der Stier den Kopf, diesmal fast menschlich resignierend und traurig – ein Anblick, der Morgan rührte.

Der massige, gehörnte Schädel sank vornüber. Schnaubend versuchte der Stier noch einmal auf die Beine zu kommen, doch er schaffte es nicht mehr. Und Morgan hatte das Gefühl, diese blutunterlaufenen Augen starrten ihn fast bittend an.

Vorsichtig trat Morgan neben den gewaltigen Körper und versetzte dem Tier den Todesstoß. Der Stier konnte nichts für diesen Kampf. Er war nur seinem Instinkt gefolgt. Menschen hatten ihn zu diesem Kampf getrieben. Und dieser gehörnte, stolze, spanische Bursche hatte sein Bestes gegeben.

Genau betrachtet war er ein überlegener Gegner gewesen. Kein Mensch hätte diesen prächtigen, kraftstrotzenden Kerl ohne Waffe bezwingen können. Deshalb wollte Morgan ihm ersparen, qualvoll zu verenden.

»Viva!«

Ein vielstimmiger Jubelschrei hallte über den Burghof, als sich der Stier schließlich nicht mehr regte.

Morgan wischte sich mit zitternder Hand Schweiß von der Stirn. Seine Brust hob und senkte sich unter keuchenden Atemzügen. Seine Knie schienen aus Gummi zu sein, und er fühlte sich so ausgepumpt, dass er glaubte, es würde ihm jeden Augenblick schwarz vor Augen werden und er müsste neben dem Stier zu Boden sinken.

Immer noch hörte er spanische Jubelschreie, und dann erhob sich Isabellas Stimme über den Lärm.

Als Roger und seine Bande in den Kerker geworfen wurden, gab es eine große Feier, eine Fiesta, wie es die Spanier nannten. Bis in den neuen Tag hinein wurde gespeist, getrunken, gesungen und getanzt.

Der echte Sir Arn of Corlstone, seine Familie und seine Getreuen hatten Tränen in den Augen und konnten es noch gar nicht fassen, dass sie in Freiheit waren.

Monatelang waren sie im Kerker eingesperrt gewesen und hatten schon alle Hoffnung aufgegeben. Sie feierten

Morgan, selbst der traurige Ayan, der inzwischen wusste, dass aus einer Hochzeit mit Isabella nichts werden würde.

Morgan lehnte bescheiden den Dank ab und sagte, er gebühre dem »Abt« und den Männern, die Sir Ronan geschickt hatte.

Der falsche Geistliche war niemand anders als der Troubadour Johel de Vautort. Morgans Freund war gerade auf Launceston gewesen, als seine Botschaft eingetroffen war. Sofort brach er mit zwei Dutzend Reitern des Sheriffs auf.

Als sie Morgan dann nicht in dem Wäldchen angetroffen hatten, wie er in seiner zweiten Botschaft angekündigt hatte, war der listenreiche Johel auf die Idee gekommen, als Geistlicher verkleidet in der Burg die Lage zu sondieren.

Später hatte er dann einem der Männer von Sir Ronan einen Zettel mit einer Botschaft in den Burggraben geworfen, in der er die Lage geschildert und Anweisungen gegeben hatte. Die Männer hatten gewartet, bis alle in der Burg vom Stierkampf abgelenkt gewesen waren, sich dann angeschlichen, und Johels Vogelschrei war das Signal gewesen.

»Den Kampf konnte ich dir leider nicht ersparen«, sagte Johel lächelnd zu Morgan, als sie um das große Feuer im Burghof herumsaßen. »Ohne diese Ablenkung hätten wir kaum so leicht in die Burg eindringen können. Aber du hattest ja reizende Unterstützung von den Damen.«

Galant lächelte er Isabella und ihrer Dienerin zu. Die beiden bemerkten es kaum, und sie waren wohl die ersten Frauen, denen Johels charmante Worte und sein feuriges Lächeln gleichgültig waren. Isabella hatte nur Augen für Morgan, und Calvina nur für Rhodri.

Als dann Morgan und Carlo aufeinandertrafen, hatte der Spanier schon sehr viel Wein getrunken und versöhnte sich schließlich mit dem Ritter.

Später, im Morgengrauen, war Morgan nach all den Strapazen erschöpft und müde und vom Wein berauscht. Aber er hatte sich ritterlich verhalten, sich von den spanischen Damen verabschiedet und dabei noch einen langen Blick mit Isabella getauscht. Doch beiden war klar, dass sie niemals ein Paar werden konnten. Die höfischen Etiketten hätten das niemals zugelassen.

4. Der Koloss vom Lake Syrior

1. Kapitel

Flüchtig dachte Morgan an den Auftrag, den ihm sein Vater, Sir Ronan of Launceston, High Sheriff of Cornwall, erteilt hatte. Vornehmlich in der Umgebung von Dartmoor waren in der letzten Zeit viele Mädchen und junge Frauen verschwunden. Spurlos. Abergläubische Leute sprachen von Zauberei. Von einem feuerspeienden Drachen war die Rede, der die Frauen einfach verschlinge. Andere munkelten von einem Dämon im Berg, der sich des Nachts seine Opfer hole. Ritter Morgan war mit seinen beiden treuen Waffenknechten Cynan und Rhodri unterwegs, um das Geheimnis zu lösen.

Zunächst jedoch geleitete Morgan Elin, Tochter eines Köhlers, nach Hause. Das Mädchen hatte den jungen, blonden und gut aussehenden Ritter in einer Wegschenke angesprochen, weil sie sich vor dem Heimweg fürchtete. Nicht Cynan und Rhodri, die beiden Waffenknechte des Sheriffs, sondern Morgan wurde von ihr gebeten, obwohl nichts an seinem Äußeren auf seinen Stand als Ritter hinwies. Elin hatte ein paar Besorgungen im Dorf getätigt und sich dabei verspätet, sodass sie nicht vor Einbruch der Dunkelheit die väterliche Köhlerhütte erreichen würde. Die Zeiten waren schlecht geworden, Räuberbanden trieben in ganz Britannien ihr Unwesen.

Morgans Blick glitt über den See, zu den bewaldeten Hängen, an denen die goldene Oktobersonne die Blätter färbte. Ein Sperling schwebte zwitschernd über das tiefblaue Wasser, auf dem einige Sonnenstrahlen glitzerten. Es war ein schöner Nachmittag, und der Lake Syrior bot eine Idylle des Friedens. Das war wirklich kein Ort zum Fürchten, und Morgan sagte es Elin.

Sie stimmte ihm lächelnd zu.

»Es ist wie Zauberei. Wenn Ihr in meiner Gegenwart seid, ängstige ich mich gar nicht mehr. Noch nie habe ich einen Soldaten wie Euch gesehen!«

»Hast du denn überhaupt schon einmal Soldaten gesehen?«, neckte Morgan das junge Mädchen, das darauf kichernd antwortete:

»Nur die groben Waffenknechte des Sheriffs.«

Das allerdings verschlug Morgan etwas die gute Laune. Sicher, die Männer im Dienste seines Vaters waren ein raues Volk. Mussten es aber auch sein, denn in ganz Corwall waren Banden unterwegs, die das Land unsicher machten.

Nun, sie wusste nicht, dass Morgan ein Ritter war, und Elin brauchte es ebenso wenig zu erfahren wie die anderen Leute in dieser Gegend. Wer immer für das Verschwinden der Mädchen verantwortlich war, konnte sonst auf die Idee kommen, dass man Nachforschungen anstellte, wenn sich ein Ritter mit Soldaten in diesem einsamen Gebiet umsah. Er konnte gewarnt werden.

Im Gasthof hatten sie erzählt, sie wollten in den Wäldern jagen und Fallen stellen. So konnten sie sich in der Umgebung des Lake Syriors herumtreiben, ohne Argwohn zu wecken.

Elin war die Tochter einer Köhlerfamilie, und vielleicht hätte sie auch etwas von ihrer unkomplizierten, offenen Art verloren, wenn sie erfahren hätte, dass sie nicht von Morgans Stande war.

»Und wenn ich nun ein Räuber wäre?«, scherzte Morgan.

Sie verstand es als Spaß, denn sie lachte heiter.

Die beiden Tiere standen abseits zwischen einer Buchengruppe. Elins Esel verstand sich recht gut mit Morgans Hengst. Der hatte die Ohren gespitzt, witterte zu den Fichten am Berghang hin und schnaubte unwillig.

Als dann die Männer zwischen den Baumstämmen am Berghang hervorsprangen, war es Morgan, als erwachte er jäh aus der Idylle am See.

Sein Kopf flog herum.

Sieben Kerle stürmten heran. Es waren finstere, heruntergekommene Gestalten, die Keulen und Schwerter schwangen.

Morgan reagierte schnell und kaltblütig. Elin schrie auf, als einer der Kerle seine Keule warf. Morgan duckte sich geistesgegenwärtig, und die Keule klatschte hinter ihm in den See. Danach fegte er den Angreifer mit einem Schwerthieb von den Beinen. Der Kerl taumelte brüllend gegen einen Kumpan und riss ihn mit zu Boden.

Gleich darauf war einer der wilden Gesellen heran, der mit einem Schwert bewaffnet war. Ungestüm griff er an. Morgan parierte den wuchtigen Hieb und kreuzte mit dem Mann die Klinge. Der Angreifer, ein untersetzter, graubärtiger Mann mit einer Knollennase, stieß einen überraschten Laut aus. Die graublauen, tiefliegenden Augen blinzelten.

Offensichtlich war er von Morgans Kampfkraft überrascht.

Morgan trieb den Graubart mit hartem Klingenschlag zurück, und als der Kerl auf eine Finte hereinfiel, schlug Morgan ihm das Schwert aus der Hand.

Ein anderer Mann stürmte mit erhobener Keule auf Morgan zu. dieser sah die herabsausende Keule aus dem Augenwinkel und wich gedankenschnell aus. Doch die Keule streifte ihn noch an der Schulter und ratschte über das Kettenhemd. Morgan schlug aus der Drehung heraus mit dem Schwert zu. Schreiend stürzte der Kerl ins Gras.

Morgan empfing den nächsten, keulenschwingenden Angreifer. Er hieb ihm mit dem Schwert auf die Finger, und der Mann ließ die Keule fallen. Mit wutverzerrtem Gesicht zog er das Messer aus der Lederscheide am Gurt.

»Nein!«, rief einer der Kerle, doch in seiner Rage hörte der Angreifer nicht.

»Du Hundsfott!«, brüllte er und stürmte mit vorgehaltenem Messer auf Morgan zu, um es ihm in die Brust zu stoßen. Morgan schnellte sich im letzten Augenblick zur Seite. Die Hand mit dem Messer stieß ins Leere, und der Mann konnte seinen Schwung nicht mehr abfangen. Er strauchelte und fiel ins aufspritzende Wasser.

Morgan wirbelte bereits zu dem nächsten Angreifer herum. Er wollte ihm das Schwert aus der Hand schlagen, doch der Mann stolperte just in diesem Moment, und Morgans Klinge traf ihn in die Schulter. Mit einem röchelnden Laut brach der Mann zusammen. Morgan riss sein Schwert zurück. Blut schimmerte auf der Klinge.

Morgan erfasste mit einem schnellen Blick, dass nur noch ein Gegner mit einem Schwert bewaffnet war. Er parierte dessen Angriff, der schwerfällig und ungeschickt erfolgte. Der Bursche schwitzte und schnaufte vor Anstrengung. Morgan trieb ihn mit wuchtigen Schlägen zurück.

Aus dem Augenwinkel heraus sah er, dass Elin aufgesprungen war, ihr Gewand raffte und zu den Tieren rannte. Sie tat genau das Richtige. Und wenn sie erst einmal aus der Gefahrenzone war, sollte es ihm schon gelingen, mit diesen Männern fertig zu werden. Trotz der Übermacht rechnete sich Morgan gute Chancen aus. Kämpfer waren diese Strolche wohl allesamt nicht. Zwei hockten benommen im Gras, einer lag im Wasser und der an der Schulter verletzte Mann starrte mit glasigen Augen vor sich hin. Morgan schmetterte dem schwitzenden, plumpen Kerl das Schwert aus der Hand und wich einem Keulenhieb aus.

Dann erschrak er.

Er sah, wie einer der Strolche hinter Elin herlief.

Klar, dass der Halunke den Kampf auf diese Weise beenden wollte. Er wollte sich das Mädchen schnappen und Morgan zum Aufgeben zwingen.

»Halt, oder dich trifft mein Schwert!«, rief Morgan.

Der Kerl hörte nicht auf ihn. Nur noch fünf Schritte trennten ihn von Elin, und das Köhlermädchen stolperte gerade. Morgan zögerte keinen Augenblick mehr. Er holte mit dem Schwert aus und schleuderte es wie eine Lanze. Er zielte tief und traf. Das Schwert drang dem Kerl ins Bein, und er schlug brüllend der Länge lang nach hin.

Morgan spürte eine Bewegung hinter sich und wirbelte herum.

Doch es war zu spät.

Die Keule sauste bereits auf ihn herab.

Der Kerl, der in den See gefallen war! Er hatte sich die Keule eines anderen aus dem Wasser gefischt und war fast lautlos hinter Morgan aufgetaucht.

Elin schrie gellend auf. Dann krachte die Keule auf Morgans Schädel, und der Schlag löschte den Schrei aus.

Morgan sank ins Gras.

Es waren doch zu viele, dachte er noch. Dann wurde es dunkel und still um ihn, und er dachte nichts mehr.

2. Kapitel

Im Dorfkrug ging es hoch her. Cynan und Rhodri hatten einen recht kurzweiligen Nachmittag verbracht. Die Schenke bot allerlei Vergnügungen. Das war ja schon die reinste Spielhölle!

Da gab es zum Beispiel das Axtwerfen.

Die Spielregel war recht einfach. Es galt, mit der geworfenen Axt einen Baumstamm so zu treffen, dass sie stecken blieb. Wer bei einem Durchgang mit jeweils drei Würfen die meisten Axtwürfe auf diese Weise schaffte, hatte gewonnen, und der Gegner musste einen Becher Bier bezahlen. Nun waren die heimischen Burschen recht kräftig und konnten durchaus eine Axt werfen. Aber sie hatten die Technik nicht raus und erreichten zwar den Baumstamm, aber immer wieder prallte die Axt dagegen und fiel herab.

Cynan und Rhodri hatten von ihrem Waffenmeister noch ganz andere Dinge gelernt und beherrschten den Axtwurf perfekt.

So tranken die beiden eine Zeitlang gratis, und die Einheimischen machten sich in ihrem Ärger einen Spaß daraus, jedes Mal ein anderes Getränk auszugeben, mal Wein, mal Bier. Man hoffte, dass die Technik der Fremden dadurch wohl einmal nachlassen würde. Doch es war wie verhext. Die warfen nach wie vor sehr zielsicher, und immer blieb ihre Axt mit der scharfen Schneide im Baumstamm hängen.

»Wäre doch gelacht, wenn wir die Soldaten des Sheriffs nicht packen könnten«, erklärte einer der Burschen recht offen und holte Würfel herbei. Gewürfelt wurde zunächst nur mit einem Würfel, den man aus der hohlen Hand auf die Tischplatte warf.

Mit Rhodris und Cynans Glückssträhne schien es nun vorbei zu sein. Rhodri würfelte eine Eins und Rhodri eine Drei. Die Gegenspieler konnten mit einer Fünf und gar einer Sechs aufwarten.

Die Kriegsknechte wollten bereits die Getränke bestellen, doch da erklärten die Gegenspieler resigniert, dass die Fremden mit dem Teufel im Bunde sein müssten. Denn nach ihrer traditionellen, regionalen Regel galt der Spieler mit der niedrigsten Zahl als Sieger. Ehrlich waren die Burschen, das musste man anerkennen.

So tranken Cynan und Rhodri weiterhin umsonst. Aber sie ließen sich nicht lumpen und bestellten eine Runde für alle.

Doch als dann einer aus der Runde anfing, die Schankmaid zu betasten und sie sich empört aus dem Griff des Mannes winden wollte, sagte Cynan laut und vernehmlich in das Gelächter der Burschen:

»Lass die Frau los!«

»Und wenn nicht?«, kam die feixende Antwort.

Da schlug Cynan ihm die Faust ins Gesicht, der Mann taumelte zurück, die Schankmaid kam frei, aber nun fühlten sich alle von den Soldaten provoziert.

Rund ein Dutzend Burschen stürzten sich auf die beiden Waffenknechte und taten ihr Bestes, die beiden wenigstens auf diese Weise zu besiegen. Cynan und Rhodri bewiesen, dass sie bei ihrem Waffenmeister durch eine harte Schule gegangen waren.

Trotz allem hätten Cynan und Rhodri kaum gegen die Übermacht bestehen können, doch schließlich griff der Wirt mit seinem kräftigen Sohn ein, trennte die Streitenden und bot für alle Bier an, wenn sie nun endlich mit der Schlägerei aufhören würden oder aber sie im Freien fortsetzten.

Alle sahen ein wenig lädiert aus, auch die beiden Soldaten, doch man war sich darüber einig, dass es in dem kleinen Ort seit langem keinen so herrlichen Spaß gegeben hatte und dass man den Fremden doch für diese Abwechslung vom täglichen Einerlei dankbar sein konnte.

Irgendwann verschwanden die beiden Gewappneten betrunken und todmüde in das Stroh der an der Schenke stehenden Scheune und schliefen tief und fest ihren Rausch aus.

Erst als sie erwachten, fiel ihnen auf, dass sich Ritter Morgan nicht mehr hatte blicken lassen.

Er hätte am Abend zurück sein müssen.

Wo mag er abgeblieben sein?, dachte Cynan besorgt.

Auch Rhodri stellte sich diese Frage. Und sie erinnerten sich plötzlich alarmiert an ihren Auftrag. Bei all der Kurzweil hatten sie ganz vergessen, dass sie nicht zum Vergnügen unterwegs waren, sondern das Geheimnis der verschwundenen Mädchen lösen sollten.

Ihre Sorge wuchs, als sie sich am Morgen umhörten. Morgan war auch nicht spät in der Nacht zurückgekehrt.

Seit dem Mittag des Vortages hatte ihn niemand mehr gesehen.

Rhodri strich sich eine Strähne des dunkelblonden Haares aus der Stirn. »Er wollte das Köhlermädchen durch den Wald nach Hause geleiten. Aber er hat gesagt, er sei bis zum Abendessen wieder zurück«, gab er zu bedenken.

Cynan kraulte sich den schwarzen Bart. »Stimmt. Normalerweise ist auf ihn absolut Verlass. Ich habe ein ungutes Gefühl.«

Am Mittag war Ritter Morgan immer noch nicht zurück.

Am Nachmittag traf dann ein aufgeregter Mann im Ort ein. Es war der Köhler, Elins Vater. Elins Esel war reiterlos im Morgengrauen heimgekehrt. Daraufhin hatte er den ganzen Vormittag nach seiner Tochter gesucht. Auf dem Weg zum Dorf hatte er dann am Ufer des Lake Syriors die Spuren des Kampfes gesehen, Fußabdrücke, Hufspuren, eingetrocknetes Blut.

Elin war verschwunden. Und ebenso der Mann, der sie auf dem Heimweg begleitet hatte, wie der erschütterte Köhler im Dorfkrug erfuhr. Ein gewisser Morgan.

Das ganze Dorf lief zusammen. Die beiden Soldaten sahen die Angst in den Blicken der Menschen.

Einer sprach aus, was die meisten dachten:

»Der Dämon hat wieder zugeschlagen«, sagte er furchtsam und bekreuzigte sich.

»Der Drache vom Lake Syrior hat sich ein neues Opfer geholt«, rief ein anderer mit bleichem Gesicht.

Cynan und Rhodri spürten lauernde Blicke auf sich gerichtet.

»Vielleicht hat der Freund von denen da Elin entführt«, sagte ein Holzfäller mit einem hämischen Grinsen.

Es wurde totenstill in der Schenke.

Cynan trat auf den Burschen zu und blickte ihm in die Augen.

»Was willst du damit sagen?«, fragte er ruhig und rieb sich mit der Linken über die geballte Rechte.

Der Holzfäller erinnerte sich an Cynans Schlagkraft. Er zuckte mit den Schultern und senkte den Blick.

»Ich finde es auch seltsam, dass Fremde herkommen, einer davon mit Elin weggeht und sie anschließend verschwindet«, rief der Köhler und betrachtete Cynan und Rhodri, als seien sie besonders hässliches Ungeziefer.

Cynan atmete tief ein und aus, und Rhodri sah, wie er auch noch die Linke ballte. Die Atmosphäre war angespannt.

»Eure Tochter hat sich an unseren Ritter gewandt und um Hilfe gebeten«, sagte Rhodri zu dem Köhler. »Und bei Gott, er wird sie bis zum letzten Atemzug verteidigt haben.«

»Und wo ist er?«, rief der Köhler verzweifelt. »Und wo ist Elin, meine Elin?«

Er schluchzte fast.

Nun, diese Frage wusste niemand zu beantworten.

»Wir müssen es herausfinden«, sagte Cynan in die angespannte Stille. Er nickte Rhodri zu. »Komm, sehen wir uns einmal die Kampfstätte an, von der der Mann gesprochen hat.«

»Aber ich habe doch schon alles abgesucht!«, rief der Köhler weinerlich. »Was erhofft ihr denn dort noch zu finden?«

Möglicherweise zwei Leichen, dachte Cynan erschauernd. *Oder nur die von Ritter Morgan. Er wird sich nicht kampflos ergeben haben. Er wird Elin bis zum letzten Atemzug verteidigt haben, wie Rhodri gesagt hat...*

Doch der Waffenknecht sagte nichts von seinen schlimmen Befürchtungen. Der Köhler war ohnehin schon einem Zusammenbruch nahe.

3. Kapitel

Morgan wähnte sich in der Höhle des Löwen. Er war auf einem rumpelnden Karren unter einer Plane aus seiner Ohnmacht erwacht. Sie hatten ihn an Händen und Füßen gefesselt. Den Gesprächen der Reiter hatte er während der langen Fahrt entnommen, dass auch das Mädchen in der Gewalt der Kerle war. Es waren Räuber, die ihn und Elin in ihr Versteck zu ihrem Anführer brachten.

Morgan war überzeugt davon, dass diese Entführung mit all den anderen Fällen der verschwundenen Mädchen in Zusammenhang stand. Vermutlich hatten sie es nur auf Elin abgesehen gehabt, ihn dann aber ebenfalls mitgenommen, weil er ihnen die Sache so schwer gemacht hatte. Zumindest zwei von ihnen waren verletzt, und sie nahmen ihn wohl mit, um noch ihr Mütchen an ihm zu kühlen. Sie hatten schnell verschwinden und nicht so lange warten wollen, bis er wieder bei Besinnung war.

Ihrer Unterhaltung hatte Morgan entnommen, dass ihr Anführer keineswegs ein Dämon oder Drache war, sondern ein Mensch aus Fleisch und Blut. Es war also nichts an dem abergläubischen Geschwätz der Leute dran.

Morgan hätte eigentlich froh sein können, dass er so schnell auf die Bande gestoßen war, doch die Umstände waren nicht dazu angetan, allzu große Freude in ihm aufkommen zu lassen. Denn was nutzte es ihm, wenn er das Geheimnis vom Lake Syrior gelöst hatte und sein Wissen mit ins Grab nehmen musste?

Er verdrängte den Gedanken. Noch lebte er, und vielleicht gab es doch noch eine Chance.

Er dachte an Elin. Sie war also nicht entkommen, wie er gehofft hatte. Nur ihr Esel war den Räubern entwischt, wie einer der Kerle zu einem Kumpan gesagt hatte. Im Nachhinein betrachtet war ihre Angst nicht unbegründet gewesen. Er hatte ihr Schutz versprochen, doch er hatte sein Versprechen nicht einhalten können. Vorwürfe quälten ihn. Sicherlich, die Übermacht war zu groß gewesen, doch er hätte vorher wachsamer sein sollen.

Der Wagen hielt. Der Hufschlag verklang. Metall klirrte und Sattelleder knarrte. Schritte entfernten sich.

»Sag Erwein Bescheid«, rief einer der Kerle. »Bin gespannt, was er zu unserem Fang sagt.«

Nun, gespannt war Morgan auch. Noch einmal versuchte er, die Fesseln zu sprengen, doch seine Bemühungen waren vergeblich. Die Kerle hatten ihn nach allen Regeln der Kunst verschnürt. Natürlich hatten sie ihm auch Messer und Schwert abgenommen.

Dann fragte die tiefe Stimme: »Wo ist der Kerl?«

»Unter der Decke«, rief jemand, da schlug sie auch schon jemand zurück. Morgan blinzelte. Das Licht der tiefstehenden Sonne stach ihm nach der Dunkelheit unter der Decke in die Augen.

»Na los, worauf wartet ihr noch?«, rief die tiefe Stimme. »Holt ihn runter, damit ich ihn mir genauer ansehen kann!«

Grinsende Gesichter tauchten über Morgan auf. Zwei der Räuber packten ihn, zerrten ihn vom Karren und warfen ihn wie einen Sack ins Gras hin. Keine drei Schritte entfernt ragte eine große Gestalt vor ihm auf. Breitbeinig stand der Mann da und hatte die Hände in die Hüften gestemmt. Der Mann trug knöchelhohe Schuhe und eine knielange Cotte, unter der seine Beinlinge zu sehen waren.

Morgans Blick glitt höher. Der Mann mochte Anfang vierzig sein. Er hatte einen massigen Schädel, den er wie ein angriffslustiger Stier etwas vorgebeugt hatte und der fast ohne Hals auf den breiten Schultern zu sitzen schien. Das pechschwarze Haar war offensichtlich frisch gewaschen und fiel bis auf die breiten Schultern. Sein Bart wurde von einem wuchtigen, glattrasierten Kinn geteilt. Braune Augen unter buschigen, schwarzen Braunen musterten Morgan.

Alles in allem wirkte der Mann gepflegt und nicht einmal unsympathisch. Doch Morgan empfand in seiner Situation keinen Funken Sympathie.

Der Kerl musste Erwein sein, der Anführer.

Der Mann nickte zufrieden, die Andeutung eines Lächelns spielte um seinen breiten Mund und gab seinem Gesicht einen fast gutmütigen Ausdruck.

»Nehmt ihm die Fesseln ab!«, sagte er und gab seinen Männern einen herrischen Wink. »Behandelt man so einen lieben Freund?«

Das musste purer Hohn sein, doch die Miene des Mannes zeigte keinerlei Spott. Sofort stürzten zwei der Räuber zu Morgan und zerschnitten die Fesseln.

Morgan setzte sich auf und massierte die Gelenke. Dabei blickte er sich um.

Er befand sich auf einer Waldlichtung. Zwischen den Baumstämmen am östlichen Rande der Lichtung entdeckte er einige Hütten. Die Pferde standen davor. Ein Dutzend Räuber bildeten einen Halbkreis um ihn. Die Kerle, die ihn und Elin überfallen hatten, waren darunter. Zwei trugen Verbände, und einige andere sahen ebenfalls recht mitgenommen aus.

Dann sah Morgan Elin. Das Mädchen hockte ein halbes Dutzend Yards entfernt am Boden und blickte stumm und hilfesuchend zu ihm. Sie war ebenfalls gefesselt. Heißer Zorn stieg in Morgan auf.

»Wie heißt du, mein Freund?«, fragte der Anführer in freundlichem Tonfall.

»Ich bin nicht dein Freund, du Verbrecher«, erwiderte Morgan.

Einer der Räuber sprang auf ihn zu. Es war der Graubart, den Morgan im Schwertkampf besiegt hatte. Er holte aus, um Morgan zu treten.

»He, wie sprichst du mit meinem Herrn, du...«

Weiter kam er nicht.

Morgan hatte die Chance erkannt. Und wenn sie noch so klein war, in seiner Situation musste er nach jedem Strohhalm greifen.

Morgan packte zu, ein schneller Ruck, und mit einem Aufschrei stürzte der Kerl zu Boden. Morgan sprang behände auf. Er sah, wie sich die anderen Räuber bis auf den Anführer in Bewegung setzten, und er wusste, dass er schnell sein musste. Mit einem Satz war er bei dem benommenen Graubart. Morgans Hand stieß zur Lederscheide am Gürtel des Mannes. Doch bevor er das Messer herausziehen konnte, traf ihn eine Keule am Arm und ein glühend-heißer Schmerz zuckte bis in seine Fingerspitzen. Gleich darauf waren auch schon die anderen heran.

Morgan schlug aus der Drehung heraus mit dem Ellenbogen zu und schickte einen der Angreifer zu Boden. Er erkannte, dass ihm keine Zeit blieb, an das Messer heranzukommen, und so versuchte er, sich die Kerle mit den Fäusten vom Leib zu halten und vielleicht einem anderen die Waffe zu entreißen.

Gleich sechs oder sieben Mann griffen auf einmal an. Morgan kämpfte kühn. Er schnappte den aufspringenden Graubart, riss den Mann hoch und schleuderte ihn gegen zwei Räuber. Beide gingen zu Boden, und der Graubart landete auf ihnen.

Einer sprang Morgan von hinten an und umklammerte ihn. Morgan ging in die Hocke, packte die Handgelenke des Burschen und warf ihn über den Kopf ab. Der Kerl überschlug sich in der Luft und krachte keinen Schritt vor dem Räuberhauptmann ins Gras. Erwein trat gelassen etwas zurück und verschränkte mit einem zufriedenen Grinsen die Arme.

Doch das sah Morgan in der Hektik des Kampfes nicht.

Seine Fäuste wirbelten. Er schickte einen weiteren Angreifer mit einem wuchtigen Hieb zu Boden, wich einem

Keulenschlag aus und packte blitzschnell das Handgelenk des Räubers, als die Hand mit der Keule an ihm vorbeisauste. Er verdrehte das Handgelenk. Jaulend ließ der Mann die Keule los.

Morgan wollte sich die Waffe schnappen, doch da drückte ihm jemand eine Schwertklinge in den Rücken.

»Gib auf, oder ich spieße dich wie einen Ochsenbraten auf!«, zischte ihm eine Stimme in den Nacken.

Morgan prickelte es kalt zwischen den Schulterblättern.

»Lass den Blödsinn, Mann!«, rief der Anführer mit dröhnender Stimme. Finster blickte er zu dem Graubart. »Ich sollte dich auspeitschen lassen, weil du auf meinen lieben Freund losgegangen bist!«

Der Graubart senkte schuldbewusst den Kopf.

»Ich verzichte nur darauf, weil ich auf diese Weise eine Probe seiner Kampfkraft gesehen habe. Er ist im Kampfe fürwahr wie ein wilder Bär, das habt ihr mir richtig gemeldet. Aber er ist auch schnell und kühn. Genau der richtige Mann für mich.«

Der Räuberhauptmann lächelte Morgan wohlwollend an.

Morgan glaubte seinen Augen und Ohren nicht trauen zu können.

Der Mann mit dem Schwert war sofort zurückgetreten. Der Graubart und einige andere hatten sich aufgerappelt. Sie blickten betreten drein, und der Graubart starrte Morgan gehässig an.

»Nun, mein Freund«, sagte der Räuberhauptmann zu Morgan, »verzeih die ungestüme Art meiner dummen Jungs und lass uns gute Partner werden.«

Morgan hatte einen schlechten Geschmack im Mund und spuckte ins Gras. Das war auch eine Antwort auf die Worte des Räuberhauptmannes.

Er überlegte, was das alles zu bedeuten hatte. Weshalb benahm sich der Mann so seltsam und sprach von »Freund« und Partnerschaft?

»Du wirst nach der Fahrt und den Kämpfen hungrig und durstig sein«, sagte Erwein freundlich. »Hast du irgendeinen Wunsch?«

Morgan nickte. »Lass das Mädchen frei, gib mir meine Waffen und zwei Pferde und fahrt zur Hölle!«

Der Räuberhauptmann lachte wie über einen guten Witz.

»Bis auf Letzteres kannst du alles haben, mein Freund«, sagte er dann zu Morgans Überraschung. »Doch nicht sogleich. Ich dachte zunächst an einen kleinen Imbiss und etwas zu trinken. Und eine Erklärung willst du sicher auch. Womit sollen wir anfangen?«

»Die Reihenfolge war gar nicht so schlecht«, sagte Morgan. »Doch bevor ich das Angebot annehme, lässt du das Mädchen frei.« Er nickte zu Elin hin.

Der Räuberhauptmann lächelte beinahe gut gelaunt. Er gab seinen Männern einen Wink.

»Nehmt seiner schönen Herzdame die Fesseln ab und bringt sie in die Hütte. Sie soll Speise und Trank bekommen und sich wie ein Gast fühlen.«

Danach wandte er sich wieder an Morgan. »Du brauchst keine Sorge um sie zu haben. Es wird ihr bei uns gut gehen, und es wird ihr jeder mögliche Wunsch erfüllt werden, sofern du dich erkenntlich zeigst und einen kleinen Auftrag für mich erledigst.«

Morgan horchte auf. Was wurde da gespielt? Er konnte sich keinen Reim auf das seltsame Verhalten des Räuberhauptmannes machen.

»Welchen Auftrag?«, fragte er.

»Nun, das erfährst du alles bei einem guten Becher Wein.«

Bald darauf saß Morgan in einer der Hütten dem Räuberhauptmann gegenüber. Er war überrascht, wie gut, fast prunkvoll, der Raum eingerichtet war. Er sah Gold und Silber. Es gab einen kostbaren Teppich auf dem Holzboden. Vermutlich Beute aus Raubzügen.

Es dämmerte, und einer der Räuber zündete die Kerzen des silbernen Leuchters an.

Ein anderer Räuber brachte Morgan kalten Wildschweinbraten und Rotwein.

Ritter Morgan ließ es sich schmecken. Seit dem Mittag des Vortages hatte er nichts mehr gegessen und getrunken. Zwei der Halunken und Erwein, der Räuberhauptmann, schauten ihm schweigend zu. Der Braten war in Streifen geschnitten. Sie hatten ihm kein Messer gegeben, wie er erhofft hatte.

Als Morgan gegessen hatte, schickte Erwein die beiden Räuber aus dem Raum. Ihre Schritte verstummten gleich vor der Tür, und für Morgan war klar, dass sie dort Posten bezogen.

Erwein saß ihm am anderen Ende des langen Tisches gegenüber. Auch er trank Wein aus einem goldenen Becher. Er wirkte entspannt und gelassen. Morgan suchte nach einer Chance, den Kerl zu überrumpeln.

Als hätte Erwein seine Gedanken erraten, sagte er mit einem spöttischen Grinsen:

»Ich habe keine Waffe bei mir, und du hast auch keine. Und selbst wenn es dir gelänge, mich zu überwältigen, was ich bezweifle, so wären sofort meine Männer zur Stelle. Und außerdem haben wir ja dein Liebchen. Du willst bestimmt nicht, dass der Hübschen und den anderen Gefangenen etwas zustößt, oder?«

»Sie ist nicht mein Liebchen! Und welche anderen Gefangenen?«, erkundigte sich Morgan.

Erwein zuckte mit den breiten Schultern. »Ein paar Bauerntölpel, die für meinen Plan nicht viel taugen. Meine Männer konnten in der Eile nicht allzu wählerisch sein. Sie mussten sich greifen, wer gerade in der Nähe und unauffällig aufzutreiben war. Aber jetzt haben sie ja mit dir den richtigen Mann geschnappt. Kommen wir zum Thema. Ich lasse nicht nur deine Herzdame und die anderen frei, sondern ich werde dich auch reich belohnen, wenn du den Auftrag zu meiner Zufriedenheit erledigst.«

»Ich nehme nichts von Verbrechern«, sagte Morgan trocken.

Erwein zuckte mit keiner Wimper. »Aber, aber, wer wird denn so ein großzügiges Angebot ausschlagen? Ich bin bereit, dir hundert Silberlinge zu zahlen. Da kannst du glatt dieses Köhlermädchen heiraten und brauchst nicht mehr als Wilddieb durch die Wälder zu streifen.«

Die Räuber mussten erfahren haben, dass er und die Waffenknechte sich im Dorf als Jäger ausgegeben hatten. Der Überfall und die Entführung waren vermutlich kein Zufall gewesen.

»Nun, was hältst du von meiner Großzügigkeit?«, fragte der Räuberhauptmann in Morgans Gedanken hinein.

Morgan sagte es ihm. Und er sagte ihm auch in recht deutlichen Worten, was er von ihm und seinen verbrecherischen Methoden hielt.

Erwein blieb gelassen und grinste. »Aber, aber, wer wird denn von Erpressung sprechen?« Er lachte dröhnend. »Nun, ich hoffe, du siehst ein, dass dir keine Wahl bleibt. Wenn du an deinem Leben und an deinem Liebchen hängst, wirst du meinen Wunsch erfüllen. Zudem wärst du ein Dummkopf, wenn du dir die Chance entgehen ließest, hundert Silberlinge zu verdienen.«

Er erhob sich, trat an einen Schrank und holte etwas heraus.

Morgans Gedanken jagten sich. Keine Frage, dass er tun würde, was in seiner Macht stand, um Elin und die anderen Gefangenen zu retten. Aber zu welchem Auftrag wollte ihn dieser verdammte Erwein zwingen? Welche Teufelei hatte der Kerl vor?

Der Räuberhauptmann kehrte an den Tisch zurück. Er entfaltete ein Papier und legte es vor Morgan hin.

»Sieh dir das an.«

Es war eine Kohlezeichnung. Das Porträt eines Mädchens.

Ritter Morgan sah ein apartes Gesicht, das von langen, gewellten Haaren umrahmt wurde. Große, seelenvolle Augen blickten ihn wie fragend an. Auf den ersten Blick konnte man sie auf vielleicht zwanzig schätzen, doch in ihren Augen war etwas Wissendes, Erfahrenes, und Morgan gab ein paar Jahre hinzu. Sie lächelte leicht. Morgan bemerkte Erweins Blick, der Besitzerstolz verriet.

»Sehr hübsch«, gab Morgan zu. »Und wer ist das?«

»Das ist Gyra. Ich werde sie heiraten. Doch dazu brauche ich deine Hilfe.«

»Fehlt dir vielleicht ein Trauzeuge?«, fragte Morgan spöttisch. »Oder ein Pater? Ich vollziehe keine Trauungen.«

Ein Schatten flog über das breite Gesicht des Räuberhauptmannes, und ein kaltes Funkeln war jetzt in seinen Augen. Jetzt wirkte er schon eher wie ein Räuberhauptmann, und Morgan erkannte, dass die fast gutmütige Art des Mannes nur Fassade war und dass dahinter ein stahlharter Kern verborgen war.

»Nein«, sagte Erwein mit schwerer Stimme. »Mir fehlt kein Pater und kein Trauzeuge. Mir fehlt nur die Braut. Und du wirst sie mir wiederbeschaffen.«

4. Kapitel

Die Suche war erfolglos gewesen. Von der Kampfstätte am Ufer des Lake Syriors aus führten zwar Huf- und Fußspuren in die Wälder, doch Cynan und Rhodri hatten sie bald darauf im tiefen Tann verloren. Zudem erschwerte die hereinbrechende Dunkelheit die Suche. Deprimiert gaben die Soldaten auf. Rhodri begleitete den verzweifelten Köhler nach Hause. Er hatte erzählt, dass vor ein paar Wochen eine Kusine von Elin spurlos verschwunden sei.

Cynan ritt zum Dorf zurück, um sich dort umzuhören. Der Schmied hatte sich eine Zeitlang an der Suche beteiligt und dabei erwähnt, dass er nicht an Hexerei glaube, sondern an das Werk eines Unholds. Er hätte sogar einen gewissen Verdacht, hatte er geheimnisvoll anklingen lassen, sich dann jedoch in Schweigen gehüllt. Cynan wollte dem Mann noch einmal auf den Zahn fühlen.

Auf dem Weg zum Dorf sah er dann die Frau. Sie hatte offenbar dasselbe Ziel wie er. Sie war eine ausgesprochene Schönheit. Unter der schmalen Haube flossen die dicken, roten Haare wie eine Flut über ihre Schultern. Dazu saß sie stolz auf einem prächtigen Schimmel. Sie blickte nur kurz zurück, als sie den Hufschlag hörte, maß Cynan mit einem kühlen Blick und wandte wieder den Kopf. Ihre Bewegung hatte etwas Hochmütiges.

Cynan trieb sein Pferd an ihre Seite und versammelte es, um im Trab neben ihr weiterzureiten.

»Guten Abend, schöne Frau«, sagte er. »Darf ich Euch...?«

»Ihr dürft zum Teufel gehen!«, unterbrach sie ihn mit scharfer Stimme. Sie trieb ihr Pferd zum Galopp und preschte davon, als sei der Leibhaftige hinter ihr her.

Verdutzt kratzte sich Cynan am Bart. Sie tat ja gerade, als hätte er sich ihr in unlauterer Absicht genähert!

»Ich wollte Euch doch nur meinen Schutz anbieten«, rief er hinter ihr her.

Er galoppierte ihr nach, doch ihr Vorsprung vergrößerte sich schnell. Ihr Schimmel war offenbar ausgeruhter als sein Tier, mit dem er seit einem halben Tag unterwegs war.

Cynan ärgerte sich ein wenig ob der schroffen Abfuhr, doch er konnte nicht umhin, den hervorragenden Reitstil der kühlen Rothaarigen zu bewundern. Pferd und Reiter schienen eins zu sein, und ihr langes, rotes Haar flatterte im Wind wie der Schweif des Pferdes.

Es dunkelte, als Cynan im Dorf eintraf.

In der Schmiede waren zwei Männer eben dabei, etwas in ein Fuhrwerk zu laden, das vor dem Tor stand. Cynan ging in die Schmiede und sprach mit dem kahlköpfigen Schmied, der prächtig gelaunt schien. Er hatte ein sehr gutes Geschäft gemacht, wie er erzählte. Man holte gerade bestellte Arbeiten bei ihm ab und hatte sehr gut dafür bezahlt.

Doch der Verdacht des Schmiedes schien Cynan zu weit hergeholt zu sein. Sein Geselle hatte vor ein paar Wochen den Krempel hingeworfen und große Reden geschwungen, er werde in die Welt hinausziehen und bald ein reicher Mann sein, dem die Frauen nur so nachliefen. Deshalb verdächtigte er ihn.

»Wie sonst will ein Taugenichts das schaffen, wenn nicht durch Räubereien«, sagte der Schmied. »Dieser Trinker und Weiberheld! Solche Kerle kennt man doch. Die wollen nicht arbeiten, sondern sich einfach nehmen, wofür unsereiner hart schuften muss. Und wie der hinter den Frauen her war! Ich gehe jede Wette ein, dass er der Unhold ist, der all die Mädchen verschwinden lässt. Aber mir glaubt ja keiner.«

Nun, auch Cynan glaubte ihm nicht sonderlich. Sein Gefühl sagte ihm, dass der Verdacht des Schmiedes aus reiner Antipathie gegen den untreuen Gesellen geboren war. Viel konnte er damit nicht anfangen, zumal der Mann nicht mehr in der Gegend gesehen worden war. Und wo sollte er nach ihm suchen?

Cynan stellte noch einige Fragen, und plötzlich wurde der Schmied verschlossen.

»Weshalb interessierst du dich so sehr dafür?«, fragte er misstrauisch. »Mich dünkt, du willst mich aushorchen.«

»Mein Freund ist verschwunden«, erinnerte ihn Cynan.

»Damit hat mein Geselle nichts zu tun«, sagte der Schmied entschieden. »Mit Männern hat er nichts im Sinn.«

Cynan unterdrückte ein Seufzen. Dieser Schmied ging ihm auf die Nerven. Cynan überlegte, ob er noch die eine oder andere Frage stellen sollte. Doch dann kamen die beiden Männer, die er zuvor bei dem Fahrzeug gesehen hatte, und wollten die restlichen Sachen abholen, und der Schmied war beschäftigt. So verließ Cynan die Schmiede.

Er hörte sich noch ein wenig im Dorf um, doch erfuhr er nur abergläubisches Gerede. Nebenbei hörte er noch, dass der Schmied ein Spinner sei. Seine Theorie von den Untaten seines Gesellen wäre an den Haaren herbeigezogen. Der sei ein netter Kerl gewesen. Cynan ging bekümmert in den Dorfkrug. Die Sorge um Ritter Morgan bedrückte ihn. Wie sollte es jetzt weitergehen?

In der Schenke sah er dann die schöne Rothaarige wieder. Sie saß an einem Tisch in der Ecke und trank Wein. Einer der Männer, die Waren aus der Schmiede in die Kutsche geladen hatten, stand bei ihr und redete leise mit ihr. Beide blickten bei seinem Eintreten zu ihm, der Mann irgendwie besorgt, die Frau kühl und interessiert. Sie sagte etwas zu dem Mann. Er verneigte sich und verließ die Schenke. Er streifte Cynan mit einem neugierigen Blick, als er ihn passierte.

Cynan wollte sich schon an einem der Tische niederlassen. Da sah er, dass die Rothaarige ihn anlächelte. Die Veränderung verblüffte ihn. Zuerst die Abfuhr, und jetzt lächelte sie und prostete ihm sogar zu, bevor sie ihren Becher an die schwellenden Lippen hob und trank.

Cynan blickte hinter sich, doch da war kein anderer. Das Lächeln hatte tatsächlich ihm gegolten.

So trat er zu ihr an den Tisch, verneigte sich höflich und sagte: »Mich dünkt, Ihr habt mich missverstanden, als ich Euch vor dem Ort begegnete. Es lag mir fern, Euch zu belästigen. Ich wollte Euch nur meinen Schutz anbieten.«

Er verstummte etwas unbeholfen.

Sie musterte ihn mit interessiertem Blick und nickte leicht. »Gewiss führtet Ihr nichts Böses im Schilde«, sagte sie mit herber Stimme. »Verzeiht, dass ich Eure Begleitung ablehnte. Aber in diesen Zeiten kann eine Frau nicht vorsichtig genug sein. Ich hörte, dass schon wieder ein Mädchen verschwand.«

»Und dazu mein Freund.« Fast hätte Cynan sich verplappert und »Ritter« gesagt.

Überrascht hoben sich ihre feingeschwungenen, rotblonden Augenbrauen. Sie wies auf den freien Stuhl am Tisch.

»Sagt nur! Das interessiert mich. Das müsst Ihr mir genauer erzählen.«

Cynan nahm Platz.

Sie fragte Cynan, wann sein Freund verschwunden sei und wo.

Er erzählte ihr, was er wusste. Viel war es nicht. Damit es nicht zu dürftig klang, schmückte er das Wenige ein bisschen aus, um ihr Interesse wachzuhalten. Er war fasziniert von dieser Rothaarigen. Das war kein Püppchen, sondern eine erfahrene Frau von herbem Reiz. Ihre Art hatte zwar etwas Vornehmes, doch er konnte sie sich eher in wilder Jagd auf einem galoppierenden Pferd vorstellen als auf einem seidenbezogenen Stuhl bei Hofe.

Sie war auch nicht so blass wie die meisten noblen Damen, sondern ihr Gesicht war bronzefarben gebräunt, als hielte sie sich viel in der Natur auf. Ihr Alter war schwer zu schätzen. Sie mochte Mitte zwanzig sein, vielleicht auch schon dreißig. Sie war groß und schlank. Ihr Gesicht mit den großen, grünen Augen, der geraden Nase und den vollen Lippen, hatte etwas Arrogantes, doch dieser Eindruck verlor sich, wenn sie lächelte. Ihr Lächeln war das einer Frau, die schon einiges im Leben erfahren hat und nicht mehr über jeden Unsinn lachen kann.

Sie erzählte dann, dass sie beim Schmied eingekauft habe und gleich mit der Kutsche weiterfahren wolle. Die beiden Männer seien ihre Diener und Beschützer.

Cynan wunderte sich, weshalb sie ganz allein ins Dorf geritten war. Sie erklärte, dass sie unweit des Dorfes jemanden besucht und ihre Diener mit der Kutsche vorausgeschickt hatte. Nachdem er sich auch Wein bestellt hatte, erkundigte er sich:

»Bleibt Ihr länger hier?«

Die Rothaarige strich sich mit einer anmutigen Bewegung eine Haarsträhne aus der Stirn und schüttelte leicht den Kopf. »Ich sagte doch schon, dass ich gleich weiter will.«

Der Wein wurde von der Schankmaid gebracht.

Schweigend tranken die beiden eine Weile, und Cynan merkte, dass er plötzlich sehr müde wurde. Kaum gelang es ihm noch, die Lider aufzureißen, immer wieder sank sein Kopf herunter. Das war ihm in Gegenwart der Schönen sehr unangenehm und er riss sich gewaltsam zusammen. Doch schon sank ihm erneut der Kopf auf die Brust, und diesmal schrak er auf, als er sich selbst schnarchen hörte.

»Entschuldigt mich bitte, der Tag war sehr anstrengend für mich. Ich werde meine Kammer aufsuchen.« Damit erhob sich Cynan und stellte erstaunt fest, dass er ins Taumeln geriet.

»Na, das war wohl wirklich etwas zu viel, was? Du kannst dich auf mich stützen, ich bringe dich die Treppe hinauf!«, hörte er wie aus weiter Ferne die Stimme der Rothaarigen und wunderte sich nur über die vertrauliche Anrede.

Wie er in die Kammer gelangte, konnte er später nicht mehr sagen. Schwer fiel er auf sein Lager ohne sich auch nur die Schuhe abzustreifen.

Die Rothaarige trat an das Bett und beugte sich über ihn.

Sie lächelte, doch es war ein kaltes, triumphierendes Lächeln, und um ihre Lippen war ein verächtlicher Zug.

»Dummkopf«, murmelte sie.

Dann ging sie zum Fenster und öffnete es, um ihren dort wartenden Dienern zu sagen, dass sie den Mann abtransportieren konnten.

5. Kapitel

Ritter Morgan war überrascht von der Eröffnung des Räuberhauptmannes. Bis zu diesem Zeitpunkt hatte er immer noch den Verdacht gehegt, dieser Erwein sei der Kerl, der für das Verschwinden der Mädchen im Gebiet um den Lake Syrior verantwortlich war. Jetzt sah es so aus, als sei er selbst einer der Betroffenen.

»Du hast nichts mit dem Verschwinden der Frauen zu tun?«, vergewisserte er sich.

Der Mann blickte verdutzt.

»Was für eine blöde Frage?«, sagte er dann mit dröhnender Stimme. »Ich bin Räuber und kein Frauenentführer.«

Er winkte unwirsch ab, als Morgan widersprechen wollte. »Deine Freundin haben meine Männer nur mitgenommen, damit wir ein Druckmittel gegen dich haben.«

»Auch daran kann ich nichts Anständiges finden«, bemerkte Morgan trocken.

Erwein sagte darauf nichts. Er schritt eine Weile unruhig auf und ab, und sein Schatten geisterte verzerrt im Schein der Kerzen über die Wand.

Morgan wartete gespannt auf weitere Einzelheiten. Schließlich blieb Erwein vor ihm stehen. »Du wirst also Gyra befreien?«

»Mal angenommen, ich wäre dazu bereit«, sagte Morgan. »Wie stellst du dir das vor?«

»Ich weiß, von wem sie gefangen gehalten wird und wo, und ich weiß auch, wer all die anderen Mädchen verschwinden ließ.«

Er grinste über Morgans verdutzte Miene, denn jetzt konnte Morgan seine Überraschung nicht verbergen.

»Du weißt, wer für das Verschwinden der Mädchen verantwortlich ist?«

Erwein nickte. »Ich und meine Männer, wir sind vermutlich die Einzigen, die das wissen. Und ich habe einen todsicheren Plan, wie Gyra befreit werden kann – möglicherweise auch die anderen Frauen, doch mich interessiert nur Gyra, und ich zahle nur für sie. Wenn du für die anderen den Helden spielen willst, dann ist das deine Sache.«

Morgan konnte noch nicht glauben, was der Mann da behauptet hatte. Wenn das stimmte, war das Geheimnis so gut wie gelöst und der Auftrag seines Vaters fast schon erledigt! Morgan hatte nicht zu hoffen gewagt, so schnell auch nur einen Anhaltspunkt zu finden. Und jetzt saß er einem Räuberhauptmann gegenüber, der angeblich über alles Bescheid wusste und von einem todsicheren Plan sprach!

»So einfach kann die Sache nicht sein«, murmelte er.

»Das Ganze ist ein Kinderspiel, wenn es richtig angepackt wird.«

»Und warum erledigst du mit deinen Spießgesellen das Kinderspiel nicht selbst?«, fragte Morgan spöttisch.

»Die Frage ist berechtigt«, gab Erwein zu. »Ich kann nichts unternehmen. Mir sind die Hände gebunden. Gyra ist in der Gewalt eines ehemaligen... Freundes. Er kennt mich und jeden meiner Männer. Wir sind als Todfeinde geschieden, und er hat gedroht, jeden von uns auf der Stelle umbringen zu lassen, der ihm noch mal unter die Augen kommt. Und er hat ja Gyra gefangen.

Wir kämen niemals in das Versteck rein, nicht in der besten Verkleidung. Deshalb muss ein Fremder die Sache erledigen. Deshalb haben meine Jungs ein paar Männer geschnappt, und schließlich dich. Dich kennt die Bande nicht, und ich weiß, wie du dir Zutritt zu dem Versteck verschaffen kannst. Dann brauchst du dir nur den Dreckskerl zu schnappen, ihm ein Messer an die Kehle zu setzen und Gyras Freilassung zu fordern.«

»Das klingt so einfach, dass ich es kaum zu glauben vermag«, sagte Morgan.

»Es ist einfach. Pass auf! Du wirst als Schäfer getarnt mit zwei Dutzend Schafen bei Rhons Versteck auftauchen.«

»Rhon ist dieser Verbrecher?«, vergewisserte sich Morgan.

Der Räuberhauptmann nickte.

»Er isst leidenschaftlich gern Schafsfleisch. Ich weiß, dass er übermorgen einen Schäfer mit zwei Dutzend Tieren erwartet. Meine Männer haben den Schäfer gefangen genommen. Du brauchst nur in seine Rolle zu schlüpfen. Du ziehst seine Kleider an, und wir nähen ein Messer in den Schlapphut ein. Rhon kennt den Schäfer nicht.

Es ist ein Verwandter des Schäfers, der ihn sonst beliefert hat.

Du brauchst nur zu sagen, du bringst die bestellten Tiere und schon wirst du mit offenen Armen empfangen. Während Rhons Leute sich um die Schafe kümmern, zauberst du das Messer aus dem Schlapphut und packst dir Rhon. Dann musst du je nach der Situation entscheiden. Sind Rhons Männer in der Nähe oder werden die Frauen zu gut bewacht, musst du Rhon als Geisel nehmen und

Gyra freipressen. Ist der Kerl allein mit dir und die Luft rein, dann stößt du ihm das Messer ins Herz und befreist Gyra. Du versteckst sie auf dem Wagen, mit dem du die Schafe gebracht hast und fährst mit ihr an den Wachen vorbei aus dem Lager, als hättest du nur die Schafe abgeliefert.«

Dem Räuberhauptmann ging es nur um Gyra, doch Morgan dachte an all die anderen Frauen und Mädchen.

»Wie viele Zugänge gibt es zu dem Versteck?«, fragte er.

»Nur einen. Oder ihr müsstet über die Hügel klettern. Aber das wäre zu beschwerlich und zu zeitraubend. Außerdem könnten die Wachen zu früh Verdacht schöpfen, wenn du mit dem Wagen nicht wieder zurückfährst. Oder sie könnten euch sehen, wenn ihr den Hügel hochklettert.«

Morgan überlegte. Er war entschlossen, nicht nur Gyra zu befreien, sondern auch alle anderen. Nach allem, was er bisher gehört hatte, bestand eine Chance, das zu bewerkstelligen. Wenn er eine Gefangene befreien konnte, dann musste es auch möglich sein, die anderen ebenfalls mitzunehmen. Er stellte einige Fragen nach der Stärke der Bande und den Örtlichkeiten, und seine Überzeugung wuchs, dass er eine gute Chance hatte. Er musste nur Erweins Plan ein wenig variieren...

»Weshalb hält dieser Rhon die Frauen eigentlich gefangen?«, fragte Morgan nachdenklich. »Hat er deine Gyra entführt, um sie dir auszuspannen, um dich zu erpressen oder...«

»Nein«, unterbrach ihn der Räuberhauptmann. »Ich sagte schon, er ist verrückt. Ein Wahnsinniger!«

Er verschränkte die Hände hinter dem Rücken und ging wieder unruhig auf und ab.

»Er lässt reihenweise Frauen entführen«, fuhr der Räuberhauptmann fort. »Ich könnte das ja verstehen, wenn er Lösegeld dafür forderte oder sie sich zum Vergnügen hielte.«

Er blickte Morgan wie um Zustimmung heischend an. Morgan sagte nichts. Er teilte nicht das Verständnis des Räuberhauptmannes für Leute, die Frauen entführten, aus welchen Gründen auch immer.

»Aber er hält sie nur gefangen, einfach so, dieser Irre!«, fügte Erwein hinzu.

»Höchst seltsame Kurzweil«, sagte Morgan trocken. »In der Tat hörte ich bisher von keiner Lösegeldforderung, wenn Mädchen verschwanden. Könnte dieser Rhon nicht irgendeinen Grund haben, von dem du nichts weißt?«

»Ja«, sagte der Räuberhauptmann mit schwerer Stimme. »Er hat mir einen Grund genannt, aber der war so hirnrissig, dass ich ihm gar nicht glaubte. Ich hielt das für einen seiner albernen Späße, als er davon faselte, bevor er sich von mir trennte. Er schwafelte davon, er wolle die Welt von allen Hexen befreien. Er will sie in seinem Versteck sammeln und an einem bestimmten Tag allesamt verbrennen!«

6. Kapitel

Rhodri fluchte. Jetzt war nicht nur Ritter Morgan verschwunden, sondern auch noch Cynan!

Missmutig war der Soldat ins Dorf zurückgekehrt. Bei der Köhlerfamilie hatte er nicht viel erfahren, was ihn weitergebracht hätte. Bis in die Nacht hinein hatte Rhodri auf

Cynan gewartet. Dann war seine Unruhe so groß geworden, dass es ihn nicht mehr auf dem Zimmer gehalten hatte. Er hatte Nachforschungen angestellt.

Das Resultat war alarmierend gewesen.

Die Wirtstochter hatte zu berichten gewusst, dass Cynan mit einer rothaarigen Hexe angebandelt hatte! Sie hatte ihn sogar ziemlich betrunken nach oben in seine Kammer begleitet. Dort aber befand sich sein Freund nicht mehr.

Rhodri fragte weiter herum, und seine Sorge wurde immer größer. Die geheimnisvolle rothaarige Frau musste etwas mit Cynans Verschwinden zu tun haben.

Von dem mürrischen, schlaftrunkenen Schmied erfuhr der besorgte Knappe Näheres über die Rothaarige.

Sie sollte eine hochgestellte Dame sein. Ihren Namen kannte der Schmied auch nicht. Er wusste nur zu berichten, dass sie bereits mehrmals Arbeiten bei ihm in Auftrag gegeben und stets großzügig bezahlt hatte. Auch diesmal hatte sie zum vereinbarten Preis noch etwas dazugelegt.

»Sie muss sehr reich sein«, sagte der Schmied, und bei dem Gedanken an die Silberlinge besserte sich seine schlechte Laune, die darauf zurückzuführen war, dass Rhodri ihn aus dem ersten Schlummer gerissen hatte.

Nun, die Geschäfte des Schmiedes interessierten Rhodri nicht sonderlich. Interessanter fand er, was die Dame in Auftrag gegeben hatte: Schwerter und Ausrüstung. Sie musste eine recht wehrhafte Dame sein, denn sie hatte sogar einen Helm und ein Kettenhemd für eine Frau bestellt.

»Und du hast dich nicht über diesen sonderbaren Auftrag gewundert?«, fragte er.

Der Schmied zuckte mit den Schultern. »Fürs Wundern werde ich nicht bezahlt.«

Rhodri kratzte sich am Kopf, und seine Miene nahm wieder den bekümmerten Ausdruck an. »Fest steht, dass mein Freund Cynan mit dieser Frau zusammen war und seitdem wie mein Freund Morgan verschwunden ist. Was hat das alles zu bedeuten?«

»Ich würde mir mal keine Sorgen machen«, versuchte der Schmied Rhodri zu trösten. »Vielleicht ist Euer Freund wild auf Rothaarige, und er begleitet sie auf ihr Anwesen.«

Rhodri schüttelte den Kopf.

Er überlegte angestrengt, kam aber zu keinem Ergebnis.

Als er zum Dorfkrug zurückkehrte, erhielt sein schlimmes Gefühl neue Nahrung.

Es war nach Mitternacht, doch keiner der Wirtsleute schlief. Das halbe Dorf schien noch auf den Beinen zu sein. Rhodri bemerkte die Aufregung in der Schenke, und er spürte sofort, dass etwas passiert sein musste.

Schluchzend erzählte die Wirtstocher gerade, dass jemand ihren Liebling, einen schwarzen Kater, vergiftet habe.

Man hatte ihn wie schlafend in Cynans Zimmer gefunden.

»Er lebte noch und röchelte ganz seltsam. Fast menschlich hat es geklungen«, erzählte sie.

In großer Aufregung war die junge Frau durch das Dorf gelaufen, um Hilfe bei einer weisen Frau zu suchen, die für ihr Kräuterwissen bekannt war – aber für den Kater kam jede Hilfe zu spät, und die laut jammernde Wirtstochter weckte damit fast das gesamte Dorf wieder auf, und viele folgten ihr zur Schenke, wo die junge Frau alle Schuld der rothaarigen »Hexe« gab.

Die Aufregung wuchs, denn das Wort »Hexe« war für die einfachen Leute mit besonderem Schrecken verbunden. Manch einer hatte schon eine Hexenverbrennung mit eigenen Augen gesehen, einige waren sogar weit gereist, um sich solch ein Schauspiel nicht entgehen zu lassen, und gehört hatten selbst die Kinder davon.

An Cynan dachte im Augenblick keiner. Der Zorn galt jetzt allein der »Hexe«.

Lautstark forderte man ihre Verbrennung.

Hätte man die Rothaarige erwischt, wäre sie wohl auf der Stelle verbrannt worden.

Eine junge Witwe, die gleich neben der Schenke wohnte, war durch den Lärm aus ihrem unruhigen Schlaf gerissen worden und in die Schenke geeilt.

»Ich habe beobachtet, wie man etwas in die Kutsche dieser Frau geladen hat, das wie ein großes, langes Paket war«, sagte sie, als sich der allgemeine Lärm etwas legte.

Sofort wurde es still. Rhodri war alarmiert.

»Wie groß und lang?«, fragte er.

Sie breitete beide Arme aus. »So ungefähr, nein noch größer, ich meine länger. Sie trugen zu zweit daran, und es hing in der Mitte durch. Was es war, konnte ich in der Dunkelheit nicht genau erkennen, denn es war in eine Decke gehüllt.«

»Klar haben sie was verladen«, warf einer der Umstehenden ein. »Sie hat doch beim Schmied eingekauft. Ich sah auch, wie ihre Diener vor der Schmiede etwas in die Kutsche luden.«

»Nicht vor der Schmiede«, sagte Edwina entschieden, »sondern hinter der Schenke. Sie trugen es über den Hof, verstauten es in der Kutsche und fuhren sofort los.«

Rhodri war blass geworden. Ihm schwante, dass dieses große, lange, in eine Decke gehüllte Etwas Cynan gewesen war. Nach dem, was Rhodri erfahren hatte, war Cynan mit der Rothaarigen nach oben gegangen, er hatte etwas getrunken... Rhodri kroch ein eisiger Schauer über den Rücken.

Die rothaarige Hexe!

Die Frau, die Schwerter und Kettenhemd für eine Frau bestellte. Nur sie konnte an allem schuld sein. Er musste ihrer Spur folgen. Sofort. Wie hieß noch der Ort, zu dem sie angeblich fahren wollte?

Rhodri hetzte zur Schmiede. Der Schmied war wach.

Jemand war durch das Dorf gerannt und hatte etwas von einer Hexenverbrennung geschrien. Da war er natürlich putzmunter geworden.

Cerys erschrak, als er Rhodris bleiche und entsetzte Miene sah.

»Wie hieß der Ort, zu dem diese verdammte Rothaarige fahren wollte?«, fragte Rhodri atemlos.

»Bondleigh, nicht sehr weit von hier entfernt – vielleicht ein halber Tagesritt!«, erwiderte der Schmied.

»Ich brauche sofort ein frisches Pferd«, sagte Rhodri. »Und ein Ersatzpferd«, fügte er hinzu.

»Sofort? Wollt Ihr etwa mitten in der Nacht...«

»Ja«, unterbrach ihn Rhodri grimmig entschlossen, und als er die verständnislose Miene des Schmiedes sah, erklärte er ihm seinen schlimmen Verdacht.

Der Schmied musterte ihn nachdenklich. »Ich kann Euch zwei Pferde geben. Aber Ihr braucht nicht in der Nacht loszureiten. Die Dame kommt übermorgen wieder, um noch etwas abzuholen. Ihr braucht hier nur auf sie zu warten.«

Rhodri blickte überrascht. Doch dann schüttelte er den Kopf. »Ich glaube nicht, dass sie sich noch einmal herwagt. Sie hat noch nicht mal ihren Namen verraten, wie du sagtest, und vermutlich stimmt es auch nicht, dass sie von Bondleigh stammt. Ich darf keine Zeit verlieren. Noch sind die Spuren frisch. Gib mir die Pferde.«

So geschah es. Bald darauf galoppierte Rhodri mit einem Ersatzpferd an der Leine aus dem Dorf und folgte den Wagenspuren nach Norden.

Viele Augenpaare blickten ihm nach.

7. Kapitel

Die Schafe blökten auf dem Wagen, als könnten sie es kaum erwarten, auf die Reise zu gehen. Schließlich wussten sie nicht, dass am Ende der Reise das Messer auf sie warten würde.

Morgan dagegen wusste, was ihn erwartete, und er fühlte sich noch unbehaglicher als die zusammengepferchten Schafe.

Sie hatten den Plan bis ins kleinste Detail besprochen. Erwein war fest davon überzeugt, dass nichts schiefgehen konnte.

Doch Morgan hatte das Gefühl, dass auch auf ihn am Ende der Reise ein Messer wartete.

Alles klang viel zu einfach. Für den Räuberhauptmann Erwein mochte es auch einfacher aussehen. Der dachte nur an seine Gyra. Ritter Morgan dagegen war entschlossen, alle gefangenen Mädchen zu befreien und Rhon, diesem gefährlichen Wahnsinnigen, das Handwerk zu legen.

Das hätte leichter gelingen können, wenn Morgan die Zeit geblieben wäre, Unterstützung zu holen. Doch der Räuberhauptmann zwang ihn, einen bestimmten Zeitplan einzuhalten, der keinen Umweg und kein Warten auf Hilfe ermöglichte.

Wenn Morgan nicht bis zum Sonnenuntergang in zwei Tagen zurückkehrte und Gyra wohlbehalten ablieferte, wollte der Räuberhauptmann Elin und die anderen Geiseln töten. Elin als Erste, aber die Reihenfolge spielte dann auch keine Rolle mehr.

Morgan hatte gespürt, dass es keine leere Drohung war, denn der Räuberhauptmann hatte bei diesen Worten all sein freundliches Gehabe verloren, und Morgan hatte mit Schaudern hinter die Maske des Mannes geblickt.

Erwein hatte sich als *anständiger* Räuber bezeichnet, und Morgan war in diesem Augenblick einmal mehr klar geworden, dass es so etwas nicht gab. Es mochte Unterschiede in der Verkommenheit der Anführer geben, doch anständig war mit Sicherheit keiner von ihnen. Erwein raubte und mordete um des Reichtums willen. Er hielt Rhon, seinen ehemaligen Partner, für verrückt, weil der andere Motive hatte.

Rhon ließ Mädchen und Frauen entführen, weil er sie als *Hexen* verbrennen wollte. Das war schlimm genug, doch auch Erwein hatte Menschen entführen lassen. Aus anderen Beweggründen, doch das machte keinen großen

Unterschied. Nein, auch er würde seinen Gefangenen töten, wenn nicht alles so klappte, wie er sich das vorstellte. Morgan bezweifelte sogar, dass der Kerl sein Wort hielt, wenn er ihm Gyra tatsächlich zurückbringen konnte. Schließlich kannten die Gefangenen sein Versteck und konnten ihn und seine Männer genau beschreiben.

Aber Morgan hatte keine Wahl. Er musste es versuchen. Und mit Gyra hatte er dann ein Faustpfand, mit dem er die Gefangenen freipressen konnte. Denn Morgan wollte keineswegs sogleich mit Gyra zu Erwein zurückkehren. Er wollte sie an einem sicheren Ort verstecken und erst die Freilassung der Gefangenen erwirken, bevor er Gyra freigab.

Doch so weit war es noch nicht.

Drei Tage Zeit. Anderthalb Tage hin, anderthalb zurück. Etwa eine Stunde für die Befreiung der Gefangenen. Genau ausgerechnet. Ja, Erwein und seine Räuber hatten gute Vorarbeit geleistet, das musste man ihnen lassen. Sie hatten nicht nur Rhons Versteck gefunden und ausgekundschaftet. Morgan stieg auf den Bock des einfachen Wagens und nahm die Zügel auf.

Er blickte zu den Hütten und glaubte hinter einem der Fenster Elins Gesicht zu sehen. Er wusste, dass er für sie und die anderen die einzige Hoffnung war.

Erwein, der mit einigen seiner Räuber neben dem Wagen stand, spuckte gegen das Vorderrad.

»Viel Glück«, sagte er.

Morgan nickte. »Das kann ich brauchen.«

Noch einmal versuchte er Erwein zu einer Verlängerung der Frist zu bewegen. Doch vergebens. Wiederum verfinsterte sich Erweins Miene, und seine Augen nahmen einen tückischen, verschlagenen Ausdruck an.

»Kommt nicht in Frage. Ich weiß, dass du nur Zeit gewinnen willst, um unterwegs irgendjemand zu informieren. Ich möchte nicht, dass mir nachher jemand auf den Pelz rückt. In drei Tagen bist du zurück, und damit hat sich's. Ich werde bis zum Sonnenuntergang warten. Und mit mir meine Gefangenen. Und wenn du nicht kommst, tut es mir um sie leid.«

Er machte die Geste des Halsabschneidens und grinste dabei.

Morgan hätte ihm am liebsten dieses kalte, boshafte Grinsen aus dem Gesicht gewischt, doch seine Miene verriet nicht, was er dachte: *Wenn alles gut geht, dann bist du auch noch fällig! Dann werde ich dafür sorgen, dass du ebenfalls deine gerechte Strafe bekommst!*

8. Kapitel

Der Mann mit dem wallenden schwarzen Gewand saß am Feuer und starrte in die züngelnden Flammen. Er saß leicht vornüber geneigt, völlig reglos, und hatte die knochigen Hände gefaltet. Von Weitem konnte man ihn für einen Geistlichen halten, der in ein Gebet vertieft war.

Doch der Mann war alles andere als ein Geistlicher, und er betete auch nicht.

Es war Rhon, der *Hexer vom Lake Syrior*, wie ihn seine Getreuen nannten.

Jetzt bewegten sich die knochigen Finger, als führten sie ein eigenes Leben, und manchmal krampften sie sich so ineinander, dass die Knöchel weiß hervortraten.

Sein dünner, blutleerer Mund bewegte sich von Zeit zu Zeit, formte einen Namen, doch kein Laut kam über seine Lippen. Nur der Teufel und Rhon selbst kannten den Namen.

»Elizabeth!«

Die Flammen des Feuers spiegelten sich in Rhons schwarzen Augen, und der Feuerschein verlieh dem bleichen, ausgemergelten Gesicht etwas Farbe.

Elizabeth... bald ist der Tag da...

Ein unheimliches, kaltes Licht glühte bei diesem Gedanken in den schwarzen Augen auf, und die schmalen Lippen pressten sich aufeinander. Noch stärker verkrampften sich die ineinander verschränkten Hände.

Dies war die Stunde, in der Rhon jeden Tag mit Elizabeth Zwiesprache hielt. In der er in die Flammen starrte und die grauenvollen Bilder sah.

Sie hatten Elizabeth als Hexe verbrannt. Vor seinen Augen. Seine über alles geliebte Elizabeth. Er glaubte noch ihre Schreie zu hören und das Prasseln des Feuers.

An jenem schrecklichen Tag war etwas in ihm zerbrochen. Über Nacht war sein Haar weiß geworden. Seine Elizabeth war keine Hexe gewesen. Die anderen, das waren die Hexen. Sie sollten büßen für das, was man Elizabeth angetan hatte. Alle!

Elizabeth... bald ist es so weit...

Wie in Trance blickte er auf, als er den Hufschlag und das Rumpeln von Wagenrädern hörte. Er blickte zu der Felsspalte am westlichen Ende des kleinen Talkessels.

Eine Kutsche passierte die Wachen.

Langsam erhob sich Rhon am Feuer. Der leichte Wind spielte in seinem Gewand, das bis zum Boden reichte. Es hatte in der Tat mal einem Geistlichen gehört. Der Priester hatte Rhon bei einem Kirchenraub gestört und um Hilfe geschrien, damals als Rhon noch der Partner des Räuberhauptmanns Erwein gewesen war.

Rhon hatte den Priester erstochen. Doch die Schreie waren gehört worden und Leute kamen herbeigeeilt. Mit dem Gewand verkleidet war Rhon die Flucht geglückt, und es war ihm noch ein anderes Mal von Nutzen gewesen. Seither betrachtete er es als eine Art Glücksbringer.

Die Kutsche fuhr vor, und die Rothaarige sprang herab. In schroffem Tonfall gab sie den Männern Anweisungen. Dann schritt sie behände auf Rhon zu.

Sie blieb vor ihm stehen und umarmte ihn. Er presste sie an sich. Sie küsste ihn flüchtig.

Er schloss die Augen, und einen Moment lang verspürte er ein angenehmes Gefühl, in das sich der Schauer der schrecklichen Erinnerung mischte. Linelle ähnelte Elizabeth in vielem. Nicht nur äußerlich. Sie war Elizabeth' Schwester. Sie hatte die gleichen Anschauungen und Ziele. Damals hatte sie geschworen, Elizabeth' Pläne zu verwirklichen, ihr begonnenes Werk zu vollenden.

Elizabeth war deshalb als Hexe verbrannt worden. Ein Schauer überlief ihn bei diesem Gedanken.

Linelle ahnte nicht, dass er etwas anderes vorhatte. Sie glaubte, er erfülle ihre Wünsche, indem er die Frauen entführte und gefangen hielt. Nun, er wollte sie in dem Glauben lassen, bis es soweit war, am 11. November, an Elizabeth' Todestag. So lange würde sie ihm gefällig sein und ihm des Nachts die Illusion verschaffen, Elizabeth sei noch bei ihm.

Sie löste sich von ihm. »Frierst du wieder?«, fragte sie wenig interessiert.

Nein, dachte er, *ich friere nicht. Seit damals ist die Kälte so in mir, dass ich wohl niemals mehr frieren kann.* Aber er sagte es nicht. Sie brauchte nichts von seinen geheimen Gedanken zu wissen.

»Ja, es ist kalt geworden«, sagte er mit brüchiger Stimme und blickte zum Himmel, an dem der Herbstwind dunkle Wolkenfetzen vor sich hertrieb. »Es wird wohl Regen geben.«

»Hoffen wir's nicht«, sagte Linelle und strich sich eine Strähne des roten Haares aus dem Gesicht. »Ich habe einen Helm und ein Kettenhemd für Gleann mitgebracht und möchte gerne, dass sie ihn ausprobiert. Der Schmied sagte, bei Regen könnte das Metall rosten.«

»So haben wir alle unsere Probleme«, bemerkte Rhon mit unüberhörbarem Spott.

Linelles Augenbrauen zuckten hoch. »Du klingst so mürrisch. Ist was passiert?«

»Nein«, erwiderte er, »nichts ist passiert.«

Und er dachte: *Was weißt du schon, du dummes Ding. Du hast keine Ahnung, wie die Welt wirklich ist. Bist von deinen Spinnereien besessen. Aber damit wird es bald vorbei sein.*

»Ich habe dir eine Überraschung mitgebracht«, sagte Linelle und wandte den Kopf zur Kutsche. »Holt ihn raus«, wies sie die Männer mit einem herrischen Wink an.

Rhon blickte verwundert, als die beiden Männer eine Gestalt aus dem Wagen zerrten, die in Stoff gehüllt war.

»Wer ist das?«, fragte er erstaunt.

»Cynan heißt er«, erwiderte Linelle. »Er tat, als wolle er mir seinen Schutz anbieten. Aber das war nicht einmal das Schlimmste. Ich erfuhr, dass er im Dorf herumschnüffelte. Ein Freund von ihm ist verschwunden, und er stellte Fragen wegen eines verschwundenen Mädchens!«

Rhons Miene verfinsterte sich und glich jetzt noch mehr einem Totenschädel.

»Ich wollte kein Risiko eingehen«, fuhr Linelle fort. »Niemand darf uns hier finden, bevor es so weit ist. Bevor unser großer Tag kommt.«

Er nickte. Eine Weile herrschte Schweigen zwischen ihnen.

Beide dachten an den »großen Tag«. Und nur Rhon wusste, dass sie unterschiedliche Tage im Sinn hatten.

»Deshalb gab ich ihm etwas von meinen Zaubertrunk in seinen Weinbecher. Danach war es eine Kleinigkeit, ihn auf den Wagen zu schaffen.«

»Aber warum hast du ihn denn mitgebracht?«, fragte Rhon verwundert.

Linelle lächelte. »Ich sagte dir doch schon, dass bald unser großer Tag kommen wird. Die Ausbildung der Mädchen zeigt Erfolge. Die Ausrüstung wird immer vollständiger. Jetzt ist es an der Zeit, dass wir die Schlagkraft der Truppe am lebenden Objekt ausprobieren. Deshalb habe ich ihn mitgebracht. Die noch Unwürdigen dürfen ihr Können beweisen. Wenn er aufwacht, werde ich die Mädchen mit Pfeil und Bogen üben lassen. Na, was hältst du davon?«

Ihre grünen Augen funkelten fanatisch.

Verrückt, dachte Rhon, doch er sagte es nicht.

»Ich glaube, du versprichst dir zu viel von der ganzen Sache«, gab er vorsichtig zu bedenken.

Sie zog einen Schmollmund.

»Du nimmst mich mal wieder nicht ernst. Aber du wirst sehen, welche Fortschritte wir gemacht haben. Elizabeth wird stolz auf uns sein.«

Als er nichts sagte, schmiegte sie sich an ihn und streichelte über sein Haar.

»Es braucht eben alles seine Zeit. Eine Menge Aufbauarbeit ist erforderlich. Vor allem müssen die Mädchen erst richtig überzeugt sein, dass sie ein gutes Werk tun. Und einige von ihnen sind schon eifrig bei der Sache. Zum Beispiel Gleann. Sie hat sich am besten entwickelt. Du wirst Augen machen, wenn sie ihr Können demonstriert.«

Er grinste, als er sich Gleann vorstellte. Das musste ein recht lustiger Anblick werden, wenn sie etwas demonstrierte. Ja, es war schon gut, dass er Linelle gewähren ließ. So waren auch die Gefangenen beschäftigt, und er und seine Mannen hatten bis zum 11. November ihren Spaß. Danach würde wieder der Alltag beginnen. Die Kasse musste aufgefüllt werden. Linelles Spielchen waren recht kostspielig, aber das war ihm der Spaß wert. Es würde nicht leicht werden, Linelle das Spielzeug wegzunehmen. Er nahm sich vor, sie an diesem Tag unter einem Vorwand wegzuschicken. Wenn sie dann zurückkehrte, würde alles erledigt sein.

Er blickte zu der reglosen Gestalt, die von den Dienern aus dem Stoff gewickelt worden war.

»Er hat also herumgeschnüffelt. Könnte es sein, dass er irgendetwas herausgefunden hat, dass er vielleicht in einem bestimmten Auftrag unterwegs war?«

»Du denkst an Erwein?«, fragte sie.

Rhon schüttelte langsam den Kopf. »Woher soll der wissen, dass ich seine Geliebte in meiner Gewalt habe? Sie ist genauso spurlos verschwunden wie all die anderen. Erwein weiß doch gar nicht, dass ich mein Quartier praktisch vor seiner Nase aufgeschlagen habe. Er wähnt mich weit fort, wie ich es ihm sagte, um ihn zu täuschen. Nein, ich dachte, dass er vielleicht von den Eltern irgendwelcher verschollenen Mädchen oder gar vom High Sheriff geschickt worden sein könnte.«

»Sollen wir das aus ihm herauskitzeln?«, fragte einer der Männer und tippte auf das Messer an seinem Gürtel.

»Nein«, sagte Rhon mit einem Blick zu Linelle. »Linelle wird ihn schon genug kitzeln lassen. Ich weiß was Besseres. Wir sperren ihn zu dem Weibervolk. Wenn er aufwacht, werden sie ihn mit Fragen bestürmen. Da können wir belauschen, was er so erzählt.«

9. Kapitel

Morgan bemühte sich, seine Spannung zu verbergen.

Er stand Rhon gegenüber.

Dem Verbrecher, der Frauen entführen ließ, um sie als Hexen zu verbrennen, wie Erwein behauptet hatte.

Alles war so reibungslos gegangen, wie Erwein gesagt hatte. Unweit des Verstecks hatten ihn einige von Rhons Räubern entdeckt. Sie hatten keinerlei Verdacht geschöpft. Der Schäfer war erwartet worden, und Morgan hatte den richtigen Namen genannt. Man hatte ihm eine Augenbinde angelegt und ihn in das Versteck gebracht.

Rhons Versteck war ideal. Auch Erweins Räuber, die wochenlang gesucht hatten, waren mehr oder weniger nur durch Zufall darauf gestoßen. Sie hatten ein weites Gebiet systematisch durchkämmt, und irgendwann hatte einer der Räuber einen Reiter beobachtet, der in einer Höhle verschwunden und nicht wieder aufgetaucht war. Neugierig hatte Erweins Räuber die Höhle untersucht. Es gab nur diesen einen Zugang. Aber wo war der Reiter geblieben?

Er hatte schon an Hexerei geglaubt, doch dann hatte er Hufschlag, Räderrasseln und Stimmen gehört. Jenseits der hinteren Felswand. Schnell hatte er sich in eine schmale Felsspalte gezwängt. Gleich darauf war das Unglaubliche geschehen.

Knirschend war eine Art Tor aufgeschwungen, an der Stelle, an der der Räuber zuvor nichts als Fels ertastet und im Schein einer Fackel gesehen hatte. Eine ganze Kutsche war praktisch aus dem Berg herausgefahren!

Später hatte der Räuber dann des Rätsels Lösung gefunden. Das Tor war mit rissigem Felsgestein überzogen. Der Teufel mochte wissen, wie man das bewerkstelligt hatte und wie es sich öffnen und schließen ließ.

Erwein hatte seinem Räuber drei Silberlinge für diese Entdeckung bezahlt und ihm einen ganzen Topf mit kostbarem Salz geschenkt, den sie bei einem Raubzug erbeutet hatten.

Der Rest war einfach gewesen. Vom östlichen Hügel aus hatte Erwein den Talkessel beobachten lassen und bald gewusst, wo seine Gyra gefangen gehalten wurde und von wem.

Erwein hatte mit dem Gedanken gespielt, von oben her über diesen Hügel in das Versteck einzudringen, um Gyra zu befreien. Doch das war ihm dann zu riskant gewesen. Die Gefangenen wurden Tag und Nacht bewacht. Diese Posten hätte man vielleicht überrumpeln und lautlos ausschalten können. Doch vor dem Tor, waren weitere Wachen postiert. Sie konnten alles überblicken. Tagsüber konnten sie jeden Eindringling sehen, der von oben über den hohen Hügel hinabstieg, und des Nachts würden sie jeden bemerken, der sich im Schein der Fackeln bei den Gebäuden bewegte. Der Versteck würde für jeden Eindringling zu einer Falle werden, denn es war unmöglich, sämtliche Wachen gleichzeitig auszuschalten. Rhon hatte offenbar an alles gedacht.

So war Erwein auf den anderen Plan verfallen.

»Ich freue mich, dass du wie angekündigt gekommen bist«, sagte Rhon.

Er grinste, und wenn die weißen, wild zerzausten Haare nicht gewesen wären, hätte Morgan geglaubt, einen grinsenden Totenschädel vor sich zu sehen.

Er drehte den Schlapphut, den er ehrerbietig abgenommen hatte, in den Händen. Er glaubte das Messer zu spüren, das in den Hut eingenäht war. Er brauchte nur den inneren Filz herauszureißen, das Messer hervorzuziehen und...

»Schade, dass der Schäfer nicht selber kommen konnte«, sagte Rhon in Morgans Gedanken hinein.

Morgan war jäh alarmiert. Täuschte er sich, oder hatte das lauernd geklungen?

»Er hat Fieber, und weil er Euch nicht zu enttäuschen wagte, schickte er mich«, sagte Morgan.

Rhon nickte und grinste wieder. »Ich weiß, dass er Fieber hat, und es war gut, dass er mich nicht zu enttäuschen wagte. Ich weiß alles. Man hat mir sogar gemeldet, dass du mit den Schafen kommen würdest.«

Morgan entspannte sich etwas.

Rhon gab seinen Männern einen Wink. »Bringt die Schafe in den Pferch. Eines soll sogleich geschlachtet werden!«

Einige Schafe blökten auf dem Wagen. Zwei der acht Räuber, die bei Rhon und Morgan standen, kletterten auf den Wagen.

Der Hut mit dem eingenähten Messer schien förmlich in Morgans Händen zu brennen. Rhon stand nahe genug. Mit drei schnellen Schritten konnte Morgan bei ihm sein und ihn sich schnappen. Doch da waren jetzt noch sechs Räuber in der Nähe.

»Die Schafe sind nervös«, rief Morgan zu den Räubern hin. »Normalerweise werden sie nicht auf einem Wagen transportiert, doch mir wurde gesagt, die Zeit drängt. Ihr solltet beim Abladen aufpassen, dass sie in ihrer Panik nicht weglaufen. Zu zweit werdet ihr sie kaum zusammenhalten können.«

Er hoffte, dass Rhon noch ein paar Räuber wegschicken würde, am besten alle.

Doch Rhon grinste nur. »Hier läuft keiner weg. Und nervös brauchen sie auch nicht zu sein.«

Verflixt, dachte Morgan, *wie kann ich die Kerle von ihrem Anführer weglocken?*

»Ich dachte, Ihr wollt eines gleich schlachten lassen«, sagte Morgan mit einem gezwungenen Lächeln. »Wenn Ihr mich als Schäfer fragt, so muss ich sagen, dass Schafe gar nicht so dumm sind, wie allgemein...«

»Stimmt«, unterbrach ihn Rhon und kicherte. »So dumm wie manche Leute können sie gar nicht sein. Aber noch haben sie keinen Grund zur Sorge. Noch ist keines von ihnen an der Reihe. Erst kommst du dran! Packt ihn!«

10. Kapitel

Cynan hörte leise Stimmen und schlug die Augen auf.

»Wo – bin ich?«, fragte er mit krächzender Stimme.

»Er ist wach«, sagte das Mädchen, das neben ihm hockte.

Cynan setzte sich auf, blinzelte und blickte genauer hin.

Rund zwei Dutzend Mädchen scharten sich um ihn.

Benommen setzte er sich auf. Allmählich ließ das Schwindelgefühl nach. Er sah viele besorgte Mädchengesichter, die ihn stumm anblickten.

Was war geschehen?

»Wer seid ihr?«

Die Mädchen sprachen alle durcheinander, drängten sich, um näher an ihn heranzukommen, und die hinteren zwängten sich an den vorderen vorbei, um einen besseren Blick auf ihn zu erhaschen.

Einen Augenblick lang fühlte sich Cynan in einen Hühnerstall voller aufgeregter Hennen versetzt. Der Gedanke amüsierte ihn jedoch nicht lange. Er war wieder klar genug, um an den besorgten und ängstlichen Mienen der Mädchen zu erkennen, dass da etwas nicht stimmte.

»Wir sind Gefangene«, erklärte eine der jungen Frauen. »Und du ebenfalls. Linelle, diese rothaarige Hexe, hat dich ins Versteck der Verbrecherbande hergebracht. Erinnerst du dich nicht?«

»Nein!«, murmelte Cynan.

Das Mädchen ergriff wieder das Wort. Cynan lauschte, und er glaubte zuerst seinen Ohren nicht trauen zu können.

Das Geheimnis der verschwundenen Mädchen war gelöst!

Diese Mädchen hier waren noch nicht lange in Gefangenschaft, aber sie wussten zu berichten, dass es andere in diesem Lager gab, die schon vor Monaten entführt worden waren. Sie zählten inzwischen zu den *Auserwählten*, während die Neuen noch als *Unwürdige* bezeichnet wurden.

»Auserwählte?«, fragte er verwundert. »Was soll denn dieser Blödsinn?«

»Es ist kein Blödsinn«, sagte die Blonde. »Es ist bitterer Ernst. Die rote Hexe will alle Gefangenen zu Kriegerinnen ausbilden.«

»Warum denn das?«, fragte Cynan verdutzt.

Die Blonde zuckte mit den Schultern. »Sie hat die fixe Idee, einen Kreuzzug zu unternehmen. Sie sagte, sie wolle ein Frauenheer aufstellen und in den Kampf gegen die Männer ziehen, um sie allesamt zu vernichten!«

11. Kapitel

Ritter Morgan erschrak bis ins Mark. Das Spiel war aus.

Was hatte er falsch gemacht?

Die Räuber sprangen auf ihn zu, hoben Keulen und Schwerter und zogen Messer.

Morgan blieb nur die Flucht nach vorn. Er sprang auf Rhon zu. Er wusste, dass es auf jeden Sekundenbruchteil ankam. Wenn es ihm nicht gelang, den Kerl zu Boden zu reißen, schnell genug das Messer aus dem Hut zu ziehen und ihm an die Kehle zu setzen, war alles aus.

Rhon sprang zur Seite. Er war in seinem langen Gewand ein wenig unbeholfen, doch Morgan konnte ihn nicht so packen, wie er vorgehabt hatte. Seine Linke krallte sich in das Gewand. Der Stoff zerriss. Morgan stürzte zu Boden. Rhon trat nach ihm und traf ihn an der rechten Schulter. Morgan ließ den Stofffetzen los und riss den Filz aus dem Schlapphut, um an das Messer zu gelangen.

Sofort waren die Räuber heran.

Morgan sah eine Keule auf sich herabsausen und rollte sich über den Boden, auf Rhon zu. Dreck spritzte auf, als die Keule auf den Boden schlug. Der Räuber fluchte.

Morgan hatte das Messer. Doch Rhon war schnell in Sicherheit gesprungen. Einer der Räuber, ein Hüne mit einem wuchernden, blonden Bart, blockierte Morgan den Weg zu dem Anführer. Der Kerl holte mit seinem Schwert aus.

Morgan entging dem Hieb nur um Haaresbreite.

Weitere Räuber eilten herbei. Aufgeregte Rufe wurden laut. Rhon gab lautstark Anweisungen. Die Kerle kreisten Morgan ein.

»Tötet ihn!«, schrie Rhon.

Einer der Räuber sprang auf Morgan zu, stieß mit dem Schwert nach ihm. Morgan schnellte zur Seite. Die Klinge streifte noch sein Kettenhemd. Ein Keulenhieb traf ihn von hinten und schleuderte ihn wieder auf den Hünen mit dem Schwert zu.

Morgan sah, wie der Bärtige sein Schwert schwang. Es blieb ihm keine Wahl. Er schleuderte das Messer. Er traf, bevor der Kerl zuschlagen konnte. Die Augen des Räubers weiteten sich vor Schmerz und Entsetzen. Das Schwert entglitt ihm. Er taumelte und verkrampfte die Hände um das Messer in seiner Brust. Dann stürzte er hintenüber.

Morgan sprang bereits auf das Schwert zu. Doch ein Keulenhieb warf ihn zu Boden. Er prallte mit der Stirn auf, und für einen Augenblick drehte sich alles um ihn.

Das Schwert lag keinen Schritt entfernt im Dreck. Seine Hand zuckte darauf zu. Ein Schuh stellte sich auf sein Handgelenk, als er das Schwert erfasste.

Wieder traf ihn ein Hieb. Noch einmal bäumte er sich auf. Er erkannte, dass er gegen diese Übermacht keine Chance mehr hatte, doch er wollte bis zum letzten Atemzug kämpfen.

Er packte mit der freien Hand den Schuh und zerrte ihn von seinem Handgelenk fort. Mit einem Aufschrei prallte der Mann neben ihm auf.

»Tötet ihn!«, brüllte Rhon.

Und es sah ganz so aus, als sei es nur eine Frage von Augenblicken, bis sie den Befehl in die Tat umsetzten.

Da drang eine Stimme durch den Kampflärm. Die Stimme einer Frau.

»Lasst ihn am Leben!«

Das Wunder!, dachte Morgan. *Eine gute Fee!*

Dann löschte ein Schlag mit einer Keule sein Bewusstsein aus.

12. Kapitel

Als Morgan zu sich kam, stand er gefesselt an einem in den Boden getriebenen Balken auf dem Platz vor den Hütten, die sich innerhalb dicker Steinmauern befanden.

Die Mauern waren die Reste eines Klosters, wie Morgan von dem Räuberhauptmann Erwein erfahren hatte. Das Kloster war vor langer, langer Zeit in diesem kleinen Tal errichtet worden.

Mit bangem Herzen dachte Morgan an die Gefangenen, die er in Erweins Lager nicht einmal zu Gesicht bekommen hatte. Er war ihre einzige Hoffnung. Und jetzt konnte er nichts mehr für sie tun.

Morgan presste die Zähne aufeinander. Sein Blick glitt zu den Hütten. Es waren fünf solide und große Holzhütten, die aus dicken Baumstämmen errichtet worden waren. Von außen betrachtet wirkte das Lager, das von einer hohen Mauer umgeben war, wie eine trutzige Festung. Nur an einer Seite war die Mauer verfallen und abgetragen worden, und dort hatten die Wachen beim Tor am Zugang zum Tal einen guten Einblick in das Lager.

Zwei der Räuber waren damit beschäftigt, etwa fünfzig Yards entfernt vor der letzten Hütte einen Pfosten in den Boden zu hämmern. Sie stritten sich dabei, weil keiner den Pfosten halten wollte; jeder traute dem anderen zu, dass er ihm auf die Finger schlagen könnte.

Von einer der Hütten trieb der Wind, der von den hohen Bergen in das Lager hinabfauchte, den Duft von Hammelbraten heran.

Ein Tropfen klatschte Morgan ins Gesicht. Er blickte empor. Dunkle Wolken ballten sich am Himmel. Es würde Regen geben.

Morgan zerrte an seinen Fesseln. Es war sinnlos. Er war so fest an den Balken gebunden, dass er sich kaum bewegen konnte.

Von Neuem fragte sich Morgan, was er falsch gemacht haben könnte. Doch so sehr er sich auch den schmerzenden Kopf zermarterte, er konnte keine Erklärung dafür finden, weshalb Rhon das Spiel durchschaut hatte.

Eine Antwort auf seine Frage bekam er wenig später.

Rhon trat aus einer der Hütten. Und in seiner Begleitung war ein Mann, den Morgan kannte.

Es war einer von Erweins Räubern. Der Graubart, den er bei dem Überfall am Lake Syrior mit dem Schwert besiegt und später in Erweins Lager überrumpelt hatte, als der Kerl ihn hatte treten wollen. Der Lump blickte grinsend zu Morgan herüber.

Dieser Verräter!

Rhon klopfte ihm auf die Schulter. Der Graubart schritt davon. Höhnisch wünschte er Morgan alles Gute. Dieser beobachtete, wie der Räuber auf ein Pferd stieg und davonritt. Die Wachen ließen ihn passieren, und das Tor schwang wieder zu.

Rhon war derweil in einer anderen Hütte verschwunden. Jetzt kehrte er zurück. Sein wallendes Gewand hatte einen Riss in der Seite. Morgan sah, dass Rhon unter dem

Gewand Beinlinge trug. Rhon hielt ein Schwert in der Rechten.

Ein paar Schritte vor Morgan blieb er stehen und grinste.

»Hast dich wohl für besonders schlau gehalten und gedacht, Erweins Plan sei so mir nichts dir nichts in die Tat umzusetzen, was? Doch ich war vorgewarnt und brauchte dich nur noch in Empfang zu nehmen. Und von jetzt an werde ich über jeden von Erweins Schritte informiert. Einer seiner Männer will sich eine goldene Nase verdienen. Er kann dich übrigens nicht leiden und hat mich gebeten, dich auf der Stelle zu töten. Doch du hattest eine Fürsprecherin.«

Morgan glaubte wieder die Frauenstimme zu hören: »Lasst ihn am Leben!«

Wer war diese Frau?

»Inzwischen hörte ich, dass du sogar ein Ritter bist«, fuhr Rhon spöttisch fort. »Wundert mich, dass ein Ritter mit einem Schweinehund wie Erwein gemeinsame Sache macht. Aber sicherlich hat er dir eine Belohnung versprochen. Und man hört ja, dass euresgleichen eine Menge Geld für das aufwändige Leben braucht!«

Er fuchtelte Morgan mit der Schwertspitze vor der Nase herum.

Morgan gab keine Antwort.

Dann schlenderte Rhon zurück zu den Hütten.

Morgan überlegte, woher Rhon wissen konnte, dass er ein Ritter war. Der Verräter hatte es ihm nicht sagen können, denn Erwein wusste nichts davon.

Dann wurde ein Gefangener aus einer der Hütten gebracht, und Morgan erhielt die Antwort auf seine Frage.

Ihm stockte der Atem, als er Cynan sah.

Der gefesselte Waffenknecht wurde von zwei Männern, die ihm Lanzen in die Seiten drückten, zu dem Pfosten getrieben, der inzwischen in die Erde gerammt worden war.

Dort banden sie ihn an.

Cynans Augen weiteten sich ebenso vor Überraschung, als er Morgan sah. Bis zu diesem Augenblick hatte er nichts von dessen Anwesenheit im Versteck der Räuber gewusst. Er hatte sogar schon die schlimme Befürchtung gehabt, Morgan niemals mehr wiederzusehen. Bevor sie sich durch Rufe verständigen konnten, tauchte eine Frau auf. Eine schöne, rothaarige Frau. Anmutig schritt sie auf Morgan zu und blieb ein paar Schritte vor ihm stehen.

Sie betrachtete ihn von oben bis unten, und ein Lächeln spielte um ihre Lippen, doch ihre grünen Augen blickten seltsam kalt.

»So also sieht ein Ritter aus«, sagte sie, und Morgan erkannte die Stimme. Das war die Frau, der er praktisch sein Leben zu verdanken hatte!

»Wir haben deinen Soldaten ein wenig belauscht«, erklärte sie. »Er war bei den Damen sehr gesprächig.«

Morgan konnte sich auf das alles noch keinen Reim machen. Wie war Cynan hergekommen? Er konnte doch gar nichts von dem Versteck gewusst haben. Wo mochte Rhodri sein? Befand er sich ebenfalls in der Gewalt der Bande? Und wer war diese Frau?

Fest stand, dass sie ihm im letzten Augenblick geholfen hatte.

»Ich danke dir«, sagte Morgan.

Sie lachte leise. »Wofür?«

»Nun, du hast verhindert, dass man mich tötete.«

Sie nickte. »Stimmt. Aber bilde dir nur nichts ein. Ich wollte mir nur nicht den Spaß verderben lassen.«

Damit wandte sie sich um und klatschte in die Hände.

»Auf geht's!«, rief sie einigen Räubern zu. »Beeilt euch, es sieht aus, als würde es Regen geben.«

Morgan war noch verwirrter. Was hatte das alles zu bedeuten? Was hatte man mit ihnen vor?

13. Kapitel

Der Graubart war mit sich und der Welt zufrieden wie selten. Sechs Silberlinge hatte ihm Rhon dafür bezahlt, dass er ihm Morgans Ankunft gemeldet hatte. Sechs Silberlinge für einen kleinen Verrat. Das war mehr, als er erwartet hatte.

Im Grunde hatte er sich nur rächen wollen. Morgan hatte ihn vor den anderen und vor allem vor Erwein lächerlich gemacht. Und als Erwein ihn gar vor versammelter Mannschaft als unfähig bezeichnet und diesen Morgan als heldenhaften Kämpfer hingestellt hatte, war der Gedanke in ihm gekeimt, es ihm heimzuzahlen. Er hatte gewusst, dass es nicht ganz ungefährlich war, zu Rhon zu reiten, doch er hatte sich gesagt, dass Rhon ihn ungeschoren lassen würde, wenn er ihm Erweins Plan verriet und weitere Dienste anbot. Die Rechnung war aufgegangen.

Er würde sich ins Fäustchen lachen, wenn Morgan nicht mehr zurückkehrte. Er stellte sich schon vor, wie er ganz lässig sagen würde: »Ich habe von Anfang an gewusst, dass der nichts taugt...« Oder so etwas in dieser Art.

Ja, er war sehr zufrieden. Noch an diesem Nachmittag würde Morgan sterben. Die Rache war gelungen. Und zu den sechs Silberlingen waren weitere zu erwarten. Er brauchte Rhon nur gelegentlich von Erweins Plänen zu berichten.

Vergnügt pfiff er vor sich hin.

Dann flog etwas von einem Baum herab auf ihn zu, und sein Pfeifen verstummte nach einem Misston. Er erschrak bis ins Mark, als ihn das wilde Tier ansprang und aus dem Sattel riss. Benommen krachte er zu Boden, und das Ungeheuer landete auf ihm.

Als sich die Schleier vor seinen Augen etwas auflösten, erkannte er, dass ihn da weder ein wildes Tier noch ein Ungeheuer aus dem Sattel gefegt hatte, sondern ein Mensch.

Der Mensch war Rhodri.

Der Waffenknecht war den Spuren der Kutsche gefolgt. Die ganze Nacht hindurch war er geritten, und er hatte keine Mühe gehabt, die Radfurchen im Schein des Mondes zu erkennen. Am Tag war es dann noch leichter gewesen, doch dann war er an eine Weggabelung gelangt, und auf beiden Wegen waren Wagenspuren zu sehen gewesen. Er hatte auf gut Glück den Weg nach Nordwesten gewählt und war prompt in die falsche Richtung geritten; die Wagenspuren endeten auf einem Bauernhof. So hatte er die Pferde wieder einmal gewechselt und war zurückgeritten, bis er wieder auf die Spuren der Kutsche gestoßen war. Fast hätte er die Kutsche trotz des Zeitverlustes noch eingeholt. Er hörte sie schon, doch dann war die Kutsche auf einmal wie vom Erdboden verschluckt.

Stundenlang suchte Rhodri in weitem Umkreis, doch vergebens. Die Kutsche war und blieb verschwunden.

Dann tauchten Reiter auf. Rhodri versteckte sich und beobachtete. Die Reiter wirkten alles andere als vertrauenerweckend. Sie begleiteten einen Schäfer, der auf einem Wagen voller Schafe saß. Als sie ihn dann in einiger Entfernung passierten, sah Rhodri, dass der Schäfer ein Tuch vor den Augen trug.

Er erkannte Morgan in der Verkleidung nicht, doch sein Verdacht war geweckt. Das sah ganz so aus, als entführten Räuber einen Schäfer. Zudem verschwanden sie auf einmal ebenso wie die Kutsche.

Erneut suchte Rhodri, ebenfalls vergebens.

Er ahnte, dass er einem Geheimnis auf der Spur war. Er versteckte die Pferde noch besser und legte sich auf die Lauer.

Es wurde eine harte Geduldsprobe für ihn, denn lange tat sich überhaupt nichts. Doch seine Ausdauer wurde belohnt.

Ein Reiter, der Graubart, tauchte schließlich aus einem Hügel wie durch Zauberei auf.

Rhodri nahm an, dass es einer der Männer war, die mit dem Schäfer verschwunden waren, als hätte sie der Erdboden verschluckt. Er ließ den Reiter passieren und suchte an der Stelle, an welcher der Mann aufgetaucht war. Er fand die Höhle, doch alle Suche nach einem zweiten Ausgang war vergebens.

Es war wie verhext!

Rhodri gab die Suche auf. Weshalb Zeit vertrödeln? Der Reiter würde ihm schon erzählen, wo er hergekommen war. So folgte Rhodri der Fährte des Graubarts, überholte ihn und legte sich auf die Lauer.

Die Überraschung war perfekt gelungen.

Bevor der Graubart wusste, wie ihm geschah, lag er benommen am Boden, und Rhodri lag auf ihm.

Jetzt setzte er ihm das Messer an die Kehle.

»Gnade!«, stammelte der, und sein grauer Bart zitterte.

»Darüber können wir reden«, sagte Rhodri, »doch ich wette, dass du mir zuvor ein paar Fragen beantworten wirst.«

Und diese Wette gewann Rhodri.

14. Kapitel

Morgan stockte der Atem. Sie wollten Cynan töten! Vor seinen Augen! Alles in Morgan schien sich zu verkrampfen.

Die Rothaarige war keine gute Fee. Sie war keinen Deut besser als der verbrecherische Rhon. Sie hatte nur dafür gesorgt, dass man ihn, Morgan, am Leben gelassen hatte, um ihn mit diesem schrecklichen Schauspiel zu quälen.

Drei Mädchen waren aus einer der Hütten geführt worden. Drei der Gefangenen. Er sah die Angst in ihren Augen.

Sie schickten sich an, Cynan zu töten. Sie wurden dazu gezwungen, doch welchen Unterschied machte es schon für Cynan, ob sie ihn freiwillig töteten oder unter Zwang?

Die Rothaarige reichte einem der Mädchen Pfeil und Bogen. Dann gab sie einem der Räuber einen Wink. Der Kerl drückte dem Mädchen seine Lanze in den Rücken.

Das Mädchen legte den Pfeil auf die Sehne. Es spannte den Bogen und zielte auf Cynan, der keine zwei Dutzend Schritte hilflos und gefesselt an dem Pfosten stand.

Furchtlos blickte Cynan das Mädchen an, und Morgan bewunderte die Tapferkeit seines Freundes im Angesicht des Todes.

Morgan zuckte zusammen, als der Pfeil von der Sehne schnellte. Doch dann erfüllte ihn unsagbare Erleichterung.

Der Pfeil traf nicht.

»Dumme Gans!«, rief die Rothaarige an Rhons Seite ärgerlich. »Noch einmal!«

Sie gab den Räubern Anweisungen. Einer reichte dem Mädchen einen neuen Pfeil. Ein anderer hob drohend eine Reitpeitsche.

Das Mädchen duckte sich ängstlich. Es zielte von Neuem.

Es wurde so totenstill, sodass Morgan das Zischen des Pfeils zu hören glaubte. Der Pfeil flog dicht an Cynans Schulter vorbei.

Der Mann mit der Peitsche blickte fragend zu der Rothaarigen, und in Morgan stieg der Verdacht auf, dass sie die eigentliche Herrin der Räuberbande war. Sie nickte.

Das Mädchen schrie auf, als es von der Peitsche getroffen wurde.

»Die Nächste bitte«, sagte Rhon, und es klang recht gelangweilt.

»Schafft sie zurück!«, schrie die Frau.

Zwei Räuber packten das schluchzende Mädchen und zerrten es zur Hütte zurück.

»Mich dünkt, mit deiner Truppe ist es noch nicht weit her, meine liebe Linelle«, sagte Rhon beinahe genüsslich.

Sie bedachte ihn mit einem zornigen Blick.

»Ich lasse euch auspeitschen, wenn ihr versagt!«, fuhr Linelle dann die beiden anderen verschüchterten Mädchen an. »Los, du da!« Sie wies auf ein blondes Mädchen.

Ihr Gesicht war blass und angespannt. Voller Furcht blickte sie zu dem Mann mit der Peitsche, als sie den Pfeil auf die Sehne legte, als sei sie fest davon überzeugt, ebenfalls nicht zu treffen.

Dann gab sie sich einen Ruck, spannte den Bogen und zielte. Lange und genau. Dann schoss sie den Pfeil ab, stieß einen erstickten Schrei aus, ließ den Bogen fallen und schlug die Hände vors Gesicht.

Auch Morgan hätte fast aufgeschrien. Und Cynan war zusammengezuckt. Der Pfeil klatschte keine Handbreit über Cynans Haupt in den Pfosten.

Die Blonde weinte laut und hielt immer noch die Hände vors Gesicht. Offenbar war sie davon überzeugt, getroffen zu haben und konnte den Anblick nicht ertragen.

Der Räuber hob die Hand mit der Peitsche, doch Linelle winkte ab.

»Das war doch schon besser.« Sie wandte sich an das blonde Mädchen. »Los, noch einmal. Und jetzt hältst du etwas tiefer!«

Das Mädchen nahm die Hände vom Gesicht und starrte zu Cynan.

»Oh Gott!«, entfuhr es ihr dann, und es klang entsetzt.

Beim zweiten Mal zielte das Mädchen tatsächlich tiefer. Der Pfeil bohrte sich vor Cynans Füßen in den Dreck.

Cynan lächelte und nickte dem Mädchen leicht zu.

Linelle lächelte nicht.

Als die Blonde dann fortgeführt worden war, kam das dritte Mädchen an die Reihe. Sie zitterte schon, als sie den Bogen nahm.

»Linelle, mich dünkt, mit der Peitsche machst du ihnen nur Angst«, sagte Rhon. »Kein Wunder, dass sie nicht treffen.«

»Ach was, im Training hat es vortrefflich geklappt.«

»Da hat sie dieser Schwarzbart auch nicht angegrinst. Sie haben nicht auf einen Menschen geschossen«, bemerkte Rhon.

In der Tat grinste Cynan die junge Frau an und nickte ihr zu, als wolle er ihr Mut machen.

»Hör auf zu grinsen!«, rief Linelle zornig, »oder ich jage dir eigenhändig einen Pfeil in den Schädel!«

Nun, das traute Cynan dieser Verbrecherin durchaus zu, und flugs gehorchte er.

Er blieb auch ernst, als das Mädchen ihn bei zwei Versuchen nicht traf. Beide Pfeile flogen weit an ihm vorbei, einer gut zwei Yard links, einer an die drei Yards rechts.

Linelle tobte, und die kleine Schwarzhaarige bekam die Peitsche zu spüren.

Linelle wollte weitere Mädchen holen lassen, doch Rhon winkte ab. »Das wird mir zu langweilig«, nörgelte er und blickte zum Himmel. »Hattest du nicht noch was Interessanteres auf Lager, bevor es regnet?«

Linelle nickte.

»Ich werde diese dummen, unfähigen Puten üben lassen, bis sie schwarz werden.«

Sie warf einen Blick zu Cynan. »Du hast noch eine Gnadenfrist bis morgen.« Dann schaute sie zu Morgan.

»Jetzt bist du dran!« Sie gab einigen Männern einen herrischen Wink. »Bindet ihn los.«

Sie banden Morgan vom Balken, doch die Hand und Fußfesseln lösten sie ihm nicht.

Morgan fragte sich, welche Teufelei ihn erwartete.

»Holt Gleann!«, rief Linelle.

So geschah es.

Morgan glaubte seinen Augen nicht zu trauen. Gleann war die unglaublichste Frau, die er je gesehen hatte.

Sie war ein weiblicher Koloss. Sie überragte Morgan um Haupteslänge und war fast doppelt so breit. Sie trug einen Helm und ein Kettenhemd.

Breitbeinig blieb der weibliche Koloss stehen, und die stämmigen Beine schienen sich in den Boden zu bohren.

Eine rothaarige Locke lugte unter ihrem Helm hervor. Gleann hatte ein pausbäckiges, rundes Gesicht mit himmelblauen Kulleraugen, einer erstaunlich kleinen Stupsnase und einem breiten Mund. Sommersprossen bedeckten das Gesicht. Sie hob die Rechte mit dem Schwert, und Morgan sah gebannt das Spiel ihrer Armmuskeln.

Sie warf einen Blick zu Cynan und fasste dann Morgan ins Auge. Grimmig schaute sie ihn an, und obwohl sie ein paar Dutzend Schritte entfernt war, hatte Morgan das Gefühl, sie blicke auf ihn herab.

»Der da?«, fragte sie und wies mit dem Schwert auf Morgan.

Die Stimme passte zu ihrer Gestalt. Sie klang wie Donnergrollen durch das Tal.

»Ja, Gleann«, rief Linelle. »Er gehört dir!«

Gleann betrachtete Morgan mitleidig. Sie trat näher, blieb stehen und starrte ihn an.

Dann hieb sie das Schwert in den Boden und lachte. Ihr Lachen schien aus den Tiefen ihrer Massen zu kommen. Es hallte von den Mauern des ehemaligen Klosters wider und war vermutlich noch jenseits der Hügelkette zu hören.

Sie lachte, bis ihr Tränen in die Augen traten. Dann wischte sie sie fort. Sie wandte den Kopf zu Linelle und Rhon, die gespannt herüberblickten und von Gleanns Auftritt offenbar ebenso fasziniert waren wie Morgan und Cynan.

»Das soll ein Kampf sein?«, röhrte sie. »Dass ich nicht lache!«

»Er ist sogar ein Ritter!«, rief Linelle. Sie war begierig darauf, Rhon die Schlagkraft ihrer Truppe zu demonstrieren. Gleann war ihre Beste.

»Da brauche ich kein Schwert. Nehmt ihm die Fesseln ab, sonst macht es mir keinen Spaß!«

»Ich weiß nicht...«, begann Linelle.

»Lass sie doch«, zerstreute Rhon ihre Bedenken. Er amüsierte sich sehr und war voller Vorfreude auf das Schauspiel. Er sah Gleann zum ersten Mal gerüstet.

Er brannte darauf, sie in Aktion zu sehen. Schnell gab er seinen Räubern Anweisungen. Ein Bogenschütze kletterte auf eine der Hütten. Von dort aus konnte er alles überblicken und eingreifen, falls der Kampf doch nicht so verlief, wie alle erwarteten. Männer mit Lanzen und Schwertern stellten sich in weitem Kreis auf, damit Morgan keinen Fluchtversuch unternehmen konnte, wenn er der Fesseln ledig war. Er hätte ohnehin nicht aus dem Lager entkommen können, doch Rhon hatte Morgan in tollkühner Aktion gesehen und wollte keinerlei Risiko eingehen.

Auch die Räuber waren gewarnt und gingen entsprechend vorsichtig zu Werke, als sie Ritter Morgan von den Fesseln befreiten.

Gleann gab einem der Räuber, die sich zurückzogen, ihr Schwert mit. Dann rieb sie ihre gewaltigen Hände aneinander und sah Morgan an, als wolle sie Maß nehmen.

»So, bist du bereit?«, fragte sie mit ihrer grollenden Stimme. Morgan nickte benommen. Er glaubte immer noch zu träumen. Der weibliche Koloss hob die Hände, ballte sie, sodass sich die Armmuskeln spannten und setzte sich in Bewegung.

Morgan stellte sich zum Kampf.

Es blieb ihm nichts anderes übrig.

Er wartete angespannt, bis die gewaltige Amazone heran war, ausholte und zuschlug. Der Hieb hätte ihn vermutlich umgeschlagen, wenn die Faust getroffen hätte.

Doch Morgan wich gedankenschnell aus, und die Faust zischte ins Leere.

Morgan hatte nicht vor, abzuwarten, bis ihn irgendwann mal die Faust der Riesendame traf und damit den Kampf beenden würde. Er war entschlossen, selbst etwas zu unternehmen, um Gleanns Schlagkraft zu vermindern.

Gewandt drehte er sich und packte Gleanns gewaltigen Arm mit beiden Händen.

Das war ein Fehler.

Bevor Morgan wusste, wie ihm geschah, hatte sich Gleann um ihre Achse gedreht und wollte ihn von sich schleudern.

Morgan hielt sich an dem Arm fest. Doch da schlug Gleann mit der freien Hand zu, und Morgan musste loslassen.

Gleann war trotz ihrer gigantischen Massen und dem Kettenhemd erstaunlich behände. Sie drehte sich schnell, und Morgan flog durch die Luft.

Er hörte das Johlen der Räuber, Linelles begeistertes Lachen, und gleich darauf landete er. Er schrammte in seinem unfreiwilligen Schwung durch Dreck und über einen Grasstreifen.

Linelle feuerte Gleann lautstark an. Rhon lachte vergnügt.

Morgan wünschte sie alle in den tiefsten Winkel der Hölle. Er spuckte Staub aus und rappelte sich auf.

Gleann hatte die Hände in die Seiten gestemmt und blickte zu ihm. Morgan glaubte eine Spur von Mitleid in ihren blauen Kulleraugen zu entdecken. Doch was nutzte das schon?

Als er auf den Beinen war, lächelte Gleann fast gutmütig, streckte eine Hand aus und winkte ihm.

»Komm, zu mir, rasch!«

Auf diese Einladung hätte Ritter Morgan nur zu gern verzichtet.

Die Räuber brüllten vor Begeisterung. Doch bei Morgan wollte keine Fröhlichkeit aufkommen, so lustig der Kampf auch für die Zuschauer aussehen mochte. Morgan hätte lieber gegen einen feuerspeienden Drachen oder gegen sämtliche versammelten Räuber gekämpft als gegen diese Gleann.

Sie erwartete ihn mit erhobenen Fäusten.

Er täuschte einen Schlag vor, und als sie darauf hereinfiel, warf er sich gegen ihre Beine. Es war ihm klar, dass er bei einem Schlagabtausch keine Chance hatte. Es musste ihm gelingen, sie von den Beinen zu bekommen. Im Kampf am Boden war sie schwerfällig und unbeholfener.

Er prallte gegen ihre Beine und hätte jeden Mann umgerissen. Doch nicht Gleann. Sie stand da wie ein Fels und schwankte nicht einmal.

Morgan rollte sich schnell von ihr fort, bevor sie ihn packen konnte. Sie hätte nach ihm treten können, als er da vor ihren Füßen lag, doch das tat sie nicht.

Jetzt stampfte sie auf ihn zu, und ehe er aufspringen konnte, packte sie ihn.

Sie hob ihn mit beiden Armen hoch und stemmte ihn über ihr Haupt. Beinahe mühelos sah das aus.

Dann ließ sie ihn fallen.

Er prallte dumpf zu ihren Füßen auf.

Die Zuschauer tobten vor Begeisterung. Schließlich war es das erste Mal, dass Gleann ihre Kraft zeigen konnte. Keiner der Räuber hatte sich bisher als Trainingspartner zur Verfügung gestellt, was nur verständlich war.

Gleann hob in Siegerpose die enormen Hände und nahm lächelnd die Ovationen hin.

Morgan hatte das Gefühl, sich sämtliche Knochen gebrochen zu haben. Er rang um Atem, während Gleann kaum Anstrengung anzumerken war. Ihre Pausbacken waren nur ein bisschen gerötet.

Morgan wartete nicht ab, bis Gleann ihm auf ihre Art wiederum hoch half. Er umschlang mit beiden Händen Gleanns Baumstammbeine und riss daran.

Gleann sonnte sich offenbar noch zu sehr in dem Beifall und war von dieser Attacke zu überrascht, um die Balance zu halten. Mit einem quiekenden Laut stürzte sie, und der Boden erzitterte, als sie aufprallte. Morgan war jetzt von grimmiger Entschlossenheit erfüllt. Man hatte ihm diesen Kampf aufgezwungen, und er wollte sich nicht von dieser Riesendame besiegen lassen.

Doch Gleann reagierte schneller, als Morgan erwartet hatte. Sie lag auf dem Rücken, und als Morgan auf sie zusprang, breitete sie die Arme aus, umschlang ihn und zog ihn auf sich und umklammerte ihn, als wollte sie ihn erdrücken.

Morgan blieb die Luft weg.

Und auch Cynan stockte der Atem.

Denn Gleann würgte jetzt den Ritter.

Der Waffenknecht schluckte und starrte entsetzt. Gleann hatte die Hände um Morgans Hals gelegt und drehte sich jetzt mit ihm.

Fassungslos und vor Angst wie betäubt starrte Cynan hin.

Er hatte zuvor keine Angst um sein eigenes Leben gehabt. Zunächst jedenfalls nicht. Er hatte gewusst, dass die Mädchen mit den Pfeilen absichtlich danebenschießen würden. Stunden hatten sie als gemeinsame Gefangene in der Hütte verbracht und Pläne geschmiedet. Cynan vertraute jedem der Mädchen. Und alle drei hatten ihm verstohlen zugezwinkert, bevor sie den Pfeil auf die Sehne gelegt hatten. Nur die Blonde hatte ihn in ihrer Aufregung beinahe getroffen. Deshalb war sie so entsetzt gewesen und hatte die Hände vors Gesicht geschlagen.

Dann hatte Cynan noch bange Augenblicke ausgestanden, denn er hatte damit rechnen müssen, dass Linelle selbst ihn tötete.

Jetzt war Cynans Angst größer als die, die er zuvor ausgestanden hatte. Die Angst um Ritter Morgan hielt ihn im Griff.

Gleann, dieses verdammte Monsterweib, würgte seinen Freund!

Sie zwang ihn halb unter sich, nagelte ihn mit ihren gigantischen Schenkeln förmlich am Boden fest, und ihre Hände lagen um seinen Hals.

Das musste das Ende sein.

Cynan schloss entsetzt die Augen. Ein Schauder überlief ihn. Er konnte den Anblick nicht länger ertragen.

Linelle und die Räuber dagegen starrten fasziniert. Sie glaubten ebenfalls an Ritter Morgans Ende.

Sie hatten schließlich nicht hören können, was Morgan gehört hatte.

Als Gleann ihn an sich zog, hatte Morgan ebenfalls gedacht, es sei aus mit ihm. Verzweiflung hatte ihn erfasst.

Doch dann hatte ihm Gleann mit plötzlich seltsam sanfter Stimme zugeflüstert: »Keine Angst, mein Lieber, ich tue dir nichts!«

Morgan hatte es zunächst kaum glauben können. Denn Gleanns Umklammerung strafte ihre Worte Lügen.

Dann hatte er ihr Lächeln gesehen, und zum ersten Mal war ihm richtig klargeworden, dass das Gesicht dieser Riesendame etwas Liebes hatte.

»Wir müssen diese verdammte Bande täuschen«, hatte Gleann ihm weiter zugeflüstert. »Nur so lassen sie dich und den anderen am Leben. Also tu, was ich dir sage und lass dich besiegen.«

Und damit hatte sie den verdutzten Morgan am Hals gepackt und sich mit ihm gedreht.

Sie drückte ihn jetzt mit ihrem Schenkel zu Boden und massierte ihn mit wilden Bewegungen am Hals. Für die Zuschauer musste es aussehen, als würgte sie ihn.

Dabei flüsterte sie: »Bist du wirklich ein Ritter, wie Linelle sagte?«

Morgan nickte, und es sah aus, als bäumte er sich in Gleanns Würgegriff auf.

»Du bist die stärkste Frau, die ich je erlebt habe«, hörte er sich sagen. »Du hättest mich besiegt.«

Morgan schloss die Augen.

Gleann packte ihn noch einmal fester mit beiden Händen, riss ihn etwas hoch und schüttelte ihn. Dann ließ sie ihn los, und Morgan spielte so sehr den Bewusstlosen, dass er vergaß, sich zu versteifen. So schlug er schmerzhaft mit dem Hinterkopf auf, und es fehlte wirklich nicht viel zur Bewusstlosigkeit.

»Der ist hin!«, röhrte Gleann triumphierend.

Morgan bewunderte Gleann. Es war ihm, als hätte er einen Blick in ihre Seele getan, und er hatte gespürt, wie empfindsam und weich diese Gleann trotz ihrer gigantischen Gestalt und Körperkraft war. Sie hatte von Anfang an nicht vorgehabt, ihm ernsthaft Schaden zuzufügen. Sie hatte perfekt geschauspielert.

Cynan ahnte nichts von Morgans Gedanken. Er erschauerte, als er Gleanns Worte hörte. Er schaute zu Morgans regloser Gestalt, und alles verschwamm vor seinen Augen. Es waren Tränen, die seinen Blick trübten.

Der Ritter tot, erwürgt vor seinen Augen!

Cynan hatte das Gefühl, sich übergeben zu müssen. Er konnte es noch nicht fassen.

»Tot?«, fragte Linelle kalt und wie beiläufig, als wollte sie sich nur vergewissern.

»Quatsch«, erwiderte Gleann, und Morgan spürte, wie der Boden unter ihm erzitterte, als sie davonstampfte. »Was hätte ich davon gehabt, ihn nach diesem kurzen Kampfe umzubringen? Ich werde meine Technik an ihm noch weiter vervollkommnen. Schenk ihn mir als Übungspartner, und den da auch.«

Sie wies zu Cynan hinüber, der sie wie ein Fabeltier anstarrte und noch nicht glauben konnte, was er gehört hatte.

»Er ist zwar auch ein bisschen mickerig für mich«, fuhr Gleann fort, »aber vielleicht wehrt er sich ebenfalls ein bisschen. Morgen werde ich mal gegen die beiden zusammen kämpfen. Lasst sie ausschlafen und gebt ihnen gut zu essen, damit sie mir nicht gleich umfallen.«

Cynan begriff, dass Ritter Morgan tatsächlich lebte, und er hätte jubeln mögen. Der Soldat schämte sich plötzlich seiner Tränen. Verstohlen wischte er sie mit den gefesselten Händen fort.

Und noch einem war ein Stein vom Herzen gefallen.

Rhodri.

Er hatte alles mit angesehen.

15. Kapitel

Regen prasselte auf das Dach der Hütte. Blitze zuckten über den dunklen Himmel und tauchten den Talkessel in gespenstisches Licht. Dumpf grollte der Donner in den Bergen.

Morgan hockte mit Cynan in einer Kammer der Hütte. Sie waren an Händen und Füßen gefesselt. Nebenan würfelten die Wächter. Von Zeit zu Zeit waren Flüche oder Gelächter gedämpft durch die Trennwand zu hören.

Dank Gleann hatte es eine Gnadenfrist für Morgan und den Waffenknecht gegeben. Noch lebten sie, und vielleicht gab es beim nächsten Schaukampf mit Gleann eine Chance. Morgan bedauerte, dass man ihn und Cynan nicht zu den weiblichen Gefangenen gesperrt hatte. Dann hätte er sich mit Gleann und den anderen absprechen können.

»Ob wir morgen tatsächlich gegen dieses verdammte Monsterweib kämpfen müssen?«, erkundigte sich Cynan.

»Sie ist kein verdammtes Monsterweib«, widersprach Morgan. »Sie hat ein goldenes Herz. Und sie ist unsere Verbündete.«

Er hob lauschend den Kopf. Da war außer dem monotonen Trommeln des Regens ein anderes Geräusch gewesen. Er blickte zum Fenster, und seine Augen weiteten sich.

Da draußen stand jemand und starrte herein. Ein kaum wahrnehmbarer Schatten in der Dunkelheit und dem Regenschleier.

»Ein weiterer Schaukampf ist doch nichts als ein Aufschub«, murmelte Cynan. »Ewig kann sie damit den verdammten Rhon und diese Hexe nicht hinhalten. Irgendwann wird denen das zu langweilig, und sie bringen uns um. Ich sage dir, uns kann nur noch ein Wunder retten.«

Morgan hörte nicht hin. Er lauschte angespannt. Der Schatten war längst verschwunden. Nur das Rauschen des Regens und entfernter Donner waren zu hören.

Ob er sich getäuscht hatte? Vielleicht hatte ihm die Phantasie einen Streich gespielt.

»Ein Verrückter, der Frauen als angebliche Hexen verbrennen will!«, fuhr Cynan fort. »Und eine Verrückte, die Frauen zu Kriegerinnen machen und mit ihnen in einen Kreuzzug gegen die Männer ziehen will.«

Morgan sah angespannt zum Fenster. Da war nur Dunkelheit. Enttäuscht senkte er den Blick. Was hatte er erhofft? Die gefangenen Mädchen wurden ebenfalls bewacht, und von außerhalb war keine Hilfe zu erwarten. Außer Erwein und seinen Räubern wusste ja niemand von dem Versteck.

»Das Ganze ist so verrückt, dass uns das niemand glauben wird«, sagte Cynan.

Morgan seufzte. »Wahrscheinlich werden wir es niemandem mehr erzählen können, es sei denn, es gelingt uns mit Gleanns Hilfe...«

Er verstummte, und sein Kopf ruckte herum. Da war wieder eine Bewegung am Fenster, und im Schein eines Blitzes war für einen Augenblick ganz deutlich eine schwarze Silhouette zu sehen gewesen.

»Wenn wir wenigstens...«, begann Cynan.

»Still«, unterbrach ihn Morgan.

Jetzt bemerkte auch Cynan den Schatten.

Dann schwang das Fenster auf, und das Rauschen des Regens drang lauter herein. Der Wind fauchte und wirbelte Regentropfen in die Hütte.

Eine Gestalt stieg durch das Fenster.

»Morgan, Cynan?«, wisperte der Schatten.

Dem Ritter und seinem Gefährten stockte der Atem.

Es war Rhodri.

Er trug einen Schlapphut und war völlig durchnässt.

»Wie kommst du her?«, flüsterte Morgan.

Rhodri tastete im Dunkeln bereits nach den Fesseln. Während er Morgans Fesseln durchschnitt, berichtete er.

»Der Verräter hat mir alles verraten«, raunte er. »Ich habe ihn gut verschnürt und versteckt, damit er seine Bande nicht alarmieren oder Rhon und seine Männer warnen kann. Ich habe euch von oben beobachtet und sah den irren Kampf gegen diese riesige Frau. Ich sah auch, wie sie euch hier reinbrachten. Wir wollten bis zum Abend warten, doch da begann das Gewitter. So kletterte ich jetzt schon über den Hügel hinab.«

Morgan rieb sich die Gelenke. Rhodri glitt bereits zu Cynan, um auch ihn von den Fesseln zu befreien.

»Welche anderen?«, fragte Morgan leise. »Vorsicht, nebenan sind Wachen.«

»Auch das weiß ich. Treibe mich schließlich schon einige Zeit hier herum. Und wie ich schon sagte, Graubart hat mir alles erzählt. Ein recht gesprächiger Knabe. Man muss ihn nur richtig zum Plaudern ermuntern.« Er lachte leise. »Nun, mir war klar, dass ich allein nichts unternehmen konnte. So holte ich Hilfe. Ich konnte fünf von unseren Leuten in den Nachbardörfern auftreiben. Es genügte, den Namen des Sheriffs auszusprechen, und sie waren für ihren Dienst bereit. Es sind zwar nur fünf Mann, aber sie sind gut bewaffnet und kampferprobt. Und bei diesem Unwetter gibt es nur zwei Wachen am Tor.«

Hinter der Trennwand fluchte einer der Spieler, weil er verloren hatte. Ein Stuhl wurde gerückt, und Schritte waren zu hören.

»Ich hole die Schwerter«, flüsterte Rhodri und huschte auf Zehenspitzen zum Fenster. Er kletterte schnell hinaus und schloss das Fenster. Gerade noch rechtzeitig, denn einer der Räuber öffnete die Tür. Ein trüber Lichtstreifen fiel in den dunklen Raum. Der Mann blickte zu den Gefangenen. Viel konnte er außerhalb des Lichtstreifens nicht sehen, nur die dunklen Umrisse zweier Gestalten. Morgan und Cynan hatten sich hastig die Lederriemen über die Gelenke gestreift und sich hingelegt.

»Sie pennen«, sagte der Räuber über die Schulter. »Ich lege mich jetzt auch hin.«

Die Tür klappte zu. Schritte entfernten sich.

Bald darauf tauchte Rhodri wieder auf.

Er hatte für Morgan und Cynan Messer und Schwerter mitgebracht.

Dann besprachen sie ihren Plan.

16. Kapitel

Rhon starrte ins Feuer. Von Neuem stiegen die grauenvollen Bilder der Vergangenheit vor ihm auf. Der Schein der Flammen zuckte über seinen Totenkopfschädel. Die schwarzen Augen schienen zu glühen. Seine ineinander verschränkten, knochigen Finger bewegten sich krampfhaft.

Die Flammen der brennenden Scheite schienen Gestalt anzunehmen. Die Gestalt einer Frau.

Seine blutleeren Lippen bewegten sich, formten Worte.

»Elizabeth... bald ist es soweit...«

Elizabeth blickte ihn unendlich traurig an. »Damit machst du mich nicht wieder lebendig«, glaubte er sie sagen zu hören.

»Doch, es wird alles wieder gut«, wisperte er. »Ich werde dich rächen.«

Sie schüttelte den Kopf, und plötzlich verschwamm ihr Gesicht vor seinen Augen und schien sich in den Flammen aufzulösen.

So wie damals...

Ein stöhnender Laut kam über seine Lippen.

Es war ihm, als wehe ein kalter Hauch in den Raum. Das Holz knackte, und die Flammen schienen höher und höher zu schlagen.

So wie damals...

Rhon starrte in das züngelnde Feuer und nahm nichts sonst um sich herum wahr.

Er wusste nicht, dass er die Worte vor sich hinsprach.

»Sie haben Elizabeth verbrannt, meine Elizabeth. Als Hexe! Sie hatte absonderliche Ideen, zugegeben, doch sie war keine Hexe. Sie hatte schlimme Kindheitserlebnisse. Ihre geliebte Mutter wurde vor ihren Augen getötet. Damit ist sie nicht fertig geworden. Deshalb hat sie die Männer gehasst, deshalb wollte sie sie vernichten. Sie war wie ein verwirrtes Kind. Nein, sie war keine Hexe. Die wahren Hexen leben noch, und meine Elizabeth ist tot. Doch ich werde sie zurückholen, am 11. – ihrem Todestag. An diesem Tag werden die anderen Hexen sterben. Einunddreißig Hexen. Genauso viele, wie damals zugesehen haben!«

»Du bist wahnsinnig!«, sagte eine Stimme hinter ihm.

Er hörte es nicht.

Erst, als sich etwas in seinen Rücken bohrte, erwachte er aus seinem tranceähnlichen Zustand.

Er zuckte zusammen, und sein Kopf fuhr herum.

Morgan stand hinter ihm und drückte ihm ein Schwert in den Rücken.

17. Kapitel

»Mistwetter«, sagte Arthur und zog die Decke weiter über seinen Kopf.

Sie war entschieden zu klein für zwei Mann, und der Regen tropfte auf Arthurs Hose und sickerte in die Schuhe.

Prompt zog der zweite Wachtposten wieder an der Decke. Wasser, das sich in einer Falte angesammelt hatte, schwappte gegen Arthurs Schulter.

»Du, ich hab' 'ne Idee«, sagte er nach einer Weile.

»Lass hören.«

»Ist doch eigentlich Blödsinn, dass wir hier vor dem Tor hocken. Wir könnten es uns doch einfach in der Höhle bequem machen.«

»Befehl ist Befehl«, gab der andere zu bedenken.

»Bei diesem Wetter kontrolliert uns keiner, und es kommt auch bestimmt niemand«, sagte Arthur.

In diesem Punkt irrte er.

Sie waren nämlich schon da.

Sie zuckten zusammen, als wie aus dem Nichts ein Schatten vor ihnen auftauchte.

Doch es war schon zu spät. Arthur hatte unter der Decke nicht viel mitbekommen. Der Regen trommelte eine wilde Melodie. Doch als sein Kamerad vornüber sank und freiwillig auf den Schutz der Decke verzichtete, spürte Arthur, dass da etwas nicht stimmen konnte.

Er zog die Decke ein wenig zur Seite und wollte durch den Regen spähen.

In diesem Augenblick traf ihn ein heftiger Schlag auf den Kopf.

Der Mann, der ihn niedergeschlagen hatte, wischte sich Regen vom Gesicht und stieß einen Eulenruf aus.

Von den Hütten her antwortete ein weiterer Eulenschrei. Die Eule, die vom Lager her geantwortet hatte, war Cynan. Er hatte im Schatten einer Hüttenwand auf das Signal gewartet.

Die Wachen am Tor waren also ausgeschaltet. Cynan konnte es wagen, die freie Fläche zwischen den Hütten zu überqueren, ohne von ihnen gesehen zu werden.

Er hastete los.

Sein Ziel war die Hütte, in der sich Linelle aufhielt. Rhodri hatte sie darin verschwinden sehen.

Der Plan sah vor, dass sie zunächst die Köpfe der Bande schnappten – Rhon und Linelle. Falls es dann nicht gelingen sollte, die anderen Räuber zu überrumpeln, hatten sie ein doppeltes Faustpfand.

Alle hatten einen bestimmten Auftrag übernommen. Zwei von Rhodris Helfern, die über den östlichen Hügel eilten, schalteten die beiden Wachtposten am Tor aus. Rhodri und die restlichen sollten sich um die Bewacher der gefangenen Mädchen kümmern und das Quartier der Räuber im Auge behalten. Es war inzwischen spät, und sie hofften, dass sie die Mehrzahl der Räuber im Schlaf überraschen konnten.

Morgan übernahm Rhon.

Jetzt wird er ihn schon ausgeschaltet haben, dachte Cynan, als er vorsichtig durch das Fenster in Linelles Hütte spähte.

18. Kapitel

Ja, Ritter Morgan hatte Rhon überrascht.

Rhon wurde stocksteif auf seinem Stuhl an der Feuerstelle.

»Was soll das?«, fragte er mit brüchiger Stimme.

»Das fragst du noch? Das Spiel ist aus! Ein Laut von dir, und es ist dein Letzter!«

Das war ein Bluff. Morgan wollte den Mann lebend. Er verzichtete auch darauf, ihn niederzuschlagen. Falls nicht alles lautlos und reibungslos klappte, brauchte er Rhon als Geisel. Mit dem Messer an der Kehle würde Rhon seinen Männern schon die richtigen Befehle geben.

Morgan und die anderen wussten, welche Risiken ihr Plan barg. Die Bande hatte ja viele Gefangene. Sie konnten den Spieß umdrehen, sich Mädchen als Schutzschilde schnappen und freien Abzug verlangen. Morgan hatte mit den Waffenknechten überlegt, ob sie nicht abwarten und weitere Verstärkung holen sollten. Doch das dauerte zu lange, und diese Regennacht war günstig. So hatten sie sich entschlossen, es jetzt zu versuchen.

»Niemals kommst du hier lebend weg«, sagte Rhon mit tonloser Stimme.

»Das lass meine Sorge sein«, erwiderte Morgan. »Denk lieber an dein Leben. Steh auf!«

Rhon gehorchte. Langsam erhob er sich. Seine Haltung war gebeugt, und ein ächzender Laut kam über seine dünnen Lippen. Er wirkte wie ein gebrochener Mann. Schwer stemmte er sich mit einer Hand auf die Stuhllehne. Seine Finger krampften sich um das Holz, sodass die Knöchel weiß hervortraten.

Dann handelte er. Trotz des Schwertes an seinem Rücken. Und er war unglaublich schnell.

Er wirbelte herum und schleuderte aus der Drehung heraus den Stuhl gegen Morgan.

Zu überraschend war die Attacke für den Ritter. Er konnte nicht mehr ausweichen. Der Stuhl krachte gegen ihn und prellte ihm das Schwert aus der Hand. Schmerzen stachen durch Morgans Handgelenk. Er taumelte zurück und kämpfte um sein Gleichgewicht.

Rhon verlor keine Zeit. Er wusste, dass er nicht an sein eigenes Schwert heran konnte, das neben seinem Lager lag. Und es war ihm klar, dass er Morgan nicht im offenen Zweikampf gewachsen war. Er sah, wie Morgan sich abfing und nach seinem Schwert bückte. Da raffte er einen brennenden Holzscheit aus dem Feuer.

Morgan riss das Schwert hoch.

Rhon schleuderte den Holzscheit wie eine Keule.

Funken sprühten und blendeten Morgan. Er hatte sich noch geistesgegenwärtig geduckt, doch der brennende Scheit streifte ihn noch an der Schläfe. Funken sengten sein Haar an und brannten auf seiner Haut.

Rhon nutzte Morgans kurze Benommenheit. Er hetzte zum Fenster, denn Morgan blockierte ihm den Weg zur Tür.

»Alarm!«, brüllte er mit sich überschlagender Stimme. »Alarm!«

Bei diesem Schrei brach in dem Lager die Hölle los, und der kleine Talkessel wurde zu einem Hexenkessel.

19. Kapitel

Rhodri fluchte. Er hatte sich gerade mit zwei anderen Männern an die Wachtposten angeschlichen, die unter dem Vordach der Hütte kauerten, in der ein Teil der Mädchen gefangen gehalten wurde, Linelles *Kerntruppe*, wie sie sie nannte. Auch diese Mädchen wurden bewacht, ein Zeichen, dass Linelle ihnen noch nicht ganz vertraute.

Dann hallte der Alarmschrei durch das Lager, und sofort griffen die schläfrigen Burschen zu ihren Schwertern und Lanzen.

Es war für Rhodri und seine Helfer schon zu spät, um in Deckung zu gehen. Die aufgeschreckten Kerle hatten sie schon bemerkt.

»Auf sie!«, brüllte einer von ihnen.

Rhodri und den beiden anderen blieb nur die Flucht nach vorn.

Sie stellten sich zum Kampf. Hell klirrten die Schwerter, und Schreie gellten durch das Rauschen des Regens.

Männer stürmten aus ihrem Quartier. Einige waren aus dem Schlaf gerissen worden und trugen nur die Bruchen. Aber irgendeine Waffe hatten sie alle ergriffen.

Ein wildes Durcheinander entstand. In der Dunkelheit und im Regen war es schwierig, Freund und Feind voneinander zu unterscheiden. So schlug einer der Räuber einen Kumpan hinterrücks mit einer Keule nieder, der gerade Rhodri angreifen wollte. Röchelnd brach der Räuber zusammen. Rhodri bedankte sich bei seinem unfreiwilligen Helfer, indem er ihn mit der Klinge von den Beinen fegte.

Schon stellte sich der Soldat des Sheriffs einem weiteren Gegner.

Und plötzlich geschah etwas, das niemand einkalkuliert hatte. Die Tür der Hütte flog auf, und die Frauen stürmten heraus. Rhodri glaubte schon, sie wollten in Panik flüchten, doch das erwies sich als Irrtum. Er wusste nicht, wie ihm geschah, als sich ein Frauenarm von hinten um seinen Hals legte und ihn mit einem Ruck von seinem Gegner fortriss.

Rhodri war von diesem unerwarteten Angriff zu überrascht. Er stolperte zurück, rutschte auf dem schlammigen Boden aus und setzte sich unsanft in eine Regenpfütze. Matsch und Wasser spritzten auf.

Im nächsten Augenblick waren zwei Frauen über ihm, und Rhodri hatte das Gefühl, unter die Wölfe gefallen zu sein. Sie kreischten schaurig, eine zog ihm ihre Fingernägel durchs Gesicht, und eine andere schlug höchst undamenhaft mit den Fäusten auf ihn ein.

Das konnte doch nicht wahr sein!

Er wehrte sich und brüllte: »Ihr habt den Falschen erwischt, ich will euch befreien!«

»Nieder mit den Männern!«, schrie eine der Frauen mit schriller Stimme, und andere nahmen den Schlachtruf auf.

»Nieder mit den Männern! Nieder mit den Männern!«, schallte es in Rhodris Ohren.

Das Chaos war perfekt. Frauen stürzten sich auf Räuber und gleichermaßen auf die Männer, die als ihre Befreier gekommen waren. Die entfesselten Mädchen kämpften mit bloßen Händen und mit Keulen und Schwertern, die sie an sich gerissen hatten.

Rhodri schaffte sich zwei von ihnen vom Hals.

Ein Keulenhieb traf Rhodri. Sterne schienen vor seinen Augen zu zerplatzen. So entging ihm, dass inzwischen auch Frauen gegen Frauen kämpften. Auch die anderen Gefangenen, von Linelle als noch *Unwürdige* bezeichnet, beteiligten sich an dem Kampf. Ihre Bewacher waren ihren Kumpanen zu Hilfe geeilt, und der Fluchtweg war frei. Einige der Frauen hetzten in Panik zum Tor des Lagers, doch andere griffen in den Kampf ein.

Das war Gleanns Verdienst. Sie bewies im allgemeinen Durcheinander nicht nur ihre Kampfkraft, sondern auch eine gute Übersicht und Organisationstalent. Wie ein Fels in der Brandung stand sie inmitten des wilden Kampfgetümmels, und ihre Kommandos übertönten den Lärm.

»Packt euch Linelles Lieblinge!«, röhrte sie. »Überlasst die anderen mir!«

Mit *Linelles Lieblingen* waren diejenigen gemeint, die von Linelle schon so beeinflusst waren, dass sie von ihrer Wahnidee angesteckt worden waren. Die Unwürdigen kannten sie genau. Sie hatten sich durch besonderen Eifer hervorgetan, und Linelle hatte sie ihnen stolz als gutes Beispiel präsentiert.

Sicherlich waren sie schon im Kampf geübter, doch die anderen Frauen waren in der Überzahl.

Und um die Räuber brauchten sie sich tatsächlich nicht zu kümmern.

Gleann wirbelte sie nur so durch die Luft.

Sie packte gerade einen der Räuber, der mit einem von Rhodris Helfern kämpfte, und gerade die Keule schwang.

Sie hob den Mann am Hemd hoch, und sein Keulenhieb traf nicht. Gleich darauf drehte sie sich, noch behänder als bei Morgan, und schleuderte den Räuber von sich. Der Mann fand sich an der Hüttenwand wieder.

Gleann fegte derweil den nächsten Räuber mit einem einzigen Fausthieb von den Beinen. Er landete ein paar Schritte entfernt auf zwei Frauen. Gleann fing einen kleinen, krummbeinigen Räuber ab, der an ihr vorbeiflitzen wollte. Sie zog ihn hoch, hielt ihn mit einer Hand und versetzte ihm mit der anderen zwei schallende Ohrfeigen.

Danach ließ sie ihn achtlos fallen und hielt nach neuen Gegnern Ausschau.

20. Kapitel

Morgan reagierte schnell. Der Plan war gescheitert. Draußen war die Hölle los. Rhon durfte nicht entkommen.

Ihrer aller Leben stand auf dem Spiel.

Er rief Rhon eine Warnung zu. Natürlich hörte der Kerl nicht auf ihn. Da warf Morgan sein Schwert.

Die Klinge traf Rhon ins Bein. Er stolperte vornüber und prallte gegen das Fenster, ohne es vorher öffnen zu können.

Rhon blieb halb im Fensterrahmen hängen. Schreiend zerrte er das Schwert aus seinem Bein. Morgan war mit drei schnellen Sätzen bei ihm und trat es ihm aus der Hand. Er packte Rhon am Kragen und zerrte ihn vom Fenster fort.

Rhon blutete an der Stirn, und seine schwarzen Augen blickten glasig. Hätte Morgan ihn nicht festgehalten, wäre Rhon wohl gestürzt.

Von draußen drang heftiger Kampflärm herein.

Gleanns grollende Stimme erhob sich über allen Radau.

Und trotz seiner Anspannung musste Morgan lächeln. Denn Gleann, die Gute mit dem goldenen Herzen, teilte nicht die Meinung der männerfeindlichen Damen.

Morgan warf sich Rhon über die Schulter. Er hoffte, den Kampf beenden zu können, bevor jemand ernsthaft Schaden nahm. Wenn die Bandenmitglieder sahen, dass ihr Anführer in seiner Gewalt war, würden sie vielleicht einsehen, dass Rhon sie nicht mehr für ihre Dienste bezahlen konnte.

Rauch drang Morgan in die Augen, und Brandgeruch stieg ihm in die Nase. Erst jetzt bemerkte er, dass Flammen über den Boden züngelten. Der brennende Holzscheit war gegen Rhons Lager geflogen, eine Decke in Brand geraten, und schnell fand das Feuer neue Nahrung.

Morgan wollte mit Rhon auf dem Rücken zur Tür, doch schon nach einem Schritt blieb er abrupt stehen. Linelle war in der Tür aufgetaucht.

Als er mit Rhon beschäftigt gewesen war, hatte er sie in dem allgemeinen Lärm nicht gehört.

Sie hielt eine Lanze an der Hüfte, und ihre entschlossene Miene verriet, dass sie sie auch benutzen wollte.

Der Schein des Feuers zuckte über ihr schönes Gesicht. Die grünen Augen glitzerten kalt.

»Leg ihn ab, oder du bist des Todes!«, sagte sie mit gefährlich ruhiger Stimme und hob die Lanze.

Morgan gehorchte. Doch er wollte Rhon anders ablegen, als es Linelle verlangte. Er wollte ihr den Kerl an den Kopf werfen.

Aber Linelle schien seine Gedanken erraten zu haben.

Blitzschnell wich sie zur Seite aus, und Rhon stürzte neben ihr zu Boden.

Immer noch hielt Linelle die Lanze, und ihre Haltung war die eines geübten Kämpfers.

Hasserfüllt starrte sie Morgan an. »Wir hätten dich gleich töten sollen!«, zischte sie. »Aber keine Sorge, das holen wir nach! Rhons Männer und meine Kriegerinnen werden dort draußen alles in den Griff bekommen«, fuhr Linelle überzeugt fort. »Auch wenn Gleann verrücktspielt. Sie wird schon zur Vernunft kommen, wenn ich ihr deine Leiche zu Füßen lege!«

Sie trat noch einen Schritt näher. Fast berührte die Spitze der Lanze Morgans Bauch

Zeit gewinnen!, dachte er. *Du musst sie ablenken*!

»Weshalb redest du eigentlich von Kriegerinnen?«, fragte, er. »Das ganze Spiel ist doch für die Katz, wenn ihr euren Plan in die Tat umsetzen und all die Mädchen am 11. verbrennen wollt, ihr wahnsinnigen Verbrecher!«

Linelle war so verblüfft, dass Morgan vergaß, etwas zu unternehmen. In diesem Augenblick war sie abgelenkt, und wahrscheinlich hätte er sie überrumpeln können. Doch ihre Reaktion auf seine Worte überraschte ihn, und dann war die Chance dahin.

»Wer faselt so was?«, fragte sie völlig verdutzt. »Meine Kriegerinnen verbrennen? Lachhaft! Sie werden mit mir in den Kampf gegen die Männer ziehen, und der Sieg wird unser sein!«

Ein fanatisches Funkeln war in ihren Augen.

»Sag nur, du weißt nicht, dass Rhon die Mädchen als Hexen verbrennen will?«, fragte Morgan verwundert mit einem Blick zu dem bewusstlosen Mann. Er hatte geglaubt, die beiden hätten alles gemeinsam ausgeheckt.

Linelles Gesicht verzerrte sich. »Er will sie verbrennen?«, wiederholte sie fassungslos. »Meine Streitmacht verbrennen? Aber... aber warum?«

Weil er so verrückt ist wie du Närrin!, dachte Morgan. Doch er sagte es nicht. Er handelte. Als Linelle auf Rhon starrte, wich er zur Seite, sprang vor und packte die Lanze. Mit einem Ruck riss er sie aus ihren Händen.

Linelle schrie auf.

Dann stürzte sie sich schon auf ihn, als wollte sie ihm die Augen auskratzen.

Morgan ließ die Lanze fallen und packte die rasende Frau.

Sie gebärdete sich wie eine Furie, und zunächst hatte er ein wenig Mühe, sie sich vom Leib zu halten. Es widerstrebte ihm, gegen sie zu kämpfen, denn sie war eine Frau, trotz allem. Doch es blieb ihm nichts anderes übrig. Sie trat mit dem Knie nach ihm, spuckte und versuchte ihn gar zu beißen. Irgendetwas stach in seinen linken Arm, als sie sich in der Umklammerung aufbäumte, vermutlich der Ring mit dem Rubin, den sie trug.

Dann bekam er sie in den Griff. Er hielt ihre Handgelenke hinter ihrem Rücken fest, zwang sie zu Boden und riss einen Streifen von Rhons Gewand ab, um die Frau zu fesseln.

Plötzlich hatte er das Gefühl, sein Arm sei gelähmt. Er konnte kaum den leichten Stofffetzen anheben. Zugleich wurde ihm die Luft knapp, und auf einmal verschwamm Linelles Gesicht vor seinen Augen. Weshalb blickte sie so triumphierend? Diese grünen Augen! Sie schien ihn zu hypnotisieren. Danach wurde ihm schwarz vor Augen. Er spürte nicht mehr, wie er auf sie sank.

Sie schob ihn von sich.

»Dummkopf!«, zischte sie. Sie blickte auf den Ring an ihrer Rechten und dachte flüchtig daran, dass sie das Mittel wieder auffüllen musste, das durch festen Druck eines winzigen Stachels in der Rubinfassung ausströmte. Es war das gleiche Betäubungsmittel, mit dem sie Cynan hereingelegt hatte. Es war kaum mehr als ein Tropfen, und die Betäubung würde nicht lange anhalten. Daran würde er nicht sterben.

Aber an den Flammen.

Sie züngelten bereits bis dicht an ihn heran.

Er würde verbrennen.

Und ebenso Rhon.

Dieser gemeine Verräter! Erst jetzt war ihr klar, weshalb er ihre Pläne immer so spöttisch abgetan hatte. Ja, Morgan hatte keinen Grund gehabt, sie anzulügen. Es passte alles zusammen. Rhon hatte seine eigenen Pläne. Sie hatte gedacht, er sei ihr williges Werkzeug, doch er hatte sie nur in dem Glauben gewiegt, damit sie ihm gefällig war. Insgeheim hatte er sich sicherlich über sie lustig gemacht. Ja, er hatte sie nur benutzt. Vielleicht hatte er sogar vorgehabt, sie am 11. November ebenfalls zu töten.

Sie hustete, und ihre Augen tränten vom Qualm, der von dem brennenden Lager herüber trieb.

Sie warf noch einen schnellen Blick zu den beiden reglosen Gestalten.

»Fahrt zur Hölle!«, zischte sie. Gleich darauf eilte sie zum Fenster und kletterte hinaus. Sie hoffte, dass ihre Getreuen den Kampf inzwischen gewonnen hatten.

Doch diese Hoffnung erfüllte sich nicht.

Entsetzt sah sie, dass der Kampf fast entschieden war. Doch für die anderen.

Gleann warf gerade einen der Räuber einem fremden Mann zu, der ihn auffing und neben zwei anderen ablegte, die bereits gefesselt waren.

Diese Verräterin!

Sie hatte gerade Gleann für ihre beste Mitstreiterin gehalten. Gleann hatte sie geschickt getäuscht. Linelle schluckte. Tränen traten in ihre Augen, als sie erkannte, dass ihr Plan gescheitert war. Es würde viel Zeit, Geld und Ausdauer kosten, bis sie von Neuem eine Gruppe für ihren Kreuzzug auf die Beine stellen konnte.

Im Augenblick blieb ihr nur die Flucht.

21. Kapitel

Morgan hörte das monotone Rauschen und glaubte, unter einem Wasserfall zu liegen. Er nahm Brandgeruch wahr und musste husten. Sein Kopf schmerzte, und er fühlte sich seltsam benommen. Blinzelnd öffnete er die Augen. Feuerschein blendete ihn, und er schloss sie wieder.

Regen prasselte ihm ins Gesicht.

Ein Feuer im strömenden Regen?, dachte er verwundert. *Was ist passiert?*

Er kämpfte gegen das Schwindelgefühl an und stemmte sich hoch. Die Hütte brannte. Flammen schlugen aus dem Fenster und züngelten an der Tür hinauf. Es zischte, wenn Regentropfen darauf prasselten. Es bestand kaum Gefahr, dass das Feuer auf die anderen nassen Hütten übergriff.

Benommen sah Morgan in die Runde. Schatten hasteten durch den das Lager. Einige Gestalten trugen Fackeln, und jemand gab Kommandos.

»Irgendwo muss die Hexe doch stecken!«, rief eine Männerstimme. Sie klang seltsam gedämpft herüber.

»Los, sucht mit! Und gebt sofort Alarm, wenn ihr sie entdeckt!«

Diese Stimme war Morgan vertraut. Das war das Röhren von Gleann.

Dann fiel sein Blick auf eine reglose Gestalt, die nur ein paar Schritte von ihm entfernt vor der Hütte auf dem Boden lag.

Rhon.

Schlagartig setzte die Erinnerung ein.

Er rappelte sich auf. Seine Knie waren weich und zitterten, und alles schien sich vor ihm zu drehen. Ihm war übel.

Der Brandgestank war abscheulich. Er schleppte sich zu Rhon.

Rhon war tot.

»Er ist zu sich gekommen«, hörte Morgan Gleann rufen. Frauen redeten aufgeregt durcheinander.

Ein Mann mit einer Fackel lief herbei. Es war Cynan. Keuchend blieb er vor Morgan stehen.

»Alles in Ordnung?«, fragte er.

»Es geht«, antwortete Morgan und hustete. »Wer hat mich da rausgeholt?« Er nickte zu der brennenden Hütte hin.

»Ich«, erwiderte Cynan mit einem Grinsen. »Dachte mir, frische Luft sei das Beste für dich. Als Linelle nicht in ihrer Hütte war, suchte ich nach ihr. Das kostete einige Zeit, und dann musste ich mir noch gegen zwei der Lumpen den Weg zur Hütte hier freikämpfen. Zum Glück kam ich noch rechtzeitig. Ich zog auch noch Rhon heraus, doch für ihn war es schon zu spät.«

Morgan wollte noch eine Reihe von Fragen stellen, doch dazu kam er im Augenblick nicht. Er wurde von einem Dutzend Frauen umringt. Im Gegensatz zu Cynan hatte er erst drei der Gefangenen und Gleann gesehen. Morgan verstand von ihrem Geschnatter nur einen Bruchteil.

Fast alle Mitglieder der Bande waren gefangen genommen worden. Nur Linelle wurde noch gesucht. Doch die Jagd war in vollem Gange.

Gleann tauchte auf. Morgan sah sie hinter den Frauen, die sie alle überragte.

»Was steht ihr hier herum und haltet Maulaffen feil«, rief sie. »Sucht sie! Sie darf nicht entkommen, nach allem, was sie uns angetan hat.«

Morgan erinnerte sich an Erweins Frist.

»Ist eine Gyra unter euch?«, fragte er die Frauen und blickte in die Runde.

»Ich heiße Gyra.«

Eine junge Frau löste sich aus dem Kreis. Sie war schlank und langbeinig. Ihr völlig durchnässtes Gewand klebte an ihrem Körper. Ihr nasses Haar hing ihr strähnig ins Gesicht.

»Beteiligt Euch nicht an der Suche«, sagte Morgan. »Ich soll Euch zu Erwein bringen. Wir müssen gleich reiten.«

»Ihr kommt in Erweins Auftrag?«, fragte sie überrascht. Sie hatte eine wohlklingende, weiche Stimme. »Ihr seid eigens zu meiner Rettung gekommen?«

»Allerdings, und es wird höchste Zeit, zu ihm zurückzukehren.«

Jetzt trat Gleann vor, die sich an den Frauen vorbeidrängte und Gyra zur Seite zog.

Da schallte ein Schrei durch die Gegend, und alle wandten sich um.

»Da ist sie! Da oben!«

Morgan glaubte eine Bewegung am Hügel auszumachen, einen Schatten im Dunkel.

»Sie entkommt!«, rief eine Männerstimme. »Sie ist schon zu weit oben. Reitet um den Hügel herum und...«

Der Rest ging in einem markerschütternden Schrei unter.

Morgans Augen weiteten sich.

Steine kollerten, und etwas Dunkles wirbelte durch die Luft, rollte den an dieser Stelle steilen Abhang herunter. Plötzlich prallte ein Schatten am Fuße des Hügels hart gegen die Baumstämme, und der grausige Schrei verstummte jäh.

Alle starrten stumm und entsetzt zu der Stelle hin.

Dann lief ein Mann mit einer Fackel dorthin. Er beugte sich über die Gestalt am Boden und richtete sich wieder auf.

»Sie ist tot!«, rief er.

22. Kapitel

»So hat sie ihre Strafe bekommen«, sagte Gyra am Mittag des nächsten Tages, und sie sprach damit aus, was die meisten gedacht hatten, als Linelle zu Tode gestürzt war. »Sie war keinen Deut besser als dieser üble Rhon. Einen Kreuzzug gegen die Männer!« Sie lachte und tippte sich gegen die Stirn.

Morgan hoffte, dass er mit Erwein klarkommen würde. Noch in der Nacht war er mit Gyra losgeritten. Er hatte sie unterwegs informiert, worum es ging.

Rhodri und zwei Helfer waren mit allen anderen Frauen und den gefangenen Räubern im Lager der Banditen geblieben. Dort waren sie erst einmal in Sicherheit. Ein Reiter war unterwegs, um vom nächsten Ort weitere Hilfe zu holen und eine Botschaft nach Launceston Castle zum Sheriff zu schicken. Die Gefangenen würden ebenso abgeholt werden wie die Frauen.

Cynan und zwei der von Rhodri alarmierten Männer hatten einen anderen Auftrag. Sie waren ebenfalls auf dem Weg zu Erwein. Wenn der sein Wort nicht hielt, sollten sie als Joker eingesetzt werden. Die drei wählten einen anderen Weg, denn Gyra sollte nichts davon wissen. Schließlich war sie Erweins Geliebte, und selbst wenn sie nichts aus böser Absicht verriet, so konnte sie sich doch verplappern.

Diese Gyra hatte überhaupt eine recht lockere Zunge. Obwohl Morgan sich in Schweigen hüllte und seinen Gedanken nachhing, plauderte sie munter über ihre Erlebnisse.

»Können wir nicht eine kleine Pause einlegen?«, unterbrach sie plötzlich ihren Redefluss.

»Wir müssen bis zum Sonnenuntergang da sein«, erwiderte Morgan.

»Davon wird heute gar nichts zu sehen sein«, bemerkte Gyra mit einem Blick zum Himmel.

Der Himmel war in der Tat bleigrau bewölkt. Der kalte Wind fauchte durch die Waldschneise, durch die sie ritten, und wirbelte Blätter empor. Der Regen hatte am Vormittag aufgehört und die Temperatur war gesunken.

»Außerdem sagt Erwein viel, wenn der Tag lang ist«, fuhr Gyra fort. »Der wartet auch noch einen oder zwei Tage länger. Da brauchst du dir gar keine Sorgen zu machen.«

Morgan teilte Gyras Optimismus nicht. Er war froh, dass sie so schnell vorangekommen waren und rechtzeitig da sein konnten.

»Manchmal spiele ich mit dem Gedanken, Erwein für immer zu verlassen«, begann Gyra erneut.

Morgan erschrak, bemühte sich aber, es zu verbergen.

Das fehlte ihm noch, dass Gyra auf die Idee kam, nicht zu Erwein zurückzukehren! Ohne sie stand das Leben der Gefangenen auf dem Spiel!

Doch seine Befürchtung war unbegründet.

»Aber wo sollte ich schon hin«, fuhr Gyra fort. »Man muss mit dem zufrieden sein, was man hat.« Mit diesen Worten spornte sie plötzlich ihr Pferd an, das sie gerade noch für eine Rast anhalten wollte.

»Bleib hier!«, rief Morgan. Gyra jagte ihr Pferd querfeldein.

Fast glaubte Morgan, dass sie einen Fluchtversuch im Sinn hatte. Erst später erkannte er ihre wahren Absichten.

Nach der wilden Jagd waren beide Pferde erschöpft, und Morgan war gezwungen, Gyras Begehr nach einer Rast zu erfüllen. Er tröstete sich mit dem Gedanken, dass sie mit dem scharfen Ritt die Zeit fast wettgemacht hatten, die sie jetzt den Pferden Ruhe gönnen mussten.

»Was machst du, wenn ich nicht weiter mitreite?«, fragte sie plötzlich. Erstaunt sah er die Frau an, die offenbar ständig ihre Meinung änderte.

Er verharrte und blickte ihr in die Augen. »Du weißt, was auf dem Spiel steht.«

Sie zuckte mit den Schultern. »Was kümmern mich andere Leute?«

»Es geht um Menschenleben«, antwortete Morgan. »Und jetzt ist es genug mit diesen Spielchen. Ich habe keine Ahnung, was du damit erreichen willst. Folgst du mir nicht freiwillig, dann eben gefesselt!«

Von diesem Augenblick an sagte sie nichts mehr.

Schweigend setzten sie den Ritt fort.

Sie sprach kein einziges Wort mehr mit ihm.

23. Kapitel

Erwein empfing ihn überaus freundlich. Wie aufgekratzt war er, als Morgan ihm von Gyras Befreiung berichtete. Er war nicht einmal böse, dass Morgan sie nicht gleich mitgebracht hatte, sondern erst die Freilassung der Gefangenen forderte. Mehrmals beteuerte er, dass ihm nicht im Traum eingefallen wäre, den Gefangenen auch nur ein Härchen zu krümmen.

Er ließ sich ausführlich von Rhon und Linelles unrühmlichem Ende berichten. Die Geschichte war so ganz nach seinem Geschmack. In seinem Überschwang wollte er Morgan zu den hundert Silberlingen noch Schmuck geben, goldene Ringe und wertvolle Steine.

»Ich nehme keine Beute von Diebeszügen«, sagte Morgan und schlug ihm vor, die Dinge den rechtmäßigen Besitzern zurückzugeben und ein neues Leben anzufangen.

Davon wollte der Räuberhauptmann nichts wissen, doch er lachte gut gelaunt.

Die hundert Silberlinge nahm Morgan an. Doch er verteilte sie vor Erweins Augen an die Gefangenen als Entschädigung.

Darüber konnte Erwein nur den Kopf schütteln. Er wusste ja nicht, dass Morgan der Sohn des Sheriffs von Cornwall war und er von seinem Vater, Sir Ronan, den Auftrag erhalten hatte, das Geheimnis der verschwundenen Mädchen zu lösen. Im Grunde hatte Erwein mit seiner Vorarbeit und seinem Plan dabei entscheidend geholfen – wenn auch unwissentlich. Und wenn er sein Wort hielt, wollte Morgan beide Augen zudrücken.

Morgan ließ durchblicken, dass er nicht sogleich sein Wissen über Erwein und sein Versteck preisgeben werde; so hatte der Räuberhauptmann die Chance, aus der Gegend zu verschwinden.

»Vielleicht fange ich tatsächlich ein neues Leben an«, sagte Erwein grinsend, doch Morgan glaubte ihm nicht so recht. Nun, es war seine Entscheidung. Eine goldenere Brücke konnte Morgan ihm nicht bauen.

Der Räuberhauptmann hielt sein Wort. Nachdem Morgan ihm versichert hatte, dass Gyra wohlbehalten war, ließ Erwein die männlichen Gefangenen auf der Stelle frei. Danach wies er seine Räuber an, im Versteck zu bleiben und nichts zu unternehmen.

Allein ritt er mit Morgan und Elin zu dem Wäldchen, in dem Morgan Gyra gefesselt zurückgelassen hatte.

Morgan befreite Gyra, und Erwein schloss sie überglücklich in die Arme. Er war anscheinend wirklich in Gyra verliebt. Sie erzählte ihm, dass es sich bei Morgan um einen Ritter handelte.

»Deshalb war er so edelmütig«, sagte der Räuberhauptmann überrascht. »Er hat sogar seine Belohnung verschenkt.«

Er hielt Morgan zum Abschied die Hand hin.

»Mich dünkt, ihr Ritter seid tatsächlich etwas Besonderes. Hätte nie gedacht, mal mit einem von eurem Stande zusammenzuarbeiten. Grüßt mir den Sheriff, Sir Ronan, mein Freund!«

Er lachte dröhnend wie über einen Witz.

»Er ist nichts Besonderes«, zischte da Gyra, und Erweins Lachen verstummte abrupt. »Er ist ein dreckiger Frauenschänder!«

Erweins Augen wurden groß, und mit offenem Mund starrte er Morgan an.

Morgan blickte ihm in die Augen, ohne mit der Wimper zu zucken.

»Du hast die Situation ausgenutzt und bist über meine Gyra hergefallen?«, fragte Erwein, und seine Stimme bebte.

»Was für ein Unsinn! Ich weiß nicht, warum Gyra eine derartige Lüge erzählt. Aber bei meiner Ritterehre kann ich schwören, dass ich sie nie angefasst habe!«, antwortete er ruhig.

Erwein kamen anscheinend Zweifel. Sein Kopf zuckte zu Gyra herum. »Stimmt das?«

Gyra zögerte. Sie blickte zu Morgan. Er sah sie nur stumm an. Noch konnte sie einen Rückzieher machen.

»Er ist auf einer Waldlichtung über mich hergefallen. Mein Pferd war durchgegangen und warf mich ab. Diese Gelegenheit nutzte der Kerl, der sich Ritter nennt!«

Erwein zückte sein Schwert und brüllte: »Dafür bring' ich dich um, du Hundsfott!«

Und schon stürzte er sich auf Morgan.

Morgan sprang zur Seite, als Erwein auf ihn zustürmte, und sein Fuß schnellte hoch. Er traf Erweins Handgelenk und prellte ihm das Schwert aus der Hand.

Darauf zog er sein eigenes Schwert.

Erwein verharrte erschrocken. Er stand waffenlos da, und er glaubte, Morgan würde ihm jetzt den Garaus machen.

Doch Ritter Morgan kämpfte nicht gegen einen waffenlosen Gegner.

»Ich habe die Wahrheit gesagt«, erklärte er. »Gyra hat gelogen. Wenn du mir nicht glaubst, dann nimm dein Schwert und kämpfe!«

Erwein zögerte. Er nagte an der Unterlippe. Sein Blick glitt von Morgan zu dem Schwert am Boden und dann zu Gyra.

»Der Kampf soll entscheiden!«, sagte er mit schwerer Stimme. Dann bückte er sich und riss das Schwert hoch.

Ungestüm griff er an.

Morgan kreuzte mit ihm die Klinge. Das Schwerterklirren schreckte einen Schwarm Vögel am Waldrand auf. Hin und her wogte der Kampf, und Morgan musste zugeben, dass Erwein eine gute Klinge zu schlagen wusste. Doch seine Taktik war nicht die Beste. Er kannte nur bedingungslosen Angriff.

Morgan ließ sich bewusst in die Defensive drängen, und Erwein fühlte sich immer überlegener. Das ließ ihn unvorsichtig werden.

Er schlug wuchtig zu und glaubte Morgans Schwert zur Seite geschmettert zu haben. In Wirklichkeit hatte Morgan die Hand mit dem Schwert absichtlich zur Seite gerissen. Dazu tat er erschrocken und zauberte einen hilflosen Ausdruck auf sein Gesicht.

Erwein fiel darauf herein.

Mit einem gewaltigen Satz sprang der Räuberhauptmann vor und wollte Morgan den Todesstoß versetzen.

Doch Morgan war darauf vorbereitet. Er wich genau im richtigen Moment aus. Erweins Schwert stieß ins Leere, und gleich darauf schlug Morgan zu.

Er schmetterte dem Räuberhauptmann erneut das Schwert aus der Hand, und unter der Wucht des Hiebes strauchelte Erwein und stürzte zu Boden.

Schnell war Morgan schon über ihm, und sein Schwert senkte sich auf die Brust des Mannes.

»Nein!«, schrie Gyra und schlug die Hände vors Gesicht.

Todesangst flackerte in Erweins Blick, als er Morgans Schwert auf sich gerichtet sah.

Doch Ritter Morgan stieß nicht zu.

»Mein Gott – ich habe gelogen!«, stammelte Gyra und sank ohnmächtig vornüber.

Erweins Mund klaffte auf. Ein Augenlid zuckte

»Dann töte mich!«, sagte er krächzend.

Morgan schüttelte den Kopf. »Ich töte keinen Wehrlosen. Du hast verloren, und ich schenke dir das Leben. Ich bin kein Richter. Andere werden über dich und deine Missetaten Gericht halten.«

Damit wandte er sich ab und schritt zu den Gefangenen. Sein Blick fiel auf die Köhlertochter. Sie war blass und blickte ihm stumm entgegen. Plötzlich weiteten sich ihre Augen in jähem Entsetzen.

Morgan wirbelte herum.

Erwein hatte sein Schwert an sich gerissen und holte zum Wurf aus.

Morgan reagierte instinktiv. Er sprang vorwärts, auf Elin zu, und riss sie mit sich zu Boden. Das Schwert flog dicht über Morgan und das Mädchen hinweg.

Und Erwein schrie auf. Gleich darauf kam ein rasselnder Laut tief aus seiner Kehle.

Morgans Kopf flog zu Erwein herum, als er mit Elin auf dem Boden aufgeprallt war.

Ein Pfeil ragte aus Erweins Brust.

Der Räuberhauptmann bäumte sich noch einmal auf. Danach sank er zur Seite und regte sich nicht mehr.

»Er wollte dich hinterrücks ermorden«, rief Cynan und trat hinter dem Stamm einer mächtigen Buche hervor. »Da blieb mir keine andere Wahl.«

Zwei weitere Männer traten aus der Deckung hervor. Cynan schritt zu Erwein und untersuchte ihn.

Der Räuberhauptmann war tot.

»Schnappen wir uns die anderen, die wir beobachteten, bevor wir Euch hierher folgten?«, fragte einer der Männer.

Morgan half Elin auf.

»Das hat Zeit, bis die anderen von Launceston eintreffen«, sagte Morgan müde. »Vielleicht sind sie so vernünftig, bis dahin zu verschwinden, wenn sie vom Tode ihres Anführers erfahren.«

»Und was wird mit der Frau?«, fragte der Mann.

Morgan blickte zu Gyra.

Sie hatte ihm übel mitgespielt, und sie hatte indirekt eine Mitschuld an Erweins Tod. Trotzdem tat sie ihm irgendwie leid. Ganz schlecht konnte ihr Kern doch noch nicht sein, denn sie hatte im letzten Augenblick ihre Schuld eingestanden, und ihre Angst um Erwein war echt gewesen.

Wie hatte sie unterwegs gesagt? »Aber wo soll ich denn hin? Man muss zufrieden sein mit dem, was man hat.«

Jetzt hatte sie auch das noch verloren.

24. Kapitel

Im Dorfkrug herrschten Jubel, Trubel, Heiterkeit. Wein und Bier flossen in Strömen.

Die Männer des Sheriffs waren eingetroffen. Sie hatten die gefangenen Räuber übernommen und die befreiten Frauen zu ihren Familien gebracht.

Man feierte Morgan, der aber immer wieder darauf hinwies, dass es nicht sein alleiniges Verdienst gewesen war. Viele andere waren daran beteiligt gewesen – die treuen Kriegsknechte, Gleann, der weibliche Koloss, und letztlich hatte selbst Erwein mitgeholfen.

Der Schrecken war beendet. Jetzt herrschten ringsum den Lake Syrior wieder Ruhe und Frieden, und keine Frau brauchte zu befürchten, von Räubern entführt zu werden.

Alle hatten sich im Dorfkrug eingefunden, und viele mussten draußen feiern, weil der Platz in der Schenke nicht für alle ausreichte. Da waren Morgan und die Soldaten, einige der Reiter des Trupps, den Sir Ronan geschickt hatte, und einige der befreiten Frauen. Und natürlich feierte das ganze Dorf mit.

Auch Gleann war da, und sie ging in die Geschichte des Dorfes ein als sagenhafte Frau, der kein Mann gewachsen war.

5. Trevans wilde Horde

1. Kapitel

»Ich kann nicht zahlen.«

Gareth, der kleine Landmann, wischte sich mit abgearbeiteter Hand fahrig über das ausgemergelte Gesicht. Voller Angst blickte er auf den Anführer des Reitertrupps. Es waren ein Dutzend von Trevans Steuereintreibern. Vor einer Woche hatten sie ihm eine letzte Frist gesetzt. Sie hatten gedroht, ihm mehr als sein armseliges Hab und Gut abzunehmen, wenn er nicht zahlen wolle, und Gareth bangte um sein Leben und das seiner Familie.

Das breite, braunbärtige Gesicht des Anführers verzog sich zu einem bösen Groinsen. Er wandte sich im Sattel zu seinen Männern um und sagte mit dröhnender Stimme:

»Er kann nicht zahlen!«

Raues Gelächter aus einem Dutzend Männerkehlen war die Folge. Dylan, der Anführer, lachte am lautesten.

Das Lachen jagte Gareth einen Schauer über den Rücken. Er spürte, wie sich seine Frau Mara Schutz suchend näher an ihn drängte. Mara zitterte. Die siebenjährige Lora an ihrer Seite weinte.

»Du sagst, du willst nicht zahlen?«

»Ich will, doch, ich kann nur nicht!«, stammelte Gareth, und in seiner Stimme klangen Entsetzen und Verzweiflung mit. »Ich habe Tag und Nacht gearbeitet, um Euch bezahlen zu können, doch eine Kuh erkrankte, und die Ernte...«

Ein Ruck mit dem Schwert ließ ihn mit einem ängstlichen Aufschrei verstummen.

»Interessiert mich nicht«, herrschte Dylan mit kalter Stimme. »Dein Problem, wie du die Steuern auftreibst!«

»Gnade!«, rief Mara schluchzend. »Lasset doch Gnade walten, Herr!«

Dylans schwarze Augen hefteten sich auf die verzweifelte Frau. Seine dünnen Lippen im gestutzten braunen Bart verzogen sich.

»Nicht mehr die Jüngste, dein Weib«, sagte er grinsend. »Aber durchaus noch wohlaussehend und kräftig. Du hättest sie arbeiten schicken sollen. Ein paar Silberlinge hätte sie schon zusammengebracht.«

»Sie hat mir stets geholfen«, sagte Gareth. »Auf dem Feld sowie bei den Tieren und im Haus...«

»An solche Arbeit dachte ich nicht«, unterbrach ihn Dylan mit boshaftem Grinsen. »Es kommen doch immer mal Reisende hier vorbei. Und manch einer lässt ein paar Kupferstücke für ein schnelles Schäferstündchen springen. Du hättest sie nur anpreisen müssen.«

Raues Gelächter ertönte.

Mara schoss die Schamröte ins Gesicht. Gareth war leichenblass. Im ohnmächtigen Zorn ballte er die Hände.

»Ich verkaufe meine Frau nicht«, stieß er mit bebender Stimme hervor. »Eher lasse ich mich umbringen, ihr verkommenen Dreckskerle...«

Er verstummte schnell und bereute, dass ihm diese Worte im Zorn herausgerutscht waren. Denn in Dylans Augen flammte es auf, und er schwenkte das Schwert gefährlich vor Gareth, dessen Zorn in Trotz und mutige Entschlossenheit überging.

Schützend stellte er sich vor sein Weib und sein Kind, ein Nachkömmling, den ihm Mara noch geschenkt hatte, nachdem der große Sohn vom Blitzschlag getroffen worden war.

Die Schwertspitze berührte fast Gareths Brust.

Auf einmal war in ihm keine Furcht mehr. Es war für ihn klar, dass sie ihn nicht verschonen würden. Doch er wollte tapfer sterben. Unerschrocken erwiderte er den Blick der schwarzen Augen, und er wich auch nicht zurück, als Dylan ihm die Schwertspitze gegen sein Hemd drückte.

»Kurzum, es gibt eine Reihe Möglichkeiten, genug Silberlinge für die Steuer aufzutreiben, du Bauer«, sagte Dylan herablassend. »Dein Pech, dass du sie nicht genutzt hast.«

Gareth hatte mit seinem Leben abgeschlossen.

»Dann tötet mich, ihr Verbrecher«, sagte er, und er war stolz darauf, dass seine Stimme so ruhig klang. Er schloss die Augen und erwartete den Todesstoß.

Doch nichts geschah.

Und da brach es aus Gareth heraus. »Steuern nennt ihr es, ihr Räuber? Ihr dreckigen Blutsauger! Ihr verkommenen Ausbeuter! Es ist nichts als erpresstes Geld, Beute, die ihr rechtschaffenen Arbeitsleuten abpresst Wenn der Sheriff von Cornwall davon erfährt, seid ihr am Ende!«

Er hatte es dem Anführer ins Gesicht geschrien und wunderte sich, dass immer noch nichts geschah. Mit etwas ruhigerer Stimme fuhr er fort:

»Ich habe mein Leben lang Steuern bezahlt. Schon immer musste das Volk den hohen Herren seinen Tribut zollen. Doch sie ließen einem wenigstens das Nötigste zum

Leben, sie ließen einem Arbeit und genug Brot und ein bisschen Ehre. Doch ihr, ihr seid verbrecherische Ausbeuter, die einem das Letzte nehmen!«

Eines der Pferde schnaubte und scharrte mit einem Huf. Dann herrschte Totenstille.

Gareth spürte den Händedruck seiner Frau, und wandte den Kopf zu ihr. Sie lächelte ihm unter Tränen zu. Sie war stolz auf ihn, weil er jetzt so furchtlos dem Tod ins Auge sah und den Kerlen noch einmal alles gesagt hatte, was er bisher nie gewagt hatte. Sie waren auf das Schlimmste vorbereitet. Sie hatten gebetet, doch der Herrgott schien ihre Gebete nicht zu erhören.

»Knie dich hin!«, befahl Dylan.

Gareth drückte die zitternde Hand seiner Frau. Die kleine Lora schluchzte auf.

Gareth schüttelte den Kopf. »Ich knie nicht vor dir Drecksack. Eines Tages wird einer kommen und dich und deine Räuber für die Untaten bestrafen. Nein, ich knie nicht vor euch. Tötet mich und seid verdammt!«

Dylans Gesicht verzerrte sich.

»Knie dich hin!«

Er zog das Schwert von Gareths Brust und schwang es zu dem kleinen Mädchen herum. »Oder soll ich der Kleinen die Zöpfe abschneiden?«

Da fiel Gareth auf die Knie.

»Verschont meine Tochter und mein Weib!«, rief er voller Verzweiflung. Er verstummte unvermittelt und senkte den Kopf, als Dylan mit dem Schwert ausholte.

Aus!, durchfuhr es ihn. Er presste die Zähne aufeinander. Und er betete, dass es schnell vorbei sein würde.

Plötzlich berührte ihn die Schwertklinge. Doch der erwartete Schmerz blieb aus. Die Klinge streifte über seine Schulter, seinen Hals seinen Rücken. Einmal, zweimal, dreimal.

Dylan lachte rau. »Jetzt hast du dir vor Angst in die Hosen gemacht«, rief Dylan spöttisch. Er zog das Schwert zurück. »Aber du hast Glück, dass wir neue Pläne haben. Du darfst noch ein bisschen am Leben bleiben – ein bisschen.«

Er gab seinen Männern einen Wink. »Fesselt die drei und fort mit ihnen!«

2. Kapitel

Una war nicht nur schön, sondern sie wusste auch geistreich zu plaudern.

Sir Ais of Eworthy kann sich glücklich preisen, eine solche Braut zu bekommen, dachte Ritter Morgan.

Morgan of Launceston, der Una in der Kutsche begleitete, fing das Lächeln der schönen Frau auf. Etwas am Ausdruck ihrer blauen Augen verwirrte ihn. Es war ein gewisses Locken in diesem Blick, der seine geheimen Gedanken zu erraten schien. Schnell schaute Morgan aus dem Fenster der prächtigen Kutsche, die von den Kriegsknechten Cynan und Rhodri begleitet wurde. Morgans Vater, Sir Ronan of Launceston, High Sheriff of Cornwall, hatte sie eigens für diese Aufgabe eingeteilt.

»Ihr seid der charmanteste Brautwerber, den ich je kennengelernt habe«, sagte Una mit weicher Stimme. »Um ehrlich zu sein, Ihr habt mir vom ersten Augenblick an gefallen. Ihr hattet Sir Ais of Eworthys Antrag noch nicht ganz ausgesprochen, als mein Herz schon entflammte.«

Eine zartgliedrige Hand berührte ihn sanft.

Er sah sie an. Sie lächelte mit leicht geöffneten, sinnlich geschwungenen Lippen. Die Farbe ihrer ausdrucksvollen Augen erinnerte an einen klaren Quellfluss. Das blonde Haar wurde von einem perlenbesetzten Samtband auf der Stirn gehalten. An den Schläfen war es zu Zöpfen geflochten. Der Schleier um ihre Schultern war verrutscht, und Morgan bewunderte ihre wohlgeformte Gestalt.

»Sir Ais kann sich glücklich preisen!«, antwortete er.

»Dass er einen so aufregenden Brautwerber gefunden hat?« Ihr Blick tauchte tief in seinen.

»Dass er eine so schöne Braut bekommt«, erwiderte Morgan mit belegter Stimme.

Sie lachte leise. Ihre Brüste hoben und senkten sich unter einem tiefen Atemzug, und Morgan bemühte sich, nicht hinzusehen.

»Seid ihr galant oder ehrlich?«, fragte sie mit einem Lächeln das verriet, dass sie die Antwort schon wusste.

»Ehrlich«, sagte Morgan.

»Ich mag ehrliche Männer«, sagte sie mit einem schnellen Auf und Ab der seidigen Wimpern.

Eine Weile herrschte Schweigen.

Schließlich kam die Weggabelung, an der sich die beiden Kriegsknechte von ihnen trennten, um die ihr gut bekannte Rona abzuholen, die künftig eine ihrer *Zofen* sein sollte.

3. Kapitel

Rhodri zügelte das Pferd auf dem Hof des kleinen Anwesens. Er strich eine dunkelblonde Haarsträhne aus der Stirn. Staub verwehte, und ein Huhn lief gackernd davon. Ein Hund bellte und schließlich ging die Tür des Bauernhauses auf und eine Frau trat heraus.

Sie trug ein unförmiges Kleid aus groben, grauen Tuch und eine graue Stoffhaube.

Sie war keine Schönheit und hätte wohl auch im feinsten Gewand wie ein Bauernpummel gewirkt. Das Schönste an ihr mochten noch die himmelblauen Augen sein, die Rhodri so anstrahlten, dass er darüber den leichten Silberblick vergaß.

Rhodri war ein bisschen enttäuscht.

Cynan sollte zu einem anderen Anwesen reiten und dort die zweite Zofe abholen.

Rhodri unterdrückte ein Seufzen und grüßte höflich. Er schilderte, weshalb er gekommen war.

»Und so schickt mich die zukünftige Herrin von E-worthy, um Euch als Zofe anzuwerben«, endete er.

Die Augen der Frau wurden groß wie Silberlinge. Sie starrte Rhodri überrascht an, und in dem Knappen stieg der Verdacht auf, dass sie auch nicht mit geistigen Gütern gesegnet war.

»Ich soll Zofe werden?«, fragte sie verständnislos.

Rhodri nickte. »Ich soll Euch gleich zu Eurer neuen Herrin bringen.«

Jetzt schien die junge Frau zu begreifen. Sie stellte den Eimer ab, ein wenig unbeholfen, wischte sich die Hände an dem schmuddeligen Kleid ab, klatschte in die Hände, warf sich herum und lief ins Haus.

»Sie hat sich an mich erinnert! Ich soll ihre Zofe werden!«

Rhodri seufzte. *Diese Lady Una hat offenbar einen höchst seltsamen Geschmack*, dachte er. Na, vielleicht umgeben sich so schöne Damen gerne mit unansehnlichen und einfältigen Bediensteten, auf dass ihre eigene Schönheit und Klugheit noch mehr auffiel.

In diesem Augenblick flog die Tür auf. Ein großer, rotgesichtiger Mann sprang aus dem Haus. Sein zerfurchtes Gesicht war wütend verzerrt, und in der vorgereckten Faust hielt er ein rostiges Schwert.

»Du Hundsfott!«, brüllte er. »Was versuchst du da meiner Rona einzureden?«

Rhodri blinzelte. »Rona?«

Der Mann fuchtelte mit dem Schwert vor Rhodri herum, ohne die Frage zu beantworten. Die Ader an seiner Stirn schwoll an.

»Immer was Neues lasst ihr Lumpen euch einfallen, um meiner Rona Flausen in den Kopf zu setzen. Zofe! Ha, ich wette, du Hurenbock willst nichts anderes, als sie schwängern! Und wer soll dann meine Schweine füttern und die Kühe melken?«

Zorn stieg in Rhodri auf. Was bildete sich dieser Kerl ein!

Doch der Knappe bezwang sich. Offenbar handelte es ich um ein Missverständnis. Er musste auf dem falschen Bauernhof sein.

»Ich bin im Auftrag von Sir Morgan of Launceston hier, dem Sohn des High Sheriff of Cornwall, und habe es nicht nötig, mir dein dummes Gewäsch anzuhören«, sagte er in bewusst herablassendem Tonfall, während er unbeeindruckt davon, dass der Landmann unbeholfen mit dem Schwert fuchtelte, sein eigenes zückte.

»Lass dein Schwert fallen, bevor es vor Rost auseinanderfällt, oder ich ziehe dir meines über!«, rief Rhodri ärgerlich.

»Ich werde dir...«

Da schlug Rhodri zu. Mit wuchtigem Hieb schmetterte er dem Bauern das Schwert aus der Hand. Rost blätterte von der Klinge ab und wirbelte durch die Luft. Der Mann schrie auf, weil Rhodri mit der Klinge seinen Daumen gestreift hatte. Und Rona, die in der Tür aufgetaucht war, brüllte ebenfalls zum Steinerweichen.

Rhodri war mit einem Satz aus dem Sattel, als der Bauer auf sein Schwert zusprang. Er hielt dem Mann die Schwertspitze auf die Brust.

»Gibt es hier außer der bezaubernden Rona eine andere junge Frau?«, fragte Rhodri.

»Nein«, stotterte der Landmann.

»Dann bin ich hier auf dem falschen Hof«, stellte Rhodri fest. »Ich sollte eine junge Frau für Lady Una abholen, die ich nicht mal persönlich kenne. Die Lady hat sie vor einiger Zeit einmal kennengelernt und möchte sie auf ihrem künftigen Wohnsitz haben.«

Der Landmann schüttelte den Kopf.

»Davon weiß ich überhaupt nichts.«

Er rieb sich über den Daumen, und der zornige Ausdruck in seinen grauen Augen verschwand. Er wirkte jetzt kläglich.

»Ihr seid in der Tat nicht mit bösen Absichten gekommen?«

»So ist es«, erwiderte Rhodri. Er schritt zu seinem Pferd.

Hufschlag klang auf, und Rhodri wandte den Kopf. Ein Reitertrupp preschte auf das Anwesen zu. Der Soldat sah, dass der Mann an der Spitze einen Schild vor der Brust hielt, und dass alle Reiter Kettenhemden trugen und mit Lanzen und Schwertern bewaffnet waren.

»Trevans Horde?«, stieß der Landmann erschrocken hervor, und sein zuvor gerötetes Gesicht wurde bleich.

»Oh Gott!«, stieß Rona hervor und presste eine Hand vor den Mund.

»Wer?«, fragte Rhodri verständnislos.

»Ihr sagtet, Ihr seid Soldat im Dienst des Sheriffs?«, fragte der Landmann hastig.

Rhodri nickte.

»Dann reitet schnell und holt Hilfe!«

Rhodri zögerte verständnislos.

Ronas Vater verstummte und blickte entsetzt zu den Reitern hin.

Jetzt sah Rhodri zwei Löwen auf dem gelblichen Schild und etwas, das von Weitem wie gelbe Punkte auf viergeteiltem Grund aussah. Ein Wappen, das Rhodri nicht kannte.

Er wunderte sich, dass die Reiter sofort einen Halbkreis um ihn bildeten, als sie ihre Pferde zügelten.

Noch mehr erstaunte ihn das Verhalten des Bauern und seiner Rona.

Beide fielen auf die Knie und riefen flehend: »Gnade! Habt Erbarmen!«

»Wo ist das Geld?«, fragte der braunbärtige Anführer des Reitertrupps mit grollender Stimme.

»Ich... ich habe nur fünf Kupferstücke zusammenbekommen! Aber Ihr könnt ein Schwein haben und...«

»Darauf pfeifen wir«, unterbrach ihn der Mann mit dem Löwenschild gereizt. »Der Hof mit allem Drum und Dran gehört fortan ohnehin uns.« Seine schwarzen Augen musterten Rhodri.

»Dein Sohn?«, fragte er, während er sein Schwert zückte.

Der Landmann schüttelte den Kopf, besann sich anders und nickte ein paarmal heftig.

Er schickte einen hilfeflehenden Blick zu Rhodri, der immer noch nicht begriff, was das alles zu bedeuten hatte.

Rhodri war es leid. Er wollte aufsitzen und diese ungastliche Stätte verlassen. Was ging es ihn an, wenn dieser unfreundliche Bauer irgendwo Schulden gemacht hatte und sie nicht zurückzahlen konnte?

Doch da zückten plötzlich die Reiter ihre Schwerter und richteten drohend die Lanzen auf ihn.

Was soll das?«, fragte Rhodri verdutzt.

Der braunbärtige Anführer des Trupps grinste. »Du siehst zwar nicht wie der größte aller Feldherrn aus, aber vielleicht bist du ganz brauchbar für unsere Pläne.« Er gab seinen Männern einen Wink. »Fesselt die drei und fort!«

4. Kapitel

Lady Una hatte um eine Rast gebeten und wollte sich an einem kleinen Bach erfrischen. Morgan saß neben ihr am Ufer und sah zu, wie sie ihre nackten Füße in das Wasser hielt. Dabei achtete er nicht auf seine Umgebung, und das sollte sich sogleich rächen.

Etwas Spitzes bohrte sich in seinen Rücken. Ein Schatten fiel über ihn. Entsetzt starrte Una über Morgans Schulter hinweg. Morgan wandte langsam den Kopf. Er blickte in ein grinsendes Gesicht mit breit geschlagener Nase, wucherndem rötlichen Bart und funkelnden grünen Augen.

Es war ein Dolch, den der Kerl Morgan in den Rücken gebohrt hatte. Jetzt hielt er ihm die Spitze an den Hals.

»Entschuldigt die kleine Störung«, sagte der Kerl und kicherte.

Zorn stieg in Morgan auf. Er ärgerte sich über sich selbst. Unbewusst tastete seine Rechte zum Schwert an der Hüfte.

»Das würde ich dir nicht raten!«, zischte der Mann und stieß einen Pfiff aus.

Im nächsten Augenblick klatschte keine Handbreit neben Morgans Schulter ein Pfeil in den Boden.

Una schrie auf. Auch Morgan erschrak bis ins Mark.

»Alles in Ordnung, Firth?«, ertönte eine raue Stimme.

»Das ist Geordan, mein Freund, mit dem ich alles teile«, erklärte Firth. Er hob die Stimme. »Geordan, du kannst kommen.«

Morgans Blick glitt zu der mächtigen Buche jenseits der Weggabelung. Er sah eine Bewegung im Blätterdach.

Plötzlich tauchte ein Bogenschütze auf. Geschickt hangelte er sich an einem tief hinab reichenden Zweig entlang und sprang herab.

»Was wollt ihr beiden?«, fragte Morgan, um Firth abzulenken. Wenn es eine Chance gab, den Schurken zu überrumpeln, dann nur solange, bis der Kumpan noch nicht heran war.

Firth zog tatsächlich den Dolch zurück, als Morgan sich etwas aufstemmte. Er starrte zu Una hinüber, die gerade einen leichten Aufschrei ertönen ließ.

»Du wirst uns die schöne Dame überlassen«, erklärte Firth kichernd. »So was Hübsches sieht unsereiner nicht alle Tage.« Er wandte den Kopf. »Nicht wahr, Geo...«

Da handelte Morgan. Aus der Drehung heraus schlug er mit dem Ellenbogen zu. Er traf Firths vorgereckten Arm mit dem Dolch. Firth stieß einen ächzenden Laut aus und taumelte zurück. Doch den Dolch hielt er fest.

Morgan schnellte auf ihn zu und riss ihn zu Boden. Firth landete im Gras. Sein Kumpan lief heran und zog einen Pfeil aus dem Köcher.

Mit einem schnellen Hieb traf Morgan Firths Unterarm. Brüllend ließ der Kerl den Dolch los. Morgan wusste, dass es auf jeden Moment ankam. Geordan legte bereits einen Pfeil auf die Bogensehne. Und Firth riss die Keule hoch, neben der er im Gras gelandet war.

»Vorsicht, Morgan!«, schrie Una, doch Morgan hatte die Bewegung bereits wahrgenommen. Geistesgegenwärtig riss er den Kopf zur Seite. Das Schwert an der Hüfte behinderte ihn. Er zog das Messer aus der Lederscheide am Gurt. Die Keule streifte ihn nur leicht an der Schulter und knallte ins Gras.

Morgan hatte das Messer in der Faust und schöpfte Hoffnung. Doch Firth war erstaunlich schnell. Ein zweiter Keulenhieb schmetterte Morgan das Messer aus der Hand. Er hatte das Gefühl, der Kerl hätte ihm den Arm abgeschlagen. Seine rechte Seite war plötzlich wie abgestorben, nachdem ein scharfer Schmerz bis in seine Fingerspitzen hinab gezuckt war. Instinktiv riss er die geballte Linke hoch und wollte sie in das verzerrte Gesicht des Räubers schlagen. Doch Firth zuckte gedankenschnell zurück, und die Faust verfehlte ihn.

In diesem Augenblick war der Bogenschütze bis auf drei Schritte heran. Und er zielte mit dem Pfeil auf Una, die gerade aufsprang.

»Gib auf, oder die Frau stirbt!«, schrie Geordan.

Morgan zögerte, nur einen Lidschlag lang, doch diese kurze Zeitspanne reichte Firth.

Der Räuber schlug mit der Keule zu.

Der Hieb warf Morgan ins Gras. Sofort wurde es um ihn dunkel, und er nahm nichts mehr wahr.

5. Kapitel

Cynan lächelte und kraulte sich den schwarzen Bart.

Die Frau, die dort am Ufer des kleinen Sees im Gras lag und schlief, musste die Gesuchte sein. Sie hatte kastanienbraunes, langes Haar und eine anmutige Gestalt. Alles an ihr wirkte gesund und frisch. In diesem Augenblick schlug sie die Augen auf.

Er lächelte. »Bitte um Verzeihung«, sagte er freundlich. »Ich wollte dich nicht erschrecken. Ich komme im Auftrag von Lady Una, um dich als Zofe in ihre neue Heimat abzuholen. Ihr hattet das vor längerer Zeit abgesprochen, und nun ist es so weit. Die Lady wird heiraten!«

»Ist das wahr? Die Lady erinnert sich wirklich an mich? Und wer bist du?«

»Mein Name ist Cynan, ich bin Kriegsknecht im Dienste des Sheriffs von Cornwall und zusammen mit Ritter Morgan unterwegs, um die Dame nach Eworthy zu begleiten.«

Bevor die junge Frau antworten konnte, trommelte Hufschlag über den Waldweg heran.

Cynan wandte den Kopf. Ein Dutzend Reiter nahten im Galopp. An der Spitze des Trupps ritt ein großer, breitschultriger Mann mit einem leuchtenden Schild.

Und dann geschah etwas äußerst Überraschendes.

Die Frau warf sich Cynan an die Brust, stellte sich auf die Zehenspitzen und schlang die Arme um seinen Nacken.

Ihr Verhalten war ihm völlig unerklärlich.

»Das sind die Steuereintreiber!«, flüsterte sie hastig. »Sie dürfen mich nicht erkennen. Sie haben gedroht, uns alle umzubringen, wenn wir nicht zahlen können. Und wir können nicht. Wenn sie uns beide für ein Liebespaar halten, reiten sie vielleicht weiter«

Doch sie ritten nicht vorbei, wie die Frau erhoffte.

Sie zügelten ihre staubbedeckten Pferde, und Cynan spürte plötzlich, wie ihm etwas auf die Schulter klopfte. Da waren sie, ein Dutzend finster aussehende Gestalten, und das, was ihm da auf die Schulter geklopft hatte, war das Schwert des Schildträgers.

»Was ist?«, fragte Cynan.

Die Frau barg schnell den Kopf an seiner Brust.

Der Anführer des Reitertrupps grinste breit.

»Wer ist diese Frau, Kerl? Sie kommt mir bekannt vor!«

»Meine Braut geht Euch nichts an«, sagte Cynan und gab sich selbstsicherer, als er sich fühlte.

Da zogen einige Reiter ihre Schwerter und andere reckten drohend ihre Lanzen vor. Der Anführer hielt Cynan die Schwertspitze unter die Nase.

»Ich kann dich auch von ihr wegschneiden«, sagte er grollend. »In kleinen Scheiben, wenn es sein muss.«

Doch bevor er sie von sich schieben konnte, bewies sie, dass sie ein gutes Herz hatte und nicht wollte, dass Cynan zu Schaden kam. Tapfer löste sie sich von ihm, reckte stolz den Kopf hoch und sagte: »Ich bin Helma vom Hof dort hinten. Was wollt ihr?«

»Dachte ich's mir doch«, sagte Dylan zufrieden. »Dein Alter konnte nicht zahlen. Ihn und die anderen haben wir schon kassiert. Dich nehmen wir auch noch mit.« Er tippte Cynan mit der Schwertspitze an. »Und deinen Geliebten gleich dazu.«

Er zog das Schwert zurück und wollte es ins Gehenk schieben. Da setzte Cynan alles auf eine Karte. Sein Temperament ging mit ihm durch, doch zugleich erhoffte er sich eine Chance. Zornig packte er den Anführer am Gurt über dem Kettenhemd und riss ihn aus dem Sattel.

Dylan schrie überrascht auf. Er krachte ins Gras.

Cynan wollte sich auf ihn stürzen, ihm das Messer an die Kehle setzen und freien Abzug für sich und Helma fordern.

Alle anderen verharrten überrascht, und keiner wagte sein Schwert oder seine Lanze einzusetzen, weil er den Anführer gefährdet hätte.

Fast hätte Cynan es geschafft. Doch das Schicksal wollte es anders.

Das scheuende Pferd prallte gegen Cynan und fegte ihn von den Beinen. Benommen lag er am Boden und sah einen Augenblick lang alles wie durch wallende Nebelschleier. Bevor er wusste, wie ihm geschah, war er von Reitern umzingelt, und alle richteten ihre Schwerter und Lanzen auf ihn.

Plötzlich war der Anführer an seiner Seite und hieb mit dem Schwert zu.

Cynan glaubte, in seinem Schädel würde ein Blitz einschlagen. Er sank vornüber und spürte nicht mehr, wie er mit der Stirn ins Gras schlug.

6. Kapitel

Morgan erwachte, weil ihn etwas Feuchtes im Gesicht anstieß. Er schlug die Augen auf und erschrak. Vor ihm stand eine Wildsau!

Die Wildsau grunzte erschrocken und sprang zurück.

Morgan wusste in diesem Augenblick noch nicht, was geschehen war. Er sah nur die Sau und ihre Hauer, hörte ihr gereiztes Grunzen, und er handelte, ohne zu überlegen.

Er rollte sich über den Boden, fort von dem Tier, und riss sein Messer aus der Lederscheide. Gottlob war es noch da. Er sprang auf und hoffte, dass die Sau die Flucht ergriff, doch das war nicht der Fall. Sie war zornig und hatte ihren Schreck überwunden. Sie senkte den Kopf und raste auf Morgan zu.

Es war einen recht stattliches Exemplar, und die Erde erzitterte, als sie auf Morgan zujagte.

Morgan wich im letzten Moment aus und hieb mit dem Messer zu. Die Klinge bohrte sich in den Schweinenacken, doch der Ritter hatte nicht tief genug getroffen, und der Schwung der wütenden Wildsau riss ihm fast das Messer aus der Hand.

Die Sau stieß eine Mischung aus zornigem Quieken und Röhren aus. Morgan frohlockte schon, dass sie in ihrem Schwung gegen einen Baumstamm rannte, doch sie bremste noch rechtzeitig, machte kehrt und griff von Neuem an. Blut lief aus der Wunde im Nacken, Geifer troff von ihren Hauern, und Morgan glaubte ihren heißen Atem zu spüren, obwohl sie noch ein paar Yards entfernt war.

Mit dem Messer in der Hand sah er der Sau gefasst ins Auge.

Er wollte wieder zur Seite springen und mit dem Messer zustoßen. Doch diesmal ahnte die Sau seine Absicht, oder er war einen Lidschlag zu spät. Die Wildsau streifte ihn. Er strauchelte und stürzte. Die Sau drehte quiekend ab, senkte den Kopf und raste auf ihn zu.

Morgan sprang auf. Er erkannte, dass er nicht mehr schnell genug ausweichen konnte, und in seiner Verzweiflung machte er den höchsten Luftsprung seines Lebens.

Die Sau raste unter ihm hinweg, und Morgan hoffte schon, eine Atempause zu bekommen und ins Gras zu plumpsen. Stattdessen plumpste er auf die Wildsau. Fast wäre er an einer Seite hinabgerutscht, doch es gelang ihm, das Gleichgewicht zu bewahren.

Und so ritt Ritter Morgan auf einer Wildsau durch den Wald.

Das Schwein versuchte alles, um ihn loszuwerden. Es brach durch Büsche, und Morgan riss sich die Hände und die Beinlinge auf. Es versuchte, ihn gegen einen Birkenstamm zu schleudern, und Morgan schrammte sich das linke Bein auf.

Es war nur eine Frage der Zeit, wenn die Sau ihn gegen einen Baumstamm rammte oder er abgeworfen wurde und sich ein paar Knochen brach, um anschließend der tobenden Sau ausgeliefert am Boden zu liegen.

Zu allem Unglück saß Morgan auch noch rittlings auf der Sau und sah die Hindernisse erst verspätet.

Morgan hieb verzweifelt mit dem Messer zu. Über Stock und Stein ging die wilde Jagd. Hin und her schwankte der Ritter auf dem Tier, und immer wieder drohte er abzustürzen. Immer wieder stach Morgan mit dem Messer zu, doch die Wildsau zeigte keinerlei Wirkung. Sie schien nur noch schneller zu werden, und ihr Quieken klang noch zorniger.

Morgan hielt nach Hindernissen auf dem Weg Ausschau. Die Sau schien geradewegs auf eine Eiche zuzudonnern. Der mächtige Stamm raste förmlich auf ihn zu.

Da entschied er sich, lieber abzusteigen. Besser, ein paar Prellungen oder gar ein paar gebrochene Knochen, als am Eichenstamm zermalmt zu werden. Er schrammte über den Waldboden, schluckte Dreck und Laub und prellte sich Arme und Beine. Um Atem ringend blieb er benommen liegen. Er wandte den Blick.

Die Wildsau rannte nicht gegen die Eiche. Sie brach daneben zusammen. Jetzt sah Morgan die Blutspur auf dem Waldboden.

Er atmete auf. Die Gefahr war gebannt. Es war keine saubere Art des Schweineschlachtens gewesen, doch Morgan hatte keine andere Wahl gehabt.

Er betastete seine Beulen und Schrammen. Zum Glück war nichts gebrochen. Sein Schädel schmerzte, als hätte ihn eine Keule getroffen.

Keule?

Da fiel ihm alles wieder ein. Der Überfall der Räuber Firth und Geordan. Sie waren fort gewesen, als er von der Wildsau geweckt, zu sich gekommen war. Sie hatten Lady Una entführt und waren mit der Kutsche davongefahren!

Morgan hatte das Gefühl, eine eisige Faust kralle sich um sein Herz.

Lady Una, die Braut seines Freundes, in den Händen dieser verkommenen Räuber! Er schloss die Augen und ballte unbewusst die Hände. Rasch sprang er auf und hetzte zurück zu der Stelle des Überfalls. Dort sah er die Wagenspuren. Er überlegte, ob er auf die Begleiter warten sollte. Nein, es konnte lange dauern, bis sie zurückkehrten. Er durfte keine Zeit verlieren. Entschlossen folgte er den Wagenspuren. Sie führten über den Waldweg, fast an der Stelle vorbei, an der die Sau lag.

Morgan lief auf den deutlich sichtbaren Wagenspuren, bis er außer Atem war. Flüchtig dachte er an seinen prächtigen Hengst, den er auf Sir Ais Burg gelassen hatte. Sir Ais hatte darauf bestanden, dass sein Brautwerber mit dem Gefährt fahren sollte, in dem er seine Zukünftige sicher nach Eworthy Castle geleiten konnte.

Hätte er doch ein Pferd!

Er war wieder zu Atem gekommen und lief weiter, als ihm von Neuem die Luft wegblieb. Er erstarrte und blickte entsetzt auf.

Zwischen Farn am Wegesrand kroch eine Gestalt hervor. Ein Mensch, der einen schrecklichen Anblick bot.

Es war einer der beiden Räuber, der Bogenschütze Geordan. Sein Gesicht war blutüberströmt. Auf allen vieren schleppte er sich auf den Weg. Er wandte den Kopf und starrte zu Morgan hin, doch er schien ihn nicht richtig wahrzunehmen. Sein Blick war starr wie der eines Toten. Sein Kopf sank in die von Rädern zerfurchte Erde, und ein rasselnder Laut kam aus seiner Kehle.

Morgan hetzte zu dem Mann.

Seine Augen weiteten sich, als er die Schwertwunde im Rücken des Mannes sah. Das zerlumpte Hemd war blutgetränkt, und die Wunde klaffte weit auf.

Morgan drehte den Räuber vorsichtig auf die Seite. Das Gesicht war unter dem Blut, das von einer Platzwunde an der Stirn stammte, wachsbleich. Der Mann lag im Sterben.

»Wo sind die anderen?«, fragte Morgan eindringlich.

Geordan hustete. Blut rann aus einem Mundwinkel. Er schlug die Augen auf, und sein Blick war auf einmal erstaunlich klar.

»Du?«, krächzte er. Er hatte Morgan also wiedererkannt.

»Wo ist dein Kumpan mit der Frau?«, fragte Morgan.

»Das sage ich dir nur, wenn du mir hilfst«, keuchte Geordan.

Er verkannte seine Lage. Er wusste noch nicht, dass ihm niemand mehr helfen konnte.

»Ich werde für dich tun, was ich kann«, sagte Morgan, und das war keine Lüge.

»Dein Wort darauf?«

»Mein Wort darauf. Sprich!«

Mit schwacher Stimme berichtete der Sterbende. Nachdem sie Morgan niedergeschlagen hatten, waren sie mit ihrer Gefangenen davongefahren. Bei der ersten Rast, nur ein paar Meilen entfernt, hatten sie sich die Beute teilen wollen. Doch dazu war es nicht gekommen.

Trevans wilde Horde war aufgetaucht. Geordan und Firth waren früher für Trevan geritten. Dann hatten sie einen Auftrag verpatzt und sich nicht mehr zu ihrem grausamen Herrn zurückgewagt. Sie hatten sich »selbständig« gemacht, waren von Trevans Steuereintreibern zu einfachen Räubern geworden und galten für Trevan als Verräter. Die ehemaligen Kumpane, die lange vergebens nach ihnen gesucht hatten, bekamen den Befehl, sie zu töten, sollten sie jemals gefunden werden.

Firth war an Dylans Schwert gestorben. Auch Geordan war von Dylans Schwert getroffen worden, als er sich in seiner Verzweiflung hatte wehren wollen. Dann hatten die Räuber den vermeintlich Toten mit der anderen Leiche in den Wald gebracht. Doch Geordan war nicht tot. Er war zu sich gekommen, als sie mit Una davongefahren waren. Er hatte noch gehört, dass die Horde sie mit zur Burg nehmen wollte.

»Wo ist die Burg?«, drängte Morgan.

»Trevans Burg?« Die Stimme brach. Morgan neigte sich vor, um die geflüsterten Worte verstehen zu können. »Das weiß doch jeder.«

Geordan schloss die Augen und atmete rasselnd.

»Aber ich nicht«, sagte Morgan. »Bitte, sag es mir!«

Der Kopf des Räubers sank zur Seite. Morgan tastete nach dem Puls. Geordan war tot.

Morgan hielt sein Versprechen. Er tat für Geordan, was er tun konnte. Er begrub ihn. Er legte die Leiche in eine Bodenspalte im Wald und bedeckte sie mit Sand, Laub und Steinen.

Anschließend setzte er seinen Weg zu Fuß fort.

7. Kapitel

Trevan tunkte einen dicken, beringten Finger in das Salzfässchen und leckte ihn ab. Dann leerte er den Becher Wein und wischte sich mit dem schwarzbehaarten Handrücken die wulstigen Lippen ab.

»Ein guter Tropfen«, murmelte er mit schwerer Zunge vor sich hin und schenkte sich von Neuem ein.

Das Feuer im Kamin prasselte, und sein Schein geisterte über Trevans breites Gesicht mit den buschigen schwarzen Augenbrauen, der wuchtigen Adlernase und dem kantigen, stoppelbärtigen Kinn. Die kleinen, gelblichen Augen funkelten wie die Lichter eines Raubtiers.

Mit dem Abend war ein Gewittersturm heraufgezogen. Der Wind heulte um die Türme und Zinnen der Burg und peitschte Regen gegen die Häute, mit denen man die Fenster verschlossen hatte.

Trevan dachte an eine andere Sturmnacht und spielte mit dem Knochen, der an einer silbernen Kette über seinem leichten Kettenhemd hing.

Es war eine Erinnerung an jenen Tag, an dem er diese Burg übernommen hatte.

Er grinste bei diesem Gedanken.

Es war ein Fingerknochen des Burgbesitzers, den Trevan an der silbernen Kette um den Hals trug.

Trevan warb ein Dutzend Mannen an, die die verbrieften Lehnsrechte in seinem Auftrag wahrnahmen und die Steuer von der Bevölkerung des Landes eintrieben. Dabei kam ihm zugute, dass der frühere Besitzer, den er heimtückisch im Schlaf ermordet hatte, uralte Privilegien vom König besaß, eigene Steuern zu erheben, in die ihm niemand hineinreden konnte. Das war einst der Dank von König Heinrich III., dem Vater von unserem König Richard I., gewesen, dem der Ermordete einst das Leben gerettet hatte.

Doch Trevan war ein Tyrann. Er erhöhte die Steuern immer mehr, bis dem Volk bald kaum etwas zum Essen blieb. Als die Ersten aufbegehrten und einige seiner eigenen Männer Mitleid mit den armen Leuten bekamen und nicht mehr mitspielen wollten, warb Trevan eine Räuberbande an und ließ die Querulanten umbringen. Seither kassierte die Bande unter Dylans Führung, und eine Zeitlang hatten sie mit Gewalt und Terror wieder ordentlich Silberlinge in die »Kriegskasse« geschafft, wie Trevan sie bezeichnete.

Doch in letzter Zeit ging es ständig bergab. Das Volk wollte und konnte nicht mehr zahlen.

Da war Trevan auf eine andere Idee verfallen.

Er grinste bei diesem Gedanken, als die Tür geöffnet wurde.

Sile und Sileas traten ein, die blonden Zwillingsschwestern, die er sich als Dienerinnen hielt. Sein Grinsen wurde bei ihrem reizvollen Anblick noch breiter.

Beide verneigten sich ehrerbietig, was Trevan ungemein gefiel. Es schmeichelte ihm, und er genoss seine Macht, wenn sich jemand unterwürfig zeigte. Sie taten es aus Zwang. Er hatte sie mit einem fürstlichen Lohn angeworben, und als sie auf der Burg waren, hatte er die Maske fallen lassen. Ein paar Tage in der Folterkammer, und sie waren gefügig geworden.

Sie hassten ihn, doch sie hüteten sich, das offen zu zeigen.

Sie hatten Angst vor der Folterkammer.

»Dylan ist zurückgekehrt«, sagten Sile und Sileas gleichzeitig. Die Zwillingsschwestern taten fast alles gemeinsam, was sie auf seinen Befehl hin tun mussten.

Er starrte sie wohlgefällig an.

»Gut, gut. Wo bleibt er denn?«

»Er wollte den Wachen noch irgendwelche Befehle geben. Er sagte, wir sollen ihn schon anmelden.«

In Wirklichkeit sollten sie nachsehen, ob der Herr mal wieder betrunken oder ob er ansprechbar war. Doch das wagten sie nicht zu sagen. Trevan konnte ungemein jähzornig werden, und dann war er unberechenbar.

»Er soll kommen und mir berichten«, sagte Trevan.

»Zu Befehl, Herr«, sagte Sile.

Er gab ihnen einen herrischen Wink, und beide verneigten sich und verließen den Raum.

Kurz darauf polterte Dylan herein.

Er war der Einzige, der es wagen konnte, mit ihm zu reden wie mit seinesgleichen. Manchmal ärgerte sich Trevan über Dylans respektlosen Ton, doch er unterdrückte jedes Mal seinen Zorn. Er brauchte Dylan und seine Bande, um sein Ziel zu verwirklichen. Wenn es so weit war, würde er Dylan zum letzten Mal auszahlen – mit dem Schwert.

Dylan griff nach einem Weinbecher, setzte ihn an die Lippen und trank glucksend. Dann rülpste er ungeniert.

Trevan zwang sich zu einem Grinsen.

»Guter Wein, den man nicht wie Wasser saufen sollte«, sagte er.

»Bier ist mir lieber«, erklärte Dylan. »Von Wein bekomme ich immer Blähungen. Aber ich hatte Durst. Übrigens, ich habe mir eine eigene Dienerin zugelegt.« Er zwinkerte Trevan vielsagend zu.

»Eine der Gefangenen?«, fragte Trevan ärgerlich. »Du weißt doch...«

Dylan fiel ihm respektlos ins Wort.

»Ja, ich weiß, dass wir die Angehörigen als Druckmittel brauchen, damit die Männer für uns Beute machen. Nur diejenigen Frauen sollen mir und meinen Männern gehören, deren Männer bei den Kriegszügen umkommen. Gut, gut. Aber ich habe mir eine Bildhübsche mitgebracht, die ganz allein war. Das heißt, nicht ganz allein, sondern in der Gewalt von Geordan und Firth.«

»Du hast die Verräter getroffen?«, fragte Trevan überrascht.

»Ja – mit dem Schwert.« Dylan grinste breit. Dann berichtete er ausführlich.

Trevan lauschte erfreut. Er trank vom Wein und spielte mit dem Knochen am silbernen Band. Seine Augen funkelten im zuckenden Feuerschein des Kamins. Und während Dylan vom Leid des Volkes erzählte, dachte Trevan an sein Ziel, einen Zug in das Morgenland, wo die unermesslichen Schätze auf ihn warten würden.

8. Kapitel

Morgan traf alsbald auf einen Wandergesellen. Es war ein junger Zimmermann, der sein Bündel auf einem Stock über dem Rücken trug und fröhlich vor sich hin pfiff. Morgan war nicht so frohgemut. Er fragte den Burschen nach dem nächsten Hof, nach dem nächsten Ort und nach Trevans Burg.

Der Wanderer konnte ihm nur den Weg zum nächsten Weiler weisen. Der einzige Hof, den er seit Stunden gesehen hatte, war verlassen gewesen, und von Trevans Burg hatte der Mann nie etwas gehört. Er kannte sich in dieser Gegend nicht aus.

Er bot Morgan an, sein letztes Stück Käse und den letzten Kanten Brot zu teilen.

Dadurch gestärkt, setzte Morgan seinen Weg nach kurzer Zeit allein fort.

Schließlich gelangte er in einen größeren Ort. Vor der Schenke gab es eine Menschenansammlung. Morgan hörte aufgeregte Stimmen und ein hitziges Wortgefecht. Unbemerkt näherte er sich der Menschentraube, verharrte an ihrem Rand und hörte zu.

Inmitten der Leute stand ein Geistlicher bei einem Gefährt. Ein großer, dürrer Mann in einer schwarzen, weiten Soutane, unter der derbe Stiefel hervorlugten. Die Wangen in dem schmalen Gesicht mit der spitzen Nase waren gerötet, und Empörung funkelte in seinen grauen Augen.

»Niemals glaube ich Euch das«, sagte er gerade in heftigem Tonfall.

»Glauben heißt ja auch nicht wissen, Pater«, rief ein jüngerer, sommersprossiger Rotschopf in der Menge, dessen zornige Stimme Morgan schon zuvor gehört hatte. Offenbar fand das Wortgefecht zwischen den beiden statt.

»Das muss eine üble Verleumdung sein«, beharrte der Pater. »Die Kirche hat damit nichts zu schaffen. Trevan zahlt nur, was dem Bischof gebührt.«

Morgan horchte auf, als er den Namen Trevan hörte.

Der sommersprossige Rotschopf lachte höhnisch.

»Ha, das könnt Ihr irgendwelchen Dummköpfen erzählen, doch nicht uns! Trevan erhöht ständig die Steuern. Und seine Steuereintreiber behaupten, dass die Kirche immer mehr von ihm verlangt!«

Zustimmendes, empörtes Gemurmel setzte ein.

Der Pater blickte verständnislos.

»Ich schwöre, dass es so ist, Pater«, sagte der Rotschopf und hob die Schwurhand. »So wahr mir der Himmel helfen möge!«

»Aber das kann doch nicht sein!« Der Pater schüttelte mehrmals den Kopf. »Ich kenne Trevan persönlich. Er ist ein gottesfürchtiger und anständiger Mann.« Dann verlor sein Gesicht den Ausdruck von Ratlosigkeit. »Vielleicht treibt jemand Schindluder mit Trevans Namen? Vielleicht eine Räuberbande, die nur vorgibt, in Trevans Namen Steuern einzutreiben?«

Das aufgeregte Stimmengewirr verstummte. An diese Möglichkeit hatte offenbar noch keiner gedacht.

Schließlich erhob der Pater wieder die Stimme. »Ich werde den Bischof und den König informieren, auf dass diesen Räubern das Handwerk gelegt wird. Mein Wort darauf!«

»Aber bitte schnell, Pater!«, rief der Rotschopf. »Wir haben nämlich bald nichts mehr zu essen. Unseren Familien mangelt es am Nötigsten. Das Unrecht stinkt zum Himmel!«

Wieder ertönten zustimmende Rufe. Die Menge war aufgebracht.

»Aber«, sagte der Pater verständnislos. »Wenn es so ist, wie ihr sagt, weshalb widersetzt ihr euch nicht dem Unrecht?«

»Wie denn?«, rief jemand. »Man sollte diese Ratten erschlagen, aber sie kommen immer im Dutzend, mal hier, mal da und völlig überraschend. Was sollen wir gegen eine gut bewaffnete, gerüstete Kampfhorde unternehmen? Einige haben sich zur Wehr gesetzt. Sie leben nicht mehr!«

Er schrie es mit zorniger Stimme.

Der Pater war sehr betroffen.

»Aber ihr hättet um Hilfe bitten können, den König, den Sheriff von Cornwall und den Bischof und...«

»Wir haben auch schon etwas unternommen«, sagte der Rotschopf ruhiger und mit verschwörerischem Blick. »Wir haben...«

Er verstummte jäh, als er Morgan bemerkte, nachdem er sich sichernd umgeschaut hatte.

Er erschrak und wurde blass.

»Wir halten es alle für das Beste, an Trevan zu zahlen und zu schweigen«, fuhr er hastig und lauter fort. »Unser Leben und das unserer Frauen und Kinder ist uns wichtiger als alle Münzen der Welt.«

Morgan wusste, dass der Mann aus Angst schnell umgeschwenkt war. Plötzlich wandten alle die Köpfe und starrten ihn an. Misstrauisch, feindselig, furchtsam.

Morgan trat lächelnd vor. Man machte ihm schweigend Platz, wich vor ihm zurück.

»Erlaubt mir, dass ich mich dazu äußere. Auch wenn ich ein Fremder bin, so könnt ihr mir vertrauen. Ich bin Beauftragter des Sheriffs von Cornwall und werde dieser Sache auf den Grund gehen!«

Er schaute lächelnd in die Runde. Viele wichen seinem Blick aus und senkten den Kopf.

»Man weiß nie, ob Trevan nicht irgendwelche Spitzel schickt«, raunte einer in der Menschentraube hinter Morgan seinem Nachbarn zu.

»Oder ob man nicht für ein paar Kupferstücke verraten wird«, flüsterte der andere.

Morgan hatte es aufgeschnappt, doch er tat, als hätte er nichts gehört.

»Ich weiß, dass ihr recht habt«, fuhr Morgan fort und blickte den Rotschopf an.

Geraune setzte ein. Einige hatten tatsächlich schon von ihm gehört.

Morgan blickte in die Runde. »Seid ihr alle hier aus dem Ort?« vergewisserte er sich. Er wollte sichergehen, dass er vertraulich reden konnte.

»Ja«, antwortete der Rotschopf. »Wir gehören alle zusammen. Wir hätten nie einem Fremden gegenüber so offen geredet. Aber wir waren so erzürnt, dass wir Euch deshalb nicht bemerkten.«

Er zuckte mit den Schultern.

»Wer sagt uns, dass Ihr wirklich Ritter Morgan und im Auftrag des Sheriffs unterwegs seid?«, rief ein Mann in der Menschentraube.

Morgan lächelte. »Ich. Aber ich kann Euch anhand eines Briefes beweisen, dass es die Wahrheit ist. Ich schlage vor, wir gehen in das Gasthaus. Es soll niemand außer uns erfahren, was wir besprechen. Kann einer von euch lesen?«

9. Kapitel

Rhodri presste die Lippen aufeinander, als die Räuber Rona mit den anderen weiblichen Gefangenen fortführten. Er fing noch ihren eingeschüchterten, furchtsamen Blick auf, und sie tat ihm leid. Sie war nicht die Schönste, und er kannte sie kaum. Doch durch ihre Gefangennahme fühlte er sich irgendwie mit ihr verbunden. Außerdem verspürte er ein gewisses Schuldgefühl.

Gewiss, er hatte keine Chance gegen Trevans wilde Horde gehabt. Doch wenn er die Bitte ihres Vaters um Hilfe schneller begriffen hätte, wäre es ihm vielleicht gelungen, den Kerlen zu entkommen und Hilfe zu holen. Dann hätten die Gefangenen auf dem Weg zur Burg vielleicht befreit werden können. Doch er hatte sich wie ein Dummkopf von den Ereignissen überraschen lassen.

Cynan fühlte sich ähnlich erbärmlich. Er dachte an Helmas Tapferkeit, als sie das Täuschungsmanöver aufgegeben hatte, weil er bedroht worden war. Sie war nur die Tochter eines kleinen Bauern, doch sie hatte ein gutes Herz.

Traurig schaute er ihr nach. Sie wandte noch einmal den Kopf und suchte seinen Blick. Dann schloss einer der Lanzenträger die Tür hinter den weiblichen Gefangenen, die zum Kerker gebracht wurden.

Die Kinder waren als Erste fortgebracht worden. Sie sollten in der Burgkapelle gefangen gehalten werden. Es hatte herzzerreißende Szenen gegeben, als die Räuber die Familien auseinandergerissen hatten.

»Ich möchte wissen, weshalb sie uns trennen«, raunte Cynan Rhodri zu.

»Und was sie überhaupt mit uns vorhaben«, seufzte Rhodri.

»Ruhe da!«, rief einer der Räuber, die die gefesselten Gefangenen im Burghof bewachten. »Hier redet nur einer!«

»Und das bin ich!«. ertönte eine raue Stimme hinter den Männern. Die Soldaten wandten die Köpfe. Sie rechneten damit, jetzt diesen verruchten Trevan zu sehen, den Anführer dieser verkommenen Bande von sogenannten Steuereintreibern. Doch es war Dylan. Grinsend schritt er heran. Seine Rechte lag auf dem Schwertgriff.

Trevan war vom Wein berauscht und hatte die Gefangenen gar nicht sehen wollen, und Dylan fühlte sich ohnehin als der eigentliche Herr.

»Wo ist meine neue Dienerin?«, fragte er einen seiner Männer.

»Sie ist schon im Kerker.«

Die einzelnen Gruppen der Gefangenen waren in ein Versteck gebracht und von dort aus mit Wagen zur Burg gefahren worden.

»Hol sie sofort heraus!«

Der Räuber nickte und lief davon. Dylan hielt eine kleine, spöttische Willkommensrede.

»Schafft sie zu den Männern ins Verlies«, sagte Dylan schließlich und nickte zu der Reihe der Gefangenen hin.

Ein Dutzend Lanzen richteten sich auf die beiden Soldaten und die anderen Gefangenen.

»Mir folgen!«, rief einer von Dylans Räubern und schritt voraus.

Nach ein paar Schritten blieben die Knappen plötzlich stehen. Rhodri und Cynan starrten die Frau an, die an der Seite eines Räubers auf den Burghof schritt.

Lady Una!

Auch die Bewacher blieben stehen. Alle schauten wie gebannt die schöne Frau an. Sie wirkte nicht wie eine Gefangene, eher wie die Burgherrin. Stolz blieb sie vor Dylan stehen und maß ihn mit verächtlichem Blick.

»Verzeih mir, dass meine Männer dich einsperrten«, sagte Dylan und musterte sie mit begehrlichem Blick. »Als meine Dienerin darfst du natürlich in meinem Gemach...«

Da klatschte ihm die Hand ins Gesicht. Lady Una hatte ihm eine schallende Ohrfeige versetzt.

»Eher will ich sterben, als Dienern von dir Schmutzfink zu sein«, sagte sie, und ihre Augen funkelten zornig.

Dylans selbstgefälliges Grinsen erlosch von einem Augenblick zum anderen. Er hob die Hand, und einen Moment lang sah es aus, als wollte er sie schlagen.

Sie hielt stolz seinem wütenden Blick stand, und ihre Miene spiegelte Verachtung wider.

Dylan presste die Lippen aufeinander und ließ die Hand sinken. In seinen Augen glitzerte es.

»Ein bisschen widerspenstig, was?« Dann schossen seine Hände vor. Er umfasste Unas Taille und riss sie an sich.

Sie wehrte sich, bäumte sich in der Umklammerung auf, doch sie war seiner rohen Kraft nicht gewachsen. Er hielt sie fest.

»Dich werde ich schon zähmen«, keuchte er grinsend und versuchte, sie zu küssen.

Da spuckte sie ihm ins Gesicht.

Dylans Miene verzerrte sich. Er wischte sich mit dem Handrücken über die Knollennase.

Er sah die Blicke aller im Burghof auf sich gerichtet, und die Wut tobte in ihm.

»Weshalb steht ihr herum und haltet Maulaffen feil?«, brüllte er. »Werft die Kerle in den Kerker!«

Die Räuber lösten sich aus ihrer Erstarrung. Sie stießen die Gefangenen mit den Lanzen weiter.

»Und du Weibsstück wirst schon kirre werden!«, sagte Dylan zu Una.

Er gab zwei der Räuber, die bei ihm geblieben waren, einen herrischen Wink.

»Schafft sie in die Folterkammer!«

10. Kapitel

Derweil saß Ritter Morgan im Gasthof bei Speis und Trank mit dem Pater und dem Rotschopf zusammen, die ihm jetzt vertrauten. Morgan hatte ihnen den Brief gezeigt, aus dem hervorging, dass er in den Diensten des Sheriffs stand, der zudem noch sein Vater war.

Sie wussten allerhand zu berichten, und der Rotschopf vertraute Morgan an, dass die von Trevans Steuereintreibern ausgebeuteten Leute bereits zur Selbsthilfe geschritten waren. Man war der Meinung, keine Unterstützung vom König zu bekommen. Trevans Räuber beriefen sich stets darauf, dass sie nur verbrieftem Recht Geltung verschafften und dass jeder des Todes sei, der aufbegehrte. Wer versuchen wolle, dem König oder dem Sheriff sein

Leid zu klagen, könne es ruhig tun. Dann lebe er nicht mehr lange. Daraus hatte man geschlossen, dass Trevan seine Leute beim Sheriff auf Launceston Castle hatte und dass jede offizielle Aktion gegen Trevan und seine Bande von vornherein zum Scheitern verurteilt sein würde.

»Die da oben halten doch alle zusammen«, wurde des Volkes Meinung zusammengefasst. »Deshalb haben wir heimlich auf eigene Faust etwas unternommen, um uns von dieser Geißel zu befreien.«

In aller Stille stellte der gewählte Führer der Ausgebeuteten eine Streitmacht auf, mit der Trevan und seiner Horde der Garaus gemacht werden sollte. Es waren allesamt Leidensgefährten, die zum todesmutigen Kampf entschlossen waren. In einer Woche sollten alle Kämpfer aus weitem Umkreis zusammengezogen sein, und man wollte zum Gegenschlag ausholen. Zunächst wollte man die »Steuereintreiber« beim Kassieren schnappen. Anschließend sollte es gegen Trevans Burg gehen.

Morgan dachte an Lady Una. Nach Aussage des sterbenden Räubers war sie zur Burg gebracht worden. Vermutlich war sie nicht die einzige Gefangene. Von einigen abgelegenen Bauernhöfen waren Menschen verschwunden, Landleute, welche die wahnsinnigen Steuern nicht hatten zahlen können. Man hatte Trevans Steuereintreiber mit Fuhrwerken zur Burg fahren sehen und man gemunkelte, dass sie Gefangene in den Wagen gehabt hatten. Keiner wusste Genaues. Die Angst hielt alle im Griff, und es gingen die abenteuerlichsten Gerüchte um. Einige behaupteten, auf Trevans Burg gebe es ein Ungeheuer, dem Trevan Menschenopfer bringe. Andere behaupteten, Trevan würde sich Sklaven für den Ausbau seiner Burg halten. Wiederum andere vermuteten, dass er Frauen gefangen nehme, um sich einen Harem zu halten. Und schließlich waren einige davon überzeugt, dass Trevan ein Menschenfresser sei, denn ein Kunstschmied wusste zu berichten, dass er ein Halsband für Trevan gefertigt hatte, an dem ein Menschenknochen befestigt worden sei.

»Ein Andenken an einen verstorbenen Freund«, hatte Trevan dem Schmied erklärt.

Der Pater glaubte das alles nicht. Er hatte Trevan mehrfach im Auftrag des Bischofs aufgesucht, und Trevan hatte sich als Ehrenmann gegeben und stets gewissenhaft den Obolus an die Kirche entrichtet und gelegentlich sogar großzügige Spenden gegeben.

Der Pater war nach wie vor davon überzeugt, dass eine Räuberbande Trevans Namen missbrauchte.

Morgan war anderer Meinung. Er bezweifelte nicht, dass der Räuber Geordan vor seinem Tod die Wahrheit über Trevan gesagt hatte. Dennoch gab es die Möglichkeit, dass ein anderer sich auf Trevans Burg eingenistet hatte und sich als Trevan ausgab.

»Wir werden es bald genau wissen«, sagte Morgan.

Und dann weihte er die beiden in seinen Plan ein.

11. Kapitel

Es war ein milder Maitag, und Trevans trutzige Burg wirkte im Sonnenschein nicht mehr so finster und bedrohlich wie bei der Ankunft der Gefangenen, die inzwischen drei Tage lang im Kerker geschmachtet hatten.

Die männlichen Gefangenen waren aus dem Verlies in den Burghof getrieben worden. Sie wurden von drei Dutzend Räubern bewacht. Ein weiteres Dutzend war auf den Türmen, dem Wehrgang und am Burgtor postiert.

Es gab auf Trevans Burg nur noch Räuber und Gefangene. Trevan hatte das Gesinde und alle Bediensteten durch die Bande und später durch Gefangene ersetzt.

An diesem Morgen sahen die beiden Kriegsknechte des Sheriffs Trevan zum ersten Mal.

Breitbeinig stand der hünenhafte Burgherr, der nichts anderes als ein Räuberhauptmann war, vor den vier Dutzend Gefangenen.

Seine dröhnende Stimme hallte über den Burghof.

»Männer, große Ereignisse werfen ihre Schatten voraus! Ihr könnt euch glücklich schätzen, dass ich euch nicht im Kerker verrotten lasse, weil ihr keine Steuern zahlt! Ich will euch eine Chance geben.«

Er legte eine Pause ein und blickte grinsend über die Schar der Gefangenen.

»Ihr seht, ich bin ein großzügiger Mann«, fuhr er fort.

Fast jeder der Gefangenen hätte sich am liebsten auf ihn gestürzt und ihm den Hals umgedreht. Doch Bogenschützen waren auf dem Bergfried und den Wehrgängen postiert und hielten die Gefangenen ebenso scharf im Auge wie die mit Lanzen bewaffneten Wachen.

»Ich gebe euch die Möglichkeit, die Steuern abzuarbeiten«, sagte Trevan. »Ihr zieht mit meinen Männern auf einen Feldzug. Und wenn ihr siegreich heimkehrt, lasse ich eure Angehörigen frei. Dann braucht ihr nur noch einige Burgen zu erobern, und wer sich tapfer in der Schlacht bewährt und gesund und munter zurückkehrt, dem schenke ich die Freiheit und erlasse ihm die Steuerschuld. Na, was sagt ihr dazu?«

Keiner sagte etwas.

»Ihr werdet Waffen und Ausrüstung bekommen. Natürlich werdet ihr unter dem Kommando meiner Leute stehen.« Er grinste spöttisch. »Sie werden euch im Auge behalten und immer hinter euch sein, wenn es gilt, eine Burg zu erstürmen.«

»Das Schwein will uns im Kampf verheizen«, flüsterte Cynan Rhodri zu. »Wir sollen in erster Linie angreifen, und die Räuber wollen über unsere Leichen hinweg den Rest besorgen.«

Rhodri schluckte.

»Ich bin überzeugt davon, dass ihr alle euer Bestes geben und wie Helden kämpfen werdet«, sprach Trevan weiter. »Schließlich denkt ihr als brave Väter an eure Frauen und Kinder, die so lange als meine Gäste auf der Burg sein werden, bis ihr zurück seid. Sie werden gewiss beten, dass ihr heil heimkehrt. Und wenn das nicht der Fall sein wird...« Er zuckte mit den Schultern.

In diesem Augenblick verlor einer der Gefangenen die Nerven. Es war ein Bauer, der Kleidung nach zu schließen, und plötzlich erkannte Rhodri ihn wieder: Ronas Vater.

Der Mann drehte durch. Er wollte sich auf Trevan stürzen.

»Du Verbrecher!«, schrie er mit hochrotem Kopf. »Wenn wir im Kampf sterben, wirst du auch unsere...«

Er kam nur bis auf drei Schritte an Trevan heran.

Von mehreren Pfeilen getroffen brach er zusammen. Er war schon tot, bevor er zu Boden schlug.

Alle Gefangenen starrten entsetzt. Einen Augenblick lang herrschte Totenstille.

Trevan blickte zu den Bogenschützen empor. »Gut gezielt, Männer, doch ein Pfeil hätte genügt.« Dann gab er Dylan einen Wink, der an der Seite der Wachen stand.

»Lass den Dummkopf entfernen!«

Dylan beauftragte zwei seiner Männer, den Toten wegzutragen.

Die beiden Kriegsknechte und die anderen Gefangenen waren immer noch wie betäubt vor Schreck.

Trevan wirkte nahezu gelangweilt. Er spielte mit dem Knochen an der Halskette und ließ seinen Blick über die Gefangenen schweifen.

»Ich hoffe, wir haben uns verstanden«, sagte er mit erhobener Stimme. »Seid vernünftig, Männer. Denkt an euer Leben und das eurer Lieben. Wenn jemand nicht bereit ist, für seine Angehörigen zu kämpfen, dann soll er es sagen.«

Er legte drohend die Rechte auf das Schwert.

Cynan und Rhodri tauschten einen Blick. Sie dachten an Una, an Rona und Helma.

Und an Ritter Morgan, den sie tot wähnten, weil Una der Bande allein in die Hände gefallen war. Morgans Tod sollte nicht ungesühnt bleiben. Sie hatten nur eine Chance, wenn sie mitspielten und auf eine günstige Gelegenheit warteten. Zweifellos ließ dieser Verbrecher sie umbringen, wenn sie sagten, dass er sie nicht zum Kämpfen zwingen konnte, weil er keine Angehörigen als Druckmittel in seiner Gewalt hatte. Sie mussten sich fügen wie alle anderen auch. Vielleicht hielt dieser Verbrecher sein Wort und ließ tatsächlich die weiblichen Gefangenen frei, wenn sie von einem Raubzug – denn zu nichts anderem wurden sie gezwungen – siegreich zurückkehrten. Vielleicht konnten sie Lady Una und die beiden jungen Frauen retten. Und möglicherweise gab es unterwegs eine Chance, die Räuber zu überrumpeln und damit die Freilassung der Gefangenen zu erpressen. Vielleicht...

»Morgen zieht ihr los«, erklärte Trevan. »Schlaft euch bis dahin gut aus, damit ihr bei Kräften seid.«

Er gab Dylan einen Wink.

»Ab in euer nobles Quartier!«, sagte Dylan grinsend.

Als die Gefangenen auf dem Weg zurück in den Kerker waren, meldete einer der Posten auf dem Turm die Ankunft eines Gefährtes.

»Der Gesandte des Bischofs!«

Trevan blickte verwundert. »Der Pfaffe?«, murmelte er. »Der ist doch erst in acht Tagen fällig. Na, die Kirche wird auch immer habgieriger.«

»Lasst die Brücke hinab und öffnet das Tor. Ich bitte zur Audienz!«

Dann schritt er zum Palas davon.

Auf dem Gang begegneten ihm seine Dienerinnen Sile und Sileas.

»Verschwindet! Ich erwarte hohen Besuch von der Kirche. Lasst euch nur sehen, wenn ich euch rufe!«

Dann ging er schnellen Schrittes an ihnen vorbei.

Die Zwillingsschwestern blickten ihm nach. Als die Tür hinter ihm zufiel, sahen sie sich an.

»Diesmal muss es klappen«, flüsterten sie wie aus einem Munde.

12. Kapitel

Trevan erhob sich am Eichentisch, als Dylan die beiden Schwarzgekleideten herein bat.

Er lächelte freundlich und wirkte in der Tat wie der biederste aller Biedermänner. Er war ein guter Schauspieler.

»Oh, welche Freude! Ich dachte schon, man hätte mir etwas Falsches gemeldet«, sagte er und schritt den Schwarzgekleideten entgegen.

»Ja, ich hatte mein Kommen erst in acht Tagen angekündigt«, erwiderte der Pater lächelnd. »Aber mein Weg führte zufällig früher hier vorbei, und da dachte ich, Euch sogleich meinen Stellvertreter vorzustellen, der fortan bei Euch vorstellig werden wird, weil ich andere Missionen zu erfüllen habe.«

Er zwinkerte Trevan vertraulich zu. »Ich habe Bruder Morgan von Eurem vortrefflichen Burgunderwein erzählt. Er freut sich schon.«

Trevan grinste. Er blickte den »Bruder« mit Sympathie an.

Ritter Morgan trug eine weitgeschnittene Soutane aus dem Gepäck des Paters. Er erwiderte Trevans Lächeln, und nichts verriet seine Gedanken.

»Es freut mich, Euch kennenzulernen«, sagte Trevan. »Wer einen edlen Tropfen zu schätzen weiß, den mag ich leiden. Willkommen auf meiner Burg.«

Er reichte zuerst dem Pater und dann Morgan die Hand.

Trevans Händedruck war äußerst kräftig. Der Pater ging dabei fast in die Knie. Morgan, von weitaus kräftigerer Statur als der Pater, hütete sich, zu fest zurückzudrücken, als Trevan sich einen Spaß daraus machte, auch ihn in die Knie zu zwingen. Der Pater hatte erzählt, dass es eine von Trevans Marotten war, ihm jedes Mal fast die Hand zu zerquetschten und dröhnend zu lachen, wenn man schmerzlich das Gesicht verzog.

Morgan verzog das Gesicht, und Trevan lachte dröhnend.

»Nichts für ungut«, sagte Trevan. »Ich vergaß, dass Ihr Gottesleute mehr mit der Bibel kämpft als mit Kraft. Nun, dann wollen wir miteinander trinken.« Er schenkte in die bereits bereit stehenden Becher ein.

Anschließend trank er als Erster.

»Wirklich ein ausgezeichneter Tropfen«, lobte Morgan, als er am Wein genippt hatte.

»Der Beste«, erwiderte Trevan geschmeichelt.

Dylan musste rülpsen. Er entschuldigte sich schnell, als er Trevans Blick auffing.

»Verzeiht, aber selbst dieser köstliche Wein verursacht mir immer Beschwerden«, sagte Dylan zum Pater und dem vermeintlichen Bruder Morgan. »Der Magen! Ich kann Bier besser vertragen.«

Morgan lächelte verständnisvoll. »Das trifft sich gut. Wir haben bestes Bier, in einem Kloster gebraut, auf unserem Wagen. Erlaubt, dass ich gleich einen Krug davon hole und Euch als Gastgeschenk überreiche.«

Dylan nickte erfreut. Auch Trevan war angetan.

Er begann mit dem Pater über Abgaben zu plaudern und schimpfte über säumige Steuerzahler, während Morgan und Dylan den Raum verließen. Morgan hatte Dylan um die Begleitung gebeten.

Auf dem Gang plauderte Morgan mit Dylan, den Trevan als seinen Vertrauten vorgestellt hatte.

»Wisst Ihr, auch ich verspüre manchmal Magendrücken nach dem Genuss von Wein«, sagte Morgan. »Schon von einem Gläschen verspüre ich ein gewisses Drängen.« Er schritt etwas schneller aus und blickte dann über die Schulter zurück.

Der Gang war auf beiden Seiten leer.

»Sagt, wo kann ich eben... ein Bedürfnis...?« Er blickte Dylan fragend an.

»Wartet, ich zeige es euch.«

Dylan schritt voran, als Morgan stehen blieb. Morgan wollte nicht bis zum Stall warten. Wer weiß, ob die Gelegenheit dort so günstig war. Er nestelte an seiner Soutane. Dann zog er flugs die Keule hervor, die unter dem weiten Gewand verborgen war. Ein schneller Schlag, und Dylan brach lautlos zusammen. Morgan fing ihn auf.

Am Ende des Gangs klappte eine Tür.

Morgan zögerte keine Sekunde. Er durfte nicht entdeckt werden. Schnell zog er den bewusstlosen Räuber unter den Achseln in eine Kammer, deren Tür nur angelehnt war.

Er hatte Glück. Niemand hielt sich in dem Raum auf. Doch bevor er die Tür schließen konnte, wurde die gegenüberliegende Tür geöffnet, und eine Magd spähte zu ihm. Ihre Augen weiteten sich.

»Nur ein kleiner Schwächeanfall«, rief er leise. »Helft mir, bitte.« Er wollte verhindern, dass sie Alarm schrie.

Die Frau reagierte anders, als er erwartet hatte. Sie nickte, kniff ein Auge zu, legte einen Finger auf die Lippen und deutete mit dem Kopf zur anderen Seite des Ganges hin, von wo die Schritte nahten. Dann zog sie schnell die Tür zu.

Morgan fragte sich verwirrt, was ihr Verhalten zu bedeuten haben mochte. Aber sie hatte nicht geschrien, und das war die Hauptsache. Er lauschte mit angehaltenem Atem. Die Schritte entfernten sich an der Tür vorbei.

Als es still war, glaubte Morgan ein Flüstern zu vernehmen. Etwas huschte über den Gang. Er wartete hinter der Tür. Die Tür schwang auf. Morgan packte sich die Magd und hielt ihr eine Hand auf den Mund.

»Keine Angst, ich führe nichts Böses im Schilde...«, begann er in beruhigendem Tonfall. Plötzlich verstummte er überrascht. Eine zweite, gleichaussehende Magd tauchte im Zimmer auf. Sie zog schnell die Tür zu.

»Ihr könnt Sile loslassen«, flüsterte sie. »Wir verraten Euch nicht.«

Morgan nahm die Hand von ihrem Mund und gab sie frei.

»Wir möchten Euch um Hilfe bitten.«

Sileas blickte auf den bewusstlosen Dylan hinab.

»Wie kann ich euch helfen?«, fragte Morgan.

»Wir werden gefangen gehalten«, stießen beide im Flüsterton hervor. Sile drückte ihm ein Schriftstück in die Hand. »Da steht alles drauf. Bitte, Pater oder wer immer Ihr seid, sorgt dafür, dass man uns befreit. Schon oft versuchten wir dem anderen Pater eine Botschaft zuzustecken, doch niemals waren wir unbeobachtet.«

Morgan nickte. Die Zwillinge konnten ihm noch sehr von Nutzen sein. Bislang war es viel leichter gegangen, als sie gedacht hatten. Trevan hatte keinerlei Verdacht geschöpft, als der Pater seinen zukünftigen »Stellvertreter« vorgestellt hatte.

Wäre Trevan allein gewesen, hätte Morgan ihn gleich überwältigen können. Doch da war der andere dabei gewesen, Dylan. Lautlos hätten sie beide Männer kaum überrumpeln können. Es war auch unmöglich gewesen, ein Betäubungsmittel unbemerkt in den Wein zu schütten, das sie vorsorglich mitgenommen hatten. Gut, dass es gelungen war, Dylan unter einem Vorwand wegzulocken und auszuschalten.

Jetzt galt es nur noch, Trevan zu schnappen.

Hastig fragte Morgan die Zwillinge, ob Lady Una tatsächlich auf der Burg gefangen gehalten wurde.

Die Zwillinge nickten, als er eine Beschreibung hinzufügte.

»Die ist in der Folterkammer«, sagte eine der beiden.

Morgan erschauerte.

13. Kapitel

Cynan und Rhodri hatten sich von den Fesseln befreit. Auch ein Großteil der anderen Gefangenen konnte sich befreien. Cynan hatte eine scharfe Kante an einem Deckel einer Kanne genutzt, um seine Fesseln durchzuscheuern. Danach befreite er Rhodri. Doch die anderen wollten nicht befreit werden. Sie bangten um ihre Angehörigen. Es war bekannt geworden, dass Cynan und Rhodri keine Verwandten unter den weiblichen Gefangenen hatten. So baten die anderen die beiden inständig, Hilfe zu holen.

Cynan und Rhodri warteten angespannt links und rechts der Kerkertür. Der Riegel wurde zurückgeschoben. Ein Schlüssel knirschte im Schloss. Bisher hatten jeweils zwei Männer den Gefangenen das Essen gebracht. Kräftiger Fleischeintopf mit Bohnen in zwei großen Kesseln. Sie hatten einen der Gefangenen von den Fesseln befreit und ihm befohlen, jeden der Gefesselten mit einer Schöpfkelle das Essen in einen irdenen Napf zu füllen.

Obwohl es nahezu unmöglich war, unbemerkt aus der Burg zu entkommen, gingen die Räuber keinerlei Risiko ein. Doch bei der letzten Essenausgabe hatten sie einen Fehler begangen: Sie hatten vergessen, die leeren Kessel mitzunehmen.

Jetzt hielt Cynan einen Kessel in den Händen, und Rhodri hatte die schwere Schöpfkelle zum Schlag erhoben.

Die Tür schwang knarrend auf.

Sie verdeckte die Sicht auf Cynan, und Rhodri presste sich an der anderen Seite gegen die rissige, dunkle Wand.

Eine Gestalt tauchte im Fackelschein auf, der vom Gang her in den Kerker fiel. Der Mann trug mit beiden Händen den Kessel, in den das Essen gefüllt war. Wiederum Bohneneintopf, wie der Geruch verriet. Ein zweiter Mann schob sich an ihm vorbei. Er hielt ein Schwert in der Hand.

»Wer meldet sich diesmal freiwillig?«, fragte er und spähte in den dunklen Kerker. Im schwachen Lichtstreifen, der durch die offenstehende Tür einfiel, konnte er nur die Umrisse einiger Gefangener wahrnehmen.

»Macht schon das Maul auf...«

Dann sagte er nichts mehr.

Cynan schlug ihm den schweren Kessel über den Kopf. Gleich darauf hatte er dem Mann das Schwert entrissen, und er fing den Ohnmächtigen auf.

Rhodri hatte derweil dem anderen die Schöpfkelle über den Kopf geschlagen. Unsanft sank er zu Boden. Rhodri konnte ihn gerade noch auffangen, jedoch nicht verhindern, dass der Kessel herunterfiel, und sich ein Schwall heißen Bohneneintopfs in den Kerker ergoss. Schnell stellte er den Kessel wieder auf und rettete so den restlichen Inhalt.

Anschließend fesselten die beiden die neuen Gefangenen und knebelten sie.

»Schnell jetzt«, raunte Cynan ihm zu. »Wir müssen weg sein, bevor man ihr Ausbleiben bemerkt.« Er wandte sich noch einmal an die Gefangenen. »Ihr wisst, was ihr zu sagen habt?«

»Ja«, murmelten einige der Männer. Es war alles abgesprochen. Natürlich würde die Flucht zweier Gefangener bald bemerkt werden. Dann sollten die anderen Gefangenen »verraten«, wohin sie flüchten wollten. Sie sollten die Zornigen spielen, weil diese Lumpen ohne Anhang sich angeblich geweigert hätten, sie und ihre Angehörigen ebenfalls zu befreien. Wenn die Räuber darauf hereinfielen, konnte ein Trupp von ihnen in eine Falle gelockt werden.

»Viel Glück«, sagte eine leise Stimme aus dem Dunkel.

»Können wir brauchen«, murmelte Cynan, bevor er die Tür schloss. Er tauschte einen schnellen Blick mit Rhodri.

Dieser schob den Dolch in die Lederscheide, den er einem der Räuber abgenommen hatte.

»Dann los«, raunte Cynan.

Ihr Ziel war die Folterkammer.

Denn sie wollten Lady Una befreien und mitnehmen.

14. Kapitel

Der Pater plauderte angeregt mit Trevan über Wein im Allgemeinen und Burgunderwein im Besonderen, als Morgan zurückkehrte. Morgan zwinkerte ihm zu und nickte kaum merklich, bevor Trevan den Kopf wandte.

»Ah, da seid ihr wie...«, begann Trevan. Dann blieb ihm das Wort im Halse stecken.

Morgan, den Trevan für einen ungefährlichen Betbruder hielt, war mit einem schnellen Satz bei ihm und hielt ihm ein Messer an die Kehle.

Trevan wurde stocksteif.

»Keinen Laut!«, zischte Morgan.

Trevan fasste sich erstaunlich schnell. Er ignorierte den Dolch und drehte den Kopf zum Pater.

»Verrat!«, sagte er heiser.

Der tat erschrocken und zwang sich zu der Lüge, die mit Morgan abgesprochen war. In einer anderen Situation hätte Morgan gelächelt, denn der Pater wurde tatsächlich rot, als er log.

»Er – hat mich dazu gezwungen«, behauptete der Pater. »Er hält den richtigen Bruder Morgan gefangen und hat gedroht, ihn umzubringen, wenn ich nicht mitspiele.«

Trevan schien das zu schlucken. Er wandte wieder den Blick. Er hatte sich erstaunlich gut unter Kontrolle. Furchtlos sah er Morgan an.

»Was willst du?«

»Ich habe von Sir Ais of Eworthy den Auftrag, seine Braut zu befreien«, sagte Morgan. »Zufällig verriet sich Dylan, als wir miteinander plauderten. Es soll noch andere Gefangene hier auf der Burg geben. Ich fordere, dass du den Befehl gibst, sämtliche Gefangenen freizulassen. Dich, Dylan und den Pater nehmen wir als Geiseln mit.«

Morgan hatte sich absichtlich als »Einzelgänger« ausgegeben, der für Sir Ais of Eworthy arbeitete und zufällig erfahren hatte, dass es außer Lady Una noch andere Gefangene gab. Trevan sollte nicht auf den Gedanken kommen, es mit mehreren Gegner zu tun zu haben. Morgan wollte ihn als Gefangenen zu Sir Ais Burg bringen. Das Ziel hätten Trevans Mannen dann ohnehin erfahren.

Trevan nickte langsam. »Und wenn ich mich weigere?«

»Dann werdet ihr drei hier sterben«, bluffte Morgan mit harter Stimme.

Der Pater reckte verschüchtert die Arme hoch und setzte eine ängstliche Miene auf.

Trevan presste die wulstigen Lippen aufeinander. Er schien seine Selbstsicherheit nun doch zu verlieren.

»Es bleibt mir wohl keine andere Wahl«, sagte er zerknirscht. »Ein schlauer Mann weiß, wann er verspielt hat.«

Mit einem resignierten Seufzen umklammerte er die Kante des Eichentischs, vor dem er stand. Morgan war wachsam. Er konnte nicht glauben, dass ein Mann wie Trevan so einfach aufgab.

Dennoch überraschte Trevan ihn. Nicht mit einem Angriff, sondern mit einem Trick. Während er sich scheinbar resigniert an die Tischkante geklammert hatte, hatte er einen verborgenen Hebel betätigt, öffnete damit eine Falltür, und von einem Augenblick zum anderen verschwand Trevan im Boden!

Es war ein simpler Mechanismus. Der Hebel bewirkte, dass eine Stange ausrastete, die wiederum die Sperre entriegelte, mit der die Falltür oben gehalten wurde. Der frühere Besitzer hatte sich diesen Trick einfallen lassen, nachdem ein Attentat auf ihn verübt worden war, das nur durch einen glücklichen Zufall fehlgeschlagen war. Die Falltür diente ihm als Notausstieg, wenn Gefahr im Verzug war.

Trevan hatte die Falltür durch Zufall entdeckt. Im Vollrausch war er vom Stuhl gekippt und daneben eingeschlafen. Als er erwacht war, hatte er direkt auf den Hebel unter der Tischkante gestarrt. Neugierig hatte er ihn betätigt, in der Annahme, irgendwo würde eine Glocke anschlagen und die Dienerschaft rufen. Stattdessen war er in der Tiefe verschwunden und in einem Gewölbe gelandet. Nach einigem Suchen hatte er dann die Geheimtür im Mauerwerk entdeckt. Ein unterirdischer Gang führte aus der Burg hinaus. Das war Trevans Geheimnis.

Jetzt brauchte er nur durch diese Geheimtür zu verschwinden, Alarm zu schlagen, und dieser verdammte falsche Pater saß in der Falle.

So dachte Trevan. Doch es kam anders.

Morgan reagierte gedankenschnell. Bevor Trevan sich nach dem Sturz aufrappeln und die Falltür schließen konnte, hechtete Morgan ihm nach. Trevan riss im Reflex schützend einen Ellbogen hoch. Morgan prallte schmerzhaft dagegen, doch abgesehen davon, landete er weich auf Trevan. Pfeifend entwich die Luft aus Trevans Lunge, als Morgans Gewicht auf ihm aufschlug. Trevan war benommen, doch er konnte noch den Hebel betätigen. Die Falltür klappte zu. Morgan sah noch einen schmalen Lichtstreifen, das entsetzte Gesicht des Paters, der herab starrte, dann rastete die Falltür ein, und es war völlig finster.

Trevan stieß mit dem Knie zu. Tränen schossen Morgan in die Augen. Obwohl es stockdunkel war, glaubte er, feurige Kreise zu sehen. Das Messer war ihm beim Sturz entfallen. Er orientierte sich an Trevans keuchenden Atemzügen und schlug auf gut Glück mit der geballten Rechten zu. Seine Faust streifte Trevan nur und knallte gegen den Boden, sodass Morgan Schmerzen bis zur Schulter hinauf spürte. Doch er hieb weiter zu. Er wusste nicht, was er in der Dunkelheit traf, doch er spürte, dass sich Trevan plötzlich nicht mehr unter ihm regte.

Morgan wollte nicht auf einen Trick hereinfallen, Trevan hatte bewiesen, wie kaltblütig und listig er war. Dazu war der Mann ein guter Schauspieler. Er hatte Morgan mit seiner resignierten Miene fast hereingelegt. Auch jetzt konnte er sich verstellen und eine Unvorsichtigkeit zu einem Überraschungsangriff nutzen.

Morgan hielt die geballte Rechte zum Schlag erhoben, über der Stelle, wo er zuletzt getroffen hatte. Mit der Linken tastete er über Trevan. Er berührte etwas Feuchtes, vermutlich Blut. Dann hatte er sich vergewissert, dass von Trevan keine Gefahr drohte. Der Kerl war bewusstlos.

Morgan erhob sich. Er klopfte die kahlen Wände ab, berührte etwas aus Eisen und fühlte, dass es ein Eisenring war, der in die Wand eingelassen war. Er versuchte, daran zu ziehen, hatte jedoch keinen Erfolg. Eine Weile strich er über die Wände und suchte nach einem Hebel oder etwas, mit dem er die Falltür öffnen konnte. Vergebens. Er zog an allem möglichen, doch es tat sich nichts.

Er hatte sogar den Hebel berührt, ihn jedoch nicht seitlich, sondern nach oben und unten bewegt.

Weshalb unternahm der Pater nichts?

Der konnte sich doch denken, dass es irgendwo am Tisch etwas geben musste, das den Mechanismus der Falltür auslöste! Ob er in Panik geraten war und die Flucht ergriffen hatte?

Erst jetzt nahm Morgan richtig wahr, wie modrig und abgestanden hier unten die Luft war. Er kam sich vor wie in einer Gruft.

Morgan stellte sich auf die Zehenspitzen und griff nach oben. Die Falltür war zu hoch. Er sprang hoch. Immer noch nichts. So tief war der Sturz doch gar nicht gewesen, oder?

Er lauschte mit angehaltenem Atem. Totenstille.

Morgan war fast überzeugt davon, dass er vom Pater keine Hilfe mehr erwarten konnte. Er musste sich selbst helfen, und zwar schnell. Aber wie?

Er tastete nach Trevan. Der Kerl war immer noch bewusstlos. Aber wie lange? Inzwischen konnte Dylan entdeckt worden sein. Jemand konnte Trevans Verschwinden bemerken und Alarm schlagen. Das Leben vieler Gefangener stand auf dem Spiel.

Morgan zögerte nicht mehr. Er tat es nicht gern, doch die Situation erforderte es. Er stellte sich auf die reglose Gestalt und benutzte sie als Sprungbrett. Diesmal konnte er die Falltür im Sprung berühren. Doch es gelang ihm nicht, sie hochzudrücken. Kurz entschlossen packte Morgan Trevan unter den Achseln und zog ihn in eine sitzende

Position an die Wand. Danach stieg er auf Trevans Schulter, ging in die Knie und sammelte Kraft. Er atmete tief die modrige Luft ein. Schließlich sprang er hoch und stieß mit der Faust gegen die Falltür. Zweimal wiederholte er die Prozedur, doch nichts tat sich.

Der Ritter hatte das Gefühl, in einer Totengruft eingesperrt zu sein. Bildete er sich das nur ein, oder wurde ihm bereits die Luft knapp? Er kämpfte gegen eine beginnende Panik an.

Warum hatte der Pater nichts unternommen?

Morgan wollte noch einmal versuchen, die Falltür hochzustemmen. Just in dem Moment, in dem er so hochsprang, wie er nur konnte, klappte die Falltür nach unten. Sie knallte gegen Morgans Fäuste, und Morgan fiel auf Trevan.

Der Pater hatte Zeit verloren. Zunächst hatte er die Tür abgeschlossen. Es hätte jemand kommen und sich über Trevans Abwesenheit wundem können. Dann hatte er eine Lampe angezündet. Er wusste nicht, wie es dort unten weitergegangen war. Es gab eine Reihe von Möglichkeiten. Trevan konnte trotz Morgans schneller und tollkühner Aktion entkommen sein. Oder er konnte Morgan besiegt haben und dort unten bewaffnet nur darauf warten, dass die Falltür aufschwang. Er hatte gesehen, dass es dort stockfinster war, und er wollte nicht unvorbereitet sein. Er hörte Schritte auf dem Gang und lauschte mit angehaltenem Atem. Ausgerechnet in diesem Augenblick klopfte es gegen die Falltür! Morgan oder Trevan?

Gottlob wurde das Klopfen auf dem Gang nicht gehört. Die Schritte entfernten sich.

Der Pater fand den Hebel unter der Tischplatte, doch er betätigte ihn nicht. Er war nicht so dumm, sich selbst in die Tiefe zu stürzen. So legte er sich auf den schweren Eichentisch, hielt mit einer Hand die Lampe vor und bewegte mit der anderen den Hebel.

Er zuckte zurück, als er eine Gestalt hochschnellen und zurückplumpsen sah und ließ vor Schreck die Lampe fallen.

Angespannt spähte er hinab. Die Lampe war nicht zerbrochen, und in ihrem Schein sah er, wie sich eine Gestalt aufrappelte. Er atmete auf, als er Morgan erkannte.

Morgan ergriff die Lampe und beleuchtete Trevan.

Trevan sah ziemlich mitgenommen aus. Morgan musste in der Dunkelheit die Nase getroffen haben. Zudem hatte Trevan eine Beule an der Stirn und eine Schramme an der linken Wange. Blut war bis auf den Knochen an seinem Halsband getropft.

Morgan dachte daran, Trevan als Geisel zu nutzen. Eine Zeitlang war der Kerl nun nicht zu gebrauchen. Morgan entschied sich, um keine Zeit zu verlieren, derweil schon Una aus der Folterkammer zu holen und die anderen Gefangenen zu befreien. Natürlich konnten sie nicht unbemerkt aus der Burg verschwinden. Dazu gab es zu viele Räuber und zu viele Gefangene. Ohne Trevan und Dylan als Geisel, dazu noch den Pater als vermeintliches Faustpfand, gab es kein Entkommen. Es sei denn, es gab einen geheimen Ausgang.

Der Gedanke brachte Morgan auf eine Idee. Die Falltür musste doch einen besonderen Sinn haben. Sie diente gewiss nicht nur dazu, dass der Burgherr vor unliebsamen Besuchern verschwand und wartete, bis sie fort waren, um aus diesem Gewölbe wieder herauszusteigen. Morgan leuchtete mit der rußenden Lampe. Der gelbe Schein geisterte über die kahlen Wände. Plötzlich weiteten sich Morgans Augen. Der Lichtschein riss ein Skelett in einem Winkel aus dem Dunkel. Der Totenschädel grinste Morgan an. Morgan suchte schnell nach einem Ausgang, doch er fand keinen. *Eine makabre Totengruft*, dachte er. *Direkt unter dem Sitzplatz des Burgherrn an der Tafel.*

Er blickte zu dem bewusstlosen Trevan. Hier war er auf Nummer sicher, bis er zu sich kam.

Morgan stieg auf Trevans Schultern.

Der Pater legte sich auf Morgans Geheiß neben die Falltür und streckte die Hände hinab. Er zog Morgan hoch.

Für seine magere Gestalt war der Pater erstaunlich kräftig. Er grinste Morgan an und nahm einen Schluck aus dem Becher, danach hielt er ihn Morgan hin.

»Du kannst gewiss auch einen Schluck guten Burgunders gebrauchen, Bruder Morgan«, sagte er mit einem Zwinkern.

Morgan nickte und trank.

Anschließend setzte er ihn über seine Absichten ins Bild.

»Geh nur schon und hole Lady Una aus der Folterkammer. Das wird leicht sein, wenn es dort tatsächlich keine Wachen gibt, wie diese Mägde dir sagten. Wir müssen ohnehin warten, bis Trevan zu sich kommt.«

Morgan wollte keine weiteren Erklärungen abgeben. Es zog ihn zu Lady Una. Der Gedanke, dass sie in der Folterkammer litt, verursachte ihm Übelkeit.

Flugs nahm Morgan eine der Lanzen, die unter dem Wappen gekreuzt über dem Kamin hingen, und reichte sie dem Pater.

»Die müsste lang genug sein. Sorg dafür, dass er keinen Krach schlägt, wenn er zu sich kommt. Ich hoffe, viel früher zurück zu sein.«

Der Pater nickte und probierte es aus. Die Lanze reichte weit genug in die Gruft hinab. Er brauchte Trevan nur die Spitze an die Kehle zu setzen, wenn der Kerl erwachte. Dann würde der schon still sein.

Morgan spähte auf den Gang hinaus. Keine Menschenseele. Er huschte zur Kammer der Zwillinge. Sie öffneten auf sein vereinbartes Klopfzeichen.

Angespannt blickten sie ihm entgegen.

»Lasst keinen zu Trevan. Sagt jedem, der nach ihm fragen sollte, er und die Pater möchten nicht gestört werden.«

Sie nickten gleichzeitig.

Morgan eilte weiter. Sie hatten ihm beschrieben, wo sich die Folterkammer befand. Er spähte um die Ecke des Ganges, der zur Folterkammer führte. Nur ein Talglicht in einer Halterung an der Wand spendete ein wenig Licht. Kein Wachtposten war zu sehen. Die eisenbeschlagene Eichentür der Folterkammer war verriegelt.

Am Ende des Ganges tauchte eine Gestalt auf. Der Mann blieb ebenso überrascht stehen, und eine zweite Gestalt, die gleichfalls um die Ecke auf den Gang hatte treten wollen, prallte auf.

»Was machst du da, Pater?«, fragte die erste Gestalt mit dumpfer, misstrauischer Stimme.

Morgan überlegte sich schnell eine Ausrede, wie er Trevans Männer täuschen konnte.

»Man hat mir aufgetragen, den Gefangenen die Beichte abzunehmen«, sagte er ruhig und schritt selbstsicher weiter.

»Beichte? In der Folterkammer?« Das klang noch misstrauischer.

Die beiden Männer hoben die Schwerter und schritten auf Morgan zu.

»Wer hat das befohlen?«, fragte der größere der beiden barsch. Die Haltung der Männer war angespannt.

Ihr Misstrauen war geweckt, und Verzweiflung stieg in Morgan auf. Wenn es ihm nicht gelang, die beiden lautlos auszuschalten, und wenn sie Alarm brüllten? *Dann haben wir immer noch Trevan und Dylan als Geiseln*, versuchte er sich zu beruhigen. Aber konnte der Pater den Plan allein fortsetzen, wenn man ihn, Morgan, gefangen nahm?

»Euer Herr meinte...«, begann Morgan, und plötzlich starrte er die beiden verblüfft an, als sie in den schwachen Lichtschein traten.

Seine Gefährten!

»Morgan!«, stieß Cynan hervor, der ihn jetzt an der Stimme erkannt hatte.

»Seid Ihr es wirklich?«, flüsterte Rhodri und hielt immer noch das Schwert vorgereckt, während Cynan es bereits sinken ließ und befreit aufatmete.

Er eilte auf Morgan zu. »Und wir dachten, Ihr seid tot, weil Lady Una allein...«

Cynan schluckte und endete mit einem Schulterzucken.

Auch Morgan war zutiefst bewegt. Er klopfte den getreuen Männern auf die Schulter. »Und ich dachte, ihr wartet immer noch in dem Ort auf uns. Wie seid ihr hergekommen?«

Cynan berichtete mit knappen Worten.

»Schnell jetzt«, sagte Morgan. »Una ist in der Folterkammer.«

»Das wissen wir«, sagte Cynan. »Wir wollten sie gerade befreien und mit ihr verschwinden. Wisst Ihr von all den anderen Gefangenen?«

Morgan nickte. Kurz setzte er die beiden ins Bild.

»Ihr habt die beiden Oberschurken?«, fragte Rhodri verwundert. Auch Cynan konnte es kaum glauben. Er lachte leise.

»Dann wird es ein Kinderspiel sein, zu verduften. Die anderen Räuber sind doch allesamt dumme Toren, die nur Befehle ausführen, die sie von Dylan und Trevan erhalten. Ich glaube nicht, dass sie etwas unternehmen, wenn Trevan und Dylan aus Angst um ihr Leben die entsprechenden Befehle erteilen.«

»Hoffen wir's«, murmelte Morgan. Er schob den Riegel zurück und öffnete die Tür der Folterkammer.

Pechfackeln flackerten in eisernen Haltern an den Wänden. Ihr Schein zuckte über die grausigen Folterwerkzeuge in der Kammer. Doch Morgan nahm die grauenvollen Marterinstrumente nicht wahr. Er sah nur Una.

Sie war auf die Streckbank gefesselt und wandte den Kopf bei Morgans Eintreten. Apathisch, furchtsam. Dann starrte sie ungläubig.

»Morgan!«

Er lief zu ihr und atmete auf. Sie war zwar gefesselt und trotz ihrer Freude spiegelten ihre Augen noch das Grauen wider, doch sie war offensichtlich nicht körperlich gequält worden. Sie war nicht auf die Streckbank gespannt, sondern nur darauf gebunden.

»Was haben sie Euch angetan?«, fragte er mit belegter Stimme, während er sie von den Lederstricken befreite.

Sie schüttelte den Kopf, und ihr blondes Haar schimmerte golden im Schein der Fackeln.

»Sie haben mich nicht gefoltert, nicht körperlich, meine ich. Und trotzdem habe ich Höllenqualen ausgestanden. Dylan malte mir aus, was alles geschehen würde, wenn ich ihm nicht Willens sei. Er beschrieb mir die Wirkung der einzelnen Marterinstrumente. Sie ließen eigens die Fackeln brennen, damit ich mir in Ruhe alles ansehen kann, wie Dylan höhnisch sagte.« Ihre blauen Augen füllten sich mit Tränen. »Es war wie ein schrecklicher Albtraum. Selbst wenn ich die Augen geschlossen hatte, glaubte ich diese scheußlichen Dinge zu sehen und Dylans Worte zu hören.«

Er hob sie sanft von der Streckbank. Una klammerte sich an ihn und barg ihren Kopf an seiner Brust.

Er stellte sie auf und wandte den Kopf zu den beiden, die draußen an der Tür auf Posten standen.

»Ist die Luft rein?«

»Ja«, erwiderte Cynan.

In diesem Augenblick ertönte irgendwo in der Burg ein Schrei, der über die Gänge hallte.

»Alarm! Alaaarm!«

Morgan und den anderen stockte der Atem.

»Zwei Gefangene sind geflüchtet! Alarm!«

»Schnell!«, raunte Morgan. »Wir müssen bei Trevan und Dylan sein, bevor man uns entdeckt!«

15. Kapitel

Sie hatten Glück. Niemand suchte anscheinend in diesem Teil der Burg. Man dachte nicht daran, dass die Gefangenen ausgerechnet zur Folterkammer flüchteten und dann in den Palas zu Trevan und Dylan.

Unbemerkt gelangten sie in den Palas und eilten über den Gang, auf dem nur die Zwillinge zu sehen waren. Etwas warnte Morgan bereits, als er die erschrockenen Mienen der beiden sah. Da flog auch schon eine Tür auf. Zwei Männer sprangen aus der Kammer. Dylan und einer seiner Räuber.

Es war ein unglückseliger Zufall. Der Räuber hatte Dylan wegen eines widersprüchlichen Befehls etwas fragen wollen. Auf dem Gang hatte er ein gedämpftes Knurren und Scharren aus einer Kammer gehört. Schließlich hatte er den gefesselten und geknebelten Dylan gefunden und befreit.

Beide Männer stürmten mit erhobenen Schwertern auf Morgan, Una und die beiden Kriegsknechte zu. Der Teufel mochte wissen, woher Dylan ein Schwert hatte; Morgan hatte ihn doch entwaffnet. Vermutlich war das Schwert in der Kammer gewesen.

Morgan schob sich schützend vor Una und zog das Schwert unter der Soutane hervor, das er Trevan abgenommen hatte. Er hätte es beinahe nicht rechtzeitig geschafft, weil die Soutane ihn behinderte, denn die Soldaten erkannten die Gefahr. Sie hatten bereits Schwerter in den Händen und sprangen an Morgan und Una vorbei und stellten sich zum Kampf.

Hell klirrte es, als die Gegner die Schwerter kreuzten.

»Hierher!«, brüllte der Räuber, der Dylan befreit hatte. »Sie sind...«

Da traf ihn Cynans Schwert, und er verstummte. Cynan zog das Schwert aus der Brust des Räubers und wirbelte herum.

Rhodri hatte einen weitaus stärkeren Gegner erwischt. Dylan war kampfstark und erfahren. Es gelang ihm eine Finte, und mit einem wütenden Hieb schmetterte er Rhodri das Schwert aus der Hand, der daraufhin wankte.

Entsetzt sah Cynan, wie Dylan ausholte, um dem benommenen Rhodri den Todesstoß zu versetzen.

Vier Schritte trennten Cynan von Dylan, und er konnte Rhodri nicht mehr rechtzeitig zu Hilfe kommen.

Doch auch Ritter Morgan hatte die Gefahr erkannt. Geistesgegenwärtig und ohne Zaudern schleuderte er sein Schwert wie eine Lanze. Eine Technik, die nur wenige so schnell und treffsicher beherrschten. Doch Morgan traf nicht richtig, weil Dylan sich zur Seite duckte. Das Schwert schrammte nur über das Kettenhemd an der Schulter und fiel zu Boden, fast auf Rhodri, der sich in seiner Todesangst fallen gelassen hatte.

Mit verzerrtem Gesicht sprang Dylan auf Morgan zu. Dieser hatte keine Waffe in der Hand!

Siegessicher stieß Dylan sein Schwert vor, auf Morgans Brust zu.

Una, die sich an die Wand gepresst hatte und wie betäubt alles verfolgte, schrie entsetzt auf.

Auch die Zwillinge, die weiter oben auf dem Gang gebannt das Geschehen verfolgten, glaubten, dass Dylan Ritter Morgan den Todesstoß versetzen würde.

Doch Morgan wartete eiskalt bis zum allerletzten Moment ab, bevor er sich zur Seite schnellte. Dylan konnte die Stoßrichtung nicht mehr ändern. Er stieß ins Leere und wurde von seinem Schwung an Morgan vorbeigerissen.

Der holte bereits mit beiden verschränkten Händen aus und schlug mit aller Kraft zu.

Das Schwert entglitt Dylans Hand, und er stürzte vornüber, krachte zu Boden und rührte sich nicht mehr.

Morgan atmete auf. Sein Blick zuckte über den Gang. Seit dem Alarmschrei von Dylans Befreier waren nur wenige Augenblicke vergangen, doch vom Burghof her näherten sich bereits Schritte.

»Im Palas! Sie sind im Palas!«, rief jemand.

»Schnell!«, sagte Morgan. »Nehmt ihn mit!«

Er wies auf Dylan, nahm Una an der Hand und zog sie mit sich.

Die beiden Waffenknechte packten den Bewusstlosen an Armen und Füßen und eilten Morgan und Una nach.

»Ruft den Wachen zu, wir wären dort entlang«, sagte Morgan zu den Zwillingen und wies über den Gang. Er wusste, dass sie noch als Trevans Dienerinnen galten und dass ihnen keine Gefahr drohte. Vielleicht konnten die beiden ihnen Zeit verschaffen, bis Trevan aus der Gruft geholt war und sie ihn und Dylan zwingen konnten, die Freilassung der anderen Gefangenen zu befehlen.

Sie schafften es. Der erste Räuber tauchte am Ende des Gangs auf, als Morgan die Tür zuzog. Gut, dass der Pater so schnell auf sein Pochen und Rufen hin geöffnet hatte.

Im Laufschritt näherten sich Räuber auf dem Gang.

»Die sind da lang, da lang!«, riefen die Zwillinge.

Die Schritte gingen an der Tür vorbei.

Morgan lächelte. *Gute Mädchen*, dachte er.
Dann wandte er sich um. »Pater...«
Erschrocken verstummte er. Die Falltür klappte zu!

16. Kapitel

Alle verharrten bei diesem Geräusch in ihren Bewegungen.
Dann hetzte Morgan zum Eichentisch. Er bewegte den Hebel unter der Tischkante. Die Falltür ging auf.
Doch Trevan war verschwunden.
Wie durch Zauberei!
Morgan schüttelte den Kopf und fluchte. Es war keine Zauberei. Es musste eine Geheimtür geben, die er bei der flüchtigen Suche nicht entdeckt hatte. Hätte er sich doch nur die Zeit genommen, sorgfältiger zu suchen!
Er überlegte schnell. Kurz spielte er mit dem Gedanken, mit Dylan allein als Geisel die Freilassung der Gefangenen zu verlangen. Nein, darauf würde sich Trevan gewiss nicht einlassen. Eher würde er Dylan opfern. Trevan war entkommen, und bald würde er seinen Männern Befehle geben, diesen Ausschlupf zu bewachen. Dann waren sie in der Falle!
Sie konnten im Augenblick nichts für die anderen Gefangenen tun. Ihr eigenes Leben stand auf dem Spiel.
»Die ganze Zeit über war er bewusstlos, und ich hielt die Lanze auf ihn«, sagte der Pater kläglich. »Und ausgerechnet während ich euch die Tür aufschloss...«

»Vermutlich hat sich der Kerl verstellt und nur auf solch eine Gelegenheit gewartet«, unterbrach ihn Morgan hastig. »Wir müssen sofort weg.«

Sein Blick fiel auf Dylan. »Es bleibt uns nicht viel Zeit, ihn mitzuschleppen.«

Mit knappen Worten gab er Cynan und Rhodri Anweisungen.

Beide sprangen als Erste gemeinsam hinab in das Gewölbe, das Morgan für eine abgeschlossene Gruft gehalten hatte. Rhodri nahm die Lampe, die Morgan bei Trevan zurückgelassen hatte, damit der Pater den Kerl gut im Auge behalten konnte. Trevan hatte sie in der Eile nicht mitgenommen. Rhodri leuchtete die Wände ab, orientierte sich an einem Fußabdruck am staubigen Boden und suchte nach der Geheimtür.

Cynan fing derweil Una auf, dann den Pater. Und schließlich die Zwillinge, die Morgan schnell geholt hatte.

»Beeilt euch«, drängte Morgan.

Eine Faust hämmerte bereits gegen die Tür, die er abgeschlossen hatte. Aufgeregte Rufe drangen gedämpft vom Gang herein.

Cynan besann sich auf die Gefahr, setzte die angenehme Last ab und machte Morgan Platz, der gleich darauf ebenfalls hinabsprang. Sein Blick fiel auf den Hebel, mit dem er schon einmal versucht hatte, den Mechanismus der Falltür zu betätigen. Wieder ruckte er auf und ab doch nichts tat sich. Dann versuchte er es nach links und rechts, und die Tür klappte zu.

»Ich hab's«, rief Rhodri erfreut. Etwas scharrte. Im Schein der Lampe sahen sie, wie Rhodri die Geheimtür aufdrückte. Dahinter war eine dunkle Öffnung zu erkennen.

Cynan entdeckte eine Pechfackel in einer Halterung an der Wand und zündete die Fackel an der Lampe an. Er nahm die Lanze, die er vor dem Sprung in die Gruft hinabgeworfen hatte und hielt die Fackel mit der Linken hoch.

»Ich gehe voraus«, sagte er entschlossen und klemmte sich die Lanze unter den Arm. Morgan nickte.

Er zückte sein Schwert. Es konnte sein, dass sie sich den Weg in die Freiheit freikämpfen mussten.

Der Gang war eng.

Doch so gelangten sie unbehelligt aus der Burg. Der Gang führte unter dem Ringgraben hindurch und endete zwischen einer dichten Buschgruppe, die sich bis zu einem tiefen Wald westlich der Burg erstreckte.

Niemand verfolgte sie.

So sehr Morgan sich auch darüber freute, so sehr beunruhigte es ihn.

Weshalb hatte Trevan keinen Alarm geschlagen?

Weshalb hatte er keine Reiter ausgeschickt?

17. Kapitel

Trevan hatte die Flucht der Gefangenen beobachtet. Damit hatte er gerechnet. Überrascht war er nur, als er die Zwillinge mit den anderen flüchten sah. Er hatte sie so sehr als sein Eigentum betrachtet, dass es ihm gar nicht in den Sinn gekommen wäre, sie könnten ihn verlassen.

Trevan hatte sich seitlich des Ausgangs zwischen Büschen versteckt. Er hatte den Lichtschein und die Schritte im dunklen Gang gehört. Allein hatte er gegen die Übermacht keine Chance. Und bis er seine Leute alarmieren konnte, hätte man ihn längst geschnappt. So wartete er, bis Morgan und die anderen verschwunden waren.

Die Wachen am Tor staunten nicht schlecht, als sie ihren Herrn sahen. Sie starrten ihn wie einen Geist an und fragten sich, wo er hergekommen sein mochte, denn niemand hatte ihn die Burg verlassen sehen.

Trevan betastete seine schmerzende Nase, die Beule an der Stirn und die Schramme an der Wange. Das Blut war inzwischen verkrustet.

»Was glotzt ihr mich so an?«, rief Trevan grollend.

Sie sahen seinen mitgenommenen Zustand sowie seinen Zorn und sputeten sich.

In der Burg wurde noch nach den Gefangenen gesucht, die sich befreit hatten.

Trevan gab den Befehl, die Suche abzubrechen. Überall sah er verständnislose Gesichter. Schließlich wusste niemand etwas von dem Geheimgang. Keiner konnte sich einen Reim darauf machen, wie die Gefangenen entkommen waren.

Dylan, der eben erst wieder zu sich gekommen war, schaute ebenfalls überrascht.

»Aber wie ist das möglich? Sie können doch nicht davongeflogen sein! Überall sind Posten. Man hätte sie sehen müssen!«

Trevan zuckte mit den Schultern. »Sie werden sich in dem allgemeinen Durcheinander abgeseilt haben.«

Auch Dylan brauchte nichts von der Falltür und dem Geheimgang zu wissen.

»Ich werde sofort einen Trupp Reiter losschicken«, sagte Dylan entschlossen.

Trevan schüttelte den Kopf. »Nicht nötig. Ich kenne ihr Ziel.«

Dylan blickte erstaunt.

Trevan trat an den Tisch und setzte einen Becher an die Lippen. Er trank gierig den Rest aus und wischte sich anschließend über die wulstigen Lippen.

»Sie arbeiten im Auftrag von Sir Ais.«

»Sir Ais of Eworthy?«

»Ja. Du Dummsack wolltest ausgerechnet Sir Ais' Braut zu deiner Dienerin machen.«

Er bedachte Dylan mit einem finsteren Blick.

Dylan grinste, doch plötzlich nahm seine Miene einen ärgerlichen Ausdruck an.

»Du hättest dich nicht von dem falschen Pater reinlegen lassen dürfen«, sagte er vorwurfsvoll.

»Du auch nicht«, erwiderte Trevan trocken.

Dylan schnitt eine Grimasse. Fragend blickte er Trevan an. »Also, was machen wir nun? Hast du einen Plan?«

Trevan nickte und setzte sich an den Tisch. »Ganz einfach. Sie sind zu Fuß geflüchtet. Es dauert eine Weile, bis sie sich Pferde oder ein Fuhrwerk beschaffen können. Natürlich könnten wir ihnen Reiter nachschicken. Doch möglicherweise verstecken sie sich oder locken unsere Männer in eine Falle. Nein, ich will ganz sichergehen. Ihr Ziel ist die Burg von Sir Ais. Dort werden sie nicht eintreffen. Unsere Männer werden sie vorher in Empfang nehmen. Sie werden in eine Falle geraten. Und sollte das wider

Erwarten nicht klappen, werden wir sie mitsamt der Burg übernehmen.«

»Du willst die Burg...?«

»Warum denn nicht? Sie stand ohnehin auf meiner Liste. So ist sie eben als Erste dran. Wir müssen jetzt schnell handeln. Sie könnten einen Posten des Sheriffs in einem der größeren Orte informieren und Melder nach Launceston Castle senden. Nun, das dauert so einige Zeit, und ich bezahle Leute an wichtigen Positionen, auf dass jede Botschaft abgefangen werden kann.

Doch auf die Dauer lässt sich nicht vermeiden, dass man auf uns aufmerksam wird. Deshalb müssen wir jetzt schnell zuschlagen und über alle Berge sein, bis man etwas gegen uns unternimmt. Bei Sir Ais ist reiche Beute zu holen. Er hat zwei erfolgreiche Kriegszüge hinter sich, und seine Schatzkammer muss zum Bersten gefüllt sein. Ich wollte zwar erst eine kleinere Burg erobern, sozusagen als Probe. Doch jetzt nehmen wir den dicken Brocken als Ersten dran. Gib sofort Befehl für den Abmarsch unserer Kriegsknechte und schick ein paar zuverlässige Bogenschützen los, die diesen verdammten falschen Pater und seine Leute vor Sir Ais' Burg abfangen.«

Dylan nickte. »Die schnappen wir uns. Die werden in der Folterkammer bereuen, dass sie...«

»Quatsch«, unterbrach ihn Trevan. »Außer den Zwillingen wird niemand zurückgebracht. Sie werden auf der Stelle getötet, damit sie nicht mehr plaudern können.«

»Aber sie könnten unterwegs schon ihr Wissen preisgeben«, gab Dylan zu bedenken. Er ärgerte sich, weil Trevan den Überlegenen spielte und ihm seine Vormachtstellung als Anführer der Bande streitig machte.

»Na und?«, sagte Trevan im Tonfall eines Meisters, der mildes Verständnis gegenüber einem Dummkopf zeigt. »Lass sie doch reden. Wenn sie tot sind, kann niemand beweisen, dass sie die Wahrheit gesagt haben, oder?«

18. Kapitel

Die Soldaten zügelten das Gespann, als Morgan voraus aus dem Birkenhain galoppierte und einen Wink gab.

Mit einem Ruck hielt der Wagen.

»Was mag da los sein?«, brummte Cynan besorgt.

»Das wird uns Morgan schon sagen«, bemerkte Rhodri bissig.

Schließlich war Morgan heran.

Er zügelte das braune Pferd, das sie mitsamt dem Wagen und den Gespannpferden in einem Ort westlich von Trevans Burg erstanden hatten.

»Fünf Mann«, sagte Morgan. »Sie lauern in einem Hinterhalt.«

»Genau, wie wir uns das dachten«, murmelte Cynan und kratzte sich am Bart.

»Ja«, sagte Morgan. »Es war ein Fehler von mir, Trevan zu sagen, dass Lady Una die Braut von Sir Ais ist. Aber zu diesem Zeitpunkt konnte ich noch nicht wissen, dass sich die Dinge anders entwickelten als geplant.«

»Wo lauern die Kerle?«, fragte Rhodri.

Morgan zuckte mit den Schultern. »Das müssen wir noch herausfinden. Ich habe sie nicht gesehen. Ich traf nur einen Feldarbeiter, der fünf Bogenschützen sah. Jenseits des Wäldchens dort fragten sie ihn, ob er Reiter oder einen

Wagen mit drei Frauen und zwei Pfaffen und zwei anderen Männern gesehen hätte. Der Mann verneinte das, und einer der Bogenschützen sagte: ›Da sind wir ja früh genug dran.‹ Anschließend ritten sie nach Norden weiter. Wir müssen uns etwas einfallen lassen, wie wir die Kerle hereinlegen können. Hört zu, ich denke mir das so...«

19. Kapitel

»Sie kommen«, sagte der Anführer der fünf Bogenschützen. Er hockte hoch oben in einer Blutbuche und konnte den Hohlweg weit überblicken. Zwischen den Brombeersträuchern oberhalb des Hohlwegs lauerten die anderen vier.

»Die Pfaffen sitzen auf dem Kutschbock. Die putze ich als Erste weg. Ihr wartet, bis sie runterfallen. Dann schießt ihr auf die Gespannpferde, und so sitzen sie fest. Wir brauchen dann nur noch die Brandpfeile auf den Wagen zu schießen und abzuwarten, bis die anderen rauskommen, weil es ihnen zu heiß wird. Dann schießt auf die Männer. Die drei Weiber sollen unbeschadet bleiben.«

Trevan wollte zwar nur die Zwillinge wiederhaben, doch Dylan hatte befohlen, ihm auch Una wiederzubringen.

Der Bogenschütze legte einen Pfeil auf die Sehne und spähte zwischen den Blättern hindurch zu dem Wagen, der jetzt in den Hohlweg fuhr.

Der Pfeil schwirrte von der Sehne.

Der Mann im schwarzen Gewand zuckte zusammen und schrie laut.

Der Schütze war überzeugt davon, gut getroffen zu haben. In Windeseile hatte er den zweiten Pfeil auf die Sehne gelegt und abgeschossen. Auch den zweiten Schwarzgekleideten traf er, vermutlich mitten ins Herz.

Doch dann weiteten sich seine Augen. Er sah keinen Pfeil in den schwarzen Gewändern! Und die beiden Männer auf dem Wagenbock wirkten putzmunter! Wild trieben sie die Gespannpferde an, und der Wagen, ein klappriges Gefährt mit offener Ladefläche, raste weiter. Der Schütze erschrak so sehr, dass ihm der nächste Pfeil, den er gerade auf die Sehne legen wollte, aus der Hand rutschte.

Seine Kumpane warteten immer noch darauf, dass die Fahrer vom Wagenbock stürzten.

»Schießt doch!«, brüllte er, und in der Aufregung dachte er nicht daran, dass er damit seine Position verriet.

Männer sprangen plötzlich im Wagen auf. Sie waren mit Lanzen bewaffnet und hielten Schilde.

Die vier Bogenschützen waren bei dem Schrei hinter den Brombeersträuchern und Büschen aufgesprungen. Sie wollten auf die Gespannpferde schießen, wie es befohlen war. Doch da fuhr ihnen der Schreck in alle Glieder. Die Männer auf den Wagen schleuderten ihre Lanzen, während der Wagen über den Hohlweg raste.

Zwei Bogenschützen sanken getroffen zu Boden. Die beiden anderen warfen sich erschrocken in Deckung. Gleich darauf war der Wagen schon vorbei.

Ein Horn schmetterte.

Was das zu bedeuten hatte, erkannten Trevans verbliebene Männer erst eine Weile später. Ein Reitertrupp jagte über den Hohlweg heran. Schwerter und Helme glänzten in der Sonne.

»Nichts wie weg!«, brüllte der Bogenschütze, der die Gefahr als Erster vom Baum aus sah. Hastig kletterte er an der Buche hinab. Doch er entkam nicht mehr. Im Nu waren er und die beiden anderen von Reitern umzingelt. Er schoss noch einen Pfeil ab und traf ein Pferd, gleich darauf fegte ihn ein Schwerthieb zu Boden.

Die anderen beiden Räuber waren vernünftiger als ihr Anführer. Sie ergaben sich und flehten um Gnade, als sich Lanzen drohend auf ihre Brust senkten.

»Darüber können wir vielleicht reden«, sagte einer der Reiter, die vom Pferd gestiegen waren. »Kommt darauf an, ob ihr Lumpen gesprächig und zur Mitarbeit bereit seid, oder nicht.«

Trevans Räuber tauschten Blicke. Sie verstanden noch nicht ganz, was die Worte zu bedeuten hatten.

Der Wagen hatte hinter einer Wegbiegung angehalten, auf ein Hornsignal hin, das das Ende der Aktion verkündete. Jetzt kamen die beiden schwarzgekleideten Fahrer über den Hohlweg zurück.

Der Anführer des Reitertrupps gab seinen Männern Befehle. Die beiden Räuber wurden gefesselt. Anschließend schritt der Anführer den vermeintlichen Patern entgegen.

Es waren Morgan und Cynan. Sie hatten sich hinter Strohpuppen verborgen, die mit dunklen Gewändern zu den Patern verwandelt wurden und die Pfeile auffangen mussten.

Rhodri war derweil im weiten Bogen zu Sir Ais Burg geritten und hatte ihm von Morgans Plan berichtet. Prompt hatte Sir Ais Reiter geschickt. Die Reiter waren der Kutsche in einigem Abstand gefolgt und hatten nur auf ihren Einsatz gewartet.

Der Pater, Una und die Zwillinge wurden derweil von vier Reitern Sir Ais' im Wald beschützt.

»Ich danke Euch«, sagte Morgan zum Anführer der Gruppe.

»Dankt nicht mir, Ritter Morgan«, erwiderte der Mann bescheiden. »Ich führte nur den Auftrag meines Herrn aus.« Er warf einen Blick zu den Gefangenen. »Gut, dass wir zwei lebend erwischt haben. Sie werden uns gewiss von Nutzen sein.« Er gab seinen Männern einen Wink. »Schafft sie auf den Wagen und bringt sie zur Burg. Sechs Mann und der Hornbläser folgen mir. Wir eskortieren Ritter Morgan und die zukünftige Frau unseres Herrn!«

Hufschlag klang auf. Reiter galoppierten davon. Das Räderrasseln und Rumpeln des Wagens verklangen im Norden.

20. Kapitel

»Willkommen auf Eworthy Castle«, sagte Sir Ais und verneigte sich galant vor Lady Una. Sie reichte ihm lächelnd die Hand, und er führte sie mit einer eleganten Bewegung an seine Lippen. Danach richtete er sich zu seiner vollen Größe auf. – Jetzt reichte sein Haupt fast bis zu Unas Kinn.

Sir Ais hatte einen gewaltigen, langen Oberkörper. Den Oberkörper eines Hünen. Doch der Rest hätte eher zu einem stämmigen Gnom gepasst. Kurze Beine trübten ein wenig das Bild des Recken.

»Ich weiß, Ihr seid ein gutherziger Mensch. Ihr habt uns alle aus höchster Gefahr gerettet! Ich möchte Euch für das Willkommen danken, Sir Ais.«

Er verneigte sich von neuem.

»Und ich danke Euch ganz besonders dafür, dass Ihr mir einen solch – liebenswerten Brautwerber geschickt habt.«

»Ja«, sagte Sir Ais, ohne die besondere Betonung und den Ausdruck ihrer Augen zu bemerken. »Ritter Morgan ist ein guter Freund, auf den Verlass ist.«

Er blickte zu den Zwillingen.

»Ihr habt gleich Eure Zofen mitgebracht?«

»Der Zufall brachte sie«, erwiderte Una. »Aber ich wäre nicht abgeneigt, sie als Zofen in Erwägung zu ziehen, sollte ich mich entschließen, hierzubleiben.«

Sir Ais blickte sie erschrocken an.

»Ihr werdet verstehen, dass ich mir erst über meine Gefühle zu Euch klar werden muss«, fügte Lady Una mit einem entschuldigenden Lächeln hinzu.

»Gewiss, gewiss«, beeilte sich Sir Ais zu versichern, aber er konnte seine Enttäuschung nicht ganz verbergen. Er hatte Erkundigungen über Lady Una eingeholt und wusste, dass sie Witwe war und sich erneut vermählen wollte. Und er war eine reiche Partie. Nachdem sie den Antrag angenommen und mit Morgan zur Burg gekommen war, hatte Sir Ais alles für abgemacht gehalten.

»Natürlich werde ich Euch alle Wünsche erfüllen«, versicherte er schnell. »Wenn Ihr diese Frauen als Eure Zofen wollt, so sei es.«

»Sie waren Dienerinnen auf Trevans Burg«, erklärte sie Sir Ais. »Und gewiss werdet Ihr sie zusätzlich in Dienst nehmen können.«

»Natürlich«, sagte Sir Ais, und er dachte: *Ich kann sie zwar nicht gebrauchen, doch ich darf Una keinen Wunsch abschlagen, bevor wir vermählt sind.*

Die Zwillinge tauschten strahlende Blicke.

Sir Ais wandte sich mit ernster Miene an Morgan.

»Trevans Burg, das ist das Stichwort. Euer Waffenknecht berichtete mir gar schlimme Dinge.«

»Leider sind sie wahr«, antwortete Morgan. »Ich werde Euch alles ausführlich erzählen.« Er zwinkerte Sir Ais zu und gab ihm ein weiteres Stichwort. »Nach Speis und Trank.«

Sir Ais begriff. Er wandte sich an Una. »Oh, verzeiht, dass ich über die Freude, Euch zu sehen, ganz meine Gastfreundschaft vergaß. Ihr habt einen langen und beschwerlichen Weg hinter Euch, dazu mit schlimmen Zwischenfällen. Ihr werdet hungrig, durstig und müde sein. Ich werde sofort für alles sorgen lassen.«

Er gab dem Vogt, der abwartend im Hintergrund bei den anderen Bediensteten stand, einen Wink.

21. Kapitel

Am nächsten Tag wollte Morgan mit seinen beiden Waffenknechten die Burg verlassen. Es galt, alles in die Wege zu leiten, damit Trevan und seinen Räubern das Handwerk gelegt und die Gefangenen befreit wurden. Sir Ais hatte schon am Nachmittag Boten zum Sheriff geschickt, auf dass eine starke Streitmacht ausgesandt werden würde. Morgan und die beiden Soldaten wollten Verbindung mit der aufständischen Landbevölkerung aufnehmen.

Es bestand die Gefahr, dass diese wild entschlossenen Männer den Reitern des Sheriffs in die Quere kamen und die vielen Gefangenen auf Trevans Burg gefährdeten. Morgan hatte im Gespräch mit Sir Ais einen Plan entwickelt, dessen Gelingen im Wesentlichen auf dem Geheimgang und auf der Mitwirkung der beiden gefangenen Räuber beruhte. Er wollte verhindern, dass die aufgebrachten Leute, die sich zum Kampf gegen Trevan und seine Steuereintreiber entschlossen hatten, diesen Plan zunichtemachten.

Wenn alles so klappte, wie Morgan es sich vorstellte, dann konnten erst alle Gefangenen befreit und aus der Burg gebracht werden, bevor Trevan und seine Räuber geschnappt wurden.

Morgan wurde aus seinen Gedanken gerissen.

Ein Horn schmetterte.

»Alarm!«, schrie ein Wachsoldat.

Morgan sprang vom Bett auf und ergriff sein Schwert. Er eilte aus der Kammer, die Sir Ais ihm zugewiesen hatte.

Weitere Männer stürmten über den Gang. Aufgeregte Rufe ertönten. Im Burghof gellten Schreie. Türen klappten. Morgan hetzte auf den Burghof hinaus. Plötzlich stockte ihm der Atem. Die Nacht war von Kampflärm erfüllt. Feurige Kugeln rasten, von Katapulten geschleudert, auf die Burg zu. Ein brennender Pechball fiel wie eine Sternschnuppe über die Zinnen der Bastion. Brandpfeile zischten zum Bergfried empor und fielen in den Burghof.

Die Angreifer mussten sich im Schutz der Dunkelheit unbemerkt bis an den Burggraben herangeschlichen und die Wachen überrascht haben. Die Burg wurde anscheinend von allen Seiten angegriffen. Morgan sah entsetzt, wie der Türmer von einem Brandpfeil getroffen wurde.

Sir Ais tauchte im Burghof auf, nur notdürftig bekleidet. Er hielt ein Schwert und rief Befehle, versuchte Ordnung in das Durcheinander seiner Männer zu bringen.

Morgan sah Cynan und kurz darauf Rhodri mit gezückten Schwertern auf den Burghof stürmen.

Sir Ais organisierte die Verteidigung.

»Bogenschützen auf die Türme! – Löschkommando! – Verstärkung auf die Wehrgänge und zum Tor!«

Sir Ais bewies Umsicht und Erfahrung. Und seine Männer waren gute Kämpfer. Viele davon hatten Sir Ais auf seinen Kriegszügen begleitet und manch gefährlichen Kampf überstanden.

»Sie versuchen, über die Ringmauer einzufallen!«, schrie ein Schatten auf der Bastion. Gleich darauf schwankte die Gestalt, die sich nur als Schemen vom Nachthimmel abhob. Ein langgezogener Schrei ertönte, und der Mann krachte in den Burghof hinab.

»Zur Ringmauer!«, rief Morgan den Soldaten zu.

Sie hetzten zum Turm hinauf, um von dort zur Ringmauer zu gelangen. Bogenschützen kauerten hinter Schießscharten.

Morgan spähte durch eine freie Schießscharte hinaus. Dutzende Bogenschützen schossen zu den Türmen und Zinnen hinauf. Eine Schleuder katapultierte brennende Pechkugeln gegen die Burg. Eine Gruppe Männer in Kettenhemden rannte mit einer Leiter aus Morgans Blickfeld.

Einer der Angreifer sank getroffen zu Boden. Ein Pfeil ragte aus seiner Brust. Der Schütze neben ihm kniete sich nieder und untersuchte die Gestalt. Dann blickte er sich um. Hilfesuchend, wie Morgan fand. Plötzlich sprang der Mann auf und lief von der Burg fort. Er wollte die Flucht ergreifen!

Im nächsten Augenblick stolperte er. Er ruderte haltsuchend mit den Armen und fiel hintenüber. Ein Pfeil hatte ihn in die Brust getroffen. Nicht die Verteidiger hatten ihn von der Burg aus beschossen. Einer aus den eigenen Reihen hatte ihn getroffen!

Morgans Augen verengten sich. Er spähte über die Linie der Angreifer hinweg. Ein Dutzend Brandpfeile flirrten zur Burg hoch und erhellten die Szenerie.

Morgan sah den Anführer, der mit heftigen Gesten und Schreien eine neue Linie von Angreifern zur Ringmauer peitschte. Und er erkannte ihn wieder.

Dylan!

Morgan war zutiefst betroffen. Er wusste ja von Cynan, welche Pläne Trevan und Dylan hatten. Er wusste, dass sie die gefangenen Männer zwingen wollten, Burgen zu überfallen und Beute zu machen. Doch er hätte nicht gedacht, dass die Räuber sich erdreisteten, eine solch starke Feste wie Eworthy Castle anzugreifen. Trevan wollte offenbar aufs Ganze gehen. All dies ging Morgan in Sekundenschnelle durch den Kopf. Dann warf er sich auch schon herum. Er sah, wie einer von Sir Ais' Mannen einen Pfeil auf einen Angreifer hinabschoss.

»Nicht schießen!«, rief er.

In diesem Augenblick knallte ein brennender Pechball gegen die Schießscharte. Brüllend taumelte der Bogenschütze zurück. Beißender Qualm hüllte Morgan und die anderen ein. Funken sprühten.

Ein Schatten sprang auf Morgan zu. Einer von Sir Ais Mannen mit erhobenem Schwert.

»Verräter!«, schrie er und griff Morgan an.

Morgan konnte dem Schwerthieb gerade noch ausweichen. Dann kreuzte er mit dem Mann die Klinge und trieb ihn mit wuchtigen Schlägen zurück.

»Die Angreifer werden gezwungen, die Burg zu erstürmen!«, keuchte er, während ringsum der Kampflärm tobte. »Es sind Trevans Gefangene!«

»Du gehörst bestimmt zu diesem Lumpenpack!«, brüllte der andere. Er erkannte Morgan in der Dunkelheit nicht.

Morgan wusste, dass es auf jeden Augenblick ankam. Zorn stieg in ihm auf. Jeder Moment konnte den Tod für einen der Angreifer bringen, für Väter, Ernährer, Brüder, die zu dieser Tat getrieben wurden, weil Trevan drohte, sonst ihre Angehörigen umzubringen.

Und Morgan verlor Zeit und musste mit diesem Recken die Klinge kreuzen, weil der Mann entschlossen für die Burg und seinen Herrn kämpfte.

»Hast du keine Augen im Kopf«, schrie Morgan wütend. »Ich bin Ritter Morgan, Sir Ais' Freund!«

»Das kann jeder sagen«, gab der Mann stur zurück und kämpfte noch verbissener.

Die Soldaten beendeten den Kampf. Cynan hatte einen der Männer wiedererkannt, der von einem Pfeil der Verteidiger getroffen worden war. Er wusste, dass die Männer dort unten die Burg unter Zwang angriffen und dass keine Zeit blieb, wenn sie noch retten wollten, was zu retten war.

Unter anderen Umständen hätte der Soldat niemals in einen Zweikampf seines Ritters eingegriffen. Doch jetzt hieb er Sir Ais' Mann zornig die Breitseite des Schwerts auf den Schädel. Der Mann stürzte. Morgan trat ihm das Schwert aus der Hand und hetzte bereits an ihm vorbei.

Cynan sprang über die reglose Gestalt hinweg. Rhodri folgte ihm.

»Danke«, sagte Morgan atemlos. »Wir müssen Sir Ais finden.«

Sie rannten über den Burghof. Brennende Pechkugeln tauchten den Burghof in gelbliches Licht. Der Wagen, mit dem Morgan und die anderen zur Burg gelangt waren und den die Stallburschen in die Burg gefahren hatten, stand beim Ziehbrunnen und war in Brand geraten. Der Ritter gab mit lauter Stimme Befehle. Bedienstete versuchten zu löschen.

Morgan schickte vier Männer zur Ringmauer. Ein Feuerball flog funkensprühend heran.

»Vorsicht!«, schrie Morgan und warf sich zur Seite. Auch Cynan und Rhodri ließen sich fallen, doch die vier Männer, die auf dem Weg zur Ringmauer waren, reagierten zu spät.

Der glühende Pechball knallte mitten zwischen sie. Brüllend rissen zwei der Männer die Hände vors Gesicht, wo sie von glühendem Pech getroffen worden waren. Aus der Kleidung eines Mannes schlugen Flammen. Er wälzte sich über den Boden, doch er konnte das brennende Pech nicht löschen.

Morgan sprang auf. Er hetzte auf einen wie erstarrt stehenden Mann zu und riss ihm den Wassereimer aus der Hand. Sofort schüttete er Wasser über den Mann, der sich schreiend am Boden wälzte. Die Knappen halfen derweil den anderen Verletzten.

Morgans Blick überflog die Runde. Vergebens suchte er nach Sir Ais.

Schwerter klirrten bei der Bastion und dem Zingel. Dort bei der Ringmauer hatten die Angreifer die Leiter angesetzt und versuchten mit dem Mut der Verzweiflung, durchzubrechen.

Morgan presste die Lippen aufeinander. Er konnte sich vorstellen, wie diesen Männern zumute sein musste. Wenn sie nicht kämpften, wurden sie von Dylan und seinen Räubern getötet. Wenn sie kämpften, wurden sie vermutlich von der starken Burgbesatzung niedergemacht.

Sie waren in einer verzweifelten Situation.

Morgan wischte sich mit fahriger Hand über die Stirn. Erst jetzt bemerkte er, dass sein Handrücken höllisch brannte. Pech klebte daran. Auch er war von glühenden Pechteilchen getroffen worden.

»Sir Ais!«, brüllten seine Männer, die ebenfalls den Burgherrn suchten.

Ein gellender Schrei übertönte den Kampflärm. Ein Schatten fiel in den Burghof, prallte dumpf auf, und der Schrei verstummte wie abgeschnitten.

»Verräter!«, brüllte ein Mann vom Wachturm. »Ein Verräter ist in der Burg!« Morgan erkannte die Stimme. Es war der Mann, der ihn mit dem Schwert angegriffen hatte. Er musste zu sich gekommen sein und stiftete zusätzliche Verwirrung.

»Idiot!«, stieß Cynan zornig hervor.

Dann ertönte Sir Ais' Stimme von der Bastion her. Er forderte Verstärkung an.

Morgan und seine Soldaten hetzten los. Vor allen anderen Männern waren sie bei Sir Ais. Und sie sahen ihn tapfer kämpfen, als wollte er seinen Männern ein Vorbild sein. Gleich zwei Angreifer fegte er mit Schwerthieben von der Leiter, und trotz der Schreie und des Kampflärms war das Platschen zu hören, als sie in den Burggraben fielen.

»Sir Ais!«

Sir Ais fuhr herum und erkannte Morgan.

»Diese Lumpen werden alle sterben!«, knirschte der Burgherr und wandte sich schon wieder zum Kämpfen um.

Morgan zog ihn an der Schulter herum. Mit knappen, eindringlichen Worten schilderte er Sir Ais die Lage.

Sir Ais war verdutzt. »Ihr habt berichtet, dass Trevan solche Pläne hat«, sagte er. »Doch dass er sich ausgerechnet meine Burg aussucht! Was sollen wir tun? Wir werden angegriffen und müssen uns verteidigen. Auch wenn ich Mitleid mit den Angreifern habe, so kann ich doch nicht zulassen...«

»Doch«, unterbrach ihn Morgan hastig. »Hört meinen Plan.«

Sir Ais lauschte erstaunt. Dann sah Morgan im Schein des Mondes und dem Feuerschein, wie ein Lächeln sein Gesicht aufhellte.

»Eine gute Taktik. Hoffen wir, dass sie gelingt«, sagte er schließlich. Gleich darauf gab er seine Befehle.

Die Angreifer wunderten sich, dass ihnen der Durchbruch gelang. Ein Dutzend Männer gelangten über die Leiter in den Burghof. Sie brüllten, vielleicht aus Erleichterung, es geschafft zu haben, vielleicht, um sich Mut zu machen.

Dann sahen sie sich von einer Übermacht umzingelt. Und bevor jemand auf die Idee kommen konnte, sich zum Kampf zu stellen, waren die Kriegsknechte des Sheriffs, die sie ja kannten, zur Stelle und weihten sie in den Plan ein.

Die Freude war groß. Sie waren in Sicherheit. Und wenn alles weiterhin gelang, konnten Dylan und seine Räuber in die Falle tappen.

Morgan und Sir Ais gaben flugs Befehle. Sofort verwandelten sich die Männer, die das Castle unter Zwang angegriffen hatten, in Verteidiger. Das war für Dylan und die anderen, die sich ja zurückhielten, in der Dunkelheit nicht zu erkennen. Die Männer hatten schnell Helme bekommen. Sie verständigten sich durch Zurufe mit ihren Leidensgefährten, die immer noch über den vermeintlichen wunden Punkt der Verteidiger die Burg stürmen wollten.

Sie erkannten ihre Gefährten und hörten verblüfft, dass sie in die Burg kommen durften. Damit alles echt wirkte, lieferten sich die Männer noch ein kleines Scheingefecht, bei dem Schwerter klirrten und markerschütternde Schreie ertönten.

Dann folgte ein Freudengebrüll.

Derweil hatten Sir Ais und Morgan vieles gleichzeitig organisiert. Kämpfer wurden von den Türmen und Wehrgängen abgezogen. Auf dem Bergfried ertönte ein gellender Schrei, und etwas, das wie eine dunkle Gestalt aussah, stürzte in den Burghof hinab. Es war eine Strohpuppe, die von Sir Ais' Bogenschützen für Zielübungen benutzt wurde, doch man hatte ihr flugs Männerkleidung übergezogen, und Dylan und seine Räuber mussten sie für eine menschliche Gestalt halten. Als dann ein Mann, wie von ihm befohlen, an einem Stock eine improvisierte Fahne schwenkte, mussten die Räuber annehmen, der Bergfried sei in ihrer Hand.

Die Räuber wurden auch nicht mehr mit Pfeilen beschossen, und immer mehr Männern gelang es, über die Ringmauer in die Burg einzudringen.

Morgan beobachtete, wie Dylan die letzte Linie der Zwangskämpfer zur Burg trieb und mit seinen Räubern nachrückte. Immer noch schleuderte das Katapult brennendes Pech gegen die Türme und Zinnen der Burg.

Die Angreifer wurden von ihren Gefährten in Empfang genommen und angewiesen. Sie lieferten sich weitere Scheingefechte und brachen anschließend in Triumphgeheul aus. Sir Ais schickte sie im Burghof zum Löschkommando.

Einer der Angreifer erkannte in der Aufregung nicht, dass er einem Mann gegenüberstand, mit dem er in Trevans Kerker gefangen gehalten worden war. Er wollte dem Mann das Schwert in den Leib rammen. Morgan stand keine zwei Schritte entfernt. Er schnellte sich auf den Mann zu und riss ihn um. Das Schwert des Mannes stieß ins Leere. Morgan hieb es ihm aus der Hand, und sofort war Cynan zur Stelle und drückte dem Mann die Klinge auf die Brust.

»Gnade!«

»Dummbeutel!«, knurrte Cynan. »Erkennst du mich nicht? Wir haben uns doch lange genug im Kerker miteinander unterhalten.«

Der Mann konnte sein Glück noch nicht fassen. Er hatte sich schon tot gewähnt. Doch statt dem Allmächtigen und Cynan für diese glückliche Wende zu danken, sagte er ärgerlich: »Dann gib dich doch zu erkennen, du Blödmann.«

Bei einem weiteren Zwischenfall konnte Morgan nicht helfend eingreifen. Wiederum hatte einer der Angreifer nicht erkannt, dass er einem Verbündeten gegenüberstand. Mit dem Mut der Verzweiflung und dem Schwert ging er auf ihn los. Gottlob behielt der andere die Nerven. Er schlug ihn mit dem Schwert nieder, ohne ihn schlimm zu verletzen.

Morgan sah, dass sich Dylan und seine Räuber zwar bis an den Burggraben vorgewagt hatten, sich aber noch zurückhielten.

Schließlich gab er das Zeichen, und der letzte Teil des Plans begann.

Einer der ehemals Gefangenen tauchte plötzlich oben auf dem Bergfried auf. Er hielt Sir Ais umklammert und drückte ihm einen Dolch an die Kehle. Es war deutlich zu sehen, denn Fackelträger standen dabei und leuchteten.

»Sieg! Sieg!«, schrie der Mann mit dem Dolch, und seine Stimme hallte über den Burghof und zu Dylan und seinen Räubern.

Ein wildes Hurrageschrei folgte.

Da waren Dylan und seine Mannen nicht mehr aufzuhalten. Siegesgewiss stürmten sie über die Leiter empor in die Burg.

Dylan fluchte, als ein Feuerball über seinen Kopf hinweg zischte und Funken auf ihn niedersprühten.

Er befahl einem seiner Räuber, den Männern am Katapult zu sagen, dass die Burg eingenommen sei und er nicht seine eigenen Leute beschießen solle.

Nichts warnte Dylan im Burghof. Er sah ein regelrechtes Schlachtfeld. Rund drei Dutzend reglose Soldaten lagen am Boden, und Männer, die er an der Ausrüstung als »seine« erkannte, schwangen triumphierend die Schwerter und stürmten in die Gebäude.

»Zur Schatzkammer!«, schrie einer. »Zur Schatzkammer!«

Dylan grinste.

Plötzlich machte er einen erschrockenen Satz. Ein Pfeil schlug vor ihm in den Boden. Sir Ais' Mann hatte absichtlich danebengeschossen. Wenn gar kein Widerstand mehr geleistet wurde, konnte Dylan argwöhnisch werden!

»Sir Ais!«, rief Dylan mit dröhnender Stimme. »Gesteh deine schmähliche Niederlage ein! Befiel deinen restlichen Männern, sich zu ergeben, oder du bist des Todes!«

Sir Ais' Stimme klang kläglich, als er vom Bergfried rief: »Ich tue, was ihr verlangt, wenn ihr die Frauen und Kinder auf der Burg verschont!«

»Über die Beute entscheide ich!«, erwiderte Dylan. Er dachte an Una. Die Bogenschützen mussten versagt haben, denn sie waren nicht zum vereinbarten Treffpunkt gekommen und hatten sich nicht die Belohnung abgeholt. Folglich musste Una mit den anderen zur Burg gelangt sein. Und diesmal würde er nicht die Geduld aufbringen, Una erst ein paar Tage in die Folterkammer zu sperren, damit sie gefügig wurde.

Bei diesem Gedanken grinste er breit.

Doch im nächsten Augenblick fuhr ihm der Schreck in alle Glieder.

Denn all die reglosen Gestalten, die er für Tote gehalten hatte, sprangen wie auf ein geheimes Kommando hin auf, hielten Schwerter und Lanzen in den Händen, und im Nu sahen sie sich von ihnen umringt.

Auf dem Bergfried und den Wehrgängen und Türmen wuchsen wie aus dem Nichts Bogenschützen empor. Sie hoben sich drohend vor dem Nachthimmel ab.

Fassungslos erkannte Dylan das alles. Sein Bick zuckte zum Bergfried empor. Dort legte Sir Ais dem Mann, der ihn zuvor zum Schein mit dem Dolch bedroht hatte, freundschaftlich eine Hand auf die Schulter.

»Eine Falle!«, stieß Dylan hervor.

»Ergebt euch!«, ertönte Sir Ais' Stimme vom Bergfried, »Oder ihr seid alle des Todes!«

Mit einem Wutschrei riss Dylan sein Schwert hoch und wollte den Ring durchbrechen, wollte zurück zur Mauer und flüchten.

Er starb als Erster.

An einem Schwert oder an den zwei Pfeilen, die von oben herabzischten, woran genau, war später nicht mehr festzustellen. Wie vom Blitz gefällt, brach er zusammen.

Zwei weitere Männer wollten ihr Heil in der Flucht suchen, doch es sah aus, als wollten sie angreifen, und sie wurden von Sir Ais' Recken niedergemacht.

Der Rest war so vernünftig, sich zu ergeben.

Dann ertönte das Horn.

»Na also«, murmelte Morgan. Das Signal meldete, dass Sir Ais' Männer auch die Räuber geschnappt hatten, die das Katapult bedienten.

Als Dylan und seine Räuber in der Burg waren, hatten sich auf der anderen Seite fünf Männer abgeseilt, sich im Bogen in der Dunkelheit an die Räuber angeschlichen und sie überrascht.

Der Sieg schien vollkommen.

»Jetzt brauchen wir uns nur noch Trevan und die wenigen Räuber zu holen, die auf seiner Burg verblieben sind«, sagte Cynan.

»Und die Gefangenen zu befreien«, fügte Morgan hinzu. »Und das wird das Schwierigste werden. Schließlich hat er Frauen und Kinder als Geiseln.«

»Wir müssen schnell sein«, meinte Rhodri. »Bevor er Verdacht schöpft, weil seine Räuber nicht zurückkehrten.«

Morgan nickte. »Wir reiten noch heute Nacht.«

Er konnte nicht ahnen, dass sie trotzdem zu spät kommen würden.

Denn einer von Trevans Räubern war entkommen.

22. Kapitel

Trevan erbleichte, als ihm der Mann berichtete.

Dylan und seine Räuber gefangengenommen! Damit konnte er seinen Traum von einem großen Beutezug ins Morgenland vergessen!

Er hieb die Faust auf den Eichentisch, dass die Becher tanzten. In seinen Augen loderte es so zornig auf, dass der Mann, der bei dem Kampf entkommen war, erschrocken zurück wich. Er hatte angenommen, Trevan würde ihn gut belohnen, wenn er ihm die Nachricht brachte und ihn warnte. Doch statt Dankbarkeit wurde ihm jetzt Zorn zuteil.

Er schalt sich einen Narren, dass er sich nicht einfach davongemacht hatte.

Da blickte Trevan plötzlich wie erwachend auf.

»Was stehst du hier noch herum? Geh mir aus den Augen, du verdammter Versager, oder ich vergesse mich!«

Der Mann zog sich geschwind zurück.

Erst als er die Tür hinter sich schloss, regte sich Trotz in ihm. Er war der Einzige, der nicht versagt hatte. Er war nicht in die Falle getappt wie die anderen.

Zum Teufel mit Trevan, diesem ungerechten Tyrannen!

Trevan trank derweil Wein. Doch sein geliebter Burgunder schmeckte ihm wie Essig!

Der Magen drehte sich ihm um, wenn er sich vorstellte, was Dylans Versagen für Folgen haben würde.

Er war geliefert!

Gewiss würde bald eine kleine Streitmacht anrücken. Sir Ais verfügte über viele Männer. Dazu galt sein Wort beim Sheriff. Wenn Sir Ais dort persönlich vorsprach oder einen Gesandten mit geheimer Botschaft schickte, konnten auch die bestochenen Männer nichts ausrichten. Sir Ais würde jede erdenkliche Hilfe bekommen.

Und mit dem kümmerlichen Dutzend verbliebener Männer war die Burg gegen eine Übermacht nicht zu verteidigen.

Aber er hatte viele Geiseln, Frauen und Kinder. Er konnte drohen, sie alle umzubringen. Was sollte ihm da schon passieren, und notfalls konnte er durch den Geheimgang verschwinden.

Dann fiel ihm ein, dass den Geflüchteten der Geheimgang bekannt war. Sie konnten von außen in die Burg gelangen. Es war ihm schließlich nicht möglich, überall zugleich zu sein. Er konnte nicht gleichzeitig bei den Geiseln und der Falltür sein. Er überlegte, ob er den Geheimgang bewachen lassen sollte. Nein, keiner von Dylans Männern sollte davon erfahren. Den Kerlen war zuzutrauen, dass sie sich davonmachten, wenn Gefahr drohte.

Trevan wurde aus seinen Gedanken gerissen.

Einer von Dylans Unterführern meldete die Ankunft eines Fuhrwerkes.

Ein Räuber brachte die gefangenen Zwillinge und meldete, dass der Beutezug ein voller Erfolg gewesen sei!

23. Kapitel

Einer der beiden Bogenschützen, die von Sir Ais' Leuten gefangen genommen waren, hatte sich bereit erklärt, bei Morgans Plan mitzuspielen. Man hatte ihm Straffreiheit versprochen. Sein Leben war ihm wichtiger als Trevan. Er wusste, dass er mit Trevan zusammen in der Falle saß, wenn er ihm den Plan verriet.

So erzählte er genau das, was Morgan ihm gesagt hatte.

Demnach war Eworthy Castle erobert. Dylan und die Streitmacht folgten mit den Schätzen.

Trevan konnte es kaum fassen. Er war zu Tode betrübt gewesen, und nun hörte er solch frohe Kunde!

Er blickte zu dem Mann, der sich beim Wagen eingefunden hatte und verständnislos starrte.

Schließlichwinkte er ihn zu sich.

»Was hast du mir da für einen Unsinn gemeldet?«, fragte Trevan grollend.

Der Mann war völlig verunsichert. Sollte er sich so getäuscht haben?

»Aber ich sah und hörte, wie Dylan und die anderen geschnappt wurden! Und dann kamen Männer und griffen uns beim Katapult an. Da machte ich mich davon und...«

Trevans Gesicht verzerrte sich. »Du bist feige geflohen, während die anderen kämpften!« Er zückte sein Schwert.

»Nein!«, schrie der Mann und riss abwehrend die Hände hoch. Doch das nutzte ihm nichts. Trevan schlug mit dem Schwert zu.

Die Zwillinge starrten entsetzt auf die Leiche.

Trevan wischte sein Schwert ab.

Danach heftete er seinen Blick auf die Zwillinge, die gefesselt auf dem Wagen saßen. Auch sie hatten sich bereit erklärt, eine Rolle in Morgans Plan zu übernehmen. Trevan hatte Frauen und Kinder als Geiseln. Selbst wenn ein ganzes Heer die Burg angriff, konnte er freien Abzug erpressen. Deshalb war Morgan auf diese List verfallen. Und prompt war der Wagen in die Burg gelassen worden.

»Ihr Ungetreuen!«, grollte Trevan. »Ihr werdet in der Folterkammer bereuen, dass ihr mich verlassen habt!«

Die Zwillinge schrien angstvoll auf, obwohl ihnen klar war, dass sie damit rechnen mussten. Morgan würde sie ebenso befreien wie die anderen Gefangenen. Wenn er nicht entdeckt wurde!

Morgan lauschte in seinem Versteck, dem doppelten Wagenboden, angespannt.

Schritte entfernten sich.

»Du berichtest mir jetzt alle Einzelheiten«, sagte Trevan zu dem Bogenschützen.

Morgan wartete, bis alles still war. Schließlich öffnete er die Klappe und spähte aus dem Wagen über den Burghof.

Niemand hielt sich in der Nähe auf. Der Wagen hatte an der richtigen Stelle angehalten, dicht vor dem Wirtschaftsgebäude. Sollte zufällig ein Wachtposten in den Burghof blicken, konnte er nicht bemerken, dass jemand aus dem Wagen stieg.

Morgan zwängte sich aus seinem Unterschlupf. Bis jetzt war alles genau nach Plan verlaufen.

24. Kapitel

Trevans Augen funkelten, als der Bogenschütze ihm die Lügengeschichte in allen Einzelheiten erzählte. Vergnügt trank er Wein, der ihm wieder so köstlich schmeckte wie eh und je.

Plötzlich fiel ihm fast der Becher aus der Hand.

Die Tür flog auf, und ein Mann sprang mit dem Schwert in der Hand in den Raum.

Morgan!

Doch Trevan reagierte nicht so, wie Morgan es erwartet hatte! Er verschwand nicht durch den Notausgang, an dessen Ende ihn die Soldaten erwarteten, um ihn in Empfang zu nehmen.

Trevan stellte sich zum Kampf!

Er zückte sein Schwert und griff mit einem Wutschrei an.

Morgan parierte die wütende Attacke.

Trevan war ein gewandter Schwertkämpfer, und Morgan hatte alle Mühe, die kraftvollen Hiebe abzuwehren. Trevan drängte ihn in die Defensive und fintierte geschickt. Urplötzlich riss er die Klinge zurück, die er mit Morgan gekreuzt hatte und schlug aus der Drehung heraus zu. Ein glühend heißer Schmerz stach durch Morgans Hand bis zur Schulter empor. Das Schwert entglitt ihm.

In Trevans Augen leuchtete es triumphierend auf.

Er sprang auf Morgan zu und holte zum entscheidenden Stoß aus.

Morgan sah das Schwert auf sich zurasen und schnellte sich zur Seite. Die Schwertspitze ratschte noch an seiner Schulter vorbei, doch Trevan stürmte ins Leere.

Morgans Schuhspitze zuckte hoch. Er traf Trevans Handgelenk und prellte ihm das Schwert aus der Hand. Es schlitterte über den Boden und blieb fast vor dem Bogenschützen liegen.

»Her damit!«, keuchte Trevan. Er hatte noch nicht erkannt, dass der Mann die Fronten gewechselt hatte.

Der Bogenschütze rührte sich nicht.

Und Morgan griff mit den Fäusten an, als Trevans Blick zu dem Abtrünnigen ging. Bevor Trevan reagieren konnte, knallte ihm Morgans Faust ans Kinn. Einen zweiten Hieb konnte er abblocken, doch schließlich traf ihn Morgans geballte Linke, und Trevan taumelte zurück. Er prallte gegen die Tischkante und stürzte.

Morgan verlor keine Zeit. Mit einem gewaltigen Satz war er bei Trevan und machte es kurz. Trevan kam gar nicht mehr dazu, sich zum Kampf zu stellen. Morgans Fäuste nagelten ihn förmlich gegen den Tisch. Trevans Kopf ruckte hin und her, und dann prallte er so hart mit dem Hinterkopf gegen ein Tischbein, dass er das Bewusstsein verlor. Er sank zu Boden und rührte sich nicht mehr.

Schwer atmend richtete sich Morgan auf und rieb sich die schmerzenden Knöchel.

Der Bogenschütze starrte ihn an. »Mann, war das ein Kampf!«, stieß er hervor.

Morgan betätigte den Hebel unter der Tischkante.

Die Falltür klappte auf.

Morgan wies hinab. »Spring runter!«, sagte er zu dem Mann, der sofort gehorchte. Auf Morgans Geheiß fing er anschließend Trevan auf, den Morgan flugs gefesselt hatte.

Sie trugen Trevan durch den Geheimgang und übergaben ihn den Soldaten.

Rhodri und zwei von Sir Ais' Männern bewachten den Gefangenen zwischen den Büschen außerhalb der Burg.

Morgan und Cynan holten die Gefangenen aus der Burg. Unbemerkt von den wenigen auf der Burg verbliebenen Räubern gelangten alle durch den Geheimgang in die Freiheit.

»Besser konnte das nicht klappen«, sagte Cynan zufrieden.

Hufschlag trommelte. Ein Reiter galoppierte davon. Und als er für einen Moment in einer Lücke im Buschgürtel zu sehen war, stockte Cynan der Atem.

Der Reiter war Trevan.

25. Kapitel

Trevan presste die Zähne aufeinander, als er hörte, wie die Gefangenen aus der Burg geholt wurden.

Er wusste, dass er verspielt hatte. Von seinen Männern war keine Hilfe zu erwarten. Die würden dieser Morgan und seine Gefährten allesamt kassieren. Entweder in der Burg oder bei einem Großangriff von draußen.

Vier Dutzend Reiter warteten im Waldstück westlich der Burg nur auf ihren Einsatz, auf das Signal von Morgan, dass die Gefangenen in Sicherheit waren. Es waren gerüstete Männer von Sir Ais sowie die ehemaligen Gefangenen, die unter Zwang Eworthy Castle hatten erobern sollen.

Als Trevan zu sich gekommen war, hatte er gehört, wie seine Bewacher darüber geplaudert hatten. Trevan stellte sich weiterhin bewusstlos und lauschte. Dann hörte er die Stimme des Bogenschützen, der von dem gelungenen Trick erzählte, wie er Morgan in die Burg geschmuggelt hatte. Die anderen lachten.

Dieser Verräter!, dachte Trevan hasserfüllt.

Er hörte Frauen und Kinder lachen. Blinzelnd öffnete der die Augen einen Spalt. Niemand schenkte ihm Beachtung.

Die Befreiten wurden von Morgan und einem schwarzbärtigen Mann aus dem Geheimgang gebracht und zu dem Waldstück geschickt. Trevan hatte gehört, weshalb man ihn nicht ebenfalls dorthin gebracht hatte: Morgan befürchtete, dass die ehemaligen Gefangenen ihn lynchen könnten. Deshalb hatte er Rhodri und zwei besonnene Männer mit der Bewachung des Gefangenen beauftragt.

Die Bewacher nahmen ihre Aufgabe nicht allzu ernst, schließlich war er gefesselt und scheinbar bewusstlos. Die Männer liefen zu den Befreiten, die nur ein paar Dutzend Schritte entfernt vorbeizogen. Zwei der Bewacher schlossen Frauen und Kinder in die Arme. Trevan spähte unter halbgesenkten Lidern zu dem Bogenschützen, der sich mit einem Messer die Fingernägel reinigte, und rief ihn leise an.

»Dachte, du schläfst noch.«

»Warum bist du nicht gefesselt?«, raunte Trevan und spielte den Verwunderten, obwohl er ja wusste, dass der ihn verraten hatte.

»Man hat mich begnadigt«, antwortete er mit einem Schulterzucken.

»Schneide meine Fesseln auf«, flüsterte Trevan.

»Warum sollte ich?«

Trevan wechselte die Taktik.

»Ich zahle dir hundert Silberlinge, und niemand wird erfahren, dass du mich befreit hast.«

Keiner schaute herüber.

»Hundert Silberlinge?« Das klang sehr interessiert.

»Mehr habe ich nicht bei mir«, raunte Trevan. »Schnell, bevor die Kerle zurückkehren.«

Der Schütze nagte an der Unterlippe. Das Angebot war verlockend. Die anderen hatten ihm die Freiheit geschenkt, aber keinen einzigen Silberling springen lassen. Er würde sich einen neuen Herrn suchen müssen, denn Trevan war erledigt.

Hundert Silberlinge, schnell verdient, waren ein reiches Polster.

»Du bekommst mehr«, lockte Trevan. »Wir treffen uns später wieder und ich werde dich reich belohnen.«

Der Mann war ein recht guter Bogenschütze, aber im Denken war er noch nie der Beste gewesen. Und in diesem Augenblick kreisten seine Gedanken nur um die hundert Silberlinge. Er kam nicht mal auf die Idee, dass Trevan sie gar nicht bei sich haben konnte, schließlich hatte er die Burg auf recht schnelle und ungewöhnliche Weise verlassen. Und wer schleppte schon hundert Silberlinge mit sich herum. Doch Trevan war immer der Herr gewesen, und was er sagte, musste schon stimmen.

Eine innere Stimme mahnte ihn zwar zur Vorsicht, doch die Aussicht auf schnell verdienten Reichtum war zu verlockend.

Er brauchte nur die Stricke durchzuschneiden. Er blickte sich noch einmal sichernd um. Dann schob er sich an Trevan heran und zerschnitt die Handfesseln.

»Setz dich wieder zurück, damit du nicht auffällst«, raunte Trevan. »Gib mir das Messer. Die Fußfesseln schneide ich selbst durch.«

Der Bogenschütze drückte ihm das Messer in die Hand. Er senkte den Kopf wie ein Schlafender. Wenn etwas auffiel, konnte er immer noch behaupten, er sei eingenickt und Trevan hätte sich selbst befreit oder irgendein anderer hätte ihm zur Flucht verholfen.

Trevan entledigte sich schnell der Fußfesseln.

»Wo sind die Pferde?«, flüsterte er.

»Etwa hundert Yards von hier zwischen den Bäumen angebunden«, erwiderte er und wies mit dem Daumen über die Schulter. Er streckte die Hand aus. »Die hundert...«

Da traf ihn das Messer ins Herz.

»Dummkopf«, flüsterte Trevan. Ohne länger zu verweilen huschte er zwischen den Büschen davon.

Die Pferde wurden nicht bewacht. Trevan nahm sich das erstbeste Tier, das gesattelt war. Er wusste, dass es auf jeden Augenblick ankam. Schon jetzt musste seine Flucht bemerkt worden sein. Es blieb ihm keine Zeit, das Tier ein Stück weiter zu führen, damit man den Hufschlag nicht hörte. Er würde so oder so bald verfolgt werden. So galoppierte er los. Er musste einen möglichst großen Vorsprung gewinnen.

In gestrecktem Galopp jagte er nach Südwesten, fort von dem Waldstück, in dem Morgans Männer warteten, wie er vom Gespräch der Bewacher wusste.

Er warf einen Blick zurück. Noch waren keine Verfolger zu sehen. Erst als er wenig später über einen bewaldeten Hügel ritt und zurückschaute, sah er weit entfernt einen Reiter.

Morgan!

Er erkannte ihn an der Kleidung. Andere Reiter tauchten jetzt am Waldrand auf und galoppierten hinter Morgan her.

Trevan preschte weiter. Er änderte die Richtung, gelangte auf einen Waldweg und folgte ihm den sanft abfallenden Hügel hinab.

Am Fuße des Hügels geschah es.

Er überquerte eine Lichtung, als plötzlich Reiter am Waldrand auftauchten. Erschrocken parierte er das Pferd. Wo kamen sie so schnell her? Sie konnten doch nicht schon vor ihm sein!

Er zog das Pferd herum, wollte nach links ausweichen, doch auch dort kamen Reiter zwischen den Bäumen hervor.

Einer von ihnen stieß einen Vogelschrei aus.

Hufschlag trommelte heran.

Trevan riss sein Pferd nach rechts.

Da hörte er ein Sirren, ein dumpfes Klatschen, und im nächsten Augenblick stolperte das Tier und brach wie vom Blitz getroffen zusammen.

Es war kein Blitz, sondern drei Pfeile, doch das erkannte Trevan in der Aufregung nicht.

Bevor er wusste, wie ihm geschah, schrammte er über den Boden, über Disteln und Steine, und blieb benommen liegen.

Hufschlag näherte sich donnernd.

Trevans Blick flog in die Runde. Er war umzingelt! Von mindestens drei Dutzend Männern, die mit Schwertern, Lanzen, Pfeil und Bogen bewaffnet waren und ihn allesamt stumm anstarrten.

Wieder ertönte ein Vogelschrei, und Trevan erkannte, dass es ein Signal sein musste. Denn alle Reiter saßen ab. Schweigend schritten sie auf ihn zu, stießen ihre Lanzen vor und hoben Schwerter und Keulen.

Trevans Blick irrte in die Runde. Es gab kein Entkommen aus diesem bedrohlichen Ring bewaffneter Männer, der sich immer enger um ihn schloss.

Bis auf vier Schritte näherten sie sich, und plötzlich verharrten alle wie auf ein geheimes Kommando.

Trevan lag am Boden und blickte zu den Männern auf.

Einer von ihnen, ein großer, stämmiger Mann, der als Einziger ein Kettenhemd trug, sprach jetzt.

»Wir haben dich vom Hügel aus beobachtet, Trevan.« Er wies mit dem Schwert hinter sich. »Wir wollten dich eigentlich aus der Burg holen, doch ein Späher berichtete, dass dort schon andere Männer am Werk sind.«

Das kalte Lächeln des Anführers jagte Trevan einen Schauer über den Rücken.

»Wer – seid ihr?«, fragte Trevan mit krächzender Stimme und sah gehetzt in die Runde.

»Wir sind nur arme Steuerzahler«, erwiderte der Anführer. »Leute von einfachem Stande, kleine Bauern, ein paar Handwerker, ein paar Fuhrleute – kurzum: Arbeitsleute, die nichts anderes wollten, als rechtschaffen durchs Leben gehen. Wir haben stets die Abgaben, die deinesgleichen forderte, ohne aufzumucken, brav und dumm, wie unsereins ist, bezahlt. Wir haben nicht dagegen aufbegehrt, dass in diesem Spiel die Karten ungleich verteilt sind, dass unsereiner schuften muss für das tägliche Brot, während euresgleichen in Saus und Braus lebt und noch verächtlich auf uns, das niedere Volk herabblickt, das euch ein angenehmes Leben ermöglicht.«

Er hatte ruhig gesprochen, ohne Erregung, als hätte er seine Worte in Gedanken schon tausende Male ausgesprochen und wiederhole sie nur.

Doch jetzt nahm seine Stimme einen härteren Klang an, und in seinen grünbraunen Augen flammte es auf.

»Doch du warst nicht so schlau wie die anderen, die die Daumenschrauben gerade nur so weit anziehen, dass man es noch ertragen kann. Du hast jedes Maß verloren und dir mit Gewalt immer mehr genommen!«

Jetzt ertönten aus dem bisher schweigenden Ring der Männer zornige, hasserfüllte Rufe:

»Schlag ihn tot, den dreckigen Ausbeuter!«

»Steinigt den Verbrecher!«

»Hängt ihn auf!«

»Lasst ihn leiden, wie wir gelitten haben!«

Der Anführer hob eine Hand, und die Wutschreie verstummten nach und nach.

Trevan sah den Hass in den Augen der Männer, und er glaubte, vor Angst ohnmächtig zu werden.

»Ich habe nichts Falsches getan!«, kreischte er. »Die Steuern stehen mir zu. Das ist verbrieftes Recht. Und die Erhöhungen – die Kirche verlangte immer mehr von mir! Ich habe mit eurem Geld Gutes getan. Gotteshäuser werden gebaut, die Armen gespeist, die Kranken...«

»Du bist krank«, unterbrach ihn der Anführer angewidert. »Du bist im Kopf krank, wenn du dir das einredest. Wir wissen, dass die Kirche nichts mit deinen Verbrechen zu tun hat. Ebenso wenig der König. Deine Steuereintreiber sind nichts anderes als Räuber, verkommene Ratten, die du auf uns losgelassen hast, um dich in schändlicher Weise zu bereichern.«

»Ich habe nur gefordert, was mir gebührt!«, kreischte Trevan.

»Du wirst jetzt bekommen, was dir gebührt«, sagte der Anführer und spuckte aus. Dann hob er die Hand mit dem Schwert und trat langsam auf ihn zu.

In Trevans Augen flackerte Todesangst. Abwehrend hob er die Hände. Er begann zu zittern.

»Nein – nein – nicht!«, stammelte er. »Ich gebe euch alles wieder. Ich...«

Er verstummte mit einem wimmernden Laut. Das Schwert zuckte auf ihn zu und traf seinen Mund. Die Lippen platzten auf. Blut tropfte auf den Knochen am silbernen Halsband.

»Du kannst nicht zurückzahlen, was du uns angetan hast«, sagte der Anführer mit dumpfer Stimme. »Das Leid, das du über unsere Familien gebracht hast, die Tränen der hungernden Kinder, die Schmach armer Frauen, den Stolz, den du und deine Steuereintreiber mit Füßen getreten habt – all das kannst du niemals mehr gutmachen.«

Wieder holte er mit dem Schert aus.

Trevan zuckte zusammen. Seine Zähne klapperten aufeinander.

Doch der Mann mit dem Schwert verharrte und wandte den Kopf.

Hufschlag näherte sich.

Alle blickten zu den drei Reitern hin, die auf der Lichtung ihre Pferde zügelten.

»Was geht da vor?«, rief einer der Reiter und stieg ab.

»Was geht das dich an?«, antwortete der Anführer.

Die drei schritten heran. Sie bahnten sich einen Weg durch den Ring der Männer, die bei dem entschlossenen Auftreten der drei auseinander wichen.

Die drei starrten auf Trevan, der blutend im Dreck lag und vor Angst schlotterte.

»Wer seid ihr?«, rief der Anführer und musterte die drei Männer.

»Ich bin Ritter Morgan, und das sind meine Kriegsknechte, Soldaten des Sheriffs von Cornwall!«

Der Anführer verzog spöttisch die Lippen.

»Und ich bin der Anführer dieser Männer, die sich ihr Recht verschaffen!«

Grinsend wies er mit dem Schwert in die Runde.

Einige Männer lachten, gleich darauf herrschte Stille.

Morgan spürte Feindseligkeit.

»Wir liefern den Gefangenen ab«, sagte er.

»Nein! Das Schwein gehört uns.«

Morgans Augen verengten sich. »Du maßt dir an, Richter und Henker zu spielen?«

Der Mann nickte. »So ist es. Hast du etwa Mitleid mit ihm?«

Morgan blickte zu Trevan, der ihn hilfesuchend, ja flehend ansah. Der Anblick widerte ihn an.

Dieser Verbrecher hatte kein Mitleid mit seinen Opfern gehabt. Er hatte das Land mit Gewalt und Terror in Schrecken versetzt. Und jetzt lag er da, hilflos mit seiner erbärmlichen Angst.

»Nein«, erwiderte Morgan. »Ich habe kein Mitleid mit ihm. Er wird für seine Untaten zum Tode verurteilt werden. Doch wir sind keine Henker, und ihr werdet ihn nicht...«

Morgan verstummte.

Schwerter und Lanzen richteten sich auf ihn. Dutzende.

»Was soll das?«, fragte Morgan. »Ihr vergesst euch.«

»Das tun wir gleich, wenn ihr nicht vernünftig seid«, knurrte einer der Lanzenträger.

»Ihr werdet selbst zu Verbrechern, wenn ihr...«, begann Morgan, doch seine Worte gingen im wütenden Schreien des Mobs unter.

»Schafft sie weg!«, befahl dann der Anführer.

Gleich vier Lanzen bohrten sich in Morgans Rücken, und ein Mann drückte ihm sein Schwert vor die Brust, während ein anderer Morgans Schwert an sich nahm. Es gab keine Chance. Die Übermacht war zu groß.

Morgan und seine beiden Gefolgsmänner wurden aus dem Kreis der Männer gestoßen, und fast ein Dutzend Männer hielten sie mit vorgereckten Lanzen in Schach.

Schließlich schloss sich der Kreis der anderen, und sie hörten Trevans Schreie, sein Flehen um Gnade.

Es dauerte fast fünf Minuten lang.

Plötzlich herrschte Stille.

26. Kapitel

»Sie haben ihn also umgebracht«, murmelte Sir Ais of Eworthy, als Morgan und seine Männer auf die Burg zurückgekehrt waren, und Morgan berichtete.

»Es war nicht mehr viel von Trevan zu erkennen«, warf Cynan ein und nippte an dem Wein, zu dem Sir Ais eingeladen hatte.

»So ist der Schrecken also zu Ende«, sagte Sir Ais, doch es klang keinerlei Freude in seinen Worten mit. Er hatte Morgan und die Soldaten schon betrübt begrüßt.

»Ja«, fasste Morgan zusammen. »Trevan ist tot. Die Täter werden sich vermutlich verantworten müssen. Alle Gefangenen sind frei, und Trevans wilde Horde wurde gefasst. Die Burg ist beschlagnahmt, und Trevans zusammengeraubter Besitz wird vermutlich an die Opfer verteilt werden.«

»Man könnte also sagen, Ende gut, alles gut«, murmelte Sir Ais und trank gedankenverloren Wein.

»Mir scheint, Ihr seid trotz allem nicht ganz zufrieden«, sagte Morgan verwundert und blickte Sir Ais fragend an.

»Doch, doch«, sagte Sir Ais, ohne aufzublicken. »Es ist nur – ich möchte Euch noch um einen Gefallen bitten.«

»Schon gewährt, sofern ich ihn erfüllen kann«, sagte Morgan.

Jetzt blickte Sir Ais auf, und Morgan sah den traurigen, fast schmerzlichen Ausdruck in seinen Augen.

»Lady Una«, sagte Sir Ais. »Sie möchte nicht hier bei mir bleiben.«

Morgan schluckte. Sie hatte sich also entschieden.

»Sie sagte, ihr Herz schlägt für einen anderen«, fuhr Sir Ais mit einem resignierten Schulterzucken fort. »Sie gestand mir, dass sie das schon vor Antritt der Reise wusste, dass sie aber dennoch mitfuhr, weil du so ein liebenswerter Brautwerber warst.«

Morgan nippte schnell an seinem Wein. Die Worte waren ihm peinlich.

»Verstehe einer die Frauen«, fuhr Sir Ais fort. »Ich hätte ihr alles gegeben. Fürsorge, Liebe, Reichtum. Doch sie will nicht. Sie hat einen anderen im Sinn. Noch dazu einen Lumpen, der sie niemals heiraten wird.«

»Du kennst ihren Zukünftigen?«, fragte Morgan überrascht.

»Nein«, erwiderte Sir Ais. »Doch sie sagte, es sei irgendein Ritter, der sich nicht fest binden wolle. ›Entweder stirbt er jung in heldenhaftem Kampf, oder ich werde alt und grau, bis er mich nimmt. Doch ich liebe ihn.‹ So ist das Leben.«

»So ist das Leben«, murmelte Rhodri.

Morgan hatte derweil andere Gedanken, die ihn aufwühlten.

»Ich danke Euch für alles«, sagte Sir Ais herzlich. Er erhob sich und reichte Morgan die Hand. »Ihr habt Eure Sache gut gemacht, auch wenn es nicht viel geholfen hat.« Er lächelte traurig und sah zu Morgan auf, offen und ohne Falsch. »Erweist Ihr mir noch einmal einen Freundschaftsdienst?«

Morgan lächelte. »Gewiss, Sir Ais. Ich werde tun, was in meiner Macht steht.« Er zwinkerte Sir Ais an. »An welche Dame denkt Ihr diesmal?«

Sir Ais blinzelte überrascht. »Ich hab' noch keine im Visier«, bekannte er.

»Aber ich dachte...«

»...Ihr solltet wieder Brautwerber spielen?« Sir Ais schüttelte den Kopf. »Ich wäre zwar glücklich, wenn Ihr Euch dazu abermals zur Verfügung stellen würdet. Doch es wird noch einige Zeit ins Land gehen, bis ich eine passende gefunden habe. Jetzt möchte ich Euch bitten, Lady Una heimzubegleiten. Ich habe ihr eine Eskorte angeboten, doch sie möchte lieber Euren Schutz und den Eurer Männer. Sie sagte, sie sei schon vertraut mit euch dreien. Wollt Ihr mir diese Gunst erweisen?«

Er schaute Morgan bittend an.

»Ja«, erwiderte Morgan lächelnd. »Diesen Liebesdienst werde ich Euch gern erweisen.«

ENDE

[illegible]

ENDE

Besuchen Sie unsere Verlags-Homepage:
www.der-romankiosk.de

Der Romankiosk – Spannung und Unterhaltung pur!

FSC
www.fsc.org
MIX
Papier | Fördert
gute Waldnutzung
FSC® C083411